AHK - 6/2010

الرمز المفقود

The Lost Symbol

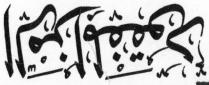

الرمز المفقود

The Lost Symbol

رواية

تأليف

دان براون

Dan Brown

ترجمة

زينة جابر إدريس

مراجعة وتحرير

مركز التعريب والبرمجة

الدار العربية للعلوم ناشرون ش.م.ل

Arab Scientific Publishers, Inc. S.A.L

بِسْمِ اللَّهِ الرَّحْمَنِ الرَّحِيمِ

يتضمن هذا الكتاب ترجمة الأصل الإنكليزي
The Lost Symbol
حقوق الترجمة العربية مرخّص بها قانونياً من المؤلف
بمقتضى الاتفاق الخطي الموقّع بينه وبين الدار العربية للعلوم ناشرون، ش.م.ل.

Copyright © 2009 by Dan Brown
All rights reserved
Arabic Copyright © 2009 by Arab Scientific Publishers, Inc. S.A.L

الطبعة الأولى

1431 هـ - 2010 م

ردمك 978-9953-87-894-2

الدار العربية للعلوم ناشرون
Arab Scientific Publishers, Inc.

عين التينة، شارع المفتي توفيق خالد، بناية الريم
هاتف: 786233 - 785108 - 785107 (1-961+)
ص.ب: 5574-13 شوران - بيروت 2050-1102 - لبنان
فاكس: 786230 (1-961+) - البريد الإلكتروني: asp@asp.com.lb
الموقع على شبكة الإنترنت: http://www.asp.com.lb

التنضيد وفرز الألوان: **أبجد غرافيكس**، بيروت - هاتف 785107 (9611+)
الطباعة: **مطابع الدار العربية للعلوم**، بيروت - هاتف 786233 (9611+)

لأجل بلايث

شُكر

أقــدّم شــكري العميق إلى ثلاثة أصدقاء أعزاء كان لي شرف العمل معهم وهم: الناشر جايــسن كــوفمان، وكيلي هايد لانج، ومستشاري مايكل روديل. كما أعبّر عن امتناني البالغ لشركة دوبلداي، وناشري كتبي حول العالم، وبالطبع قرّائي.

وما كــان لهــذه الــرواية أن تتمّ من دون مساعدة أشخاص كثُر شاركوني معرفتهم وخبرتهم. إليكم جميعاً أقدّم تقديري العميق.

إنّ العــيش من دون إدراك معنى العالم هو أشبه بالتجوّل في مكتبة عظيمة من دون لمس الكتب.

التعاليم السرّية لجميع العصور

وقائع

عـــام 1991، وُضعت وثيقة في خزنة مدير وكالة الاســـتخبارات الأميركيّة، ولا تزال موجودة هناك حتّى اليوم. يشتمل نصّها المشفّر على إشارات إلى بـــاب قـــديم وموقـــع مجهول تحت الأرض. كما تحـــتوي الوثـــيقة على جملة "إنّه مدفون هناك في مكانٍ ما".

جميع المنظمات المذكورة في هذه الرواية واقعيّة، بمـــا فيها الماسونيون، الكليّة الخفية، مكتب الأمن، مركـــز الدعم التابع للمتحف السميثسوني SMSC، ومعهد العلوم العقلية.

جمـــيع الطقوس والعلوم والأعمال الفنّية والأبنية الأثريّة المذكورة في هذه الرواية حقيقيّة.

تمهيد

بيت الهيكل

8:33 مساءً

يكمن السرّ في كيفية الموت.

منذ الأزل، كان السرّ يكمن دوماً في كيفية الموت.

حدّق المبتدئ البالغ من العمر الرابعة والثلاثين إلى الجمجمة البشرية التي يحتضنها بين كفّيه. كانت الجمجمة مجوّفة كالوعاء ومملوءة بالشراب الأحمر القاني.

قال في نفسه، *اشربه، ليس لديك ما تخشاه.*

كما تقضي العادة، بدأ رحلتَه مرتدياً الزيّ الشعائري لمهرطق من القرون الوسطى يُساق إلـى حبل المشنقة، قميصه الواسع مفتوح يبدو منه صدره الباهت، ساق بنطاله اليسرى مثنية إلى الأعلى حتّى الركبة وكمّ قميصه الأيمن مثني حتّى المرفق. كان يتدلّى من حول عنقه حبل سـميك يـسميه أعضاء الأخوية "حبل الجرّ"(*). ولكنّه الليلة، يرتدي زيّ معلّم، مثل أعضاء الأخوية الحاضرين.

كـان الأخـوة المحيطون به يرتدون جميعاً زيّهم الكامل من المآزر المصنوعة من جلد الحمَـل، والأحزمة، والقفازات البيضاء. كانت تتدلّى من حول أعناقهم المجوهرات الشعائرية التـي تلمع كأعين الأشباح في الضوء الخافت. كان كثير من هؤلاء الرجال يحتلّون مناصب هامّة في الحياة، ولكنّ المبتدئ يعلم أنّ مناصبهم الدنيوية لا تعني شيئاً بين هذه الجدران. هنا، جميع الناس متساوون، أخوة محلّفون يتشاركون رباطاً باطنيًا.

تـساءل المبتدئ وهو يتفحص الجمع الذي يبعث الرهبة في النفس من كان ليصدّق في العـالم الخارجـي أنّ هذا العدد من الرجال يمكن أن يجتمع في مكان واحد... لا سيّما مكان كهذا. فقد بدت الغرفة أشبه بمعبد من العالم القديم.

ولكنّ الحقيقة لا تزال أغرب.

أنا على بعد بضعة مبانٍ وحسب من البيت الأبيض.

فهـذا البـناء الـضخم، الواقــع في 1733 الشارع السادس عشر شمال غرب واشنطن العاصـمة، هـو نـسخة مطابقة لهيكل بُني قبل الميلاد؛ هيكل الملك موسولوس، *الموسوليوم*

(*) حـبل الجـرّ هو رمز للمرتبة الأولى ويمثّل الرابط بين المرشّح ومرشده. إنّه رباط المحبّة الذي يجب أن يوحّد الأخويّة بأكملها.

الأصلي... مكان يؤخذ إليه المرء بعد الموت. خارج المدخل الرئيس كان ثمّة تمثالان لأبي الهول يزن كلّ منهما سبعة عشر طنًّا، يحرسان الباب البرونزي. كان الداخل عبارة عن متاهة من الحُجرات والقاعات الشعائرية والأقبية المقفلة والمكتبات وحتّى جدار مجوّف يضمّ رفات جثّتين بشريتين. وقد قيل للعضو المبتدئ إنّ كلّ غرفة من هذا البناء تضمّ سرًّا، ولكنّه عرف أنّه ما من غرفة تحتوي على أسرار أعمق من القاعة الهائلة التي كان جاثياً فيها وهو يمسك جمجمة بين كفيه.

قاعة الهيكل.

كانت هذه القاعة عبارة عن مكعّب تام، وغائر. سقفها الشاهق يرتفع مئة قدم، تدعمه أعمدة منليثية من الغرانيت الأخضر. وتحيط بالقاعة شرفة مدرّجة من مقاعد خشب الجوز الروسي الداكن المصنوعة من جلد الخنزير. يحتلّ الجدارَ الغربي عرشٌ بطول ثلاث وثلاثين قدماً، وأمامه أورغن مخبّأ. كانت الجدران عبارة عن مزيج من الرموز القديمة... مصرية، عبرية، فلكية، خيميائية، ورموز أخرى غير معروفة.

كانت قاعة الهيكل مضاءة الليلة بسلسلة من الشموع المرتبة بدقّة. امتزج نورها الخفيف بشعاع باهت من ضوء القمر تسلّل من النافذة الواسعة في السقف، وأضاء أكثر محتويات الغرفة رهبة، ألا وهو مذبح هائل مقطوع من كتلة واحدة من الرخام البلجيكي الأسود المصقول، وموضوع وسط الغرفة تماماً.

ذكّر المبتدئ نفسه قائلاً، *يكمن السرّ في كيفيّة الموت.*

همس صوت: "حان الوقت".

راح المبتدئ يجول بنظره على الرجل الواقف أمامه بردائه الأبيض المميّز. *إنّه المعلّم المبجّل الأعلى.* كان الرجل، في أواخر عقده الخامس، رمزاً أميركياً، وكان محبوباً، وقوياً، وفاحش الثراء. شعره الذي غزاه الشيب، ووجهه المعروف يشعّان بسلطة قديمة وذكاء متّقد.

قال المعلّم المبجّل بصوته الناعم الأشبه بالثلج المتساقط: "أقسِم، أكمل رحلتك".

بدأت رحلة المبتدئ، كجميع الرحلات المشابهة، من الدرجة الأولى. في تلك الليلة، وفي طقوس مشابهة لهذه الطقوس، عصب المعلّم المبجّل عينيه بعصابة مخملية، وضغط خنجراً على صدره العاري، ثمّ سأله: "هل تعلن بجدية على شرفك، غير مدفوع بالجشع، أو بأيّ حافز آخر، أنّك تهب نفسك طائعاً مختاراً كمرشّح لأسرار وامتيازات هذه الجمعية الأخوية؟".

أجاب المبتدئ كاذباً: "أجل".

حذّره السيّد: "إذاً، فليكن ذلك لَسعةً لضميرك، فضلاً عن الموت الفوري إن خنت يوماً الأسرار التي تؤتمن عليها".

في ذلك الوقت، لم يشعر المبتدئ بأيّ خوف. *لن يعرفوا أبداً هدفي الحقيقي هنا.*

إلاّ أنّه شعر الليلة برهبة منذرة بالسوء في قاعة الهيكل، وراح يسترجع في ذهنه جميع التحذيـرات المخيفة التي وُجّهت إليه خلال رحلته، تهديدات بعواقب فظيعة إن باح بالأسرار القديمة التي سيعرفها: *نبحه من الأذن إلى الأذن... اقتلاع لسانه من جذوره... إخراج أحشائه وحرقها... وبعثرتها في جهات الأرض الأربع... اقتلاع قلبه ورميه لوحوش الغابات*-

قال المعلّم ذو العينين الرماديتين وهو يضع يده اليسرى على كتف المبتدئ: "أخي، أقسِم القسم الأخير".

اسـتعدّ المبـتدئ للخطوة الأخيرة في رحلته، فاستدار بعضلاته المفتولة، وحوّل انتباهه مجدّداً إلى الجمجمة التي يحملها بين كفّيه. بدا الشراب القرمزي أسود اللون تقريباً في ضوء الـشموع الخافت. كانت القاعة قد غرقت بالصمت التام، وتمكّن من الإحساس بالشهود الذين يراقبونه، منتظرين قسمه الأخير لينضمّ إلى صفوفهم النخبوية.

قـال في نفسه، *شيء ما يحدث الليلة بين هذه الجدران لم يحدث من قبل في تاريخ هذه الأخوية. ولا لمرّة واحدة خلال قرون من الزمن.*

عـرف أنّها ستكون الشرارة... وأنّها ستمنحه سلطة هائلة. بعثت فيه تلك الفكرة زخماً من الطاقة، فأخذ نفَساً، ونطق بالكلمات نفسها التي نطقها عدد لا حصر له من الرجال قبله في شتّى أنحاء العالم.

"فليـصبح هذا الشراب الذي أتناوله الآن سمًّا قاتلاً لي... إن خنتُ قسمي يوماً عن عمد أو عن معرفة".

وتردّدت أصداء كلماته في المكان المجوّف.

ثمّ خيّم الصمت.

ثبّت يديه، ورفع الجمجمة إلى فمه، فشعر بشفتيه تلامسان العظم الجاف. أغمض عينيه، وأمـال الجمجمـة إلى فمه، ثمّ تناول الشراب بجرعات طويلة وعميقة. وحين أتى على آخر نقطة، خفَض الجمجمة.

شعر للحظة أنّ رئتيه تتقلّصان، وبدأ قلبه ينبض بجنون. *ربّاه، إنّهم يعرفون!* ثمّ انقضى الشعور فجأة كما أتى.

أحـسّ بـدفء ممـتع يجتاح جسده. فتنهّد مبتسماً في سرّه وهو يحدّق إلى الرجل ذي العينين الرماديّتين الغافل عن حقيقته، والذي قبِله بطيش في صفوف أخويّته الأكثر سرّية.

قريباً، ستخسر أعزّ ما لديك.

الفصل 1

كان مصعد أوتيس الذي يرتقي الركن الجنوبي لبرج إيفل مكتظًّا بالسيّاح. داخل الحجرة المزدحمة، وقف رجل أعمال جدّي ببذلته الأنيقة، ونظر إلى الصبي الواقف بقربه قائلاً: "تبدو شاحباً يا بنيّ. كان يجدر بك البقاء في الأسفل".

أجاب الصبي وهو يجاهد للسيطرة على توتّره: "أنا بخير... سأخرج عند الطابق التالي". *أنا عاجز عن التنفس.*

انحنى الرجل نحو الصبيّ، وقال وهو يداعب خدّه بحنان: "ظننتك تخطّيت ذلك".

شـعر الصبي بالخجل لأنّه خيّب ظنّ والده، ولكنّه بالكاد كان قادراً على السماع بسبب الطنين الذي ملأ أذنيه. *أنا عاجز عن التنفس. يجدر بي الخروج من هذا الصندوق!*

كان عامل المصعد يقول شيئاً مطمئناً عن كبّاسات المصعد وبنائه الحديدي المتين. بدت شوارع باريس تتفرّع تحتهم في جميع الاتجاهات.

فكّر الصبي وهو يرفع رأسه وينظر إلى الأعلى، *أوشكنا على الوصول، تماسك قليلاً.*

ومـع ارتفاع المصعد نحو منصّة المراقبة العليا، أخذ الممرّ يضيق، ودعائمه الهائلة تتقلّص إلى نفق عمودي ضيّق.

"أبي، لا أظنّ–".

فجـأةً، تـردّد صوت تشقّق متقطّع فوقهم. ثمّ ارتجّت الحجرة، ومالت إلى جانب واحد، وبدأت الأسلاك البالية تلوح وتخفق حولها كالأفاعي. مدّ الصبي يده نحو والده.

"أبي!".

التقت نظراتهما لثانية واحدة مرعبة.

ثمّ انهار قعر المصعد.

اهتـزّ روبرت لانغدون إلى الأعلى في مقعده الجلدي الناعم، فأُجفل، واستفاق من حلم الـيقظة الذي كان فيه. كان يجلس بمفرده في الحُجرة الضخمة للطائرة النفّاثة التابعة لشركة فالكـون 2000 إي إكـس الـتي تشقّ طريقها في السماء العاصفة. وكانت محرّكات برات آند ويتني المزدوجة تهدر بانتظام.

علا صوت من الهاتف الداخلي: "سيّد لانغدون؟ أوشكنا على الوصول".

استقام لانغدون، وأعاد أوراق محاضرته إلى محفظته الجلدية. كان يراجع ملاحظات عن الرموز الماسونية حين شتّ ذهنه. وشعر أنّ حلم اليقظة الذي ساوره حول والده المتوفّى كان سببه تلك الدعوة غير المتوقعة التي تلقّاها هذا الصباح من صديقه القديم بيتر سولومون.

17

الرجل الآخر الذي لا أرغب في تخييب أمله يوماً.

كان ذلك المحسن، والمؤرّخ، والعالِم البالغ من العمر ثمانية وخمسين عاماً قد ضمّ لانغدون تحت جناحه منذ ثلاثين عاماً تقريباً، وملأ بأشكال عدّة الفراغ الذي خلّفه موت أبيه. وعلى الرغم من نفوذ أسرة سولومون العريقة وثرائها الفاحش، وجد لانغدون التواضع والدفء في عيني الرجل الرماديتين الطيّبتين.

مع أنّ الشمس خارج النافذة مالت إلى المغيب، إلاّ أنّ لانغدون تمكّن من رؤية معالم أكبر مسلّة في العالم وهي ترتفع في الأفق مثل القمّة المستدقّة لشاخص(*) قديم. كانت تلك المسلّة الرخامية، بطولها البالغ 555 قدماً، من سمات تلك الأمّة. ومن حول قمّتها، تفرّعت الشوارع والمباني بهندستها المفصّلة.

حتّى من الجو، كانت واشنطن العاصمة تنضح بقوّة باطنية تقريباً.

لقد أحبّ لانغدون هذه المدينة، ومع بدء الطائرة بالهبوط، شعر بالإثارة وهو يفكّر في ما ينتظره. حطّت الطائرة في مدرج خاصّ في مطار دولس الدولي الشاسع وتوقّفت.

جمع لانغدون أشياءه، وشكر طاقم الطائرة، ثمّ خرج من الطائرة الفخمة إلى السلّم. حينها، شعر أنّ هواء كانون الثاني البارد قد حرّره.

قال في نفسه وهو يستمتع بالفضاء المفتوح، *تنفّس يا روبرت.*

اكتست الأرض بطبقة من الضباب الأبيض، وشعر لانغدون وكأنّه يسير في مستنقع وهو ينزل إلى الإسفلت.

هتف صوت رخيم بريطاني اللكنة: "مرحباً! مرحباً! بروفيسور لانغدون؟".

نظر لانغدون إلى المرأة متوسطة السنّ التي تحمل لوحاً مشبكياً وشارة، وتسرع نحوه وهي تلوّح بيدها بسعادة. كان شعرها الأشقر المجعّد بادياً من تحت قبّعة صوفية أنيقة.

"أهلاً بك في واشنطن، سيّدي!".

ابتسم لانغدون مجيباً: "شكراً لك".

تحدّثت المرأة بحماسة مثيرة للقلق بعض الشيء: "اسمي بام، من قسم خدمات المسافر. أرجو أن تأتي معي، سيّدي، فسيّارتك بالانتظار".

تبعها لانغدون عبر المدرَج نحو محطّة سيغناتشور، التي كانت محاطة بالطائرات النفّاثة الخاصّة البرّاقة. *تاكسي الأغنياء والمشاهير.*

قالت المرأة، وقد بدا عليها الارتباك: "لا أقصد إزعاجك، بروفيسور، ولكن ألستَ روبرت لانغدون الذي يؤلّف كتباً عن الرموز والدين؟".

تردّد لانغدون، ثمّ أجابها هازًّا رأسه.

(*) الشاخص هو لوح المزولة أو الساعة الشمسية المائل الملقي بظلّه.

فأشـــرق وجههـــا وهـــي تقول: "هذا ما ظننت! مجموعة المطالعة التي أنتمي إليها تقرأ كـــتابك عن المؤنّث المقدّس والكنيسة! يا للفضيحة التي أثارها! أنت تستمتع بوضع الذئب في قنّ الدجاج!".

ابتسم لانغدون قائلاً: "لم تكن الفضيحة هي هدفي بالضبط".

على ما يبدو، شعرت المرأة أنّ لانغدون ليس في مزاج لمناقشة عمله، فقالت: "أنا آسفة. أعلم أنّك تسأم على الأرجح من تعرّف الناس إليك... ولكن، هذا خطأك". وأشارت مازحة إلى ملابسه وهي تضيف: "بزّتك هي التي كشفت أمرك".

بزّتـــي؟ ألقـــى لانغدون نظرة على ملابسه. كان يرتدي كنزته الرمادية الداكنة المعتادة بياقـــتها العالية، مع سترة من هاريس تويد، وبنطال كاكيّ اللون، وينتعل حذاءً مريحاً... إنّها ملابسه المعتادة لإلقاء الدروس والمحاضرات وأخذ صور للكتب والمناسبات الاجتماعية.

ضـــحكت المرأة: "هذه الكنزات ذات الياقة العالية التي ترتديها أصبحت قديمة الطراز. ستبدو أكثر عصرية بربطة عنق!".

فكّر لانغدون، *مستحيل، إنّها مشانق صغيرة.*

كـــان وضـــع ربطـــات العنق مفروضاً ستّة أيام في الأسبوع حين كان لانغدون يرتاد أكاديمـــية فيليـــبس إكزيتير. وعلى الرغم من ادّعاءات المدير الحالمة أنّ أصل ربطة العنق يـــرجع إلـــى *الفاسكاليا* الحريرية التي كان يضعها الخطباء الرومان لتدفئة أوتارهم الصوتية، كـــان لانغـــدون يعرف أنّ أصل كلمة *كرافات* مشتقّ من عصبة قاسية من المرتزقة الكروات الذين كانوا يعقدون مناديل حول أعناقهم قبل خوض المعارك. وحتّى يومنا هذا، لا يزال ذلك الزيّ الحربي القديم يزيّن أعناق محاربي المكاتب العصريين الذين يأملون تخويف أعدائهم في معارك مجالس الإدارة اليومية.

قال لانغدون ضاحكاً: "شكراً على النصيحة، سأفكّر بوضع ربطة عنق في المستقبل".

لحـــسن الحـــظّ، خرج رجل بدا عليه الاحتراف، يرتدي بذلة سوداء، من سيّارة لينكولن تـــاون لامعة مركونة قرب محطة الطيران النهائية، ورفع إصبعه: "سيّد لانغدون؟ أنا تشارلز مـــن بيلـــتواي لـــيموزين". ثـــمّ فتح باب السيارة وأضاف: "مساء الخير سيّدي. أهلاً بك في واشنطن".

أعطـــى لانغـــدون بام بقشيشاً على ضيافتها، ثمّ استقلّ السيّارة الفخمة. دلّه السائق على جهاز التحكّم بالحرارة، وعبوة الماء، وسلّة المافن الساخن. وبعد ثوانٍ، كانت السيّارة تسير به مسرعة على طريق خاصّ. *إذاً، هكذا يعيش النصف الآخر.*

ســـلك السائق طريق ويندسوك درايف، ثمّ تحقّق من حالة الراكب قبل أن يجري مكالمة قصيرة. قال باحتراف: "هنا بيلتواي ليموزين. طلبتم مني تأكيد وصول الراكب. أجل، سيّدي. ضـــيفكم، الـــسيّد لانغـــدون وصل، وسأوصله إلى مبنى الكابيتول عند الساعة السابعة مساءً. عفواً، سيّدي". ثمّ أنهى الاتصال.

ابتسم لانغدون. *لا يترك مجالاً للخطأ.* إنّ انتباه بيتر سولومون إلى التفاصيل كان إحدى أهم مزاياه، يتيح له استعمال نفوذه الواسع بسهولة واضحة. *كما أنّ وجود بضعة مليارات من الدولارات في المصرف ليس بالأمر السيئ أيضاً.*

استراح لانغدون على المقعد الجلدي الفخم، وأغمض عينيه مخلّفاً ضجيج المطار وراءه. كـــان مبنـــى الكابيـــتول الأميركي على بعد نصف ساعة وقد أسعده أن يستغلّ هذا الوقت في استجماع أفكاره. لقد حدث كلّ شيء بسرعة كبيرة اليوم إلى حدّ أنّه لم يبدأ سوى الآن بالتفكير بجدّية في الأمسية غير المتوقّعة التي تنتظره.

فكّر لانغدون مستمتعاً، *وصول في أجواء سرّية.*

علـــى بعد عشرة أميال من مبنى الكابيتول، كان ثمّة شخص وحيد يستعدّ بلهفة لوصول روبرت لانغدون.

الفصل 2

ضغط الرجل الذي يدعو نفسه مالأخ الإبرة على رأسه الحليق، وتنهد مستمتعاً بدخول رأسها الحادّ في جلده وخروجه منه. كان الهدير الناعم للآلة الكهربائية مسبّباً للإدمان... وكذلك غزّة الإبرة التي تنزلق عميقاً في جلده وتحرّر الصبغة.

أنا تحفة فنية.

لم يكن الجمال أبداً هو هدف الوشم، بل كان *التغيير* هو الهدف. فمن الكهنة النوبيين ذوي الندوب الذين عاشوا عام 2000 ق.م، إلى كهنة معابد سيبيل الموشومين في روما القديمة، وندوب *الموكو* لدى شعوب الماوري المعاصرين، قام البشر بوشم أنفسهم، كطريقة للتضحية جزئياً بأجسادهم، ومعاناة الألم الجسدي للتزيين، والخروج منه ككائنات متغيّرة.

وعلى الرغم من التحذيرات المشؤومة لسفر اللاويّين(*) 19:28، التي تحرّم وضع علامات على الجسد البشري، أصبح الوشم طقساً عابراً يمارسه ملايين الناس في العصر الحديث، من المراهقين المتعلّمين، إلى متعاطي المخدرات، وسيّدات المنازل في الضواحي.

يشكّل الوشم في الواقع إعلاناً تحوّلياً للقوّة، إذ يقول الواشم للعالم: *أنا أسيطر على جسدي.* وهذا الشعور المفرح بالسيطرة، الناتج عن التحوّل الجسدي، جعل ملايين الناس يدمنون على ممارسات تغيير الجسد... كالعمليات الجراحية، وثقب الجسد، وبناء العضلات، والستروييد... وحتّى البوليميا(*)، وتغيير الجنس. *النفس البشرية توّاقة إلى السيطرة على قشرتها الجسدية.*

رنّ جرس واحد في ساعة جدّ مالأخ، فنظر إلى الأعلى. إنّها السادسة والنصف مساءً. ترك أدواته، ولفّ مئزر الكيريو الحريري حول جسده العاري البالغ طوله 6.3 أقدام، ثمّ سار عبر القاعة. كان هواء ذلك المنزل عابقاً برائحة الصبغة الجلدية الحادّة ودخان شموع العسل التي يستعملها لتعقيم إبره. سار الرجل بطوله الفارع في الممرّ بين قطع الأثاث القديمة الثمينة إيطالية الصنع؛ روسمة(*) بيرانيزي، مقعد سافونارولا، ومصباح بوغاريني فضّي.

في أثناء مروره، ألقى نظرة عبر نافذة تحتلّ الجدار بأكمله، متأمّلاً بإعجاب المنظر الكلاسيكي للأفق في البعيد.

(*) تكملة للأحداث المنشورة في سفر الخروج.

(*) شهوة متواصلة وغير سويّة إلى تناول الطعام بكثرة، يتبع ذلك محاولة التخلّص منه بالتقيّؤ أو تناول المسهّلات، وغالباً ما يترافق ذلك مع شعور بالذنب.

(*) هي حفر الرسوم أو التصاميم أو الخطوط على سطوح الصفائح النحاسية وغيرها عن طريق الاستعانة بالأحماض.

قال في نفسه، *إنّه مخبّأ هناك، مدفون هناك في مكان ما.*

بضعة رجال يعرفون بوجوده... وعدد أقلّ منهم على علم بقوّته الهائلة أو الطريقة البارعة التي خُبّئ بها. فقد ظلّ حتّى هذا اليوم أعظم أسرار هذا البلد، والقلّة الذين يعرفون الحقيقة حافظوا على سرّيتها خلف غطاء من الرموز، والأساطير، والعبارات المجازية.

قال مالأخ في سرّه، *والآن فتحوا أبوابهم لي.*

قبل ثلاثة أسابيع، وخلال طقس غامض شهد عليه أكثر رجال أميركا نفوذاً، ارتقى مالأخ إلى الدرجة الثالثة والثلاثين، وهي أعلى الدرجات في أقدم جمعية أخوية في العالم لا تزال قائمة. ولكن على الرغم من الدرجة الجديدة التي احتلّها مالأخ، لم يخبره الأخوة بشيء. وكان يعلم أنّهم لن يفعلوا. فالأمور لا تسير على هذا النحو، إنّهم دوائر ضمن دوائر... أخويّات ضمن أخويات. وحتّى لو انتظر لسنوات، قد لا ينال ثقتهم التامة.

لحسن الحظّ، مالأخ ليس بحاجة إلى ثقتهم للحصول على أعمق أسرارهم.

إنّ دخولي في الأخوية أدّى المطلوب.

شعر بزخم من الطاقة وهو يفكّر في ما ينتظره، فتوجّه إلى غرفة نومه. كانت مكبّرات الصوت الموزّعة في جميع أنحاء منزله تبثّ الألحان المخيفة لتسجيل نادر لكاستراتو يغنّي "لوكس أيتيرنا" (النور الأبدي) من قدّاس راحة الميت لغوسيبّي فيردي، وهو تذكير بحياة سابقة. لمس مالأخ جهاز تحكّم عن بعد لتشغيل المقطوعة العاصفة "دايس أيرا" (يوم الغضب). ومع صوت الدفوف والأخماس المتوازية، صعد الدرج الرخامي بينما راح مئزره يتماوج وهو يتنقّل على ساقيه القويتين.

أخذت معدته الفارغة تحتجّ وهو يعدو. فقد مضى يومان ومالأخ صائم عن الطعام، لا يتناول إلاّ الماء، ليهيّئ جسده على الطرائق القديمة. ذكّر نفسه قائلاً، *سيزول جوعك عند الفجر، وكذلك ألمك.*

دخل مالأخ غرفة نومه بخشوع، وأغلق الباب خلفه. توجّه إلى مكان ارتداء الملابس، ولكنّه توقّف، وشعر أنّ شيئاً ما يجذبه إلى المرآة الضخمة المذهّبة. لم يتمكّن من المقاومة، فاستدار ليواجه صورته المنعكسة عليها. راح يفكّ مئزره ببطء، وكأنّه يفتح هدية ثمينة، ليكشف عن جسده العاري. أرهبه المشهد.

أنا تحفة فنية.

كان جسده الضخم حليقاً وناعماً. نظر أوّلاً إلى قدميه الموشومتين بريش ومخالب صقر، تعلوهما ساقاه العضليتان الموشومتان كأعمدة منحوتة، ساقه اليسرى كعمود لولبي، واليمنى بخطوط عمودية. *بُواز وجاشين.* عانته وبطنه يشكلان قنطرة مزخرفة، يعلوهما صدره القوي الموشوم على صورة طائر الفينيق ذي الرأسَين... كلّ رأس مرسوم جانبيًّا، بحيث تحتلّ عينه المرئية إحدى حلمتي مالأخ. أمّا كتفاه، وعنقه، ووجهه، ورأسه الحليق، فيكسوها نسيج معقّد من الرموز والطلاسم القديمة.

أنا تحفة... أيقونة متنقّلة.

شخص واحد فقط رأى مالأخ عارياً، وذلك قبل ثماني عشرة ساعة. حينها صرخ الرجل خائفاً: "ربّاه، أنت شيطان!".

أجابه مالأخ: "إن كنت تراني كذلك". فقد فهم، شأنه شأن القدماء، أنّ الملائكة والشياطين متشابهة - نماذج متبدّلة - وأنّ المسألة كلّها تتلخّص بالقطبية: فالملاك الحامي الذي ينتصر على عدوّك في المعركة يراه عدوّك شيطاناً مدمّراً.

أحنى مالأخ رأسه ليلقي نظرة مائلة على أعلى رأسه. هناك، داخل الهالة التاجيّة، لمعت دائرة صغيرة باهتة من الجلد غير الموشوم. كانت تلك البقعة التي يحتفظ بها مالأخ بحرص هي الجزء الوحيد غير الموشوم المتبقّي من جلده. لقد طال انتظار تلك البقعة المبجّلة... والليلة سيتمّ وشمها. صحيح أنّ مالأخ لا يملك بعد ما يحتاج إليه لإكمال تحفته، غير أنّ اللحظة باتت وشيكة.

بعثت تلك الفكرة النشوة في نفسه، وراح يشعر منذ الآن بقوّته تتضاعف. أعاد ربط مئزره، وسار إلى النافذة، يحدّق من جديد إلى المدينة الغامضة المترامية أمام عينيه. *إنّه مدفون هناك في مكان ما.*

أعاد تركيزه إلى المهمّة التي بين يديه. فتوجّه إلى المنضدة، ووضع بحذر طبقة من مستحضر تجميلي على وجهه ورأسه وعنقه ليخفي آثار الوشم. ثمّ ارتدى طقماً من الملابس الخاصّة وغيرها من الأشياء التي حضّرها بعناية لهذا المساء. حين انتهى، تحقّق من صورته في المرآة، ثمّ مرّر كفه الناعمة برضى على رأسه الأملس، وابتسم.

قال في نفسه، *إنّه هناك. والليلة، سيساعدني رجل واحد على إيجاده.*

خرج مالأخ من منزله وهو يعدّ نفسه للحدث الذي سيهزّ قريباً مبنى الكابيتول. لقد بذل الكثير من الجهد من أجل ترتيب كلّ شيء لهذه الليلة.

والآن سيُدخل آخر أحجاره في اللعبة.

الفصل 3

كان روبرت لانغدون مشغولاً بمراجعة ملاحظاته، حين غيّرت السيارة سرعتها وهي تسير على الطريق. نظر إلى الخارج، وقد فوجئ لرؤية المكان الذي يمرّان فيه.

هل وصلنا إلى جسر ميموريال؟

وضع ملاحظاته جانباً، وحدّق إلى مياه نهر بوتوماك الهادئة التي تجري تحته. كان ثمّة ضباب كثيف يعلو سطحه. لطالما بدت فوغي بوتوم (أرض الضباب) موقعاً ملائماً جداً لبناء عاصمة البلاد. فمن بين جميع المناطق في العالم الجديد، اختار المستوطنون الأوائل مستنقعاً ضبابياً يقع على ضفّة النهر لوضع حجر الأساس لمجتمعهم الطوباوي.

نظر لانغدون يساراً، عبر تايدال بايسن، نحو نُصب جيفرسون التذكاري الجميل، بانثيون(*) أميركا كما يسمّيه كثيرون. ومباشرةً أمام السيارة، ارتفع نُصب لينكولن التذكاري بجدّيته وصلابته، وكانت خطوطه المتعامدة تذكّر ببارثينون(*) أثينا القديم. غير أنّ لانغدون رأى التحفة المركزية في المدينة على مسافة أبعد، التحفة نفسها التي رآها من الجو. كان إلهامها المعماري يرجع إلى عهد أقدم بكثير من عهد الرومان أو اليونان.

مسلّة أميركا المصرية.

كانت القمّة المنليثية لنُصب واشنطن التذكاري تلوح أمامه وتلمع تحت قبّة السماء وكأنّها سارية سفينة ملكية. ومن الزاوية المنحرفة التي ينظر منها لانغدون، بدت المسلّة الليلة وكأنّها غير مثبّتة بالأرض... تتأرجح تحت السماء الكئيبة وكأنّها في بحر هائج. شعر لانغدون هو الآخر أنّه غير مستقرّ. فرحلته إلى واشنطن لم تكن متوقعة إطلاقاً. *استيقظت هذا الصباح وأنا آمل تمضية يوم أحد هادئ في البيت... ولكن ها أنا ذا على بعد بضع دقائق من مبنى الكابيتول.*

عند الساعة الخامسة إلاّ ربعاً من هذا الصباح، غطس لانغدون في المياه الهادئة، وبدأ صباحه كعادته بالسباحة خمسين شوطاً في مسبح هارفرد الخالي. ومع أنّ جسده لم يعد باللياقة التي كان عليها أيام الجامعة كسبّاح ماهر، إلاّ أنّه لا يزال رشيقاً ومتناسقاً بالنسبة إلى رجل في العقد الرابع من العمر. الفرق الوحيد الآن هو كمّية الجهد التي يبذلها للحفاظ على ذلك.

(*) هو هيكل بناه في روما عام 27 قبل الميلاد ماركوس أغريبا، ثم أعاد تشييده بشكله الحالي الإمبراطور هادريان.

(*) هيكل على تلّة الأكروبوليس، شيّد في عهد بيريكلس.

حين عاد لانغدون إلى منزله حوالى الساعة السادسة، بدأ بإعداد قهوة سومطرة الصباحية المعتادة التي يطحنها يدويًّا، مستمتعاً بالرائحة التي تملأ مطبخه. ولكنّه فوجئ هذا الصباح بالضوء الأحمر الذي كان يلمع في المجيب الآلي. *من الذي يتصل بي عند الساعة السادسة صباح يوم الأحد؟* ضغط على الزرّ، وأصغى إلى الرسالة.

صدر من الآلة صوت ينمّ عن التهذيب، بدا فيه تردّد واضح، كما بدا مشوباً بلكنة جنوبية: "صباح الخير بروفيسور لانغدون، أنا آسف جداً لهذا الاتّصال المبكر. أدعى أنطوني جيلبرت، وأنا المساعد التنفيذي لبيتر سولومون. أخبرني السيّد سولومون أنّك تستيقظ باكراً... كان يحاول الاتّصال بك هذا الصباح لأمر عاجل. هل لك الاتّصال ببيتر على الفور حين تتلقّى هذه الرسالة؟ أنت تملك على الأرجح رقمه الخاصّ الجديد، وفي حال العكس، إنّه 202-329-5746".

شعر لانغدون بقلق مفاجئ على صديقه القديم. فبيتر سولومون هو رجل بالغ اللياقة، وبالتأكيد ما كان ليتّصل باكراً صباح يوم الأحد ما لم يكن السبب خطيراً.

توقّف لانغدون عن إعداد القهوة، وأسرع إلى مكتبه للاتّصال.

أتمنى أن يكون بخير.

كان بيتر سولومون صديقاً وناصحاً، ومع أنّه لا يكبر لانغدون سوى باثني عشر عاماً، إلاّ أنّه ملأ فراغ الأب المتوفّى منذ لقائهما الأوّل في جامعة برينستون. ففي السنة الدراسية الثانية، طُلب من لانغدون حضور محاضرة للمؤرّخ والمحسن الشابّ المعروف. تحدّث سولومون بشغف مؤثّر، وعرض رؤية مربكة للسيميائيّة وتاريخ النماذج الأصلية، أشعلت لدى لانغدون ما تحوّل لاحقاً إلى شغف قويّ بالرموز. ولكنّ التواضع الذي رآه لانغدون في عيني بيتر سولومون الرماديتين، وليس ذكاؤه، هو الذي منحه الشجاعة ليكتب إليه رسالة شكر. لم يتخيّل طالب الجامعة الشاب يوماً أنّ بيتر سولومون، أحد أغنى رجال أميركا وأكثر مثقّفيها الشباب شهرة، سيجيب على رسالته. ولكنّ سولومون فعل، وكانت تلك بداية صداقة مُرضية فعلاً.

كان بيتر سولومون أكاديمياً لامعاً تناقض طباعه الهادئة النفوذ الواسع الذي ورثه عن أسرة سولومون فاحشة الثراء، والتي يظهر اسمها على الأبنية والجامعات في مختلف أنحاء البلاد. وكما هو الحال مع أسرة روتشيلد(*) في أوروبا، لطالما حمل اسم سولومون رمز الملكية والنجاح الأميركي. ورث بيتر العباءة في سنّ مبكر بعد وفاة والده. فهو اليوم في الثامنة والخمسين من عمره، وقد احتلّ مناصب نفوذ عديدة في حياته. وهو الآن رئيس المؤسّسة السميثسونية. كان لانغدون يمازح بيتر أحياناً قائلاً له إنّ اللطخة الوحيدة في صفحة حياته المشرّفة هي نيله شهادته من جامعة من الدرجة الثانية؛ يايل.

(*) روتشيلد نسبة إلى المصرفي الألماني اليهودي الذي سيطرت أسرته من بعده على الاقتصاد الأوروبي خلال القرن التاسع عشر.

حين دخل لانغدون إلى مكتبه، فوجئ بفاكس وصل أيضاً من بيتر.

بيتر سولومون

مكتب أمين السر

المعهد السميثسوني

صباح الخير روبرت،

أودّ التحدّث إليك على الفور.
أرجو أن تتّصل بي صباح اليوم بأسرع ما يمكن
على الرقم 202-329-5746.

بيتر.

طلب لانغدون الرقم على الفور، وجلس أمام مكتبه المصنوع من خشب السنديان المحفور منتظراً الردّ.

أجاب الصوت المألوف لمساعده: "مكتب بيتر سولومون. أنا أنطوني، بماذا أخدمك؟".

"مرحباً، أنا روبرت لانغدون. تركت لي رسالةً هذا الصباح-".

بدت الراحة على صوت الشاب وهو يجيب: "أجل، بروفيسور لانغدون! شكراً لإعادة الاتّصال سريعاً، فالسيّد سولومون متلهّف للتحدّث إليك. دعني أخبره أنّك على الخطّ، هل يمكنك الانتظار؟".

"بالطبع".

انتظر لانغدون، ثمّ راح يحدّق إلى اسم بيتر فوق اسم المعهد السميثسوني وابتسم. *ليس في قبيلة سولومون كثير من الكسالى.* فشجرة عائلة بيتر حافلة بأسماء أقطاب رجال الأعمال الأثرياء، ورجال السياسة النافذين، وعدد من العلماء البارزين، وحتّى بعض أعضاء مجتمع لندن الملكي. والعضو الوحيد الآخر الذي لا يزال على قيد الحياة في عائلة سولومون هو شقيقته الصغرى كاثرين التي يبدو أنّها ورثت الجينات العلمية، لأنّها تشكّل اليوم شخصية بارزة في فرع جديد يدعى العلوم العقلية.

قال لانغدون في سرّه، *كله أقرب إلى اليونانية بالنسبة إلي.* وابتسم وهو يتذكر محاولة كاثرين الفاشلة لشرح ماهيّة العلم العقلي له في حفلة أقامها شقيقها في منزله السنة الماضية. يومها أصغى إليها لانغدون بانتباه ثمّ علّق قائلاً: "يبدو هذا أقرب إلى السحر منه إلى العلم".

غمزته كاثرين قائلة: "إنّهما متقاربان أكثر مما تظنّ، يا روبرت".

عــاد مــساعد ســولومون إلى الهاتف: "أنا آسف، السيّد سولومون يحاول إنهاء مكالمة هاتفية هامّة. فنحن نعاني من بعض الفوضى هذا الصباح".

"لا بأس. يمكنني الاتّصال بعد قليل".

"في الواقع، طلب مني إخبارك بسبب اتّصاله بك، إن كنت لا تمانع".

"بالطبع لا".

أخــذ المساعد نفساً عميقاً ثمّ قال: "كما تعلم على الأرجح، بروفيسور، يستضيف مجلس المؤسّــسة السميثــسونية كلّ عامٍ هنا في واشنطن احتفالاً خاصاً لشكر مؤيّديه الأكثر كرماً. ويحضره عدد كبير من نخبة المثقّفين في البلد".

كــان لانغــدون يعلــم أنّ حسابه المصرفي ليس كبيراً إلى حدّ تصنيفه كواحد من نخــبة المثقّفــين، ولكنّه تساءل ما إذا كان سولومون سيدعوه لحضور الاحتفال على أي حال.

تابــع المــساعد قائلاً: "هذا العام، كالعادة، سيسبق الاحتفال خطاب افتتاحي. وقد حالفنا الحظّ وحجزنا قاعة ناشونال ستاتيوري هول من أجل ذلك الخطاب".

قال لانغدون في نفسه، *إنّها أفضل قاعة في العاصمة*. وتذكّر محاضرة سياسية حضرها فــي تلك القاعة نصف الدائرية المهيبة. فقد كان من الصعب نسيان المقاعد الخمسمئة القابلة للطــي التي صُفّت على شكل نصف دائرة، محاطة بثمانية وثلاثين تمثالاً بالحجم الواقعي، في قاعة كانت أوّل مقرّ لمجلس النواب.

تابــع الــرجل قــائلاً: "المشكلة هي أنّ السيّدة التي كان من المفترض أن تلقي الخطاب مريضة وأخبرتنا للتوّ أنّها لن تتمكّن من الحضور". توقّف قليلاً. "هذا يعني أنّنا نبحث يائسين عن خطيب بديل، ويأمل السيّد سولومون أن تقبل بملء الفراغ".

فوجئ لانغدون بالطلب ثمّ سأل: "أنا؟" كان هذا آخر ما توقّعه. "أنا واثق أنّ بإمكان بيتر إيجاد بديل أفضل منّي بكثير".

"بروفيــسور، أنــت خــيار الــسيّد سولومون الأوّل، كما أنّك تتواضع كثيراً. فضيوف المؤسّــسة سيُسرّون جداً لسماعك، ويعتقد السيّد سولومون أنّك تستطيع إلقاء المحاضرة نفسها التــي ألقيــتها في محطّة بوكسبان منذ بضع سنوات! هكذا لن تضطرّ إلى تحضير أيّ شيء. يقــول إنّ الخطاب كان يشتمل على الرمزية في هندسة عاصمتنا المعمارية، ويبدو الموضوع ملائماً جداً للمناسبة".

لــم يكــن لانغدون واثقاً إلى هذا الحدّ: "حسبما أذكر، تلك المحاضرة كانت على علاقة أكثر بالتاريخ الماسوني للبناء منها إلى–".

"بالــضبط! كمــا تعلــم، الــسيّد سولومون ماسوني، شأنه شأن كثير من أصدقائه الذين سيكونون ضمن الحضور. وأنا واثق أنّهم سيحبّون الموضوع".

أقرّ أنّ هذا سيكون سهلاً. فلانغدون يحتفظ بملاحظات جميع المحاضرات التي يلقيها. "أفترض أنّني قد أتمكّن من ذلك. متى الاحتفال؟".

أجاب المساعد وهو يقحّ، وقد بدا عليه الانزعاج فجأة: "حسناً، في الواقع سيّدي، إنّه الليلة".

انفجر لانغدون ضاحكاً: "الليلة!".

"لهذا السبب نحن في وضع محموم هنا هذا الصباح. فالمؤسسة واقعة في مأزق محرج جداً...". وراح يتحدّث بسرعة أكبر: "السيّد سولومون مستعدّ لإرسال طائرة خاصّة إلى بوسطن لإحضارك. لن تستغرق الرحلة سوى ساعة من الزمن وستكون في بيتك قبل منتصف الليل. هل المحطّة الجوية الخاصّة في مطار لوغان في بوسطن مألوفة لديك؟".

أجاب لانغدون مكرهاً: "أجل". لا عجب أنّ بيتر يحصل دائماً على ما يريد.

"ممتاز ! هل تودّ ملاقاة الطائرة هناك عند الساعة لنقُل... الخامسة؟".

أجاب لانغدون ضاحكاً: "وهل تركت لي الخيار؟".

"كلّ ما أريده هو أن يكون السيّد سولومون سعيداً، سيّدي".

بيتر يتـرك هذا الأثر في الناس. فكّر لانغدون طويلاً ولم يجد مخرجاً: "حسناً، أخبره أنّني أستطيع المجيء".

صرخ المساعد قائلاً: "رائع!" ونمّ صوته عن ارتياح عميق. ثم أعطى لانغدون رقم الطائرة ومعلومات منوّعة أخرى.

حين أنهى لانغدون الاتصال أخيراً، تساءل ما إذا كان بيتر قد سمع يوماً كلمة لا.

عاد ليتابع إعداد قهوته، فوضع مزيداً من حبوب القهوة في المطحنة. قال في نفسه، أحتاج إلى مزيد من الكافيين هذا الصباح، سيكون يوماً طويلاً.

الفصل 4

يشمخ مبنى الكابيتول بفخامة عند الطرف الشرقي لمنتزه ناشونال مول، على سهل مرتفع وصفه مصمّم المدينة بيار لانفان أنّه "أساس ينتظر نُصباً تذكارياً". يبلغ طول قاعدة الكابيتول الهائلة 750 قدماً وعمقها 350 قدماً. تفوق مساحته ستّة عشر أكراً ويحتوي على 541 غرفة. صُمّمت الهندسة المعمارية النيوكلاسيكية بدقّة لتعكس عظمة روما القديمة التي شكّلت مثالياتها مصدر إلهامٍ لمؤسسي أميركا وهم يضعون قوانين وثقافة الجمهورية الجديدة.

تقع نقطة تفتيش السيّاح الذين يدخلون مبنى الكابيتول عميقاً داخل مركز الزوّار الواقع تحت الأرض الذي أُتمّ العمل عليه مؤخراً، تحت كوّة زجاجية رائعة تحيط بقبّة الكابيتول. تفحّص الحارس الموظّف حديثاً، ألفونسو نونييز، بحذر الزائر المتوجّه إلى نقطة التفتيش. كان الرجل حليق الرأس، وقد أطال الوقوف في الردهة وهو يتحدّث عبر الهاتف قبل دخول المبنى. كانت ذراعه اليسرى معصوبة برباط وكان يعرج قليلاً وهو يمشي. كما كان يرتدي معطفاً بالياً من معاطف البحرية الأميركية، ما جعل نونييز يظنّه عسكرياً بشعره الحليق. فالأشخاص الذين خدموا في الجيش الأميركي هم من أكثر زوّار واشنطن.

قال نونييز، متّبعاً بروتوكول الأمن القاضي بالتحدّث مع الزوّار الذكور الذين يدخلون بمفردهم: "مساء الخير، سيّدي".

أجاب الزائر وهو يشمل بنظره المدخل الخالي تقريباً: "مرحباً، المكان هادئ الليلة".

أجاب نونييز: "ثمّة مباراة فاصلة لاتّحاد كرة القدم الوطني، والجميع يشاهدون فريق ريدسكينز الليلة". تمنّى نونييز لو أنّه هناك هو الآخر، ولكن لم يمضِ عليه في هذه الوظيفة سوى شهر واحد ولم يحاول أخذ إجازة. "ضع الأغراض المعدنية في الطبق، رجاءً".

جاهد الزائر لإفراغ جيوب معطفه الطويل بيده الحرّة، وراقبه نونييز بحذر. صحيح أنّ الفطرة البشرية تتسامح مع الجرحى والمعوّقين، ولكنّ نونييز تدرّب على التغاضي عن هذه الفطرة.

انتظر إلى أن أخرج الزائر من جيوبه الأشياء المعتادة كالنقود المعدنية والمفاتيح وزوج من الهواتف الخلوية. سأله وهو ينظر إلى يده المصابة التي بدت ملفوفة بسلسلة من الضمادات السميكة: "هل أصبت بالتواء؟".

هزّ الرجل رأسه مجيباً: "انزلقت على الجليد منذ أسبوع، وما زلت أتألّم كثيراً".

"آسف لسماع ذلك. هلاّ مررت من هنا، من فضلك".

سار الرجل وهو يعرج عبر الآلة الكاشفة التي رنّت معترضة.

عبس الزائر وقال: "كنت أخشى ذلك. فأنا أضع خاتماً تحت هذه الضمادات. كان إصبعي متورماً جداً ولم نتمكّن من نزعه، فلفّ الأطباء الضمادة فوقه".

قال نونييز: "لا بأس، سأستعمل العصا الكاشفة".

مرّر نونييز العصا المعدنية فوق يد الزائر الملفوفة. وكما توقّع كان المعدن الوحيد الذي كشفه هو كتلة كبيرة في إصبعه المصاب. أخذ نونييز وقته وهو يحفّ الكاشف المعدني فوق كلّ إنش من الجبيرة والأصابع. كان يعلم أنّ المشرف عليه يراقبه على الأرجح في القسم المغلق في مركز أمن المبنى، ونونييز بحاجة إلى هذه الوظيفة. *من الأفضل دائماً التزام الحرص.* مرّر العصا بحذر تحت ذراع الرجل المضمّدة.

تقلّص وجه الزائر ألماً.

"أنا آسف".

قال الرجل: "لا بأس. الحرص واجب هذه الأيام".

"هذا صحيح". أحبّ نونييز هذا الرجل. والغريب أنّ هذا العامل مهم جداً هنا. فالحدس البشري هو خطّ دفاع أميركا الأول ضدّ الإرهاب. وقد أصبح من الثابت أنّه يشكّل كاشفاً للخطر يفوق بدقّته جميع الأجهزة الإلكترونية في العالم. *إنّه هبة الخوف*، كما قرأ في أحد مراجع الأمن لديهم.

وفي حالة هذا الشخص، لم يلتقط حدس نونييز شيئاً يسبّب له الخوف. الأمر الغريب الوحيد الذي لاحظه وهو يقف الآن قربه هو أنّ هذا الرجل القويّ كما يبدو قد استعمل مستحضراً للتسمير أو لإخفاء العيوب على وجهه. *لا بأس في ذلك، فلا أحد يحبّ أن يبدو شاحباً في الشتاء.*

قال نونييز وهو ينهي فحصه ويعيد العصا إلى مكانها: "يمكنك المرور".

قال الرجل: "شكراً". وراح يجمع أغراضه عن الطبق.

في أثناء ذلك، لاحظ نونييز أنّ الإصبعين الظاهرين من الضمادات يحملان وشماً. كان رأس السبّابة يحمل صورة تاج، ورأسُ الإبهام صورةَ نجمة. فقال في نفسه، *يبدو أنّ الجميع يَشِمون أنفسهم هذه الأيام.* مع أنّ الوشم على رأس الأصابع بدا له مؤلماً. "ألا يؤلمك هذان الوشمان؟".

نظر الرجل إلى إصبعيه، وقال ضاحكاً: "أقلّ ممّا تظنّ".

قال نونييز: "أنت محظوظ، وشمي يؤلمني كثيراً. فقد وشمت حورية بحر على ظهري حين كنت في أحد المخيمات".

قال الأصلع مقهقهاً: "حورية بحر؟".

أجاب الحارس بارتباك: "أجل، إنّها من الأخطاء التي نرتكبها في شبابنا".

قال الأصلع: "أنت على حقّ. لقد ارتكبت غلطة كبيرة في شبابي أنا أيضاً. واليوم أستيقظ معها كلّ صباح".

ضحك الاثنان بينما تابع الزائر طريقه إلى الداخل.

فكّــر مــالأخ وهو يبتعد عن نونييز، ويصعد السلّم المتحرّك نحو مبنى الكابيتول، بدت *كلعــبة أطفال*. كان الدخول أسهل ممّا توقّع. فمشية مالأخ الكسولة وبطنه المنتفخ موّها شكله الحقيقــي، بيــنما أخفت مساحيق التجميل التي استعملها على وجهه ويديه الوشم الذي يغطي جــسده. ولكــنّ الفكــرة العبقرية الحقيقية كانت الضمادة التي خبّأت الشيء الهام الذي يحمله مالأخ معه إلى المبنى.

هدية للرجل الوحيد على وجه الأرض الذي يستطيع مساعدتي للحصول على ما أريد.

الفصل 5

إنّ أكبر متاحف العالم وأكثرها تطوّراً على الصعيد التقني هو أيضاً أحد أعمق أسرار العالم. إذ يضمّ من التحف أكثر ممّا يضمّ الإيرميتاج ومتحف الفاتيكان ومتروبوليتان نيويورك... معاً. ولكن على الرغم من هذه المجموعة المثيرة، لا يُسمح سوى لقلّة من العامّة بدخول أسواره المحاطة بحراسة مشدّدة.

يقع المتحف عند 4210 طريق سيلفر هيل، خارج واشنطن العاصمة مباشرة، وهو عبارة عن بناء هائل على شكل خطّ متعرّج مؤلّف من خمسة أقسام مترابطة، كلّ منها أكبر من ملعب كرة قدم. وبالكاد يكشف الشكل الخارجي للمبنى بلونه المعدني المائل إلى الزرقة الغرابة التي يحويها؛ عالم غريب يمتدّ على مساحة ستّمئة ألف قدم مربّعة يضمّ *منطقة ميتة*، *صالة عرض رطبة* وأكثر من اثني عشر ميلاً من الخزائن.

لم تكن العالمة كاثرين سولومون تشعر بالراحة الليلة وهي تقود سيارتها البيضاء الفولفو نحو بوابة الأمن الرئيسة للمبنى.

ابتسم الحارس قائلاً: "ألستِ من هواة كرة القدم، آنسة سولومون؟" وخفض الصوت الصادر عن العرض الذي يسبق مباراة ريدسكينز.

تصنّعت كاثرين ابتسامة متوتّرة وهي تجيب: "إنّه مساء الأحد".

"آه، هذا صحيح. لديك اجتماع".

سألته بقلق: "هل وصل؟".

راجع أوراقه ثمّ أجاب: "لا أرى اسمه على السجلّ".

"لقد وصلت باكراً". لوّحت كاثرين بودّ إلى الحارس، ثمّ تابعت طريقها منعطفة نحو مكانها المعتاد في آخر الموقف الصغير المؤلّف من طابقين. بدأت تجمع أشياءها، ثمّ ألقت على نفسها نظرة سريعة في مرآة السيارة، وذلك من باب العادة أكثر منه بداعي الغرور.

كانت كاثرين سولومون تتمتّع ببشرة متوسطية نضرة ورثتها عن عائلتها، لم تخسر نعومتها ولونها الزيتوني على الرغم من بلوغها الخمسين من عمرها. لم تكن تستعمل مستحضرات التجميل تقريباً، وتبقي شعرها الأسود الكثيف مسترسلاً ومن دون تصفيف. وشأنها شأن شقيقها الأكبر بيتر، كانت ذات عينين رماديتين، وجسدٍ نحيلٍ، وأناقة أرستقراطية.

وغالباً ما يقول لهما الناس، *تبدوان توأمين أنتما الاثنان*.

أصيب والدهما بالسرطان وتوفي حين كانت كاثرين لا تتجاوز السابعة من عمرها. لذا، فذكرياتها عنه محدودة. شقيقها الذي كان يكبرها بثمانية أعوام والذي لم يكن يتجاوز الخامسة عشرة حين توفي الأب، بدأ رحلته ليصبح سيّد إمبراطورية سولومون أبكر ممّا تخيّل أيّ من أفـراد العائلة. وكما كان متوقّعاً، نهض بيتر بدوره بالوقار والقوّة اللذين يلائمان اسم العائلة. وحتّى هذا اليوم، لا يزال يهتمّ بكاثرين وكأنّهما مجرّد طفلين.

لـم تتزوّج كاثرين أبداً، على الرغم من إلحاح شقيقها أحياناً وعدم قلّة الراغبين بالزواج بهـا. فقد أصبح العلم شريك حياتها، وشعرت أنّ عملها هو أكثر إرضاءً وإثارة من أيّ رجل قد يدخل حياتها، ولم تندم على ذلك.

لم يكن حقل اختصاصها – العلوم العقلية – معروفاً تماماً حين سمعت به للمرّة الأولى. ولكنّه في السنوات الأخيرة، بدأ يفتح آفاقاً جديدة في فهم قوّة العقل البشري.

قدراتنا غير المحدودة مذهلة حقًا.

كان كتابا كاثرين عن العلوم العقلية قد جعلا منها رائدة في هذا المجال الغامض، ولكن حين تُنشر آخر اكتشافاتها، ستصبح العلوم العقلية على كلّ شفة ولسان في العالم.

غيـر أنّ العلـم كان آخر ما تفكر فيه الليلة. فقد أتتها اليوم بعض المعلومات المزعجة فعلاً والمتعلّقة بشقيقها. *لا أزال عاجزة عن التصديق.* ولم تفكّر في شيء آخر طيلة بعد الظهيرة.

بـدأ المطـر الخفيف ينهمر على زجاج السيّارة، فراحت تجمع أشياءها بسرعة لدخول المبنى. كانت على وشك الخروج من السيّارة حين رنّ هاتفها المحمول.

تحقّقت من اسم المتّصل، ثمّ أخذت نفساً عميقاً.

أبعدت شعرها خلف أذنها، وجلست للتحدّث.

علـى بعـد سـتّة أميال كان مالأخ يسير في أروقة مبنى الكابيتول وهو يضغط هاتفه المحمول إلى أذنه. انتظر بصبر وهو يسمع الرنين.

أخيراً أجاب صوت أنثوي: "نعم؟".

قال مالأخ: "علينا أن نلتقي مجدّداً".

بعد صمت طويل، سألته: "هل كلّ شيء على ما يرام؟".

قال مالأخ: "لديّ معلومات جديدة".

"أخبرني بها".

أخذ مالأخ نفساً عميقاً: "ذاك الشيء الذي يظنّ شقيقك أنّه مخبّأ في العاصمة...؟".

"أجل؟".

"يمكن العثور عليه".

بدا الذهول على كاثرين وهي تسأل: "هل تعني أنّه حقيقي؟".

ابتسم مالأخ: "بعض الأساطير التي تعيش لقرون... تعيش لسبب".

الفصل 6

شـــعر روبـــرت لانغدون بموجة مفاجئة من القلق حين ركن السائق السيّارة في شارع فيرست، على بعد ربع ميل من مبنى الكابيتول: "ألا يمكنك الاقتراب أكثر؟".

أجـــاب الـــسائق: "أخـــشى أنّني لا أستطيع بسبب التدابير الأمنية. فلم يعد من المسموح اقتراب السيّارات من المعالم الهامّة. أنا آسف سيّدي".

نظـــر لانغـــدون إلى ساعته، وفوجئ حين وجد أنّها بلغت السابعة إلا عشر دقائق. كان وصولهما قد تأخّر بسبب أعمال بناء بقرب ناشونال مول، ولم تعد تفصله عن بدء المحاضرة سوى عشر دقائق.

قال السائق وهو ينزل ويفتح باب السيّارة للانغدون: "الطقس يتغيّر، يجدر بك الإسراع". أخـــرج لانغـــدون محفظـــته لإعطاء السائق بقشيشاً، ولكنّ الرجل رفض قائلاً: "دفع مضيفك بقشيشاً سخياً بالإضافة إلى الأجرة".

لاحـــظ لانغـــدون أنّ بيتر لا ينسى شيئاً، وشكر السائق وهو يجمع أشياءه قائلاً: "حسناً، شكراً".

بـــدأت أولـــى قطرات المطر تتساقط حين وصل لانغدون إلى أعلى الباحة ذات القنطرة الجميلة والتي تنحدر إلى مدخل الزوّار الجديد "تحت الأرض".

كـــان مركز زوّار الكابيتول مشروعاً مكلفاً ومثيراً للجدل. فهذا المكان الذي وُصف أنّه مديـــنة تحـــت الأرض ينافس أجزاء من عالم ديزني يضمّ مساحة تزيد عن نصف مليون قدم مربّعة للمعارض والمطاعم وقاعات الاجتماعات.

كـــان لانغدون يتوق إلى رؤيته، مع أنّه لم يتوقّع أن يسير كلّ هذه المسافة. كان المطر الغزيـــر يهـــدّد بالهطول بين لحظة وأخرى. فبدأ يهرول، ولكنّ حذاءه لم يساعده كثيراً على الإسراع. *لقد ارتديت ملابس مناسبة لإلقاء محاضرة وليس للعدو فوق منحدر لمسافة أربعمئة ياردة تحت المطر!*

حـــين وصـــل لانغدون إلى الأسفل، كان يلهث مُجهداً. دخل عبر الباب الدوّار، وتوقّف قليلاً في الردهة لالتقاط أنفاسه، ونفضِ مياه المطر عن ملابسه. نظر في أثناء ذلك إلى المكان الجديد الذي يحيط به.

حسناً، إنّه مثير للإعجاب.

لـــم يكـــن مركـــز زوّار الكابيتول كما توقّع على الإطلاق، لأنّه يقع تحت الأرض. في الواقـــع، تعرّض لانغدون لحادث في طفولته أمضى على أثره ليلة كاملة في قعر بئر عميقة،

فأصــبح يعانـــي من رُهاب الأماكن المغلقة، وهي حالة تؤثّر سلباً في حياته أحياناً. ولكنّ هذا المكان كان... مهوّءاً نوعاً ما، منيراً وفسيحاً.

كـــان السقف الزجاجي كبيراً يضمّ سلسلة من تجهيزات الإنارة المثيرة التي تلقي ضوءاً خفيفاً على الداخل بلونه الأبيض اللؤلئيّ.

لـــو أنّ لانغـــدون أتى إلى هذا المكان في ظروف عادية، لكان أمضى ساعة كاملة في تأمّل الهندسة، ولكن مع الدقائق الخمس التي تفصله عن موعد المحاضرة، توجّه مباشرة عبر القاعـــة الرئيـــسة نحـــو نقطة التفتيش والمصعد. قال في نفسه، *استرخِ، بيتر يعرف أنّك في الطريق. لن يبدأ الحدث من دونك.*

راح الحـــارس الشابّ لاتيني الأصل عند نقطة التفتيش يتحدّث مع لانغدون وهو يفرغ جيوبه وينزع ساعته القديمة.

قال الحارس بشيء من المرح: "ميكي ماوس؟".

هـــزّ لانغدون رأسه، وقد اعتاد على هذه التعليقات. فساعة ميكي ماوس كانت هدية من أبويه في ذكرى ميلاده التاسعة: "أضعها لأذكّر نفسي بإبطاء وتيرة حياتي وأخذ الأمور بجدّية أقلّ".

قال الحارس مبتسماً: "لا أظنّ أنّها مفيدة، فأنت تبدو في غاية العجلة من أمرك".

ابتسم لانغدون ووضع محفظته تحت آلة الأشعّة السينية: "من أين أتوجّه إلى ستاتيوري هول؟".

أشار الحارس إلى المصعد قائلاً: "سترشدك اللافتات".

"شكراً". تناول لانغدون حقيبته عن الآلة وأسرع الخطى.

فـــي أثناء تحرّك المصعد، أخذ لانغدون نفساً عميقاً وحاول استجماع أفكاره. حدّق عبر زجـــاج الـــسقف المـــبلّل بالمطـــر إلى قبّة الكابيتول المضاءة فوقه. كان البناء مذهلاً. وفوق ســـطحه، على ارتفاع ثلاثمئة قدم في الهواء تقريباً، ينتصب تمثال برونزيّ للحرية محدّقاً إلى الظلام وكأنّه شبح حارس. لطالما وجد لانغدون أنّه من المثير للسخرية أن يكون العمّال الذين جمعوا قطع التمثال البرونزي بطوله البالغ تسع عشرة قدماً ونصف هم عبيد وحسب؛ إنّه سرّ من أسرار الكابيتول التي نادراً ما تُذكر في كتب التاريخ في المدارس الثانوية.

فـــي الواقـــع، كان هذا البناء بأكمله عبارة عن مجموعة ثمينة من الأسرار الغريبة التي تـــضمّ "المغطـــس القاتل" المسؤول عن موت نائب الرئيس هنري ويلسون بذات الرئة، وسلّماً مكسوًّا ببقع من الدماء يبدو أنّ عدداً كبيراً من الزوار سقطوا عليه، وغرفة قبو مقفلة، اكتشف فـــيها العمّـــال عام 1930 حصان الجنرال جون ألكسندر لوغان المحنّط الذي نفق قبل سنوات طويلة.

ولكنّ أكثر الأساطير المحيطة بالمبنى شهرة هي المزاعم برؤية ثلاثة عشر شبحاً مختلفاً يتردّد عليه. إذ قيل مراراً إنّ روح المصمّم المديني بيار لانفان تتجوّل بين جدرانه طالبة دفع

فاتــورته المــستحقّة مــنذ مئتي عام. كما شوهد شبح عامل، سقط من قبّة الكابيتول في أثناء أعمــال البنــاء، يتجوّل في ممرّاته وهو يحمل حقيبة عدّة. وبالطبع أكثرها شهرة، هو الشبح سريع الزوال الذي شوهد مرّات عديدة في قبو الكابيتول، والذي يعود إلى قطّة سوداء تطوف في المتاهة السفلية المخيفة من الممرّات الضيّقة والحجرات.

وصــل لانغــدون إلى أعلى السلّم، وتحقّق مجدّداً من ساعته. *ثلاث دقائق.* أسرع عبر الممــرّ الواسع متّبعاً اللافتات التي تقود إلى ستاتيوري هول وهو يراجع ملاحظاته في ذهنه. أقــرّ أنّ مــساعد بيتــر كــان على حقّ. فموضوع المحاضرة مناسب تماماً لحدث تستضيفه العاصمة واشنطن وينظّمه ماسونيّ بارز.

لــم يكن سرًّا أنّ للعاصمة تاريخاً ماسونيًّا غنيًّا. فحجر الزاوية لهذا البناء وضعه جورج واشــنطن نفــسه ضــمن طقــس ماســوني كامل. كما صُمّمت هذه المدينة على يد معلّمين ماسونيين - جورج واشنطن، بين فرانكلين، وبيار لانفان - وهم من العقول الفذّة الذين زيّنوا عاصمتهم الجديدة بطابع ماسوني من الرمزية والهندسة المعمارية والفنّ.

بالطبع، يرى الناس في هذه الرموز أفكاراً جنونية شتّى.

إذ يدّعي كثير من أصحاب نظرية المؤامرة أنّ الماسونيين الأوائل أخفوا أسراراً ضخمة في مخــتلف أنحاء واشنطن مع رسائل رمزية مخبّأة في تخطيط شوارع المدينة. لم يولِ لانغدون يوماً انتــباهاً لــذلك. فالمعلومات غير الصحيحة حول الماسونيين شائعة جداً إلى حدّ أنّ طلاب هارفرد المثقّفين أنفسهم يملكون كما يبدو مفاهيم غير صحيحة إطلاقاً عن تلك الجمعية الأخوية.

فــي العــام الفائت، دخل طالب من السنة الأولى مذهولاً إلى صفّ لانغدون وهو يحمل ورقة طبع عليها صفحة من صفحات الإنترنت. كانت عبارة عن خريطة لشوارع واشنطن تمّ تظلــيلها لتؤلّف أشكالاً مختلفة - نجمات خماسية شيطانية، فرجار وزاوية نجار(*) ماسونيّان، رأس بافوميت - تثبت أنّ الماسونيين الذين صمّموا العاصمة واشنطن كانوا متورّطين على ما يبدو في مؤامرة سرّية غامضة.

قــال لانغــدون: "هــذا غريب، ولكنّه غير مقنع. فلو رسمت خطوطاً متقاطعة على أيّ خريطة، ستجد بالتأكيد أشكالاً عديدة".

أجاب الشاب: "ولكن لا يمكن لهذا أن يكون مجرّد صدفة!".

أظهر لانغدون للطالب برويّة كيف أنّ الأشكال نفسها يمكن إيجادها على خريطة شوارع ديترويت.

بدت الخيبة على وجه الشاب.

قــال لانغــدون: "لا يخــب أملك، فواشنطن تحتوي بالفعل على بعض الأسرار التي لا تُصدّق... ولكنّ أيًّا منها ليس موجوداً على هذه الخريطة".

(*) زاوية النجار هي أداة خشبية على شكل الحرف L يُستعان بها على رسم زاوية قائمة أو التأكد من أنّ الزاوية قائمة.

شعّ وجه الشاب وهو يسأل: "أسرار؟ مثل ماذا؟".

"أعطي في كلّ ربيع مادّة بعنوان الرموز الخفية (Occult Symbols)، وأتحدّث فيها كثيراً عن العاصمة واشنطن. يجدر بك حضورها".

بدت الحماسة على وجه الطالب مجدّداً: "الرموز *الخفية*! إذاً، من المؤكّد أن ثمّة رموزاً شيطانية في العاصمة!".

ابتسم لانغدون قـائـلاً: "آسـف، ولكنّ كلمة خفيّ (occult)، وعلى الرغم من الصور الغـريبة التي توحي بها عن عبادة الشيطان، لا تعني سوى *غامض* أو *سرّي*. ففي أيام القمع الديـنـي، كانـت المعرفة المخالفة للعقيدة تبقى مخبّأة أو خفية. ولأنّ الكنيسة تشعر أنّها مهدّدة بها، كانت تصف كلّ ما هو خفيّ بالشيطاني، وهكذا لازم هذا المعنى الكلمة".

قال الصبي خائباً: "آه".

مـع ذلك، رأى لانغدون في ذلك الربيع الطالبَ جالساً في الصفّ الأمامي مع خمسمئة طالـب دخلـوا بـصخب مـسرح ساندرز في جامعة هارفرد، والذي كان عبارة عن قاعة محاضرات قديمة تحتوي على مقاعد خشبية تصدر صريراً.

حـيّاهم لانغدون مـن على المسرح الواسع قائلاً: "صباح الخير جميعاً". ثمّ شغّل آلة لعرض الصور وظهرت على الفور صورة خلفه. "هل لكم أن تخبروني بينما تأخذون أماكنكم من منكم يعرف هذا المبنى في الصورة؟؟".

أجابت عشرات الأصوات معاً: "مبنى الكابيتول الأميركي! العاصمة واشنطن!".

"أجل. تحتوي تلك القبّة على تسعة ملايين باوند من الحديد. وهي تحفة معمارية لم يكن لها مثيل في خمسينيات القرن التاسع عشر".

صرخ أحدهم: "رائع!".

رفـع لانغدون عينيه سئماً، وتمنّى لو أنّ أحدهم يمنع استعمال تلك الكلمة. "حسناً، وكم منكم سبق له أن زار واشنطن؟؟".

ارتفع عدد قليل من الأيدي في الهواء.

رسم لانغدون ملامح المفاجأة على وجهه وقال: "فقط؟ وكم منكم سبق أن زار روما، باريس، مدريد أو لندن؟".

ارتفعت جميع الأيادي تقريباً.

كالعـادة. فمـن تقاليد انتقال الطلاب الأميركيين إلى الجامعة، تمضية فصل الصيف في أوروبـا قـبـل دخـول معترك الحياة الحقيقية. "يبدو أنّ كثيراً منكم زار أوروبا قبل أن يزور عاصمة بلاده. برأيكم، ما سبب ذلك؟".

صرخ أحدهم في الخلف: "ما من قانون يمنع شرب الكحول قبل سنّ معيّنة في أوروبا!".

ابتسم لانغدون قائلاً: "وكأنّ قانون شرب الكحول *هنا* يمنعكم؟".

ضحك الجميع.

كـــان ذاك هـــو الـــيوم الأوّل من الدراسة، واستغرق الطلاب وقتاً أطول للاستقرار في أماكـــنهم، فكان صوت الصرير الصادر عن المقاعد يملأ القاعة. كان لانغدون يحبّ التدريس في هذه القاعة لأنّه يعلم دائماً مدى استغراق الطلاب في المحاضرة بمجرّد الإصغاء إلى مدى تململهم في مقاعدهم.

قـــال لانغـــدون: "فـــي الحقـــيقة، تضمّ العاصمة واشنطن بعضاً من أجمل الأعمال المعمارية والفنّية والرمزية في العالم. فلِمَ تسافرون إلى ما وراء البحار قبل أن تزوروا عاصمتكم؟".

قال أحدهم: "الأشياء القديمة أكثر جاذبية".

وضـــح لانغدون قائلاً: "وأظنّك تعني بالأشياء القديمة القصور والسراديب والمعابد وما إلى ذلك".

هزّ الطلاب رؤوسهم معاً.

"حـــسناً. والآن ماذا لو أخبرتكم أنّ العاصمة واشنطن تحتوي على كلّ ذلك؟ من قصور وسراديب وأهرامات ومعابد... جميعها هناك".

انخفض الصرير.

قـــال لانغدون وهو يخفض صوته ويسير إلى مقدّمة المسرح: "يا أصدقائي، ستكتشفون فـــي الـــساعة التالية أنّ بلادنا تزخر بالأسرار والتاريخ الغامض. وكما هو الحال في أوروبا تماماً، أفضل الأسرار هي تلك المخبّأة أمام العيان".

توقّف صرير المقاعد الخشبية تماماً.

نلت منكم.

خفـــض لانغـــدون الإنـــارة وعرض الصورة التالية: "من منكم يعرف ما يفعله جورج واشنطن هنا؟".

كانـــت الـــصورة عـــبارة عن جدارية شهيرة يظهر فيها جورج واشنطن مرتدياً الزيّ الماســوني الكامـــل، ويقف أمام أداة غريبة الشكل، هي عبارة عن حامل ثلاثي خشبي ضخم مـــزوّد بـــنظام حـــبل وبَكرة تتدلّى منها كتلة حجرية ضخمة. وكانت مجموعة من المتفرّجين الذين يرتدون الملابس الأنيقة متجمّعة حوله.

قال أحدهم: "يرفع تلك الكتلة الحجرية الضخمة؟".

لم يقل لانغدون شيئاً وفضّل أن يقوم أحد الطلاب بالتصحيح إن أمكن.

قـــال طالب آخر: "في الواقع، أظنّ أنّ واشنطن *يُنزل* الكتلة الحجرية. إنّه يرتدي الزيّ الماســوني. لقد سبق ورأيت صوراً لماسونيين يضعون أحجار أساس. ويشتمل الاحتفال دوماً على استعمال حامل ثلاثي كهذا لإنزال حجر الزاوية".

قال لانغدون: "ممتاز. الجدارية تصوّر أب الأميركيين وهو يستعمل حاملاً ثلاثياً وبَكرة لإنـــزال حجر الأساس لمبنى الكابيتول في 18 أيلول 1793، بين الساعة الحادية عشرة والربع

والثانية عشرة والنصف". توقّف لانغدون يتأمّل الصفّ ثمّ تابع قائلاً: "هل يعرف أحد منكم معنى أو دلالة هذا التاريخ والوقت؟".

عمّ الصمت القاعة.

"ماذا لو أخبرتكم أنّ تلك اللحظة اختارها ثلاثة ماسونيين شهيرين هم جورج واشنطن، وبينجامين فراكلين، وبيار لانفان، وهو المهندس الأوّل للعاصمة؟".

تواصل الصمت.

"ببساطة، وُضع حجر الأساسِ في ذلك التاريخ والوقت لأسباب عدّة، أحدها هو أنّ كابوت دراكونيس (أي رأس التنّين) المبشِّر بالخير كان في برج العذراء".

تبادل الجميع نظرات الاستغراب.

قال أحدهم: "انتظر، هل تعني... كما في التنجيم؟".

"بالضبط. مع أنّه تنجيم مختلف عن ذاك الذي نعرفه اليوم".

رفع أحد الطلاب يده: "هل تعني أنّ المؤسّسين الأوائل لهذه البلاد كانوا يعتقدون بالتنجيم؟".

ابتسم لانغدون قائلاً: "بالضبط. ماذا لو عرفتم أنّ العاصمة واشنطن تضمّ علامات تنجيمية في هندستها المعمارية أكثر من *أيّ* مدينة في العالم - أبراج، خرائط للنجوم، أحجار أساس وُضعت في تواريخ وأوقات فلكية معيّنة؟ فأكثر من نصف واضعي الدستور الأميركي كانوا ماسونيين، يعتقدون بشدّة بوجود ترابط بين النجوم والقدر، كما أعاروا انتباهاً كبيراً لتخطيط السماء وهم يبنون عالمهم الجديد".

"ولكن من يهتمّ لكون حجر الزاوية في الكابيتول قد وُضع في أثناء وجود كابوت دراكونيس في برج العذراء؟ ألا يمكن أن تكون مجرّد مصادفة؟".

"لا شكّ في أنّها مصادفة غريبة نظراً إلى كون أحجار أساس الأبنية الثلاثة التي تؤلّف المثلّث الفدرالي، وهي الكابيتول والبيت الأبيض وتمثال واشنطن، قد وُضعت في سنوات مختلفة، ولكن في الظروف الفلكية نفسها *تماماً*".

علت الدهشة وجوه الطلاب، وانخفض عدد من الرؤوس حين بدأوا يدوّنون الملاحظات.

ارتفعت إحدى الأيدي في الخلف: "لِمَ فعلوا ذلك؟".

ضحك لانغدون قائلاً: "تحتاج الإجابة عن هذا السؤال إلى فصل كامل من الدراسة. إن كنت ترغب في معرفة الإجابة، يجدر بك أن تحضر المادّة التي أعطيها عن المذاهب الباطنية. بصراحة يا شباب، لا أعتقد أنّكم مستعدّون نفسياً لسماع الجواب".

صرخ أحد الطلاب: "ماذا؟ جرّبنا!".

تظاهر لانغدون أنّه يفكّر في الأمر، ثمّ هزّ رأسه ممازحاً: "آسف، لا أستطيع. لا تزالون في السنة الأولى، وأخشى أن يذهب الجواب بعقولكم".

صرخ الجميع: "أخبرنا!".

رفــع لانغدون كتفيه قائلاً: "ربّما يجدر بكم الانضمام إلى الماسونيين أو النجمة الشرقية لتعلموا الجواب من مصدره".

قال أحد الشباب: "لا يمكننا دخولها، فالماسونية جمعية في غاية السرّية".

أجــاب لانغدون وهو يتذكر الخاتم الماسوني الكبير الذي يضعه صديقه بيتر سولومون بفخــر فــي يده اليمنى: "في غاية السرّية؟ حقًّا؟ إذاً، لماذا يضع الماسونيون خواتم أو مشابك لــربطات العــنق أو دبابــيس ماسونية مرئية؟ لماذا يضعون علامات واضحة على المباني الماسونية؟ لماذا تُعلَن مواعيد اجتماعاتهم في الجرائد؟" ابتسم لانغدون وهو ينظر إلى الوجوه المربكة. "يا أصدقائي، الماسونيون ليسوا جمعية سرّية... إنّهم جمعية ذات أسرار".

تمتم أحدهم: "لا فرق".

أجابه لانغدون: "حقًّا؟ هل تعتبر شركة الكوكا-كولا جمعية سرّية؟".

أجاب الطالب: "بالطبع لا".

"إذاً، ماذا لو طرقت باب مكاتب الشركة، وطلبت منهم وصفة الكوكا-كولا الكلاسيكية؟".

"لن يخبروني أبداً".

"بالــضبط. لكــي تحــصل على أعمق أسرار شركة الكوكا-كولا، عليك الانضمام إلى الشركة والعمل فيها لسنوات طويلة، وحين تُثبت أنّك جدير بالثقة، وتترقّى إلى المناصب العليا فيها، يتمّ إخبارك بتلك المعلومات. وحينها يُطلب منك أن تقسم على حفظ أسرارها".

"إذاً، أنت تعني أنّ الماسونيين هم أشبه بشركة؟".

"فقط من حيث التراتبية الصارمة التي تحكم جمعيتهم وتعاملهم مع السرّية بجدية كبيرة".

قالت امرأة شابّة: "عمّي ماسوني، وزوجته تكره ذلك لأنّه لا يتحدّث إليها أبداً عن ذلك. تقول إنّ الماسونية هي ديانة غريبة".

"هذا اعتقاد غير صحيح".

"أليست ديانة؟".

قــال لانغــدون: "لنجرِ عليها اختباراً. من منكم أخذ مادّة الديانة المقارنة مع بروفيسور ويذرسبون؟".

ارتفعت أيد عدّة.

"جيّد. إذاً، أخبروني ما هي الشروط الثلاثة لاعتبار أيديولوجية ما أنّها ديانة".

أجابت إحدى الفتيات: "التأكيد، الإيمان، الهداية".

قــال لانغــدون: "صحيح. الديانات تؤكّد على الخلاص، تؤمن بإله معيّن، وتهدي غير المؤمنــين". توقّــف قلــيلاً ثمّ تابع: "غير أنّ الماسونية لا تشتمل على أيّ من هذه الشروط. فالماســونيون لا يعِدون بالخلاص، ولا يملكون ديانة معيّنة، ولا يسعون إلى هداية الآخرين. في الواقع، النقاش في الدين ممنوع في المحافل الماسونية".

"إذاً... الماسونية معادية للدين؟".

"علـــى العكـــس. مـــن شروط الدخول في الماسونية هو الإيمان بقوّة سامية. الفرق بين الروحانية الماسونية والديانة المنظّمة هو أنّ الماسونيين لا يفرضون تعريفاً أو اسماً معيّناً لتلك القـــوّة الـــسامية. وعوضـــاً عن الهويات اللاهوتية المحدّدة مثل الربّ، الله، بوذا، أو يسوع، يـــستعمل الماسونيون عبارات عامّة مثل الكائن الأسمى أو المهندس الأعظم للكون. وهذا ما يتيح للماسونيين من مختلف الديانات أن يعملوا معاً".

قال أحدهم: "يبدو هذا غريباً بعض الشيء".

قـــال لانغدون: "أو ربّما يمكننا اعتباره انفتاحاً. ففي عصرنا الذي تتصارع فيه مختلف الـــثقافات لفـــرض تعريفها الخاص بها لله، يمكننا القول إنّ عادة التسامح والانفتاح الماسونية جديـــرة بالثـــناء". راح لانغـــدون يـــسير على المسرح وهو يتابع قائلاً: "أضف إلى ذلك أنّ الماسونية مفتوحة على الناس من جميع الأعراق والألوان والعقائد وتشتمل على أخوّة روحية لا تميّز بين أحد من الناس".

وقفـــت إحـــدى أعـــضاء المركز النسائي في الجامعة: "لا تميّز بين أحد؟ كم من النساء يُسمح لهنّ بالانضمام إلى الماسونيين، بروفيسور لانغدون؟".

رفـــع لانغدون يديه مستسلماً: "أنتِ محقّة. في الواقع، ترجع جذور الماسونية إلى نقابة بنّائـــي المـــنازل الحجـــرية في أوروبا، وكانت بالتالي منظّمة ذكورية. ومنذ بضع مئات من الـــسنين، فـــي عام 1703 بحسب البعض، تمّ تأسيس فرع نسائي يدعى النجمة الشرقية. وهي تضمّ أكثر من مليون عضو".

قالت المرأة: "مع ذلك، الماسونية هي منظّمة واسعة النفوذ تُستثنى منها النساء".

لم يكن لانغدون واثقاً من مدى نفوذ الماسونيين اليوم، ولم يكن ينوي الخوض في ذلك. إذ تتراوح صورة الماسونيين المعاصرين من كونهم مجموعة غير مؤذية من الرجال العجائز الـــذين يحبّون أن يجتمعوا بملابسهم الرسمية... إلى كونهم جمعية سرّية نافذة تدير العالم. ولا شكّ في أنّ الحقيقة هي في مكان ما في الوسط.

قـــال شاب ذو شعر أجعد في الصفّ الخلفي: "بروفيسور لانغدون، إن لم تكن الماسونية جمعية سرّية ولا شركة ولا ديانة، فما هي إذاً؟".

"حـــسناً، لو سألت ماسونيًّا لأعطاك التعريف التالي: الماسونية هي نظام أخلاقي، يحجبه المجاز، وتوضّحه الرموز".

"يبدو لي ذلك تعبيراً ملطّفاً لعبارة طائفة مرعبة".

"أقلت مرعبة؟".

قـــال الشاب وهو يقف: "أجل! سمعت بما يفعلونه داخل أبنيتهم السرّية! يقومون بطقوس غـــريبة علـــى ضـــوء الشموع مع توابيت وحبال وجماجم يوضع فيها الشراب. هذا مرعب بالتأكيد!".

حدّق لانغدون إلى الطلاب قائلاً: "هل يبدو هذا مرعباً لكم أيضاً؟".

قال الجميع بصوت واحد: "أجل!".

تظاهــر لانغــدون بالحزن، وتنهّد قائلاً: "هذا مؤسف. إن كنتم تجدون ذلك مرعباً، لن تنضموا أبداً إلى طائفتي".

عــمّ الصمت الغرفة. وبدا عدم الارتياح على وجه إحدى الطالبات من المركز النسائي وهي تقول: "وهل تنتمي إلى طائفة؟".

هــزّ لانغــدون رأسه وهمس قائلاً: "لا تخبري أحداً، ولكن في عيد رع، أجثو أمام آلة تعذيب قديمة وألتهم رموزاً من الدم واللحم".

بدا الرعب على وجوه الطلاب.

هــزّ لانغدون كتفيه قائلاً: "وإن أراد أحد منكم الانضمام إليّ، فليأتِ إلى كنيسة هارفرد يوم الأحد ويركع تحت الصليب ويتناول العشاء الربّاني".

عمّ الصمت أرجاء القاعة.

غمزهم لانغدون قائلاً: "افتحوا عقولكم يا أصدقائي. جميعنا نخشى ما لا نفهم".

دقّت الساعة السابعة، وتردّدت أصداؤها في أروقة الكابيتول.

راح روبــرت لانغدون يعدو. عبَر أحد الأروقة، ورأى مدخل قاعة ناشونال ستاتيوري هول فتوجّه نحوها مباشرة.

حــين اقتــرب من الباب أبطأ سيره، وأخذ أنفاساً عميقة عدّة. زرّر سترته، ورفع ذقنه قليلاً، ثمّ دخل مع دقّة الساعة الأخيرة.

حان وقت المحاضرة.

مــع دخــول البروفيسور روبرت لانغدون قاعة ناشونال ستاتيوري هول، نظر حوله، وابتسم بدفء. وبعد لحظة، تبخّرت ابتسامته، وجمد في مكانه.

ثمّة خطب كبير.

الفصل 7

حثّت كاثرين سولومون خطاها عبر موقف السيّارات تحت المطر البارد، وهي تتمنّى لو أنّها ارتدت مزيداً من الملابس فوق بنطال الجينز والقميص الكشميري. حين اقتربت من المدخل الرئيس للمبنى، علا هدير محركات شفط الهواء الضخمة. ولكنّها لم تسمعها، إذ كانت أذناها لا تزالان ترنّان بالمكالمة الهاتفية التي تلقّتها.

ذاك الشيء الذي يظنّ شقيقك أنّه مخبّأ في العاصمة... يمكن العثور عليه.

صعب على كاثرين تصديق ذلك. لا يزال لديها الكثير لمناقشته مع المتّصل، وقد اتّفقا على الاجتماع مساءً.

وصلت إلى الأبواب الرئيسة، واجتاحتها موجة الحماسة نفسها التي تشعر بها كلّما دخلت المبنى الهائل. *لا أحد يعرف أنّ هذا المكان موجود هنا.*

كان ثمّة لافتة على الباب كُتب عليها:

مركز الدعم التابع للمتحف السميثسوني

(SMSC)

على الرغم من أنّ المؤسّسة السميثسونية لديها أكثر من عشرة متاحف كبرى في ناشونال مول، إلاّ أنّ مجموعتها من التحف هائلة إلى حدّ أنّ اثنين بالمئة منها فقط يمكن عرضه في وقت واحد. أمّا نسبة 98 بالمئة الباقية فيجب حفظها في مكان ما. وهذا المكان يقع... *هنا*.

لا عجب أن يضمّ هذا المبنى مجموعة فائقة التنوّع من التحف: من تماثيل عملاقة لبوذا، ومخطوطات يدوية، وأسهم سامّة من غينيا الجديدة، وخناجر مرصّعة بالجواهر، إلى زورق كَياك مصنوع من عظم فكّ الحوت. ولم تكن الكنوز الطبيعية التي يحويها المبنى أقلّ ندرة: هياكل عظمية لحيوانات البلصور، ومجموعة لا تُقدّر بثمن من أحجار النيازك، وحبّار عملاق، وحتّى مجموعة من جماجم الفيلة التي أحضرها تيدي روزفلت من رحلة سفاري أفريقية.

لكنّ أيّاً من ذلك لم يكن هو السبب الذي دفع أمين سرّ المؤسسة السميثسونية بيتر سولومون إلى إحضار شقيقته إلى مركز الدعم قبل ثلاث سنوات. لم يحضرها إلى هذا المكان *لمشاهدة* العجائب العلمية، بل *لابتكارها*. وهذا بالضبط ما كانت كاثرين تفعله.

في أعماق هذا المبنى، وفي أكثر زواياه ظلمة، كان ثمّة مختبر علمي صغير لا يشبه أيّ مختبر آخر في العالم. وآخر الاكتشافات التي حقّقتها كاثرين هنا في مجال العلوم العقلية له انعكاسات على سائر الفروع العلمية، من الفيزياء إلى التاريخ والفلسفة والدين.

قريباً، كلّ شيء سيتغيّر.

دخلــت كاثــرين الردهة، فخبّأ الحارس الجالس على المكتب الأمامي مذياعه بسرعة، ونزع السمّاعات من أذنيه. استقبلها بابتسامة واسعة: "آنسة سولومون!".

"مباراة الريدسكينز؟".

احمرّ وجهه، وبدا عليه الشعور بالذنب: "المباراة على وشك أن تبدأ".

ابتــسمت: "لن أخبر أحداً". سارت نحو كاشف المعادن وأفرغت جيوبها. وحين نزعت ساعة كارتييه الذهبية من معصمها، شعرت بموجة الحزن المعتادة. فالساعة كانت هدية من والدتها في ذكرى ميلادها الثامنة عشرة. مرّت عشر سنوات تقريباً على الحادث العنيف الذي أودى بحياة أمّها... التي توفيت بين ذراعيها.

همس الحارس مازحاً: "إذاً، آنسة سولومون؟ ألن تخبري أحداً بما تفعلينه هناك؟".

نظرت إليه قائلة: "يوماً ما، كايل، ولكن ليس الليلة".

ألحّ عليها: "هيّا، مختبر سرّي... في متحف سرّي؟ لا بدّ من أنّك تقومين بعمل رائع".

فكّــرت كاثرين وهــي تجمع حوائجها، *بل أكثر من رائع.* في الحقيقة، كانت كاثرين تمارس علماً متقدّماً جداً إلى حدّ أنّه لم يعد يشبه العلم.

الفصل 8

جمد روبرت لانغدون عند باب قاعة ناشونال ستاتيوري هول، وراح يتأمّل المشهد الغريب أمامه. كانت الغرفة تماماً كما يذكرها؛ نصف دائرة متوازنة مبنية على طراز مدرّج روماني. كان يتخلّل القناطر الحجرية الجميلة والجصّ الإيطالي أعمدة من البَريشة الملوّنة، تتوزّع بينها مجموعة منحوتات البلاد، وتماثيل بأحجام واقعية لثمانية وثلاثين أميركياً عظيماً مصطفّة في نصف دائرة فوق مساحة خالية من الرخام الأسود والأبيض.

كانت تماماً كما يذكرها لانغدون من المحاضرة التي حضرها فيها ذات مرّة.

باستثناء أمر واحد.

الليلة، كانت القاعة خالية.

لم يكن ثمّة مقاعد ولا جمهور، ولم يكن بيتر سولومون موجوداً، بل مجرّد زمرة من السيّاح الذين يطوفون فيها غافلين عن دخول لانغدون المهيب. *هل كان بيتر يعني قاعة الروتوندا؟* حدّق إلى الممرّ الجنوبي باتجاه الروتوندا ليرى بعض السيّاح يتجوّلون فيها هي الأخرى.

توقّفت أصداء دقّات الساعة. الآن، تأخّر لانغدون فعلاً.

أسرع عائداً في الرواق، ووجد محاضِراً: "عفواً، ثمّة محاضرة للاحتفال السميثسوني الليلة، أين تُقام؟".

تردّد الرجل ثمّ قال: "لست واثقاً، سيّدي. متى تبدأ؟".

"الآن!".

هزّ الرجل رأسه قائلاً: "لست على علم بأيّ احتفال سميثسوني سيقام هذه الليلة، ليس هنا على الأقلّ".

احتار لانغدون، وأسرع عائداً إلى وسط القاعة، يحدّق إلى المكان بأكمله. *أهي مزحة من قبل سولومون؟* لم يصدّق ذلك. أخرج هاتفه المحمول وصفحة الفاكس التي وصلته هذا الصباح، ثمّ طلب رقم بيتر.

استغرق الإرسال بعض الوقت في هذا المبنى الضخم، ثمّ بدأ الهاتف يرنّ.

أجابه الصوت المألوف بلكنته الجنوبية: "هذا مكتب بيتر سولومون، معك أنطوني. بماذا أخدمك؟".

شعر لانغدون بالراحة وهو يجيب: "أنطوني! أنا سعيد لأنّك لا تزال هناك. معك روبرت لانغدون. يبدو لي أنّ ثمّة خطأ ما بخصوص المحاضرة. أنا أقف في ستاتيوري هول، ولكن ما من أحد هنا. هل تمّ نقل المحاضرة إلى قاعة أخرى؟".

"لا أظنّ ذلك، سيّدي. دعني أتحقّق من الأمر". صمت المساعد للحظة ثمّ تابع: "هل أكّدتَ الأمر مباشرة مع السيّد سولومون؟".

شعر لانغدون بالإرباك: "كلاّ، بل أكّدته معك أنت، أنطوني، هذا الصباح!".

"أجـل، أذكر ذلك". وتابع بعد صمت قصير: "كان ذلك تصرّفاً طائشاً بعض الشيء، ألا تظنّ ذلك، بروفيسور؟".

شعر لانغدون الآن بالقلق وهو يسأل: "عفواً؟".

قـال الــرجل: "فكّر في الأمر... تلقيت فاكساً يطلب منك الاتّصال برقم، وفعلت ذلك. تحـدّثت مع شخص غريب تماماً قال لك إنّه مساعد بيتر سولومون. ثمّ سافرت بإرادتك على متن طائرة خاصّة إلى واشنطن، وركبت سيّارة مركونة جانباً. أهذا صحيح؟".

شعر لانغدون بموجة من الخوف تجتاح جسده: "من أنت، بالله عليك؟ أين بيتر؟".

"أخـشى أنّ بيتر سولومون لا يملك أدنى فكرة عن وجودك في واشنطن اليوم". اختفت لكـنة الــرجل الجنوبية، وتحوّل صوته إلى همس عميق ومعسول: "أنت هنا، سيّد لانغدون، لأنّني أردت ذلك".

46

الفصل 9

فـي قاعة ستاتيوري هول، كان روبرت لانغدون يسير في دائرة ضيّقة، ويضغط هاتفه على أذنه: "من أنت، بالله عليك؟".

أتى جواب الرجل في همسة ناعمة هادئة: "لا تَخَف، بروفيسور. تمّ استدعاؤك إلى هذا المكان لسبب معيّن".

شعر لانغدون وكأنّه حيوان في قفص: "استدعائي؟ بل بالأحرى اختطافي!".

كـان صـوت الرجل مشوباً بهدوء غريب: "أبداً. لو أردت إيذاءك لكنت الآن ميتاً في الـسـيّارة الـتـي أتت بك من المطار". صمت للحظة قبل أن يتابع: "نواياي طيّبة، أؤكّد لك. لا أريد سوى أن أقدّم إليك دعوة".

لا شكراً. مـنـذ تجاربه في أوروبا خلال السنوات الأخيرة، كانت شهرة لانغدون غير الـمـرغوبة تجذب إليه المختلّين، وهذا الرجل قد تخطّى الحدود: "اسمع، أنا لا أدري ما الذي يجري هنا، ولكنّني سأقفل الخطّ–".

"لن يكون ذلك تصرّفاً حكيماً، فالفرصة المتاحة أمامك صغيرة جداً إن أردت إنقاذ روح بيتر سولومون".

أخذ لانغدون نفساً حادًّا: "ماذا قلت؟".

"أنا واثق أنّك سمعتني".

الطريقة التي لفظ فيها الرجل اسم بيتر أرعبت لانغدون: "ماذا تعرف عن بيتر؟".

"فـي هـذه اللحظة، أعرف أعمق أسراره. السيّد سولومون ضيفي، وأستطيع أن أكون مضيفاً مقنعاً جداً".

هذا مستحيل. "بيتر ليس معك".

"لقد أجبت على هاتفه الخاصّ. يجب أن يقنعك ذلك".

"سأتّصل بالشرطة".

قال الرجل: "لا حاجة إلى ذلك، ستلحق بك السلطات عمّا قريب".

مـا الذي يتحدّث عنه هذا المعتوه؟ قست نبرة لانغدون وهو يقول: "إن كان بيتر عندك، دعني أتحدّث معه الآن".

"هذا مستحيل، فالسيّد سولومون عالق في مكان تعيس".

"أين؟" أدرك لانغدون أنّه يمسك هاتفه بقوّة لأنّه شعر بأصابعه تتخدّر.

"إنّه في المكان الذي كرّس له دانتي نشيده مباشرة بعد جحيمه الأسطوري".

عززت إشارات الرجل الأدبية شكوك لانغدون في أنه يتعامل مع مجنون. *النشيد الثاني*. كان لانغدون يعرف جيّداً أنّ لا أحد يخرج من أكاديمية فيلييس إكزيتير من دون قراءة دانتي.

"هل تعني أنّك تظنّ أنّ بيتر...".

"نعم، بيتر هو *ما بين بين*".

ظلّت الكلمات معلّقة في أذن لانغدون: "هل تعني أنّ بيتر... ميت؟".

"ليس بالضبط، لا".

صرخ لانغدون، وتردّد صوته بحدّة في القاعة: "ليس بالضبط؟!" استدارت رؤوس عائلة من السيّاح نحوه، فالتفت وخفض صوته: "الموت هو عادة حالة كلّية، إمّا هو ميت أم لا!".

"أنــت تفاجئني، بروفيسور. ظننت أنّك تفهم بشكل أفضل أسرار الحياة والموت. بالفعل، ثمّة عالم ما بين بين، عالم يحيق فيه بيتر سولومون في هذه اللحظة. وإمّا أن يعود إلى عالمك أو ينتقل إلى العالم الآخر... وذلك يعتمد على ما ستقوم به".

حاول لانغدون فهم كلامه: "ماذا تريد منّي؟".

"الأمر بسيط. لقد مُنحتَ إمكانية الوصول إلى شيء قديم جداً. والليلة، ستشاركني إيّاها".

"لا أملك فكرة عمّا تتحدّث".

"حقاً؟ هل تدّعي أنّك لا تفهم الأسرار القديمة التي أُعطيت إيّاها؟".

شعر لانغدون فجأةً أنّه يغرق، وفهم ماهيّة ما يحدث على الأرجح. *أسرار قديمة*. لم يكن قــد تفــوّه بكلمة واحدة لأيّ كان عن تجاربه في باريس قبل بضعة أعوام، ولكنّ المتعصّبين للكأس المقدّسة تابعوا التغطية الإعلامية عن كثب، وقام بعضهم بربط الأمور ظنّاً أنّ لانغدون أصبح يملك معلومات سرّية تتعلّق بالكأس المقدّسة، وربما حتّى مكانها.

قــال لانغــدون: "اسمع، إن كان الأمر يتعلّق بالكأس المقدّسة، أؤكّد لك أنّني لا أعرف عنها أكثر-".

قاطعــه الــرجل بــصوت لاذع: "لا تهن ذكائي سيّد لانغدون. أنا لست مهتماً بأيٍّ من الأمــور الــتافهة المــتعلّقة بالكأس المقدّسة أو بجدل الجنس البشري المحزن حول من يملك الرواية الصحيحة للتاريخ. فالجدل الفارغ حول دلالات الألفاظ الدينية لا يهمّني. تلك مسائل لا يجيب عنها سوى الموت".

تركت تلك الكلمات الصارمة لانغدون مربكاً. "إذاً، ما الذي يجري هنا بالضبط؟".

صمت الرجل لبضع ثوانٍ ثمّ قال: "كما تعلم، ثمّة باب قديم في هذه المدينة".

باب قديم؟

"والليـــلة، أيّهـــا البروفيسور، ستفتحه لي. يجب أن تشعر بالفخر لأنّني اتّصلت بك، إنّها دعوة حياتك. فقد تمّ اختيارك أنت وحدك دوناً عن سائر البشر".

لا شــكّ فــي أنّك مجنون. قال لانغدون: "أنا آسف، ولكنّك أسأت الاختيار. فأنا لا أعلم شيئاً عن أيّ باب قديم".

"أنت لم تفهم، بروفيسور. لست أنا من اختارك... بل *بيتر سولومون*".

أجاب لانغدون وقد تحوّل صوته إلى همس منخفض: "ماذا؟".

"أخبرَني السيّد سولومون كيف أجد الباب، واعترف لي أنّ رجلاً واحداً على وجه الأرض يمكنه فتحه. وقال إنّ هذا الرجل هو *أنت*".

"إن قال بيتر ذلك فهو إمّا مخطئ... أو يكذب".

"لا أظنّ ذلك. كان في حالة ضعيفة حين اعترف بذلك وأنا ميّال إلى تصديقه".

قال لانغدون غاضباً: "أنا أحذّرك، إن آذيت بيتر بأيّ شكل-".

قاطعه الرجل بنبرة فيها شيء من التسلية: "فات الأوان على *ذلك*، فقد سبق وأخذت ما أريده من بيتر سولومون. ولكنّني أقترح عليك، لصالحه، أن تعطيني ما أريده *منك*. الوقت قصير... *لكليكما*. أنصحك بإيجاد الباب وفتحه، وبيتر سيدلّك على الطريق".

بيتر؟ "ظننتك قلت إنّ بيتر أصبح ما بين بين".

قال الرجل: "كما فوق، كذلك تحت".

شعر لانغدون برعشة من الخوف. فذاك الجواب الغريب كان مثلاً هرمسيًّا قديماً يدّعي وجود علاقة فيزيائية بين السماء والأرض. *كما فوق، كذلك تحت*. حدّق لانغدون إلى القاعة الواسعة وأخذ يتساءل كيف خرجت الأشياء فجأة عن سيطرته هذه الليلة. "اسمع، لا أدري كيف أجد أبواباً قديمة. سأتّصل بالشرطة".

"بالفعل، لم يتّضح لك الأمر بعد، أليس كذلك؟ لم تفهم لِمَ تمّ اختيارك؟".

قال لانغدون: "كلاّ".

أجاب الرجل ضاحكاً: "سيتّضح قريباً، بين لحظة وأخرى".

وقُطع الخطّ.

وقف لانغدون جامداً لبضع دقائق رهيبة محاولاً فهم ما حدث للتوّ.

فجأة سمع من بعيد صوتاً غير متوقّع.

كان آتياً من الروتوندا.

أحدهم كان يصرخ.

الفصل 10

دخل روبرت لانغدون قاعة الروتوندا في الكابيتول مرّات عديدة في ما مضى، ولكنّه لم يدخلها أبداً بالسرعة القصوى. وبينما كان يعدو عبر المدخل الشمالي، رأى مجموعة من السيّاح وسط القاعة. كان ثمّة طفل صغير يصرخ، ويحاول أبواه تهدئته. تجمّع الموجودون حوله بينما راح عدد من الحرّاس يبذلون جهدهم لإعادة النظام.

قال شخص بدا عليه الاضطراب: "سحَبها من رباطه وتركها هناك بكلّ بساطة!".

اقترب لانغدون، فوقع نظره على ما كان يسبّب كلّ هذا الذعر. لا شكّ في أنّ الشيء الموجود على أرض الكابيتول كان غريباً، ولكنّه لا يستدعي الصراخ.

سبق أن رأى لانغدون الجهاز الموضوع على الأرض مرّات عديدة. فكلّية الفنون في جامعة هارفرد تملك عشرات من هذه النماذج البلاستيكية ذات الحجم الطبيعي، والتي يستعملها النحّاتون والرسّامون لمساعدتهم على نقل تفاصيل الجسد البشري بدقّة. والغريب أنّها ليست تقليداً للوجه البشري بل لليد البشرية. *هل ترك أحدهم يد تمثال عرض في الروتوندا؟*

تمتاز أيادي تماثيل العرض بأصابع ذات مفاصل تمكّن الفنّان من إعطاء اليد الوضعية التي يريدها. وغالباً ما كان طلاب السنة الأولى يضعونها بحيث يكون الإصبع الأوسط مرفوعاً في الهواء. أمّا هذه اليد فكانت مثبّتة بحيث تشير السبّابة والإبهام إلى السقف.

مع اقتراب لانغدون أكثر، أدرك أنّ النموذج لم يكن معتاداً. فسطحه البلاستيكي ليس أملساً، بل كان مكسوًّا بالبقع ومجعّداً بعض الشيء، وبدا وكأنّه...

جلد حقيقي.

توقّف لانغدون في مكانه فجأة.

الآن رأى الدم. *ربّاه!*

بدا الرسغ المبتور وكأنّه مثبّت على قاعدة خشبية لكي يبقى منتصباً، فاجتاحت لانغدون موجة من الغثيان. اقترب قليلاً، غير قادر على التنفّس، ورأى أنّ طرفَي السبّابة والإبهام مزيّنان بالوشم.

ولكنّ الوشم لم يكن هو الذي شدّ انتباه لانغدون، بل وقع نظره على الفور على الخاتم الذهبي المألوف في الإصبع الرابع.

لا.

تراجع لانغدون، وبدأت القاعة تدور من حوله حين أدرك أنّه ينظر إلى اليد اليمنى المبتورة لبيتر سولومون.

الفصل 11

تساءلت كاثرين سولومون وهي تقفل هاتفها المحمول، *لِمَ لا يجيب بيتر؟ أين هو؟*

فعلى مدى ثلاث سنوات، كان بيتر سولومون يسبقها دائماً إلى اجتماعهما الأسبوعي مساء كلّ أحد عند الساعة السابعة. كانت عادة عائلية خاصّة، وطريقة للبقاء على اتّصال قبل بداية أسبوع جديد، كما أنّها تتيح لبيتر أن يظلّ مطّلعاً على عمل كاثرين في المختبر.

قالت في نفسها، *ليس من عادته التأخّر، كما أنّه يجيب دائماً على هاتفه.* وممّا زاد الأمور سوءاً، أنّ كاثرين لم تكن واثقة بعد ممّا ستقوله حين يصل أخيراً. *كيف سأسأله عمّا عرفته اليوم؟*

تردّد صوت خطواتها بانتظام فوق الممرّ الإسمنتي الممتدّ كالعمود الفقري عبر المركز. فهذا الممرّ المعروف باسم "الشارع" يربط أقسام التخزين الخمسة الهائلة للمبنى. وعلى ارتفاع أربعين قدماً فوقها، كان نظام الأنابيب البرتقالي ينبض بأنفاس المبنى، تدور عبره آلاف الأقدام المكعّبة من الهواء المصفّى.

في الأيام العادية، كانت كاثرين تشعر بالراحة لسماع تنفّس المبنى خلال سيرها نحو ربع ميل إلى مختبرها. ولكنّ تلك الأصوات وتّرت أعصابها هذه الليلة. فما علمته عن شقيقها اليوم كان ليسبّب الاضطراب لأيّ كان. وبما أنّ بيتر هو الفرد الوحيد المتبقّي لها من عائلتها في هذا العالم، شعرت باضطراب أكثر لفكرة أن يخفي عنها أسراراً.

على حدّ علمها، لم يُخفِ عنها بيتر سوى سرٍّ واحد... سرّ رائع كان مخبَّأ في آخر هذا الرواق. فمنذ ثلاثة أعوام، اصطحب بيتر كاثرين عبر هذا الممرّ، وأدخلها إلى مركز الدعم التابع للمتحف السميثسوني، وأراها بفخر بعضاً من تحف المبنى غير الاعتيادية؛ حجراً نيزكياً من المريخ ALH-84001، واليوميات البيكتوغرافية التي كتبها سيتينغ بول بخطّ يده، مجموعة من الجِرار المختومة بالشمع والمحتوية على العيّنات الأصلية التي جمعها تشارلز داروين.

مرّا في طريقهما أمام باب ثقيل يحتوي على نافذة صغيرة. فألقت كاثرين نظرة من خلالها وهتفت قائلةً: "ماذا يوجد هنا بربّك؟!".

ضحك شقيقها وواصل السير. "صالة العرض ثلاثة. تدعى أيضاً صالة العرض الرطبة. منظر غريب، أليس كذلك؟".

أسرعت كاثرين خلفه وهي تقول لنفسها، *بل بالأحرى مخيف.* يبدو هذا المبنى وكأنّه من عالم آخر.

قال شقيقها وهو يرافقها عبر الرواق الذي بدا لها بلا نهاية: "ما أريدك أن تريه موجود في صالة العرض خمسة. لقد أضيفت حديثاً. تمّ بناؤها لحفظ التحف المأخوذة من قبو المتحف

الوطنـــي للتاريخ الطبيعي. فمن المقرّر أن يتمّ نقل تلك المجموعة إلى هذا المكان في غضون خمس سنوات، ما يعني أنّ صالة العرض خمسة لا تزال خالية".

التفتت إليه كاثرين وسألته: "خالية؟ إذاً، لماذا نزورها؟".

لمعت عينا شقيقها الرماديتان بنظرة ماكرة مألوفة: "خطر لي، بما أنّ أحداً لا يستعملها، أن تستعمليها *أنتِ*".

"أنا؟".

"بالــضبط. فكّــرت أنّك قد تستطيعين استعمال جزء منها مصمّم كمختبر *لإجراء* بعض الاختبارات النظرية التي قمتِ بتطويرها خلال كلّ تلك السنوات".

نظــرت كاثــرين إلـــى شــقيقها مصدومة: "ولكن بيتر، تلك الاختبارات نظرية *فعلاً*! *وإجراؤها* مستحيل تقريباً".

"لا شيء مستحيل يا كاثرين، وهذا المبنى ممتاز بالنسبة إليك. فمركز الدعم ليس مجرّد مخــزن للكــنوز، إنّه واحد من مختبرات الأبحاث العلمية الأكثر تطوّراً في العالم. نحن نأخذ دائماً قطعاً من المجموعة ونفحصها بأفضل التقنيات الكمّية التي يمكن للمال شراؤها. وجميع المعدّات التي قد تحتاجين إليها ستكون بمتناول يدك".

"بيتر، المعدّات التكنولوجية اللازمة لإدارة هذه الاختبارات–".

"أصبحت هنا". وارتسمت ابتسامة عريضة على وجهه وهو يضيف: "المختبر جاهز".

جمدت كاثرين في مكانها.

أشار شقيقها نحو الرواق الطويل: "سنراها حالاً".

قالت كاثرين بصعوبة: "هل... بنيت لي مختبراً؟".

"إنّه عملي. فقد أُقيم هذا المركز السميثسوني من أجل تطوير المعرفة العلمية. وكما هو الأمــر بالنسبة إلى السرّية، أنا آخذ هذه المهمة بجدّية. وأعتقد أنّ التجارب التي اقترحتِها من شأنها أن توسّع حدود العلم بشكل لم يسبق له مثيل". صمت بيتر ونظر مباشرةً إلى عينيها ثمّ أضــاف: "حتّى وإن لم تكوني شقيقتي، لشعرت أنّني ملزم بدعم هذا البحث. فأفكارك رائعة، والعالم يستحقّ أن يرى إلى أين يمكن أن تؤدّي".

"بيتر، لا أستطيع أن–".

"حــسناً، اســترخي... لقــد جهّــزت المختبر من مالي الخاص ولا أحد يستعمل صالة العرض خمسة حالياً. حين تنتهين من تجاربك، ستنتقلين من هنا. ناهيك عن أنّ صالة العرض خمسة تتّصف ببعض المزايا الفريدة الممتازة لعملك".

لم تفهم كاثرين كيف يمكن لصالة هائلة وفارغة أن تساعدها في أبحاثها، ولكنّها شعرت أنّها ستكتشف قريباً. فقد وصلا إلى باب فولاذي كُتب عليه بخطّ واضح:

صالة العرض 5

أدخــل شــقيقها الــبطاقة المستعملة لفتح الباب في شقّ، فأُضيء جهاز إلكتروني. رفع إصــبعه ليطــبع رمز الدخول، ثمّ توقّف ورفع حاجبيه بالطريقة الماكرة نفسها كما كان يفعل وهو صبي: "هل أنتِ واثقة من أنّك مستعدّة؟".

هزّت رأسها. *شقيقي يستمتع دوماً بالتشويق.*

"تراجعي قليلاً". أدخل بيتر الرمز.

فُتح الباب الفولاذي محدثاً صوتاً قوياً.

كــان خلف مصراعيه ظلام دامس... مجرّد فراغ. شعرت وكأنّ أنيناً خاوياً يتردّد من أعماقه، كما أحسّت بلفحة هواء باردة تخرج منه. كانت وكأنّها تحدّق إلى الغراند كانيون ليلاً.

قال شقيقها: "تخيّلي محطّة طيران فارغة تنتظر أسطولاً من طائرات الإيرباص لتتكوّن لديك الفكرة الأساسية".

شعرت كاثرين بأنّها تتراجع خطوة إلى الوراء.

"الصالة نفسها كبيرة جداً بحيث تتعذّر تدفئتها، ولكنّ مختبرك هو عبارة عن مكعّب من حجر الرماد العازل للحرارة، يقع في أبعد زاوية من الصالة، وذلك لعزله بأكبر قدر ممكن".

راحــت كاثــرين تتخيّله. *صندوق داخل صندوق.* حاولت تمييز شيء في الظلام ولكنّه كان دامساً. سألته: "كم يبعد؟".

"إنّــه بعيد... فالمكان هنا يتّسع بسهولة لملعب كرة قدم. ولكن أحذّرك، السير إليه مثير للأعصاب بعض الشيء. فالظلام دامس جداً".

نظرت كاثرين حولها قائلةً: "ما من زرّ نور".

"لم يتمّ بعد تمديد الكهرباء في صالة العرض خمسة".

"ولكن... كيف يمكن للمختبر أن يعمل؟".

غمزها قائلاً: "بواسطة وقود الهيدروجين".

فغرت كاثرين فاها وقالت: "أنت تمزح، أليس كذلك؟".

"لــديك مــا يكفي من الطاقة النظيفة لإضاءة مدينة صغيرة. مختبرك معزول تماماً عن الترددات الشعاعية الآتية من بقية المبنى. والأهم أنّ الجدران الخارجية للصالة مغلّفة بأغشية مقاومــة للضوء لحماية التحف الموجودة فيها من الأشعة الشمسية. عموماً، تمتاز هذه الصالة ببيئة معزولة ومحايدة من حيث الطاقة".

بدأت كاثرين تفهم ميزة صالة العرض خمسة. فبما أنّ معظم عملها يتمحور حول تحديد كمية حقول للطاقة لم تكن معروفة مسبقاً، عليها أن تجري تجاربها في مكان معزول عن أيّ إشــعاعات أو "ضــجّة بيــضاء" خارجية. ويشتمل ذلك على عناصر دخيلة مثل "الإشعاعات الدماغــية" أو "الانبعاثات الفكرية" الصادرة عن أشخاص في الجوار. لهذا السبب، لا تستطيع العمــل في حرم جامعة أو مختبر مستشفى، بينما تُعتبر صالة عرض خالية في مركز الدعم التابع للمتحف السميثسوني ممتازة لعملها.

ابتسم شقيقها وهي تتقدّم في الظلام: "فلنذهب إلى الخلف ونلقِ نظرة، اتبعيني".

وقفت كاثرين عند العتبة. *أكثر من مئة ياردة في الظلام الدامس؟* أرادت أن تقترح عليه استعمال مصباح يدوي، ولكنّه كان قد اختفى في القاعة المظلمة.

نادته: "بيتر؟".

ردّ عليها بصوت بدأ يبتعد: "وثبة إيمان، ستجدين طريقك، ثقي بي".

إنّه يمزح، أليس كذلك؟ بدأ قلب كاثرين ينبض وهي تسير بضع خطوات عند مدخل الصالة محاولة التحديق عبر الظلام. *لا أرى شيئاً!* فجأة، صدر صوت من الباب الفولاذي وأُغلق خلفها، فغرق المكان بالظلام التامّ. لم يكن ثمّة بصيص من الضوء على الإطلاق. "بيتر؟!".

ولكنّها قوبلت بالصمت.

ستجدين طريقك. ثقي بي.

راحت تتلمّس طريقها. *وثبة إيمان؟* لم تكن كاثرين قادرة حتّى على رؤية يدها أمام وجهها مباشرةً. تابعت السير، ولكن بعد بضع ثوانٍ ضاعت تماماً. *إلى أين أذهب؟*

كان ذلك منذ ثلاث سنوات.

الآن، وصلت كاثرين إلى الباب المعدني الثقيل نفسه، وأدركت كم تقدّمت منذ تلك الليلة الأولى. كان مختبرها الملقّب بالمكعّب قد أصبح بيتها، ومعتزلاً خاصاً بها في أعماق صالة العرض خمسة. وتماماً كما توقّع شقيقها، وجدت طريقها في الظلام تلك الليلة، وكلّ يوم من بعدها، وذلك بفضل نظام إرشاد بسيط في غاية الذكاء تركها شقيقها تكتشفه بنفسها.

الأهم أنّ توقّعاً آخر لشقيقها صدق أيضاً. فقد أدّت تجارب كاثرين إلى نتائج مذهلة، لا سيّما في الأشهر الستّة الأخيرة، وهي اكتشافات ستغيّر النماذج الفكرية بأكملها. كانت قد اتفقت هي وأخوها على إبقاء النتائج سرّية تماماً، إلى أن يتمّ فهم جميع العناصر المشتركة فيها. ولكنّ كاثرين كانت تعلم أنّها ستنشر قريباً أحد أهم الاكتشافات العلمية التحوّلية في التاريخ البشري.

قالت لنفسها وهي تُدخل البطاقة في باب صالة العرض خمسة، *مختبر سرّي في متحف سرّي.* أضيء الجهاز وطبعت كاثرين كلمة السرّ.

فُتح الباب الفولاذي مصدراً هسهسته المعتادة.

صاحب الأنين الخاوي المألوف لفحة الهواء الباردة نفسها. وكما يحدث دائماً، شعرت كاثرين بنبضها يتسارع.

أغرب تبدّل على وجه الأرض.

شدّت كاثرين عزيمتها للقيام بالرحلة، ونظرت إلى ساعتها وهي تخطو إلى الفراغ. إلاّ أنّ فكرة مقلقة رافقتها الليلة إلى الداخل. *أين هو بيتر؟*

الفصل 12

يشرف رئيس شرطة الكابيتول ترانت أندرسون على الأمن في مجمّع الكابيتول منذ أكثر مـــن عقد من الزمن. كان رجلاً ضخماً مربّع الصدر، يمتاز بملامح حادّة وشعر أحمر قصير جداً يضفي عليه سلطة عسكرية. وكان يعلّق على حزام خصره مسدّساً واضحاً للعيان كتحذير لأيّ مـــتهوّر يفكّر في اختبار مدى سلطته. أمضى أندرسون معظم وقته ينسّق جيشه الصغير من ضبّاط الشرطة في مركز المراقبة عالي التقنية في قبو الكابيتول. هناك يشرف على فريق من التقنيين الذين يراقبون الشاشات البصرية والحواسب الإلكترونية وهاتفاً يبقيه على اتّصال مع موظفي الأمن العديدين العاملين تحت إمرته.

كـــان هذا المساء هادئاً على نحو غير اعتيادي، وقد سُرّ أندرسون لذلك. فقد كان يأمل الـــتمكّن مـــن مـــشاهدة جزء من مباراة الريدسكينز على التلفاز الموجود في مكتبه. وكانت المباراة قد بدأت للتوّ حين رنّ هاتفه الداخلي.

"حضرة الرئيس؟".

أجاب أندرسون بعد أن ضغط على الزرّ وعيناه مثبّتتان على التلفاز: "نعم".

"ثمّـــة شـــيء مـــن الاضطراب في الروتوندا. أرسلت بطلب عدد من ضبّاط الشرطة، ولكنّني أظنّ أنّك ترغب في إلقاء نظرة".

"حـــسناً". توجّه أندرسون إلى مركز المراقبة المزوّد بتسهيلات فائقة التطوّر وبشاشات كمبيوتر. "ماذا لديكم؟".

أشار التقني إلى فيلم فيديو رقمي على شاشته، وقال: "كاميرة الشرفة الشرقية للروتوندا، منذ عشرين ثانية". وشغّل الفيلم.

أخذ أندرسون يشاهد الفيلم من خلف كتف التقنيّ.

كانـــت الـــروتوندا خالية تقريباً اليوم لا تضمّ سوى بضعة سيّاح موزّعين في أرجائها. توجّهت عينا أندرسون الخبيرتان مباشرةً إلى شخص كان بمفرده، يسير أسرع من غيره. كان حلـــيق الـــرأس، يرتدي معطفاً من معاطف الجيش وذراعه المصابة معصوبة برباط. رباطه غير محكم، ووقفته متكاسلة، يتحدّث عبر هاتف خلوي.

تردّد وقع خطوات الرجل الحليق عبر الشاشة، إلى أن توقّف فجأة حين وصل إلى وسط الـــروتوندا تماماً، فأنهى مكالمته الهاتفية، ثمّ انحنى وكأنّه يريد ربط حذائه. ولكن عوضاً عن ذلـــك، أخرج شيئاً من ذراعه المعصوبة، وثبّته على الأرض، ثمّ نهض وتوجّه نحو المخرج الشرقي وهو يعرج قليلاً.

حـدّق أندرسون إلى الشيء الغريب الذي تركه الرجل خلفه. *ما هذا؟* كان بطول ثمانية إنـشات تقـريباً ومثبّتاً عمودياً. اقترب أندرسون من الشاشة ينظر إلى الصورة. *لا يمكن أن يكون كما يبدو!*

وبيـنما أسـرع الشابّ الأصلع نحو الخارج، واختفى عبر الباب الشرقي، سُمع صوت صبي صغير في الجوار يقول: "ماما، هذا الرجل أوقع شيئاً". توجّه الصبي نحو الشيء، ولكنّه جمد فجأة. وبعد صمت طويل، أشار بيده نحوه، وأطلق صرخة مدوّية.

نهـض رئيس الشرطة على الفور، وراح يركض نحو الباب مصدراً الأوامر: "اتّصلوا بجميع العناصر! اعثروا على الشاب الأصلع ذي الذراع المعصوبة واعتقلوه على الفور!".

اندفـع خـارج مركز الأمن، وراح يصعد درجات السلّم كلّ ثلاثة معاً. كانت كاميرات المـراقبة قـد أظهـرت الرجل وهو يغادر الروتوندا عبر الباب الشرقي. وأقصر طريق إلى خارج المبنى سيقوده عبر الرواق الشرقي الغربي، الذي كان أمامه تماماً.

يمكنني أن أسبقه.

حـين بلغ أعلى السلّم، وانعطف عند الزاوية، أخذ يتأمّل الممرّ الهادئ الممتدّ أمامه. كان ثمّة زوجان متقدّمان في السنّ يتجوّلان في آخره، يداً بيد. وبجوارهما، رأى سائحاً أشقر الشعر يرتدي سترة زرقاء، ويقرأ دليلاً سياحياً، وهو يتأمّل فسيفساء السقف خارج قاعة مجلس النواب.

ركض أندرسون نحوه وسأله: "عفواً سيّدي، هل رأيت رجلاً أصلع معصوب الذراع؟".

رفع الرجل نظره عن كتابه، وبدا عليه التشوّش.

كرّر أندرسون بحدّة أكبر: "رجل أصلع معصوب الذراع! هل رأيته؟".

تـردّد السائح، ثمّ نظر بعصبية إلى الطرف الشرقي للرواق وقال: "آه... أجل، أظنّه مرّ بقربي للتوّ... نحو ذاك السلّم هناك"، وأشار إلى الردهة.

أخرج أندرسون جهاز اللاسلكي وصرخ عبره: "إلى جميع العناصر! المشتبه فيه متوجّه إلـى المخرج الجنوبي الشرقي. توجّهوا إلى هناك!" أعاد الجهاز، وانتزع سلاحه من حزامه، ثمّ اندفع إلى المخرج.

بعـد ثلاثين ثانية، وعند المخرج الهادئ للجهة الشرقية للكابيتول، خرج الرجل الأشقر قوي البنية بسترته الزرقاء إلى هواء الليل الرطب. ابتسم وهو يستمتع ببرودة المساء.

التحوّل.

لقد كان في غاية السهولة.

فقـبل دقـيقة واحدة كان يعرج خارجاً بسرعة من الروتوندا بمعطف الجيش. خرج من الكوّة المظلمة ونزع معطفه لتبدو سترته الزرقاء التي يرتديها تحته. وقبل أن يترك المعطف، أخـرج شـعراً مستعاراً أشقر اللون، ووضعه بإحكام على رأسه. عندها استقام وتناول دليلاً سياحياً لمدينة واشنطن من سترته، ثمّ خرج بهدوء من الكوّة وهو يمشي بأناقة.

التحوّل. تلك هي موهبتـي.

بينما كانت ساقا مالأخ الفانيَتان تحملانه نحو سيّارة الليموزين المركونة بانتظاره، قوّس ظهــره فارداً طوله البالغ 6.3 أقدام وأرجع كتفيه إلى الخلف. تنشّق الهواء بعمق، وتركه يملأ رئتيه. شعر وكأنّ طائر الفينيق الموشوم على صدره يفرد جناحيه.

قـــال في نفسه وهو يحدّق إلى المدينة، *فقط لو أنّهم يدركون قوّتـي. الليلة سيكون تحوّلـي كاملاً.*

لعب مالأخ أوراقه بفنّ في مبنى الكابيتول، محترماً جميع الأعراف القديمة. *لقد تمّ تسليم الدعوة القديمة.* إن لم يفهم لانغدون بعد دوره هنا الليلة، فسيفعل عمّا قريب.

الفصل 13

بالنسبة إلى روبرت لانغدون، كانت قاعة الروتوندا في الكابيتول تفاجئه دوماً، تماماً كبازيليك سان بيتر. فهو يدرك أنّ القاعة كبيرة إلى حدّ أنّ تمثال الحرّية يقف مرتاحاً فيها، ولكنّه كان يشعر دائماً أنّها أكبر وأكثر تجويفاً ممّا توقّع، وكأنّ ثمّة أرواحاً في الهواء. أمّا الليلة، فلم يجد سوى الفوضى.

كان ضبّاط الشرطة التابعون للكابيتول يغلقون الروتوندا محاولين إبعاد السيّاح المضطربين عن اليد، والصبي الصغير لا يزال يبكي. لمع ضوء ساطع آتٍ من كاميرة أحد السيّاح الذي يأخذ صورة لليد، فأوقفه على الفور عدد من الحرّاس، وأخذوا منه الكاميرة، ثمّ اقتادوه إلى الخارج. في غمرة الفوضى، شعر لانغدون أنّه يقترب إلى الأمام وكأنّه في حالة نشوة، مبتعداً عن الجمع ومقترباً من اليد.

كانت يد بيتر سولومون اليمنى موجّهة إلى الأعلى ورسغه المبتور مثبّتاً على قاعدة خشبية صغيرة. كانت ثلاثة من أصابعه مضمومة على شكل قبضة، والسبّابة والإبهام ممدودتين تشيران إلى القبّة.

صرخ الشرطي: "فليتراجع الجميع!".

كان لانغدون قد اقترب إلى حدّ مكّنه من رؤية دم جاف سال من الرسغ وتجمّد على القاعدة الخشبية. *جروح ما بعد الوفاة لا تنزف... ما يعني أنّ بيتر حيّ*. لم يعرف لانغدون ما إذا كان يتعيّن عليه الشعور بالراحة أم بالغثيان. *هل بُترت يد بيتر وهو حيّ؟* شعر بالصفراء ترتفع إلى حلقه، إذ راح يفكّر في جميع المرّات التي مدّ فيها صديقه العزيز تلك اليد نفسها ليسلّم عليه أو ليضمّه بحنان.

شعر لانغدون لبضع ثوانٍ أنّ عقله فارغ تماماً، وكأنّه تلفاز غير منظّم، مشغّل من دون أن يبثّ شيئاً. والصورة الواضحة الأولى التي ظهرت فيه فجأة لم تكن متوقّعة إطلاقاً.

تاج... ونجمة.

انحنى لانغدون، وأخذ يحدّق إلى أنملتَي بيتر. *وشم؟* هذا لا يصدّق، فالوحش الذي قام بذلك وشَمَ على ما يبدو رموزاً صغيرة على رؤوس أصابع بيتر.

تاج على الإبهام، ونجمة على السبّابة.

غير معقول. لقد سجّل عقل لانغدون الرمزين على الفور وحوّل هذا المشهد المرعب أساساً إلى شيء من العالم الآخر تقريباً. فقد ظهر هذان الرمزان معاً مرّات عديدة في

التاريخ، ودائماً في المكان نفسه، على رؤوس الأصابع. كانت واحدة من أيقونات العالم القديم الأكثر سرّية وإثارة للحسد.

يد الأسرار.

كان من النادر رؤية هذه الأيقونة اليوم، ولكنّها رمزت عبر التاريخ إلى دعوة قوية للتحرّك. عصر لانغدون ذهنه لفهم العمل الفنّي الغريب القابع أمامه. *وشم أحدهم يد الأسرار على يد بيتر؟* هذا غير معقول. فقديماً، كانت الأيقونة تُنقش في الصخر أو الخشب أو تُرسم رسماً. ولم يسبق للانغدون أن سمع أنّ يد الأسرار تُصنع على الجسد البشري. كان المفهوم منافياً للعادة.

قال أحد الحرّاس خلفه: "سيّدي؟ تراجع من فضلك".

بالكاد سمعه لانغدون. *ثمّة أوشام أخرى.* فمع أنّ لانغدون لم يرَ رؤوس الأصابع الثلاثة الأخرى المثنية، إلاّ أنّه عرف أنّها تحمل أوشامها الفريدة الخاصّة بها. تلك هي العادة، خمسة أوشام. فعبر العصور، لم تتغيّر رموز رؤوس أصابع يد الأسرار أبداً... ولا الهدف الأيقوني لليد.

فاليد تمثّل... دعوة.

شعر لانغدون برعشة مفاجئة وهو يتذكّر كلام الرجل الذي أحضره إلى هنا. *أنت تتلقّى الليلة أيّها البروفيسور دعوة حياتك.* ففي العصور القديمة، كانت يد الأسرار ترمز إلى الدعوة الأكثر إثارة للحسد على وجه الأرض. فالحصول عليها كان عبارة عن دعوة مقدّسة للانضمام إلى مجموعة نخبوية؛ أولئك الذين يُقال إنّهم يحرسون الحكمة السرّية لجميع العصور. ولم تكن الدعوة شرفاً عظيماً فحسب، بل تشير أيضاً إلى أنّ المعلّم يراك جديراً بتلقّي هذه الحكمة السرّية. *يد المعلّم ممدودة للمبتدئ.*

قال الحارس وهو يضع يده بحزم على كتف لانغدون: "سيّدي، أريدك أن تتراجع فوراً".

قال لانغدون: "أعرف معنى هذا، يمكنني أن أساعدكم".

قال الحارس: "الآن!".

"صديقي واقع في مشكلة. علينا أن–".

شعر لانغدون بذراعين قويّتين تدفعانه على النهوض وتبعدانه عن اليد. فاستسلم لشعوره أنّه يفتقد إلى التوازن الكافي للاعتراض. لقد تمّ إرسال دعوة رسمية للتوّ. أحدهم يدعو لانغدون لفتح باب غامض سيكشف عالماً من الأسرار القديمة والمعرفة الخفيّة.

ولكن هذا كلّه جنون.

أوهام عقل مختلّ.

الفصل 14

شـقّت سـيّارة الليموزين الطويلة التي يقودها مالأخ طريقها بعيداً عن مبنى الكابيتول، واتّجهت شرقاً نحو جادة إنديياندانس. حاول زوجان شابان يسيران على الرصيف النظر عبر النوافذ الخلفية السوداء على أمل رؤية شخصية هامّة.

ابتسم مالأخ قائلاً لنفسه، *أنا في المقدّمة.*

كان يحبّ إحساس القوّة الذي تولّده فيه قيادة هذه السيّارة الضخمة بنفسه. فأيّ واحدة من سـيّاراته الخمـس الأخـرى مـا كانت لتمنحه ما يريد الليلة، ألا وهو *ضمان* بالخصوصية. الخـصوصية الـتامّة. إذ تتمتّع سيّارات الليموزين في هذه المدينة بنوع من الحصانة، *وكأنّها سـفارات تـسير على عجلات.* فضبّاط الشرطة الذين يعملون بقرب تلّة الكابيتول لا يعرفون أبداً الشخصية النافذة التي قد يقعون عليها في سيّارة ليموزين، فيتجنّبوا المخاطرة بكل بساطة.

حـين عبـر مالأخ نهر أناكوستيا إلى ماريلاند، شعر أنّه يقترب من كاثرين، تشدّه إليها جاذبـية القدر. *أنا مدعوّ إلى مهمّة أخرى الليلة... مهمة لم أتخيّلها.* ففي الليلة الماضية، حين أخبره بيتر سولومون بآخر أسراره، عرف بوجود مختبر سرّي أنجزت فيه كاثرين سولومون أعمالاً عظيمةً، اكتشافات مذهلة أدرك أنّها ستغيّر العالم إن أُعلن عنها.

سيكشف عملها الطبيعة الحقيقية لجميع الأشياء.

على مرّ قرون، تجاهلت "أذكى العقول" على وجه الأرض العلوم القديمة، وسخرت منها على أنّها خرافات تنمّ عن الجهل. وعوضاً عنها، تسلّحت بالتشكّك وبالاختراعات التكنولوجية الجديـدة الباهـرة، وهي أدوات زادتها بعداً عن الحقيقة. *كانت تكنولوجيا كلّ جيل جديد تُثبت خطأ اكتشافات الجيل السابق.* واستمرّ العالم على ذلك الحال عبر العصور. كلّما تعلّم الإنسان أكثر، أدرك أنّه لا يعلم.

هكذا عاش الجنس البشري في الظلام لآلاف السنين... ولكن كما تمّ التوقّع، فالتغيير آتٍ الآن. فبعد اندفاع الجنس البشري بشكل أعمى عبر التاريخ، وصل إلى مفترق طرقات. وهذه اللحظة تمّ توقّعها منذ زمن بعيد في النصوص القديمة والتقاويم البدائية، وحتّى من قبل النجوم نفسها. فالتاريخ محدّد، وقد أصبح وشيكاً. سيسبقه انفجار لامع للمعرفة... شعاع من الوضوح ينير الظلام ويمنح الجنس البشري فرصة أخيرة للابتعاد عن الهاوية وسلوك طريق الحكمة.

قال مالأخ لنفسه، *لقد أتيت لإطفاء النور، هذا هو دوري.*

القـدر هـو الـذي ربطـه ببيتر وكاثرين سولومون. فالاكتشافات التي حقّقتها كاثرين سـولومون فـي مركز الدعم التابع للمتحف السميثسوني توشك أن تفتح الأبواب أمام فيضان

تفكيـــر جديد ليبدأ عصر جديد للنهضة. وإن نُشرت تلك الاكتشافات، فإنّها ستتحوّل إلى حافز يلهم الجنس البشري لإعادة اكتشاف المعرفة التي فقدها، وتمنحه قوّة تفوق الخيال.

قدَر كاثرين هو إضاءة الشعلة.

وقدري إطفاؤها.

الفصل 15

تلمّست كاثرين سولومون طريقها إلى الباب الخارجي لمختبرها في الظلام الدامس. حين عثرت على الباب المصفح بالفولاذ، فتحته، وأسرعت إلى الردهة الصغيرة. لم تستغرق رحلتها عبر الفراغ أكثر من تسعين ثانية، ولكنّ قلبها كان ينبض بشدّة. *بعد ثلاث سنوات، تظنّ أنّك تعتاد عليه.* فكاثرين تشعر دائماً بالراحة حين تخرج من ظلام الصالة خمسة، وتدخل هذا المكان المنير والنظيف.

كان "المكعّب" عبارة عن صندوق كبير من دون نوافذ، وكلّ إنش من الجدران الداخلية والسقف كان مكسوًّا بشبكة صلبة من الألياف الفولاذية المغلّفة بالتيتانيوم تُشعر مَن بداخله أنّه في قفص هائل مبني داخل سور إسمنتي. يضمّ المكعّب في داخله أقساماً مختلفة مفصولة بواسطة زجاج البلكسي المحجّر تضمّ مختبراً وغرفة تحكّم وغرفة ميكانيكية وحمّاماً ومكتبة أبحاث صغيرة.

دخلت كاثرين بسرعة إلى المكتب الرئيس. كانت غرفة العمل معقّمة وساطعة الإضاءة، تلمع بالمعدّات الكمية المتطوّرة: آلة كهربائية مزدوجة للتخطيط الدماغي، وآلة لقياس الفيمتو ثانية، وفخّ مغناطيسي بصري، ومولّدات أحداث عشوائية للضجيج الإلكتروني ذي الكمية غير المحدّدة، والمعروفة باختصار بمولّدات الأحداث العشوائية. على الرغم من أنّ العلوم العقلية تستخدم أحدث التقنيات، إلاّ أنّ الاكتشافات نفسها كانت خفية أكثر بكثير من الآلات المتطوّرة الباردة التي تحدثها. فحكايات السحر والأساطير كانت تتحول بسرعة إلى واقع مع تدفّق المعلومات الجديدة المذهلة، وكلّها تؤيّد الأيديولوجيا الأساسية للعلم الفكري، ألا وهي القدرة غير المحدودة للعقل البشري.

الفرضية العامّة كانت بسيطة: نحن بالكاد خدشنا سطح قدراتنا العقلية والروحية.

فقد أثبتت التجارب التي أجريت في مختبرات مثل معهد العلوم العقلية في كاليفورنيا ومختبر أبحاث برينستون لحالات الشذوذ الهندسية بشكل قاطع أنّه إن تمّ تركيز الفكر البشري كما يجب، فإنّه قادر على التأثير في الكتلة *الفيزيائية* وتغييرها. ولم تكن التجارب مجرّد خدع واهية، بل اشتملت على أبحاث مراقَبة عن كثب أدّت إلى النتيجة المذهلة نفسها: *أفكارنا* تتداخل فعلاً مع العالم الخارجي، سواء أعرفنا ذلك أم لا، وتحدث تغييراً يبلغ العالم ما دون الذرّي.

العقل فوق المادّة.

في العام 2001، وخلال الساعات التي تلت الأحداث المرعبة للحادي عشر من أيلول، حقّق العلم العقلي قفزة هائلة إلى الأمام. فقد اكتشف أربعة علماء أنّه في الوقت الذي تضامن

فيه العالم الخائف وركّز بحزن على هذه المأساة الواحدة، أصبحت نتائج سبعة وثلاثين مولّدَ أحداث عشوائياً مختلفاً حول العالم فجأة *أقلّ* عشوائية إلى حدّ كبير. بالتالي، فإنّ أحادية هذه التجربةً المشتركة واتّحاد ملايين العقول أثّرا بشكل من الأشكال في العمل العشوائي لتلك الآلات، فنظّما نتاجها وولّدا النظام من الفوضى.

يبدو أنّ ذاك الاكتشاف المذهل يتّفق مع الاعتقاد الروحي القديم بوجود "وعي كوني"؛ اتّحاد واسع للنية البشرية قادر في الواقع على التفاعل مع المادّة الفيزيائية. ومؤخراً، أدّت الدراسات التي أجريت في مجال التأمّل والصلاة الجماعية إلى نتائج مشابهة في مولّدات الأحداث العشوائية، مؤيّدة الادّعاء أنّ *الوعي البشري*، على حدّ وصف الكاتبة في مجال العلوم العقلية لين ماك تاغارت، هو مادّة *خارج* حدود الجسد... طاقة فائقة التنظيم قادرة على تغيير العالم الفيزيائي. وقد أُعجبت كاثرين بكتاب ماك تاغارت *تجربة النيّة*، ومكتبها العالمي الذي يتّخذ شبكة الإنترنت مركزاً له – theintentionexperiment.com – الهادف إلى اكتشاف كيفية تأثير النية البشرية في العالم. كما أثارت مجموعة أخرى من النصوص التقدّمية اهتمام كاثرين.

انطلاقاً من هذا الأساس، حقّقت أبحاث كاثرين قفزة إلى الأمام حين أثبتت أنّ "تركيز الفكر" من شأنه أنّ يؤثّر فعلياً في *أيّ شيء*، كسرعة نمو النبات، واتّجاه سباحة السمكة في الإناء، وطريقة انقسام الخلايا في طبق محجّر، ومُزامنة أنظمة آلية منفصلة، وردود الفعل الكيميائية في الجسد. وحتّى التركيبة البلّورية لمادّة صلبة حديثة التكوّن تصبح متغيّرة بواسطة عقل شخص ما. فقد ابتكرت كاثرين بلّورات متماثلة جميلة من الثلج عبر إرسال أفكار مُحِبّة إلى الماء وهو يتجمّد. والغريب أنّ *العكس* صحيح أيضاً. فحين أرسلت أفكاراً سلبية ملوّثة إلى الماء، تجمّدت بلّورات الثلج بأشكال فوضوية ومتكسّرة.

من شأن الأفكار البشرية أن تغيّر فعلاً العالم الفيزيائي.

مع ازدياد تجارب كاثرين جرأة، أصبحت النتائج أكثر إذهالاً. إذ أثبت عملها في هذا المختبر من دون أيّ شك أنّ مقولة "العقل فوق المادّة" ليست مجرّد مانترا من العهد الجديد لمساعدة الذات. فالعقل يتمتّع فعلاً بقدرة على تغيير حالة المادّة نفسها، والأهم أنّه يملك القوّة لحثّ العالَم الفيزيائي على التحرّك في اتّجاه معيّن.

نحن أسياد الكون الذي نعيش فيه.

على المستوى ما دون الذرّي، أثبتت كاثرين أنّ الجزيئات نفسها تدخل وتخرج من الوجود استناداً فقط إلى *نيّتها* بمراقبتها. بتعبير آخر، فإنّ رغبتها في رؤية الجزيئة... جعلت تلك الجزيئة تظهر. وكان هايسنبيرغ قد لمّح إلى تلك الحقيقة قبل عقود من الزمن، وها قد أصبحت الآن مبدأً أساسياً من مبادئ العلم العقلي. فاستناداً إلى لين ماك تاغارت: "الوعي الحيّ هو نوعاً ما التأثير الذي يحوّل *إمكانية* شيء ما إلى شيء *حقيقي*. إنّ أهم شرط لوجود هذا الكون هو الوعي الذي يراقبه".

لكــنّ أهــم أوجــه عمل كاثرين هو إدراك أنّ قدرة العقل على تغيير العالم الفيزيائي يمكن *مضاعفتها* بالممارسة. فالنية هي مهارة نمتلكها *بالتعلّم*. كما هو الحال مع التأمّل، يحتاج صقل قوّة "الفكــر" الحقيقية إلى الممارسة. والأهم... أنّ بعض الناس يملكون مهارة أكبر من غيرهم، إلاّ أنّ التاريخ لم يعرف سوى قلّة من الأشخاص الذين تحوّلوا إلى أساتذة حقيقيين في هذا المجال.

تلك هي الحلقة المفقودة بين العلم الحديث والباطنية القديمة.

تعلّمــت كاثــرين ذلــك من شقيقها بيتر، والآن عادت أفكارها إليه وازداد قلقها. دخلت مكتبة الأبحاث لتجدها خالية.

كانــت المكتــبة عــبارة عــن قاعة صغيرة للقراءة، فيها مقعدان من موريس، وطاولة خــشبية، ومصباحان بعمود، وجدار مكسوّ بالرفوف المصنوعة من خشب الماهوغاني صُفّ علــيها خمسمئة كتاب تقريباً. فقد احتفظت كاثرين وبيتر بأفضل نصوصهما هنا؛ كتابات عن كــلّ شيء، من الفيزياء الجزيئية إلى الباطنية القديمة. وتحوّلت مجموعتهما إلى مزيج منتقى مــن النــصوص الجديدة والقديمة... المعاصرة والتاريخية. كانت معظم كتب كاثرين تحمل عــناوين على غرار *الوعي الكمّي*، *والفيزياء الجديدة*، و*مبادئ العلم العصبي*. أمّا كتب أخيها فحملــت عناوين أقدم وأكثر غموضاً مثل *الكيباليون*، *والزوهار*، و*معلّمو وو لي الراقصون*، وترجمة للألواح السومريّة من المتحف البريطاني.

غالــباً مــا كان شقيقها يقول: "إنّ مفتاح مستقبلنا العلمي مخبّأ في ماضينا". فبيتر الذي أمــضى حــياته فــي دراسة التاريخ والعلوم الباطنية، كان أوّل من شجّع كاثرين على صقل دراستها العلمية الجامعية بفهم الفلسفة الهرمسية القديمة. فسنّها لم تكن تتجاوز التاسعة عشرة حين جذب بيتر اهتمامها إلى العلاقة بين العلم الحديث والعلوم الباطنية القديمة.

سألها حين أتت إلى المنزل في عطلة خلال عامها الثاني في جامعة يال: "إذاً، أخبريني يا كايت، ماذا يقرأ طلاب الجامعة هذه الأيام في الفيزياء النظرية؟".

وقفــت كاثــرين فــي مكتبة عائلتها الزاخرة بالكتب، وتلت عليه لائحة كتب المطالعة المطلوبة منها.

أجاب شقيقها: "رائع، أينشتاين، وبور، وهاوكينغ هم من العباقرة المعاصرين. ولكن هل تقرأين كتباً أقدم؟".

فكّرت كاثرين قليلاً ثمّ سألته: "هل تعني... نيوتن؟".

ابتــسم وقال: "حاولي مجدّداً". في سنّ السابعة والعشرين، كان بيتر قد حقّق لنفسه اسماً في العالم الأكاديمي، وكان يستمتع وكاثرين بهذا النوع من الجدل الثقافي.

أقــدم مــن نيوتن؟ امتلأ رأس كاثرين بأسماء قديمة مثل بطليموس، بيتاغور، وهرمس مثلّث العظمة(*). *لم يعد أحد يقرأ هذه الأشياء اليوم.*

(*) هــرمس مــثلّث العظمة: مؤلّف أسطوري لعدد من الآثار في الخيمياء (الكيمياء القديمة والتنجيم والسحر) زعم بعضهم أنه كاهن مصري وزعم آخرون أنه إله مصري.

مــرّر بيتــر إصبعه على طول رفّ من المجلّدات القديمة المغبرّة ذات الأغلفة الجلدية المشقّقة وقال: "كانت حكمة القدماء العلمية مذهلة... والفيزياء الحديثة بدأت *للتوّ* بفهمها".

"بيتــر، ســبق وأخبرتني أنّ المصريين فهموا نظام الرافعات والبَكرات قبل نيوتن بوقت طويل، وأنّ الخيميائيين الأوائل لم يكونوا أقلّ كفاءة من علماء الكيمياء المعاصرين، ولكن ماذا في ذلك؟ فعلماء الفيزياء يتعاملون اليوم مع مفاهيم ما كان للقدماء أن يتخيلوا وجودها".

"مثل ماذا؟".

"حسناً... *كنظرية التشابك* مثلاً!".

فقــد أثبتت الأبحاث ما دون الذرّية بشكل قاطع أنّ جميع المواد مترابطة... متداخلة في شــبكة مــوحّدة... نــوع من الوحدانية الكونية. "هل تعني أنّ القدماء جلسوا يناقشون نظرية *التشابك* ؟".

أجــاب بيتــر وهو يبعد غرّته الداكنة الطويلة عن عينيه: "بالضبط! فالتشابك يشكّل لبّ المعتقدات البدائية. وهو يحمل أسماء قديمة قدم التاريخ نفسه... دارماكايا، تاو، براهمان. في الواقــع، كــان أقــدم أشكال السعي الروحي للإنسان يتمثّل بإدراك تشابكه الخاص، والشعور بارتباطه بجميع الأشياء. لقد أراد دائماً أن يصبح *واحداً* مع الكون".

تــنهّدت كاثرين وقد نسيت مدى صعوبة الجدل مع شخص ضليع في التاريخ كشقيقها: "حسناً، ولكنّك تتحدّث في العموميات وأنا أتحدّث في أمور فيزيائية *محدّدة*".

"إذاً، كوني محدّدة". وتحدّاها بعينيه الذكيّتين.

"حــسناً، ماذا عن أمر بسيط كالقطبية؛ التوازن الإيجابي والسلبي للعالم ما دون الذرّي. بالتأكيد، لم يفهم القدماء–".

"مهلاً!" سحب شقيقها مجلّداً كبيراً مكسوًّا بالغبار، وأفلته على طاولة المكتبة محدثاً صوتاً قــوياً. "القطبــية المعاصــرة لا تساوي شيئاً، بل *العالم المزدوج* الذي وصفه كريشنا هنا في الــباغافاد غيــتا قــبل أكثــر من ألفي عام. وثمّة أكثر من عشرة كتب أخرى هنا، بما فيها *كيباليون*، تتحدّث عن الأنظمة المزدوجة والقوى المتعارضة في الطبيعة".

بــدا التشكّك على وجه كاثرين: "حسناً، ولكن ماذا لو تحدّثنا عن الاكتشافات المعاصرة في مجال ما دون الذرّة، كمبدأ التشكّك لدى هاينسبيرغ–".

قــال بيتر وهو يتوجّه إلى رفّ كتب طويل ويسحب مجلّداً آخر: "إذاً، علينا النظر هنا، فــي الكــتابات الهندوسية المعروفة بالأوبانيشاد". ووضع مجلّداً آخر فوق المجلّد الأوّل. "لقد درس هاينــسبيرغ وشــرودينغير هــذا المجلّــد واعتــرفا أنّه ساعدهما على صياغة بعض نظرياتهما".

تواصل العرض لعدّة دقائق، وراح عمود المجلّدات القديمة يتنامى. أخيراً رفعت كاثرين يــديها مستــسلمة: "حسناً! لقد أقنعتني، ولكنّني أريد دراسة الفيزياء النظرية الحديثة. مستقبل

العلـــم! فأنــا أشكّ في أن يكون لدى كريشنا أو فياسا(*) ما يقولانه في نظرية *السلك المتفوّق* والنماذج الكوزمولوجية متعدّدة الأبعاد".

"أنــتِ محقّة، لم يقولا شيئاً في هذا المجال". صمت قليلاً، وارتسمت ابتسامة على شفتيه ثـمّ قــال: "إن كنت تتحدّثين عن نظرية السلك المتفوّق..."، وسار نحو المكتبة مجدّداً قبل أن يـضيف: "إذاً، أنت تتحدّثين عن هذا الكتاب". ورفع مجلّداً ثمّ ألقاه على المكتب محدثاً صوتاً قوياً. "ترجمة من القرن الثالث عشر للنصّ الآرامي الأصلي من القرون الوسطى".

لم تقتنع كاثرين بذلك بل سخرت قائلةً: "نظرية السلك المتفوّق في القرن الثالث عشر؟! غير ممكن!".

كانــت نظرية السلك المتطوّر نموذجاً كوزمولوجياً جديداً. فاستناداً إلى آخر الملاحظات العلمــية، تُظهر النظرية أنّ العالم متعدّد الأبعاد ليس مكوّناً من ثلاثة أبعاد... بل من عشرة، تتفاعل جميعها على شكل أسلاك متذبذبة، على غرار الأوتار الرنّانة في الكمنجة.

راقبت كاثرين أخاها وهو يفتح الكتاب، ويمرّر إصبعه فوق فهرس المحتويات، ثمّ يفتح صفحة قريبة من أوّله. أشار إلى الصفحة الباهتة والرسومات البيانية قائلاً: "اقرأي هذا".

تفحّــصت كاثرين الصفحة. كانت الترجمة قديمة الطراز وصعبة القراءة، ولكنّها ذهلت حــين رأت أنّ النصّ والرسومات تصوّر الكون *نفسه* الذي تتحدّث عنه نظرية السلك المتفوّق المعاصرة؛ عالم الأسلاك الرنّانة ذا الأبعاد العشرة. وبينما كانت تقرأ، شهقت فجأة وتراجعت قائلةً: "يا الله، حتّى إنّه يصف كيف أنّ الأبعاد الستّة متشابكة وتعمل كبعد واحد؟!" ثمّ تراجعت خطوة إلى الخلف، وقالت بصوت خائف: "ما هذا الكتاب؟!".

ابتــسم شــقيقها وقــال: "كتاب آمل أن تقرأيه يوماً". ثمّ أغلقه عائداً إلى صفحة الغلاف المزخرفة التي حملت العنوان التالي: *الزوهار الكامل*.

مــع أنّ كاثــرين لم تقرأ أبداً هذا الكتاب، إلاّ أنّها تعرف أنّه الكتاب الأساسي للباطنيين اليهود الأوائل، وكان يُعتقد أنه قوي جداً إلى حدّ أنّه كان محصوراً بالحاخامات الأكثر علماً.

نظــرت كاثــرين إلى الكتاب وقالت: "هل تعني أنّ الباطنيّين الأوائل عرفوا أنّ للكون عشرة أبعاد؟".

"مــن دون شــك". وأشار إلى الرسم التوضيحي الذي يضمّ عشر دوائر متداخلة تدعى سيفيروث، وأضاف: "من الواضح أنّ المصطلح مقصور على فئة قليلة، ولكنّ العلم الفيزيائي متقدّم جداً".

لم تعرف كاثرين بما تجيب: "ولكن... لماذا لا يقوم مزيد من الناس بدراسة هذا العلم؟".

ابتسم شقيقها وقال: "سيفعلون".

"لا أفهم".

(*) فياسا: حكيم هندي ينسب إليه نظم الملحمة الهندية الكبرى المعروفة باسم مهابهاراتا.

"كاثرين، لقد وُلدنا في زمن رائع، التغيير قادم. يقف الإنسان اليوم على عتبة عهد جديد سيبدأ خلاله بالعودة إلى الطبيعة والوسائل القديمة... إلى أفكار في كتب مثل *الزوهار* وغيره من النصوص القديمة حول العالم. للحقيقة القوية جاذبيتها الخاصّة بها، ولا بدّ من أن تشدّ الناس إليها مجدّداً. وسيأتي يوم يبدأ فيه العلم الحديث بجدّية بدراسة حكمة القدماء... وسيكون ذلك هو اليوم الذي يبدأ فيه الجنس البشري بإيجاد أجوبة عن الأسئلة الكبيرة التي لا تزال تُفلت منه".

تلك الليلة، بدأت كاثرين تقرأ بلهفة نصوص أخيها القديمة وسرعان ما فهمت أنّه على حقّ. *لقد امتلك العلماء حكمة علمية عميقة.* وما يحقّقه العلم اليوم ليس "اكتشافات" بقدر ما هو "إعادة اكتشاف". يبدو أنّ الجنس البشري قد فهم في الماضي حقيقة الكون... ولكنّه أفلتها... ونسيها.

من شأن الفيزياء الحديثة أن تساعدنا على التذكّر! تحوّل هذا السعي إلى مهمة كاثرين في الحياة؛ استخدام العلم المتطوّر لإعادة اكتشاف حكمة العلماء المفقودة. ولم تكن الإثارة الأكاديمية فقط هي التي تحثّها على ذلك، بل قناعتها أنّ العالم *بحاجة* إلى هذا الفهم... الآن أكثر من أيّ وقت مضى.

في الجزء الخلفي من المكتبة رأت كاثرين رداء المختبر الأبيض الخاصّ بشقيقها معلّقاً بالقرب من ردائها. فأخرجت هاتفها المحمول للتحقّق من الرسائل ولكنّها لم تجد شيئاً. تردّد صوت في ذاكرتها مجدّداً. *ذاك الشيء الذي يعتقد شقيقك أنّه مخبّأ في العاصمة... يمكن إيجاده. أحياناً تدوم الأسطورة لقرون... ولكنّها تدوم لسبب.*

قالت كاثرين بصوت عال: "لا، هذا غير معقول".

أحياناً، تكون الأسطورة مجرّد أسطورة.

الفصل 16

عـــاد رئيس الأمن ترانت أندرسون إلى قاعة الروتوندا غاضباً من فشل فريقه. فقد عثر أحد رجاله للتوّ على رباط للذراع وسترة جيش في كوّة قرب الباب الشرقي.

خرج ذاك اللعين من هنا أمام أعيننا!

كـــان قـــد ســـبق وأعطـــى تعليمات لفريقه بفحص أفلام المراقبة الخارجية، ولكن حين يعثرون على أيّ شيء سيكون الشابّ قد اختفى منذ وقت طويل.

دخـــل أندرسون الروتوندا الآن لمسح الأضرار، ورأى أنّ احتواء الوضع تمّ بأفضل ما يـــتوقّع. فسائر المداخل الأربعة للقاعة أغلقت بأقلّ لفت ممكن للأنظار؛ اعتذار لطيف من قِبل أحـــد الحـــرّاس، ولافـــتة كُتب عليها *هذه الغرفة مغلقة مؤقتاً للتنظيف*. والشهود الذين يقارب عـــددهم العشرة تقريباً اقتيدوا في مجموعة إلى الجهة الشرقية للقاعة، وأخذ الحرّاس يجمعون هـــواتفهم المحمولة وكاميرتهم. فآخر ما يحتاج إليه أندرسون هو أن يرسل أحد هؤلاء لقطة للحادثة من هاتفه إلى محطة السي أن أن.

كـــان أحد الشهود الموقوفين، وهو رجل طويل، داكن الشعر، يرتدي معطفاً رياضياً من التويد، يحاول الابتعاد عن المجموعة للتحدّث إلى رئيس الأمن. وبدا غارقاً في نقاش حامٍ مع الحرّاس.

هـــتف أندرسون للحرّاس: "سأتحدّث إليه بعد قليل. الآن رجاءً، أبقوا الجميع في الردهة الرئيسة إلى أن نحلّ هذا الموضوع".

الـــتفت أندرسون الآن إلى اليد التي كانت تحتلّ وسط القاعة. *يا الله*. فخلال خمسة عشر عامـــاً من عمله في مركز أمن الكابيتول، رأى بعض الحوادث الغريبة، ولكنّه لم يرَ أبداً شيئاً مماثلاً.

يجـــدر بفـــريق الطـــبّ الشرعي الحضور سريعاً وإزالة هذا الشيء من مبناي. اقترب أندرســـون، ورأى أنّ الرسغ الدامي قد ثُبّت على نتوء من قاعدة خشبية لتكون اليد في وضع عمـــودي. قـــال في نفسه، *خشب ولحم، لا يلتقطهما الكاشف المعدني*. الشيء المعدني الوحيد كـــان خاتماً ذهبياً كبيراً افترض أندرسون أنّه إمّا أضيف لاحقاً أو نزعه المشتبه به من إصبع الميت وكأنّه خاتمه.

انحنـــى أندرســـون لتفحّص اليد. بدت وكأنّها يد رجل في الستّين من عمره تقريباً. كان الخاتم مزخرفاً بما يشبه الختم مع طائر ذي رأسين يحمل العدد 33. لم يعرف أندرسون معنى ذلك، ولكن ما لفت انتباهه فعلاً كان الوشم الدقيق على طرفَي الإبهام والسبّابة.

يا له من عرض مثير.

أسـرع نحـوه أحد الحرّاس وهو يحمل هاتفاً: "حضرة الرئيس، مكالمة خاصّة لك. لقد حوّلها مركز الاتّصالات للتوّ".

نظر إليه أندرسون باستغراب وقال غاضباً: "أنا مشغول".

بـدا الشحوب على وجه الحارس الذي غطّى سمّاعة الهاتف بيده وهمس قائلاً: "إنّها من وكالة الاستخبارات المركزية".

فوجئ أندرسون. *هل سمعت السي آي أيه بالحادثة منذ الآن؟!*

"إنّه مركز الأمن التابع لها".

تصلّب أندرسون. *تبًّا.* نظر باضطراب إلى الهاتف بيد الحارس.

في بحر واشنطن الواسع من الوكالات الاستخباراتية، كان مركز الأمن التابع للسي آي أيـه أشـبه بمثلّث بيرمودا؛ منطقة غامضة وخدّاعة يحرص كلّ من يعرفها على تجنّبها قدر الإمكـان. فبموجب أمر أقرب إلى تدمير الذات، تمّ تأسيس مكتب الأمن من قبل السي آي أيه لهدف غريب، ألا وهو التجسّس على السي آي أيه نفسها. هكذا، وكمكتب شؤون داخلية واسع النفوذ، قام مكتب الأمن بمراقبة جميع موظفي وكالة الاستخبارات المركزية لضبط أيّ سلوك غيـر شرعي، كاختلاس الأموال، بيع الأسرار، سرقة تكنولوجيات مصنّفة، والاستعمال غير الشرعي لوسائل التعذيب.

يتجسّسون على جواسيس أميركا.

يتمتّع مكتب الأمن بضوء أخضر للتحقيق في جميع القضايا المتعلّقة بالأمن الوطني، من هنا فهو يمتاز بسلطة واسعة. لا يفهم أندرسون ما الذي يهمّهم في هذه الحادثة التي وقعت في الكابيـتول أو كـيف عرفوا بها بتلك السرعة. ولكن يشاع أنّ لدى مكتب الأمن عيوناً في كلّ مكان. وعلى حدّ علم أندرسون، فهم يحصلون مباشرةً على المعلومات التي تسجّلها كاميرات أمن الكابيتول. صحيح أنّ الحادثة لا تتناسب مع توجيهات المكتب بأي شكل من الأشكال، إلاّ أنّ توقيت المكالمة يوحي أنّها لا يمكن إلاّ أن تكون من أجل اليد المبتورة. قال الحارس وهو يحمـل الهاتـف بعيداً عنه وكأنّه حبّة من البطاطا الساخنة: "حضرة الرئيس، عليك أن تجيب على المكالمة الآن. إنّها من..." صمت ثمّ تفوّه بهدوء بالمقطعين التاليين: "سا–تو".

حملـق أندرسون بشدّة بالرجل. *لا شكّ في أنّك تمزح.* وبدأت يداه تتعرّقان. *هذه القضية بيد ساتو شخصياً؟*

كـان الحاكم المطلق لمكتب الأمن، المدير إينوي ساتو، أسطورة في عالم الاستخبارات. وُلـد مدير مكتب الأمن داخل أسوار معتقل ياباني في مانزانار، كاليفورنيا، في أعقاب أحداث بيـرل هاربور، وظلّ على قيد الحياة، ولكنّه لم ينسَ أهوال الحرب ولا مخاطر الاستخبارات العـسكرية غيـر الكفوءة. والآن، بعد أن ترقّى إلى أحد أهم المراكز في العمل الاستخباراتي الأميركـي وأكثـرها سرّية، أثبت أنّه وطني عنيد وعدوّ مخيف لكلّ من يقف في وجهه. كان

نادراً ما يظهر علناً، ولكنّ الجميع يخشونه. فقد سبر أغوار السي آي أيه، وغاص في بحورها وكأنّه وحش بحري، لا يخرج إلى السطح إلاّ لالتهام فريسته.

كان أندرسون قد التقى ساتو وجهاً لوجه مرّة واحدة، وذكرى نظرة تلك العينين السوداوين الباردتين كانت كافية ليشكر الله على أنّ الحديث سيكون الآن عبر الهاتف.

تناول الهاتف وقرّبه من شفتيه. قال بصوت ودود قدر الإمكان: "حضرة المدير ساتو، معك الرئيس أندرسون، كيف لي أن–".

"ثمّة رجل عندك أودّ التحدّث إليه على الفور". كان صوت مدير مكتب الأمن معروفاً، أشبه بالصوت الناتج عن حفّ حجر فوق لوح للكتابة. فجراحة استئصال سرطان في الحنجرة جعلت نبرة صوته مثيرة جداً للأعصاب كما خلّفت ندبة منفرة في عنقه. "أريدك أن تعثر عليه على الفور".

أهذا كلّ المطلوب؟ إيجاد شخص؟

عاد الأمل يراود أندرسون أن يكون توقيت المكالمة مجرّد مصادفة: "من هو؟".

"اسمه روبرت لانغدون. أعتقد أنّه في مبناك الآن".

لانغدون؟ بدا الاسم مألوفاً نوعاً ما، ولكنّ أندرسون لم يتمكّن من التذكّر. كان يتساءل الآن ما إذا كان موضوع اليد قد وصل إلى ساتو. "أنا في الروتوندا في هذه اللحظة، لدي بعض السيّاح هنا... لحظة واحدة". خفض الهاتف ونادى المجموعة: "يا جماعة، هل بينكم مَن يدعى لانغدون؟".

بعد صمت قصير، أجاب صوت عميق بين حشد السيّاح: "أجل، أنا روبرت لانغدون".

ساتو على علم بكل شيء. لوى أندرسون عنقه محاولاً رؤية الشخص المتحدّث.

ابتعد الرجل نفسه الذي حاول التحدّث معه منذ قليل عن الباقين. بدا مشتّتاً... ولكنّه مألوف نوعاً ما.

رفع أندرسون الهاتف إلى شفتيه: "أجل، السيّد لانغدون هنا".

صدر عن الصوت الأجشّ: "أعطه الهاتف".

تنهّد أندرسون. *الأفضل أن يكون هو وليس أنا*. "لحظة واحدة". ولوّح إلى لانغدون.

حين اقترب لانغدون، أدرك أندرسون فجأة لماذا بدا له الرجل مألوفاً. *لقد قرأت للتوّ مقالاً عن هذا الرجل. ماذا يفعل هنا بحقّ الله؟*

على الرغم من بنية لانغدون الرياضية وقامته الطويلة، لم يرَ فيه أندرسون تلك الشخصية الباردة والقاسية التي توقّعها لدى رجل اشتُهر أنّه ظلّ حيًّا بعد انفجار في الفاتيكان ومطاردة منظّمة في باريس. *هل هرب هذا الرجل من الشرطة الفرنسية... على قدميه*؟ فقد بدا أقرب إلى شخص يتوقّع أندرسون رؤيته جالساً قرب الموقد في مكتبة يقرأ كتاباً لدوستويفسكي.

قال أندرسون وهو يسير لملاقاته: "سيّد لانغدون؟ أنا الرئيس أندرسون، المسؤول عن الأمن هنا. لديك مكالمة هاتفية".

بدا القلق والشكّ في عيني لانغدون الزرقاوين: "لي *أنا*؟".
رفع أندرسون الهاتف: "إنّها من مكتب الأمن التابع للسي آي أيه".
"لم يسبق لي أن سمعت به".
ابتسم أندرسون باضطراب وقال: "حسناً سيّدي، يبدو أنّه قد سمع *بك*".
وضع لانغدون الهاتف على أذنه: "نعم؟".
تردّد صوت ساتو الخشن عبر الجهاز الصغير وكان قوياً إلى حدّ أنّ أندرسون تمكّن من سماعه: "روبرت لانغدون؟".
أجاب لانغدون: "نعم؟".
اقترب أندرسون أكثر لسماع كلام ساتو.
"معك المدير إينوي ساتو، سيّد لانغدون. لديّ أزمة في هذه اللحظة وأظنّ أنّ لديك معلومات من شأنها أن تساعدني".
بدا الأمل على وجه لانغدون: "أهي تتعلّق ببيتر سولومون؟ هل تعرف مكانه؟!".
بيتر سولومون؟ شعر أندرسون أنّه خارج الموضوع تماماً.
صدر صوت ساتو: "بروفيسور، أنا من يطرح الأسئلة في هذه اللحظة".
هتف لانغدون قائلاً: "بيتر سولومون في مأزق خطير. ثمّة شخص مجنون قام للتوّ–".
قاطعه صوت ساتو: "أستميحك عذراً".
تقلّص وجه أندرسون. *حركة غير صحيحة*. فمقاطعة أسئلة موظّف أعلى في السي آي أيه هو خطأ لا يرتكبه سوى مدني. *ظننت أنّه يفترض بلانغدون أن يكون ذكياً*.
"أصغِ إليّ. في أثناء حديثنا الآن، تواجه البلاد أزمة. وقد قيل لي إنّ لديك معلومات من شأنها أن تساعدني على تجنّبها. الآن سأسألك مجدّداً. ما هي المعلومات التي لديك؟".
بدا الضياع على لانغدون: "حضرة المدير، لا فكرة لديّ عمّا تتحدّث. كلّ ما يهمني هو إيجاد بيتر و–".
تحدّاه الصوت: "لا فكرة لديك؟".
لاحظ أندرسون أنّ لانغدون ينتصب ويتحدّث الآن بنبرة أكثر عدوانية: "لا سيّدي. لا فكرة لديّ على الإطلاق".
أجفل أندرسون. *خطأ. خطأ. خطأ*. لقد ارتكب روبرت لانغدون خطأً فادحاً جداً في التعامل مع ساتو.
أمر لا يُصدّق، أدرك أندرسون أنّ الأوان قد فات. فقد فوجئ بظهورها في الطرف المقابل من الروتوندا وكانت تقترب بسرعة خلف لانغدون. *إنّها في المبنى!* فحبس نفَسه واستجمع قواه للمواجهة. *لا يملك لانغدون أيّ فكرة*.
اقترب الشكل الداكن للمدير أكثر، وكان الهاتف مضغوطاً على أذنه، والعينان السوداوان مثبّتتين على ظهر لانغدون وكأنّهما جهازا لايزر.

كـــان لانغـــدون يمسك بهاتف رئيس الشرطة ويشعر بالغضب يتصاعد مع إلحاح مدير مكـــتب الأمن عليه. قال بحزم: "أنا آسف، سيّدي، ولكنّني لا أستطيع قراءة أفكارك. ماذا تريد منّي بالضبط؟".

"مـــاذا أريـــد مـــنك؟" كان صوت مدير مكتب الأمن الخارج من الهاتف أشبه بالصرير وأجوف مثل صوت رجل يحتضر.

بينما كان الرجل يتحدّث، شعر لانغدون بيد على كتفه. التفت ثمّ نظر إلى الأسفل... لتقع عيـــناه مباشـــرةً على وجه امرأة يابانية قصيرة. كان تعبيرها شرساً وبشرتها مكسوّة بالبقع. شعرها كان خفيفاً وأسنانها مصفرّة بفعل التبغ، كما رأى ندبة أفقية بيضاء منفرة تشقّ عنقها. كانـــت يد المرأة المجعّدة تمسك هاتفاً محمولاً إلى أذنها، وحين تحرّكت شفتاها، سمع لانغدون الصوت المزعج نفسه الذي يتردّد عبر الهاتف.

أغلقـــت هاتفها بهدوء، وحدّقت إليه قائلةً: "ماذا أريد منك، بروفيسور؟ أوّلاً، يمكنك أن تكفّ عن مناداتي سيّدي".

نظر إليها لانغدون محرجاً وقال: "سيّدتي، أنا... أعتذر. كان الإرسال ضعيفاً و...".

"الإرسال ممتاز، بروفيسور، كما أنّ صبري قليل على التفاهات".

الفصل 17

كانت إينوي ساتو نموذجاً غريباً ومثيراً للخوف، امرأة فظّة لا يتجاوز طولها أربع أقدام وعشرة إنشات. كانت نحيلة الجسم، وجهها بارز الملامح وتعاني من مرض جلدي يُعرف بالوضَح، أضفى على بشرتها شكلاً مرقّشاً شبيهاً بالغرانيت الخشن الملطّخ. تدلّت ملابسها الزرقاء المجعّدة فوق جسدها النحيل وكأنّها كيس واسع، ولم تُخفِ ياقة قميصها المفتوحة الندبة المنفرة في عنقها. يقول زملاؤها إنّ الشيء الوحيد الذي تفعله للاهتمام بشكلها الخارجي يقتصر على إزالة شاربها الكثيف.

تشرف إينوي ساتو منذ أكثر من عقد من الزمن على مكتب الأمن التابع للسي آي أيه. كانت تتمتّع بذكاء غير معتاد وقدرات فطريّة قوية جداً، وقد منحَتها هاتان الصفتان ثقة بالنفس جعلتها تبدو مخيفة لكلّ من يعجز عن فعل المستحيل. حتّى التشخيص الطبّي الذي أثبت أنّها مصابة بورم قاتل في حنجرتها لم يضعف عزيمتها. هكذا كلّفتها المعركة شهراً من العمل، ونصف أوتارها الصوتية، فضلاً عن ثلث وزنها، ولكنّها عادت إلى المكتب وكأنّ شيئاً لم يكن. يبدو أنّ إينوي ساتو لا تُقهر.

شعر روبرت لانغدون أنّه ليس أوّل من يظنّ ساتو رجلاً وهو يتحدّث إليها عبر الهاتف، ولكنّ المديرة كانت لا تزال تحدّق إليه بعينين سوداوين تلمعان غضباً.

قال لانغدون: "أعتذر مجدّداً، سيّدتي. لا أزال أحاول استجماع نفسي هنا. فالشخص الذي يدّعي أنّ بيتر سولومون عنده خدعني وجاء بي إلى العاصمة هذا المساء". أخرج الفاكس من سترته وتابع قائلاً: "هذا ما أرسله إليّ صباحاً. دوّنت في الأسفل رقم الطائرة التي أرسلها، وربّما إن اتّصلتِ بإدارة الطيران الفدرالية وتعقّبتِ-".

مدّت ساتو يدها النحيلة، وتناولت الورقة، ثمّ دسّتها في جيبها من دون أن تفتحها وقالت: "بروفيسور، أنا من يدير هذا التحقيق، وإلى أن تبدأ بقول ما تعرفه، أقترح عليك ألاّ تتحدّث ما لم يُطلب منك".

التفتت ساتو إلى رئيس الشرطة.

قالت له وهي تدنو منه كثيراً، وتحدّق إليه بعينين سوداوين صغيرتين: "حضرة الرئيس أندرسون، هل لك أن تخبرني بما يجري هنا؟ قال لي حارس الباب الشرقي إنّك وجدت يداً بشرية على الأرض، أهذا صحيح؟".

تنحّى أندرسون جانباً ليتيح لها رؤية الشيء الموجود وسط الغرفة: "أجل سيّدتي، قبل بضع دقائق فقط".

نظــرت إلـــى الـــيد وكأنّها تنظر إلى قطعة ملابس في غير مكانها، وقالت: "ولماذا لم تخبرني بذلك حين اتّصلت؟".

"ظننت... ظننت أنّك تعرفين".

"لا تكذب عليّ".

انكمــش أندرســون تحــت نظــراتها، ولكــنّ صوته ظلّ واثقاً: "سيّدتي، الوضع تحت السيطرة".

أجابته ساتو بثقة مماثلة: "أشكّ في ذلك".

"فــريق الطــبّ الشرعي في طريقه إلى هنا. أيًّا يكن من فعل ذلك، لا بدّ من أنّه ترك بصماته".

نظــرت إلـــيه ساتو بتشكّك: "أظنّ أنّ شخصاً ذكياً بما يكفي ليجتاز نقطة التفتيش وهو يحمل يداً بشرية لن يترك بصمات خلفه".

"قد يكون هذا صحيحاً، ولكنّ مسؤوليتي تقضي بالتفتيش".

"في الواقع، سأريحك من مسؤوليتك في هذه اللحظة وأتولّى الأمر بنفسي".

تصلّب أندرسون وقال: "هذا لا يدخل ضمن مجال مكتب الأمن تماماً، أليس كذلك؟".

"على العكس، إنّها قضية أمن وطني".

تساءل لانغدون وهو يستمع إلى حديثهما باستغراب، *يد بيتر؟ أمن وطني؟* أحسّ أنّ هدفه الملحّ القاضي بإيجاد بيتر مختلف عن هدف ساتو، إذ يبدو أنّ مديرة مكتب الأمن تعزف على وتر مختلف تماماً.

طغى الإرباك على ملامح أندرسون أيضاً: "أمن وطني؟ مع احترامي سيّدتي–".

قاطعته قائلةً: "على حدّ علمي، أنا أعلى منك مرتبة. أقترح عليك فعل ما أقول ومن دون نقاش".

هزّ أندرسون رأسه وابتلع ريقه بعصبية: "ولكن ألا يتعيّن علينا على الأقلّ أخذ بصمات الأصابع للتأكّد من أنّ اليد هي يد بيتر سولومون؟".

قــال لانغــدون، وقد عصرت تلك الحقيقة قلبه: "أنا أؤكّد ذلك. أعرف خاتمه... ويده". صمت قليلاً قبل أن يتابع: "ولكنّ الوشم جديد. أحدهم فعل ذلك له مؤخّراً".

بدت العصبية على وجه ساتو للمرّة الأولى منذ وصولها: "عفواً؟ هل اليد *موشومة*؟".

هزّ لانغدون رأسه وقال: "الإبهام موشوم بتاج، والسبّابة بنجمة".

أخــرجت ســاتو نظّارة واقتربت من اليد وهي تحوم كسمكة قرش. قال لانغدون: "ومع أنّــك لا تستطيعين رؤية الأصابع الثلاثة الباقية، غير أنّني واثق من أنّ أطرافها موشومة هي الأخرى".

بــدا أنّ التعليق أثار اهتمام ساتو التي أشارت إلى أندرسون قائلةً: "حضرة الرئيس، هل يمكنك التحقّق من الأصابع الأخرى، من فضلك؟".

انحنـــى أندرســـون بقرب اليد وحرص على عدم لمسها. خفض خدّه إلى الأرض ونظر إلـــى الأعلى لرؤية أطراف الأصابع المثنية: "إنّه على حقّ، سيّدتي. جميع الأصابع موشومة، مع أنّني لا أستطيع رؤية ما يوجد-".

قال لانغدون ببساطة: "شمس، مصباح، ومفتاح".

استدارت ساتو نحو لانغدون، وراحت تقيّمه بعينيها الصغيرتين: "وكيف عرفت؟".

حـــدّق إلـــيها لانغـــدون هو أيضاً: "إنّ صورة اليد البشرية ذات الأنامل الموشومة بهذه الطريقة هي أيقونة قديمة جداً، وتُعرف باسم *يد الأسرار*".

نهض أندرسون فجأة وسأل: "هذا الشيء يحمل *اسماً*؟".

هزّ لانغدون رأسه: "إنّها واحدة من أكثر الأيقونات سرّية في العالم القديم".

رفعـــت ســـاتو رأسها وقالت: "إذاً، هل لي أن أسأل ماذا تفعل هذه الأيقونة وسط مبنى الكابيتول بربّك؟".

تمنّى لانغدون لو أنّه يستيقظ من هذا الكابوس: "قديماً، كانت تُستعمل كدعوة".

سألته: "دعوة... إلامَ؟".

نظـــر لانغـــدون إلى الرموز الموشومة على يد صديقه المبتورة: "استُعملت يد الأسرار لقرون من الزمن من أجل توجيه دعوة سريّة. وتُرسَل هذه الدعوة أساساً من أجل تلقّي معرفة سرّية، هي عبارة عن حكمة محفوظة لا تعرفها سوى قلّة من النخبة".

شبكت ساتو ذراعيها النحيلتين وحدّقت إليه قائلةً: "حسناً، بروفيسور، بالنسبة إلى شخص يدّعي أنّه لا يملك فكرة عن سبب وجوده هنا... أنت تبلي بلاءً حسناً حتّى الآن".

الفصل 18

ارتـــدت كاثـــرين سولومون رداء المختبر الأبيض، وبدأت روتينها المعتاد الذي يعقب وصولها؛ *الجولات*، كما يسمّيها شقيقها.

مـــثل أمّ تـــتفقّد طفلها النائم، أطلّت كاثرين برأسها إلى الغرفة الآليّة. كانت خلية وقود الهيدروجين تعمل بصوت ناعم، والخزّانات الاحتياطية موضوعة في مكانها بأمان.

تابعـــت كاثـــرين طريقها عبر القاعة نحو حجرة تخزين البيانات. كالعادة، كانت وحدتا نسخ المعلومات الاحتياطية المفصّلة تهدران بسلام في الحجرة ذات الحرارة الثابتة. قالت في نفـــسها وهي تنظر عبر الزجاج المقاوم للكسر الذي تبلغ سماكته ثلاثة إنشات، *بحثي بأكمله*. كانـــت وحدتا نسخ المعلومات الاحتياطية، خلافاً للأجهزة القديمة التي يبلغ حجمها حجم برّاد، أقرب إلى جهازَي ستيريو حديثَين، وُضع كلّ منهما على قاعدة عمودية.

كـــان محـــرّكا الأقـــراص في مختبرها متزامنين ومتشابهَين، ينسخان احتياطاً مفصّلاً للمعلـــومات، ويحفظان نسختَين متشابهتين عن عملها. ومع أنّ معظم أنظمة الاحتياط توصي بالاحـــتفاظ بـــنظام نسخ احتياطيّ ثانٍ في موقع آخر، يبقى بعيداً عن الضرر في حال حدوث زلـــزال، أو حـــريق، أو سرقة، إلاّ أنّ كاثرين وشقيقها اتّفقا على أنّ السرّية تأتي في المرتبة الأولى. فلو خرجت المعلومات من المبنى إلى موقع آخر، فلن يعودا واثقَين من مدى سرّيتها.

تأكّـــدت أنّ كـــلّ شيء يسير على ما يرام، ثمّ عادت عبر الرواق. ولكن، حين انعطفت عـــند الـــزاوية، رأت شيئاً غير متوقّع في المختبر. *ماذا يجري؟* لمحت وميضاً يضيء جميع المعـــدّات. أسرعت لإلقاء نظرة، وفوجئت لدى رؤية الوميض صادراً من خلف جدار زجاج البليكسي في غرفة التحكّم.

إنّه هنا. ركضت كاثرين عبر المختبر، ووصلت إلى باب غرفة المراقبة، وفتحته. هتفت وهي تدخل راكضة: "بيتر!".

أجفلت المرأة البدينة الجالسة في غرفة المراقبة وقالت: "ربّاه! كاثرين! لقد أخفتني!".

تـــريش ديـــون هـــي الشخص الوحيد الآخر على وجه الأرض الذي يُسمح له بدخول المكعّـــب. كانـــت تعمل كمحلّلة أنظمة معياريّة لدى كاثرين، وغالباً ما تأتي لإتمام عملها في العطلـــة الأســـبوعيّة. كانت الفتاة ذات الشعر الأحمر، البالغة من العمر ستّة وعشرين عاماً، عبقرية في صياغة البيانات. وقد وقّعت على وثيقة تكتّم جديرة بوثائق وكالات الاستخبارات. أمّا الليلة، فكانت تعمل على ما يبدو على تحليل البيانات على شاشة البلازما التي تحتلّ جداراً كاملاً في غرفة المراقبة، والتي بدت أشبه بشاشات مراقبة المهمّات لدى الناسا.

قالـــت تـــريش: "أنـــا آسفة، لم أعلم أنّك وصلت. كنت أحاول الانتهاء قبل مجيئك أنت وأخيك".

"هل تحدّثت إليه؟ لقد تأخّر، ولا يجيب على هاتفه".

هزّت تريش رأسها نافية: "أنا أكيدة أنّه لا يزال يحاول اكتشاف كيفية استعمال هاتف آي فون الجديد الذي أهديته إيّاه".

سُـــرّت كاثرين بمزاج تريش المرح، وخطرت لها فكرة، فقالت: "في الواقع، أنا سعيدة لأنّك هنا الليلة. وربّما استطعت مساعدتي في أمر يشغل بالي، إن كنت لا تمانعين".

"أيًّا يكن، أنا واثقة من أنّه أهمّ من كرة القدم".

أخـــذت كاثرين نفساً عميقاً محاولة تصفية ذهنها، ثمّ قالت: "لا أعرف كيف أشرح ذلك، ولكنّني سمعت اليوم قصّة غريبة...".

لـــم تكـــن تـــريش ديون تعلم ما هي القصّة التي سمعتها كاثرين سولومون، ولكن من الواضح أنّها تثير أعصابها. فقد رأت القلق بادياً في عينَي رئيستها الرماديتين الهادئتين عادةً، كمـــا أنّهـــا أبعدت شعرها خلف أذنها ثلاث مرّات منذ أن دخلت الغرفة، وهي حركة عصبية برأي تريش. *عالمة بارعة، ولاعبة بوكر فاشلة.*

قالـــت كاثـــرين: "بالنسبة إليّ، تبدو هذه القصّة خيالية... أسطورة قديمة. مع ذلك..."، صمتت، وأبعدت خصلة شعرها مجدّداً.

"مع ذلك؟".

تنهّدت كاثرين قائلةً: "قيل لي اليوم من مصدر موثوق إنّ الأسطورة حقيقية".

"حسناً..." *إلى أين تريد الوصول؟*

"ســأتحدّث مع شقيقي عن ذلك، ولكن خطر لي أنّك قد تساعدينني على كشف غموضها قلـــيلاً قـــبل أن أفعـــل. أودّ أن أعـــرف ما إذا كانت هذه الأسطورة موثّقة في مكان آخر في التاريخ".

"في التاريخ كلّه؟".

هـــزّت كاثـــرين رأســـها: "في أيّ مكان في العالم، بأيّ لغة كانت، وفي أيّ مرحلة من مراحل التاريخ".

قالـــت تريش في نفسها، *طلب غريب ولكنّه ممكن بالتأكيد.* فمنذ عشر سنوات كانت هذه المهمّة مستحيلة. أمّا اليوم، وبوجود الإنترنت، والرقمنة المستمرّة للمكتبات والمتاحف العظيمة فـــي العـــالم، يمكن تحقيق هدف كاثرين باستعمال محرّك بحث بسيط نسبيًّا، مجهّز بجيش من وحدات الترجمة وبعض الكلمات المفتاحية المختارة بعناية.

قالـــت تريش: "لا مشكلة في ذلك". فكثير من مراجع أبحاث المختبر تحتوي على مقاطع بلغـــات قديمـــة، وغالباً ما كان يُطلب من تريش كتابة وحدات ترجمة متخصّصة تعتمد على

التعـــرّف البـــصري إلـــى الأحـــرف، مـــن أجل التوصّل إلى نصّ إنكليزي من اللغات غير المعـــروفة. وربّمـــا كانـــت محلّلة الأنظمة المعياريّة الوحيدة في العالم التي وضعت وحدات ترجمة للغات قديمة، كاللغة الفريزية(*) القديمة، والمايبك، والأكادية.

الـــوحدات تـــساعد، ولكـــنّ السرّ في بناء عنكبوت بحث فعّال يكمن في اختيار الكلمات المفتاحية المناسبة.

بـــدأت كاثـــرين على الفور بتدوين الكلمات المفتاحية الممكنة على قصاصة من الورق. كتبت عدّة كلمات، ثمّ توقّفت وفكّرت للحظة قبل أن تدوّن مزيداً منها. قالت أخيراً وهي تعطي تريش الورقة: "حسناً".

قـــرأت تريش اللائحة بإمعان واتّسعت عيناها استغراباً. *عن أيّ أسطورة غريبة تبحث كاثـــرين؟* "تـــريدين منّي أن أبحث عن جميع هذه الكلمات المفتاحية؟" حتّى إنّ تريش لم تفهم إحداها. *أهي كلمات إنكليزية حتّى؟* "هل تظنين حقّاً أنّنا سنجدها كلّها في مكان واحد؟ حرفياً؟".

"أودّ المحاولة".

تمـــنّت تريش لو تقول إنّ هذا مستحيل، ولكنّ تلك الكلمة ممنوعة هنا. فكاثرين تعتبرها خطيـــرة فـــي حقل غالباً ما يحوّل ما كان يُعتبر أكاذيب إلى حقائق مؤكّدة. ولكنّ تريش ديون تشكّ فعلاً في أن ينطبق ذلك على هذه الجملة.

سألتها كاثرين: "كم تحتاج النتائج حتّى تظهر؟".

"بـــضع دقائـــق لكتابة العنكبوت وإطلاقه. بعد ذلك، يحتاج العنكبوت إلى خمس عشرة دقيقة لينهي البحث".

بدت الحماسة على كاثرين: "بهذه السرعة؟".

هـــزّت تـــريش رأسها. فمحرّكات البحث التقليدية غالباً ما تتطلّب يوماً كاملاً لتمرّ على عـــالم الإنتـــرنت بأكملـــه، وتعثر على وثائق جديدة، وتحلّل محتوياتها، وتضيفها إلى قاعدة المعلومات الخاضعة للبحث لديها. ولكن هذا ليس نوع عنكبوت البحث الذي ستكتبه تريش.

شـــرحت لها قائلةً: "سأضع برنامجاً يدعى *المنتدِب*، ليس شرعياً تماماً ولكنّه سريع. هو فـــي الأساس برنامج يأمر محرّكات بحث أشخاص آخرين أن تقوم بالعمل من أجلنا. فمعظم قـــواعد البيانات تحتوي على وظيفة بحث؛ المكتبات، المتاحف، الجامعات، الحكومات. هكذا أكـــتب عنكـــبوتاً يعثر على محرّكات بحثها، ثمّ يُدخل كلماتك المفتاحية ويطلب منها البحث. فنجنّد بذلك آلاف محرّكات البحث لتعمل معاً".

علّقت كاثرين بإعجاب: "معالجة متوازية".

نوع من الأنظمة المعيارية. "سأناديك إن وجدت شيئاً".

(*) اللغـــة الفريـــزية هي لغة وثيقة الصلة باللغة الإنكليزية، ينطق بها الفريزيون، وهم الشعوب الجرمانية في جزر فريزيا، مقاطعة فريزلند في هولندا، وبعض الأجزاء الشمالية من ألمانيا.

"شكراً لك، تريش". ربّتت كاثرين على ظهرها وتوجّهت إلى الباب مضيفة: "سأكون في المكتبة".

جلست تريش لكتابة البرنامج. وضع عنكبوت بحث كان مهمّة بسيطة بالنسبة إلى مستوى مهارتها، ولكنّها لا تأبه لذلك. فهي مستعدّة لفعل أيّ شيء من أجل كاثرين سولومون. ولا تزال تعتقد أنّ حسن حظّها هو الذي أتى بها إلى هنا.

لقد قطعتِ شوطاً طويلاً يا صغيرتي.

فمنذ أكثر من عام، تركت تريش وظيفتها كمحلّلة أنظمة معيارية في إحدى الشركات عالية التقنية. وراحت تقوم في ساعات فراغها ببعض أعمال البرمجة الحرّة، كما بدأت بكتابة مدوّنة صناعية تحت عنوان "التطبيقات المستقبلية في تحليل الأنظمة المعيارية الحسابية"، مع أنّها شكّت في أن يقرأها أحد. وفي إحدى الأمسيات، رنّ هاتفها.

سألها صوت نسائي بتهذيب: "تريش ديون؟".

"أجل، من المتّصل؟".

"اسمي كاثرين سولومون".

كادت تريش أن تصاب بالإغماء. *كاثرين سولومون؟* "لقد قرأت للتوّ كتابك، *العلم العقلي: المدخل المعاصر لحكمة القدماء*، وكتبت عنه في مدوّنتي!".

أجابت المرأة بلباقة: "أجل، أعرف. لهذا السبب أتّصل بك".

بالطبع، شعرت تريش بالغباء وهي تدرك ذلك. *حتّى العلماء اللامعون يجرون أبحاثاً عن أنفسهم.*

قالت كاثرين: "مدوّنتك تثير اهتمامي. لم أكن أعلم أنّ صياغة الأنظمة المعياريّة تقدّمت بهذا الشكل".

أجابتها تريش مذهولة: "أجل، سيّدتي. نماذج المعلومات هي تقنية متطوّرة، ويمكن تطبيقها في مجالات عديدة".

تحدّثت المرأتان لبضع دقائق عن عمل تريش في الأنظمة المعيارية، وناقشتا تجربتها في التحليل، والصياغة، والتوقّع بتدفّق حقول البيانات الهائلة.

قالت تريش: "لا شكّ في أنّ كتابك يفوق مستوى خبرتي بكثير، ولكنّني فهمته بما يكفي لأجد علاقة بينه وبين عملي في الأنظمة المعيارية".

"تقولين في مدوّنتك إنّك تظنّين أنّ صياغة الأنظمة المعيارية من شأنها أن تحدث تحوّلاً في دراسة العلوم العقلية؟".

"بالتأكيد. أعتقد أنّ الأنظمة المعيارية تستطيع تحويل العلوم العقلية إلى علم حقيقيّ".

قست نبرة كاثرين قليلاً: "علم حقيقي؟ ما هو إذاً، ...؟".

تبًّا، لقد أخطأت. "ما عنيته هو أنّ العلوم العقلية... أكثر باطنية".

ضحكت كاثرين قائلةً: "لا تتوتّري، كنت أمزح. أنا أسمع ذلك دائماً".

قالت تريش في نفسها، *لا يفاجئني ذلك*. فحتّى معهد العلوم العقلية في كاليفورنيا وصف هذا الحقل بلغة غامضة ومبهمة، وعرّفه على أنّه دراسة قدرة الجنس البشري على "الوصول المباشر والفوري إلى المعرفة، بوسائل تتجاوز تلك المتوفرة لحواسنا الطبيعية وقدرة العقل".

أدركت تريش أنّ كلمة noetic (عقلي) مشتقّة من الكلمة اليونانية القديمة *نوس*، التي تعني حرفياً *المعرفة الداخلية* أو *الوعي الحدسي*.

قالت كاثرين: "أنا مهتمّة بعملك في الأنظمة المعيارية وكيفية ارتباطه بمشروع أعمل عليه. هل يمكننا اللقاء؟ أودّ توظيف دماغك".

كاثرين سولومون تريد توظيف دماغي؟ يبدو الأمر وكأنّ ماريا شارابوفا تطلب نصائح في لعب التنس.

في اليوم التالي، توقّفت سيارة فولفو بيضاء أمام منزل تريش ونزلت منها امرأة جذّابة ورشيقة ترتدي الجينز. شعرت تريش على الفور أنّها قَزَمة مقارنة بها. قالت لنفسها متحسّرة، *عظيم! ذكية، غنية، ونحيلة... ويفترض بي أن أرضى بما لديّ*. لكنّ طبع كاثرين غير المتكبّر بعث الراحة على الفور في نفس تريش.

جلست المرأتان على الشرفة الخلفية الكبيرة لمنزل تريش الجميل.

قالت كاثرين: "منزلك رائع".

"شكراً. كنت محظوظة في الجامعة وحصلت على ترخيص لبعض البرامج التي ابتكرتها".

"برامج تتعلّق بالأنظمة المعيارية؟".

"بل سابقة للأنظمة المعيارية. فبعد أحداث 11 أيلول، قامت الحكومة بتحليل حقول بيانات هائلة، كالبريد الإلكتروني المدني، والهاتف الخلوي، والفاكس، والرسائل الهاتفيّة، والمواقع الإلكترونية، بحثاً عن كلمات مفتاحيّة مقترنة باتّصالات الإرهابيين. فابتكرتُ برنامجاً يتيح لهم تحليل حقل البيانات بطريقة أخرى... بحيث يُخرجون منها معلومات مخابراتية إضافية". وابتسمت مضيفة: "بشكل أساسي، يتيح لهم البرنامج أخذ حرارة أميركا".

"عفواً؟".

ضحكت تريش قائلةً: "أعرف، يبدو هذا جنوناً. ما أعنيه هو أنّه يسمح بتحديد كمّية الحالة *العاطفية* للبلاد. إذ يشتمل على نوع من ميزان ضغط للوعي الكوني، إن أردتَ". وراحت تريش تشرح لها كيف أنّه، باستعمال حقل بيانات من حقول الاتّصالات في البلاد، يمكن تقييم مزاج الشعب استناداً إلى *كثافة* وجود بعض الكلمات المفتاحية والمؤشّرات العاطفية في حقل البيانات. فالأوقات السعيدة تمتاز بلغة سعيدة، والعكس ينطبق على فترات التوتّر. هكذا تستطيع الحكومة، في حال وقوع هجوم إرهابي مثلاً، استعمال حقول المعلومات لقياس التحوّل في نفسية الشعب الأميركي، وتقديم مشورة أفضل إلى الرئيس حول التأثير العاطفي للحدث.

قالـــت كاثـــرين وهي تحكّ ذقنها: "هذا مذهل. إذاً، أنتِ تتعاطين مع مجموعة كبيرة من الأفراد... وكأنّهم كائن واحد".

"بالضبط. *نظام معياري*. كيان واحد محدّد بمجموع أجزائه. فالجسد البشري مثلاً يتألّف مـــن ملايـــين الخلايـــا الفردية، كلّ منها تمتاز بصفات وأهداف مختلفة، ولكنّها تعمل ككيان واحد".

هـــزّت كاثرين رأسها بحماسة: "مثل سرب من الطيور أو الأسماك يتحرّك وكأنّه جسد واحد. نسمّي ذلك الالتقاء أو التشابك".

شـــعرت تـــريش أنّ ضيفتها الشهيرة بدأت بفهم إمكانيات برمجة الأنظمة المعيارية في حقـــل العلـــوم العقلـــية. فـــراحت تشرح لها قائلةً: "كان برنامجي مصمّماً لمساعدة الوكالات الحكومـــية علـــى إعطـــاء تقيـــيم أفضل والاستجابة بشكل مناسب للأزمات واسعة النطاق، كالأمـــراض الوبائية، والمآسي الوطنية، والإرهاب، وما إلى ذلك". صمتت قليلاً ثمّ أضافت: "بالطـــبع، مـــن الممكـــن دائماً استعماله في اتّجاهات أخرى... ربّما أخذ لقطة خاطفة للحالة الفكـــرية للـــشعب، وتوقّـــع نتـــيجة انتخابات أو الاتّجاه الذي ستتحرّك فيه سوق الأسهم عند افتتاحها".

"هائل!".

أشارت تريش إلى منزلها الكبير قائلةً: "هذا ما ظنّته *الحكومة* أيضاً".

ثبّـــتت كاثـــرين عينيها الرماديتين عليها قائلة: "تريش، هل لي أن أسألك عن المعضلة *الأخلاقية* التي يطرحها عملك؟".

"ماذا تعنين؟".

"أعنـــي أنّـــك ابتكرت برنامجاً يمكن بسهولة إساءة استخدامه. فمن يملكونه يستطيعون الوصول إلى معلومات غير متاحة للجميع. ألم تشعري بأي تردّد عند ابتكاره؟".

لـــم يـــرفّ جفـــن لتريش وهي تجيب: "بالتأكيد لا. فبرنامجي لا يختلف عن... برنامج لمحاكاة الطيران مثلاً. بعض مستخدميه سيمارسون رحلات طيران إسعاف إلى الدول النامية، وبعـــضهم سيمارســـون رحـــلات طيـــران للركّاب في مدن ناطحات السحاب. المعرفة أداة، وكغيرها من الأدوات، فإنّ تأثيرها يكمن بين يدي المستخدم".

بدا الإعجاب على كاثرين وهي تستند إلى ظهر مقعدها: "إذاً، دعيني أطرح عليك سؤالاً افتراضياً".

شعرت تريش فجأة أنّ حديثهما تحوّل إلى مقابلة لوظيفة.

مـــدّت كاثرين يدها، وأخذت حبّة رمل دقيقة من حوض النباتات، ثمّ حملتها أمام تريش لتراها وقالت: "أفهم أنّ عملك في الأنظمة السامية يتيح لك حساب وزن شاطئ رملي كامل... من خلال وزن حبّة رمل واحدة".

"نعم، هذا صحيح".

"كما تعرفين، لهذه الحبّة الصغيرة من الرمل *كتلة*، كتلة صغيرة جداً، ولكنّها موجودة مع ذلك".

هزّت تريش رأسها موافقة.

"وبما أنّ لحبّة الرمل هذه كتلة، فإنّها تتمتّع أيضاً *بجاذبية*. لا شكّ في أنّها ضئيلة جداً هي أيضاً، ولكنّها موجودة".

"صحيح".

قالت كاثرين: "والآن، لو أخذنا تريليونات من حبّات الرمل هذه وتركناها تجذب إحداها الأخرى لتشكّل... *القمر* مثلاً، فإنّ جاذبيتها مجتمعة كافية لتحريك المحيطات والتأثير في حركة المدّ والجزر في أنحاء كوكبنا".

لم تكن تريش تعلم الهدف من هذا الحديث ولكنّها أحبّت ما تسمع.

تابعت كاثرين وهي تلقي حبّة الرمل من يدها: "فلنأخذ هذه الفرضية. ماذا لو قلت لك إنّ *الفكرة*... أيّ فكرة صغيرة تتكوّن في رأسك... تمتاز هي أيضاً *بكتلة*؟ وماذا لو قلت لك إنّ الفكرة هي شيء فعليّ، كيان قابل للقياس يمتاز بكتلة قابلة للقياس؟ صحيح أنّها صغيرة جداً، ولكنّها موجودة. ما هي نتائج ذلك؟".

"افتراضيًّا؟ في الواقع، المعنى البديهي لذلك... إن كانت للفكرة كتلة، فإنّها تتمتّع بجاذبية ويمكنها جذب الأشياء نحوها".

ابتسمت كاثرين قائلةً: "ممتاز. والآن، فلنوسّع هذه الفكرة قليلاً. ماذا لو بدأ عدد كبير من الأشخاص بالتركيز على الفكرة *نفسها*؟ من المفترض أن تبدأ أفكارهم بالاندماج في فكرة واحدة، وأن تبدأ كتلتُها التراكمية بالنموّ، وكذلك جاذبيتها".

"حسناً".

"أعني... إن بدأ عدد كافٍ من الأشخاص بالتفكير في الشيء نفسه، فإنّ القوّة الجاذبة لتلك الفكرة تصبح ملموسة... وتصدر عنها قوّة فعلية"، وغمزتها مضيفةً: "ويمكن أن يكون لها تأثير قابل للقياس في عالمنا الفيزيائي".

الفصل 19

شبكت المديرة إينوي ساتو ذراعيها وهي تنظر بتشكّك إلى لانغدون، محاولةً فهم ما قاله للتوّ: "قال إنّه يريدك أن تفتح باباً قديماً؟ ماذا يُفترض بي أن أفعل بهذا، بروفيسور؟".

هزّ لانغدون كتفيه بضعف. بدأ يشعر بالغثيان مجدّداً، وحاول عدم النظر إلى يد صديقه المبتورة: "هذا بالضبط ما قاله لي. باب قديم... مخبّأ في مكان ما في هذا المبنى. قلت له إنّني لا أعرف عنه شيئاً".

"إذاً، لماذا يظنّ أنّك تستطيع إيجاده؟".

"من الواضح أنّه مختلّ". *قال إنّ بيتر سيشير إلى الطريق.* نظر لانغدون إلى إصبع بيتر الممدود وشعر بالنفور مجدّداً من لعِب خاطفه على الكلام. كان قد سبق وتبع بنظره الإصبع الموجّه إلى القبّة في الأعلى. *باب؟ هناك؟ هذا جنون.*

قال لانغدون لساتو: "الرجل الذي اتّصل بي هو الوحيد الذي يعرف أنّني قادم إلى الكابيتول الليلة. بالتالي، فإنّ الشخص الذي اتّصل بك هو من تبحثين عنه. لذا، أنصحك–".

قاطعته ساتو بنبرة حازمة: "مصدر معلوماتي لا يعنيك. فهمّي الأوّل في هذه اللحظة هو التعاون مع هذا الرجل، ومعلوماتي تشير إلى أنّك الوحيد القادر على إعطائه ما يريد".

قال لانغدون غاضباً: "وهمّي الأوّل هو إيجاد صديقي".

تنهّدت ساتو، وبدا بوضوح أنّ صبرها ينفد. "إن كنّا نريد العثور على السيّد سولومون، فإنّ طريقنا واحد، بروفيسور، وهو أن نبدأ بالتعاون مع الشخص الذي يبدو أنّه يعرف مكانه". تحقّقت من ساعتها، ثمّ أضافت: "الوقت يداهمنا. أؤكّد لك أننا مضطرّان إلى الإذعان لمطالب هذا الرجل بسرعة".

سألها لانغدون، غير مصدّق: "كيف؟ بإيجاد باب قديم وفتحه؟ ما من باب هنا، أيّتها المديرة. هذا الرجل مجنون".

اقتربت منه ساتو، ولم تعد تفصلها عنه سوى مسافة قدم واحدة. قالت: "دعني أوضح لك أمراً... هذا الذي تصفه بالمجنون تحكّم ببراعة بشخصين ذكيّين هذا الصباح". حدّقت مباشرةً إلى لانغدون، ثمّ نظرت إلى أندرسون وأضافت: "في مجال عملي، يتعلّم المرء أنّه ثمّة شعرة واحدة تفصل بين الجنون والعبقرية. ومن الحكمة أن نولي هذا الرجل شيئاً من الاحترام".

"لقد بتر يد أحدهم!".

"هذا ما عنيته، فما فعله ليس عمل إنسان غير ملتزم أو غير واثق. والأهمّ، بروفيسور، من الواضح أنّ هذا الرجل يعتقد أنّك قادر على مساعدته. لقد أحضرك إلى واشنطن، ولا بدّ من وجود سبب وجيه لذلك".

"قال إنّ السبب الوحيد هو اعتقادُه أنّني أستطيع فتح الباب، وإنّ بيتر هو الذي أخبره بذلك".

"ولِمَ يقول بيتر سولومون ذلك، إن كان غير صحيح؟".

"أنا واثق أنّ بيتر لم يقل شيئاً كهذا. وإن فعل، فبالإكراه. إمّا كان مشوّشاً... أو خائفاً".

"نعم. هذا يُدعى التعذيب الاستجوابي، وهو فعّال. كما أنّه سبب إضافي لأظنّ أنّ بيتر قال الحقيقة". تحدّثت ساتو وكأنّها تملك تجربة شخصية مع هذه التقنية. "هل شرح لك سبب اعتقاد بيتر أنّك الوحيد القادر على فتح الباب؟".

هزّ لانغدون رأسه نافياً.

"بروفيسور، إن كانت معلوماتي صحيحة، فأنت وبيتر سولومون تهتمّان بهذا النوع من الموضوعات، كالأسرار، والخفايا التاريخية، والباطنية، وما إلى ذلك. ألم يذكر لك بيتر أبداً في أحاديثكما شيئاً عن باب سرّي في العاصمة واشنطن؟".

لم يصدّق لانغدون أنّه يسمع سؤالاً كهذا من قبل موظّف بتلك الدرجة الرفيعة في السي آي أيه، فأجاب: "أنا واثق أنّه لم يفعل. لقد تحدّثت أنا وبيتر عن بعض الأمور الغامضة فعلاً، ولكن صدّقيني، لكنت طلبت منه الذهاب إلى طبيب أمراض عقلية لو أنّه أخبرني بوجود باب قديم مخبأ في أيّ مكان في العالم، لا سيّما باب يؤدّي إلى الأسرار القديمة".

حملقت فيه قائلةً: "عفواً؟ هل قال لك الرجل *بالتحديد* إلى أين يؤدّي الباب؟".

"نعم، ولكنّه لم يكن مضطرًّا إلى إخباري". لوّح بيده مضيفاً: "يد الأسرار هي دعوة رسمية لعبور بوّابة باطنيّة، واكتساب معرفة سرّية قديمة؛ حكمة قوية تُعرف بالأسرار القديمة... أو الحكمة الضائعة لجميع العصور".

"إذاً، سبق أن سمعت بالسرّ الذي يظنّه مخبًّا هنا؟".

"كثير من المؤرخين سمعوا به".

"إذاً، كيف تقول إنّ الباب غير موجود؟".

"مع احترامي، سيّدتي، جميعنا سمعنا بينبوع الشباب وشانغري-لا، ولكنّ هذا لا يعني أنّهما موجودان".

قاطعهما الصوت القوي الصادر عن الجهاز اللاسلكي مع أندرسون.

قال المتكلّم: "حضرة الرئيس؟".

نزع أندرسون الجهاز المعلّق في حزامه وأجاب: "معك أندرسون".

"سيّدي، لقد أتممنا البحث في الأسفل. ما من أحد هنا تنطبق عليه المواصفات. هل من أوامر أخرى؟".

ألقـــى أندرسون نظرة خاطفة على ساتو متوقّعاً أن توجّه إليه تأنيباً، ولكنّ المديرة بدت غير مكترثة. فابتعد عنها وعن لانغدون وراح يتحدّث عبر اللاسلكي.

ظـــلّ اهـــتمام ســـاتو منـــصبًّا علـــى لانغدون: "هل تعني أنّ السرّ الذي يظنّه مخبًّا في واشنطن... هو مجرّد *فانتازيا*؟".

هزّ لانغدون رأسه موافقاً: "إنّها أسطورة قديمة جداً. فأسطورة الأسرار القديمة تعود إلى ما قبل المسيحية، في الواقع. عمرها آلاف السنين".

"ومع ذلك، لا تزال موجودة؟".

"شأنها شأن معتقدات كثيرة غير معقولة هي الأخرى". فغالباً ما ذكّر لانغدون طلابه أنّ أكثـــر الـــديانات حداثة تتضمّن قصصاً تتجاوز قدرة العلم على التفسير؛ من موسى الذي شقّ البحـــر الأحمر بعصاه... إلى جوزيف سميث الذي كان يستعمل نظّارة عجيبة لترجمة كتاب المورمون من سلسلة من الألواح الذهبية التي وجدها مدفونة في شمال نيويورك. *القبول واسع النطاق لفكرة ما ليس دليلاً على صحّتها.*

"حسناً. وما هي بالضبط تلك... الأسرار القديمة؟".

تـــنهّد لانغدون. *هل لديك بضعة أسابيع لأشرح لك؟* أجاب: "باختصار، الأسرار القديمة هـــي عـــبارة عن معرفة سرّية تمّ جمعها منذ وقت طويل. من أوجه هذه المعرفة الغريبة هو الـــزعم أنّهـــا تمكّـــن صاحبها من استخدام قدرات خارقة كامنة في العقل البشري. وقد أقسم المـــستنيرون الذين امتلكوا تلك المعرفة بعدم كشفها للعامّة لأنّها بالغة القوّة والخطورة بالنسبة إلى من لم يتلقَّن مبادئها".

"خطورة من أيّ نوع؟".

"كـــان يـــتمّ الحفـــاظ على سرّية تلك المعلومات للسبب نفسه الذي يدفعنا لإبعاد عيدان الكبـــريت عـــن متناول الأطفال. فمن شأن النار أن تولّد النور إن وُضعت بين أيدٍ مناسبة... ولكنّها تصبح مدمّرة جداً إن هي وقعت بين أيد غير مناسبة".

نـــزعت ساتو نظّارتها وتأمّلته قائلة: "أخبرني يا بروفيسور، هل تعتقد فعلاً بوجود تلك المعلومات؟".

لـــم يكن لانغدون واثقاً بما يجيبها. لطالما شكّلت الأسرار القديمة أكبر مفارقة في مهنته الأكاديمـــية. فكـــلّ تقلـــيد باطني على وجه الأرض يتمحور نظرياً حول فكرة وجود معرفة غامضة قادرة على منح البشر قوىً خارقة: التاروت(*) وأي تشينغ(*)أعطتا البشر القدرة على توقّـــع المستقبل، والخيمياء أعطتهم الحياة الأبدية عبر حجر الفيلسوف الأسطوري، أمّا الويكّا فأتاحت للممارسين المتقدّمين استعمال طلاسم قويّة، وتتواصل اللائحة.

(*) التاروت: اثنان وعشرون ورقة من ورق اللعب كثيراً ما يستعان بها لقراءة البخت.

(*) أي تـــشينغ: كـــتاب خُـــطّ قبل ثلاثة آلاف سنة، وهو من أقدم الكتب الكلاسيكيّة الصينية وأكثرها عمقاً. إنه جدّ الفلسفة الصينية والمنبع الأول للبراغماتية.

كأكاديمي، لا يستطيع لانغدون أن ينفي السجل التاريخي لهذه التقاليد؛ كنوز من الوثائق والتحف والأعمال الفنّية التي تشير بوضوح إلى أنّ القدماء امتلكوا حكمة قوية لم يتشاركوها سوى بالعبارات المجازية والأساطير والرموز، بحيث لا يصل إليها سوى الأشخاص الذين تلقّنوا مبادئها كما ينبغي. ولكن كواقعي ومتشكّك، ظلّ لانغدون غير مقتنع.

قال لساتو: "فلنقل إنّني متشكّك. لم تسبق لي رؤية أيّ شيء في العالم الواقعي يوحي أنّ الأسرار القديمة هي أكثر من أسطورة؛ نموذج أصلي أسطوري متكرّر. وبرأيي، لو أنّه بإمكان البشر اكتساب قوى عجائبية، لوجدنا أدلّة على ذلك. ولكن حتّى الآن، لم يُنجب التاريخ رجلاً يتمتّع بقوىً خارقة".

رفعت ساتو حاجبيها قائلةً: "هذا ليس صحيحاً تماماً".

تردّد لانغدون وأدرك أنّ كثيراً من المتديّنين يؤمنون أنّ الأنبياء قاموا بالمعجزات، فقال: "لا أنكر أنّ كثيراً من المثقّفين يعتقدون أنّ هذه الحكمة موجودة فعلاً، ولكنّني لست مقتنعاً على الرغم من ذلك".

سألته ساتو وهي تلقي نظرة على اليد: "هل بيتر سولومون واحد من أولئك الأشخاص؟".

لم يتمكّن لانغدون من النظر إلى اليد، لكنّه أجابها: "يتحدّر بيتر من عائلة عُرفت دائماً بشغفها بكلّ ما هو قديم وغامض".

سألته ساتو: "تعني نعم؟".

"صدّقيني، حتّى لو كان بيتر يعتقد أنّ الأسرار القديمة حقيقيّة، فهو لا يظنّ أنّ الوصول إليها ممكن عبر باب مخبّأ في العاصمة واشنطن. إنّه يفهم الرمزية المجازية، ولكن لا يبدو أنّ خاطفه يفهمها".

هزّت ساتو رأسها قائلةً: "إذاً، أنت تعتقد أنّ هذا الباب مجازي؟".

أجاب لانغدون: "بالطبع، نظرياً على أيّ حال. فهذه صورة مجازيّة شائعة جداً؛ باب باطني على المرء أن يعبره كي يصبح مستنيراً. البوّابات والمداخل هي من الرموز الشائعة التي تمثّل طقوس عبور تحوّلية، والبحث عن باب *فعلي* هو أشبه بمحاولة إيجاد ما لا وجود له".

بدا أنّ ساتو فكّرت قليلاً في ذلك قبل أن تقول: "ولكن، يبدو لي أنّ خاطف السيّد سولومون يظنّك قادراً على فتح باب *فعلي*".

تنهّد لانغدون قائلاً: "لقد وقع في الخطأ نفسه الذي وقع فيه كثير من المتحمّسين حين خلطوا بين الاستعارة والواقع". فالخيميائيون الأوائل حاولوا عبثاً تحويل الرصاص إلى ذهب، من دون أن يدركوا أنّ فكرة الرصاص والذهب لم تكن سوى صورة مجازيّة ترمز إلى القدرات البشرية الحقيقية، تلك التي تحوّل عقلاً جاهلاً وغبياً إلى عقل لامع ومستنير.

أشارت ساتو إلى اليد: "إن كان هذا الرجل يريدك أن تعثر له على باب ما، لِمَ لم يسألك ببساطة عن كيفية إيجاده؟ لماذا كلّ تلك الأحداث المأساوية؟ لماذا يرسل إليك يداً موشومة؟".

سـبق أن طـرح لانغدون على نفسه هذا السؤال، والجواب كان مقلقاً. "حسناً، يبدو أنّ الرجل الذي نتعامل معه، إضافة إلى كونه مختلاً عقلياً، هو أيضاً واسع الثقافة. فهذه اليد دليل علـى أنّـه مطّلـع جيّداً على موضوع الأسرار ورموز سريّتها، هذا ما لم نذكر تاريخ هذه القاعة".

"لم أفهم".

"كـلّ ما فعله الليلة تمّ بشكل يتّفق تماماً مع البروتوكولات القديمة. فتقليدياً، يد الأسرار هي دعوة مبجّلة، وينبغي أن تُعطى في مكان مبجّل".

ضـاقت عيـنا سـاتو وقالـت: "هذه قاعة الروتوندا التابعة لمبنى الكابيتول الأميركي، بروفيسور، وليست مزاراً لأسرار باطنية غامضة".

قـال لانغـدون: "في الواقع، سيّدتي، أعرف عدداً كبيراً من المؤرّخين الذين يخالفونك الرأي".

في تلك اللحظة، وفي مكان آخر من المدينة، كانت تريش ديون جالسة أمام وهج شاشة الـبلازما الجدرايـة في المكعّب، بعدما أنهت إعداد عنكبوت البحث وطبعت الجمل المفتاحية الخمس التي أعطتها إيّاها كاثرين.

شعرت ببعض التفاؤل وأطلقت العنكبوت، لتبدأ لعبة صيد عبر الشبكة. بدأت تتمّ مقارنة الجمل بسرعة باهرة بنصوص من مختلف أنحاء العالم... بحثاً عن جمل مشابهة تماماً.

كانـت تريش تتساءل رغماً عنها عن الغاية من ذلك، ولكنّها أصبحت تتقبّل عدم معرفة القصّة كاملة عند العمل مع آل سولومون.

الفصل 20

استرق روبرت لانغدون نظرة إلى ساعته، كانت 7:58 مساءً. لم يساهم وجه ميكي ماوس المبتسم في تحسين مزاجه. *عليّ إيجاد بيتر، إنّنا نضيع الوقت.*

كانت ساتو قد ابتعدت قليلاً لتلقّي اتّصال هاتفي، ولكنّها عادت الآن. سألته قائلةً: "بروفيسور، هل أؤخّرك عن شيء ما؟".

أجاب لانغدون وهو يخفي ساعته بكمّ قميصه: "كلاّ سيّدتي. أنا قلق جداً على بيتر، هذا كلّ شيء".

لم يكن لانغدون واثقاً، ولكنّه شعر أنّه لن يتمكّن من الذهاب إلى أيّ مكان ما لم تحصل مديرة مكتب الأمن على المعلومات التي تريدها.

قالت ساتو: "قلتَ منذ قليل إنّ هذه الروتوندا *مبجّلة* نوعاً ما بالنسبة إلى فكرة هذه الأسرار القديمة؟".

"أجل سيّدتي".

"اشرح لي ذلك".

عرف لانغدون أنّ عليه اختيار كلماته بإيجاز. فقد درّس فصولاً كاملة حول الرمزية الباطنية للعاصمة واشنطن، وثمّة لائحة لا تنتهي تقريباً عن المراجع الباطنية في هذا المبنى بمفرده.

لأميركا تاريخ خفيّ.

في كلّ مرّة يحاضر فيها لانغدون عن رمزية أميركا، يفاجَأ طلابه حين يكتشفون أنّ النوايا الحقيقية لأسلاف هذا الشعب لا علاقة لها إطلاقاً بما يزعمه اليوم كثير من السياسيين.

لقد فُقد القدر الذي كان مرسوماً لأميركا عبر التاريخ.

كانَ الأسلاف الذين أسّسوا هذه العاصمة قد أطلقوا عليها في البداية اسم "روما". سمّوا نهرها باسم التايبر، وبنوا عاصمة كلاسيكية من الهياكل والمعابد التي زخرفوها بصور لأبولو، مينيرفا، فينوس، هيليوس، فولكان، جوبيتر. ثمّ رفعوا في وسطها، كما في كثير من المدن الكلاسيكية الكبرى، تحفة عظيمة تكريماً للقدماء، ألا وهي المسلّة المصرية. يبلغ طول تلك المسلّة، التي يتجاوز حجمها حجم مسلّة القاهرة أو الاسكندرية، 555 قدماً، أي أكثر من ثلاثين طابقاً، وهي تعبير عن الشكر والتكريم للرجل العظيم الذي اتّخذ اسمُه اسماً جديداً لهذه العاصمة.

واشنطن.

والآن، بعد قرون من الزمن، وعلى الرغم من فصل أميركا بين الكنيسة والدولة، تعجّ هذه الروتوندا التي ترعاها الحكومة بالرمزية الدينية القديمة. كانت تضمّ أكثر من اثني عشر سيّداً مبجّلاً قديماً، أي أكثر من البانثيون الأصلي في روما. بالطبع، اعتنق البانثيون الروماني المسيحية عام 609... أمّا هذا البانثيون فلم يبدّل معتقده أبداً. ولا تزال آثار تاريخه الحقيقي واضحة للعيان.

قال لانغدون: "كما تعرفين على الأرجح، استلهم تصميم هذه الروتوندا من أحد أكثر المزارات تبجيلاً في روما، ألا وهو هيكل فيستا".

"كما في عذارى فيستا؟" وبدت ساتو متشكّكة من وجود علاقة بين عذارى فيستا الرومانيات ومبنى الكابيتول الأميركي.

قال لانغدون: "كان هيكل فيستا في روما دائرياً، مع فجوة كبيرة في أرضه، تشتعل في وسطها نار التنوير التي تقوم على رعايتها مجموعة من العذارى مهمتهنّ الحرص على عدم انطفاء الشعلة أبداً".

هزّت ساتو كتفيها لا مبالية: "هذه الروتوندا مستديرة ولكنّني لا أرى فجوة في أرضها".

"لم تعد موجودة، ولكن كان ثمّة فتحة كبيرة في وسط هذه القاعة لسنوات، مكان يد بيتر تماماً". وأشار لانغدون إلى الأرض مضيفاً: "في الواقع، لا يزال بالإمكان رؤية آثارها على الأرض من الدرابزين الذي وُضع لمنع الناس من السقوط فيها".

سألته ساتو وهي تنظر إلى الأرض: "ماذا؟ لم يسبق لي أن سمعت بذلك".

قال أندرسون: "يبدو محقًّا". وأشار إلى دائرة العُقَد الحديدية التي كانت الدعائم ترتكز عليها في ما مضى. "رأيتها من قبل، ولكنّني لم أعرف سبب وجودها".

قال لانغدون في نفسه، *ليس أنت وحدك*، وهو يتخيّل آلاف الأشخاص، بمن فيهم مشرّعون مشهورون، يعبرون كلّ يوم وسط الروتوندا من دون أدنى فكرة أنّهم كانوا ليسقطوا في قبو الكابيتول، الموجود تحت أرضها.

قال لهما لانغدون: "لقد تمّ إغلاق الفجوة لاحقاً. ولكن كان بإمكان زوّار الروتوندا لوقت طويل رؤية النار المشتعلة في الأسفل".

التفتت إليه ساتو وسألته: "نار؟ في الكابيتول؟".

"كانت أقرب في الواقع إلى مصباح كبير، شعلة دائمة تتوهّج في القبو تحتنا مباشرة. كان يُفترض أن تكون مرئية من خلال الفجوة الموجودة في الأرض، لجعل هذه القاعة هيكل فيستا معاصراً. حتى إنّه كان لهذا المبنى عذراء فيستا خاصّة به؛ موظفة فدرالية تُسمّى سيّدة القبو، حافظت على الشعلة بنجاح لمدّة خمسين عاماً، إلى أن قامت السياسة والدين والأذى الناتج عن الدخان بإطفاء الفكرة".

بدا الذهول على كلّ من أندرسون وساتو. اليوم، لم يتبقَّ من النار التي اشتعلت هنا في الماضي سوى فرجار بنجمته المشيرة إلى الجهات الأربع والمطمورة في القبو تحتهما، وهي الرمز الوحيد لنار أميركا الدائمة التي أضاءت في الماضي الجهات الأربع للعالم الجديد.

قالــت ســاتو: "إذاً، بروفيسور، أنت تزعم أنّ الرجل الذي ترك يد بيتر هنا يعرف كلّ هذا؟".

"هذا واضح، لا بل أكثر بكثير. فثمّة رموز في جميع أنحاء هذه القاعة تشير إلى معتقد الأسرار القديمة".

قالــت ساتو بنبرة لم تخلُ من السخرية: "الحكمة السرّية، المعرفة التي تمنح الناس قوىً خارقة؟".

"أجل سيّدتي".

"ولكنّ هذا يتعارض كثيراً مع الأسس المسيحية لهذه البلاد".

"هكذا يبدو الأمر، ولكنّه صحيح. فتحوُّل الإنسان إلى مخلوق خارق يُدعى *تمجيد*. سواء أأدركــتِ ذلــك أم لا، فــإنّ موضــوع اكتــساب الإنسان قوىً خارقة يشكّل لبّ رمزية هذه الروتوندا".

هتف أندرسون بصوت العارف: "تمجيد؟".

"أجــل". *أندرســون يعمل هنا. إنّه يعرف.* "كلمة تمجيد تعني حرفياً تحوّل الإنسان إلى نمــوذج كامل. والكلمة الإنكليزية (apotheosis) مشتقّة من أصل يوناني: أبو (يصبح)، تيوس (ممجّد)".

سألت ساتو: "هل فاتني شيء هنا؟".

قــال لانغدون: "سيّدتي، إنّ أكبر لوحة في هذا المبنى تحمل اسم *تمجيد واشنطن*. وهي تصوّر بوضوح جورج واشنطن *يتحوّل إلى نموذج كامل*".

بدت ساتو متشكّكة وقالت: "لم أرَ يوماً شيئاً كهذا".

رفــع لانغــدون ســبابته وأشار إلى الأعلى: "في الواقع، أنا واثق أنّك فعلت. فهي فوق رأسك مباشرةً".

الفصل 21

لوحة *تمجيد واشنطن* هي لوحة جصّية(*) تبلغ مساحتها 4.664 قدماً مربّعة، وتغطّي سقف روتوندا الكابيتول. أتمّها كوستانتينو بروميدي عام 1865.

عُرف بروميدي بمايكل أنجلو الكابيتول، واشتهر بروتوندا الكابيتول تماماً كما اشتهر مايكل أنجلو بالكنيسة السيستينية، وذلك من خلال رسم لوحة جصّية على أعلى جدران القاعة، ألا وهو السقف. وكما فعل مايكل أنجلو، نفّذ بروميدي بعضاً من أجمل أعماله داخل الفاتيكان. ولكنّه هاجر إلى أميركا عام 1852، وتخلّى عن أكبر مزار لصالح مزار جديد، هو الكابيتول الأميركي، الذي يحفل بأمثلة عن براعته؛ من أروقة بروميدي الخادعة للبصر، إلى إطار سقف غرفة الرئيس السابق. ولكن كانت هذه اللوحة الهائلة التي تعلو روتوندا الكابيتول هي التي اعتبرها معظم المؤرّخين أفضل أعمال بروميدي.

حدّق روبرت لانغدون إلى اللوحة الهائلة التي تغطّي السقف. كان يستمتع عادةً بردّة فعل طلابه أمام هذه اللوحة الغريبة، ولكنّه شعر الآن أنّه عالق في كابوس لم يفهمه بعد.

كانت المديرة ساتو تقف بالقرب منه ويداها على خصرها، تحدّق عابسة إلى السقف البعيد. شعر لانغدون أنّها تبدي ردّة الفعل نفسها التي يشعر بها كثيرون حين يتوقّفون للمرّة الأولى لتفحّص هذه اللوحة التي تحتلّ قلب بلادهم.

الإرباك التامّ.

فكّر لانغدون، *ليس أنت وحدك*. فبالنسبة إلى معظم الناس، كانت لوحة *تمجيد واشنطن* تبدو أكثر غرابة كلّما أطالوا النظر إليها. قال مشيراً إلى وسط القبّة الذي يعلوهم 180 قدماً: "هذا جورج واشنطن في وسط اللوحة. كما ترين، يرتدي ثوباً أبيض وبقربه ثلاث عشرة عذراء، ويصعد على غيمة فوق الناس. تلك هي لحظة التمجيد...".

حدّق كل من ساتو وأندرسون إلى اللوحة بصمت مطبق.

تابع لانغدون قائلاً: "بقربه، يمكنك رؤية سلسلة غريبة من الشخصيات غير المتزامنة: شخصيّات قديمة خيالية تتمتع بقوى خارقة تمنح أسلافنا معرفة متطوّرة. هذه مينيرفا تعطي مخترعي بلادنا العظماء الإلهام التكنولوجي؛ بين فرانكلين، روبرت فولتون، صاموئيل مورس". كان لانغدون يشير إليهم واحداً تلو الآخر. "وهناك يقف فولكان يساعدنا على بناء عربة بخارية. بالقرب منه، يُظهر لنا نبتون كيفية تمديد أسلاك عبر الأطلسي. وهناك ترين

(*) هي لوحة مرسومة على الجصّ الجاف.

سيريس، التي اشتُقّت كلمة سيريال (رقائق الحبوب) من اسمها، تجلس على حصّادة ماك كورميك، وهي اختراع زراعي هائل جعل هذه البلاد تحتلّ المرتبة الأولى في إنتاج الحبوب. تصوّر اللوحة بوضوح أسلافَنا وهم يتلقّون الحكمة العظيمة من تلك الشخصيّات". خفض رأسه وقال وهو ينظر إلى ساتو: "المعرفة قوّة، والمعرفة *الصحيحة* تجعل الإنسان يؤدّي أعمالاً خارقة".

نظرت ساتو إلى لانغدون، وفركت عنقها: "إنّ تمديد سلك هاتفي هو أمر بعيد كلّ البعد عن الخوارق".

أجاب لانغدون: "ربّما بالنسبة إلى الإنسان المعاصر. ولكن لو علم جورج واشنطن أنّنا أصبحنا نمتلك القدرة على التحدّث عبر البحار، والطيران بسرعة الصوت، والصعود إلى القمر، لافترض أنّنا مخلوقات خارقة قادرة على فعل العجائب". صمت ثمّ أضاف: "يقول الكاتب المستقبلي آرثر سي كلارك: إنّ التقنية المتطوّرة فعلاً لا تختلف عن السحر".

زمّت ساتو شفتيها، وبدا عليها التفكير العميق. نظرت إلى اليد ثمّ تبعت اتّجاه السبّابة الممدودة نحو القبّة. "قيل لك بروفيسور، *بيتر سيشير إلى الطريق*. هل هذا صحيح؟".

"أجل، سيّدتي، ولكن-".

قالت ساتو وهي تلتفت بعيداً عن لانغدون: "حضرة الرئيس، هل نستطيع إلقاء نظرة أقرب على اللوحة؟ ثمّة شرفة ضيّقة حول الجهة الداخلية للقبّة".

نظر لانغدون إلى البعيد، إلى الدرابزين الصغير الذي يظهر تحت اللوحة تماماً وشعر بجسده يتصلّب. "لا داعٍ للصعود إلى هناك". فقد سبق له أن زار تلك الشرفة التي نادراً ما تشهد زوّاراً، كضيف لأحد السيناتورات وزوجته. وكاد يغمى عليه بسبب ارتفاعها الشاهق وخطورة السير عليها.

سألته ساتو: "لا داعٍ لذلك؟ بروفيسور، لدينا رجل يظنّ أنّ هذه الغرفة تحتوي على باب إن عبره، يصبح ممجّداً؛ لدينا لوحة في السقف ترمز إلى تمجيد رجل، ويد تشير إلى تلك اللوحة مباشرةً. يبدو أنّ كلّ شيء يدفعنا نحو *الأعلى*".

هتف أندرسون وهو ينظر إلى فوق: "في الواقع، قليلون يعرفون ذلك، بل ثمّة لوح واحد مثمّن الأضلاع من ألواح القبّة يُفتح كالباب، ويمكن النظر من خلاله و-".

قال لانغدون: "مهلاً، أنتما لا تفهمان. الباب الذي يبحث عنه هذا الرجل هو باب *مجازي*، لا وجود له. حين قال إنّ بيتر سيشير إلى الطريق، كان يتحدّث بشكل مجازي. فهذه الإشارة، أي السبّابة والإبهام الممدودتان إلى الأعلى، هي رمز معروف للأسرار القديمة، وتظهر في الفنّ القديم في جميع أنحاء العالم. كما أنّ هذه الحركة نفسها تظهر في ثلاث من أشهر لوحات ليوناردو دافينشي الغامضة؛ *العشاء الأخير، والماغي، والقدّيس يوحنّا المعمدان*. إنّها رمز لعلاقة الإنسان الباطنية بالله". *كما فوق كذلك تحت*. بدأت كلمات المجنون الغريبة تزداد وضوحاً الآن.

قالت ساتو: "لم أرَها من قبل".

قـــال لانغدون لنفسه، *إذاً شاهدي محطّة ESPN*. إذ كان يبتسم دائماً وهو يرى رياضيين محترفين يشيرون بسبّابتهم إلى السماء شكراً لله بعد فوزهم. كان يتساءل كم منهم يعرفون أنّ تلـك الإشارة هي عادة ترجع إلى ما قبل المسيحية، يشكر الإنسان بها القوّة العليا التي حوّلته للحظة وجيزة إلى مخلوق قادر على صنع العجائب.

قــال لانغدون: "لا أدري إن كان هذا يساعد في شيء، ولكنّ يد بيتر ليست اليد الأولى التي تظهر في هذه الروتوندا".

نظرت إليه ساتو وكأنّه يهذي وقالت: "عفواً؟".

أشــار لانغدون إلى هاتف البلاكبيري الذي تحمله، وقال: "ابحثي في غوغل عن جورج واشنطن زيوس".

بـدت ساتو متشكّكة ولكنّها بدأت الطباعة. تقدّم أندرسون منها وراح ينظر من خلف كتفها.

قال لانغدون: "كانت هذه الروتوندا تضمّ في ما مضى منحوتة ضخمة لجورج واشنطن عـاري الـصدر ... مـصوّراً كشخصية مبجّلة. كان يجلس بالوضعية نفسها التي يجلس فيها زيوس فــي البانثيون، عاري الصدر، يده اليسرى تحمل سيفاً واليمنى مرفوعة، مع الإبهام والسبّابة ممدودتين إلى الأعلى".

بــدا أنّ ساتو عثرت على صورة على الإنترنت، لأنّ أندرسون كان يحدّق إلى جهازها مصعوقاً: "مهلاً، *أهذا* جورج واشنطن؟".

أجاب لانغدون: "أجل، على صورة زيوس".

قــال أندرسون وهو ينظر من خلف كتف ساتو: "انظر إلى يده، يده اليمنى هي بوضعية يد السيّد سولومون".

قــال لانغدون في نفسه، *كما قلت، يد بيتر ليست اليد الأولى التي تظهر في هذه القاعة*. حــين تـمّ كـشف الـنقاب للمرّة الأولى في الروتوندا عن تمثال واشنطن العاري الذي نحته هوريـشيو غرينو، علّق كثيرون بسخرية قائلين إنّ واشنطن يشير بيده إلى السماء في محاولة لإيجاد بعض الملابس. ولكن مع تغيّر المثل الدينية الأميركية، تحوّل المزاح إلى جدل وأزيل التمثال، ليوضع في ظلال الحديقة الشرقية. أمّا اليوم، فهو معروض في المتحف السميثسوني الوطني للتاريخ الأميركي. هناك، لن يشكّ من يراه في أنّه من آخر الآثار التي تربطنا بزمن سهر فيه أب أميركا على الكابيتول ... مثلما يسهر زيوس على البانثيون.

بــدأت ساتو بطلب رقم من محمولها، مستغلّة الفرصة لمعرفة ما توصّل إليه فريقها. "ماذا وجدتم؟" أصغت طويلاً ثمّ قالت: "حسناً...".، نظرت مباشرةً إلى لانغدون ومن ثمّ إلى يد بيتـر. "هل أنت واثق؟" أصغت قليلاً أيضاً ثمّ قالت: "حسناً، شكراً". أقفلت الخطّ، والتفتت إلى لانغدون: "أجـرى فريقي بعض الأبحاث، وأكّد وجود يد الأسرار المزعومة، كما أيّد كلّ ما

قلته: أوشام الأصابع الخمسة؛ النجمة، الشمس، المفتاح، التاج، المصباح، فضلاً عن كون اليد دعوة قديمة لتعلّم الحكمة السرّية".

قال لانغدون: "يسرّني ذلك".

أجابـــته بفظاظة: "لا تُسرّ كثيراً، إذ يبدو أنّنا وصلنا إلى طريق مسدود ما لم تخبرني بما تخفيه عنّي".

"سيّدتي؟".

اقتـــربت ســـاتو منه: "لقد وصلنا إلى حلقة مفرغة بروفيسور. أنت لم تخبرني بشيء لم أعرفه من فريقي. لذا، سأسألك مرّة أخرى، لماذا تمّ إحضارك إلى هنا الليلة؟ ما الذي يجعلك مميّزاً؟ ما هو الأمر الذي لا يعرفه أحد غيرك؟".

ردّ عليها لانغدون: "لقد ناقشنا ذلك من قبل، لا أدري لماذا يظنّ هذا الشاب أنّني أعرف شيئاً!".

كـــان لانغدون يتوق إلى سؤال ساتو كيف عرفت بوجوده هنا الليلة، ولكنّه سبق وفعل. *ســـاتو لا تريد إخباره.* قال: "لو كنت أعرف الخطوة التالية، لأخبرتك بها. ولكنّني لا أعرف. عـــادةً، تُمـــدّ يـــد الأســـرار من قبل معلّم إلى تلميذ. وبعدها بوقت قصير، تأتي مجموعة من التعلـــيمات... التوجيهات نحو هيكل، اسم المعلّم الذي سيلقّنه *شيئاً ما!* ولكنّ هذا الرجل تركنا مع خمسة أوشام فقط! بالكاد-"، صمت لانغدون فجأة.

حدّقت إليه ساتو وسألته: "ماذا؟".

عادت عينا لانغدون إلى اليد. *خمسة أوشام.* أدرك للتوّ أنّ ما يقوله قد لا يكون صحيحاً.

ألحّت عليه ساتو: "بروفيسور؟".

تقدّم لانغدون من الطرف المبتور. *بيتر سيشير إلى الطريق.* "خطر لي من قبل أن يكون الرجل قد ترك شيئاً في قبضة بيتر؛ خريطة، رسالة، أو عدداً من التوجيهات".

قال أندرسون: "لم يفعل. كما ترى، الأصابع الثلاثة ليست مشدودة".

قـــال لانغـــدون: "أنـــت على حقّ، ولكن خطر لي..." وانحنى محاولاً النظر من تحت الأصابع إلى الجزء المخبّأ من كفّ بيتر. "ربّما ليس مكتوباً على ورقة".

قال أندرسون: "إذاً، موشوم؟".

هزّ لانغدون رأسه موافقاً.

سألته ساتو: "هل ترى شيئاً على الكفّ؟".

قـــرفص لانغـــدون أكثر محاولاً النظر من تحت الأصابع الثلاثة: "الزاوية مستحيلة. لا أستطيع-".

قاطعته ساتو قائلةً وهي تقترب منه: "بالله عليك، افتح هذا الشيء اللعين!".

وقف أندرسون أمامها قائلاً: "سيّدتي! يتعيّن علينا حقّاً انتظار الطبيب الشرعي قبل أن نلمس-".

قالت ساتو وهي تتجاوزه: "أريد بعض الأجوبة". ثمّ قرفصت مبعدة لانغدون عن اليد.

وقــف لانغــدون، وراقبها غير مصدّق وهي تخرج قلماً من جيبها، وتدخله بحذر تحت الأصــابع الــثلاثة المثنــية. ثــمّ راحت ترفعها واحدة تلو الأخرى، إلى أن فتحت اليد كلّها وأصبحت الكفّ مرئية.

نظَــرت إلـــى لانغدون، وارتسمت ابتسامة طفيفة على وجهها: "أنت على حقّ مجدّداً، بروفيسور".

الفصل 22

رفعت كاثرين سولومون كمّ رداء المختبر، وتحقّقت من الساعة وهي تسير في المكتبة. لم تكن معتادة على الانتظار، ولكنّها شعرت في هذه اللحظة أنّ عالمها كلّه معلّق. كانت تنتظر نتائج بحث تريش، وتنتظر كلمة من شقيقها، فضلاً عن انتظارها اتّصالاً آخر من الرجل المسؤول عن هذا الوضع المربك برمّته.

قالت في نفسها، *أتمنّى لو أنّه لم يخبرني.* كانت كاثرين عادةً حذرة جداً بشأن التعرّف إلى أشخاص جدد. ومع أنّها قابلت هذا الرجل للمرّة الأولى عصر اليوم، إلاّ أنّه حاز على ثقتها خلال دقائق. *ثقة تامّة.*

أتاها اتّصاله عصر اليوم حين كانت في المنزل تستمتع كعادتها عصر كلّ أحد بقراءة المجلاّت العلمية الأسبوعية.

صدر صوت رقيق على نحو غير عادي: "آنسة سولومون؟ أنا د. كريستوفر أبادون. كنت أودّ التحدّث إليك قليلاً عن شقيقك".

سألته: "عفواً، من معي؟" *وكيف حصلت على رقمي الخاص؟*

"د. كريستوفر أبادون".

لم تتعرّف كاثرين على الاسم.

قحّ الرجل وكأنّ الوضع أصبح مربكاً فجأة: "أعتذر، آنسة سولومون. كنت أعتقد أنّ أخاك أخبرك عنّي. أنا طبيبه ورقم هاتفك مدرج كرقم طوارئ".

أجفلت كاثرين. *رقم طوارئ؟* "هل ثمّة خطب ما؟".

أجاب الرجل: "كلاّ... لا أظنّ ذلك. ولكنّ أخاك كان على موعد معي هذا الصباح ولم يحضر، ولم أتمكّن من الاتّصال به على أيّ من أرقامه. ليس من عادته أن يتخلّف عن موعده من دون اعتذار، لذا، شعرت ببعض القلق. كنت متردّداً في الاتّصال بك ولكن...".

كانت كاثرين لا تزال تحاول تذكّر اسم الطبيب: "لا، لا، إطلاقاً. أنا أقدّر لك اهتمامك. لم أتحدّث مع أخي منذ صباح البارحة. على الأرجح، نسي تشغيل هاتفه". كانت كاثرين قد أهدته مؤخّراً هاتف آي فون جديداً، ولم يعتد بعد على استعماله.

سألته: "قلت إنّك طبيبه؟"، *هل يعاني بيتر من مرض لم يخبرني به؟*

حلّ صمت ثقيل قبل أن يجيب: "أنا آسف جداً، ولكنّني ارتكبت على الأرجح خطأً مهنياً فادحاً باتّصالي بك. فقد قال لي أخوك إنّك على علم بزياراته لي، ولكن لا يبدو هذا صحيحاً".

هل كذب أخي على الطبيب؟ ازداد قلق كاثرين. "أهو مريض؟".

"أنـــا آسف آنسة سولومون، ولكنّ السرّية التي تربط بين الطبيب والمريض تمنعني من مناقشة حالته معك، وقد سبق وبُحت لك بالكثير حين أخبرتك أنّه مريضي. سأقفل الخطّ الآن، ولكن إن تحدّثت إليه اليوم، أرجو أن تطلبي منه الاتّصال بي لأطمئنّ عليه".

قالت كاثرين: "مهلاً! قل لي أرجوك ما خطب بيتر!".

تـــنهّد د. أبـــادون، وبـــدا أنّه استاء من غلطته. قال: "آنسة سولومون، من الواضح أنّك منزعجة وأنا لا ألومك. أنا واثق من أنّ شقيقك بخير، فقد كان عندي البارحة".

"البارحة؟ ولديه زيارة أخرى *اليوم*؟ يبدو هذا طارئاً".

تنهّد الرجل مجدّداً: "أقترح أن نعطيه بعض الوقت قبل أن-".

قاطعته كاثرين وهي تتوجّه إلى الباب: "أنا آتية إلى عيادتك على الفور. أين العنوان؟".

صمت الطبيب.

"د. كريستوفر أبادون؟ إن لم تعطِني عنوانك ببساطة يمكنني إيجاده بنفسي. في الحالتين، أنا آتية".

صـــمت الطبـــيب، ثمّ قال: "إن قابلتك، هل يمكنك رجاءً عدم إخبار أخيك بذلك إلى أن أشرح له خطأي؟".

"حسناً، لا بأس".

"شكراً لك. تقع عيادتي في كالوراما هايتس". وأعطاها العنوان.

بعـــد عشرين دقيقة، كانت كاثرين سولومون تقود سيّارتها في شوارع كالوراما هايتس الفخمـــة. حاولـــت الاتّـــصال بأرقام شقيقها، ولكن عبثاً. لم تكن تفرط في القلق عليه، ولكنّ زيارته لطبيب سرًّا كانت... مثيرة للاستغراب.

حـــين عثـــرت كاثرين على العنوان، حدّقت إلى المبنى مربكة. *أهذه عيادة طبيب؟* كان المنـــزل الفخـــم أمامها محاطاً بسياج من الحديد المزخرف والكاميرتت الإلكترونية والحدائق الغـــنّاء. حـــين أبطـــأت للتحقّق من العنوان، استدارت إحدى كاميرتت الأمن نحوها وفُتحت الـــبوابة. فدخلت كاثرين بسيّارتها، وركنتها قرب موقف يضمّ ستّ سيّارات فضلاً عن سيّارة ليموزين فخمة.

أيّ طبيب هذا؟

خـــرجت مـــن سيّارتها، ففُتح باب المدخل، وخرج منه رجل أنيق. كان وسيماً، وفارع الطـــول، وأكثـــر شباباً ممّا تخيّلت. مع ذلك، كان يوحي بترف وفخامة رجل أكبر سنًّا. كان يرتدي بذلة سوداء ويضع ربطة عنق، فيما بدا شعره الأشقر الكثيف مسرّحاً بعناية.

قال بصوت هامس: "آنسة سولومون، أنا د. كريستوفر أبادون". وحين سلّم عليها شعرت بأنّ يده ناعمة جداً.

أجابته: "كاثرين سولومون". وحاولت عدم التحديق إلى بشرته التي بدت ملساء وسمراء على نحو غير اعتيادي. *هل يستعمل مساحيق تجميل؟*

شعرت كاثرين بقلق متزايد وهي تدخل إلى المنزل ذي الأثاث الجميل. تناهى إليها صوت موسيقى كلاسيكية، واشتمّت رائحة شبيهة برائحة البخور. قالت: "هذا جميل، مع أنّني توقّعت شيئاً أقرب إلى... عيادة".

اصطحبها الرجل إلى غرفة معيشة فيها موقد مشتعل وقال: "أنا محظوظ بقدرتي على العمل في منزلي. تفضلي أرجوكِ. إنّني أعدّ بعض الشاي، سأحضره ونتحدّث". ثمّ توجّه إلى المطبخ واختفى فيه.

لم تجلس كاثرين سولومون. فالحدس الأنثوي كان فطرة تعلّمت الوثوق بها، كما أنّ شيئاً ما في هذا المكان سبّب لها القشعريرة. فهي لم ترَ شيئاً شبيهاً بعيادة طبيب. كانت جدران هذه الغرفة المزيّنة بقطع الأثاث القديمة مكسوّة بمظاهر الفنّ الكلاسيكي، لوحات بدائية ذات موضوعات باطنية غريبة. وقفت أمام لوحة كبيرة تصوّر سيّدات الحسن الثلاث اللواتي رُسمت أجسادهن العارية بألوان حيّة مذهلة.

"هذه هي اللوحة الزيتية الأصلية لمايكل باركس". ظهر د. أبادون بقربها من دون إنذار حاملاً صينية الشاي الساخن، وأضاف: "هلاّ جلسنا قرب الموقد؟" اصطحبها إلى غرفة المعيشة ودعاها للجلوس. "لا داعٍ للتوتّر".

أجابت كاثرين بسرعة: "لست متوتّرة".

طمأنها بابتسامة وقال: "في الواقع، كشفُ علامات التوتّر لدى الناس هو من ضمن عملي".

"عفواً؟".

"أنا طبيب نفسي، آنسة سولومون، هذه مهنتي. وأنا أعالج أخاك منذ عام تقريباً".

حدّقت إليه كاثرين مذهولة. *أخي يزور طبيباً نفسياً؟*

قال الرجل: "غالباً ما يختار المرضى إبقاء علاجهم سرّياً. لقد ارتكبت خطأً باتّصالي بكِ، مع أنّ هذا الخطأ كان نتيجة تضليل أخيك لي".

"لم... لم تكن لديّ أدنى فكرة عن ذلك".

قال مربَكاً: "أعتذر إن سبّبت لك التوتر. لاحظت أنّك تتفحّصين وجهي حين التقينا، أجل، أنا أستعمل مستحضر تجميل". لمس خدّه وأضاف: "أنا أعاني من مرض جلدي أفضّل أن أخفيه. عادةً، زوجتي هي مَن تضع مستحضر التجميل على وجهي، ولكنّها ليست هنا. لذا، اضطررت إلى الاعتماد على نفسي".

هزّت كاثرين رأسها وقد طغى عليها الإحراج.

لمس شعره الأشقر وقال: "وهذا الشعر الجميل... هو شعر مستعار. مرضي الجلدي أثّر على فروة رأسي، فتساقط شعري". هزّ كتفيه مضيفاً: "أخشى أنّ خطيئتي الكبرى هي الغرور".

قالت كاثرين: "ويبدو أنّ خطيئتي هي الفظاظة".

"علـــى الإطـــلاق". رســـم على وجهه ابتسامة ساحرة وتابع قائلاً: "هلاّ بدأنا؟ ما رأيك ببعض الشاي؟".

جلـسا أمـــام الموقد، وصبّ أبادون الشاي: "عوّدني شقيقك على شرب الشاي في أثناء جلساتنا. يقول إنّ آل سولومون يحبّون الشاي".

قالت كاثرين: "إنّها عادة عائلية. شاي أسود، من فضلك".

راحـــا يحتسيان الشاي ويتحدّثان قليلاً، ولكنّ كاثرين كانت متلهّفة لمعرفة معلومات عن أخـــيها، فـــسألته: "لماذا يزورك أخي؟" *لماذا لم يخبرني؟* لا شكّ في أنّ بيتر عانى في حياته؛ خـــسر والـــده في سنّ مبكرة، وبعد خمس سنوات، دفن ابنه الوحيد، ومن ثمّ أمّه. ولكن على الرغم من ذلك، تمكّن بيتر من التكيّف.

أخـــذ د. أبادون رشفة من الشاي وأجاب: "أتى أخوك إليّ لأنّه يثق بي. فعلاقتنا تتجاوز العلاقـــة الطبيعية بين مريض وطبيبه". أشار إلى وثيقة موضوعة في إطار قرب الموقد. بدت الوثيقة أشبه بشهادة، إلى أن لمحت كاثرين طائر الفينيق ذا الرأسين.

"هل أنت ماسوني؟" *لا يمكن إلاّ أن يكون بدرجة عالية أيضاً.*

"أنا وشقيقك أخوة".

"لا بدّ من أنّك قمت بإنجاز هامّ لتُدعى إلى الدرجة الثالثة والثلاثين".

قال: "ليس بالفعل، ورثت المال عن عائلتي، وأهب الكثير منه للأعمال الخيرية الماسونية".

الآن أدركـــت كاثـــرين لماذا يثق أخوها بهذا الطبيب الشابّ. *ماسوني ثري مهتمّ بعمل الخير وبالأساطير القديمة.* إنّ القواسم المشتركة بين د. أبادون وشقيقها هي أكثر ممّا توقّعت.

قالـــت: "حـــين ســـألتك عن سبب مجيء أخي إليك، لم أكن أعني سبب *اختياره* لك. ما عنيته، لماذا طلب مساعدة أخصّائي نفسيّ؟".

ابتـــسم د. أبادون: "أجل، أعلم. كنت أحاول التهرّب من السؤال بتهذيب. إذ لا يجدر بي مناقـــشة هـــذا الموضـــوع". صمت قليلاً ثمّ تابع: "مع أنّني أستغرب عدم إخبارك بمحادثاتنا، لكونها مرتبطة مباشرةً ببحثك".

قالت كاثرين وقد باغتها كلامه: "بحثي؟" *أخي يتحدّث عن بحثي؟*

"مؤخّـــراً، أتى إليّ شقيقك طلباً لرأيي المهني حول التأثير السيكولوجي للاكتشافات التي تقومين بها في مختبرك".

كـــادت كاثـــرين أن تختنق بالشاي. سألته: "حقًّا؟ أنا... متفاجئة". *ما الذي كان يدور في رأس بيتـــر؟ كـــيف يخبر طبيبه عن عملي؟!* كان نظام السرّية الذي يتّبعانه ينصّ على عدم إخبار *أيّ كان* بما تعمل عليه كاثرين. لا بل إنّ السرّية كانت فكرة شقيقها.

"لا شكّ في أنّك تدركين آنسة سولومون أنّ أخاك قلق جداً حول ما يمكن أن يحدث حين يـــتمّ نشر نتائج هذا البحث. إنّه يرى فيه احتمال حدوث تحوّل فلسفي هائل في العالم... وأتى ليناقش معي عواقبه المحتملة... من زاوية سيكولوجية".

قالت كاثرين: "حسناً"، وكان فنجان الشاي يرتجف قليلاً بيدها.

"المسائل التي نناقشها هي مسائل هامّة: ماذا يحدث للبشر إن تمّ الكشف أخيراً عن الأسرار الكبرى؟ ماذا يحدث إن تمّ فجأة وبشكل قاطع إثبات تلك المعتقدات التي نقبلها في *الإيمان*... على أنها *حقيقة*؟ أو نفيها لكونها مجرّد *أسطورة*؟ قد يرى البعض أنّه من الأفضل إبقاء بعض الأسئلة من دون جواب".

لم تصدّق كاثرين ما تسمع، ولكنّها سيطرت على انفعالها. "إن كنت لا تمانع، د. أبادون، أفضّل عدم مناقشة تفاصيل عملي. أنا لا أخطّط حالياً لإعلان أيّ شيء، ومكتشفاتي ستبقى في الوقت الحاضر طيّ الكتمان".

"هذا جيّد". استند أبادون إلى ظهر كرسيّه، وغرق في أفكاره للحظة. "على أيّ حال، طلبت من أخيك العودة اليوم لأنّه أصيب البارحة بشيء من *الانهيار*. فحين يحدث ذلك، أطلب من مرضاي-".

راح نبض كاثرين يتسارع، سألته: "انهيار؟ هل تعني انهياراً عصبياً؟" لم تتخيّل شقيقها ينهار لأيّ سبب كان.

مدّ أبادون يده نحوها بلطف: "أعتذر، أرى أنّني أزعجتك. أنا آسف. نظراً إلى هذه الظروف الغريبة، أفهم رغبتك في معرفة ما يجري معه".

قالت كاثرين: "سواء أكان لي الحقّ بذلك أم لا، أخي هو كلّ ما بقي لي من عائلتي. لا أحد يعرفه أكثر منّي، لذا، إن أخبرتني بما حدث، فقد أساعدك. كلّنا نريد الشيء نفسه، وهو صالح بيتر".

صمت د. أبادون طويلاً، ثمّ بدأ يهزّ رأسه ببطء، وكأنّه يوافق كاثرين على ما قالت. أخيراً قال: "إن قرّرت إطلاعك على هذه المعلومات يا آنسة سولومون، لا أفعل ذلك سوى لأنّك قد تفيدينني في مساعدة أخيك".

"بالطبع".

انحنى أبادون إلى الأمام واتكأ على ركبتيه. "آنسة سولومون، لاحظت خلال الفترة التي رأيت فيها شقيقك أنّه يعاني من صراع عميق مع شعور الذنب. لم أضغط عليه أبداً لأنّ ذلك لم يكن سبب مجيئه إليّ. ولكنّني سألته البارحة عن ذلك لعدّة أسباب". نظر إلى عينيها وتابع قائلاً: "ففتح قلبه لي على نحو دراماتيكي وغير متوقّع. قال لي أشياء لم أتوقّع سماعها، بما في ذلك كلّ ما حدث ليلة وفاة والدتكما".

ليلة الميلاد، قبل عشرة أعوام بالضبط. ماتت بين ذراعي.

"أخبرني أنّها قُتلت في أثناء محاولة سرقة لمنزلكم؟ اقتحم المنزل رجل يبحث عن شيء يظنّ أنّ أخاك يخبّئه؟".

"هذا صحيح".

كانت عينا أبادون تقيّمانها: "قال أخوك إنّه أطلق الرصاص على الرجل وقتله؟".

"أجل".

حكّ أبادون ذقنه وتابع: "هل تذكرين عمّا كان يبحث هذا السارق حين اقتحم منزلكم؟".

حاولت كاثرين عبثاً خلال عشر سنوات أن تنسى ما حدث. أجابت: "أجل، كان طلبه محدّداً جداً. ولكن لسوء الحظّ، لم يعرف أيّ منّا عمّا كان يتحدّث. لم نفهم ما يريد".

"حسناً، ولكنّ أخاك فهم".

استقامت كاثرين في جلستها وسألته: "ماذا؟".

"على الأقلّ استناداً إلى القصّة التي رواها لي البارحة، كان يعلم بالضبط عمّا يبحث ذاك الدخيل. ولكنّه لم يشأ إعطاءه إيّاه، فادّعى أنّه لا يفهم".

"هذا مستحيل، لا يمكن أن يكون بيتر قد فهم ما يريده. كان طلبه بلا معنى!".

"هذا مثير للاهتمام". صمت د. أبادون، ودوّن بضع ملاحظات، ثمّ تابع قائلاً: "ولكن، كما سبق وذكرت، أخبرني بيتر أنّه يعلم. ويظنّ أنّه لو تعاون مع القاتل، لكانت أمّكما حيّة اليوم. وهذا القرار هو مصدر كلّ شعوره بالذنب".

هزّت كاثرين رأسها. "هذا جنون...".

استند أبادون مجدّداً إلى كرسيّه وبدا عليه الاضطراب. قال: "آنسة سولومون، ما قلته أفادني كثيراً. كما كنت أخشى، يبدو أنّ شقيقك يعاني من انفصال بسيط عن الواقع. عليّ الإقرار أنّني كنت أخشى ذلك. لهذا السبب طلبت منه العودة اليوم. فمن الشائع أن ترتبط الأوهام بذكريات الأحداث المسبّبة للصدمة".

هزّت كاثرين رأسها مجدّداً وقالت: "بيتر ليس من نوع الناس الذين يعانون من الأوهام، د. أبادون".

"أوافقك على ذلك، باستثناء...".

"باستثناء *ماذا*؟".

"باستثناء أنّ روايته للهجوم لم تكن سوى البداية... لا بل هي جزء بسيط من قصّة طويلة وقديمة رواها لي".

انحنت كاثرين إلى الأمام وقالت: "ماذا روى لك بيتر؟".

رسم أبادون ابتسامة حزينة على شفتيه، ثمّ أجاب قائلاً: "آنسة سولومون، دعيني أسألك شيئاً. هل حدّثك أخوك عن شيء يعتقد أنّه مخبّأ هنا في العاصمة... أو حول الدور الذي يؤدّيه في حماية كنز عظيم... لحكمة قديمة ضائعة؟".

حدّقت إليه كاثرين فاغرة فاها وسألته: "عمّ تتحدّث بالضبط؟".

أطلق د. أبادون تنهيدة طويلة قبل أن يجيب: "ما سأخبرك به سيصدمك قليلاً يا كاثرين". صمت ونظر إلى عينيها، ثمّ تابع: "ولكن سيكون من المفيد جداً أن تخبريني بأيّ شيء تعرفينه عن ذلك". مدّ يده إلى فنجانها وسألها: "هل أصب لك مزيداً من الشاي؟".

الفصل 23

وشم آخر.

قــرفص لانغــدون بقلق قرب كفّ بيتر المفتوحة، وتفحّص الرموز السبعة الدقيقة التي كانت مخبّأة تحت الأصابع المقبوضة الميتة.

قال لانغدون مستغرباً: "تبدو وكأنّها أرقام، مع أنّني لم أعرفها".

قال أندرسون: "العدد الأوّل هو عدد روماني".

أجــاب لانغــدون: "في الواقع، لا أظنّ ذلك. فالعدد الروماني I-I-I-X غير موجود، بل يُكتب V-I-I".

سألت ساتو: "وماذا عن البقية؟".

"لست واثقاً ولكنّها تبدو ثمانية-ثمانية-خمسة بالأرقام العربية".

سأل أندرسون: "عربية؟ تبدو وكأنّها أرقام *عادية*".

"أرقامنا العادية هي أرقام عربية". كان لانغدون معتاداً على توضيح هذه النقطة لطلابه، إلى حــدّ أنّــه أعدّ محاضرة عن التقدّم العلمي الذي حقّقته ثقافات الشرق الأوسط القديمة، ومنها نظام الأعــداد الحديث في الغرب، الذي يتفوّق على الأرقام الرومانية بالتدوين الموضعي واختراع العدد صــفر. بالطــبع، كان لانغدون يختم محاضراته دوماً بالتذكير أنّ الحضارة العربية أعطت البشر أيضاً كلمة *كحول*، وهو المشروب المفضّل لدى طلاب هارفرد، ومعروف لديهم بكلمة *alcohol*.

تفحّــص لانغــدون الوشــم بحيرة وقال: "حتّى إنّني لست واثقاً من أنّها ثمانية-ثمانية-خمسة. فالخطّ المستقيم لا يبدو اعتيادياً. قد لا تكون أرقاماً".

سألته ساتو: "إذاً، ما هي؟".

"لست أكيداً، ولكنّ الوشم بأكمله يبدو... رونياً تقريباً".

سألته ساتو: "معنى ذلك؟".

"تتألّف الأبجدية الرونية(*) من خطوط مستقيمة وحسب. تُدعى أحرفها رونات وغالباً ما تُستعمل للنقش على الحجر لأنّه يصعب نقش خطوط مقوّسة بالإزميل".

(*) الأبجديــة الــرونية: هي أبجدية مجهولة الأصل، استخدمتها الشعوب الجرمانية القديمة. تتميز بأشكال حروفها الزاوية، وكان عددها بادئ الأمر 24 ثمّ زيد إلى 28، ثمّ جعلت 30 حرفاً. ويذكر أنّ الرونية العتيقة كانت تكتب من اليمين إلى الشمال، ويذهب البعض إلى القول إنّ القوط هم مبتكروها.

قالت ساتو: "إن كانت هذه أحرفاً رونية، فما معناها؟".

هــزّ لانغدون رأسه حائراً. فخبرته لا تتعدّى الأبجديّة الرونية الأكثر بدائية، أي الفوثارك(*)، وهــي لغــة تيتونــية ترجع إلى القرن الثالث، غير أنّ هذه الأحرف لا تنتمي إلى الفوثارك. "بــصراحة، لــست واثقــاً حتّــى من أنها رونية، عليك سؤال خبير. فثمّة عشرات الأشكال الأخرى؛ هيلسينغ، مانكس، الستونغنار المنقّط-".

"بيتر سولومون ماسوني، أليس كذلك؟".

فوجــئ لانغــدون وأجاب: "أجل، ولكن ما علاقة ذلك بهذا؟" كان قد وقف الآن، ونظر بطوله الفارع إلى المرأة قصيرة القامة.

"أنــت أخبرني. قلت للتوّ إنّ الأبجديّة الرونية تُستعمل في النقش على الحجر، وعلى حدّ علمي، فإنّ الماسونيين الأصليين كانوا نقّاشين على الحجر. ذكرتُ هذا الآن لأنّني حين طلبت من مكتبي البحث عن علاقة بين يد الأسرار وبيتر سولومون، أتى البحث برابط واحد محدّد". صمتت وكأنّها تحاول إضفاء أهمية على اكتشافها، ثمّ قالت: "الماسونيون".

تــنهّد لانغدون، وحاول عدم قول ما يردّده دائماً لطلابه: *"غوغل" ليس مرادفاً لكلمة "بحث".* ففــي هذه الأيام التي تعتمد فيها الأبحاث العالمية على الكلمات المفتاحية، يبدو أنّ كلّ شيء مرتبط ببعضه. لقد تحوّل العالم إلى شبكة معلومات واحدة كبيرة ومترابطة، تزداد كثافة كلّ يوم.

حــاول لانغدون الحفاظ على هدوئه وهو يجيب: "لا أستغرب أن يظهر الماسونيون في بحــث موظفيك. فالماسونيون يشكّلون رابطاً بديهياً بين بيتر سولومون وأيّ موضوع باطني آخر".

قالــت ســاتو: "نعم، وهذا واحد من الأسباب الأخرى التي جعلتني أستغرب عدم ذكرك للماســونيين بعــد. فقــد كنت تتحدّث عن حكمة سرّية يحميها قلّة من المستنيرين، وهذا يبدو ماسونياً جداً، أليس كذلك؟".

"بلــى... ويــبدو أيــضاً روزيكروشيًّا(*)، قبلانيًّا، ألومبراديًّا، فضلاً عن عدد كبير من الجماعات السرّية".

"ولكنّ بيتر سولومون ماسوني، وماسوني واسع النفوذ. يبدو لي أنّ الماسونيين يخطرون على البال حين نتحدّث عن الأسرار، فالجميع يعلمون أنّهم يحبّون الأسرار".

كــان لانغدون يشعر بالريبة في صوتها ولم يشأ التورّط في ذلك. "إن كنت ترغبين في معرفة أيّ شيء عن الماسونيين، يجدر بك سؤال ماسونيّ".

(*) الفوثارك: أي الأحرف الستة من الأبجدية الرونية.

(*) الروزيكروشــية أو الورد الصليبي هي جمعية سرية يزعم أفرادها أنهم يملكون حكمة مقصورة على قلّة منهم، وأنّ هــذه الحكمــة آلت إليهم من عهد موغل في القدم. مؤسّس جمعيتهم هو فارس ألماني زار عدداً من بلدان الــشرق، ولد عام 1378 وعمّر 106 سنوات. يميل الباحثون إلى الاعتقاد أنّ هذا الفارس ليس شخصاً حقيقيًّا بل شخصيّة رمزيّة.

قالت ساتو: "في الواقع، أفضّل سؤال شخص أثق به".

لمس لانغدون في تعليقها جهلاً وعدوانية على حدّ سواء، فأجابها: "أودّ أن ألفت نظرك، سيّدتي، إلى أنّ الفلسفة الماسونية بأكملها مبينة على الصدق والنزاهة. فالماسونيون هم من أكثر الناس جدارة بالثقة".

"لديّ أدلّة مقنعة بالعكس".

كان نفور لانغدون من ساتو يتزايد مع كلّ لحظة. فقد أمضى سنوات يكتب عن التقاليد الماسونية الغنية بالأيقونات والرموز المجازية، ويعلم أنّ الماسونيين هم من أكثر المنظمات التي أسيء فهمها ووُصفت بالخبث ظلماً. فقد تمّ اتّهامها بكلّ شيء، من عبادة الشيطان إلى التآمر للسيطرة على العالم. وسياسة الماسونيين جعلت منهم هدفاً سهلاً لأنّها تقضي بعدم الردّ على الانتقادات.

قالت ساتو بصوت لاذع: "بغضّ النظر عن ذلك، نحن هنا في مأزق سيّد لانغدون. وإمّا أنه ثمّة ما يفوتك هنا... أو أنّك تخفي عنّي شيئاً ما. فالرجل الذي نتعامل معه قال إنّ بيتر سولومون اختارك شخصياً". ووجّهت إليه نظرة باردة ثمّ أضافت: "أعتقد أنّ الوقت حان لنقل هذه المحادثة إلى مركز السي آي أيه. قد يحالفنا الحظّ هناك أكثر".

بالكاد سجّل لانغدون تهديد ساتو. فقد قالت للتوّ شيئاً طغى على ذهنه. *بيتر سولومون اختارك أنت*. التعليق الذي أتى مع ذكر الماسونيين أثّر في لانغدون بشكل غريب. نظر إلى الخاتم الماسوني في إصبع بيتر. كان الخاتم من أثمن مقتنيات بيتر؛ إرث لعائلة سولومون يحمل رمز طائر الفينيق مزدوج الرأس، وهي الأيقونة الأسمى في الحكمة الماسونية. لمع الذهب في الضوء، وأيقظ فيه ذكرى غير متوقّعة.

تسارع نبض لانغدون وهو يذكر همسَ خاطفِ بيتر الغريب: *بالفعل لم يتّضح لك الأمر بعد؟ لِمَ تمّ اختيارك؟*

الآن، وفي لحظة مرعبة واحدة، صفا ذهن لانغدون وزالت عنه الغشاوة.

في لحظة واحدة، أصبح الهدف من وجود لانغدون هنا واضحاً كضوء الشمس.

على بعد عشرة أميال، كان مالأخ يقود سيّارته جنوباً على طريق سوتلاند باركواي حين سمع الارتجاج المميّز على المقعد بقربه. كان ذلك هاتف الآي فون العائد إلى بيتر سولومون، والذي أثبت فائدته اليوم. ظهرت على شاشته صورة امرأة جذّابة متوسطة السنّ، ذات شعر طويل أسود.

اتّصال من كاثرين سولومون

ابتسم مالأخ متجاهلاً الاتّصال. *القدر يجذبني إليكِ*.

كان قد خدع كاثرين سولومون لتأتي إلى منزله عصر هذا اليوم لسبب واحد، معرفة ما إذا كانت تملك معلومات تساعده... ربّما لديها سرّ عائلي يساعده على معرفة مكان ما يبحث عنه. ولكن، من الواضح أنّ شقيق كاثرين لم يخبرها بشيء ممّا أخفاه كلّ تلك السنوات.

ولكــن حتّــى في هذه الحالة، علم مالأخ أمراً آخر من كاثرين، *أمراً أطال حياتها بضع ســاعات إضافية اليوم*. فقد أكّدت له أنّ بحثها بأكمله موجود في مكان *واحد*، ومحفوظ بأمان داخل مختبرها.

عليّ تدميره.

يهــدف بحث كاثرين إلى فتح باب جديد من الفهم، وإن فُتح هذا الباب ولو قليلاً، ستتبعه أبواب أخرى، وستكون مسألة وقت قبل أن يتغيّر كلّ شيء. *لا يمكن أن أسمح بذلك. يجب أن يبقى العالم كما هو... غارقاً في ظلمات الجهل.*

صدرت رنّة عن الهاتف تشير إلى أنّ كاثرين تركت رسالة صوتية. فتحها مالأخ.

بــدا صــوت كاثــرين مشوباً بالقلق: "بيتر، هذه أنا مجدّداً. أين أنت؟ لا أزال أفكّر في حديثــي إلــى د. أبادون... وأنا قلقة. هل كلّ شيء على ما يرام؟ اتّصل بي أرجوك. أنا في المختبر".

انتهت الرسالة الصوتية.

ابتــسم مالأخ. *على كاثرين أن تقلق على نفسها أكثر من قلقها على أخيها*. انعطف من ســوتلاند باركــواي إلى طريق سيلفر هيل. وبعد أقلّ من ميل، رأى في الظلام المبنى البعيد لمركــز الدعم التابع للمتحف السميثسوني بين الأشجار، إلى يمين الطريق العام. كان المجمّع بأكمله محاطاً بسور عالٍ من الأسلاك الحادّة.

المبنــى مــزوّد بتدابيــر أمان؟ ضحك مالأخ بينه وبين نفسه. *أعرف شخصاً سيفتح لي الباب.*

الفصل 24

ضرب الاكتشاف لانغدون مثل موجة عنيفة.

أعرف الآن لِمَ أنا هنا.

وقف وسط الروتوندا وشعر برغبة عارمة في الاستدارة والهرب... الهرب من يد بيتر، ومن الخاتم الذهبي اللامع، ومن عيون ساتو وأندرسون المرتابة. ولكنّه وقف جامداً عوضاً عن ذلك، وتشبّث بقوّة أكبر بالحقيبة الجلدية المعلّقة على كتفه. *عليّ الخروج من هنا.*

تقلّص فكّه وهو يتذكّر ما حدث في ذلك الصباح البارد، قبل أعوام في كامبريدج. كانت الساعة السادسة صباحاً، وكان لانغدون يدخل صفّه كالعادة بعد سباحته الصباحية المعتادة في حوض هارفرد. استقبلته الروائح المألوفة لغبار الطبشور وبخار التدفئة وهو يدخل. سار خطوتين نحو مكتبه، ثمّ وقف في مكانه.

كان ثمّة شخص بانتظاره؛ رجل أنيق ذو وجه حادّ الملامح، وعينين رماديتين نبيلتين.

قال مصدوماً: "بيتر؟".

لمعت ابتسامة بيتر في الغرفة خفيفة الإضاءة. "صباح الخير روبرت. هل فوجئت برؤيتي؟" كان صوته ناعماً، ولكنّ القوّة لا تفارقه.

أسرع لانغدون نحوه، وسلّم عليه بحرارة. سأله قائلاً: "ماذا يفعل صاحب دم نبيل من يال في جامعة كريمسون قبل شروق الشمس؟".

أجاب سولومون ضاحكاً: "مهمّة سرّية خلف خطوط العدوّ". أشار إلى خصر لانغدون الرشيق وأضاف: "السباحة تعطي مفعولها. أنت تتمتّع باللياقة".

قال لانغدون ممازحاً: "أحاول وحسب أن أجعلك تبدو أكبر سنًّا. أنا سعيد برؤيتك، بيتر. ما الذي أتى بك؟".

أجاب الرجل وهو يلقي نظرة على الغرفة الخالية: "رحلة عمل قصيرة. أنا آسف على مجيئي فجأة، روبرت، ولكنّني لا أملك سوى بضع دقائق. أودّ أن أطلب منك أمراً... شخصياً، معروفاً".

تساءل لانغدون ماذا يمكن لأستاذ جامعة بسيط أن يفعله من أجل رجل يملك كلّ شيء. فأجاب: "اطلب ما تريد". وشعر بالسرور لفرصة فعل شيء لأجل هذا الشخص الذي قدّم إليه الكثير، لا سيّما وأنّ حياة بيتر المترفة لم تخلُ من المآسي.

خفض سولومون صوته وقال: "كنت آمل أن تقبل بالعناية بشيء يخصّني".

رفع لانغدون عينيه سئماً وقال: "آمل ألاّ يكون هيركوليس". فقد وافق لانغدون مرّة على العناية بكلب سولومون الضخم، هيركوليس، في أثناء سفر سولومون. ويبدو أنّ الكلب اشتاق في أثناء وجوده في منزل لانغدون إلى لعبته الجلدية المفضّلة، فعثر على بديل لها في مكتب لانغدون؛ كتاب مقدّس مزخرف مخطوط باليد على ورق الرّق الأصلي، يرجع إلى القرن السابع عشر. ولم يكن من الملائم نوعاً ما وصفه بالكلب "السيئ".

قال سولومون وهو يبتسم محرَجاً: "تعرف، ما زلت أبحث لك عن بديل له".

"انسَ الأمر. أنا سعيد لأنّ هيركوليس يملك ذوقاً في هذا المجال".

ضحك سولومون، ولكنّه بدا متوتّراً. "روبرت، إنّ سبب مجيئي إليك هو رغبتي في ائتمانك على شيء ثمين لديّ. ورثته منذ سنوات، ولكنّني لم أعد مرتاحاً للاحتفاظ به في منزلي أو مكتبي".

شعر لانغدون على الفور بعدم الارتياح. فأيّ شيء "ثمين" في عالم بيتر يساوي من دون شكّ ثروة. قال له: "ماذا لو احتفظت به في خزنة مصرف؟" *ألا تملك عائلتك أسهماً في نصف مصارف أميركا؟*

"سيشتمل ذلك على مستندات وموظفي مصرف، لذا أفضّل صديقاً أثق به. وأنا أعلم أنّك تحفظ الأسرار". مدّ سولومون يده إلى جيبه، وأخرج منه علبة صغيرة أعطى لانغدون إيّاها.

نظراً إلى المقدّمة الدراماتيكية، توقّع لانغدون شيئاً أكثر أهمية. كانت العلبة عبارة عن مكعّب صغير لا يتجاوز حجمه ثلاثة إنشات مربّعة، ملفوفة بورق بنّي باهت ومربوطة بخيط من القنّب. بدت العلبة، بالنسبة إلى وزنها وحجمها، وكأنّها تحتوي على شيء حجري أو معدني. *أهذا هو؟* قلّب لانغدون العلبة في يده، ولاحظ أنّ الخيط مثبّت من إحدى الجهات بختم من الشمع، شبيه بذاك الذي كان يستعمل في المراسم القديمة. كان الختم يحمل صورة طائر الفينيق ذي الرأسين مع العدد 33 على صدره، وهو الرمز التقليدي لأعلى الدرجات الماسونية.

قال لانغدون، وقد بدأت ابتسامة جانبية ترتسم على وجهه: "حقًّا بيتر، أنت المعلّم المبجّل الأعلى لمحفل ماسوني، ولست البابا. هل تختم العلب بخاتمك؟".

نظر سولومون إلى خاتمه الذهبي وضحك قائلاً: "لست أنا من ختم هذه العلبة، روبرت، بل جدّ أبي هو من فعل. كان ذلك قبل قرن من الزمن تقريباً".

رفع لانغدون رأسه مذهولاً وقال: "ماذا؟!".

رفع سولومون إصبعه الذي يحمل الخاتم وقال:"هذا الخاتم الماسوني يعود إليه. من بعده إلى جدّي، ومن ثمّ إلى أبي... وأخيراً إليّ".

رفع لانغدون العلبة أمامه وسأله قائلاً: "جدّ أبيك غلّف هذه العلبة قبل *قرن* من الزمن ولم يفتحها أحد؟".

"هذا صحيح".

"ولكن... لماذا؟".

ابتسم سولومون مجيباً: "لأنّ الوقت لم يحن بعد".

حدّق إليه لانغدون: "وقت *ماذا*؟".

"روبـــرت، أعرف أنّ هذا يبدو غريباً، ولكن كلّما عرفت أقلّ، كان أفضل بالنسبة إليك. كـــلّ مـــا أطلـــبه منك هو الاحتفاظ بهذه العلبة في مكان آمن، وأرجوك، لا تخبر أحداً أنّني أعطيتك إيّاها".

بحـــث لانغـــدون فـــي عينـــي صديقه عن لمحة من المرح. فسولومون يملك ميلاً إلى التصرّف بشكل مسرحي، ما دفع لانغدون إلى التساؤل ما إذا كان يمثّل دوراً ما. سأله: "بيتر، هـــل أنت واثق أنّها ليست خطّة ذكية منك لأعتقد أنّني ائتُمنت على سرّ ماسوني قديم، فأشعر بالفضول، وأقرّر الانضمام إليكم؟".

"أنـــت تعـــرف أنّ الماسونيين لا يجذبون الأتباع. أضف إلى أنّك سبق وأخبرتني بعدم رغبتك في الانضمام إلى الأخويّة".

كـــان هذا صحيحاً. صحيح أنّ لانغدون يكنّ احتراماً كبيراً للفلسفة والرمزية الماسونية، ولكـــنّه قـــرّر عـــدم الانضمام إليها. فنذور السرّية التي يشتمل عليها ذلك ستمنعه من مناقشة الماسونية مع طلابه. وهذا السبب نفسه هو الذي منع سقراط من المشاركة رسمياً في الأسرار الإيلوسيسية(*).

فـــيما كان لانغدون ينظر إلى العلبة الصغيرة الغامضة وختمها الماسوني، لم يتمكّن من منع نفسه من طرح سؤال بديهي: "لمَ لا تأتمن عليها واحداً من إخوانك الماسونيين؟".

"فلـــنقل إنّ لديّ إحساساً أنّها ستكون بأمان أكثر خارج الأخوية. ورجاءً لا تنخدع بحجم العلـــبة. إن كـــان مـــا قاله لي أبي صحيحاً، فإنّها تحتوي على شيء ذي قوّة هائلة". صمت وأضاف: "ربّما تعويذة".

هـــل قـــال تعويذة؟ فالتعويذة بتعريفها هي شيء يمتاز بقوّة سحرية. في الماضي، كانت الـــتعاويذ تُـــستخدم لجلـــب الحظّ أو إبعاد الأرواح الشريرة أو المساعدة في الطقوس القديمة. "بيتر، هل تدرك أنّ التعاويذ لم تعد رائجة في القرون الوسطى؟".

وضـــع بيتـــر يـــده بصبر على كتف لانغدون وأجاب: "أعرف كيف يبدو لك ذلك، روبـــرت. لقـــد عـــرفتك منذ وقت طويل، والتشكّك هو واحد من أعظم نقاط القوّة لديك كأكاديمـــي، غير أنّه أهمّ نقاط ضعفك أيضاً. أعرفك جيّداً كي أدرك أنّك لست من الناس الذين أستطيع أن أطلب منهم *التصديق*... بل مجرّد *الوثوق*. وأطلب منك الآن الوثوق بي حـــين أقول إنّ هذه التعويذة قويّة. لقد قيل إنّها تستطيع أن تمنح مالكها القدرة على توليد النظام من الفوضى".

(*) الأسرار الإيلوسيسية: هي طقوس دينية كانت تقام في مدينة إيلوسيس، وهي مدينة قديمة في الجزء الشرقي من وسط بلاد اليونان تكريماً لديميتر، سيدة الزراعة والخصب والزواج وابنتها برسيفوني.

اكتفـــى لانغدون بالتحديق إليه مستغرباً. ففكرة توليد *النظام من الفوضى* هي واحدة من أعظـــم الحقائق الماسونية. *Ordo ab chao*. مع ذلك، فإنّ الادّعاء أنّه من شأن تعويذة أن تمنح أيّ قدرة على الإطلاق كان أمراً منافياً للعقل، فما بالك بالقدرة على توليد النظام من الفوضى.

تابـــع ســـولومون قائلاً: "قد تصبح هذه التعويذة خطيرة إن وقعت بين أيدٍ غير مناسبة. ولسوء الحظّ، لديّ سبب لأظنّ أنّ أشخاصاً نافذين يسعون إلى سرقتها منّي".

لـــم يـــسبق أن رأى لانغـــدون هذه الجدّية في عينيه. "أريدك أن تحتفظ لي بها لبعض الوقت. هل يمكنك ذلك؟".

تلك الليلة، جلس لانغدون بمفرده في مطبخه أمام الطاولة ومعه العلبة، وحاول أن يتخيّل مـــا قـــد تحتوي عليه. في النهاية، اعتبر أنّها أحد تصرفات بيتر الغريبة، ووضعها في خزنة الحائط في مكتبته، ثمّ نسي أمرها.

... حتّى هذا الصباح.

اتّصال الرجل ذي اللكنة الجنوبية.

فقـــد قـــال المساعد بعد أن أعطى لانغدون تفاصيل ترتيبات الرحلة إلى واشنطن: "آه، بروفيسور، كدت أنسى! ثمّة أمر آخر يطلبه السيّد سولومون".

"نعم؟" وكان ذهن لانغدون قد تحوّل إلى المحاضرة التي وافق للتوّ على إلقائها.

"ترك لك السيّد سولومون ملاحظة هنا". وبدأ الرجل يقرأ مربكاً، وكأنّه يحاول فهم خطّ بيتر: "أرجو أن تطلب من روبرت... إحضار... العلبة الصغيرة المختومة، التي أعطيته إيّاها قبل سنوات طويلة"، توقّف الرجل ثمّ سأل: "هل يعني لك هذا شيئاً؟".

فوجـــئ لانغدون وهو يتذكّر العلبة الصغيرة الموضوعة في خزنته كلّ هذا الوقت. "في الواقع، نعم. أعرف ما يعنيه بيتر".

"ويمكنك إحضارها؟".

"بالطبع. قل لبيتر إنّني سأحضرها".

بـــدت الراحة في صوت المساعد وهو يقول: "ممتاز. استمتع بمحاضرتك الليلة. رحلة موفقة".

قـــبل مغـــادرة المنـــزل، أخرج لانغدون العلبة من الجزء الخلفي للخزنة ووضعها في حقيبته.

كـــان يقف الآن في مبنى الكابيتول، وكان واثقاً من أمر واحد. سيُصدم بيتر سولومون حين يعرف أنّ لانغدون خذله بهذا الشكل.

الفصل 25

يا الله، كانت كاثرين على حقّ، كالعادة.

حـدّقت تـريش ديون مذهولة إلى نتائج عنكبوت البحث التي ظهرت أمامها على شاشة الـبلازما. كانت تشكّ بأن تجد نتائج على الإطلاق، ولكنّها حصلت في الواقع على أكثر من عشرة مواقع. وثمّة المزيد.

بدا لها أحد المواقع بالتحديد واعداً أكثر من غيره.

التفتت ونادت باتّجاه المكتبة: "كاثرين، أظنّك ترغبين في رؤية ما وجدت!".

لقـد مضت سنوات منذ أن أجرت تريش بحثاً عنكبوتياً كهذا، وقد فاجأتها النتائج الليلة. فقـبل بضع سنوات، كان أيّ بحث مماثل يصل إلى طريق مسدود. ولكن، يبدو اليوم أنّ كمية المواد الرقمية التي يمكن البحث بينها في العالم قد تضخّمت إلى حدّ أصبح معه بإمكان المرء إيجـاد أيّ شيء... والغريب أنّ إحدى الكلمات المفتاحية لم يسبق لتريش أن سمعت بها أبداً... ولكنّ البحث وجده.

اندفعت كاثرين إلى غرفة المراقبة وسألتها قائلةً: "ماذا وجدت؟".

أشـارت تريش إلى شاشة البلازما وأجابت: "مجموعة من النتائج. كلّ من هذه الوثائق تحتوي على جملك المفتاحية حرفياً".

أبعدت كاثرين شعرها خلف أذنها، وراحت تتفحّص اللائحة.

أضافت تـريش: "قبل أن تتحمّسي كثيراً، أؤكّد لك أنّ معظم هذه المستندات ليست ما تبحثـين عـنه، بـل هي ثقوب سوداء كما نسمّيها. إنّها أشبه بأرشيف مضغوط، فيه ملايين الرسائل الإلكترونية، والموسوعات الكاملة، والرسائل العالمية الموجودة منذ سنوات، وما إلى ذلـك. ونظـراً إلـى حجمهـا ومحتواها المنوّع، فإنّها تحتوي على كمية هائلة من الكلمات المفتاحية التي تجذب أيّ محرّك بحث يقترب منها".

أشارت كاثرين إلى إحدى النتائج قريباً من رأس اللائحة وقالت: "ماذا عن ذاك؟".

ابتـسمت تريش. كانت كاثرين قد عثرت على المستند الوحيد في اللائحة الذي يمتاز بحجم صغير. قالت لها تريش: "أحسنت اختياراً. فهذا هو بالفعل المستند الوحيد المرشّح حتّى الآن".

قالت لها كاثرين بنبرة حادّة: "افتحيه".

لم تتخيّل تريش وجود مستند من صفحة واحدة يحتوي على جميع خيوط البحث الغريبة الـتي أعطتهـا إيّاهـا كاثرين. مع ذلك، حين فتحت الملف، كانت الكلمات المفتاحية موجودة فيه... واضحة وضوح الشمس ويسهل إيجادها في النصّ.

110

تفحّصت كاثرين الصفحة بعينيها المثبّتتين على الشاشة: "أهذا المستند... محجوب؟".

هزّت تريش رأسها: "أهلاً بك في عالم النصوص الرقمية".

أصبح الحجب الآلي أمراً معتمداً مع الوثائق الرقمية. ففي عملية الحجب، يسمح الخادم للمستخدم بالبحث في نصّ كامل، ولكنه لا يكشف له سوى جزء صغير منه، لا تظهر فيه سوى الكلمات المفتاحية التي يبحث عنها. وبحجب الجزء الأكبر من النصّ، يتجنّب الخادم خرق حقوق النشر، كما يبعث إلى المستخدم رسالة مفادها: *لديّ المعلومات التي تبحث عنها، ولكن إن كنت تريدها كاملة، يتعيّن عليك شراؤها منّي.*

قالت تريش وهي تمرّر الصفحة المختصرة: "كما ترين، يحتوي المستند على جميع كلماتك المفتاحية".

حدّقت كاثرين إلى النصّ المحجوب بصمت.

صمتت تريش قليلاً، ثمّ عادت إلى أوّل الصفحة. كانت جميع الكلمات المفتاحية مكتوبة بأحرف كبيرة، مع خطّ تحتها، يرافقها نموذج صغير من النصّ، يتمثّل بالكلمتين اللتين تظهران من جانبي الكلمة المطلوبة.

لم تستطع تريش أن تتخيّل إلى ماذا تشير هذه الوثيقة. *وما معنى كلمة رمز محجزاً بحقّ الله؟*

تقدّمت كاثرين بلهفة نحو الشاشة وقالت: "من أين أتى هذا المستند؟ من كتبه؟".

كانت تريش قد بدأت تبحث عن ذلك. أجابت: "أعطني دقيقة. أنا أحاول إيجاد المصدر".

كرّرت كاثرين بنبرة حادّة: "أريد أن أعرف من كتبه. أريد رؤيته *كاملاً*".

أجابت تريش وقد فوجئت بنبرة كاثرين: "أنا أحاول".

الغريب أنّ موقع الملف لم يكن يظهر كموقع أو كعنوان شبكة تقليدي بل كعنوان بروتوكول إنترنت عددي. قالت تريش: "لا أستطيع كشف بروتوكول الإنترنت. اسم الميدان لا يظهر. مهلاً". فتحت الإطار النهائي وقالت: "سأضع طريق تعقّب".

... واكتشف **بابًا قديمًا** يؤدّي إلى...

... يحذّر أنّ محتوى **الهرم** يشتمل على مخاطر ...

...

... تفكيك هذا **الرمز المجزّأ**

المنقوش لكشف ...

طــبعت تريش سلسلة الأوامر لتخطي جميع الحواجز بين آلتها في غرفة المراقبة وأيّ آلة أخرى تخزّن هذا المستند.

أعطت الأمر قائلةً: "إنّه يتعقّب العنوان الآن".

طــريق التعقّب فائق السرعة، إذ ظهرت لائحة طويلة من أدوات الشبكة على الشاشة، على الفور تقريباً. تفحّصتها تريش وراحت تراجع سلسلة المحوّلات والبدّالات التي تربط هذه الآلة بــ....

مــا هــذا؟! توقّف بحثها قبل أن يبلغ خادم الوثيقة. فقد اصطدم بأداة شبكة ابتلعته عوضاً عن ردّه. "يبدو أنّه قد تمّ اعتراض طريق التعقّب الذي أطلقته". *هذا ممكن؟ أطلقيه مجدّداً*".

أطلقــت تريش طريق تعقّب آخر وحصلت على النتيجة نفسها. "كلّا، وصلنا إلى طريق مـــسدود. وكأنّ هذه الوثيقة موجودة على خادم لا يمكن تعقّبه". نظرت إلى آخر النتائج التي ظهــرت قبل أن يتوقّف البحث وأضافت: "مع أنّني *أستطيع* القول إنّه موجود في مكان ما في العاصمة".

"أنت تمزحين".

قالــت تريش: "هذا ليس غريباً، فهذه البرامج العنكبوتية تتحرّك لولبياً بطريقة جغرافية، أيّ أنّ النتائج الأخيرة تكون محلية دائماً. أضف إلى أنّ أحد خيوط البحث التي أعطتني إيّاها كان *العاصمة واشنطن*".

قالت كاثرين: "وماذا لو بحثنا عمّن يكون؟ ألن يخبرنا ذلك بمن يملك الميدان؟".

يبدو هذا محدوداً ولكنّها ليست فكرة سيّئة.

توجّهت تريش إلى قاعدة بيانات "مَن" وأجرت بحثاً عن بروتوكول الإنترنت، على أمل أن تلائم الأرقام السرّية اسم ميدان فعلي. كان فضولها يتعاظم. *من يملك هذه الوثيقة؟* ظهرت نتائج "مَن" بسرعة، من دون العثور على شيء، فرفعت تريش يديها مستسلمة: "وكأنّ عنوان هذا البروتوكول غير موجود. لا أستطيع إيجاد أيّ معلومات عنه إطلاقاً".

"من الواضح أنّ بروتوكول الإنترنت موجود، فقد بحثنا للتوّ عن مستند مخزّن هناك!".

صحيح. ولكن أيًّا يكن من يملك الوثيقة، من الواضح أنّه فضّل عدم الكشف عن هويته. "لا أعرف ما أقول. فتعقّب الأنظمة ليس فعلاً من مجال اختصاصي، وما لم ترغبي في الاستعانة بشخص ماهر في عمليات القرصنة، لن نتوصل إلى شيء".

"هل تعرفين أحداً؟".

التفتت تريش، وحدّقت إلى رئيستها قائلة: "كاثرين، كنت أمزح. ليست فكرة جيّدة حقًّا".

تحقّقت كاثرين من ساعتها وهي تسألها: "ولكنّها ممكنة؟".

"نعم... ثمّة دائماً من يفعل ذلك. تقنياً هذا سهل جداً".

"من تعرفين؟".

"شخصاً ماهراً في عمليات القرصنة؟" ضحكت تريش بعصبية وأجابت: "نصف الشباب في الشركة التي كنت أعمل فيها".

"هل تثقين بأحدهم؟".

أهي جادّة؟ لاحظت تريش أنّ كاثرين جادّة فعلاً. قالت بسرعة: "في الواقع، أجل. أعرف شاباً يمكننا الاتّصال به. كان اختصاصياً في أمن الأنظمة في الشركة، وهو عبقري كمبيوتر خطير. أراد الخروج معي، ولكنّه لم يعجبني. لكنّه شاب طيّب وأنا أثق به. كما أنّه يقوم بأعمال حرّة".

"أهو كتوم؟".

"بالطبع هو كتوم، فهذا من ضمن عمله. ولكنّني واثقة أنّه سيطلب ألف دولار على الأقلّ لمجرّد النظر-".

"اتّصلي به. واعرضي عليه ضعف المبلغ ليعطينا نتائج سريعة".

لم تكن تريش واثقة من سبب انزعاجها، أهو مساعدة كاثرين سولومون لاستخدام قرصان... أو الاتّصال بشاب لم يصدّق بعد على الأرجح أنّ محلّلة أنظمة معياريّة بدينة، حمراء الشعر، رفضت محاولاته الرومانسية للتقرّب منها. "هل أنت واثقة من ذلك؟".

قالت كاثرين: "استعملي الهاتف الموجود في المكتبة، فرقمه محجوب. وبالطبع لا تذكري اسمي".

"أكـيد". تـوجّهت تـريش إلى الباب ولكنّها توقّفت حين سمعت رنّة صادرة عن هاتف كاثـرين. كانـت تأمـل أن تأتـي تلك الرسالة بمعلومات تخلّصها من هذه المهمة البغيضة. انتظرت إلى أن أخرجت كاثرين هاتفها من جيب رداء المختبر ونظرت إلى الشاشة.

شعرت كاثرين سولومون بموجة من الراحة لرؤية الاسم على هاتف الآي فون. *أخيراً.*

بيتر سولومون

قالت وهي تنظر إلى تريش: "إنّها رسالة من أخي".

بـدا الأمل على وجه تريش وقالت: "ربّما يجدر بنا سؤاله عن كلّ هذا... قبل أن نتّصل بقرصان؟".

نظرت كاثرين إلى المستند المحجوب على الشاشة وتناهى إليها ثانيةً صوت د. أبادون. *ذاك الشيء الذي يعتقد شقيقك أنّه مخبّأ في العاصمة... يمكن إيجاده.* لم تعد كاثرين تعرف ما تصدّق، وهذه الوثيقة تحتوي على معلومات عن الأفكار القديمة التي يبدو أنّ بيتر أصبح مهووساً بها.

هزّت كاثرين رأسها وأجابت: "أريد أن أعرف من كتب هذا وأين هو. قومي بالاتّصال".

عبست تريش، وتوجّهت إلى الباب.

سـواء أكـشفَت هذه الوثيقة الغموض الذي يلفّ ما قاله أخوها للدكتور أبادون أم لا، تمّ اليوم حلّ لغز واحد على الأقلّ. فقد تعلّم شقيقها أخيراً كيفية استعمال خدمة الرسائل في هاتف آي فون الذي أهدته إيّاه كاثرين.

نـادت تريش قائلةً: "وأخبري وسائل الإعلام، فبيتر سولومون العظيم أرسل للتوّ رسالته الهاتفية الأولى".

وقـف مالأخ قرب سيّارة الليموزين في موقف سيّارات صغير يقع في الشارع المؤدّي إلى مركز الدعم، وراح يمطّي ساقيه بانتظار الاتّصال الذي كان يعرف أنّه آت. كان المطر قد توقّف، وبـدأ قمر شتائي يطلّ من خلف الغيوم. كان ذاك هو القمر نفسه الذي ألقى بنوره على مالأخ من خلال كوّة في سقف بيت الهيكل قبل ثلاثة أشهر، في أثناء حفل انضمامه إلى الأخوية.

يبدو العالم مختلفاً الليلة.

فـي أثناء انتظاره، احتجّت معدته مجدّداً. كان صيام هذين اليومين أمراً حيوياً لعملية إعداده، وإن كان غير مريح. فتلك هي عادات القدماء. قريباً، ستصبح الآلام الجسدية بلا أهمية.

خـلال وقـوف مـالأخ فـي هواء الليل البارد، ضحك حين لاحظ أنّ سخرية *القدر* قد وضـعته مباشرةً أمام كنيسة صغيرة. كان ثمّة مكان مبجّل هناك، بين مركز ستيرلينغ دينتال ومتجر صغير.

بيت لتمجيد الربّ.

خرقت رنّة الهاتف الخلوي صمت الليل، فتسارع نبضه. كان الهاتف الذي رنّ الآن هو هاتف مالأخ، هاتف زهيد الثمن، مخصّص للاستعمال المؤقّت، اشتراه بالأمس. أظهرت الشاشة أنّ الاتّصال كان من الشخص المتوقَّع.

نظر مالأخ عبر طريق سيلفر هيل إلى السقف المتعرّج للمبنى خافت الإضاءة الذي يرتفع فوق الأشجار، وقال في نفسه، *اتّصال محلّي*.

فتح قلاّب الهاتف، وأجاب بصوت عميق: "د. أبادون يتكلّم".

قال الصوت النسائي: "معك كاثرين، أخيراً سمعت شيئاً من أخي".

"آه، هذا عظيم. كيف حاله؟".

أجابت: "إنّه في طريقه إلى المختبر الآن. في الواقع، يقترح أن تنضمّ إلينا".

تظاهر مالأخ بالتردّد وقال: "عفواً؟ في... مختبرك؟".

"لا بدّ من أنّه يثق بك كثيراً، فهو لا يدعو *أحداً* إليه".

"أفترض أنّه يظنّ أنّ زيارتي تساعد في جلساتنا، ولكنّني أشعر وكأنّني دخيل".

"إن كان *أخي* يدعوك، فأنت مرحّب بك، كما قال إنّ لديه الكثير ليقوله لنا، وأودّ فعلاً أن أعرف ما يجري".

"إذاً، ممتاز. *أين* يقع مختبرك بالضبط؟".

"في مركز الدعم التابع للمتحف السميثسوني، هل تعرف العنوان؟".

قال مالأخ وهو يحدّق إلى المبنى: "كلاّ. في الواقع أنا في سيّارتي الآن ولديّ نظام إرشاد. أين العنوان؟".

"4210 طريق سيلفر هيل".

"حسناً، لحظة واحدة، سأطبعه". انتظر مالأخ عشر ثوانٍ، ثمّ قال: "آه، هذا جيّد. يبدو أنّني أقرب مما ظننت. بحسب الجهاز، أنا على بعد عشر دقائق فقط".

"عظيم. سأتّصل بموظف الأمن وأخبره بمجيئك".

"شكراً".

"إلى اللقاء".

أعاد مالأخ الهاتف إلى جيبه ونظر إلى مركز الدعم. *هل كنت فظّاً حين دعوت نفسي؟* ابتسم، ثمّ أخرج هاتف بيتر سولومون، وتأمّل الرسالة التي بعثها إلى كاثرين قبل بضع دقائق.

> **وصلتني رسائلك. كلّ شيء على ما يرام. كنت مشغولاً اليوم. نسيت موعد د. أبادون. آسف لعدم ذكره من قبل. قصّة طويلة. أنا آتٍ إلى المختبر الآن. إن كان د.أبادون قادراً، فلينضمّ إلينا. أنا أثق به تماماً ولديّ الكثير لقوله لكما. – بيتر**

لم يفاجأ مالأخ حين رنّ هاتف بيتر برسالة من كاثرين.

بيتـــر، أهنئك على تعلّم استعمال الهاتف! الحمد لله أنّك بخير. تحدّثت مع د. أ.، وهو آتٍ إلى المختبر. إلى اللقاء! – ك

حمـل مالأخ هاتف سولومون، ثمّ انحنى بقرب الليموزين، ووضعه بين العجلة الأمامية والرصيف. كـان الهاتف مفيداً... ولكن حان الوقت الآن لإخفاء أثره. استقلّ السيّارة خلف المقود، وشغّل المحرّك، ثمّ تقدّم إلى أن سمع صوت تحطّم الهاتف تحت العجلة.

ركـن مالأخ السيّارة مجدّداً، وأخذ يحدّق إلى مبنى مركز الدعم في البعيد. عشر دقائق. كـان مخـزن بيتر سولومون الهائل يضمّ أكثر من ثلاثين مليون كنز، ولكنّ مالأخ أتى الليلة لتدمير كنزين من أثمن ما فيه.

بحث كاثرين سولومون بأكمله.

وكاثرين سولومون نفسها.

الفصل 26

قالت ساتو: "بروفيسور لانغدون؟ تبدو وكأنّك رأيت شبحاً. هل أنت بخير؟".

رفـــع لانغدون حقيبته أكثر على كتفه، ووضع يده فوقها، وكأنّه بذلك يخبّئ أكثر العلبة التي يحملها. شعر أنّ وجهه أصبح شاحباً. "أنا... قلق على بيتر وحسب".

أمالت ساتو رأسها، ونظرت إليه شزراً.

شـــعر لانغـــدون فجأة بالقلق من أن يكون لوجود ساتو هنا الليلة علاقة بالعلبة الصغيرة التي ائتمنه عليها سولومون. كان بيتر قد حذّر لانغدون: *ثمّة أشخاص نافذون يريدون سرقتها. ستكون خطيرة بين أيد غير مناسبة.* لم يفهم لانغدون ما الذي يدفع السي آي أيه للسعي وراء علـــبة صـــغيرة تحـــتوي علـــى تعويذة... أو حتّى ما يمكن أن تكون تلك التعويذة. *نظام من الفوضى؟*

اقتربت منه ساتو، واخترقته بنظراتها قائلةً: "أشعر أنّك وجدت شيئاً؟".

أحسّ لانغدون أنّه يتعرّق: "كلاّ، ليس بالضبط".

"ما الذي يدور في خلدك؟".

"أنا..." تردّد لانغدون، لم يكن يعرف بماذا يجيبها. فهو لا ينوي كشف أمر العلبة، ولكن إن أخذته ساتو إلى مركز السي آي أيه، سيتمّ تفتيش الحقيبة بالتأكيد قبل الدخول. فكذب قائلاً: "في الواقع... لديّ فكرة أخرى عن الأعداد الموجودة على يد بيتر".

لـــم يظهر أيّ تعبير على وجه ساتو. "نعم؟" نظرت إلى أندرسون الذي عاد للتوّ بعد أن ذهب لتحية فريق الطبّ الشرعي الذي وصل أخيراً.

ابـــتلع لانغدون ريقه بصعوبة، وقرفص بقرب اليد وهو يتساءل عمّا يمكن أن يخترعه لهما. *أنت مدرّس، روبرت، ارتجل!* ألقى نظرة أخيرة على الرموز السبعة الصغيرة آملاً أن يستلهم شيئاً ما.

لا شيء، لا شيء على الإطلاق.

راح يـــراجع فـــي ذاكرته موسوعته الذهنية للرموز، فلم يجد سوى ملاحظة واحدة ممكنة. كانت قد خطرت له في البداية ولكنّها بدت غير محتملة. إلاّ أنّه مضطرّ الآن إلى كسب الوقت.

بدأ قائلاً: "حسناً، إنّ أوّل ما يشير إلى عالم الرموز أنّه ليس على الطريق الصحيح في أثناء فكّ الرموز والشيفرات هو حين يبدأ بتفسير الرموز مستعملاً عدّة لغات رمزية. مثلاً، حين قلت لكما إنّ هذا النصّ روماني وعربي، كان هذا تحليلاً سيئاً لأنّني استعملت نظامين رمزيين. والأمر نفسه ينطبق على الرومانية والرونية".

شبكت ساتو ذراعيها ورفعت حاجبيها وكأنّها تقول: "تابع".

"عادةً، تتمّ الاتّصالات بلغة واحدة وليس بلغات متعدّدة. وتقوم مهمّة عالم الرموز الأولى مع أيّ نصّ كان على إيجاد نظام رمزي واحد ينطبق على النصّ بأكمله".

"وهل ترى نظاماً واحداً الآن؟".

"في الواقع، نعم... ولا".

كانت خبرة لانغدون الطويلة مع الكتابات التي تُقرأ من اتّجاهين مختلفين قد علّمته أنّ الرموز تعطي أحياناً معانيَ من زوايا متعدّدة. في هذه الحالة، أدرك أنّه من الممكن رؤية الرموز السبعة بلغة واحدة. "فلو حرّكنا اليد قليلاً لأصبحت اللغة متناغمة". الغريب أنّ التحريك الذي كان لانغدون على وشك القيام به بدا أنّ خاطف بيتر هو الذي اقترحه حين لفظ المثل الهرمسي القديم. *كما فوق كذلك تحت*.

شعر لانغدون برعشة وهو يمدّ يده ليمسك القاعدة الخشبية التي ثُبّتت عليها يد بيتر. أدار بلطف القاعدة رأساً على عقب، بحيث أصبحت أصابع بيتر الممدودة تشير إلى الأسفل. وعلى الفور، تحوّلت الرموز الموشومة على كفّه.

SBB XIII

قال لانغدون: "من هذه الزاوية، تصبح الأحرف I-I-I-X عدداً رومانياً صحيحاً – ثلاثة عشرة. ويمكن قراءة الأحرف الباقية باستعمال الأبجديّة الرومانية – SBB". اعتقد لانغدون أنّ تحليله لن يؤدّي إلى شيء، ولكنّ ملامح أندرسون تغيّرت على الفور.

سأل الرئيس: "SBB؟".

التفتت ساتو إلى أندرسون قائلة: "إن لم أكن مخطئة، يبدو هذا شبيهاً بنظام عددي مألوف هنا في مبنى الكابيتول".

بدا وجه أندرسون شاحباً وهو يجيب: "أجل في الواقع".

ابتسمت ساتو، ثمّ أشارت برأسها إلى أندرسون قائلة: "أيّها الرئيس، اتبعني من فضلك. أودّ التحدّث إليك على انفراد".

وقف لانغدون حائراً، بينما قادت المديرة ساتو الرئيس أندرسون بعيداً عن مسمعه. *ما الذي يجري هنا بالضبط؟ وما هو SBB XIII؟*

118

تساءل الرئيس أندرسون إن كان قد عاش أغرب من هذه الليلة. *هل كُتب على اليد SBB13؟* لقد فاجأه أن يكون ثمّة مَن سمع بوجود SBB خارج هذا المبنى... فما بالك بسماع SBB13. يبدو أنّ إصبع بيتر سولومون لم يكن يشير إلى الأعلى كما بدا... بل إلى الاتّجاه المعاكس تماماً.

قادته المديرة ساتو إلى بقعة هادئة بالقرب من التمثال البرونزي لتوماس جيفرسون وقالت: "حضرة الرئيس، أظنّك تعرف تماماً أين يقع SBB13!".

"بالطبع".

"وهل تعرف ماذا يوجد بداخله؟".

"كلاّ، ليس من دون أن أنظر. لا أظنّ أنّه استُعمل منذ عقود".

"حسناً، ستقوم بفتحه".

لم يسرّ أندرسون لفكرة أن يتلقّى الأوامر في مبناه، فقال: "سيّدتي، قد يكون هذا صعباً. عليّ التحقّق أوّلاً من جدول المهام. فكما تعلمين، معظم الطوابق السفلية تضمّ مكاتب أو مخازن خاصّة، وبروتوكول الأمن المتعلّق-".

قالت ساتو: "ستفتح SBB13 لي أو أتّصل بمكتب الأمن، وأرسل فريقاً لخلع الباب".

حدّق إليها أندرسون طويلاً ثمّ أخرج جهاز اللاسلكي ورفعه إلى فمه: "هذا أندرسون. أحتاج إلى شخص لفتح SBB. فليلاقني أحدكم إلى هناك خلال خمس دقائق".

بدا الصوت الذي أجابه مربكاً: "حضرة الرئيس، هل قلت SBB؟".

"نعم، SBB. أرسل شخصاً على الفور. وأحتاج إلى ضوء كاشف". أطفأ أندرسون الجهاز، وشعر بنبضه يتسارع حين اقتربت منه ساتو، وخفضت صوتها أكثر.

همست قائلةً: "أيّها الرئيس، الوقت ضيّق، وأريدك أن تصطحبنا إلى SBB13 بأسرع ما يمكن".

"أجل سيّدتي".

"كما أريد منك أمراً آخر".

بالإضافة إلى خلع الباب والدخول؟ لم يكن أندرسون في وضع يسمح له بالاعتراض، غير أنّه لاحظ أنّ ساتو وصلت خلال دقائق من ظهور يد بيتر في الروتوندا، وهي الآن تستغلّ الوضع لطلب الدخول إلى الأقسام الخاصّة في مبنى الكابيتول. كانت تضع نفسها في المقدّمة الليلة، وتملي عليهم كيفية التصرّف.

أشارت ساتو إلى البروفيسور قائلةً: "الحقيبة التي يحملها لانغدون".

نظر إليها أندرسون: "ماذا عنها؟".

"أظنّ أنّ فريقك فحصها بالأشعة السينية عند دخول لانغدون إلى المبنى".

"بالطبع. يتمّ تصوير جميع الحقائب".

"أريد رؤية تلك الصورة. أريد أن أعرف ما في داخل الحقيبة".

نظر أندرسون إلى الحقيبة التي كان لانغدون يحملها طيلة الأمسية وقال: "ولكن... أليس من الأسهل أن نطلب منه ذلك؟".

"أيّ جزء من طلبي لم يكن واضحاً؟".

أخرج أندرسون جهازه مجدّداً ونفّذ طلبها. أعطت ساتو أندرسون عنوانها البريدي على البلاكبيـري وطلـبت أن يُرسل فريقه نسخة رقمية من صورة الأشعة إلى بريدها الإلكتروني فور إيجادها. فامتثل لها أندرسون مُكرَهاً.

كان فريق الطبّ الشرعي يأخذ اليد المبتورة لتسليمها إلى شرطة الكابيتول، ولكنّ ساتو أمـرتهم بتسليمها مباشرة إلى فريقها في لانغلي. كان لانغدون متعباً جداً للاعتراض، ويشعر وكأنّ محدلة يابانية صغيرة سحقته.

قالت ساتو لفريق الطبّ الشرعي: "أريد ذاك الخاتم".

بدا المسؤول التقني على وشك سؤالها، ولكنّه بدّل رأيه. فنزع الخاتم الذهبي من يد بيتر، ووضعه في كيس خاصّ سلّمه إلى ساتو. دسّته في جيب سترتها، ثمّ استدارت نحو لانغدون.

"سنرحل، بروفيسور. أحضر أشياءك".

قال لانغدون: "إلى أين نحن ذاهبون؟".

"اتبع السيّد أندرسون وحسب".

قـال أندرسـون لنفسه، نعم، *واتبعني عن قرب*. فقلّة من الأشخاص كانوا يزورون القسم SBB. ذلك أنّ الوصول إليه يتطلّب المرور في متاهة من الغرف الصغيرة والممرّات الضيّقة المدفونة تحـت القبو. في إحدى المرّات، ضاع الابن الأصغر لأبراهام لينكولن وكاد يهلك هـناك. وقـد بـدأ أندرسـون يشكّ في أنّه لو تصرّفت ساتو على هواها، قد يواجه روبرت لانغدون مصيراً مشابهاً.

120

الفصل 27

لطالما كان مارك زوبيانيس، أخصائي أمن الأنظمة المعلوماتية مزهوًّا بقدرته على تولّي مهامَّ متعدّدة. كان يجلس هذه اللحظة ومعه جهاز تحكّم عن بعد، وهاتف لاسلكي، وكمبيوتر محمول، وهاتف PDA، وطبق كبير من بايريتس بوتي. كان ينظر بإحدى عينيه إلى مباراة الريدسكينز التي كتم صوتها، وبعينه الأخرى إلى شاشة الكمبيوتر، ويتحدّث عبر البلوتوث مع امرأة لم يسمع عنها منذ أكثر من عام.

مَن غير تريش ديون يتّصل ليلة مباراة فاصلة.

كانت زميلته السابقة قد اختارت وقت عرض مباراة الريدسكينز لتتحدّث إليه وتطلب منه خدمة، مؤكّدة مرّة أخرى افتقارها إلى اللياقة الاجتماعية. وبعدما تحدّثت قليلاً عن الأيام الخوالي، وكم تفتقد إلى روحه المرحة، وصلت إلى لبّ الموضوع: إنّها تحاول كشف عنوان بروتوكول إنترنت سريّ، قد يكون عنوانَ خادم محميًّا في العاصمة. كان الخادم يحتوي على مستند صغير تريد الوصول إليه... أو على الأقلّ الحصول على معلومات عن صاحب المستند.

أجابها أنّها اختارت الشخص الصحيح ولكنّ التوقيت ليس مناسباً. فراحت تريش تثني على مواهبه، ومعظم ما قالته كان صحيحاً. هكذا، وقبل أن يدرك، كان يطبع العنوان الغريب على شاشته.

ألقى زوبيانيس نظرة واحدة على الرقم، وشعر بعدم الارتياح على الفور: "تريش، هذا العنوان غريب الشكل، فهو مكتوب ببروتوكول غير متوافر بعد للعامّة. إنّه على الأرجح إمّا حكومي، أو مخابراتي، أو عسكري".

ضحكت تريش قائلةً: "عسكري؟ صدّقني، لقد فتحت للتوّ مستنداً محجوباً من هذا الخادم، وهو ليس عسكرياً".

فتح زوبيانيس الإطار الطرفي، وجرّب طريق تعقّب. سألها قائلاً: "هل قلت إنّ طريق التعقّب الذي جرّبته توقّف؟".

"أجل، مرّتين، عند العقبة نفسها".

"هذا ما حدث معي أيضاً". فتح مسبار تشخيص وأطلقه. "وما الذي يثير اهتمامك بهذا البروتوكول؟".

"أطلقت برنامج انتداب فتح محرّك بحث في هذا العنوان، وأخرج منه مستنداً محجوباً. أريد رؤية بقية المستند. لا أمانع بشرائه، ولكنّني لم أستطع إيجاد مالك بروتوكول الإنترنت أو كيفية الوصول إليه".

عبس زوبيانيس أمـــام الشاشة وقال: "هل أنت واثقة؟ أطلقت مسبار تشخيص، وتبدو شيفرة جدار النار هذا... جادّة فعلاً".

"لهذا السبب ستقبض مبلغاً كبيراً".

فكّر زوبيانيس فـــي الأمر. لقد عرضوا عليه ثروة لأجل عمل بهذه السهولة. "سؤال واحد، تريش. ما سبب لهفتك لمعرفة هذا العنوان؟".

صمتت تريش ثمّ أجابت: "أنا أؤدّي خدمة لأحد الأصدقاء".

"لا بدّ من أنّه صديق مميّز".

"إنّها كذلك".

ضحك زوبيانيس، ولكنّه أمسك لسانه. *هذا/ ما ظننت.*

قالت تريش بصبر نافد: "اسمع، هل أنت قادر على كشف هذا البروتوكول؟ نعم أم لا؟".

"نعم، يمكنني ذلك. وأعرف أنّك تتلاعبين بي".

"كم سيستغرق ذلك؟".

أجـــاب وهو يطبع ويتحدّث: "ليس طويلاً. قد أتمكّن من دخول الآلة على شبكتهم خلال عشر دقائق تقريباً. حالما أدخل وأعرف ماذا وجدت، أعاود الاتّصال بك".

"أشكرك على ذلك. إذاً، كيف حالك؟".

الآن تـــسأل؟ "تريش، حبًّا بالله، أنت تتّصلين في وقت المباراة الفاصلة، وتودّين التحدّث الآن؟ ألا تريدينني أن أكشف البروتوكول؟".

"شكراً لك مارك. أنا بانتظار اتّصالك".

"بعد ربع ساعة". أقفل زوبيانيس الخطّ ثمّ تناول طبق الفوشار ورفع صوت التلفاز. *يا للنساء!*

الفصل 28

إلى أين يأخذونني؟

كان لانغدون يسير مسرعاً مع أندرسون وساتو في أعماق الكابيتول، ونبضه يتسارع مع كلّ خطوة إلى الأسفل. بدأوا رحلتهم عبر الباب الغربي للروتوندا، فنزلوا سلّماً رخامياً، ثمّ انعطفوا عبر باب واسع إلى القاعة الشهيرة الواقعة تحت أرض الروتوندا مباشرةً.

قبو الكابيتول.

كان الهواء أثقل هنا، وقد بدأ لانغدون يشعر بأعراض رُهاب الأماكن المغلقة. فسقف القبو المنخفض والإضاءة الخفيفة ضاعفا من حجم الأعمدة الدّورية(*) الأربعين اللازمة لدعم المساحة الحجرية الواسعة الممتدّة فوقهم مباشرةً. *استرخِ يا روبرت.*

قال أندرسون وهو ينعطف بسرعة إلى اليسار عبر القاعة الدائرية: "من هنا".

لحسن الحظّ، لم يكن هذا الجزء من القبو يحتوي على أيّ جثث. عوضاً عن ذلك، كان يضمّ عدداً من التماثيل، ومجسّماً للكابيتول، وغرفة منخفضة تحتوي على المنصّة الخشبية التي توضع عليها التوابيت في الجنائز الرسمية. مرّ الثلاثة بسرعة من دون إلقاء أيّ نظرة على الفرجار الرخامي ذي الزوايا الأربع في وسط الأرض، الذي كانت النار الدائمة تشتعل عليه في الماضي.

بدا أندرسون في عجلة من أمره، بينما دفنت ساتو رأسها مجدّداً في هاتف البلاكبيري. كان لانغدون قد سمع أنّ خدمة الهاتف الخلوي قد عُزّزت ونُشرت في جميع أنحاء مبنى الكابيتول لاستيعاب مئات الاتّصالات الهاتفية الحكومية التي تتمّ هنا كلّ يوم.

بعد عبور القبو في خطّ منحرف، دخلت المجموعة ردهة خفيفة الإضاءة، وبدأ أفرادها يعبرون سلسلة متداخلة من الممرّات والطرقات المسدودة. كانت السراديب تحتوي على أبواب يحمل كلّ منها رقماً معرِّفاً. راح لانغدون يقرأ ما كُتب على الأبواب وهم يشقّون طريقهم إلى الداخل.

S154... S153... S152...

لم يكن يملك فكرة عمّا يوجد خلف تلك الأبواب، ولكنّ شيئاً واحداً اتّضح الآن، ألا وهو معنى الوشم على كفّ بيتر سولومون. إذ يبدو أنّ SBB13 هو باب مرقّم يقع في مكان ما في أحشاء مبنى الكابيتول الأميركي.

(*) الأعمدة الدوريّة هي أعمدة ضخمة لا تقوم على قاعدة، وهي تزدان بحزوز ضحلة وتاج بسيط.

ســأل لانغــدون وهــو يــشدّ حقيبته إلى جنبه، متسائلاً عن علاقة علبة بيتر سولومون الصغيرة بباب يحمل الرمز SBB13: "ما كلّ هذه الأبواب؟".

أجـاب أندرسون: "مكاتب ومخازن". وأضاف وهو يلقي نظرة خلفه على ساتو: "مكاتب ومخازن *خاصّة*".

لم ترفع ساتو نظرها عن هاتفها.

قال لانغدون: "تبدو صغيرة".

"معظمهــا خزائن هامّة، ولكنّها لا تزال من أكثر الأملاك المرغوبة في العاصمة. فهذا قلب الكابيتول الأصلي، وقاعة مجلس الشيوخ تقع فوقنا بطابقين".

سأل لانغدون: "وماذا عن SBB13؟ مكتب من هو؟".

"ليس مكتب أحد. SBB هو مخزن خاصّ، وبصراحة، أنا محتار كيف–".

قاطعــته ســاتو من دون أن ترفع نظرها عن هاتفها: "أيّها الرئيس أندرسون، أرجو أن تصحبنا إلى هناك وحسب".

شدّ أندرسون فكّه وقادهما بصمت عبر ما أخذ يبدو وكأنّه مخازن ومتاهة طويلة في آن. كان كلّ جدار تقريباً يحمل علامات تشير إلى الأمام والخلف، في محاولة على ما يبدو لتحديد مكاتب معيّنة في هذه الشبكة من السراديب.

S142 إلى S152...

ST1 إلى ST70...

H1 إلى H166 وHT1 إلى HT67...

شــكّ لانغدون في قدرته على الخروج من هذا المكان بمفرده. *إنّه متاهة حقيقية.* كلّ ما فهمــه هــو أنّ أرقام المكاتب تبدأ إمّا بحرف S أو H، بحسب مكانها، أكانت من جهة مجلس الشيوخ أو من جهة البرلمان. والأماكن المشار إليها بالأحرف ST وHT، كانت في طابق سمّاه أندرسون طابق الشرفة (Terrace Level).

أمّا SBB، فلم يظهر حتّى الآن.

أخيراً، وصلوا إلى باب فولاذي ثقيل يشتمل على قفل يعمل بالبطاقة.

الطابق SB

شعر لانغدون أنّهم اقتربوا.

مدّ أندرسون يده إلى البطاقة، ولكنّه تردّد وبدا غير مرتاح لمطالب ساتو.

حثّته مديرة مكتب الأمن قائلةً: "لا نملك الليل بطوله، أيّها الرئيس".

أدخل أندرسون بطاقته متردّداً، وانفتح الباب. دفعه، ودخلوا إلى الردهة الواقعة وراءه، ثمّ انغلق خلفهم.

لم يكن لانغدون واثقاً ممّا توقّع إيجاده في هذه الردهة، ولكنّه لم يتوقّع بالتأكيد ما رآه، إذ

وجـــد نفـسه أمام سلّم يقود إلى الأسفل. فتسمّر في مكانه وقال: "إلى الأسفل مجدّداً؟ هل ثمّة طابق آخر تحت القبو؟".

قال أندرسون: "أجل. فالحرفان SB هما اختصار لقبو الشيوخ (Senate Basement)".

صدر عن لانغدون أنين خافت. يا للروعة.

الفصل 29

كانـت السيّـارة التي ألقت بأنوارها على الطريق المحاط بالأشجار، والمؤدّي إلى مركز الـدعـم، هـي السيّارة الأولى التي رآها الحارس منذ ساعة. فخفض صوت تلفازه المحمول، وأخفـى طعامه تحت المكتب. *توقيت سيئ*. كان فريق الريدسكينز يتمّ هجومه الافتتاحي، ولم يرغب في تفويته.

مع اقتراب السيّارة، تحقّق الحارس من الاسم المدوّن أمامه.

د. كريستوفر أبادون.

كانـت كاثرين سولومون قد اتّصلت للتوّ لإخبار موظف الأمن باقتراب وصول زائرها. لم يكن الحارس يملك فكرة عمّن يكون هذا الطبيب، ولكن يبدو أنّه ماهر في الطبّ، فقد وصل بسيّـارة ليموزين سوداء كبيرة. توقّفت السيّارة الطويلة اللامعة بقرب حجرة الحراسة، وخفض السائق النافذة بصمت.

حيّـاه السـائق قائلاً: "مساء الخير"، ونزع قبّعته. كان رجلاً قويّ البنية وحليق الرأس، وكان يصغي إلى مباراة كرة القدم عبر مذياع سيّارته.

حيّاه الحارس بهزّة من رأسه وقال: "بطاقة الهوية، من فضلك".

فوجئ السائق وقال: "آسف، ألم تتّصل الآنسة سولومون مسبقاً؟".

هزّ الحارس رأسه وهو يختطف نظرة إلى التلفاز، ثمّ أجاب: "مع ذلك، عليّ رؤية هويّة الزوّار. آسف، هذا هو القانون. أحتاج إلى رؤية هوية الطبيب".

"لا بـأس". استدار السائق إلى الخلف في مقعده، وتحدّث بصوت منخفض عبر الزجاج الفاصـل بيـنه وبين الراكب. في أثناء ذلك، استرق الحارس نظرة أخرى إلى المباراة. كان الريدسكينز يبتعدون عن الحشد الآن، فتمنّى مرور هذه الليموزين قبل الجولة التالية.

استدار السائق مجدّداً إلى الأمام، وحمل البطاقة التي استلمها للتوّ عبر الزجاج الفاصل.

تناول الحارس البطاقة، وفحصها بسرعة في جهازه. كانت رخصة القيادة الصادرة عن العاصـمة واشـنطن تنتمي إلى كريستوفر أبادون، من كالوراما هايتس. ويظهر في الصورة رجل أشقر وسيم، يرتدي سترة زرقاء، وربطة عنق، ويضع في جيبه منديلاً من الساتان. *من يضع منديل جيب لأخذ صورة لرخصة القيادة؟*

سُـمع هتاف مكتوم عبر التلفاز فالتفت الحارس ليرى لاعباً من الريدسكينز يرقص في مـنطقة الـنهاية، وإصبعه موجّه إلى السماء. تمتم الحارس وهو يلتفت مجدّداً إلى النافذة: "لقد فوّته".

126

قال وهو يعيد الرخصة إلى السائق: "حسناً، يمكنكما المرور".
مرّت الليموزين، بينما عاد الحارس إلى تلفازه، آملاً إعادة بثّ المشهد.

في أثناء مرور مالأخ بسيّارة الليموزين عبر الطريق المؤدي إلى المركز، ارتسمت على وجهه ابتسامة لم يتمكّن من مقاومتها. كان من السهل اختراق متحف بيتر سولومون السرّي. والأدهى من ذلك أنّها المرّة الثانية خلال أربع وعشرين ساعة التي يقتحم فيها مالأخ مكاناً خاصاً بسولومون. ففي الليلة الفائتة، قام بزيارة مشابهة إلى منزله.

مع أنّ بيتر سولومون يملك منزلاً رائعاً في بوتوماك، إلاّ أنّه يمضي معظم وقته في المدينة، في شقّته التي تحتلّ الطابق الأخير من أحد مباني دورشيستر آرمز. كان مبناه، شأنه شأن معظم منازل الأشخاص فاحشي الثراء، عبارة عن قلعة حقيقية. أسوار عالية، وبوابات أمن، ولوائح زوّار، وموقف آمن تحت الأرض.

قاد مالأخ هذه الليموزين نفسها إلى حجرة الحراسة التابعة للمبنى، ثمّ رفع قبّعة السائق عن رأسه الحليق، وأعلن قائلاً: "معي د. كريستوفر أبادون. إنّه مدعوّ من قبل السيّد بيتر سولومون". تكلّم مالأخ وكأنّه يعلن وصول دوق يورك.

تحقّق الحارس من سجلّ لديه، ومن ثمّ من هويّة د. أبادون، وقال: "أجل، أرى أنّ السيّد سولومون ينتظر د. أبادون". ثمّ ضغط على زرّ، وفُتحت البوّابة. أضاف: "السيّد سولومون موجود في الشقّة العلوية. فليستخدم ضيفك المصعد الأخير إلى اليمين. سيأخذه مباشرةً إلى الأعلى".

"شكراً". أعاد مالأخ قبّعته إلى رأسه وعبر البوابة.

في أثناء مروره في الموقف، بحث عن كاميرات مراقبة، ولكنّه لم يجد شيئاً. يبدو أنّ الأشخاص الذين يعيشون هنا ليسوا من الناس الذين يقتحمون المكان بسيّاراتهم، أو يحبّون الخضوع للمراقبة.

ركن مالأخ السيّارة في زاوية مظلمة بالقرب من المصاعد، ثمّ خفض الزجاج الفاصل بين السائق والراكب، وتسلّل عبره إلى الجزء الخلفي من السيّارة. هناك، خلع قبّعة السائق، ووضع الشعر الأشقر المستعار. سوّى سترته وربطة عنقه، ونظر في المرآة للتأكّد من أنّه لم يفسد طبقة الماكياج التي تغطي بشرته. لم يكن في وضع يسمح له بالمخاطرة. ليس الليلة.

لقد انتظرت طويلاً.

بعد ثوانٍ، دخل مالأخ المصعد الخاصّ. كانت الرحلة إلى الأعلى هادئة وسلسة. حين فُتح الباب، وجد نفسه في ردهة خاصّة. كان مضيفه بانتظاره.

"د. أبادون، أهلاً بك".

نظر مالأخ في عيني الرجل الرماديتين الشهيرتين، وشعر أنّ نبضه يتسارع. قال: "سيّد سولومون، شكراً لمقابلتي".

"نادنـــي بيتر، رجاءً". سلّم الرجلان على بعضهما، وحين صافح مالأخ الرجل العجوز، رأى الخـــاتم الذهبي الماسوني في يده... اليد نفسها التي صوّبت مسدّساً في وجهه ذات مرّة. همس صوت من ماضي مالأخ البعيد، *إن ضغطت على الزناد، فسألاحقك إلى الأبد.*

قـــال ســـولومون: "تفـــضّل أرجوك"، واصطحب مالأخ إلى غرفة جلوس أنيقة، تشرف نوافذها الكبيرة على منظر خلاّب لسماء واشنطن.

سأله وهو يدخل: "هل أشمّ رائحة الشاي؟".

بـــدا الإعجاب في عيني سولومون وأجاب: "كان والداي يستقبلان الزوّار دائماً بالشاي، وقـــد ورثـــت عـــنهما تلك العادة". اصطحب مالأخ إلى غرفة الجلوس، وكانت صينية شاي تنتظرهما فيها أمام الموقد. "حليب وسكّر؟".

"كلاّ، شكراً".

بـــدا الإعجاب مجدّداً على سولومون وقال: "صفائيّ". صبّ الشاي الأسود لكليهما. "قلت إنّك تريد مناقشة أمر معي حسّاس بطبيعته، ولا يمكن التحدّث به إلاّ على انفراد".

"أشكرك على تخصيص بعض الوقت لأجلي".

"نحن الآن أخوان ماسونيان، ثمّة رابط بيننا. أخبرني كيف أساعدك".

"أوّلاً، أودّ أن أعبّر لك عن شكري على شرف دعوتي إلى الدرجة الثالثة والثلاثين منذ بضعة أشهر. لقد عنى لي ذلك الكثير".

"يـــسرّني ذلـــك. ولكـــن عليك أن تعلم أنّ هذه القرارات لا تصدر عنّي وحدي، بل يتمّ التصويت عليها في المجلس الأعلى".

"بالطبع". ظنّ مالأخ أنّ بيتر سولومون قد صوّت على الأرجح ضدّه. ولكن في الدوائر الماســـونية، كمـــا فـــي كـــلّ شيء، كان المال هو السلطة. فبعد أن بلغ مالأخ المرتبة الثانية والثلاثـــين في محفله، انتظر شهراً واحداً قبل أن يقدّم هبة بعدّة ملايين من الدولارات لأعمال الخيـــر باسم المحفل الماسوني الأعظم. وكما توقّع، كان هذا العمل التطوّعي كافياً لتوجّه إليه على الفور دعوة للانضمام إلى المرتبة الثالثة والثلاثين الخاصّة بالنخبة. *مع ذلك لم تُكشف لي أيّ أسرار.*

على الرغم مما كان يسمع قديماً – "كلّ شيء يُكشف عند الدرجة الثالثة والثلاثين" – لم يعـــرف مـــالأخ أيّ جديد، لا شيء ذا صلة بما يسعى إليه. ولكنّه لم يتوقّع أبداً أن يتمّ إخباره بـــشيء. فالدوائر الداخلية للماسونيين كانت تحتوي على دوائر أصغر... لن يبلغها مالأخ قبل ســـنوات، هـــذا إن فعـــل. ولكنّه لم يأبه لذلك، فبلوغه تلك الدرجة أدّى الهدف المطلوب. لقد حـــصل أمـــر فـــريد فـــي قاعة الهيكل أعطى مالأخ سلطة عليهم جميعاً. *لم أعد ألعب وفقاً لقوانينكم.*

قال مالأخ وهو يرتشف الشاي: "هل تدرك أنّنا التقينا قبل سنوات عديدة؟".

فوجئ سولومون وأجاب: "حقّاً؟ لا أذكر".

"كان هذا منذ وقت طويل". *وكريستوفر أبادون ليس اسمي الحقيقي.*

"أنا آسف، لا بدّ من أنّني تقدمت في السنّ. ذكّرني كيف أعرفك؟".

ابتسم مالأخ مرّة أخيرة في وجه الرجل الذي يكرهه أكثر من أيّ إنسان آخر على وجه الأرض وقال: "من المؤسف ألاّ تتذكّر".

وبحركة رشيقة واحدة، سحب مالأخ أداة صغيرة من جيبه ومدّها بقوّة نحو صدر الرجل. ظهر وميض أزرق سريع، وسُمع أزيز حادّ إثر طلقة المسدّس الصاعق، ثمّ ارتفعت شهقة ألم مـع مـرور مليون فولت من الكهرباء عبر جسد بيتر سولومون. اتّسعت عيناه وارتخى بلا حراك في مقعده. وقف مالأخ يشرف بطوله على الرجل، وسال لعابه وكأنّه أسد على وشك التهام فريسته الجريحة.

كان سولومون يشهق ويجاهد للتنفس.

رأى مالأخ الذعر في عيني ضحيّته، وتساءل عن عدد الأشخاص الذين رأوا بيتر سولومون خائفاً. استمتع بالمشهد لثوانٍ طويلة، ثمّ تناول رشفة من الشاي بانتظار أن يلتقط الرجل أنفاسَه.

كان سولومون ينتفض محاولاً التكلّم. أخيراً قال: "لم – لماذا؟".

سأله مالأخ: "لماذا برأيك؟".

بدا سولومون حائراً حقًّا. سأله: "هل تريد... المال؟".

المال؟ ضحك مالأخ، وتناول رشفة أخرى من الشاي، ثمّ أجاب: "لقد أعطيت الماسونيين ملايين الدولارات، لست بحاجة إلى المال". *أتيت طلباً للحكمة، وهو يعرض عليّ المال.*

"إذاً، ماذا... تريد؟".

"أنت تملك سرًّا، وستخبرني به الليلة".

جاهد سولومون ليرفع ذقنه وينظر في عيني مالأخ. قال: "لا... أفهم".

صرخ مالأخ وهو يقترب ليقف على مسافة إنشات من الرجل المشلول: "لا أريد مزيداً من الأكاذيب. أعرف أنّه مخبّأ هنا في واشنطن".

تحدّاه سولومون بعينيه الرماديتين مجيباً: "لا أعرف عمّا تتحدّث".

تـناول مـالأخ رشفة أخرى من الشاي، ووضع الفنجان على الطاولة. قال: "أنت تقول الكلام نفسه الذي قلته قبل عشر سنوات، ليلة مقتل أمّك".

اتّسعت عينا سولومون وقال: "أنت...؟".

"ما كانت لتموت لو أنّك أعطيتني ما طلبت...".

تقلّص وجه الرجل وهو يتذكّر مرعوباً... وغير مصدّق.

قال مالأخ: "لقد حذّرتك. إن ضغطت على الزناد، فسألاحقك إلى الأبد".

"ولكنّك–".

وجّـه مالأخ الجهاز مجدّداً إلى صدر سولومون، ثمّ انطلق منه وميض أزرق آخر شلّه تماماً.

129

أعاد مالأخ الجهاز إلى جيبه، وتابع شرب الشاي بهدوء. حين انتهى، مسح شفتيه بمنديل كتّاني مطرّز، وحدّق إلى ضحيّته قائلاً: "هلاّ ذهبنا؟".

كان سولومون ممدّداً بلا حراك، ولكنّ الحياة لم تفارق عينيه المتّسعتين بفعل الخوف.

اقترب مالأخ وهمس في أذنه: "سآخذك إلى مكان ليس فيه سوى الحقيقة".

ومـــن دون أن يتفوّه بكلمة أخرى، لفّ المنديل المطرّز وأقحمه في فم سولومون. حمل الرجلَ المشلول على كتفيه العريضتين، وتوجّه إلى المصعد الخاصّ. تناول في طريقه هاتف سولومون الخلويّ ومفاتيحه عن الطاولة في الردهة.

قال في نفسه، *ستخبرني الليلة بجميع أسرارك، بما في ذلك لماذا تركتني للموت قبل كلّ تلك السنوات.*

130

الفصل 30

الطابق SB.

قبو الشيوخ.

كانت أعراض رُهاب الأماكن المغلقة تشتدّ على روبرت لانغدون مع كلّ خطوة نحو الأسفل. فمع انخفاضهم أكثر في الأساس الأصلي للمبنى، ازداد الهواء ثقلاً، وبدت التهوئة معدومة. كانت الجدران هناك عبارة عن مزيج غير مستوٍ من الحجر والآجر الأصفر.

كانت المديرة ساتو تطبع على هاتفها في أثناء سيرها. شعر لانغدون أنّ تصرفاتها المتحفظة تشير إلى ريبتها إزاءه، ولكنّ هذا الشعور سرعان ما أصبح متبادلاً. فساتو لم تخبره بعد كيف علمت بوجوده هنا اليوم. *مسألة أمن وطني؟* لم يفهم بعد ما هي العلاقة التي تربط بين الباطنية القديمة والأمن الوطني. كما أنّه لا يفهم أساساً ملابسات ما يجري.

ائتمنني بيتر سولومون على تعويذة... قام مختلّ عقلي بخداعي لإحضاري إلى الكابيتول ويريدني استعمالها لفتح باب سرّي... ربّما باب غرفة تسمّى SBB13.

لا تزال الصورة غير واضحة تماماً.

خلال تقدّمهم، حاول لانغدون أن يبعد عن ذهنه الصورة الفظيعة ليد بيتر الموشومة، والتي تحوّلت إلى يد الأسرار. كانت تلك الصورة المرعبة تقترن بصوت بيتر القائل: *لقد أنتجت الأسرار القديمة يا روبرت أساطير عديدة... ولكنّ هذا لا يعني أنّ تلك الأسرار هي من وحي الخيال.*

على الرغم من أنّ لانغدون يدرس في مهنته الرموز الباطنية وتاريخها، إلاّ أنّه لطالما تصادم فكرياً مع فكرة الأسرار القديمة ووعدها بمنح الإنسان قوىً خارقة.

لا شكّ في أنّ التاريخ يحتوي على أدَلّة قاطعة على وجود حكمة سرّية تمّ تناقلها عبر الأجيال، ويبدو أنّ أصلها يرجع إلى المدارس السرّية في مصر القديمة. غابت تلك المعرفة ثمّ عادت إلى الظهور في عصر النهضة في أوروبا بحيث ائتُمنت عليها، وفقاً لمعظم الروايات، مجموعة من نخبة العلماء داخل جدران أوّل مركز فكري علمي في أوروبا، ألا وهو جمعية لندن الملكية، الملقبة بالكلّية الخفية.

سرعان ما أصبحت هذه *الكلّية* السرّية مستودعاً فكرياً لأكثر أدمغة العالم استنارة، كإسحق نيوتن، وفرانسيس بايكون، وروبرت بويل، وحتّى بينجامين فرانكلين. واليوم، لا تُعتبر لائحة العقول المعاصرة أقلّ أهمية، من أينشتاين إلى هوكينغ، وبور، وسيلسيوس. فقد أحرزت تلك الأدمغة قفزات هائلة في مجال الفهم البشري، وحقّقت تقدّماً ناتجاً بالنسبة إلى

البعض عن اطّلاعهم على الحكمة القديمة المخبّأة داخل الكلّية الخفية. كان لانغدون يشكّ في صحة ذلك، على الرغم من ثقته في أنّ مقداراً هائلاً من *العمل الباطنيّ* كان يتمّ بين تلك الجدران.

في الواقع، سبّب اكتشاف أوراق إسحق نيوتن السرّية عام 1936 صدمة للعالم حين كشف شغف نيوتن البالغ بدراسة الخيمياء القديمة والحكمة الباطنيّة. واشتملت أوراق نيوتن الخاصّة على رسالة بخطّ يده موجّهة إلى روبرت بويل، نصحه فيها بالتزام *الصمت التامّ* بخصوص المعرفة السريّة التي تعلّماها. إذ كتب نيوتن قائلاً: "لا يمكن نشرها من دون التسبّب بضرر هائل للعالم".

ولا يزال معنى هذا التحذير الغريب موضع جدل حتّى اليوم.

قالت ساتو فجأةً وهي ترفع عينيها عن هاتفها: "بروفيسور، على الرّغم من إصرارك على أنّك لا تملك فكرة عن سبب وجودك هنا الليلة، ربّما تستطيع إلقاء بعض الضوء على معنى خاتم بيتر سولومون".

قال لانغدون وهو يحوّل تركيزه إلى ما تقول: "يمكنني المحاولة".

أخرجت كيس العيّنات، وأعطت لانغدون إيّاه قائلةً: "أخبرني بما تعرفه عن الرموز الموجودة على خاتمه".

تفحّص لانغدون الخاتم المألوف وهم يسيرون في الممرّ الخالي. كان عليه صورة طائر فينيق ذي رأسين يحمل راية كُتب عليها ORDO AB CHAO، فيما نُقش على صدره العدد 33. "إنّ طائر الفينيق ذا الرأسين مع العدد 33 هو شعار أعلى درجة في الماسونية". تقنياً، لم تكن هذه الدرجة موجودة إلاّ في الطقس الاسكتلندي. مع ذلك، كانت طقوس ودرجات الماسونية هي عبارة عن تسلسل هرمي معقّد لم يرغب لانغدون شرحه لساتو الليلة. "في الأساس، تُعتبر الدرجة الثالثة والثلاثين مرتبة شرف نخبوية محصورة بمجموعة صغيرة من الماسونيين الذين قاموا بإنجازات هامة. يمكن بلوغ جميع الدرجات الأخرى عبر إتمام الدرجة السابقة بنجاح. ولكنّ بلوغ الدرجة الثالثة والثلاثين محدود، ولا يتمّ إلاّ بدعوة".

"إذاً، أنت تعلم أنّ بيتر سولومون كان عضواً في هذه الدائرة الداخلية النخبوية؟".

"بالطبع. فالعضوية ليست سرًّا".

"وهو أعلاهم مرتبة؟".

"حالياً، نعم. فبيتر يترأس المجلس الأعلى للدرجة الثالثة والثلاثين، وهي الهيئة الحاكمة للطقس الاسكتلندي في أميركا". لطالما أحبّ لانغدون زيارة مركزهم الرئيسي، بيت الهيكل، الذي يعتبر تحفة كلاسيكية تنافس بزخرفتها الرمزية كنيسة روسلين في اسكتلندا.

"بروفيسور، هل لاحظت النقش حول الخاتم؟ إنه عبارة: كلّ شيء يُكشف عند الدرجة الثالثة والثلاثين".

هزّ لانغدون رأسه مجيباً: "هذه فكرة شائعة في العلم الماسوني".

"أفترض أنّها تعني أنّه إن قُبل ماسوني في هذه المرتبة العالية، سيُكشف له أمر خاصّ؟".

"أجل، هذا ما يقال، ولكنّ الواقع مختلف على الأرجح. فأصحاب نظرية المؤامرة زعموا دوماً أنّ قلّة مختارة من أعضاء هذه الدرجة الماسونية العالية مطّلعون على سرّ باطنيّ عظيم. ولكنّني أظنّ أنّ الحقيقة هي على الأرجح أقلّ دراميّة بكثير".

غالباً ما أشار بيتر سولومون ممازحاً إلى وجود سرّ ماسوني ثمين، ولكنّ لانغدون افترض دائماً أنّها محاولة ماكرة من قبله لدفعه للانضمام إلى الأخوية. لسوء الحظّ، لم تكن الأحداث التي وقعت الليلة من قبيل المزاح إطلاقاً، ولم يكن هنالك أيّ مكر في الجدّية التي طلب فيها بيتر من لانغدون حماية العلبة المختومة الموجودة الآن في حقيبته.

نظر لانغدون بحزن إلى الكيس البلاستيكي الذي يحتوي على خاتم بيتر الذهبي. سأل ساتو: "حضرة المديرة، هل تمانعين لو احتفظت بهذا الخاتم؟".

نظرت إليه قائلةً: "لماذا؟".

"إنّه عزيز جداً على قلب بيتر، وأودّ أن أعيده إليه الليلة".

بدت متشكّكة، ولكنّها أجابت: "فلنأمل أن تتمكّن من ذلك".

وضع لانغدون الخاتم في جيبه وقال: "شكراً".

قالت ساتو وهم يحثّون الخطى عبر المتاهة: "سؤال آخر. قال أعضاء فريقي أنّهم في أثناء أبحاثهم حول مفهوم الدرجة *الثالثة والثلاثين والباب* وعلاقتهما بالماسونية، حصلوا على مئات المراجع المشيرة إلى هرم؟".

قال لانغدون: "هذا ليس مستغرباً أيضاً. فبناة أهرامات مصر هم أسلاف بنّائي الحجر المعاصرين. لذا، فإنّ الهرم، بالإضافة إلى عدد آخر من الموضوعات المصرية، شائع جداً في الرمزية الماسونية".

"وإلى ماذا يرمز؟".

"أساساً، يرمز الهرم إلى التنوير. إنّه رمز هندسي يشير إلى قدرة الإنسان القديم على التحرّر من محيطه الدنيوي، والصعود إلى الأعلى نحو السماء، نحو الشمس الذهبية، ليبلغ المصدر الأعلى للتنوير".

انتظرت قليلاً ثمّ سألت: "أهذا كلّ شيء؟".

كلّ شيء؟! لقد وصف لها لانغدون واحداً من أروع رموز التاريخ. *البنية التي يرتقي فيها الإنسان إلى عالم التبجيل.*

قالت: "استناداً إلى موظّفي مكتبي، يبدو أنّه ثمّة رابط أهم الليلة. فقد أخبروني بوجود أسطورة شعبية حول هرم معيّن هنا في واشنطن، هرم يرتبط بشكل خاصّ بالماسونيين والأسرار القديمة!".

أدرك لانغدون الآن ما تعنيه، وحاول إبعاد الفكرة قبل إضاعة المزيد من الوقت: "أنا أعرف تلك الأسطورة، حضرة المديرة، ولكنّها من وحي الخيال. فالهرم الماسوني هو واحد

من أقدم الأساطير في العاصمة، ويرجع على الأرجح إلى الهرم الموجود على الختم الأعظم للولايات المتّحدة".

"لماذا لم تذكره من قبل؟".

هزّ لانغدون كتفيه قائلاً: "لأنّ لا أساس له من الصحّة. كما قلت، إنّه أسطورة، شأنه شأن كثير من الأساطير المقترنة بالماسونيين".

"مع ذلك، هذه الأسطورة ترتبط مباشرةً بيد الأسرار؟".

"بالتأكيد، مثل كثير غيرها. فالأسرار القديمة هي أساس لعدد لا حصر له من الأساطير التي عرفها التاريخ؛ قصص عن حكمة قوية يحميها حرّاس سرّيون، كحرّاس الهيكل، والروزيكروشيون، والطبقة المستنيرة، والألومبرادو، وغيرهم كثير، جميعهم يرتكزون على الأسرار القديمة... والهرم الماسوني ليس سوى مثال على ذلك".

قالت ساتو: "حسناً، وحول ماذا تدرو هذه الأسطورة بالضبط؟".

فكّر لانغدون في الأمر وهو يسير بضع خطوات، ثمّ أجاب: "في الواقع، أنا لست ضليعاً في نظرية المؤامرة، ولكنّني على اطّلاع في مجال علم الأساطير، ومعظم الروايات تظهر التالي: لطالما اعتُبرت الأسرار القديمة، أي الحكمة الضائعة لجميع العصور، أعظم كنوز الجنس البشري. وشأنها شأن جميع الكنوز العظيمة، تمّت حمايتها بحرص شديد. فالحكماء المستنيرون الذين فهموا القوّة الحقيقية لهذه الحكمة كانوا يخشون قوّتها المخيفة. كانوا يعرفون أنّه لو وقعت بين أيدٍ غير مدرّبة، ستكون النتائج مدمّرة. وكما سبق وقلنا، يمكن استعمال الأدوات القوية إمّا للخير أو للشرّ. لذلك، ولحماية الأسرار القديمة، والجنس البشري على السواء، كوّن المزاولون الأوائل أخويّات سرّية. وضمن تلك الأخويات، كانوا يتشاركون تلك الحكمة مع الأشخاص الملقَّنين كما ينبغي، وينقلونها من حكيم إلى آخر. ويعتقد كثيرون أنّنا نستطيع أن ننظر إلى الوراء ونرى آثاراً لمن امتلكوا تلك الأسرار في التاريخ... في قصص السَّحَرة والمشعوذين والمعالجين".

سألته ساتو: "وماذا عن الهرم الماسوني؟ أين يقع في كلّ هذا؟".

قال لانغدون وهو يسرع ليلحق بهما: "حسناً، هنا يبدأ الخلط بين التاريخ والأسطورة. فاستناداً إلى بعض الروايات، اختفت كلّ تلك الأخويّات السرّية بحلول القرن السادس عشر في أوروبا، وذلك إثر موجة الملاحقة الدينية المتعاظمة. ويُقال إنّ الماسونيين هم آخر الأوصياء على الأسرار القديمة. كانوا يخشون، لو تمّ القضاء على أخويّتهم هي الأخرى، أن تضيع الأسرار القديمة إلى الأبد".

ألحّت ساتو قائلةً: "والهرم؟".

كان لانغدون قد وصل إلى ذكره: "أسطورة الهرم الماسوني بسيطة جداً، إذ تفيد أنّ الماسونيين، وفي سعيهم للوفاء بوعدهم وحماية تلك الحكمة العظيمة للأجيال القادمة، قرّروا حفظها في حصن منيع". حاول لانغدون تذكّر أحداث القصّة وتابع قائلاً: "أشدّد

مجدّداً على أنّها مجرّد أسطورة، ولكن بحسب المزاعم، نقل الماسونيون حكمتهم السرّية من العالم القديم إلى العالم الجديد، هنا في أميركا، إلى الأرض التي أملوا أن تبقى خالية من الاستبداد الديني. وبنوا هنا حصناً منيعاً، كان عبارة عن هرم سرّي مخصّص لحماية الأسرار القديمة، إلى أن يحين الوقت ويصبح الجنس البشري قادراً على التحكّم بتلك القوّة الهائلـــة التي تشتمل عليها تلك الحكمة. واستناداً إلى الأسطورة، توّج الماسونيون هرمهم العظيم بقمّة من الذهب الخالص البرّاق، كرمز للسرّ الثمين المدفون فيه؛ الحكمة القديمة التـــي تمكّن الإنسان من استعمال قدراته البشرية بأكملها. التحوّل من إنسان إلى نموذج كامل".

علّقت ساتو قائلة: "يا لها من قصّة".

"أجل، فالماسونيون هم ضحيّة أشكال عديدة من الأساطير المجنونة".

"من الواضح أنّك لا تصدّق وجود هذا الهرم".

أجـــاب لانغـــدون: "بالطـــبع لا. ما من دليل على أنّ الماسونيين الأوائل بنوا هرماً في أميـــركا أو في العاصمة. فمن الصعب جداً إخفاء هرم، لا سيّما هرم كبير بما يكفي لاحتواء الحكمة الضائعة لجميع العصور".

حسبما يذكر لانغدون، لم يُذكر في الأسطورة أبداً ما يُفترض أن يحتويه الهرم الماسوني بالـــضبط، أهـــو نـــصوص قديمـــة، أم مخطوطات سرّية، أم اكتشافات علمية، أم شيء أكثر غموضاً بكثير. ولكنّها أكّدت على أنّ المعلومات الثمينة الموجودة في داخله مشفّرة على نحو فائق الذكاء... لا تفهمها سوى النفوس الأكثر استنارة.

قـــال لانغدون: "على أيّ حال، تندرج هذه القصّة في فئة نسمّيها نحن، علماء الرموز، *نموذجاً أصليًّا هجيناً*، أي مزيجاً من أساطير كلاسيكية استعارت عناصر كثيرة من الأساطير الشعبية، إلى حدّ تحوّلت معه إلى قصّة خيالية... وليست حقيقة تاريخية".

حـــين يعلّـــم لانغدون طلابه عن النماذج الأصلية الهجينة، فإنّه يستعمل مثالاً على ذلك القـــصص الخيالـــية التي تروى تكراراً عبر العصور، وتتمّ المبالغة فيها مع الزمن، وتستعير كثيراً من بعضها البعض، بحيث تتحوّل إلى حكايات أخلاقية متجانسة، تحتوي على العناصر الأيقونية نفسها؛ من فتيات عذارى، وأمراء وسيمين، وقلاع محصّنة، ومشعوذين أقوياء. ومن خـــلال القصص الخيالية، يترسّخ فينا ذلك الصراع البدائي بين الخير والشرّ من سنّ الطفولة: ميـــرلين ضدّ مورغين لو فاي، وسان جورج ضدّ التنين، ودايفيد ضدّ غولياث، وبياض الثلج ضدّ الساحرة، وحتّى لوك سكايواكر الذي يقاتل دارث فايدر.

حكّت ساتو رأسها وهما ينعطفان عند زاوية، يتبعهما أندرسون عبر سلّم قصير، وقالت: "إذاً، قـــل لي إن لم أكن مخطئة، كانت الأهرامات تُعتبر في الماضي *أبواباً* سرّية، يرتقي منها الفراعنة الأموات إلى عالم التمجيد، أليس كذلك؟".

"صحيح".

وقفت ساتو، وأمسكت بذراع لانغدون وهي تنظر إليه بتعبير طغى عليه الاستغراب وعدم التصديق، ثمّ قالت: "وتقول إنّ خاطف بيتر سولومون طلب منك إيجاد *باب سرّي*، ولم يخطر في بالك أنّه يتحدّث عن الهرم الماسوني المذكور في تلك الأسطورة؟".

"ولكنّ الهرم الماسوني هو قصّة خيالية. إنّه مجرّد فانتازيا".

اقتربت منه ساتو أكثر، إلى حدّ أمكنه أن يشتمّ نفسها العابق برائحة السجائر، وقالت: "أفهم موقفك من ذلك، بروفيسور، ولكن نظراً إلى التحقيق الذي أخوضه، لا يمكنني تجاهل هذا الشبه. باب يؤدّي إلى معرفة سرّية؟ يبدو لي ذلك شديد الشبه بما يدّعي خاطف بيتر سولومون أنّك تستطيع وحدك فتحه".

"حسناً، أنا بالكاد أصدّق–".

"ليس المهم ما تصدّق *أنت*. مهما يكن رأيك، عليك أن تسلّم أنّ هذا الرجل يصدّق هو نفسه أنّ الهرم الماسوني حقيقة".

"هذا الرجل مجنون! ربّما كان يظنّ أيضاً أنّ SBB13 هو مدخل إلى هرم كبير تحت الأرض يحتوي على حكمة القدماء الضائعة بأكملها!".

وقفت ساتو جامدة، وعيناها تغليان غضباً. قالت: "الأزمة التي أواجهها الليلة *ليست* قصّة خيالية، بروفيسور، بل هي واقعية، أؤكّد لك".

حلّ بينهما صمت بارد.

قال أندرسون أخيراً وهو يشير إلى باب موصود آخر على بعد عشر أقدام: "سيّدتي؟ لقد أوشكنا على الوصول، إن كنت تودّين المتابعة".

أخيراً، أبعدت ساتو نظرها عن لانغدون وأشارت إلى أندرسون بالتحرّك.

تبعا رئيس الأمن عبر الباب الذي أوصلهم إلى ممرّ ضيّق. نظر لانغدون يميناً ويساراً. *لا بدّ من أنّك تمزح.*

كان يقف في أضيق ممرّ رآه في حياته.

136

الفصل 31

شعرت تريش ديون بموجة الأدرينالين المألوفة وهي تخرج من المكعّب ساطع الإضاءة إلــى الظــلام. كان حارس البوابة الأمامية للمركز قد اتّصل للتوّ ليخبر كاثرين أنّ ضيفها د. أبــادون قــد وصـــل، وهــو بحاجة إلى من يرافقه إلى الصالة 5. عرضت تريش أن تذهب لإحــضاره، من باب الفضول. فكاثرين لم تقل الكثير عن الزائر، ما أثار فضول تريش. يبدو أنّه شخص يثق به بيتر سولومون كثيراً، إذ لم يسبق أن دعا آل سولومون أحداً إلى المكعّب. كانت تلك المرّة الأولى من نوعها.

قالــت فــي نفسها وهي تسير في الظلام الدامس، *أتمنّى أن يجتاز هذا الجزء من دون مشاكل.* فآخر ما تحتاج إليه هو أن يصاب زائر كاثرين الهامّ بالذعر حين يدرك ما ينبغي له فعله للوصول إلى المختبر. *المرّة الأولى هي دائماً الأسوأ.*

كانــت زيــارة تــريش الأولى إلى هذا المكان منذ عام تقريباً، فقد قبلت بالوظيفة التي عرضــتها علــيها كاثرين، ووقعّت على تعهّد بالتكتّم، ثمّ أتت مع كاثرين إلى المركز لرؤية المختبــر. ســارت المــرأتان عبر *الشارع* ووصلتا إلى الباب المعدني الذي كُتب عليه صالة العرض 5. ومع أنّ كاثرين حاولت تحضيرها حين وصفت لها الموقع البعيد للمختبر، إلاّ أنّ تريش لم تكن مستعدّة لما رأته حين فُتح باب الصالة.

الفراغ.

خطــت كاثرين عبر العتبة، وسارت بضع خطوات في الظلام الدامس، ثمّ أشارت إلى تريش لتتبعها قائلة: "ثقي بي، لن تضيعي".

تخــيّلت تــريش نفسها تهيم في صالة دامسة الظلام، بحجم ملعب كرة قدم، وبدأ جسدها يتصبّب عرقاً لمجرّد التفكير في الأمر.

أشــارت كاثــرين إلى الأرض وقالت: "لدينا نظام إرشاد يبقيك على الطريق الصحيح. تقنية بسيطة جداً".

حــدّقت تريش إلى الأرض الإسمنتية المعتمة. احتاجت إلى بعض الوقت لتعتاد عيناها على الظلام، ثمّ رأت سجّادة ضيّقة ممدودة في خطّ مستقيم. كانت السجّادة أشبه بطريق يختفي في الظلام.

قالت كاثرين وهي تستدير وتسير أمامها: "حاولي أن تري بقدميك. ما عليك سوى السير خلفي مباشرةً".

حين اختفت كاثرين في الظلام، ابتعلت تريش خوفها، وسارت وراءها. *هذا جنون!* وما إن ســارت بــضع خطوات على السجّادة، حتّى انغلق الباب خلفها، مبتلعاً آخر بصيص من

الضوء. تسارع نبض تريش، ولكنّها ركّزت كلّ انتباهها على السجّادة تحت قدميها. كانت قد سارت بضع خطوات على السجّادة الناعمة حين شعرت بطرف قدمها اليمنى يرتطم بالإسمنت الصلب. فأجفلت وانحرفت لا إراديًّا إلى اليسار، لتمشي مجدّداً بكلتا قدميها على السجّادة.

علا صوت كاثرين في الظلام، وبدت كلماتها وكأنّها تغرق في هذه الهاوية الصامتة: "الجسد البشري مذهل. إن حرمته من إحدى حواسّه، تقوم الحواس الأخرى على الفور بملء الفراغ. في هذه اللحظة، تكيِّف أعصابُ قدميك نفسَها لتصبح أكثر حساسية".

فكّرت تريش وهي تصحّح مسارها مجدّداً، *هذا جيّد*.

سارتا بصمت لمسافة بدت طويلة، فسألتها تريش أخيراً: "كم سنمشي بعد؟".

بدا صوت كاثرين أكثر بعداً وهي تجيب: "قطعنا نصف المسافة تقريباً".

حثّت تريش خطاها، وبذلت جهدها للسيطرة على أعصابها، ولكنّ الظلام بدا وكأنّه يبتلعها. *لا أستطيع الرؤية لميلليمتر واحد أمام وجهي!* "كاثرين؟ كيف تعرفين متى تتوقّفين عن السير؟".

أجابت كاثرين: "ستعرفين قريباً".

كان هذا منذ عام، والليلة تسير تريش ثانيةً في الظلام، ولكن بالاتّجاه المعاكس، نحو الردهة، لاصطحاب زائر رئيستها. شعرت بتغيّر مفاجئ في نسيج السجّادة تحت قدميها أنبأها أنّها على بعد ثلاث ياردات من المخرج. توقّفت وأخرجت بطاقتها، ثمّ تحسّست الجدار في الظلام، إلى أن وجدت الجهاز الناتئ وأدخلتها فيه.

فُتح الباب مصدراً هسهسته المألوفة.

بهر الضوء الساطع في ممرّ المركز عينيها.

نجحت... مجدّداً.

سارت تريش في الأروقة المقفرة، وراحت تفكّر بالمستند الغريب الذي وجدتاه على شبكة سرّية. *باب قديم؟ موقع سرّي تحت الأرض؟* وتساءلت ما إذا كان الحظّ قد حالف مارك زوبيانيس في إيجاد مكان ذاك المستند الغامض.

في غرفة المراقبة، وقفت كاثرين أمام شاشة البلازما الضخمة، وحدّقت إلى الوثيقة الغامضة التي عثرتا عليها. كانت قد عزلت الآن الجمل المفتاحية، وباتت شبه أكيدة من أنّ الوثيقة تدور حول الأسطورة القديمة نفسها التي رواها شقيقها للدكتور أبادون.

... مكان سرّي **تحت الأرض** حيث...

... مكان ما في **العاصمة واشنطن**، كان العنوان...

... واكتشف **باباً قديماً** يؤدّي إلى...

... يحذّر أنّ محتوى **الهرم** يشتمل على مخاطر...

... تفكيك هذا **الرمز المجزّأ المنقوش** لكشف...

قالت كاثرين في نفسها، *أحتاج إلى رؤية بقية الملفّ*.

حدّقت إليه قليلاً ثمّ أطفأت شاشة البلازما. كانت تطفئ دائماً الشاشة التي تستهلك الطاقة بكثرة، وذلك لعدم استنفاد مخزون الهيدروجين السائل في خلية الوقود.

راقبت كلماتها المفتاحية وهي تختفي ببطء لتتحوّل إلى نقطة بيضاء صغيرة، طافت في وسط الجدار، ثمّ انطفأت أخيراً.

استدارت وعـادت إلـى مكتبها. سيصل د. أبادون في أيّ لحظة وتريده أن يشعر أنّه مرحّب به.

الفصل 32

قال أندرسون وهو يتقدّم لانغدون وساتو عبر ممرّ بدا وكأنّه لن ينتهي، يمتدّ على طول الأساس الشرقي للكابيتول: "أوشكنا على الوصول. في زمن لينكولن، كانت أرض هذا الممرّ متّسخة ومليئة بالجرذان".

شعر لانغدون بالامتنان لأنّ الأرض غُطّيت بالبلاط، فهو ليس من محبّي الجرذان. تابعت المجموعة سيرها، وتردّد وقع الأقدام على نحو مخيف وغير منتظم في الممرّ الطويل. كانت الأبواب تصطفّ على طول الرواق، بعضها مغلقة ولكن كثيراً منها كانت مفتوحة قليلاً. بدت معظم غرف هذا الطابق مهجورة. لاحظ لانغدون أنّ الأرقام على الأبواب كانت بالترتيب العكسي، وبعد قليل بدأت تنتهي.

SB4...SB3...SB2...SB1...

تابعوا المسير، وتجاوزوا باباً لا يحمل أيّ رقم، ولكنّ أندرسون توقّف حين عادت الأرقام تتصاعد مجدّداً.

HB1...HB2...

قال أندرسون: "عفواً، لقد فوّته. لم يسبق لي النزول إلى هذا العمق من قبل".

تراجعت المجموعة بضع ياردات، نحو باب معدني قديم. أدرك لانغدون الآن أنّ الباب يقع وسط الممرّ، على الخطّ الفاصل بين قبو مجلس الشيوخ (SB) وقبو البرلمان (HB). وتبيّن أنّ الباب يحمل علامة بالفعل، ولكنّ النقش كان باهتاً إلى حدّ ملحوظ بالكاد.

SBB

قال أندرسون: "ها قد وصلنا. ستصل المفاتيح بين لحظة وأخرى".

عبست ساتو وتحقّقت من ساعتها.

نظر لانغدون إلى الكتابة، ثمّ سأل أندرسون: "لماذا يقترن هذا المكان بجهة مجلس الشيوخ، مع أنّه يقع في الوسط؟".

سأله أندرسون حائراً: "ماذا تعني؟".

"لقد كُتب عليه SBB، أيّ أنّه يبدأ بحرف S وليس H".

هزّ أندرسون رأسه مجيباً: "الحرف S في SBB لا يشير إلى مجلس الشيوخ، بل-".

"حضرة الرئيس؟" تناهى صوت حارس من بعيد. أتى يهرول عبر الرواق نحوهم وهو يحمل مفتاحاً. قال: "آسف، سيّدي. لقد استغرق الأمر بضع دقائق، فنحن لم نتمكّن

140

من إيجاد مفتاح SBB الأصلي. هذا مفتاح احتياطي من صندوق ثانوي".

قال أندرسون مستغرباً: "هل المفتاح الأوّل ضائع؟".

أجــاب الحارس وهو يحاول التقاط أنفاسه: "هذا مرجّح، ذلك أنّ أحداً لم يطلب النزول إلى هنا منذ عصور".

أخذ أندرسون المفتاح وسأل: "ألا يوجد مفتاح آخر للباب SBB13؟".

"آســف، حتّى الآن لم نجد مفتاح أيّ غرفة في SBB. لا يزال ماكدونالد يبحث". أخرج الحــارس جهــاز اللاســلكي، وتحدّث عبره قائلاً: "بوب؟ أنا مع الرئيس. هل لديك معلومات جديدة عن مفتاح SBB13؟".

أجــاب الصوت عبر الجهاز: "في الواقع، أجل. هذا غريب. لا أجد أيّ معلومات على الكمبيوتــر، ولكــنّ الــسجلاّت الورقية تشير إلى أنّ كلّ غرف التخزين في SBB قد نُظفت وهُجــرت مــنذ أكثــر مــن عشرين عاماً. وهي الآن تُعتبر أماكن غير مستعملة". صمت ثمّ أضاف: "جميعها باستثناء SBB13".

تناول أندرسون الجهاز وقال: "معك الرئيس. ماذا تعني، جميعها *باستثناء* SBB13؟".

أجاب قائلاً: "في الواقع، سيّدي، لديّ هنا ملاحظة مكتوبة بخطّ اليد تشير إلى أنّ SBB13 هي حجرة *خاصّة*. كان هذا منذ وقت طويل، ولكنّها مكتوبة وموقّعة من قبل المهندس نفسه".

كــان لانغــدون يعــرف أنّ *المهندس* ليس الرجل الذي صمّم الكابيتول بل الرجل الذي *يديره*. فقد كان الشخص المعيّن كمهندس للكابيتول، شأنه شأن مدير مبنىً عادي، مسؤولاً عن كلّ شيء، بما في ذلك الصيانة، والترميم، والأمن، والتوظيف، وتحديد المهامّ.

قــال المــتحدّث: "الغريب... أنّ ملاحظة المهندس تشير إلى أنّ هذا *المكان الخاصّ* قد أُفرد لاستعمال بيتر سولومون".

تبادل كلّ من لانغدون، وساتو، وأندرسون نظرات الدهشة.

تابــع المتكلّم قائلاً: "أعتقد، سيّدي، أنّ السيّد سولومون هو الذي يملك المفاتيح الأصلية لغرف الطابق SBB فضلاً عن مفتاح SBB13".

لم يصدّق لانغدون أذنيه. *بيتر يملك غرفة خاصّة في قبو الكابيتول؟* لقد عرف دوماً أنّ لبيتر أسراراً، ولكنّ هذا السرّ فاجأ الجميع، حتّى لانغدون.

قــال أندرســون بصوت خلا من المرح: "حسناً، كنّا نرغب بدخول SBB13 تحديداً، لذا تابع البحث عن مفتاح إضافي".

"حاضر سيّدي. نحن نعمل أيضاً على الصورة الرقمية التي طلبتها–".

قاطعــه أندرسون وهو يضغط على زرّ التحدّث: "شكراً لك، هذا كلّ شيء. أرسل ذلك الملف إلى هاتف المديرة ساتو فور جهوزه".

"حاضر سيّدي". وصمت المجيب عبر الجهاز.

أعاد أندرسون الجهاز إلى الحارس الواقف أمامهم.

أخرج الحارس طبعة زرقاء لمخطّط، وأعطاها للرئيس قائلاً: "سيّدي، الطابق SBB هو باللـــون الـــرمادي، وقد أشرت بالحرف X إلى الحجرة SBB13 ليسهل إيجادها، فهي صغيرة جداً".

شكر أندرسون الحارس، وحوّل انتباهه إلى الطبعة الزرقاء، فيما ابتعد الشابّ عائداً من حـــيث أتـــى. نظر إليها لانغدون، وفوجئ لرؤية العدد الهائل من الحجرات الموجودة في تلك المتاهة الغريبة تحت مبنى الكابيتول الأميركي.

تفحّـــص أندرسون المخطّط قليلاً، ثمّ هزّ رأسه ودسّه في جيبه. استدار إلى الباب الذي كُـــتب علـــيه SBB ورفع المفتاح، ولكنّه تردّد وبدا غير مرتاح لفتحه. انتاب لانغدون الشعور نفسه، فقد كان يجهل تماماً ماذا يوجد خلف الباب، ولكنّه كان أكيداً من شيء واحد، أيًّا يكن ما خبّأه سولومون هناك، فقد أراده أن يبقى سرّياً. *سرّياً جداً.*

قحّت ساتو، ففهم أندرسون الرسالة. أخذ نفساً عميقاً، ثمّ أدخل المفتاح وحاول أن يديره، ولكـــنّه لـــم يتحرّك. للحظة، أمل لانغدون أن يكون المفتاح غير مناسب. ولكن عند المحاولة الثانية، استدار المفتاح وفتح أندرسون الباب.

مع ارتفاع صرير الباب الثقيل، خرجت لفحة من الهواء الرطب إلى الممرّ.

حدّق لانغدون إلى الظلام، ولكنّه لم يرَ شيئاً.

قـــال أندرســـون وهـــو ينظـــر إلـــى لانغدون، ويتحسّس الجدار بحثاً عن زرّ النور: "بروفيـــسور، لأجيب عن سؤالك، فإنّ الحرف S في SBB لا يشير إلى مجلس الشيوخ بل هو اختصار لكلمة sub أي سفلي".

سأله لانغدون حائراً: "سفلي؟".

هـــزّ أندرســـون رأسه، وضغط على الزرّ داخل الباب. أضاء مصباحٌ وحيدٌ سلّماً شديد الانحدار، يتوجّه نزولاً في الظلام، وقال: "SBB هو طابق تحت قبو الكابيتول".

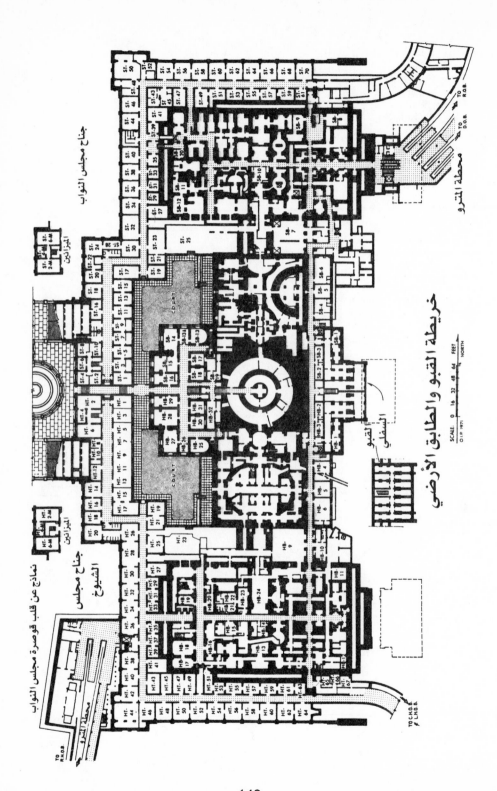

خريطة القبو والطابق الأرضي
جناح مجلس النواب
جناح مجلس الشيوخ
نماذج عن قلب قوصرة مجلس النواب
الميزانين
الميزانين
محطة المترو
محطة المترو
القبو السفلي
COURT
COURT
SCALE: 0 16 32 48 64 FEET
NORTH
O.I.P. 1971
TO R.O.B.
TO D.O.B.
TO C.H.O.B.
L.H.O.B.
TO R.H.O.B.

الفصل 33

غـرق مارك زوبيانيس، أخصائي أمن الأنظمة، في أريكته وهو يحدّق إلى المعلومات على شاشة الكمبيوتر المحمول.

أيّ عنوان هذا؟

كانـت أفضل أدوات القرصنة التي يستعملها عاجزة تماماً عن اختراق هذه الوثيقة، أو كـشف عنوان بروتوكول الإنترنت الغامض الذي أعطته إيّاه تريش. مرّت عشر دقائق، ظلّ فـي أثنـائها بـرنامج زوبيانيس يرتدّ عبثاً أمام جدران النار في الشبكة، ولم يرَ أيّ أمل في اختـراقها. *لا عجب أنّهم يدفعون لي مبلغاً كبيراً.* كان على وشك تجربة مقاربة أخرى، حين رنّ الهاتف.

تريش، بالله عليك، قلت إنّني سأتّصل بك. خفض صوت المذياع وأجاب: "نعم".

سـأله صـوت رجـل: "أأنت مارك زوبيانيس، القاطن في 357 كينغستون درايف في واشنطن؟".

سمع زوبيانيس صوت حديث مكتوم في الخلفية.

اتّصال تسويقي خلال مباراة فاصلة؟ أهم مجانين؟ "دعني أحزر، هل ربحت أسبوعاً في أنغيلاّ؟".

أجـاب المـتحدّث، من دون أن يظهر في صوته أثر للمرح: "كلاّ، هذا مركز أمن الأنظمـة فـي وكالة الاستخبارات المركزية. نودّ أن نعرف لماذا تحاول اختراق قاعدة بياناتنا السريّة".

على ارتفاع ثلاثة طوابق فوق الطابق الممتدّ تحت قبو الكابيتول، وفي القاعات الواسعة لمركز الزوّار، أقفل الحارس نونييز المداخل الرئيسة، كما يفعل كلّ ليلة في مثل هذا الوقت. وفـي طـريق عـودته فوق الأرضيات الرخامية الشاسعة، فكّر في الرجل الذي كان يرتدي معطف الجيش وبأوشامه.

أنا الذي أدخلته. وتساءل ما إذا كان سيبقى في وظيفته.

حـين تـوجّه إلى المصعد، سمع نقراً على الباب الخارجي، فالتفت. حدّق إلى المدخل الـرئيس، ورأى عنده رجلاً متقدّماً في السنّ، ذا أصول أفريقية أميركية، يطرق على الزجاج بكفّه، ويشير إليه ليُدخله.

هزّ نونييز رأسه، وأشار إلى الساعة.

طــرق الرجل مجدّداً، ووقف في الضوء. كان يرتدي بذلة زرقاء أنيقة، وقد خطّ الشيب شــعره القصير. تسارع نبض نونييز. *تبًا*. حتّى من هذه المسافة، عرف هوية الرجل، فأسرع إلى المدخل، وفتح الباب قائلاً: "أنا آسف، سيّدي. تفضّل رجاءً".

دخــل وارن بيلامــي، مهندس الكابيتول، عبر الباب، وشكر نونييز بهزّة مهذبة من رأسه. بدا بيلامــي رشيقاً ونحيلاً، ذا جسد مستقيم، ونظرات خارقة توحي بثقة رجل يملك السيطرة الكاملة على محيطه. خلال السنوات الخمس والعشرين الماضية، عمل بيلامي مشرفاً على مبنى الكابيتول.

سأله نونييز: "هل أخدمك بشيء، سيّدي؟".

"شــكراً، أجــل". لفظ بيلامي كلماته بدقّة. فقد تخرّج من إحدى جامعات عصبة اللبلاب الــشمالية الــشرقية، لذا، كان لفظه دقيقاً إلى حدّ بدا بريطاني اللكنة تقريباً. قال: "علمت للتوّ بوقوع حادث هنا هذا المساء". بدا عليه القلق الشديد.

"أجل سيّدي. كان-".

"أين الرئيس أندرسون؟".

"في الأسفل، مع المديرة ساتو من مكتب الأمن التابع للسي آي أيه".

اتّسعت عينا بيلامي قلقاً، وسأله: "السي آي أيه هنا؟".

"أجل، سيّدي، وصلت المديرة ساتو على الفور تقريباً بعد وقوع الحادث".

سأله بيلامي: "لماذا؟".

هزّ نونييز كتفيه. *وكأنّني كنت سأسألها؟*

سار بيلامي مباشرةً نحو المصاعد، وسأله: "أين هم؟".

أسرع نونييز خلفه مجيباً: "لقد نزلوا للتوّ إلى الطوابق السفلية".

نظر بيلامي إلى الخلف بقلق: "السفلية؟ لماذا؟".

"لا أدري حقًّا، سمعت ذلك عبر جهاز اللاسلكي".

حثّ بيلامي خطاه قائلاً: "خذني إليهم حالاً".

"حاضر، سيّدي".

عبر الرجلان القاعة بسرعة، فاسترق نونييز نظرة إلى الخاتم الذهبي الكبير في إصبع بيلامي.

أخرج نونييز جهاز اللاسلكي وقال: "سأخبر الرئيس بمجيئك".

لمعت عينا بيلامي بجدّية وقال: "كلاّ، أفضّل عدم إخباره".

لقــد ارتكــب نونييــز بعض الأخطاء الكبيرة الليلة، ولكنّ عدم إخبار الرئيس أندرسون بوصول المهندس إلى المبنى سيكلّفه وظيفته.

قال باضطراب: "سيّدي؟ أظنّ أنّ الرئيس أندرسون يفضّل-".

قال بيلامي: "هل تدرك أنّني أنا من *وظّف* السيّد أندرسون؟".

هزّ نونييز رأسه.

"إذاً، أظنّ أنّه يفضّل أن تنفّذ ما طلبتُ منك".

الفصل 34

دخلت تريش ديون ردهة مركز الدعم، ونظرت إلى الأعلى باستغراب. فالضيف الذي ينتظرها هناك لا يشبه أبداً العلماء المولعين بالكتب الذين يدخلون هذا المبنى؛ علماء في علم الإنسان، وعلم المحيطات، وعلم الجيولوجيا، وغيرها من المجالات العلمية. على العكس تماماً، بدا د. أبادون أرستقراطياً تقريباً ببذلته الأنيقة. كان طويلاً، عريض المنكبين، سُمرته جذّابة، وشعره الأشقر مسرّحاً بعناية، ما أعطى تريش انطباعاً أنّه معتاد على مظاهر الترف أكثر من اعتياده على المختبرات.

سألته تريش وهي تمدّ يدها لتسلّم عليه: "د. أبادون، على ما أظنّ؟".

بدا الرجل غير واثق، ولكنّه سلّم على يد تريش الممتلئة بيده العريضة وقال: "عفواً، وأنت؟".

أجابت: "تريش ديون، أنا مساعدة كاثرين. طلبت منّي مرافقتك إلى المختبر".

ابتسم الرجل مجيباً: "آه، فهمت. أنا سعيد بلقائك، تريش. أعتذر إن بدوت مربكاً. كنت أظنّ أنّ كاثرين بمفردها هذا المساء". أشار نحو الردهة وأضاف: "ولكنّني جاهز، تفضّلي".

على الرغم من أنّ الرجل تمالك نفسه سريعاً، إلاّ أنّ تريش لاحظت ومضة الخيبة في عينيه. بدأت الآن تشكّ في دوافع كاثرين للتكتّم حول د. أبادون. *أهي علاقة شاعرية جديدة؟* لم يسبق لكاثرين أن تحدّثت عن حياتها الخاصّة، ولكنّ الزائر كان جذاباً ومرتّباً، ومع أنّه أصغر من كاثرين، إلاّ أنّه ينتمي كما هو واضح إلى عالمها الثري. مع ذلك، ومهما يكن ما توقّعه د. أبادون من زيارة الليلة، لا يبدو أنّ تريش كانت جزءاً من خطّته.

نزع الحارس الجالس عند نقطة التفتيش في الردهة السماعات عن أذنيه بسرعة، فتناهت إلى تريش أصداء المباراة. أخضع الحارس د. أبادون للروتين المعتاد المتّبع مع الزوّار، مستعملاً جهاز كشف المعادن وشارات الأمن المؤقتة.

سأله د. أبادون بلطف وهو يفرغ جيوبه من هاتف خلوي، وبعض المفاتيح، وولاعة سجائر: "من الرابح؟".

أجاب الحارس، وقد بدت عليه اللهفة للعودة لمتابعة المباراة: "الريدسكينز بثلاث نقاط. مباراة حامية".

قالت تريش للحارس: "سيصل السيّد سولومون قريباً. هلاّ أرسلته من فضلك إلى المختبر فور وصوله؟".

أجاب الحارس وهو يغمزها شاكراً: "سأفعل. شكراً لإعلامي مسبقاً".

لــم تكــن ملاحظة تريش لمصلحة الحارس فحسب، بل لتذكير د. أبادون أيضاً أنّها لن تكون الدخيلة الوحيدة على أمسيته الخاصّة مع كاثرين.

سألت تريش وهي تنظر إلى الزائر الغامض: "إذاً، كيف تعرّفت على كاثرين؟".

ضحك د. أبادون قائلاً: "آه، إنّها قصّة طويلة. كنّا نعمل على شيء معاً".

قالت تريش لنفسها، *فهمت، هذا ليس من شأني.*

قال أبادون وهو ينظر حوله في أثناء سيرهما في الممرّ الكبير: "يا له من مركز مذهل، لم يسبق لي المجيء إلى هنا أبداً".

كانت نبرته الخفيفة تزداد لطفاً مع كلّ خطوة، ولاحظت تريش أنّه يحاول فعلاً أن يبدو قــريباً. لاحظت أيضاً تحت أضواء الممرّ الساطعة أنّ سُمرته تبدو مزيّفة. *غريب.* مع ذلك، أعطـــته تـــريش خـــلال عـــبورهما الأروقة الخالية لمحة عامة عن هدف مركز الدعم التابع للمتحف السميثسوني ووظيفته، بما في ذلك مختلف الأقسام ومحتوياتها.

بـــدا الزائـــر متأثّراً. قال: "يبدو وكأنّ هذا المكان يحتوي على كنز من التحف لا يُقدّر بثمن. كان يجب أن أتوقّع وجود حرّاس في كلّ مكان".

أجابـــت تـــريش وهي تشير إلى العدسات الصغيرة الموزّعة في السقف: "لا حاجة إلى ذلـــك، فـــالأمن هنا آلي. يتمّ تسجيل ما يحدث في كلّ إنش من هذه الأروقة على مدار اليوم والأســـبوع، وهذا الممرّ هو العمود الفقري للمركز. ولا يمكن دخول أيّ من غرفه من دون بطاقة ورقم تعريف شخصي".

"يا لها من تدابير ممتازة".

"دقّ علـــى الخـــشب، لـــم يسبق أن تعرّضنا للسرقة أبداً. مع أنّ هذا المتحف ليس من المـــتاحف التـــي يـــرغب أيّ كان في سرقتها، ذلك أنّ الطلب في السوق السوداء قليل على الأزهار المنقرضة، أو زوارق الكاياك، أو الهياكل العظمية لحيوانات الحبّار العملاقة".

ضحك د. أبادون: "أظنّ أنّك محقّة".

"إنّ أكبـــر خطر أمني يتهدّدنا يتمثّل في القوارض والحشرات". وراحت تريش تشرح له كـــيف أنّ المبنى يمنع غزو الحشرات عبر تجليد جميع نفايات مركز الدعم وأيضاً من خلال ميـــزة هندســـية تسمّى "منطقة ميتة"، وهي عبارة عن قسم بين جدران مزدوجة يحيط بالمبنى كالغلاف، لا يمكن للحياة أن تستمرّ فيه.

قال أبادون: "هذا لا يُصدَّق. وأين مختبر كاثرين وبيتر؟".

أجابت تريش: "في الصالة خمسة، إنّها تقع في آخر هذا الرواق".

توقّف أبادون فجأة، والتفت إلى يمينه نحو نافذة صغيرة. هتف قائلاً: "ربّاه! هلاّ نظرت إلى *هذا!*".

ضحكت تريش قائلةً: "أجل، هذه صالة العرض ثلاثة، نسمّيها أيضاً الصالة الرطبة".

قال أبادون، ووجهه ملتصق بالزجاج: "الرطبة؟".

"لأنّهــا تحتوي على أكثر من ثلاثة آلاف غالون من الإيثانول السائل. هل تذكر الهيكل العظمي للحبّار العملاق التي أخبرتك به للتوّ؟".

"أهذا هو الحبّار؟!" التفت إليها د. أبادون بعينين مذهولتين وقال: "إنّه ضخم!".

قالت تريش: "إنّها أنثى يزيد طولها عن أربعين قدماً".

بــدا د. أبادون مسروراً برؤية الحبّار، وغير قادر عن إبعاد عينيه عن النافذة. للحظة، ذكّــر الــرجل تــريش بــصبي صغير يقف أمام نافذة متجر للحيوانات الأليفة ويتمنّى لو أنّه يستطيع الدخول لرؤية كلب صغير. مرّت خمس ثوانٍ وهو لا يزال يحدّق من خلف النافذة.

أخيــراً قالــت تــريش: "حــسناً، حسناً". وضحكت وهي تُدخل بطاقتها، وتطبع رقمها الشخصي. "تعال، سأريك الحبّار".

دخــل مــالأخ صــالة العرض 3 خفيفة الإضاءة، وتفحّص الجدران بحثاً عن كاميرات مراقبة. بدأت مساعدة كاثرين البدينة تثرثر عن العينات الموجودة في هذه الغرفة. لم يكن في الواقــع مهــتماً بأيّ شيء يتعلّق بحيوانات الحبّار العملاقة، بل كان همه الوحيد استعمال هذه الغرفة المعتمة والخالية لحلّ مشكلة غير متوقّعة.

الفصل 35

كـــان السلّم الخشبي المؤدّي إلى القبو السفلي للكابيتول شديد الانحدار على نحو لم يسبق أن رآه لانغـــدون. أخذت أنفاسه تتسارع، وصدره ينقبض. كان الهواء في الأسفل بارداً ورطباً، واتّجه ذهن لانغدون لا إرادياً إلى سلّم مشابه، استعمله قبل بضع سنوات في مدينة الموتى في الفاتيكان.

ســـار أندرســـون فـــي المقدّمة، حاملاً مصباحاً يدوياً. وتبعت ساتو لانغدون عن كثب، فكانـــت تـــضغط أحـــياناً يديها الصغيرتين على ظهره لحثّه على التقدّم. *أنا أمشي بأسرع ما يمكـــن.* تنفّس لانغدون بعمق، وحاول تجاهل الجدران الضيقة من الجانبين. بالكاد كان السلّم يتّسع لكتفيه، فيما راحت حقيبته تحتكّ بالجدار.

قالت له ساتو: "ربّما يجدر بك ترك حقيبتك في الأعلى".

أجابهـــا: "أنـــا مرتاح هكذا". لم تكن لديه النية إطلاقاً في إبعادها عن نظره. راح يتخيّل علـــبة بيتر الصغيرة، ويتساءل كيف يمكن أن تكون على علاقة بأيّ شيء موجود في حجرة في القبو السفلي لمبنى الكابيتول.

قال أندرسون: "بضع درجات بعد، أوشكنا على الوصول".

نـــزلت المجموعة في الظلام، بعيداً عن مرمى ضوء المصباح الوحيد في الأعلى. حين نـــزل لانغدون الدرجة الخشبية الأخيرة، شعر أنّ الأرض تحته كانت مكسوّة بالتراب. *رحلة إلى مركز الأرض.* تقدّمت ساتو في أعقابه.

رفع أندرسون المصباح، وراح يتفحّص محيطه: كان هذا القبو السفلي أشبه بممرّ ضيّق جـــداً، يمتدّ مشكّلاً زاوية قائمة مع السلّم. وجّه أندرسون الضوء يمنةً ويسرةً، فلاحظ لانغدون أنّ طول الممرّ لم يكن يتجاوز خمسين قدماً، تتوزّع على جانبيه أبواب خشبية صغيرة. كانت الأبواب مجاورة لبعضها، بحيث لا يمكن أن يتجاوز عرض الغرف الواقعة خلفها عشر أقدام.

قـــال لانغـــدون في نفسه بينما عاد أندرسون يراجع المخطّط، *وكأنّنا في سراديب موتى دوماتيلا.* كان الجزء الصغير الذي يصوّر القبو السفلي يحمل علامة X تظهر موقع SBB13. لاحـــظ لانغدون تلقائياً أنّ مخطّطها يشبه ضريحاً من سبعة قبور، سبعة مدافن مواجهة لسبعة مدافن، أزيل أحدها لإفساح مكان للسلّم الذي نزلوه للتوّ. هكذا يكون مجموعها *ثلاثة عشر.*

أخــذ يفكــر في أنّ أصحاب نظرية المؤامرة "الثلاثة عشر" سيسرّون إن عرفوا بوجود ثلاثة عشر مخزناً بالضبط، مدفونة في أعماق مبنى الكابيتول. إذ رأى البعض أنّه من المثير للــريبة أن يكــون على ختم الولايات المتّحدة الأعظم ثلاث عشرة نجمة، وثلاثة عشر سهماً، وثلاث عشرة حبّة زيتون، وثلاثة عشر حرفاً في كلمة annuit coeptis، وثلاثة عشر حرفاً في كلمة e pluribus unum، إلى آخره.

قــال أندرســون وهو يسلّط ضوء المصباح على الغرفة المقابلة مباشرةً: "يبدو المكان مهجوراً بالفعل". كان الباب الخشبي الثقيل مفتوحاً بالكامل. أضاء نور المصباح غرفةً حجرية ضيّقة، بعرض عشر أقدام وعمق ثلاثين قدماً تقريباً، بدت وكأنّها طريق مسدود لا يؤدّي إلى أيّ مكــان. لــم تكــن الغرفة تحتوي على أكثر من زوجين من الصناديق القديمة المتهالكة، وبعض أوراق التغليف المجعّدة.

رفــع أندرسون الضوء إلى لوحة نحاسية مثبّتة على الباب. كانت اللوحة مكسوّة بالصدأ ولكنّ الأحرف القديمة بدت مقروءة:

SBB IV

قال أندرسون: "SBB4".

سألت ساتو: "وأيّها هو SBB13؟" كان البخار يتصاعد من فمها بفعل الجوّ البارد.

سلّط أندرسون الضوء على الطرف الجنوبي للرواق، وقال: "هناك".

حــدّق لانغدون إلى الممرّ الضيّق وارتعش. شعر بالعرق يتصبّب من جسده على الرغم من البرد.

ســاروا بــين صــفوف الأبــواب التي بدت متشابهة، جميعها مفتوحة قليلاً، ويبدو أنّها هُجــرت منذ زمن طويل. حين وصلوا إلى آخر الرواق، استدار أندرسون إلى اليمين، وسلّط الضوء على الغرفة SBB13. ولكنّ الضوء ارتدّ إليهم أمام باب خشبي متين.

خلافاً للأبواب الأخرى، كان الباب SBB13 موصوداً.

بــدا هــذا الباب الأخير كالأبواب الأخرى تماماً؛ مفاصل ثقيلة، وقبضة حديدية، ولوحة نحاســية مكسوّة بالصدأ الأخضر. كانت الأحرف السبعة المنقوشة على اللوحة هي الأحرف نفسها الموجودة على كفّ بيتر في الأعلى.

SBB XIII

قال لانغدون في نفسه، *أرجو أن يكون الباب مقفلاً.*

قالت ساتو من دون تردّد: "جرّب فتح الباب".

بدا رئيس الشرطة غير مرتاح، ولكنّه مدّ يده، وأمسك بالقبضة الحديدية الثقيلة، وحاول فتحها، ولكنّ الباب لم يتحرّك. سلّط عليها الضوء، فرأى قفلاً قديماً.

قالت ساتو: "جرّب المفتاح الرئيس".

أخرج أندرسون المفتاح الرئيس للباب الذي دخلوا منه في الأعلى، ولكنّه لم يكن ملائماً.

قالت ساتو بنبرة ساخرة: "إن لم أكن مخطئة، ألا ينبغي أن يكون قسم الأمن قادراً على دخول جميع غرف المبنى في حالات الطوارئ؟".

تنهّد أندرسون ونظر إلى ساتو قائلاً: "سيّدتي، رجالي يبحثون عن مفتاح إضافي، ولكن–".

قالت مشيرة إلى القفل: "أطلق النار على القفل".

تسارع نبض لانغدون.

قحّ أندرسون وبدا عليه الاضطراب. "سيّدتي، أنا أنتظر أخباراً عن المفتاح الإضافي. لست مرتاحاً لاقتحام–".

"ربّما ترتاح أكثر في السجن، بتهمة إعاقة تحقيقٍ للسي آي أيه؟".

نظر إليها أندرسون غير مصدّق. وبعد قليل من التفكير، أعطى ساتو المصباح متردّداً، ومدّ يده لسحب المسدّس من حزامه.

لم يعد لانغدون قادراً على الوقوف من دون تدخّل، فقال: "مهلاً! فكّري في الأمر. لقد تخلّى بيتر عن يده اليمنى عوضاً عن كشف ما يمكن أن يوجد خلف هذا الباب. هل أنت واثقة من أنّ علينا فعل ذلك؟ فتح هذا الباب يعني الانصياع لمطالب إرهابي".

سألته ساتو: "هل تريد استعادة بيتر سولومون؟".

"بالطبع، ولكن–".

"إذاً، أقترح عليك فعل ما يطلبه الخاطف بالضبط".

"فتح باب قديم؟ أتظنّين أنّ هذا هو الباب؟".

سلّطت ساتو الضوء على وجه لانغدون قائلةً: "بروفيسور، لا أعرف إطلاقاً ما هذا. سواء أكان مخزناً أم مدخلاً سرّياً إلى هرم قديم، أنا أنوي فتحه. هل كلامي واضح؟".

بهر الضوء عيني لانغدون. أخيراً، هزّ رأسه مستسلماً.

خفضت ساتو ضوء المصباح، وسلّطته من جديد على قفل الباب قائلةً: "حضرة الرئيس؟ هيّا".

كان أندرسون لا يزال غير موافق على هذه الخطّة، فأخرج مسدّسه ببطء شديد، ونظر إليه غير أكيد من صحة ما يفعل.

"آه، حبًّا بالله". مدّت ساتو يديها الصغيرتين، واختطفت منه السلاح. وضعت المصباح في كفّه الخالية وقالت: "احمل المصباح اللعين". أمسكت المسدّس بثقة شخص متمرّس في استعمال الأسلحة، ومن دون أن تضيع الوقت فتحت زرّ الأمان، وصوّبت المسدّس على القفل.

صرخ لانغدون: "انتظري!" ولكن،كان الأوان قد فات.

دوى المسدّس ثلاث مرّات.

شـعر لانغـدون أنّ طبلتـي أذنـيه على وشك الانفجار. *أهي مجنونة؟!* كانت طلقات الرصاص في ذاك المكان الضيّق تصمّ الآذان.

بــدا أندرسـون مضطرباً هو الآخر، إذ كانت يده ترتجف قليلاً وهو يسلّط الضوء على الباب الذي اخترقه الرصاص.

كان القفل قد تحطّم، وتهشّم الخشب المحيط به تماماً. انهار القفل، وفُتح الباب جزئياً.

دفعت ساتو الباب بفوّهة المسدّس، ففُتح تماماً كاشفاً الظلام خلفه.

حدّق لانغدون، ولكنّه لم يرَ شيئاً. *ما هذه الرائحة؟* فقد فاحت من الظلام رائحة نتنة غير مألوفة.

تقـدّم أندرسـون إلــى المدخل، وسلّط الضوء على الأرض، ثمّ راح يمرّره بحذر على أرض الحجـرة الخالية. كانت هذه الحجرة كغيرها طويلة وضيّقة. جدرانها الجانبية الحجرية تعطي انطباعاً وكأنّها سجن قديم. *ولكنّ تلك الرائحة...*

قال أندرسون وهو يسلّط الضوء على نقطة أبعد في الغرفة: "لا شيء هنا".

أخيراً، بلغ الضوء نهاية الأرض، فرفعه لينير الجدار المقابل.

صرخ أندرسون: "ربّاه....!".

رآها الجميع وقفزوا إلى الخلف.

نظر لانغدون غير مصدّق إلى آخر الغرفة.

كان ثمّة من يحدّق إليهم أيضاً.

الفصل 36

"مـــا هذا بحقّ الله..." عند مدخل الغرفة SBB13، تعثّر أندرسون وهو يحمل المصباح، وتراجع خطوة إلى الخلف.

كذلك فعل لانغدون وساتو، التي بدت مجفلة للمرّة الأولى هذه الليلة.

وجّهـــت ساتو المسدّس إلى الجدار المقابل، وأشارت إلى أندرسون ليسلّط الضوء عليه مجـــدّداً. رفع أندرسون الضوء الذي بدا باهتاً حين وصل إلى الجدار البعيد، ولكنّه كان كافياً لينير الوجه الشاحب الذي يحدّق إليهم من خلال تجويف عينيه الخاليتين من الحياة.

جمجمة بشرية.

كانت الجمجمة موضوعة فوق طاولة خشبية متداعية، أمام الجدار المقابل للغرفة. قرب الجمجمة، وُضعت عظمتا ساق بشرية، فضلاً عن مجموعة من الأشياء الأخرى المرتبة على الطاولة بعناية، وهي: ساعة رملية قديمة، وقارورة من الكريستال، شمعة، وصحنان صغيران يحـــتويان على مسحوق باهت، وصفحة من الورق. وأُسند إلى الجدار، قرب الطاولة، منجل طويل مخيف، شفرته المقوّسة شبيهة بتلك التي يستعملها حصّاد مخيف.

دخلت ساتو الغرفة، ثمّ قالت: "حسناً... يبدو أنّ بيتر لديه أسراراً أكثر ممّا توقّعت".

هـــزّ أندرســـون رأسه وهو يسير خلفها قائلاً: *"ياما تحت السواهي دواهٍ"*. رفع الضوء، وتأمّل بقية أرجاء الغرفة الفارغة. أضاف مكشّراً: "وتلك الرائحة؟ ما هي؟".

أجـــاب لانغـــدون مـــن خلفهمـــا: "كبريت. يجب أن يكون على الطاولة طبقان. الطبق الموضوع إلى اليمين يحتوي على الملح، والآخر على الكبريت".

التفتت إليه ساتو غير مصدّقة: "وكيف تعرف *ذلك*، بالله عليك؟!".

"لأنّ العالم، يا سيّدتي، مليء بغرف كهذه بالضبط".

علـــى ارتفـــاع طابق واحد فوق القبو السفلي، رافق الحارس نونييز مهندس الكابيتول، وارن بيلامـــي، عبر الممرّ الطويل الممتدّ على طول القبو الشرقي. كان نونييز أكيداً أنّه سمع للتوّ ثلاث طلقات مكتومة في الأسفل. *مستحيل.*

قال بيلامي وهو ينظر إلى باب مشقوق في البعيد: "باب القبو السفلي مفتوح".

قـــال نونييز لنفسه، *يا لها من أمسية غريبة بالفعل، فلا أحد ينزل إلى هناك*. مدّ يده إلى جهاز اللاسلكي وقال: "سأسأل عمّا يحدث".

قال بيلامي: "عد إلى عملك، أستطيع المتابعة بمفردي".

قال نونييز، وقد بدا عليه عدم الارتياح: "هل أنت واثق من ذلك؟".

وقــف وارن بيلامـــي ووضع يده بحزم على كتف نونييز قائلاً: "بني، أنا أعمل هنا منذ خمسة وعشرين عاماً. أظنّ أنّني أستطيع إيجاد طريقي بمفردي".

الفصل 37

سبق أن رأى مالأخ أماكن غريبة في حياته، ولكنّ قليلاً منها يشبه عالم صالة العرض ثلاثة الغريب. *الصالة الرطبة.* فقد بدا وكأنّ عالماً مجنوناً سطا على أحد متاجر وال مارت، وملأ أجنحة الصالة الكبيرة ورفوفها بمرطبانات عيّنات من جميع الأشكال والأحجام. كانت الإضاءة تشبه إضاءة غرفة تصوير معتمة، إذ رأى الصالة غارقة بضوء مائل إلى الاحمرار، ينبعث من تحت الرفوف، ويتسلّل إلى الأعلى لينير المستوعبات المحتوية على الإيثانول. أحسّ أنّ رائحة المواد الكيميائية الحافظة تسبّب له الغثيان.

كانت الفتاة البدينة تقول: "تحتوي هذه الصالة على أكثر من عشرين ألف عيّنة لأسماك، وقوارض، وثدييات، وزواحف".

سألها مالأخ متظاهراً بالتوتر: "جميعها *ميتة*، أليس كذلك؟".

ضحكت الفتاة قائلةً: "أجل، أجل، جميعها ميتة منذ زمن بعيد. أقرّ أنّني لم أجرؤ على الدخول إلاّ بعد ستّة أشهر من بدئي العمل إلى هنا".

كان مالأخ يفهم ذلك. فكيفما التفت، رأى عيّنات من أشكال الحياة الميتة؛ حيوانات سَمندر، وقناديل بحر، وجرذان، وحشرات، وطيور، وغيرها من المخلوقات التي لم يتعرّف إلى نوعها. وكأنّ هذه المجموعة بحدّ ذاتها ليست كافية لتوتير الزائر، ذلك أنّ أنوار الأمان الحمراء، التي تحمي تلك العيّنات الحسّاسة للضوء من التعرّض طويل الأمد للنور، تعطيه إحساساً أنّه يقف داخل حوض أسماك هائل، اختبأت فيه مخلوقات فارقتها الحياة لتراقبه من خلف الظلال.

قالت الفتاة وهي تشير إلى وعاء كبير من زجاج البليكسي، يحتوي على أقبح سمكة رآها مالأخ في حياته: "هذه كويلاكانث. كان يُعتقد أنّها انقرضت مع الديناصورات، ولكن تمّ العثور على هذه السمكة في أفريقيا قبل بضع سنوات، وقُدّمت إلى المتحف السميثسوني".

قال مالأخ في نفسه وهو بالكاد يصغي، كم *أنتم محظوظون.* كان مشغولاً بتفتيش الجدران بحثاً عن كاميرات مراقبة. لم يرَ سوى واحدة موجّهة إلى المدخل، وهذا ليس مستغرباً لأنّ ذاك الباب كان على الأرجح المدخل الوحيد.

قالت وهي تتقدّمه نحو المستوعب الضخم الذي رآه من النافذة: "وهذا ما أردت رؤيته... أطول عيّنة لدينا". مدّت يدها نحو المخلوق المنفر وكأنّها في برنامج تعرض سيّارة جديدة: "الحبّار الملاق".

بدا مستوعب الحبّار أشبه بسلسلة من حجرات الهاتف الزجاجية التي وُضعت قرب بعضها وأُدمجت معاً. وفي داخل التابوت الزجاجي الشفّاف، كان يطوف مخلوق شديد الشحوب إلى حدّ منفر. حدّق مالأخ إلى الرأس المستدير الشبيه بالكيس، وإلى عينيه اللتين تعادلان حجم كرتي سلّة، ثمّ قال: "تبدو الكويلاكانث جميلة مقارنةً به".

"انتظر حتّى أضيء الأنوار".

فتحت تريش غطاء المستوعب الطويل، فتصاعدت أبخرة الإيثانول، ثمّ مدّت يدها في الحوض، وضغطت على زرّ فوق خطّ السائل تماماً. فأضيء خطّ من المصابيح الشعاعية على طول قاعدة المستوعب. راح الحبّار يلمع تحت الأضواء، رأس عملاق معلّق بكتلة ملتوية من المجسّات التالفة ومصّاصات حادّة كالسكين.

بدأت تروي له كيف يمكن لهذا الحبّار أن يتغلّب على حوت.

لم يصغِ إليها مالأخ.

لقد حان الوقت.

لطالما شعرت تريش ديون ببعض التوتّر في صالة العرض 3، ولكنّ القشعريرة التي سرت في جسدها للتوّ كانت مختلفة.

عميقة، بدائية.

حاولت تجاهلها، ولكنّها راحت تتعاظم بسرعة. ومع أنّ تريش لم تتمكّن من معرفة مصدر قلقها، إلاّ أنّ حدسها أنبأها بإلحاح أنّ الوقت قد حان للمغادرة.

قالت وهي تمدّ يدها إلى المستوعب، وتطفئ الضوء: "على أيّ حال، هذا هو الحبّار. ينبغي لنا على الأرجح العودة إلى كاثرين–".

شعرت بكف عريضة تطبق على فمها، وتشدّ رأسها إلى الخلف. في اللحظة نفسها، التفّت ذراع الرجل القوية حول صدرها، وشدّتها إلى صدره القاسي. للحظة، أحسّت تريش أنّ الصدمة خدّرتها تماماً.

ثمّ تلاها الرعب.

تلمّس الرجل جسدها، ثمّ أمسك ببطاقتها، وشدّها بقوّة إلى الأسفل. وقعت البطاقة على الأرض عند أقدامهما. قاومت الرجل محاولةً الإفلات من قبضته، ولكنّ قوّتها لم تكن تعادل حجمه وقوّته. حاولت الصراخ، إلاّ أنّ يده ظلّت مطبقة على فمها بإحكام. مال نحوها، ووضع فمه على مقربة من أذنها، ثمّ همس: "حين أرفع يدي عن فمك، لن تصرخي، أهذا واضح؟".

هزّت رأسها بقوّة، إذ كانت على وشك الاختناق. *لا أستطيع التنفس!*

رفع الرجل يده عن فمها، فأخذت نفساً عميقاً.

قالت له لاهثةً: "دعني أذهب! ماذا تفعل بحقّ الله؟".

قال الرجل: "ما هو رقمك الشخصيّ؟".

أحسّت تريش أنها ضاعت تماماً. *كاثرين! النجدة! من هذا الرجل؟!* قالت له: "يستطيع الأمن رؤيتك!" لكنّها كانت تعرف تماماً أنّهما بعيدان عن مجال الكاميرات. *ولا أحد يراقب على أيّ حال.*

كرّر الرجل: "رقمك الشخصي. الرقم الذي يلائم بطاقتك".

شعرت تريش بالخوف يقلّص أحشاءها، فاستدارت بعنف، وحرّرت إحدى يديها، ثمّ التفتت وهاجمت عيني الرجل بأصابعها. أصابت بأظافرها جلده، مخلّفة أربعة جروح داكنة على خدّه. ولكنّها أدركت أنّ الخطوط الداكنة على بشرته لم تكن دماً، بل كان الرجل يضع مسحوق تجميل أزالت للتوّ بعضاً منه، كاشفةً أوشاماً داكنة مخبّأة تحته.

من هو هذا الوحش؟!

بقوّة خارقة على ما يبدو، أدارها الرجل، وشدّها إلى الأعلى، ثمّ دفعها نحو مستوعب الحبّار المفتوح، وضغط وجهها فوق الإيثانول. فبدأت الأبخرة تحرق أنفها.

كرّر: "ما هو رقمك الشخصيّ؟".

أحسّت أنّ السائل يحرق عينيها، وكانت ترى جثّة الحبّار الباهتة تحت وجهها.

قال وهو يدفع وجهها أكثر نحو السطح: "أخبريني، ما هو؟".

شعرت أنّه يحرق حلقها الآن. فقالت، وبالكاد قادرة على التنفّس: "صفر – ثمانية – صفر – أربعة! دعني أذهب! صفر – ثمانية – صفر – أربعة!".

قال وهو يدفع وجهها أكثر، بحيث أصبح شعرها في الإيثانول: "أنت تكذبين".

أجابت وهي تقحّ: "لست أكذب. الرابع من آب! إنّه يوم ميلادي!".

"شكراً لك، تريش".

أمسك رأسها بقوّة أكبر بيديه القويّتين، ودفعه إلى الأسفل، مغرقاً وجهها في المستوعب. شعرت بألم حادّ يحرق عينيها. ضغط الرجل أكثر، دافعاً رأسها بأكمله تحت الإيثانول. شعرت تريش بوجهها يضغط على رأس الحبّار.

استجمعت كلّ قواها، وحاولت الإفلات بعنف مقوّسةً ظهرها إلى الخلف، ثمّ حاولت رفع رأسها من السائل، ولكنّ اليدين القويتين منعتاها.

عليّ أن أتنفس!

جاهدت لعدم فتح عينيها أو فمها. كانت تشعر برئتيها تحرقانها وهي تقاوم رغبتها في التنفس. *كلاّ! لا تفعلي!* ولكنّ ردّ فعلها اللاإراديّ للاستنشاق غلبها أخيراً.

فتحت فمها، وتمدّدت رئتاها بعنف في محاولة لاستنشاق الأوكسيجين الذي يحتاج إليه جسدها. فاندفعت موجة حارقة من الإيثانول في فمها. ومع تدفّق الكيميائيات عبر حنجرتها إلى رئتيها، شعرت بألم فظيع. لحسن الحظّ، لم يدم ذلك سوى بضع ثوانٍ، قبل أن تغرق في عالم من الظلام.

وقف مالأخ قرب المستوعب لالتقاط أنفاسه، وتفقّد الأضرار.

كانت جثّة المرأة متدلية فوق حافّة الحوض، ولا يزال وجهها مغموراً بالإيثانول. حين رآها مالأخ، تذكّر المرأة الوحيدة التي قتلها.

إيزابيل سولومون.

قبل زمن بعيد. حياة أخرى.

حدّق إلى الجثّة المترهّلة، ثمّ أمسك بوركيها العريضتين، رافعاً إيّاها بساقيه. دفعها إلى الأمام، حتّى بدأت تنزلق من على حافّة حوض الحبّار. غاصت تريش ديون في الإيثانول برأسها أوّلاً، تبعته بقية الجسد. تدريجياً، أخذ السائل يتموّج، فراحت جثّتها المرتخية تحوم فوق المخلوق البحري الهائل. وحين ازداد ثقل ملابسها، بدأت تغرق في ظلام الحوض. أخيراً، حطّت جثّة تريش ديون ببطء فوق الوحش العملاق.

مسح مالأخ يديه، وأغلق غطاء الحوض الزجاجي.

أصبح لدى الصالة الرطبة عيّنة جديدة.

تناول بطاقة تريش عن الأرض ووضعها في جيبه: 0804

حين رأى مالأخ تريش في الردهة للمرّة الأولى، فكّر في أنّها ستعطّل مخططاته. ثمّ أدرك أنّ بطاقتها ورقمها السرّي سيكونان ضماناً له. فإن كانت غرفة تخزين المعلومات مقفلة، كما أشار بيتر، سيواجه مالأخ صعوبات في إقناع كاثرين بفتحها. *لديّ الآن مفتاح خاصّ بي.* وشعر بالسرور لأنّه لن يضطر إلى إضاعة الوقت في إجبار كاثرين على الإذعان لإرادته.

حين استقام واقفاً، رأى صورته منعكسة على النافذة، ولاحظ أنّ مستحضر التجميل قد أزيل عن جزء من وجهه. لم يعد لذلك أهمية. حين تفهم كاثرين ما يجري، سيكون الأوان قد فات.

158

الفصل 38

حولّت ساتو نظرها عن الجمجمة لتحدّق إلى لانغدون عبر الظلام، وسألته: "هذه الغرفة ماسونية؟".

هــزّ لانغدون رأسه بهدوء، وأجاب: "تدعى غرفة التفكّر. هذه الغرف مصممّة كأماكن بــاردة وقاسية يفكّر فيها الماسوني بفنائه. فبالتأمّل في حتمية الموت، يكتسب الماسوني نظرة قيّمة عن طبيعة الحياة الفانية".

أجالــت ســاتو نظــرها فــي المكــان المخيف، غير مقتنعة على ما يبدو: "أهي غرفة مخصّصة *للتأمّل*؟".

"فـــي الأســاس، أجــل. فهــذه الغرف تحتوي دائماً على الرموز نفسها؛ على جمجمة وعظمتــين متصالبتين، منجل، ساعة رملية، كبريت، ملح، ورقة بيضاء، شمعة... وغيرها. فرموز الموت تلهم الماسونيين للتفكّر في كيفية عيش حياة أفضل على الأرض".

قال أندرسون: "يبدو وكأنّه مزار موت".

تلــك هي الفكرة منه نوعاً ما. "معظم طلابي في مادّة علم الرموز يبدون ردّ الفعل نفسه في البداية". غالباً ما كان لانغدون يطلب منهم قراءة كتاب *رموز الماسونية* لبيريسنياك، الذي يحتوي على صور جميلة لغُرفِ تفكُّر.

ســألته ســاتو: "ألا يجد طلابك أنّ قيام الماسونيين بالتأمّل أمام جماجم ومناجل هو أمر مثير للتوتّر؟".

"ليس أكثر من المسيحيين الذين يصلّون عند قدمي رجل مصلوب، أو الهندوسيين الذين ينــشدون أمــام فيل ذي أربع أذرع يُدعى غانيش. فإساءة فهم رموز ثقافة ما هو سبب شائع لإطلاق أحكام مسبقة ضدّها".

اســتدارت ســاتو، وبــدت أنّها ليست في مزاج لسماع محاضرة. سارت نحو الطاولة، وحــاول أندرســون أن ينير لها الطريق بواسطة المصباح، ولكنّ نوره بدأ يضعف. نقر على قاعدتــه، وهزّه قليلاً ليشعّ أكثر. حين دخل الثلاثة إلى الحجرة الضيّقة، ملأت رائحة الكبريت الحــادّة أنــف لانغــدون. كان هذا المكان رطباً، ورطوبة الهواء تنشّط الكبريت الموجود في الطبق. اقتربت ساتو من الطاولة، وحدّقت إلى الجمجمة والأشياء الموضوعة بجوارها. انضمّ إليها أندرسون، وبذل جهده لإضاءة الطاولة بالمصباح الخافت.

تفحّــصت ســاتو جميع الأشياء، ثمّ وضعت يديها على خصرها وتنهّدت قائلةً: "ما هذه القمامة؟".

كـــان لانغدون يعلم أنّ الأشياء الموجودة في الغرفة منتقاة ومرتّبة بعناية. قال لها وهو يشعر أنّه سجين حين تقدّم وانضمّ إليهما: "تمثّل الجمجمة، أو caput mortuum، التحوّل الأخير للإنــسان مـــن خـــلال التحلّل. فهي تذكّرنا أنّنا سنخسر جميعنا جسدنا الفاني يوماً. والكبريت والملـــح همـــا محفّـــزان كيميائيان يسهّلان عملية التحوّل. والساعة الرملية تمثّل قوّة الزمن التحويلـــية". أشـــار إلـــى الـــشمعة المطفأة وتابع قائلاً: "أمّا هذه الشمعة، فتمثّل النار البدائية التكوينية وصحوة الإنسان من جهله؛ التحوّل عبر التنوير".

سألته ساتو وهي تشير إلى الزاوية: "و... *هذا*؟".

حوّل أندرسون الضوء الباهت نحو المنجل الضخم المسنود إلى الجدار الخلفي.

قـــال لانغدون: "ليس رمزاً للموت، كما يعتقد معظم الناس. المنجل هو في الواقع رمز لتغذية الطبيعة التحويلية؛ قطف ثمار الطبيعة".

صـــمت كـــلّ مـــن ســـاتو وأندرسون، محاولَين على ما يبدو استيعاب هذا المحيط الغريب.

كـــان كـــلّ مـــا يريده لانغدون هو الخروج من هذا المكان، فقال لهما: "أدرك أنّ هذه الحجـــرة تـــبدو غير اعتيادية، ولكنّها لا تحتوي على شيء هامّ، إنّها طبيعية تماماً. فكثير من المحافل الماسونية تضمّ حجرات مثلها بالضبط".

قـــال أندرســـون: "ولكنّ هذا المكان ليس محفلاً ماسونياً! إنّه مبنى الكابيتول الأميركي، وأودّ أن أعرف ماذا تفعل هذه الحجرة في مبناي".

"فـــي بعـــض الأحيان، يخصّص الماسونيون غرفاً كهذه في مكاتبهم أو منازلهم كأماكن للـــتأمّل. هذا ليس غريباً". كان لانغدون يعرف جرّاح قلب في بوسطن حوّل خزانة في مكتبه إلى حجرة تفكّر ماسونية، ليفكّر في الفناء قبل دخول غرفة العمليات.

بدا الاضطراب على وجه ساتو وسألت: "هل تعني أنّ بيتر سولومون كان ينزل إلى هنا ليفكّر في الموت؟".

قـــال لانغـــدون بـــصراحة: "أنا حقًّا لا أعرف. ربّما أَعدّ هذا المكان كمعتزل لإخوانه الماســـونيين الـــذين يعملـــون فـــي المبنى، وقدّم إليهم معتزلاً روحياً بعيداً عن فوضى العالم المادي... مكان ليتفكّر فيه مشرّع واسع النفوذ قبل أن يتّخذ قرارات تؤثّر في إخوانه البشر".

قالـــت ساتو ساخرة: "يا له من شعور نبيل، ولكنّني أظنّ أنّ الأميركيين قد يمانعون إن عرفوا أنّ قادتهم يصلّون في خزائن تحتوي على مناجل وجماجم".

قـــال لانغدون لنفسه، *حسناً، لا يجدر بهم ذلك*. وتخيّل كم كان العالم ليبدو مختلفاً لو أنّ قادته يأخذون بعض الوقت للتفكّر في حتمية الموت قبل السباق إلى الحرب.

لوت ساتو شفتيها، وراحت تتفحّص ببطء الزوايا الأربع للحجرة. قالت: "لا بدّ من وجود شـــيء هنا بالإضافة إلى عظمتي الساق البشرية وطبقي المواد الكيميائية، بروفيسور. لقد أتى بك أحدهم من منزلك في كامبردج إلى هذه الحجرة خصّيصاً".

شـــدّ لانغـــدون حقيبته إلى خصره، وكان لا يزال غير قادر على فهم العلاقة بين العلبة وهـــذه الغرفة. قال: "سيّدتي، أنا آسف، ولكنّني لا أرى شيئاً غير اعتيادي هنا". كان يأمل أن يتمكّنوا الآن من الانتقال إلى موضوع إيجاد بيتر.

خفـــت ضوء المصباح مجدّداً، فالتفتت ساتو نحو أندرسون، وقد بدأ الغضب ينال منها. "حبًّا بالله، هل أطلب الكثير؟" مدّت يدها إلى جيبها وأخرجت ولاّعة سجائر. ضغطت بإبهامها على حجر الولاّعة، ثمّ مدّت يدها، وأضاءت الشمعة الوحيدة على الطاولة. فرقع الفتيل قليلاً، ثـــمّ اشـــتعل ناشراً ضوءاً شاحباً في الحجرة الضيّقة. ظهرت ظلال طويلة، وراحت تتأرجح على الجدران الحجرية. ازداد وهج الشعلة، فظهر أمامهم مشهد غير متوقَّع.

قال أندرسون وهو يشير بإصبعه: "انظرا".

أظهر ضوء الشمعة، بقعة باهتة من الكتابة على الجدار الخلفي؛ سبعة أحرف كبيرة.

VITRIOL

أنـــارت الـــشمعة شـــكل جمجمة مخيفة مرسومة فوق الأحرف. قالت ساتو: "كلمة غريبة".

شـــرح لانغدون قائلاً: "إنّها في الواقع اختصار يُكتب على الجدار الخلفي لمعظم الغرف المشابهة. ويشير إلى المانترا التأملية الماسونية: *Visita interiora terrae, rectificando invenies occultum lapidem*".

رمقته ساتو، وبدت وكأنّها أعجبت به تقريباً: "ومعناها؟".

"قم بزيارة باطن الأرض، وبالتصحيح، ستعثر على الحجر المخبّأ".

بدت الحدّة في نظرة ساتو وهي تسأل: "هل للحجر المخبّأ علاقة بالهرم المخبّأ؟".

هزّ لانغدون كتفيه غير راغب في تشجيعها على هذه المقارنة. قال: "أولئك الذين يحبّون إطلاق العنان لخيالهم حول الأهرامات المخبّأة في واشنطن يقولون إنّ الحجر المخبّأ يشير إلى حجـــر الهـــرم، أجـــل. بيـــنما يقول غيرهم إنّه يشير إلى حجر الفيلسوف، وهي مادّة اعتقد الخيميائيـــون أنّها تجلب لهم الحياة الأبدية أو تحوّل الرصاص إلى ذهب. ويدّعي آخرون أنّها تشير إلى قدس الأقداس، وهي غرفة حجرية مخبّأة في قلب الهيكل الأعظم. كما يظنّ البعض أنّه إشارة مسيحية إلى تعاليم القدّيس بطرس السرّية؛ الصخرة. كلٌّ يفسّر "الحجر" على هواه، ولكنّه يظلّ مصدر قوّة وتنوير".

قـــحّ أندرسون وسأل: "أمن الممكن أن يكون سولومون قد كذب على هذا الرجل؟ ربّما قال له إنّ ثمّة شيئاً هنا... بينما لا يوجد أيّ شيء في الواقع".

كانت الفكرة نفسها تراود لانغدون.

تمايلت الشمعة فجأة، وكأنّ لفحة هواء دخلت الغرفة. خفتت للحظة ثمّ سطع ضوؤها من جديد.

قال أندرسون: "هذا غريب، أتمنّى ألاّ يكون أحدهم قد أغلق الباب في الأعلى". خرج من الغرفة إلى ظلام الرواق، ونادى قائلاً: "هل من أحد هنا؟".

بالكاد لاحظ لانغدون خروجه، فقد انجذب نظره فجأة إلى الجدار الخلفي. *ما الذي حدث للتوّ؟*

سألته ساتو وهي تحدّق إلى الجدار بخوف هي أيضاً: "هل رأيت هذا؟".

هزّ لانغدون رأسه، وتسارع نبضه. *ماذا رأيت؟*

فقد بدا منذ قليل أنّ الجدار الخلفي يتمايل، وكأنّ طاقة متموّجة مرّت عبره.

عاد أندرسون إلى الغرفة وقال: "ما من أحد في الخارج". حين دخل، تمايل الجدار مجدّداً. فقفز إلى الخلف وصرخ قائلاً: "تبًّا!".

صمت الثلاثة طويلاً وهم يحدّقون إلى الحائط. انتابت لانغدون قشعريرة أخرى وهو يدرك ما يرون. مدّ يده ببطء إلى أن لمست أصابعه سطح الحائط، وقال: "إنّه ليس جداراً".

اقترب كلّ من أندرسون وساتو وأمعنا التحديق إليه.

قال لانغدون: "هذا قماش قنّب".

قالت ساتو بسرعة: "ولكنّه تموّجَ".

أجل، وعلى نحو غريب جداً. تفحّص لانغدون السطح عن كثب. فبريق القنّب كسر ضوء الشمعة بطريقة مفاجئة لأنّ القماش تموّج *بعيداً* عن الغرفة... ورفرف إلى الخلف عبر سطح الجدار الخلفي.

مدّ لانغدون أصابعه بلطف شديد وضغط القماش إلى الخلف. أجفل وارتدّت يده على الفور. *ثمّة فُتحة.*

أمرته ساتو: "أبعده جانباً".

كان قلب لانغدون ينبض بشدّة الآن. مدّ يده وأمسك بطرف الستارة، ثمّ شدّها ببطء إلى الجانب. حدّق غير مصدّق إلى ما رآه خلفها. *ربّاه.*

وقفت ساتو وأندرسون مذهولين وهما ينظران عبر فُتحة الجدار.

قالت ساتو أخيراً: "يبدو أنّنا عثرنا للتوّ على هرمنا".

الفصل 39

حدّق روبرت لانغدون إلى الفُتحة الموجودة في جدار الغرفة الخلفي. فخلف ستارة القنّب، كان ثمّة فتحة مربّعة تماماً في الجدار. كانت الفُتحة بعرض ثلاث أقدام تقريباً وبدت أنّها أُحدثت عبر إزالة عدد من الأحجار. للحظة، اعتقد لانغدون أنّ الفتحة هي نافذة تطلّ على غرفة أخرى خلفها.

ولكنّه أدرك الآن أنّها ليست كذلك.

كانت الفُتحة تمتدّ لبضع أقدام خلف الجدار قبل أن تنتهي. ذكّرت تلك الكوّة لانغدون بكوّة متحف مخصّصة لاحتواء تمثال. وبالفعل، كانت هذه الكوّة تحتوي على شيء صغير.

كان الشيء عبارة عن قطعة من الغرانيت المنحوت بطول تسعة إنشات تقريباً. سطحها متقن وأملس، مع أربع جهات مصقولة راحت تلمع في ضوء الشمعة.

لم يستطع لانغدون أن يفهم سبب وجودها هنا. *هرم حجري؟*

قالت ساتو وقد بدا عليها الرضى عن نفسها: "نظراً إلى ملامح الاستغراب التي أراها على وجهك، أفهم أنّ هذا الشيء ليس *نموذجياً* في غرفة تفكّر؟".

هزّ لانغدون رأسه نافياً.

"إذاً، ربّما كان يجدر بك إعادة تقييم ادّعاءاتك السابقة بخصوص أسطورة الهرم الماسوني المخبّأ في واشنطن؟" كان في نبرتها شيء من الاعتداد بالنفس.

أجاب لانغدون على الفور: "حضرة المديرة، هذا الهرم الصغير *ليس* الهرم الماسوني".

"أهو إذاً من محض الصدفة أن نعثر على هرم مخبّأ في قلب مبنى الكابيتول، في غرفة سرّية تنتمي إلى زعيم ماسوني؟".

فرك لانغدون عينيه، وحاول التفكير بوضوح. قال: "سيّدتي، هذا الهرم لا يشبه الأسطورة بأيّ شكل من الأشكال. إذ يُوصَف الهرم الماسوني بأنّه ضخم وقمّته مصنوعة من الذهب الخالص".

بالإضافة إلى ذلك، كان لانغدون يعرف أنّ هذا الهرم الصغير، بقمّته المسطحة، ليس هرماً *حقيقياً* حتّى. فمن دون قمّته، كان يشكّل رمزاً مختلفاً تماماً. كان يُعرف بالهرم غير المكتمل ويرمز إلى أنّ بلوغ الإنسان قدرته البشرية الكاملة هو عمل في تطوّر مستمر. ومع أنّ قليلين يدركون ذلك، كان هذا الرمز هو أكثر الرموز المنشورة على الأرض. *أكثر من عشرين مليار طبعة.* فالهرم غير المكتمل يزيّن كلّ ورقة دولار نقدية متداولة، وينتظر بصبر

حجـر قمّـته اللامع، الذي يطوف فوقه ليذكّر بقدر أميركا الذي لم يُنجز بعد والعمل الذي لا يزال بانتظارها، كبلد وكأفراد على حدّ سواء.

قالت ساتو لأندرسون، مشيرة إلى الهرم: "أحضره إلى هنا، أودّ أن أنظر إليه عن كثب". بـدأت تفسح له مجالاً على الطاولة، فأزاحت الجمجمة والعظمتين المتصالبتين جانباً من دون أيّ احترام.

بدأ لانغدون يشعر وكأنّهم لصوص قبور ينتهكون حرمة مزار خاصّ.

تجاوز أندرسون لانغدون، ومدّ يديه إلى داخل الكوّة ليمسك الهرم بكفّيه العريضتين من الجانبين. ولكنّه لم يتمكّن من رفعه من تلك الزاوية، فجرّ الهرم نحوه، ثمّ وضعه محدثاً صوتاً مكتوماً على الطاولة الخشبية، وابتعد ليفسح مجالاً لساتو.

قـرّبت المديـرة الشمعة من الهرم، وراحت تتأمّل سطحه المصقول. مرّرت أصابعها الـصغيرة ببطء فوقه، متفحّصة كلّ إنش من قمّته المسطّحة وجوانبه. أحاطته بيديها لتتحسّس الجهـة الخلفية، ثمّ عبست وقد بدت عليها الخيبة. قالت: "بروفيسور، لقد سبق وقلت إنّ الهرم الماسوني بُني لحماية معلومات سرّية".

"هذا ما ذُكِر في الأسطورة، أجل".

"إذاً، يمكنـنا القـول مـن باب الافتراض، إن كان خاطف بيتر يعتقد أنّ هذا هو الهرم الماسوني، فهو يظنّ أيضاً أنّه يحتوي على معلومات جبّارة".

هزّ لانغدون رأسه ساخطاً وقال: "أجل، مع أنّه حتّى إن وجد تلك المعلومات، فلن يتمكّن علـى الأرجـح مـن *قـراءتها*. فبحـسب الأسطورة، محتويات الهرم مشفّرة ولا يمكن فكّ رموزها... إلاّ من قِبَل الشخص الأجدر".

"عفواً؟".

على الرغم من نفاد صبر لانغدون، إلاّ أنّه أجاب بنبرة هادئة: "الكنوز الأسطورية تكون *دائمـاً* محمـية باختبارات جدارة. كما تذكرين، في أسطورة السيف والحجر، لم يتخلَّ الحجر عـن السيف إلاّ لآرثر، الذي كان مُعَدًّا روحياً لاستخدام قوّة السيف الهائلة. والهرم الماسوني يرتكـز علـى الفكرة نفسها. وفي هذه الحالة، المعلومات هي الكنز، ويُقال إنّها مكتوبة بلغة مشفّرة، لغة باطنيّة من الكلمات الضائعة، لا يقرأها سوى الشخص الجدير بها".

ارتـسمت ابتـسامة باهتة على شفتي ساتو التي قالت: "ربّما هذا يفسّر سبب استدعائك الليلة إلى هذا المكان".

"عفواً؟".

بهدوء، أدارت ساتو الهرم في مكانه 180 درجة كاملة. فلمعت الجهة الرابعة للهرم تحت ضوء الشمعة.

حدّق إليها روبرت متفاجئاً.

قالت ساتو: "يبدو أنّ أحدهم يعتقد أنّك جدير بذلك".

الفصل 40

ما الذي أخّر تريش إلى هذا الحدّ؟

نظــرت كاثرين سولومون إلى ساعتها ثانيةً. لقد نسيت أن تخبر د. أبادون عن الطريق الغــريب المؤدّي إلى مختبرها، ولكنّها لا تظنّ أنّ الظلام قد أخّرهما إلى هذا الحدّ. *كان يجب أن يصلا الآن.*

ذهــبت كاثرين إلى باب المختبر، وفتحت الباب المصفّح، ثمّ حدّقت إلى الفراغ. أصغت للحظة، ولكنّها لم تسمع شيئاً.

نادت قائلةً: "تريش؟" ولكنّ صوتها ضاع في الظلام.

كان الصمت يعمّ المكان.

أغلقــت الباب حائرةً، ثمّ تناولت هاتفها الخلوي، واتّصلت بالحارس: "معك كاثرين، هل تريش عندك؟".

أجاب الحارس من الردهة: "كلاّ، سيّدتي. لقد عادت مع ضيفك قبل عشر دقائق".

"حقًّا؟ لا أظنّ أنّهما في الصالة خمسة بعد".

"ابقي على الخطّ، سأتحقّق من الأمر". سمعت كاثرين أصابع الحارس تضرب على لوح مفاتــيح الكمبيوتــر. "أنت على حقّ. استناداً إلى بطاقة الآنسة ديون، لم تفتح بعد باب الصالة خمسة. آخر دخول لها كان قبل ثماني دقائق... إلى الصالة ثلاثة. أظنّ أنّها اصطحبت الزائر في جولة صغيرة في طريقها إليك".

عبــست كاثــرين. *هذا ما يبدو.* كان هذا غريباً بعض الشيء، ولكنّها كانت تعرف على الأقــلّ أنّ تــريش لــن تتأخّر في صالة العرض 3. *الرائحة هناك رهيبة.* "شكراً. هل وصل أخي؟".

"كلاّ، سيّدتي. ليس بعد".

"شكراً".

أقفلــت كاثــرين الخــطّ، وأحسّت بقشعريرة غير متوقَّعة. جعلها هذا الشعور المزعج تــتوقّف، ولكــن ليس طويلاً. فهذا الاضطراب نفسه انتابها حين دخلت منزل د. أبادون. كان من المحرج أن حدسها الأنثوي خذلها هناك.

قالت في نفسها، *لا داعٍ للخوف.*

الفصل 41

تأمّل روبرت لانغدون الهرم الحجري. *هذا غير معقول.*

قالت ساتو من دون أن ترفع نظرها: "لغة قديمة مشفّرة. أخبرني، هل ينطبق ذلك هنا؟".

كان على الجهة الرابعة من الهرم مجموعة من ستّة عشر حرفاً منقوشة بدقّة على السطح الناعم للحجر.

وقف أندرسون فاغراً فاه بقرب لانغدون، وكأنّ صدمة هذا الأخير انعكست على وجهه. بدا رئيس الأمن وكأنّه رأى للتوّ شيئاً من العالم الخارجي.

قالت ساتو: "بروفيسور؟ أفترض أنّك تستطيع قراءة هذا".

التفت إليها لانغدون وسأل: "لماذا تفترضين ذلك؟".

"لأنّك *أُحضرت* إلى هنا، بروفيسور. لقد تمّ اختيارك. يبدو أنّ هذا النقش هو شيفرة من نوع ما، ونظراً إلى سمعتك، من الواضح أنّك أُحضرت إلى هنا لتفكيكها".

أقرّ لانغدون أنّه بعد تجاربه في روما وباريس، تلقّى طلبات عديدة للمساعدة على حلّ بعض من الشيفرات العظيمة غير المفكّكة في التاريخ؛ القرص الفايستوسي، شيفرة دورابيلا، مخطوطة فوينتيش الغامضة.

مرّرت ساتو إصبعها على النقش وسألته: "هل يمكنك إخباري بمعنى هذه الأيقونات؟".

قال لانغدون في نفسه، *هذه ليست أيقونات، بل رموز.* لقد عرف اللغة على الفور. كانت لغة مشفّرة ترجع إلى القرن السابع عشر، وكان يعرف تماماً كيفية تفكيكها. إلاّ أنّه قال متردّداً: "سيّدتي، هذا الهرم هو من أملاك بيتر *الخاصّة*".

"خاصّة أم لا، إن كانت هذه الشيفرة هي سبب إحضارك إلى واشنطن، فأنا لا أعطيك الخيار، أريد معرفة ما مفادها".

صدرت رنّة قوية من هاتف ساتو، فأخرجته من جيبها، وتأمّلت الرسالة لبضع لحظات. كان لانغدون مدهوشاً لأنّ شبكة مبنى الكابيتول اللاسلكية الداخلية توصل خدمة الهاتف إلى هذا العمق.

همهمت ساتو، ورفعت حاجبيها، ثمّ ألقت على لانغدون نظرة غريبة.

التفتت إلى أندرسون قائلة: "حضرة الرئيس أندرسون، أودّ التحدّث إليك على انفراد، لو سمحت". أشارت المديرة إليه ليتبعها، واختفيا في الممرّ المظلم تاركَين لانغدون بمفرده في ضوء الشمعة المتمايل في غرفة بيتر المخصّصة للتفكّر.

تساءل الرئيس أندرسون متى ستنتهي هذه الليلة. *يد مبتورة في قاعة الروتوندا؟ مزار موت في قبو مبناي؟ نقوش غريبة على هرم حجريّ؟* إثر كلّ هذه الأحداث، لم تعد مباراة الريدسكينز تبدو بذات أهمية.

تبع ساتو إلى الممرّ المظلم، وأضاء مصباحه. كان الوهج ضعيفاً، ولكنّه أفضل من لا شيء. تقدّمته ساتو بضع خطوات بعيداً عن مرأى لانغدون.

همست وهي تعطيه هاتفها: "ألقِ نظرة".

تناول أندرسون الجهاز، وحدّق إلى الشاشة المضاءة. كانت تعرض صورة بالأبيض والأسود، الصورة الشعاعية لحقيبة لانغدون، التي طلب أندرسون إرسالها إلى ساتو. كما في جميع الصور الشعاعية، كانت الأشياء الأكثر كثافة تبدو بالأبيض الساطع. وفي حقيبة لانغدون، كان شيء واحد يفوق جميع الأشياء الأخرى لمعاناً. من الواضح أنّه شديد الكثافة، لأنّه كان يلمع كالجوهرة بين خليط الأشياء الأخرى. وكان شكله واضحاً.

أكان يحمل هذا طيلة الليل؟ نظر أندرسون إلى ساتو متفاجئاً وقال: "لماذا لم يذكر لانغدون هذا؟".

همست ساتو: "سؤال وجيه".

"شكله... لا يمكن أن يكون مصادفة".

قالت ساتو بنبرة غاضبة: "كلاّ، لا أظنّ ذلك".

سُمع حفيف في الممرّ جذب انتباه أندرسون. أُجفل ووجّه ضوء المصباح نحو الممرّ المظلم. لم يكشف الضوء الخافت إلاّ ممرًّا خالياً تتوزّع الأبواب على جانبيه.

قال أندرسون: "هل من أحد هنا؟".

كان الصمت يعمّ المكان.

نظرت إليه ساتو باستغراب، إذ يبدو أنّها لم تسمع شيئاً.

أصغى أندرسون أكثر، ثمّ هزّ رأسه وفكّر، *يجب أن أخرج من هنا.*

وقف لانغدون وحيداً في الغرفة، ومرّر أصابعه فوق الأحرف المنقوشة على الهرم. كان يشعر بالفضول لمعرفة معناها، ولكنّه لا يرغب بالتطفّل على خصوصيات بيتر سولومون أكثر من ذلك. *ولماذا يهتمّ ذاك المجنون بهذا الهرم الصغير على أيّ حال؟*

ارتفع صوت ساتو خلفه: "لدينا مشكلة، بروفيسور. وصلتني للتوّ معلومات جديدة، وقد سئمت من أكاذيبك".

استدار لانغدون، ورأى مديرة مكتب الأمن تدخل، هاتفها بيدها، والغضب يتأجّج في عينيها. فوجئ ونظر إلى أندرسون آملاً بالمساعدة، ولكنّ الرئيس وقف عند الباب، وكانت تعابيره غير متعاطفة. وقفت ساتو أمام لانغدون، وحملت هاتفها في وجهه.

نظر لانغدون مربكاً إلى الشاشة التي تعرض صورة معكوسة بالأسود والأبيض، وكأنّها صورة سلبية. بدا في الصورة ما يشبه خليطاً من الأشياء، ولكنّ أحدها كان يلمع بشكل ساطع جداً. ومع أنه كان منحرفاً، إلاّ أنّه بدا بوضوح أنّه هرم صغير مسنّن الرأس.

هرم صغير؟ نظر لانغدون إلى ساتو وسألها: "ما هذا؟".

بدا وكأنّ السؤال ضاعف غضب ساتو: "هل تدّعي أنّك لا تعرف؟".

ثار غضب لانغدون وقال: "أنا لا *أدّعي* شيئاً! لم يسبق لي أن رأيت هذا من قبل في حياتي!".

ارتفع صوت ساتو اللاذع في الغرفة الرطبة: "هراء! كنت تحمله في حقيبتك طيلة الوقت!".

"أنا-". صمت لانغدون قبل أن *يُتِمّ* جملته. تحوّل نظره ببطء إلى الحقيبة التي يحملها على كتفه، ثمّ عاد إلى الشاشة. *ربّاه... العلبة.* تأمّل الصورة أكثر، وبدا له الآن المكعّب الباهت الذي يحتوي على الهرم. أدرك لانغدون مذهولاً أنّه ينظر إلى صورة شعاعية لحقيبته... وأيضاً إلى علبة بيتر الغامضة المكعّبة. كان المكعّب في الواقع صندوقاً مجوّفاً... يحتوي على هرم صغير.

فتح فمه ليتحدّث، ولكنّه لم يجد ما يقول. فقد انقبض صدره وهو يكتشف أمراً جديداً؛ بسيطاً، نقيًّا، مدمّراً.

ربّاه. نظر إلى الهرم الحجري مبتور الرأس الموضوع على الطاولة. كانت قمّته مسطحة، بقعةً مربعةً صغيرةً، مكاناً فارغاً ينتظر رمزياً قطعته الأخيرة... تلك القطعة التي تحوّله من هرم غير مكتمل إلى هرم حقيقي.

أدرك لانغدون الآن أنّ الهرم الصغير الذي كان يحمله ليس هرماً على الإطلاق. *إنّه حجر القمّة.* في تلك اللحظة، أدرك لماذا لا يمكن لأحد غيره حلّ أسرار هذا الهرم.

أنا أملك القطعة الأخيرة.

وهي بالفعل... تعويذة.

حين قال بيتر للانغدون إنّ العلبة تحتوي على *تعويذة*، ضحك لانغدون. ولكنّه أدرك الآن أنّ صديقه كان على حقّ. فهذا الحجر الصغير كان تعويذة بالفعل، ولكنّه لم يكن

ســحرياً... بل من نوع أقدم بكثير. فقبل زمن طويل من اكتساب التعاويذ معانيَ سحرية، كان لها معنىً آخر: "الإكمال". فالكلمة الإنكليزية مشتقّة من الأصل اليوناني *telesma*، أي "مكتمل". وهــي تــشير إلــى أيّ شــيء أو فكرة تتمّم شيئاً أو فكرة، وتجعلها مكتملة. *العنصر المتمّم*. وبالتعبيــر الرمــزي، يُعتبر حجر القمّة التعويذة الأساسية التي تحوّل الهرم غير المكتمل إلى رمز للكمال.

شعر لانغدون الآن أنّ الأمور تتقارب على نحو غير متوقّع، وتجبره على القبول بحقيقة غــريبة: باســتثناء الحجم، يبدو أنّ الهرم الحجري في غرفة بيتر المخصّصة للتفكّر يتحوّل تدريجياً إلى هرم شبيه بالهرم الماسوني الأسطوري.

نظــراً إلــى لمعــان الحجــر في الصورة الشعاعية، شكّ لانغدون في أنّه مصنوع من المعدن... معدن *ثقيل* جداً. أهو ذهب خالص أم لا، لا يستطيع أن يعرف، ولم يكن يريد لذهنه أن يخدعــه. *هذا الهرم صغير جداً. من السهل جداً تفكيك الشيفرة. و... هذه أسطورة، بحقّ الله!*

كانت ساتو تراقبه. "بالنسبة إلى رجل لامع مثلك، بروفيسور، فقد ارتكبت أخطاءً فادحة هذه الليلة. كذبت على مديرة المخابرات؟ أعقت عن عمد تحقيقاً للسي آي أيه".

"يمكنني أن أشرح ذلك، إن سمحت لي".

"ستشرح كلّ شيء في مركز السي آي أيه. في هذه اللحظة، أنت قيد الاعتقال".

تصلّب جسد لانغدون: "لا يمكن أن تكوني جادّة".

"بــل في غاية الجدّية. لقد أوضحت لك أنّ ثمّة أموراً خطيرة على المحكّ الليلة، ولكنّك اختــرت عدم التعاون. أقترح عليك بشدّة أن تبدأ بالتفكير في معنى النقش الموجود على هذا الهــرم، لأنّــنا حين نصل إلى السي آي أيه..."، رفعت هاتفها، وأخذت لقطة للنقش الموجود على الهرم الحجري، ثمّ تابعت: "سيكون المحلّلون هناك قد بدأوا بالعمل عليه".

فتح لانغدون فمه للاعتراض، ولكنّ ساتو التفتت إلى أندرسون قائلة: "أيّها الرئيس، ضع الهــرم الحجــري فــي حقيبة لانغدون واحملها. سأتولّى اعتقال السيّد لانغدون. سلاحك، من فضلك؟".

كــان وجه أندرسون كالصخر وهو يتقدّم إلى الغرفة، ويخرج مسدّسه ليسلّمه إلى ساتو، التي وجّهته على الفور نحو لانغدون.

راقب لانغدون ما يحدث وكأنّه في حلم. *هذا مستحيل*.

اقتــرب أندرسون من لانغدون، وأخذ الحقيبة عن كتفه، ثمّ توجّه إلى الطاولة، ووضعها علــى الكرسي. فتح السحّاب، ثمّ رفع الهرم الحجري الثقيل عن الطاولة ووضعه في الحقيبة مع بطاقات ملاحظات لانغدون والعلبة الصغيرة.

فجــأةً، سُــمعت خشخشة في الرواق، ثمّ ظهر شكل رجل داكن عند المدخل، اندفع إلى داخــل الغرفة، واقترب بسرعة خلف أندرسون. لم يرَه رئيس الأمن وهو يدخل. على الفور،

خفض الغـريب كتفه، ووجّه ضربة إلى ظهر أندرسون. اندفع الرئيس إلى الأمام، وارتطم رأسـه بطـرف الكـوّة الحجرية. سقط بقوّة على الطاولة، وتطايرت العظمتان المتصالبتان والأشـياء الموضوعة عليها. تحطّمت الساعة الرملية على الأرض، وسقطت الشمعة أيضاً، ولكنّها ظلّت مشتعلة.

اسـتدارت سـاتو في خضمّ تلك الفوضى، ورفعت مسدّسها، ولكنّ الدخيل تناول عظمة السـاق، وضـرب سـاتو بها على كتفها. أطلقت صرخة ألم وسقطت إلى الخلف، فوقع منها السـلاح. ركـل القـادم المسدّس بعيداً ثمّ استدار نحو لانغدون. كان الرجل طويلاً ورشيقاً، أميركياً ذا أصول أفريقية أنيقاً، لم يرَه لانغدون من قبل.

أمره الرجل: "أحضر الهرم، واتبعني!".

الفصل 42

من الواضح أنّ الرجل الأميركي ذا الأصول الأفريقية الذي يتقدّم لانغدون في متاهة الكابيتول السفلية كان شخصاً نافذاً. فبالإضافة إلى معرفة ذلك الغريب الأنيق طريقه عبر جميع الأروقة والغرف الخلفية، كان يحمل حلقة مفاتيح بدت أنّها تفتح جميع الأبواب التي تسدّ طريقهما.

تبعه لانغدون، وراحا يصعدان بسرعة سلّماً غير مألوف. شعر في أثناء ذلك أنّ حزام حقيبته الجلدي يؤلم كتفه. فقد كان الهرم الحجري ثقيلاً جداً، وخشي لانغدون أن ينقطع الحزام.

كانت الدقائق القليلة الماضية جنونية، والآن، أحسّ لانغدون أنّه يتصرّف من دون تفكير. فقد دفعه حدسه إلى الوثوق بهذا الغريب الذي لم ينقذه من الاعتقال فحسب، بل خاطر من أجل حماية هرم بيتر سولومون الغامض. *أيًّا يكن هذا الهرم.* ومع أنّ دوافعه ظلّت غامضة، إلاّ أنّ لانغدون لمح خاتماً ذهبياً لامعاً في يده؛ خاتماً ماسونياً، يحمل صورة طائر الفينيق ذي الرأسين والعدد 33. لا شكّ في أنّ هذا الرجل وبيتر سولومون كانا أكثر من صديقين موثوقين. كانا أخوين ماسونيين ينتميان إلى أعلى المراتب.

تبعه لانغدون إلى أعلى السلّم، ومنه إلى رواق آخر، ثمّ عبرا باباً غير معرّف، ودخلا ممرًّا للأدوات. أخذا يركضان بين صناديق المؤن وأكياس النفايات، ثمّ انعطفا فجأة عبر باب للخدمات، أوصلهما إلى عالم غير متوقَّع على الإطلاق؛ مسرح سينما فخم. سار الرجل الأكبر سنًّا في المقدّمة عبر الجناح الجانبي، وخرج من الباب الرئيس إلى ردهة كبيرة مضاءة. فأدرك لانغدون أنّهما في مركز الزوّار الذي دخل منه الليلة.

لسوء الحظّ، رأى هناك ضابطاً من شرطة الكابيتول.

حين أصبحا وجهاً لوجه أمام الضابط، توقّف الرجال الثلاثة، وراحوا يحدّقون إلى بعضهم البعض. تذكّر لانغدون أنّه الضابط الإسباني الشابّ الذي كان يعمل على آلة التصوير الشعاعي.

قال الرجل الأميركي ذو الأصول الأفريقية: "حضرة الضابط نونييز، اتبعني من دون كلمة".

بدا الحارس غير مرتاح، ولكنّه أطاع بصمت.

من يكون هذا الرجل؟

أسرع الثلاثة نحو الزاوية الجنوبية الشرقية لمركز الزوّار، ووصلا إلى ردهة صغيرة تضمّ مجموعة من الأبواب الثقيلة المقفلة بأسلاك برتقالية. كانت الأبواب مختومة بشريط

لاصق، لمنع الغبار الناتج عمّا يحدث خلفها من الدخول إلى مركز الزوّار. مدّ الرجل يده، ونزع الشريط عن الباب، ثمّ بحث بين مفاتيحه، وقال للحارس: "صديقنا الرئيس أندرسون موجود في القبو السفلي. قد يكون مصاباً، اذهب وتفقّده".

"حاضر، سيّدي". بدا نونييز مربكاً وقلقاً على السواء.

"والأهمّ من ذلك، أنت لم ترَنا". عثر الرجل على المفتاح، فأخرجه من الحلقة، واستعمله لفتح المزلاج الثقيل. فتح الباب الفولاذي، وأعطى الحارسَ المفتاح. "أقفل هذا الباب خلفنا، وأعد الشريط اللاصق إلى مكانه قدر الإمكان. ضع المفتاح في جيبك، ولا تتفوّه بكلمة *لأيٍّ كان*، بمن في ذلك الرئيس. أهذا واضح، أيّها الضابط نونييز؟".

نظر الحارس إلى المفتاح وكأنّه يؤتمن على جوهرة ثمينة، وأجاب: "أجل، سيّدي".

أسرع الرجل يعبر الباب، وتبعه لانغدون. أقفل الحارس المزلاج الثقيل خلفهما، وسمعه لانغدون وهو يعيد وضع الشريط اللاصق.

قال الرجل وهما يسيران بسرعة في ممرّ بدا حديثاً، ومن الواضح أنّه قيد البناء: "بروفيسور لانغدون، أنا أدعى وارن بيلامي، وبيتر سولومون هو صديق عزيز".

فوجئ لانغدون، وألقى نظرة استغراب إلى الرجل. *أنت وارن بيلامي؟* لم يسبق أن التقى لانغدون بمهندس الكابيتول من قبل، ولكنّه يعرف بالطبع اسم الرجل.

قال بيلامي: "بيتر يقدّرك كثيراً، وأنا آسف لأنّنا التقينا في هذه الظروف الرهيبة".

"بيتر واقع في ورطة كبيرة. يده...".

قال بيلامي بحزن: "أعرف. وأخشى أنّ هذا ليس كلّ شيء".

وصلا إلى نهاية القسم المضاء من الرواق الذي انعطف فجأة إلى اليسار. كان الجزء الباقي منه دامس الظلام.

قال بيلامي: "انتظر قليلاً"، واختفى في غرفة كهربائية مجاورة برزت منها مجموعة متشابكة من الأسلاك البرتقالية السميكة، امتدّت بعيداً عنهما في ظلام الممرّ. انتظر لانغدون، بينما راح بيلامي يبحث في الداخل. ويبدو أنّ المهندس وجد المحوّل الذي يوصل الطاقة إلى الأسلاك، لأنّ الطريق أمامهما أضيء فجأة.

نظر لانغدون مبهوراً.

كانت العاصمة واشنطن، شأنها شأن روما، مدينة مليئة بالممرّات السرّية والأنفاق الممتدّة تحت الأرض. وهذا الممرّ ذكّر لانغدون بالنفق الذي يربط الفاتيكان بقصر سان أنجيلو. *طويل، داكن، ضيّق*. ولكن خلافاً لذلك النفق القديم، كان هذا الممرّ حديثاً ولكنّه غير مكتمل، وكان طويلاً إلى حدّ أنّه بدا وكأنه لا يُوصِل إلى أيّ مكان عند نهايته البعيدة. والإضاءة الوحيدة كانت تتلخّص في حبل من أزرار الإنارة المتقطّعة المستعملة في أعمال البناء، والتي ضاعفت من طول النفق.

سبقه بيلامي قائلاً: "اتبعني وراقب خطواتك".

راح لانغدون يسير خلف بيلامي، متسائلاً إلى أين يؤدّي هذا النفق.

فـــي تلـــك اللحظة، خرج مالأخ من الصالة 3، ومشى بسرعة في الممرّ الرئيس الخالي لمركـــز الـــدعم متوجّهاً إلى الصالة 5. كان يمسك بطاقة تريش في يده وهو يهمس: "صفر-ثمانية-صفر-أربعة".

كـــان ثمّـــة أمـــر آخـــر يدور في ذهنه أيضاً. فقد تلقّى للتوّ رسالة مستعجلة من مبنى الكابيتول. *واجه معاوني صعوبات غير متوقّعة.* مع ذلك كانت الأنباء مشجّعة: أصبح روبرت لانغـــدون يملك الآن الهرم وحجر القمّة على السواء. وعلى الرغم من الطريقة غير المتوقّعة التي تمّت فيها الأمور، إلاّ أنّ الأجزاء الأساسية كانت تأخذ مكانها، وكأنّ القدر نفسه هو الذي يوجّه أحداث الليلة ليضمن انتصار مالأخ.

الفصل 43

أسرع لانغدون كي يلحق بخطى وارن بيلامي وهما يسيران بصمت في النفق الطويل. بدا أنّ همّ المهندس منصبّ حالياً على إبعاد الهرم الحجري عن ساتو قدر الإمكان، قبل أن يشرح للانغدون ما يجري. وكان لانغدون يخشى أن يكون ما يحدث أكثر خطورة ممّا يتخيّل.

السي آي أيه؟ مهندس الكابيتول؟ ماسونيّان من الدرجة الثالثة والثلاثين؟

اخترق رنين هاتف لانغدون الصمتَ. أخرج هاتفه من جيبه، وأجاب متردّداً: "ألو؟".

أجابه الصوت الهامس المخيف والمألوف: "بروفيسور، سمعت أنّ لديك صحبة غير متوقّعة".

أحسّ لانغدون برعشة برد. سأله: "أين بيتر، بربّك؟!" وتردّدت أصداء كلماته في النفق المغلق. نظر إليه وارن بيلامي الذي بدا قلقاً، وأشار إليه بمتابعة السير.

أجاب المتحدّث: "لا تقلق، كما قلت لك، بيتر في مكان آمن".

"بالله عليك، لقد بترت يده! إنّه بحاجة إلى طبيب!".

أجاب الرجل: "إنّه بحاجة إلى كاهن، ولكنّك تستطيع إنقاذه. إن نفّذت ما أطلبه، سيظلّ بيتر على قيد الحياة. أعدك بذلك".

"إنّ وعد شخص مجنون لا يعني لي شيئاً".

"مجنون؟ بروفيسور، لا بدّ من أنّك لاحظت مدى احترامي للبروتوكولات القديمة الليلة. يد الأسرار قادتك إلى باب، ووجدتَ الهرم الذي يَعد بكشف الحكمة القديمة. أعرف أنّه معك".

سأله لانغدون: "أتظنّ أنّ هذا هو الهرم الماسوني؟ إنّه مجرّد صخرة".

صمت الرجل ثمّ قال: "سيّد لانغدون، أنت ذكي جداً لتلعب دور الغبي. أنت تعلم جيّداً ما الذي اكتشفتَه الليلة؛ هرماً حجريًّا... مخبّأً في قلب العاصمة واشنطن... من قبل ماسوني نافذ؟".

"أنت تطارد *أسطورة*! أيًّا يكن ما قاله لك بيتر، فقد تحدّث تحت الضغط. أسطورة الهرم الماسوني هي من نسج الخيال. فالماسونيون لم يبنوا أيّ هرم على الإطلاق لحماية حكمة سرّية. وحتّى إن فعلوا، هذا الهرم صغير جداً مقارنةً بهرم الأسطورة".

ضحك الرجل قائلاً: "أرى أنّ بيتر لم يخبرك بالكثير. مع ذلك، سيّد لانغدون، سواء أقبلت بماهية ما تملكه الآن أم لا، فستنفّذ ما أقول. أنا أعلم أنّ الهرم الذي معك يحمل رموزاً منقوشة. ستفكّك لي تلك الرموز، وحينها فقط، أعيد بيتر سولومون إليك".

قال لانغدون: "أيًّا يكن ظنّك، فإنّ هذه النقوش لن تكشف الأسرار القديمة".

"بالطبع لا. الأسرار القديمة واسعة جداً لتُكتب على جانب هرم حجري صغير".

فوجئ لانغدون بالجواب. قال: "ولكن إن كان هذا النقش ليس الأسرار القديمة، فإنّ هذا الهرم ليس الهرم الماسوني. الأسطورة تفيد بوضوح أنّ الهرم الماسوني بُني لحماية الأسرار القديمة".

بـدأت نبـرة الرجل تزداد حدّة: "سيّد لانغدون، لقد بُني الهرم الماسوني لحفظ الأسرار القديمـة، ولكـن يبدو أنّك لم تفهم بعد. ألم يخبرك بيتر أبداً؟ قوّة الهرم الماسوني لا تكمن في كونه يكشف الأسرار نفسها... بل *الموقع السرّي الذي دُفنت فيه الأسرار*".

فوجئ لانغدون.

تابـع الـرجل: "فكّك الرموز، وستعرف مخبأ أعظم كنوز البشرية". ضحك ثمّ أضاف: "بيتر لم يأتمنك على *الكنز نفسه*، بروفيسور".

توقّف لانغدون فجأة في النفق، وقال: "مهلاً، هل تعني أنّ الهرم هو... *خريطة*؟".

توقّف بيلامي أيضاً، وبدا على وجهه الصدمة والخوف. من الواضح أنّ المتّصل عزف على وتر حسّاس. *الهرم هو خريطة*.

همـس الرجل: "هذه الخريطة، أو الهرم، أو الباب، أو مهما أردت تسميته... وُضع منذ وقت طويل لضمان عدم نسيان مخبأ الأسرار القديمة... عدم ضياعه عبر الزمن".

"إنّ شبكة من ستّة عشر رمزاً لا تشبه الخرائط".

"المظاهر خدّاعة، بروفيسور. ولكن بغضّ النظر عن ذلك، أنت وحدك القادر على قراءة تلك الكتابة".

ردّ لانغـدون وهـو يتذكّـر الشيفرة البسيطة: "أنت مخطئ، يمكن لأيٍّ كان قراءة هذا النقش. فهو ليس شديد التعقيد".

"أظنّ أنّ الهرم يخبّئ أكثر ممّا تراه العين. بغضّ النظر، أنت وحدك تملك حجر القمّة".

تخيّـل لانغـدون حجر القمّة الصغير الموجود في حقيبته. *النظام من الفوضى*. لم يعد يعرف ما يصدّق بعد الآن، ولكنّ الهرم الحجري في حقيبته كان يزداد ثقلاً مع كلّ لحظة.

ضغط مـالأخ الهاتف الخلوي على أذنه، مستمتعاً بصوت أنفاس لانغدون القلقة على الطرف الآخر. قال: "لديّ الآن عمل بانتظاري، بروفيسور، وكذلك أنت. اتّصل بي حين تفكّك شيفرة الخريطة، سـنذهب معـاً إلى المخبأ ونقوم بالتبادل. حياة بيتر... مقابل كلّ حكمة العصور".

قال لانغدون: "لن أفعل شيئاً، لا سيّما من دون دليل على أنّ بيتر حيّ".

"أقترح عليك عدم اختباري. أنت لست سوى قطعة صغيرة في آلة هائلة. إن عصيتني، أو حاولت إيجادي، فسيموت بيتر. أقسم بذلك".

"على حدّ علمي، بيتر ميت أساساً".

175

"إنّه حيّ جداً، بروفيسور، ولكنّه بحاجة ماسّة إلى مساعدتك".

صرخ لانغدون عبر الهاتف: "ما الذي تبحث عنه؟".

صمت مالأخ قبل أن يجيب: "سعى كثيرون وراء الأسرار القديمة، وتجادلوا حول قوّتها. الليلة، سأثبت أنّ الأسرار حقيقية".

صمت لانغدون.

قال مالأخ: "أقترح عليك أن تبدأ العمل على الخريطة فوراً. أريد تلك المعلومات *اليوم*".

"اليوم؟! لقد تجاوزت الساعة التاسعة!".

"بالضبط. *Tempus fugit*، الوقت يمضي".

الفصل 44

كان رئيس التحرير النيويوركي جوناس فوكمان يطفئ أنوار مكتبه في مانهاتن حين رنّ هاتفــه. لم تكن لديه النية بالإجابة في هذه الساعة، إلى أن رأى رقم المتّصل. قال في نفسه، *هذا جيّد*، ورفع السمّاعة.

سأل فوكمان بنبرة شبه جادّة: "أما زلنا ننشر لك؟".

بـــدا صوت روبرت لانغدون قلقاً وهو يجيب: "جوناس! الحمد لله أنّك هناك. أحتاج إلى المساعدة".

ارتفعت معنويات فوكمان وقال: "لديك صفحات للنشر، روبرت؟" *أخيراً؟*

"كـــلاّ، أحـــتاج إلـــى معلـــومات. فـــي العام الماضي عرّفتك إلى عالمة تدعى كاثرين سولومون، شقيقة بيتر سولومون!".

عبس فوكمان. *ما من صفحات.*

"كانت تبحث عن ناشر لكتاب حول العلوم العقلية، هل تذكرها؟".

نظـــر فـــوكمان إلى الأعلى وأجاب: "أجل، أذكرها. وأشكرك كثيراً على تعريفي إليها. فهي لم ترفض السماح لي بقراءة نتائج بحثها فحسب، بل رفضت أيضاً نشر أيّ شيء قبل أن يحين موعد عجيب في المستقبل".

"جوناس، أصغِ إليّ، لا أملك الوقت. أريد رقم هاتف كاثرين فوراً، هل هو لديك؟".

"أنا أحذّرك... أنت تتصرّف مثل شخص يائس. صحيح أنّها جذّابة جداً، ولكنّك لن تؤثّر فيها-".

"أنا لا أمزح جوناس، أريد رقمها على الفور".

"حـــسناً... انتظـــر لحظة". كان فوكمان ولانغدون صديقين مقرّبين منذ سنوات طويلة، وكـــان فوكمان يعرف متى يكون لانغدون جادًّا. طبع جوناس اسم كاثرين سولومون في إطار البحث في خادم بريد الشركة.

قـــال فوكمان: "أنا أبحث عنه. ولكن حين تتّصل بها، من الأفضل ألاّ تتحدّث من حوض السباحة في هارفرد. تبدو وكأنّك في مأوى".

"أنا لست في حوض السباحة. أنا في نفق تحت مبنى الكابيتول".

شعر فوكمان من صوت لانغدون أنّه لا يمزح. *ما خطب هذا الرجل؟* "روبرت، لماذا لا تبقـــى فـــي منزلك *وتكتب*؟" صدرت رنّة عن الكمبيوتر فقال: "حسناً، وجدته. يبدو وكأنّني لا أملك سوى رقم هاتفها الخلوي".

"أعطني إيّاه".

أعطاه فوكمان الرقم.

قال لانغدون بامتنان: "شكراً جوناس. أنا مدين لك".

"أنت مدين لي بمقالة يا روبرت. هل لديك فكرة منذ متى–".

قُطع الخطّ.

حدّق فوكمان إلى السمّاعة، وهزّ رأسه. لا شكّ في أنّ نشر الكتب أسهل بكثير من دون كتّاب.

الفصل 45

فوجئت كاثرين سولومون حين رأت اسم المتّصل. توقَّعت أن يكون الاتّصال من تريش لتشرح لها سبب تأخّرها هي وكريستوفر أبادون. ولكنّ المتّصل لم يكن تريش.

كان شخصاً مختلفاً تماماً.

ارتسمت ابتسامة دافئة على شفتي كاثرين. *هل يمكن لهذه الليلة أن تزداد غرابة؟* فتحت هاتفها.

قالت مداعبة: "لا تقل لي، أعزب مولع بالكتب يسعى وراء عالمة عقلية عزباء؟".

قال لانغدون بصوته العميق: "كاثرين! الحمد لله أنّك بخير".

أجابت مستغربة: "بالطبع أنا بخير، باستثناء أنّك لم تتّصل بي إطلاقاً بعد حفل بيتر في الصيف الماضي".

"لقد حدث شيء الليلة. أصغي إليّ من فضلك". بدا صوته الناعم عادةً متعباً، تابع قائلاً: "آسف لإخبارك بذلك... ولكنّ بيتر واقع في ورطة كبيرة".

اختفت ابتسامة كاثرين: "ماذا قلت؟".

تردّد لانغدون وكأنّه يحاول اختيار كلماته: "بيتر... لا أعرف كيف أقولها ولكنّه... *أُخذ*... لست واثقاً كيف أو من قبل من، ولكن-".

سألته كاثرين: "أُخذ؟ روبرت، أنت تخيفني. أُخذ... إلى أين؟".

"أُخذ رهينة". صمت ثمّ تابع: "لا بدّ من أنّ هذا الأمر حدث اليوم أو ربّما البارحة".

قالت غاضبة: "هذا ليس مضحكاً، أخي بخير. تحدّثت إليه منذ ربع ساعة!".

"حقًّا؟!" بدا لانغدون مذهولاً.

"نعم! وصلتني منه رسالة منذ قليل يقول فيها إنّه آتٍ إلى المختبر".

فكّر لانغدون بصوت عالٍ قائلاً: "أرسل إليك *رسالةً*... ولكنّك لم تسمعي *صوته*؟".

"كلاّ، ولكن-".

"أصغي إليّ. الرسالة التي وصلتك لم تكن من أخيك. أحدهم يملك هاتف بيتر وهو خطر. لقد خدعني للمجيء إلى واشنطن الليلة".

"خدعك؟ أنا لا أفهم شيئاً!".

"أعرف، أنا آسف جداً". بدا لانغدون مربكاً على غير عادة: "كاثرين، أظنّ أنّك في خطر".

لم تكن كاثرين سولومون أكيدة من أنّ لانغدون يمزح في أمور كهذه، ولكنّه بدا وكأنّه فقد عقله. قالت: "أنا بخير، أنا موجودة في مبنى آمن!".

"اقرأي لي رسالة بيتر من فضلك".

فتحت كاثرين الرسالة بحيرة وقرأتها للانغدون. شعرت بقشعريرة حين وصلت إلى الجزء الأخير الذي يشير إلى د. أبادون. "اطلبي من د. أبادون الانضمام إلينا إن كان قادراً. أنا أثق به تماماً...".

بدا الخوف في صوت لانغدون وهو يقول: "ربّاه... هل دعوت هذا الرجل إلى الداخل؟".

"أجل! ذهبت مساعدتي للتوّ إلى الردهة لإحضاره. أتوقّع عودتهما بين-".

صرخ لانغدون: "كاثرين، اخرجي من هناك! فوراً!".

في الجهة الأخرى من مركز الدعم، داخل حجرة الأمن، رنّ الهاتف وطغى صوته على الأصوات الصادرة عن مباراة الريدسكينز. نزع الحارس السمّاعات عن أذنيه على مضض مرّة أخرى.

أجاب: "معك كايل، من الردهة".

"كايل، أنا كاثرين سولومون!" بدا صوتها قلقاً وكانت تلهث.

"سيّدتي، لم يصل شقيقك بعد-".

سألته: "أين تريش؟! هل تراها على شاشات المراقبة؟".

أدار الحارس رأسه لينظر إلى الشاشات. سألها: "ألم تصل إلى المكعّب بعد؟".

صرخت كاثرين بصوت مذعور: "لا!".

أدرك الحارس الآن أنّ كاثرين تلهث، وكأنّها تركض. *ما الذي يجري هناك؟*

شغّل بسرعة جهاز الفيديو، وراح يمرّر الفيلم الرقمي بسرعة. "حسناً، مهلاً، أنا أعيد الشريط... أرى تريش مع ضيفك يغادران الردهة... يسيران في *الشارع*... أنا أسرّع الشريط... حسناً، دخلا الصالة الرطبة... تريش تستعمل بطاقتها لفتح الباب... دخلا الصالة... أنا أسرّع الشريط... حسناً، خرجا من الصالة الرطبة قبل دقيقة... إنّهما يسيران إلى الأمام..." أمال رأسه، ثمّ بطّأ الفيلم. "انتظري لحظة. هذا غريب".

"ماذا؟".

"خرج الرجل بمفرده من الصالة الرطبة".

"هل بقيت تريش في الداخل؟".

"نعم، هذا ما يبدو. أرى ضيفك الآن... إنّه في الرواق بمفرده".

سألته كاثرين مذعورة: "*أين تريش؟*".

أجاب، وقد بدأ القلق يتسلّل إلى صوته: "لا أراها على الفيديو". نظر إلى الشاشة ولاحظ أنّ أكمام الرجل تبدو رطبة... حتّى المرفقين. *ما الذي فعله في الصالة الرطبة بحقّ الله؟* راقبه الحارس بينما راح يسير في الممرّ الرئيس نحو الصالة 5، ممسكاً بإحكام ما بدا وكأنّه... بطاقة.

شعر الحارس ببدنه يقشعرّ وقال: "آنسة سولومون، نحن في ورطة".

كانت الليلة حافلة بالأحداث غير المسبوقة بالنسبة إلى كاثرين سولومون.

فخلال عامين، لم يسبق لها أن استعملت هاتفها داخل الصالة المظلمة، ولم يسبق لها أن عبرتها ركضاً. ولكنّها كانت في تلك اللحظة تتحدّث عبر الهاتف وهي تركض بأقصى سرعتها على السجادّة. وكلّما انحرفت قدمها عنها، عادت إلى الوسط وهي تسابق الزمن في الظلام الدامس.

سألت الحارس لاهثة: "أين هو الآن؟".

أجاب: "أنا أتحقّق، أسرّع الشريط... في الواقع، إنّه يسير في الرواق... متّجهاً إلى الصالة خمسة...".

ضاعفت كاثرين سرعتها آملة في الوصول إلى المخرج قبل أن تعلق هنا: "كم بقي له قبل أن يصل إلى باب الصالة خمسة؟".

صمت الحارس ثمّ قال: "سيّدتي، أنت لا تفهمين. أنا لا أزال أسرّع الشريط، أعيد عرض فيلم مسجّل. هذا *سبق* وحدث". صمت ثمّ أضاف: "مهلاً، سأتحقّق من شاشة الدخول". صمت مجدّداً ثمّ قال: "سيّدتي، أظهرت بطاقة الآنسة ديون أنّ الدخول إلى الصالة خمسة تمّ منذ دقيقة تقريباً".

خفّفت كاثرين سرعتها ثمّ توقّفت وسط الظلام. همست عبر الهاتف: "سبق ودخل الصالة خمسة؟".

كان الحارس يطبع مذعوراً: "أجل، يبدو أنّه دخل... منذ تسعين ثانية".

تصلّب جسد كاثرين، وحبست أنفاسها. بدا وكأنّ الظلام أصبح فجأة حيًّا من حولها.

إنّه هنا معي.

أدركت كاثرين على الفور أنّ الضوء الوحيد في المكان كلّه يصدر عن هاتفها ويضيء جانب وجهها. همست للحارس: "اطلب المساعدة واذهب إلى الصالة الرطبة لمساعدة تريش". ثمّ أغلقت هاتفها وانطفأ النور.

حلّ الظلام التامّ من حولها.

وقفت جامدة وهي تتنفّس بأسرع ما يمكن. بعد بضع ثوانٍ، هبّت رائحة إيثانول من الظلام أمامها، ثمّ ازدادت الرائحة قوّة. شعرت بوجود أحد على بعدٍ أقدام عدّة أمامها على السجادة. في الصمت الذي يلفها، بدت ضربات قلب كاثرين عالية بما يكفي لتكشف مكانها. خلعت حذاءها بصمت وخطت إلى اليسار، مبتعدة عن السجادة. شعرت بالإسمنت البارد تحت قدميها. أخذت خطوة أخرى للابتعاد عن السجادة.

طقطق أحد أصابع قدميها.

بدا الصوت وكأنّه طلقة رصاص في ذلك السكون.

علـــى بعـــد بضع ياردات فقط، سمعت فجأة حفيف ملابس في الظلام. ابتعدت كاثرين متأخـــرة، ذلـــك أنّ ذراعاً قوية امتدّت إليها، وحاولت يدان عنيفتان التقاطها. استدارت حين شعرت بيد قوية تقبض على رداء المختبر، وتشدّها إلى الخلف، فتجبرها على الاستدارة.

مدّت كاثرين ذراعيها إلى الخلف، فخُلع الرداء، وتحرّرت. فجأة، ومن دون أن تملك أيّ فكرة عن اتّجاه الباب، وجدت نفسها تركض على غير هدى في تلك اللجّة السوداء.

الفصل 46

مع أنّ مكتبة الكونغرس تحتوي على ما يسمّى "أجمل قاعة في العالم"، إلاّ أنّها معروفة بمجموعة كتبها الهائلة أكثر من جمالها الأخّاذ. برفوفها التي يبلغ طولها أكثر من خمسمئة ميل، وهي المسافة الفاصلة بين العاصمة واشنطن وبوسطن، حازت بسهولة على لقب أكبر مكتبة على وجه الأرض. ومع ذلك، لا تزال تتوسّع بوتيرة تفوق عشرة آلاف كتاب في اليوم.

كانت المكتبة في البداية مخزناً لمجموعة توماس جيفرسون الخاصّة للكتب العلمية والفلسفية، وظلّت رمزاً لالتزام أميركا بنشر المعرفة. كانت من أولى الأبنية في واشنطن التي احتوت على مصابيح كهربائية، فشعّت بالفعل مثل منارة في ظلام العالم الجديد.

أُسّست مكتبة الكونغرس، كما يشير اسمها، من أجل خدمة الكونغرس، الذي كان أعضاؤه الموقّرون يعملون في مبنى الكابيتول المقابل. وازدادت قوّة هذا الرابط القديم بين المكتبة والكابيتول مؤخّراً من خلال بناء رابط حسّي، تمثّل في نفق طويل تحت شارع إنديباندنس الذي يربط المبنيين.

الليلة، وداخل هذا النفق المعتم، تبع روبرت لانغدون وارن بيلامي عبر منطقة البناء، محاولاً قمع قلقه المتعاظم على كاثرين. *ذاك المجنون في مختبرها؟!* لم يشأ لانغدون حتّى أن يتخيّل السبب. حين اتّصل بها لانغدون لتحذيرها، قال لها بالضبط أين تلقاه قبل أن يقفل الخطّ. كم *سيطول هذا النفق اللعين بعد؟* كان رأسه يؤلمه الآن، يخفق فيه بحر من الأفكار: كاثرين، بيتر، الماسونيون، بيلامي، الأهرامات، الأسطورة القديمة... الخريطة.

طرد لانغدون جميع تلك الأفكار، وحثّ خطاه. *وعدني بيلامي بإجابات.*

حين وصل الرجلان إلى آخر الممرّ، قاد بيلامي لانغدون عبر باب مزدوج لا يزال قيد الإنشاء. وبما أنّ بيلامي لم يجد طريقة لإقفال الأبواب غير المنجزة خلفهما، أخذ يرتجل. فأمسك بسلّم من الألومنيوم من بين معدّات البناء، وأسنده بحذر إلى الجهة الخارجية للباب، ثمّ وضع دلواً معدنياً على قمّته. إن قام أحدهم بفتح الباب، سيسقط الدلو على الأرض محدثاً صوتاً عالياً.

أهذا نظام الإنذار؟

نظر لانغدون إلى الدلو الموضوع في الأعلى، إذ كان يأمل أن يأتي بيلامي بخطّة أفضل للحفاظ على أمنهما الليلة. لقد حدث كلّ شيء بسرعة رهيبة، وقد بدأ لانغدون للتوّ باستيعاب انعكاسات هربه مع بيلامي. *أنا هارب من السي آي أيه.*

سار بيلامي في المقدّمة، وانعطف عند زاوية، ثمّ بدأا يصعدان سلّماً عريضاً مطوّقاً بالأسلاك البرتقالية. كانت حقيبة لانغدون تُثقل كاهله. قال: "الهرم الحجري. لم أفهم بعد-".

قاطعه بيلامي قائلاً: "ليس هنا، سنتفحّصه في الضوء. أعرف مكاناً آمناً".

شكّ لانغدون في وجود مكان كهذا بالنسبة إلى شخص قام للتوّ بالتهجّم جسدياً على مدير مكتب الأمن التابع للسي آي أيه.

حين وصل الرجلان إلى أعلى السلّم، دخلا ردهة عريضة من الرخام الإيطالي والجصّ وصفائح الذهب. كانت القاعة تحتوي على ثمانية أزواج من التماثيل، جميعها تصوّر مينيرفا. حثّ بيلامي خطاه، واصطحب لانغدون شرقاً نحو مدخل تعلوه قنطرة، دخلا منه قاعة أكثر اتّساعاً.

حتّى في الضوء الخافت الذي ينير المكان بعد دوام العمل، بدت قاعة المكتبة الكبرى تتألّق بعظمتها الكلاسيكية التي تضاهي قصراً أوروبياً فخماً. على ارتفاع خمس وسبعين قدماً فوقهما، كانت النوافذ الزجاجية الملونة تتلألأ بين العوارض المزخرفة لصفائح الألومنيوم النادرة، وهو معدن اعتبر في الماضي أثمن من الذهب.

تحتها، أحاطت سلسلة من الأعمدة المهيبة بشرفة الطابق الثاني، الذي يتمّ الوصول إليه عبر سلّمين رائعين مع تمثالين أنثويّين ضخمين من البرونز، يرفعان شعلة التنوير.

في محاولة غريبة لعكس موضوع التنوير الحديث من دون الخروج عن زخرفة هندسة عصر النهضة، نُحتت أعمدة السلّم لتصوّر علماء العصر الحديث على شكل كوبيد. *كهربائي ملائكي يحمل هاتفاً؟ عالم حشرات على شكل طفل ملاك يحمل صندوق عيّنات؟* تساءل لانغدون عن رأي بيرنيني لو أنّه رأى ذلك.

قال بيلامي: "سنتحدّث هنا"، وقاد لانغدون عبر خزائن العرض المقاومة للرصاص التي تحتوي على أهم الكتب في المكتبة؛ إنجيل ماينز الضخم، المكتوب بخطّ اليد في خمسينيات القرن الخامس عشر، نسخة أميركا عن إنجيل غوتينبيرغ، واحدة من ثلاث نسخ كاملة من ورق الرقّ موجودة في العالم. كان السقف المقبّب فوقهما يعرض لوحة جون وايد ألكسندر الممتدّة على ستّة ألواح والتي تحمل عنوان *تطوّر الكتاب*.

توجّه بيلامي مباشرةً إلى باب مزدوج فخم في الجدار الخلفي للرواق الشرقي. كان لانغدون يعرف الغرفة التي تقع خلف الباب، ولكنّها بدت مكاناً غريباً للتحدّث. فبغضّ النظر عن التكلّم في مكان مليء بلافتات كُتب عليها "الرجاء التزام الصمت"، بالكاد بدت الغرفة "مكاناً آمناً". فتلك القاعة الواقعة في وسط المبنى المصمّم على شكل صليب، تمثّل قلب المبنى. والاختباء فيها هو أشبه بدخول كاتدرائية والاختباء على المذبح.

مع ذلك، فتح بيلامي الباب ودخل إلى القاعة المظلمة ثمّ تلمّس الجدار بحثاً عن أزرار النور. حين أضاء المصابيح، ظهرت أمامهما إحدى أعظم التحف الهندسية في أميركا.

بدت قاعة المطالعة أشبه بمأدبة للحواس. كانت عبارة عن غرفة ذات ثمانية أضلاع، يبلغ ارتفاعها في الوسط 160 قدماً. جدرانها الثمانية مكسوّة برخام تينيسي البنّي، ورخام سيينا قشدي اللون، والرخام الجزائري الأحمر. وبما أنّها مضاءة من ثماني زوايا، لم يكن ثمّة ظلال فيها، ما يعطي انطباعاً أنّ القاعة نفسها كانت تتلألأ.

قال بيلامي وهو يقود لانغدون إلى الداخل: "يقول البعض إنّها أروع قاعة في واشنطن".

فكّـر لانغـدون وهو يجتاز العتبة، *لا بل ربّما في العالم بأسره*. كالعادة، نظر أوّلاً إلى الأعلـى، نحو الطوق المركزي الشاهق الذي تنحدر منه صناديق مزيّنة بزخرفة عربية على طـول القـبّة نحو شرفة علوية. ويحيط بالقاعة ستّة عشر تمثالاً برونزياً. تحتهما، كانت تمتدّ شـرفة سـفلية رائعـة مزيّنة بالقناطر. وفي الطابق الأرضي، كان ثمّة ثلاث دوائر أحادية المركز من الطاولات الخشبية اللامعة المحيطة بالمكتب الضخم مثمّن الأضلاع.

حـوّل لانغدون انتباهه إلى بيلامي، الذي راح يفتح باب القاعة المزدوج. قال لانغدون مربكاً: "ظننت أنّنا نختبئ".

قال بيلامي: "أريد أن أسمع حين يدخل أحدهم المبنى".

"ولكن، ألن يعثروا علينا على الفور هنا؟".

"أيـنما اختبأنا، فسيجدوننا. ولكن إن حاصرَنا أحد في هذا المبنى، ستُسرّ لأنّني اخترت هذه القاعة".

لـم يفهم لانغدون السبب، ولا يبدو أنّ بيلامي مستعدّ للشرح. فقد توجّه إلى وسط القاعة واخـتار إحدى طاولات المطالعة. سحب مقعدين، وأضاء مصباح القراءة، ثمّ أشار إلى حقيبة لانغدون.

"حسناً، فلنلقِ عليها نظرة عن كثب".

لم يشأ لانغدون أن يخدش سطح الهرم الأملس بالغرانيت الخشن، فوضع الحقيبة بأكملها علـى الطاولـة وفـتحها، ثـمّ أبعـد جانبيها إلى الأسفل لكشف الهرم. عدّل بيلامي وضعية المصباح، وراح يتفحّص الهرم بدقّة. مرّر أصابعه على النقش غير المألوف.

سأل بيلامي: "أظنّ أنّك تعرف هذه اللغة؟".

أجاب لانغدون وهو يتأمّل الرموز الستّة عشر: "بالطبع".

تُعـرف هذه اللغة بالشيفرة الماسونية، وقد استُعملت في الاتّصالات السرّية بين الأخوة الماسـونيين الأوائـل. إلاّ أنّ استعمالها توقّف منذ وقت طويل لسبب بسيط، ألا وهو سهولة تفكـيكها. فبإمكان معظم طلاب لانغدون في مادّة علم الرموز التي تُعطى في السنة الدراسية

الأخيـــرة أن يفكّكـــوا هذه الشيفرة في خمس دقائق. ويستطيع لانغدون تفكيكها في ستّين ثانية بواسطة قلم وورقة.

في الواقع، ثمّة مفارقتان في هذه الكتابة الرمزية القديمة المعروفة بسهولة تفكيكها. أوّلاً، كان الادّعاء أنّ لانغدون هو الشخص الوحيد على وجه الأرض القادر على حلّها ادّعاءً غير صحيح. ثانياً، قول ساتو إنّ شيفرة ماسونية هي قضيّة أمن وطني كانت أشبه بالقول إنّ رموز إطلاق صواريخنا النووية مشفّرة بتلك اللغة. ولا يزال لانغدون غير مقتنع بأيّ من ذلك. *هذا الهرم هو خريطة؟ يشير إلى حكمة العصور الضائعة؟*

قـال بيلامـي بــصوت جادّ: "روبرت، هل أخبرتك المديرة ساتو بسبب اهتمامها بهذه القضية؟".

هـزّ لانغدون رأسه نافياً: "ليس تحديداً. كانت تردّد طيلة الوقت أنّها قضية أمن وطني. أظنّها تكذب".

قـال بيلامي وهو يفرك عنقه من الخلف: "ربّما"، وبدا وكأنّه يتصارع مع فكرة معيّنة. "ولكـنّ ثمّة احتمالاً أكثر خطورة بكثير". التفت لينظر إلى لانغدون وأضاف: "من الممكن أن تكون المديرة ساتو قد اكتشفت القوّة الفعلية لهذا الهرم".

186

الفصل 47

كان الظلام الذي يلفّ كاثرين سولومون دامساً.

بعد أن هربت من أمان السجّادة، راحت تركض على غير هدى إلى الأمام، ولم تكن يداها الممدودتان أمامها تلمسان شيئاً عدا الفراغ. تحت قدميها المكسوّتين بالجوربين، شعرت بالإسمنت البارد وكأنّه بحيرة متجمّدة... مكان مجهول تحتاج إلى الهروب منه.

لم تعد تشتمّ رائحة الإيثانول، فتوقّفت وانتظرت في الظلام. وقفت ساكنةً وأصغت، وتمنّت لو أنّ قلبها يتوقّف عن الخفقان بتلك القوّة. بدا لها أنّ الخطى الثقيلة التي كانت خلفها توقّفت. *هل أضعتُه؟* أغمضت عينيها وحاولت أن تتخيّل مكانها. *في أيّ اتّجاه هربت؟ أين هو الباب؟* ولكن عبثاً. لم تعد تعرف أين يقع الباب.

كانت قد سمعت مرّة أنّ الخوف يؤدّي دورَ حافزٍ يضاعف قدرة الدماغ على التفكير. ولكنّ خوفها الآن حوّل عقلها إلى تيّار هائج من الذعر والإرباك. *حتّى إن وجدتُ الباب، لن أتمكّن من الخروج.* فقد ضاعت بطاقتها حين خلعت رداء المختبر. كان أملها الوحيد الآن في كونها أشبه بإبرة في كومة قشّ، نقطة واحدة على مساحة ثلاثين ألف قدم مربّعة. على الرغم من شعورها بالحاجة الملحّة إلى الهرب، إلاّ أنّ عقلها التحليلي أملى عليها أن تقوم بالحركة المنطقية الوحيدة، ألا وهي عدم التحرّك إطلاقاً. *قفي ساكنة، لا تصدري أيّ صوت.* كان الحارس في طريقه إلى الحجرة، ولسبب مجهول، كانت رائحة الإيثانول تفوح بقوّة من مهاجمها. *إن اقترب كثيراً، فسأعرف.*

وقفت كاثرين بصمت، وراح ذهنها يستعيد بسرعة ما قاله لانغدون. *شقيقك... أُخذ.* شعرت بنقطة من العرق البارد تسيل على ذراعها نحو الهاتف الذي لا تزال تحمله بيدها. كان خطَراً نسيت التفكير فيه. إن رنّ الهاتف، سيكشف مكانها. ولا تستطيع إطفاءه من دون فتحه وإضاءة الشاشة.

ضعي الهاتف على الأرض... وابتعدي عنه.

ولكن كان الأوان قد فات. إذ اشتمّت رائحة الإيثانول إلى يمينها، وراحت تزداد قوّة. جاهدت كاثرين لتحافظ على هدوئها وتجبر نفسها على التغلّب على رغبتها بالهرب. مشت بحذر شديد خطوة إلى اليسار. ولكنّ حفيف ملابسها كان على ما يبدو كلّ ما يحتاجه المهاجم. فسمعته يندفع بقوّة، وهبّت عليها رائحة الإيثانول حين أمسكت يد قوية بكتفها. استدارت بعيداً، وتملّكها رعب شديد. فطارت من ذهنها الحسابات الرياضية، واندفعت تجري بكلّ سرعتها. استدارت إلى اليسار وغيّرت مسارها، ثمّ راحت تركض في الظلام على غير هدى.

فجأة، ظهر أمامها جدار غير متوقّع.

ارتطمت به كاثرين بقوّة وضاقت رئتاها بسبب الألم الذي عصر ذراعها وكتفها، ولكنّها ظلّت واقفة. فزاوية الاصطدام المنحرفة ردّت عنها قوّة الصدمة الكاملة، ولكنّ ذلك لم يجنّبها الألـــم. تـــردّد صدى الارتطام في أرجاء القاعة. *أصبح يعرف مكاني*. انحنت من شدّة الألم، والتفتت تحدّق إلى ظلام الحجرة، وشعرت أنّه يحدّق إليها.

غيّري موقعك فوراً!

جاهـــدت لتلـــتقط أنفاســـها، وبـــدأت تسير بقرب الجدار، وتلمس بيدها اليسرى بهدوء النـــتوءات الفـــولاذية. *ابقي بقرب الجدار. تجاوزيه قبل أن يحاصرك*. كانت كاثرين لا تزال تمسك هاتفها بيدها اليمنى، جاهزة لرميه في وجهه عند الحاجة.

غيـــر أنّهـــا لـــم تكن مستعدّة إطلاقاً للصوت الذي سمعته بقربها، حفيف ملابس واضح *أمامهـــا* مباشرةً... قرب الجدار. جمدت، وحبست أنفاسها. *هل يمكن أن يكون قد وصل إلى الجدار؟* شعرت بهبّة هواء محمّلة برائحة الإيثانول. *إنّه يسير قرب الجدار نحوي!*

تـــراجعت كاثرين بضع خطوات، ثمّ استدارت بهدوء 180 درجة، وبدأت تسير مسرعة فـــي الاتّجاه المعاكس، على طول الجدار. مشت عشرين قدماً تقريباً، ثمّ حدث أمر مستحيل. مـــن جديد، سمعت حفيف الملابس أمامها مباشرةً، قرب الجدار. ثمّ تبعته هبّة الهواء المشبعة برائحة الإيثانول. جمدت كاثرين سولومون في مكانها.

يا الله، إنّه في كلّ مكان!

حدّق مالأخ إلى الظلام، عاري الصدر.

تبيّن له أنّ رائحة الإيثانول الذي يلوّث أكمامه كانت عائقاً، فحوّلها إلى أداة نافعة. هكذا خلـــع قميـــصه وسترته، واستعملهما لمحاصرة فريسته. رمى السترة على الجدار إلى يمينه، وسمع حينها كاثرين تتوقّف وتغيّر اتّجاهها. عندها، رمى القميص إلى اليسار، وسمعها تتوقّف ثانيةً. هكذا نجح في محاصرة كاثرين، ووضعَ حواجز لن تجرؤ على تجاوزها.

راح ينتظـــر الآن ويـــصغي. *ليس لديها سوى اتّجاه واحد للتحرّك، نحوي مباشرة*. مع ذلك، لم يسمع مالأخ شيئاً. إمّا شلّها الخوف أو قرّرت البقاء ساكنة بانتظار وصول المساعدة. *إنّها خاسرة في الحالتين*. فلا أحد سيدخل الصالة 5 قريباً، ذلك أنّ مالأخ عطّل القفل الخارجي بطـــريقة فعّالـــة جداً. فبعد استخدام بطاقة تريش، أدخل قطعة نقدية معدنية في فتحة البطاقة، ليمنع استعمال الجهاز من دون تفكيك الآلة بأكملها.

أنا وأنت بمفردنا يا كاثرين... مهما استغرق ذلك.

تقـــدّم مـــالأخ قليلاً إلى الأمام بهدوء، مصغياً إلى أيّ حركة. ستموت كاثرين الليلة في ظـــلام مـــتحف شقيقها. نهاية شاعرية. كم يتوق مالأخ إلى إخبار بيتر بموت أخته. لقد انتظر طويلاً لحظة الانتقام هذه.

فجـأة، رأى فـي الظلام وميضاً خفيفاً في البعيد، وأدرك أنّ كاثرين ارتكبت للتوّ خطأً قاتلاً. *هل تتّصل لطلب المساعدة؟!* كان ضوء الشاشة الإلكترونية يلمع على ارتفاع خصرها، علـى بعـد عشرين ياردة تقريباً أمامه، وكأنّه شعلة في بحر من الظلام. كان مالأخ مستعدًّا لانتظار كاثرين، ولكن لم يعد عليه ذلك.

راح يـركض نحـو الضوء وهو يعلم أنّ عليه الوصول قبل أن تتمّ اتّصالها. وصل في ثوانٍ واندفع نحو الضوء وهو يمدّ يديه إلى جانبي الهاتف مستعدًّا لمحاصرتها.

ارتطمـت أصابع مالأخ بجدار أصمّ، وثنيت إلى الخلف، وكادت أن تتكسر. ثمّ اصطدم رأسه بعارضة فولاذية. صرخ من شدّة الألم وسقط قرب الجدار. راح يشتِم وهو يقف مجدّداً، مستعيناً بالدعامة الأفقية التي وضعت عليها كاثرين هاتفها الخليوي بذكاء.

راحـت كاثـرين تركض مجدّداً، غير آبهة هذه المرّة بالصوت الصادر عن يدها التي تـرتطم بانتظام بالمعادن الناتئة على مسافات متساوية من جدران الصالة 5. *اركضي!* كانت تعلم أنّها إن تبعت الجدار ستصل عاجلاً أم آجلاً إلى الباب.

أين هو الحارس بحقّ الله!

كانـت الأزرار المعدنية تمرّ تحت يدها اليسرى بانتظام، بينما رفعت يدها اليمنى أمامها لحمايـة نفسها. *متى أصل إلى الزاوية؟* بدا أنّ الجدار لن ينتهي ولكنّ وتيرة الأزرار المعدنية تغيّرت فجأة. مرّت يدها فوق مساحة خالية لبضع خطوات طويلة، ثمّ ظهرت الأزرار مجدّداً. خفّفـت كاثـرين مـن سرعتها وتراجعت، ثمّ راحت تتحسّس الجدار المعدني الناعم. *لماذا لا يحتوي على نتوءات؟*

كانت تسمع مهاجمها يركض خلفها، يتحسّس طريقه على طول الجدار نحوها. مع ذلك، كـان الصوت الذي أفزع كاثرين الآن مختلفاً؛ صوت بعيد ومنتظم صادر عن الحارس الذي يضرب مصباحه اليدوي على باب الصالة 5.

ألا يستطيع الحارس الدخول؟

كانـت الفكـرة مخـيفة، ولكنّ موقع الضرب، الآتي من اتّجاه منحرف إلى يمينها، جعلهـا تتعرّف فوراً إلى موقعها. أصبحت تعرف أين تقف بالضبط في الصالة 5. وتلك الصورة الخاطفة أتت معها بإدراك غير متوقّع. فقد عرفت ماهية ذلك اللوح المسطّح على الجدار.

كانت كلّ صالة مجهّزة بباب للعيّنات، هو عبارة عن جدار هائل قابل للتحريك، يُستعمل لنقل العيّنات الضخمة من صالات العرض وإليها. وعلى غرار أبواب حظائر الطائرات، كان هـذا الباب ضخماً جداً، ولم تتوقّع كاثرين أنّها ستضطرّ يوماً إلى فتحه. إلاّ أنّه كان في هذه اللحظة أملها الوحيد.

أهو يعمل؟

راحــت كاثرين تتلمّس الجدار في الظلام بحثاً عن الباب، إلى أن وجدت قبضة معدنية كبيرة. أمسكت بها، ورمت كل ثقلها إلى الخلف محاولةً فتح الباب، ولكنّه لم يتحرّك. حاولت مجدّداً، ولكن عبثاً.

كانت تسمع مهاجمها يقترب على نحو أسرع، توجّهه الأصوات الناتجة عن محاولاتها. *الـباب موصود!* راحت تمرّر يديها مذعورة على الباب، تتحسّس السطح، بحثاً عن رافعة أو مزلاج. وقعت فجأة على ما بدا وكأنّه عمود. تابعت تلمّسه نحو الأرض، وانحنت لتكتشف أنّه مغـروز في الإسمنت. استقامت وأمسكت بالعمود، ثمّ وقفت على رؤوس أصابعها، وراحت تشدّه، إلى أن سحبته.

لقد أوشك على الوصول!

تلمـسّت الجدار بحثاً عن القبضة، وعثرت عليها مجدّداً. ألقت بثقلها عليها، فلم تتحرّك سـوى قليلاً، ولكنّ شعاعاً من نور القمر تسلّل إلى الصالة 5. شدّت أكثر، فازداد النور الآتي من الخارج. *قليلاً بعد!* دفعت مرّة أخيرة، وشعرت أنّ المهاجم أصبح على بعد بضع خطوات منها.

مـشت نحـو الـضوء، وأدخلت جسدها الرشيق في الفتحة. امتدّت يد في الظلام، وأمسكت بقميصها محاولةً إرجاعها إلى الداخل. صعدت عبر الفتحة، وتبعتها يد ضخمة عارية مكسوّة بوشم على شكل حراشف. راحت اليد المخيفة تتلوّى وكأنّها ثعبان غاضب يحـاول القـبض عليها. استدارت كاثرين وأخذت تجري قرب الجدار الخارجي الطويل باهت اللون للصالة 5. كانت الحصى المفروشة على الطريق المحيطة بمبنى مركز الدعم تجـرح قدمـيها، ولكنّها تابعت الجري، متوجّهة إلى المدخل الرئيس. كان الليل مظلماً، ولكنّ حدقتيها اللتين تمدّدتا بالكامل في ظلام الصالة 5 أتاحتا لها الرؤية بوضوح، وكأنّها فـي ضـوء النهار. فُتح خلفها الباب الضخم، وسمعت خطىً ثقيلة تلاحقها. بدت الخطى سريعة إلى حدّ لا يُصدّق.

لن أسبقه أبداً إلى الباب الرئيس. كانت تعلم أنّ سيّارتها الفولفو أقرب، ولكنّها لن تبلغها أيضاً. *لن أتمكّن من ذلك.*

ثمّ أدركت كاثرين أنّ بيدها ورقة أخيرة لتلعبها.

حـين اقتـربت من زاوية الصالة 5، سمعت خطاه تسرع خلفها في الظلام. *إمّا الآن أو أبداً.* عوضاً عن الانعطاف عند الزاوية، ركضت كاثرين فجأة إلى يسارها، *بعيداً* عن المبنى، فوق العشب. في أثناء ذلك، أغلقت عينيها بقوّة، ووضعت يديها على وجهها، ثمّ بدأت تركض على العشب من دون أن ترى شيئاً.

شـغّلت حركتُها أنوار الأمن التي أضيئت حول الصالة 5، محوّلة الليل فجأة إلى نهار. سـمعت كاثرين صرخة ألم خلفها، حين بهرت الأضواء الساطعة حدقتي مهاجمها المتمدّدتين تماماً، بنور تفوق قوّته خمسةً وعشرين مليون شمعة. وسمعته يتعثّر على الحصى.

أبقت كاثرين عينيها مغلقتين، واتّكلت على حدسها ليوجّهها فوق العشب. وحين شعرت أنّها ابتعدت بما يكفي عن المبنى والأضواء، فتحت عينيها، وصحّحت مسارها، ثمّ أخذت تجري بأقصى سرعتها في الظلام.

كان مفتاح الفولفو حيث تتركه دائماً، في خزانة المركز. فتناولته بيديها المرتجفتين وهي تلهث، وشغّلت المحرّك. اشتعلت الأضواء الأمامية لتكشف لها منظراً مرعباً.

كان ثمّة مخلوق قبيح يركض نحوها.

جمدت كاثرين للحظة.

فالمخلوق الذي أضاءته الأنوار كان حيواناً أصلع وعاري الصدر، جلده مكسوًّا بوشم من الحراشف والرموز والنصوص. كان يجأر وهو يركض في وهج الضوء، ويرفع يديه أمام عينيه وكأنّه وحش من سكان الكهوف، يرى ضوء الشمس للمرّة الأولى. مدّت يدها إلى مبدّل السرعة، ولكنّه أصبح فجأة بقربها. لكَم زجاج النافذة الجانبية بمرفقه، قاذفاً مطراً من الزجاج في حضنها.

امتدّت يد مكسوّة بالحراشف من النافذة، وراحت تتلمّسها إلى أن وجدت عنقها. أرجعت السيّارة إلى الخلف، ولكنّ مهاجمها كان قد أمسك بعنقها وراح يضغط بقوّة هائلة. حرّكت رأسها محاولة الإفلات من قبضته، وفجأة رأت أنّها تحدّق إلى وجهه. كان ثمّة ثلاثة خطوط داكنة، شبيهة بخدوش الأظافر، أزالت بعضاً من مستحضر التجميل عن وجهه، وكشفت الأوشام تحته. بدت عيناه وحشيّتين وقاسيتين.

زمجر قائلاً: "كان يجدر بي قتلك منذ عشر سنوات، ليلة قتلت أمّك".

حين بلغت تلك الكلمات مسامع كاثرين، أيقظت فيها ذكرى مرعبة. لقد سبق ورأت تلك النظرة الوحشية من قبل. *إنّه هو.* أرادت أن تصرخ لولا يده القابضة على عنقها.

ضغطت بقدمها على دوّاسة البنزين، فانطلقت السيّارة إلى الخلف، وكاد عنقها أن يُقتلع من مكانه حين جرّته السيّارة معها. مالت الفولفو جانباً على طريق منحرف، وشعرت كاثرين وكـأنّ عنقها سيستسلم تحت ضغط ثقله. فجأة، أخذت أغصان الأشجار تحتكّ بجانب السيّارة، وترتطم بالنوافذ الجانبية، ثمّ اختفى الثقل.

انطلقت السيّارة فوق العشب، ومنه إلى الموقف العلوي، وهناك، ضغطت كاثرين على الفرامل. تحتها، كان الرجل نصف العاري يحاول جاهداً الوقوف على قدميه، وهو يحدّق إلى أضواء سيّارتها. بهدوء مخيف، رفع ذراعاً موشومة وأشار إليها مباشرة مهدّداً.

تجمّد دم كاثرين في عروقها من شدّة الخوف والحقد وهي تدير المقود، وتضغط على دوّاسة البنزين. بعد ثوانٍ، كانت تقود بأقصى سرعتها على طريق سيلفر هيل.

الفصل 48

لم يجد ضابط شرطة الكابيتول نونييز مفرًّا من مساعدة مهندس الكابيتول وروبرت لانغدون على الهروب عندما طُلب منه ذلك. ولكن حين عاد الآن إلى مركز الشرطة في القبو، رأى أنّ الوضع هناك في غاية التوتّر.

كان رئيس الأمن ترانت أندرسون يضع كيساً من الثلج على رأسه، بينما يقوم ضابط آخر بالعناية بكدمات ساتو. وكان الاثنان يقفان مع فريق كاميرقت المراقبة، يراجعان الملفات الرقمية في محاولة لإيجاد لانغدون وبيلامي.

قالت ساتو: "راجعوا أفلام المراقبة لكلّ ممرّ ومخرج. أريد أن أعرف أين ذهبا!".

شعر نونييز بالاضطراب. كان يعلم أنّها مسألة دقائق قبل أن يعثروا على الفيلم المطلوب ويعرفوا الحقيقة. *لقد ساعدتُهما على الهرب.* وما زاد الوضع سوءاً، وصول فريق ميداني من جهاز المخابرات، راح يستعدّ لملاحقة لانغدون وبيلامي. لم يكن هؤلاء الرجال يشبهون شرطة الكابيتول بأيّ شكل من الأشكال، بل كانوا أقرب إلى جنود حقيقيين... تمويه أسود، رؤية ليلية، مسدّسات فائقة التطوّر.

شعر نونييز أنّه على وشك الاستسلام. فكّر قليلاً ثمّ أشار سرًّا إلى الرئيس أندرسون: "هل لي بكلمة من فضلك، حضرة الرئيس؟".

تبعه أندرسون إلى الردهة: "ما الأمر؟".

قال نونييز باضطراب: "لقد ارتكبت خطأً فادحاً. أنا آسف، وأقدّم استقالتي". *ستطردني على أيّ حال بعد بضع دقائق.*

"عفواً؟".

ابتلع نونييز ريقه وقال: "منذ قليل، رأيت لانغدون والمهندس بيلامي في مركز الزوّار متوجّهَين إلى خارج المبنى".

سأله غاضباً: "ماذا؟ لِمَ لم تقل شيئاً؟!".

"طلب منّي المهندس ألاّ أتفوّه بكلمة".

تردّد صوت أندرسون في الرواق: "أنت تعمل *عندي*، تبًّا!".

سلّم نونييز المفتاح الذي أعطاه إيّاه المهندس إلى أندرسون.

سأله أندرسون: "ما هذا؟".

"مفتاح النفق الجديد تحت شارع إنديباندنس، كان مع المهندس بيلامي. لقد هربا عبره".

حدّق أندرسون إلى المفتاح بصمت.

أطلّت ساتو إلى الرواق وسألت: "ماذا يحدث هنا؟".

شـحب وجه نونييز. كان أندرسون لا يزال يحمل المفتاح، وبدا واضحاً أنّ ساتو رأته. مـع اقتـراب المرأة القبيحة منهما، حاول نونييز الارتجال بقدر ما يستطيع، على أمل حماية رئيـسه. فأجابها: "وجدت مفتاحاً على الأرض في القبو السفلي. كنت أسأل الرئيس أندرسون ما إذا كان يعلم مفتاح أيّ باب هو".

سألته ساتو وهي ترمق المفتاح: "وهل يعرف الرئيس؟".

نظـر نونييز إلى أندرسون. من الواضح أنّه كان يزن خياراته قبل أن يتحدّث. أخيراً، هزّ رأسه وقال: "ليس من دون أن أجرّبه–".

قالت ساتو: "لا تزعج نفسك. هذا المفتاح هو لنفق في مركز الزوّار".

قال أندرسون: "حقًّا؟ كيف عرفتِ ذلك؟".

"لقد عثرنا للتوّ على فيلم المراقبة. الضابط نونييز ساعد لانغدون وبيلامي على الهرب، ثمّ أعاد إقفال باب النفق خلفهما. بيلامي هو الذي أعطى نونييز المفتاح".

التفت أندرسون إلى نونييز غاضباً: "أهذا صحيح؟!".

هـزّ نونييـز رأسـه بقوّة، وبذل جهده لمواصلة التمثيلية: "أنا آسف سيّدي. طلب منّي المهندس عدم إخبار أحد!".

صرخ أندرسون: "لا آبه بما قاله لك المهندس! أنا أتوقّع–".

قاطعـته ساتو بصوت لاذع: "اخرس، ترانت، كلاكما كاذبان. وفّر كلامك لتحقيق السي آي أيه". واختطفت مفتاح النفق من أندرسون قبل أن تضيف: "لم أعد أحتاج إليكما هنا".

الفصل 49

أغلق روبرت لانغدون هاتفه الخلوي وشعر بقلق متزايد. *لماذا لا تردّ كاثرين على هاتفها؟* كانت قد وعدته بالاتّصال به فور خروجها بأمان من المختبر وتوجُّهها للقائه هنا، ولكنّها لم تتّصل أبداً.

جلس بيلامي قرب لانغدون أمام طاولة المطالعة. هو أيضاً قام بالاتّصال بشخص يمكن أن يؤمّن لهما ملجأً حسب قوله، مكاناً آمناً للاختباء. لسوء الحظّ، لم يجب ذاك الشخص أيضاً. فترك له بيلامي رسالة عاجلة، وطلب منه الاتّصال بهاتف لانغدون فوراً.

قال للانغدون: "سأستمرّ بالمحاولة، ولكنّنا في هذه اللحظة بمفردنا. علينا إيجاد خطّة لإنقاذ هذا الهرم".

الهرم. بالنسبة إلى لانغدون كانت فخامة قاعة المطالعة التي يجلسان فيها قد اختفت تماماً، وأصبح عالمه يقتصر على ما هو موجود أمامه؛ على هرم حجري، وعلبة مختومة تحتوي على حجر قمّة، ورجل أميركي ذي أصول أفريقية أنيق، ظهر في الظلام، وأنقذه من تحقيق السي آي أيه.

توقّع لانغدون إيجاد شيء من المنطق لدى مهندس الكابيتول، ولكن يبدو الآن أنّ وارن بيلامي ليس أكثر عقلانية من ذاك المجنون الذي يدّعي أنّ بيتر موجود ما بين بين. كان بيلامي يصرّ على أنّ هذا الهرم الحجري هو فعلاً هرم الأسطورة الماسوني. *خريطة قديمة؟ ترشدنا إلى حكمة قوية؟*

قال لانغدون بتهذيب: "سيّد بيلامي، تلك الفكرة القائلة بوجود معرفة قديمة تضفي على الناس قوّة عظيمة... ببساطة، أنا لا آخذها على محمل الجدّ".

بدت الخيبة والجدّية في عيني بيلامي، ما ضاعف من تشكّك لانغدون. قال: "نعم، بروفيسور. شعرت أنّك تفكّر بهذه الطريقة، ولكنّ هذا ليس مستغرباً على ما أظنّ. فأنت غريب عن هذه الأمور، وثمّة بعض الحقائق الماسونية التي ستبدو أسطورة بالنسبة إليك، لأنّك لم تتلقّ المبادئ الماسونية وتتحضّر لفهمها".

شعر لانغدون الآن أنّه يُعامل بفوقيّة. *أنا لم أكن عضواً في طاقم أوديسوس، ولكنّني واثق أنّ السيكلوب*(*) *أسطورة*. "سيّد بيلامي، حتّى وإن كانت الأسطورة صحيحة... لا يمكن أن يكون *هذا* الهرم هو الهرم الماسوني".

(*) السيكلوب: عملاق من جيل من العمالقة في الأساطير اليونانية ذو عين واحدة وسط الجبين.

قال بيلامي وهو يمرّر إصبعه فوق الشيفرة الماسونية: "ألا يمكن؟ يبدو لي أنّه يطابق الوصف تماماً. هرم ماسوني ذو قمّة معدنية لامعة موجودة، استناداً إلى صورة ساتو الشعاعية، في العلبة التي ائتمنك عليها بيتر". تناول بيلامي العلبة المكّعبة وراح يزنها في يده.

قال لانغدون: "هذا الهرم لا يتجاوز طوله قدماً واحدة. ولكنّ كلّ رواية سمعتها للقصّة تصف الهرم الماسوني أنّه هائل الحجم".

من الواضح أنّ بيلامي توقّع هذه الملاحظة، إذ قال: "كما تعلم، بحسب الأسطورة، الهرم مرتفع جداً".

"بالضبط".

"أنا أفهمك، بروفيسور. ولكنّ الأسرار القديمة والفلسفة الماسونية تعتقد بأمور وتصفها من وجهة نظر رمزية".

لم يؤثّر في موقف لانغدون.

قال بيلامي: "حتّى الكتاب المقدّس يوافق على ما ورد في الأسطورة".

لم يجب لانغدون.

قال بيلامي: "على أيّ حال، إن الوصف القديم للهرم الماسوني... لطالما أدّى إلى إساءة فهم حجمه. إلاّ أنّه دفع الأكاديميين أمثالك إلى الإصرار على أنّه مجرّد أسطورة، وهكذا لم يبحث عنه أحد".

نظر لانغدون إلى الهرم الحجري قائلاً: "أعتذر لأنّني أثرت حفيظتك، ولكن، لطالما ظننت أنّ الهرم الماسوني أسطورة".

"ألا يبدو لك طبيعياً أن تُنقش خريطة رسمها ماسوني على الحجر؟ فعبر التاريخ، نُقشت أهم علاماتنا دائماً في الصخر، بما في ذلك ألواح موسى؛ الوصايا العشر التي ضبطت السلوك البشرية".

"أفهم ذلك، ولكن لطالما أشيرَ إليها على أنّها *أسطورة* الهرم الماسوني. *والأسطورة* هي من نسج الخيال".

ضحك بيلامي قائلاً: "أجل، *أسطورة*. أخشى أنّك تعاني من المشكلة التي واجهها موسى".

"عفواً؟".

بدا بيلامي مستمتعاً تقريباً وهو يستدير في كرسيّه، وينظر إلى شرفة الطابق الثاني التي اصطفّ عليها ستّة عشر تمثالاً برونزياً، وبدت التماثيل وكأنّها تحدّق إليهما. سأله: "هل ترى تمثال موسى؟".

نظر لانغدون إلى تمثال موسى وأجاب: "أجل".

"لديه قرنان".

"أرى ذلك".

"ولكن هل تعلم لماذا؟".

كمعظـــم الأســـاتذة، لم يشأ لانغدون أن يتلقّى محاضرة. فتمثال موسى المنتصب فوقهما لديه قرنان، وكذلك آلاف الصور المسيحية لموسى، وذلك للسبب نفسه، ألا وهو سوء ترجمة سفر الخروج. فالنصّ العبري الأصلي يُظهر أنّ لموسى "كاران أور باناف"، أي "بشرة وجه تشعّ بالنور". ولكـــن حين وضعت الكنيسة الكاثوليكية الرومانية الترجمة اللاتينية الرسمية للكتاب المقدّس، أساءت ترجمة وصف موسى، وجعلته "cornuta esset facies sua"، أي "لوجهه قرنان". ومـــن تلـــك اللحظـــة، راح الفنّانون والنحّاتون يصوّرون موسى بقرنين، خوفاً من التعرّض للملاحقة إن لم يتّبعوا حرفيّة الكتاب المقدّس.

أجـــاب لانغدون: "إنّه خطأ بسيط، خطأ ترجمة ارتكبه سان جيروم عام أربعمئة للميلاد تقريباً".

أُعجـــب بيلامي به وقال: "بالضبط، خطأ ترجمة. والنتيجة... تشويه صورة موسى عبر التاريخ".

كانت كلمة "تشويه" هي وصفاً ملطّفاً. إذ إنّ لانغدون شعر في صغره بالرعب حين نظر إلى قرني موسى في لوحة مايكل أنجلو، والتي تشكّل التحفة المركزية في بازيليك سان بيتر في روما.

قال بيلامي: "ذكرت قرني موسى لأوضح لك كيف أنّ سوء فهم كلمة واحدة يعيد كتابة التاريخ".

أعـــرف ذلك. فقد سبق وتعلّم لانغدون الدرس في باريس قبل بضع سنوات. SanGreal: الكأس المقدّسة. SangReal: دم ملكي.

تابـــع بيلامي قائلاً: "وفي حالة الهرم الماسوني، سمع الناس همساً بكلمة legend (أسطورة)، وهكـــذا علقت الفكرة. فبدت أسطورة الهرم الماسوني خيالية، ولكنّ كلمة legend لها معنى مختلف تماماً، وقد أسيء فهمها". ابتسم وأضاف: "من شأن اللغة أن تساهم في إخفاء الحقيقة".

"هذا صحيح، ولكن لم أعد أفهم".

"روبرت، الهرم الماسوني هو *خريطة*. وككلّ خريطة، لديه لائحة تشرح كيفية قراءتها، أي مفتاح (legend)". ثمّ تناول العلبة المكعّبة ورفعها أمامه مضيفاً: "ألا ترى؟ هذا الحجر هو مفـــتاح الهـــرم. إنّـــه المفتاح الذي يخبرك بكيفية قراءة أهم تحفة فنية على وجه الأرض... خريطة تكشف مخبأ أعظم كنز بشري، الحكمة الضائعة لكلّ الأجيال".

صمت لانغدون.

قال بيلامي: "أؤكّد لك بكلّ تواضع أنّ الهرم الماسوني الشاهق ليس سوى هذا... صخرة متواضعة، قمّتها الذهبية عالية بشكل مجازي، عالية إلى حدّ أنّ شخصاً مستنيراً يمكنه أن يمدّ يده ويلمسها".

حلّ الصمت بينهما لبضع ثوانٍ.

شـــعر لانغدون بحماسة غير متوقّعة وهو ينظر إلى الهرم ويراه من زاوية جديدة. نظر إلى الشيفرة الماسونية وقال: "ولكنّ هذه الشيفرة... تبدو شديدة...".

"البساطة؟".

هزّ لانغدون رأسه موافقاً: "يمكن لأيّ كان تقريباً أن يفكّكها".

ابتـــسم بيلامـــي، وأخـــرج قلمـــاً وورقـــة، ثمّ أعطاه إياهما: "إذاً، ربّما يجدر بك تنويرنا؟".

شـــعر لانغدون بعدم ارتياح إزاء قراءة الشيفرة، ولكن نظراً إلى الظروف، لا يبدو ذلك خيانة خطيرة لثقة بيتر. أضف إلى أنّه، مهما يكن محتوى النقش، لا يتخيّل أنّه سيكشف مخبأ سرّياً على الإطلاق... وبالتأكيد لا يُرشد إلى أعظم كنوز التاريخ.

تـــناول لانغـــدون القلم مِن بيلامي، وراح يربّت به على ذقنه وهو يتأمّل الشيفرة. كانت بـــسيطة إلـــى حدّ أنّه بالكاد يحتاج إلى قلم وورقة. مع ذلك، وتجنّباً للخطأ، بدأ يكتب المفتاح الأكثـــر شيوعاً لشيفرة الماسونية. كان المفتاح يتألّف من أربع شبكات، اثنتين عاديتين واثنتين منقّطتـــين، كـــتب فيها أحرف الأبجدية اللاتينية بالترتيب. كان كلّ حرف موضوعاً في خانة فريدة الشكل. هكذا يصبح شكل خانة كلّ حرف هو رمزاً لذلك الحرف.

كانت الشيفرة بسيطة جداً إلى حدّ طفولي.

A B C
D E F
G H I
J K L
M N O
P Q R
S
T U
V
W
X Y
Z

تحقّق لانغدون من صحّة ما كتب، ثمّ تحوّل إلى الشيفرة المنقوشة على الهرم. لتفكيكها، لم يكن عليه سوى إيجاد شكل الخانة المناسب في مفتاح الشيفرة الذي كتبه، وكتابة الحرف في داخلها.

كـــان الحـــرف الأوّل في النقش يشبه سهماً نحو الأسفل أو كأساً. فعثر لانغدون بسرعة علـــى الخانـــة التـــي تشبه شكل الكأس في المفتاح. كانت موجودة في الزاوية السفلية اليمنى وتحتوي على الحرف S.

كتب لانغدون الحرف.

كان الرمز الثاني على شكل مربّع فيه نقطة، يفتقد إلى ضلعه الأيمن. وكان ذاك الشكل في الشبكة يحتوي على الحرف O.

فكتبه لانغدون.

أمّا الرمز الثالث، فكان عبارة عن مربّع بسيط يحتوي على الحرف E.

كذلك كتبه لانغدون.

S O E...

واصـــل العمـــل بسرعة إلى أن انتهى. عندها، نظر إلى الترجمة وأطلق تنهيدة حائرة. *بالكاد أسمّي هذا اكتشافاً.*

ظهـــر شـــبح ابتـــسامة علـــى وجه بيلامي وقال: "كما تعلم بروفيسور، لا يمكن سوى للأشخاص المستنيرين فعلاً قراءة الأسرار القديمة".

قال لانغدون عابساً: "صحيح". *على ما يبدو، لستُ مؤهّلاً لذلك.*

الفصل 50

في قبو يقع في أعماق المركز الرئيسي للسي آي أيه في لانغلي، فرجينيا، سطعت الشيفرة الماسونية نفسها ذات الأحرف الستّة عشر على شاشة كمبيوتر كبيرة. جلست رئيسة المحلّلين في مكتب الأمن، نولا كاي، بمفردها وراحت تتفحّص الصورة التي أرسلتها لها مديرتها، إينوي ساتو، قبل عشر دقائق.

أهي مزحة؟ كانت نولا تعرف بالطبع أنّها ليست كذلك. فالمديرة ساتو لا تملك أيّ حسّ بالمرح، وأحداث الليلة بعيدة كلّ البعد عن المزاح. كان منصب نولا الرفيع في مكتب الأمن التابع للسي آي أيه قد فتح عينيها على أسرار عالم السلطة. ولكنّ ما شهدته في الساعات الأربع والعشرين الماضية غيّر انطباعها إلى الأبد عن أسرار أصحاب النفوذ.

قالت نولا وهي تثبّت الهاتف بكتفها وتتحدّث إلى ساتو: "أجل حضرة المديرة، النقش هو بالفعل شيفرة ماسونية. ولكنّ النصّ لا معنى له. يبدو أنّه شبكة من الأحرف العشوائية". راحت تتأمّل الشيفرة المفكّكة.

<pre>
S   O   E   U

A   T   U   N

C   S   A   S

V   U   N   J
</pre>

ألحّت ساتو قائلةً: "لا بدّ من أنّها تعني شيئاً".

"ليس من دون مفتاح آخر لا أعرفه".

سألتها ساتو: "هل لديك احتمالات؟".

"إنّها عبارة عن قالب يرتكز على شبكة، يمكنني استعمال مفاتيحه المعتادة ولكنّني لا أتأمّل الكثير، لا سيّما إن لم يتكرّر استعمالها".

"ابذلي جهدك، وبسرعة. وماذا عن الصورة الشعاعية؟".

أدارت نولا كرسيّها نحو جهاز آخر يعرض صورة شعاعية عادية لحقيبة أحدهم. كانت ساتو قد طلبت معلومات عن شيء بدا وكأنّه هرم صغير داخل صندوق مكعّب. عادةً، لا يمكن لغرض لا يتجاوز طوله إنشين أن يشكّل قضية أمن وطني ما لم يكن

مصنوعاً من البلوتونيوم المخصّب. ولكنّ هذا الشيء لم يكن كذلك، بل هو مصنوع من مادّة أكثر غرابة.

قالت نولا: "تمّ التوصّل إلى نتيجة في تحليل كثافة الصورة. 19.3 غرامات بالسنتيمتر المكعّب. إنّه ذهب خالص، قطعة نفيسة جداً".

"هل لديك معلومات أخرى؟".

"في الواقع، أجل. كشف فحص الكثافة تعرّجات خفيفة على سطح الهرم الذهبي. تبيّن أنّه منقوش بنصّ ما".

بدا الأمل في صوت ساتو التي سألتها: "حقًّا؟ وما مفاده؟".

"لا أعرف بعد، فالكتابة باهتة جداً. أنا أحاول تصفية الصورة، ولكنّ نقاء صورة الأشعة ليس كبيراً".

"حسناً، واصلي المحاولة. اتّصلي بي حين تعرفين شيئاً".

"حاضر، سيّدتي".

"نولا؟" أصبحت نبرة ساتو مشوبة بشيء من التهديد وهي تقول: "مثل كلّ ما عرفتِه خلال الساعات الأربع والعشرين الماضية، تُعتبر صور الهرم الحجري وحجر القمّة الذهبي في غاية السرّية. أنت ممنوعة من استشارة أحد، وحديثك عن الموضوع يتمّ معي مباشرةً. هل هذا واضح؟".

"بالطبع، سيّدتي".

"جيّد. ابقي على اتّصال بي"، ثمّ أقفلت ساتو الخطّ.

فركت نولا عينيها، ونظرت من جديد إلى شاشات الكمبيوتر. لم تنم إطلاقاً منذ ستّ وثلاثين ساعة، وكانت تدرك جيّداً أنّها لن تنام إلى أن تنتهي هذه الأزمة.

أيًّا تكن.

في مركز زوّار الكابيتول، وقف أربعة أخصائيين تابعين للسي آي أيه بملابسهم السوداء عند مدخل النفق، وهم يحدّقون بنظرات نهِمة إلى الطريق خافت الإضاءة، وكأنّهم كلاب توّاقة إلى المطاردة.

اقتربت ساتو بعد أن أقفلت الخطّ، وقالت وهي تحمل مفتاح النفق: "أيّها السادة، هل الأوامر واضحة؟".

أجاب قائد المجموعة: "أجل، لدينا هدفان. الأوّل، هو هرم حجري منقوش، بطول قدم تقريباً. والثاني، هو علبة أصغر حجماً على شكل مكعّب، طولها إنشان تقريباً. شوهد الهدفان آخر مرّة في حقيبة روبرت لانغدون".

قالت ساتو: "صحيح. أريد منكم إحضارهما بسرعة، وأريدهما سليمين. هل لديكم أسئلة؟".

"هل من أوامر بخصوص استعمال القوّة؟".

كانت كتف ساتو لا تزال تؤلمها نتيجة الضربة التي وجّهها إليها بيلامي. فأجابت: "كما قلت، من الأهمية بمكان إحضار هذين الغرضين".

"مفهوم". استدار الرجال الأربعة، ودخلوا ظلام النفق.

أشعلت ساتو سيجارة، وراقبتهم وهم يختفون.

الفصل 51

لطالما كانت كاثرين سولومون حذرة في القيادة، ولكنّها قادت الآن سيّارة الفولفو بسرعة تـتجاوز تسعين كيلومتراً في الساعة، على طريق سوتلاند باركواي. ضغطت قدمها المرتجفة علـى دوّاسة البنزين لأكثر من مسافة ميل، قبل أن يبدأ شعورها بالذعر بالزوال. فقد أدركت للتوّ أنّ الرجفة التي تنتاب جسدها لم تكن ناتجة عن الخوف وحسب.

أنا أتجمّد برداً.

كان هواء الليل البارد يندفع من زجاج النافذة المحطّم، ويلفح جسدها وكأنّه رياح قطبية. شـعرت أنّ قدميها العاريتين مخدّرتين من شدّة البرد، فمدّت يدها إلى الأسفل لتخرج حذاءها الاحتياطـي الذي تحتفظ به تحت المقعد. أحسّت في أثناء ذلك بألم حادّ ناتج عن الكدمات في عنقها، إثر قبضة تلك اليد القوية.

لـم يكـن الرجل الذي حطّم نافذتها يشبه بأيّ شكل من الأشكال السيّد أشقر الشعر الذي عـرفته كاثـرين علـى أنّه د. كريستوفر أبادون. فقد اختفى شعره الكثيف وبشرته السمراء الملـساء. وكان رأسه الأصلع، وصدره العاري، ووجهه الخالي من التجميل أشبه بنسيج من الأوشام المخيفة.

سـمعت صوته ثانيةً وهو يهمس لها مع عويل الرياح خارج النافذة المحطّمة، *كاثرين، كان يجدر بي قتلك منذ سنوات... ليلة قتلت أمّك.*

ارتعـشت كاثـرين، ولـم يعد لديها أدنى شكّ. *كان هو.* فهي لم تنسَ أبداً نظرة العنف الوحـشية في عينيه. كما أنّها لم تنسَ أيضاً صوت الطلقة الوحيدة التي أطلقها شقيقها، والتي قتلت هذا الرجل، دافعة إيّاه عن جرف عالٍ، ليسقط في المياه المتجلّدة، ولا يعود للظهور أبداً. بحـث عـنه المفتّشون لأسابيع، ولكنّهم لم يعثروا على جثّة، فظنّوا أنّ التيّار حملها إلى خليج تشيسابيك.

أدركت الآن أنّهم كانوا مخطئين. *لا يزال حيًّا.*

وقد عاد.

شـعرت كاثـرين بغضبها يتصاعد مع عودة الذكريات القديمة. حدث ذلك منذ عشر سنوات بالـضبط تقريباً، ليلة العيد. كانت كاثرين وبيتر ووالدتهما، أي العائلة بأكملها، مجتمعين في منزلهم الحجري الفخم في بوتوماك، والمحاط بمئتي أكر من الغابات، يجري فيها نهر خاصّ.

كالمعـتاد، كانـت الوالدة تعمل بنشاط في المطبخ، سعيدة بإعداد الطعام لولديها. فعلى الرغم من الأعوام الخمسة والسبعين، كانت إيزابيل سولومون طبّاخة نشيطة ومرحة. والليلة،

كانت تفوح من المطبخ الروائح الشهية للحم الغزال المشوي، وصلصة الجزر الأبيض، والبطاطا المهروسة بالثوم. وبينما كانت الأمّ تحضّر العشاء، كانت كاثرين وشقيقها يجلسان باسترخاء في الغرفة الزجاجية، يناقشان آخر الموضوعات التي فتنت كاثرين؛ موضوع حقل جديد يُدعى العلم العقلي. فقد سلبت تلك العلوم عقلها، بمزيجها الغريب من الفيزياء الجزيئية الحديثة والباطنية القديمة.

نقطة التقاء الفيزياء والفلسفة. أخبرت كاثرين أخاها ببعض التجارب التي تحلم بإجرائها، ورأت أنّه كان مهتماً. فأحسّت بالسرور لأنّها جعلت أخاها يفكّر في أمر إيجابي في هذه الليلة، بعد أن أصبحت العطل تذكّرهم بمأساة مؤلمة.

ابن بيتر، زاكاري.

كانت ذكرى مولد ابن أخ كاثرين الحادية والعشرين هي الأخيرة. إذ مرّت العائلة بكابوس رهيب، ويبدو أنّ بيتر بدأ يتعلّم الآن كيف يضحك مجدّداً.

كان زاكاري ولداً بطيء النموّ، ضعيفاً، وغريب الأطوار. وفي سنوات المراهقة، كان شاباً متمرّداً وساخطاً. وعلى الرغم من الحنان والعناية اللذين أحيط الصبي بهما، بدا مصمّماً على سلخ نفسه عن أسرة سولومون. فقد طُرد من المدرسة الإعدادية، ونأى عن محاولات أبويه الجاهدة لإرشاده بحزم ومحبّة.

لقد فطر قلب بيتر.

قبل مدّة قصيرة من بلوغ زاكاري الثامنة عشرة من عمره، جلست كاثرين مع أمّها وأخيها، وأصغت إليهما وهما يناقشان موضوع عدم تسليم زاكاري إرثه قبل أن يبلغ سنّ النضج. فوفقاً لعادة توارثتها أسرة سولومون عبر القرون، كان يتمّ إعطاء كلّ فرد من العائلة في ذكرى مولده الثامنة عشرة جزءاً سخياً من ثروة آل سولومون. إذ يظنّ آل سولومون أنّ استلام المرء إرثه في بداية حياته أفضل بكثير من نيله في آخرها. أضف إلى أنّ وضع مبالغ كبيرة من ثروة آل سولومون بين أيدي شبابهم النهِم كان سرّ نموّ ثروة تلك الأسرة.

ولكن في حالة زاكاري، رأت والدة كاثرين أنّه من الخطير إعطاء ابن بيتر المضطرب مبلغاً كبيراً من المال. لم يوافقها بيتر على ذلك، بل قال: "إرث آل سولومون هو عادة عائلية لا ينبغي خرقها. فمن شأن هذا المال أن يدفع زاكاري لتحمّل المسؤولية".

ولكن مع الأسف، كان أخوها مخطئاً.

فما أن استلم زاكاري المال، حتّى قطع علاقته بالعائلة، واختفى من المنزل من دون أن يأخذ شيئاً من أغراضه. بعد أشهر، ظهر في عنوان مقال صحفي: مستهتر ثري يعيش حياة أوروبية.

استمتعت الصحيفة بوصف حياة الفسق والمجون التي يعيشها زاكاري. وصوره التي نشرتها عن الحفلات والملاهي الليلية سبّبت صدمة لأسرة سولومون. إلاّ أنّ صور الابن الضالّ تحوّلت إلى صور مخيفة حين نشرت الصحف خبراً مفاده أنّه تمّ القبض على زاكاري

وهـو يـنقل الكوكايين عبر الحدود إلى أوروبا الشرقية: *مليونير من آل سولومون في سجن تركي*.

كان اسم السجن سوغانليك، وهو مُعتقَل قاسٍ من الدرجة الأولى يقع في مقاطعة كارتال، خارج إسطنبول. خاف بيتر سولومون على سلامة ابنه، فطار إلى تركيا لإحضاره. غير أنّه عاد خالي اليدين، بعد أن مُنع حتّى من زيارته. وأفادت الأنباء الجيّدة الوحيدة أنّ معارف سولومون في وزارة الخارجية الأميركية كانوا يعملون على إخراجه بأسرع ما يمكن.

ولكن بعد يومين، تلقّى بيتر اتّصالاً دولياً فظيعاً. وفي الصباح التالي، تصدّر الخبر عناوين الصحف: وريث من آل سولومون يُقتل في السجن.

كانت صور السجن مرعبة، ولم يتردّد الإعلام في نشرها كلّها من دون رحمة، حتّى بعد وقت طويل من مراسم الدفن الخاصّة التي أقامتها العائلة. لم تسامح والدة زاكاري زوجها على فشله في تحرير ابنها، فانتهى زواجهما بعد ستّة أشهر. ومنذ ذلك الحين، عاش بيتر وحيداً.

كانت قد مضت سنوات على تلك الحادثة، حين اجتمعت كاثرين وبيتر ووالدتهما لتمضية ليلة العيد بهدوء. كان الألم لا يزال يقضّ مضجع العائلة، ولكنّه أصبح أخفّ حدّة عاماً بعد عام. كان صوت قرقعة الأطباق والطناجر يتردّد في المطبخ في أثناء قيام الأمّ بتحضير المأدبة التقليدية. وعلى الشرفة الزجاجية، كان بيتر وكاثرين يستمتعان بتناول جبن البري المشوي، والتحدّث، والاسترخاء.

فجأة، سمعا صوتاً غير متوقَّع.

قال شخص خلفهما بصوت مرح: "مرحباً، يا آل سولومون".

أجفلت كاثرين وشقيقها، واستدارا لرؤية رجل ضخم مفتول العضلات يخرج إلى الشرفة. كان يرتدي قناع تزلّج أسود يغطي كلّ وجهه، باستثناء عينيه، اللتين كانتا تلمعان بوحشية.

وقف بيتر على الفور وسأله: "من أنت؟! وكيف دخلت إلى هنا؟!".

"تعرّفت على ابنك الصغير زاكاري في السجن. أخبرني أين تخبّئون هذا المفتاح". ورفع الغريب مفتاحاً قديماً، ثمّ ضحك مكشّراً عن أسنانه كوحش مفترس، وأضاف: "قبل أن أضربه حتّى الموت".

حدّق إليه بيتر فاغراً فاه.

رفع مسدّساً، ووجّهه مباشرة إلى صدر بيتر قائلاً: "اجلس".

تهاوى بيتر على كرسيّه.

راح الرجل يسير في الغرفة، بينما جمدت كاثرين في مكانها. خلف القناع، كانت عيناه شرستين وكأنّه كلب مسعور.

هتف بيتر بصوت عالٍ، وكأنّه يحاول تحذير أمّهما في المطبخ: "اسمع! أيًّا تكن، خذ ما تريد وارحل!".

رفع الرجل المسدّس إلى صدر بيتر وقال: "وماذا تظنّ أنّني أريد؟".

قال سولومون: "قل كم تريد وحسب. لا نملك مالاً في المنزل، ولكن–".

ضحك الوحش قائلاً: "لا تهنّي، أنا لم آتِ لأجل المال. أتيت الليلة لأجل حقّ زاكاري الآخر". ضحك وأضاف: "لقد أخبرني عن الهرم".

الهرم؟ تساءلت كاثرين حائرة ومرعوبة، *أيّ هرم؟*

أجاب أخوها بنبرة يشوبها التحدّي: "لا أعلم عمّا تتحدّث".

"لا تمثّل عليّ دور الغبي! أخبرني زاكاري بما تحتفظ به في خزنة مكتبك. أريده على الفور".

قال بيتر: "أيًّا يكن ما أخبرك به زاكاري، لا بدّ من أنّه كان مشوّشاً. أنا لا أعرف عمّا تتحدّث".

"ألا تعرف؟" وحوّل الدخيل مسدّسه إلى وجه كاثرين، ثمّ سأله: "والآن؟".

امتلأت عينا بيتر بالرعب: "يجب أن تصدّقني! لا أعرف ماذا تريد!".

قال وهو يصوّب مسدّسه على كاثرين: "اكذب عليّ بعد، وأقسم إنّني سآخذها منك". ابتسم ثمّ قال: "حسبما قال زاكاري، شقيقتك الصغرى هي أعزّ على قلبك من كلّ–".

صرخت والدة كاثرين: "ما الذي يجري هنا؟!" ودخلت الغرفة وهي تحمل بندقية صيد برونينغ سيتوري عائدة إلى بيتر، وقد صوّبتها مباشرةً على صدر الرجل.

استدار الدخيل نحوها، ولكنّ المرأة الشجاعة لم تُضع الوقت. دوى عدد من الطلقات، فتعثّر الدخيل إلى الخلف، وراح يطلق النار عشوائياً، محطّماً النوافذ، ثمّ سقط وارتطم بالباب الزجاجي، موقعاً المسدّس.

تحرّك بيتر على الفور، ورمى نفسه على السلاح. كانت كاثرين قد سقطت، فأسرعت نحوها السيّدة سولومون، وركعت قربها وهي تصرخ: "ربّاه، هل أُصبتِ؟!".

هزّت كاثرين رأسها نافية، وقد أخرستها الصدمة. خارج الباب الزجاجي المحطّم، وقف الرجل المقنّع وأخذ يركض في الغابات، واضعاً يده على جنبه. التفت بيتر سولومون إلى الخلف ليتأكّد من أنّ أمّه وأخته بأمان، وحين أدرك أنّهما بخير، حمل المسدّس وخرج يركض خلف الدخيل.

أمسكت أمُّها بيدها وهي ترتجف وقالت: "الحمد لله أنّك بخير". ثمّ ابتعدت عنها فجأة وسألتها: "كاثرين؟ أنت تنزفين! ثمّة دم! لقد أصبتِ!".

رأت كاثرين الدم، كثيراً منه. كان يغطّيها، ولكنّها لم تشعر بالألم.

أخذت الأمّ تفتّش جسد كاثرين بجنون، بحثاً عن جرح. سألتها: "أين تشعرين بالألم!".

"ماما، لا أعرف، لا أشعر بشيء!".

ثمّ رأت كاثرين مصدر الدم، وتملّكها الرعب. قالت: "ماما، لست أنا..."، وأشارت إلى جنب قميص الساتان الأبيض الذي ترتديه أمّها. كان الدم ينزف منه بغزارة، ويبدو فيه ثقب

صـــغير. نظرت أمّها إلى الأسفل، وبدا عليها الإرباك الشديد. أُجفلت، وتراجعت إلى الخلف، وكأنّها شعرت للتوّ بالألم.

"كاثـــرين؟" كان صوتها هادئاً، ولكنّه حمل فجأة ثقل أعوامها الخمسة والسبعين. "اتّصلي بالإسعاف".

ركضت كاثرين إلى الهاتف، وقامت بطلب المساعدة. حين عادت إلى الشرفة، وجدت أمّها ممدّدة بلا حراك في بركة من الدم. ركضت نحوها، ثمّ انحنت، واحتضنت جثّة أمّها بين ذراعيها.

لم تعرف كاثرين كم مضى من الوقت حين سمعت طلقة الرصاص البعيدة في الغابات. أخيـــراً، فُتح باب الشرفة، ودخل أخوها بعينين ضاريتين، والمسدّس لا يزال بيده. حين رأى كاثـــرين تـــشهق وتـــضمّ أمّها التي فارقت الحياة بين ذراعيها، تقلّص وجهه فزعاً. لن تنسى كاثرين أبداً الصرخة التي تردّدت في المكان.

206

الفصل 52

شعر مالأخ بالألم في عضلات ظهره الموشومة وهو يركض عائداً إلى باب الصالة 5 المفتوح.

عليّ دخول مختبرها.

لم يكن هروب كاثرين متوقّعاً... كما أنه سيسبّب المشاكل. فهي لا تعرف مكان سكنه فحسب، بل هويته الحقيقية أيضاً... وأنّه هو الذي اقتحم منزلهم قبل عقد من الزمن.

لم ينسَ مالأخ تلك الليلة هو الآخر. كان على وشك امتلاك الهرم، لولا أن أبعده القدر. *لم أكن جاهزاً بعد.* ولكنّه جاهز الآن، كما أنه أكثر قوّة ونفوذاً. فبعد أن مرّ بصعوبات هائلة استعداداً لعودته، أصبح قادراً الليلة على تنفيذ مهمّته أخيراً. كان أكيداً أنّه قبل انقضاء الليلة، سيحدّق إلى عيني كاثرين سولومون المحتضرتين.

حين وصل مالأخ إلى الباب الخارجي، طمأن نفسه أنّ كاثرين لم تهرب فعلاً، بل أجّلت المحتوم وحسب. انزلق من الفتحة، ودخل بثقة إلى الظلام، حتّى عثر على السجّادة. بعدها استدار إلى اليمين وتوجّه إلى المكعّب. كان الطرق على باب الصالة 5 قد توقّف، وشكّ مالأخ في أنّ الحارس يحاول الآن إزالة القطعة النقدية التي حشرها مالأخ في القفل لتعطيله.

حين وصل إلى الباب المؤدّي إلى المكعّب، بحث عن القفل، وأدخل بطاقة تريش. أُضيئت اللوحة، فدسّ فيها رقم تريش السرّي، ودخل. كانت الأنوار مضاءة، وبينما راح يسير في المكان المعقّم، أذهلته المعدّات المتطوّرة. لم يكن مالأخ غريباً عن قوّة التكنولوجيا. فقد كان يجري تجاربه العلمية الخاصّة في قبو منزله، وفي الليلة الماضية، أثمرت بعض تلك التجارب.

الحقيقة.

إنّ حَبسَ بيتر سولومون الفريد من نوعه، في منطقة ما بين بين، كشف جميع أسرار الرجل. *أستطيع رؤية روحه.* هكذا عرف مالأخ بعض الأسرار التي توقّعها، فضلاً عن أسرار أخرى لم تخطر له على بال، بما فيها الأنباء المتعلّقة بمختبر كاثرين، واكتشافاتها العجيبة. حينها أدرك مالأخ أنّ العلم أوشك على الوصول. *ولن أسمح له بإنارة الطريق لغير الجديرين.*

بدأ عمل كاثرين هنا باستخدام العلم الحديث للإجابة عن الأسئلة الفلسفية القديمة. والعجيب أنّ كاثرين أجابت عنها كلّها، لا بل وعن غيرها أيضاً. وكانت إجاباتها علمية وصحيحة، والوسائل التي استخدمتها لا يمكن نقضها. وحتّى أكثر الناس تشكّكاً سيقتنعون

بنـــتائج تجاربها. ولو نُشرت تلك المعلومات، سيطرأ تحوّل جوهري في وعي الإنسان. *سيبدأ بإيجـــاد الطـــريق الصحيح.* ومهمّة مالأخ الأخيرة الليلة، قبل تحوّله، هي ضمان عدم حدوث ذلك.

وجد مالأخ، في أثناء تنقّله في المختبر، غرفة البيانات التي أخبره بيتر بأمرها. نظر من خلـــف الجـــدران الـــزجاجية الـــسميكة إلى وحدتي تخزين المعلومات الاحتياطية. *تماماً كما وصـــفها.* كان من الصعب على مالأخ أن يتخيّل أنّ محتويات هذين الصندوقين الصغيرين ستغيّر وجهة التطوّر البشري، ولكن لطالما كانت الحقيقة أقوى العوامل الحافزة.

رمـــق مـــالأخ وحدتي التخزين، ثمّ أخرج بطاقة تريش، وأدخلها في القفل. فوجئ حين رأى أنّ اللـــوحة لـــم تضاء. لا يبدو أنّ دخول هذه الغرفة كان مسموحاً لتريش ديون. تناول البطاقة التي وجدها في جيب رداء كاثرين، وحين أدخلها، أضيئت اللوحة.

ولكـــنّ مالأخ وجد نفسه أمام مشكلة. *أنا لم أحصل على رقم كاثرين السرّي. جرّب رقم تـــريش، ولكـــنّه لم يُفلح.* حكّ ذقنه، ثمّ تراجع، وفحص الباب المصنوع من زجاج البليكسي، والـــذي تـــبلغ سماكته ثلاثة إنشات. حتّى لو كان يملك فأساً، ما كان لينجح في كسر الزجاج والحصول على محرّكات الأقراص التي يودّ إتلافها.

ولكنّ مالأخ خطّط لذلك.

فـــي غرفة التزويد بالطاقة، وتماماً كما وصفها بيتر، رأى مالأخ الحامل الذي يضمّ عدّة أســـطوانات معدنية تشبه أحواض غوص كبيرة. كانت الأسطوانات تحمل الحرفين LH، العدد 2، والرمـــز العالمي للمواد المشتعلة. وكانت إحدى العبوات موصولة بخلية وقود الهيدروجين في المختبر.

تـــرك مـــالأخ عـــبوة موصولة، ورفع بحذر إحدى أسطوانات الاحتياط، ووضعها على طاولـــة قرب الحامل. ثمّ دحرج الأسطوانة إلى خارج غرفة التزويد بالطاقة، وعبر المختبر، نحو باب البليكسي الذي يوصد غرفة تخزين البيانات. ومع أنّ هذا الموقع قريب بما يكفي، إلاّ أنّـــه كان قد لاحظ وجود نقطة ضعف واحدة في زجاج البليكسي المتين؛ الفراغ الصغير بين أسفل الباب والحاجب.

عـــند العتـــبة، مدّد العبوة بحذر على جنبها، وأدخل الأنبوب المطاطي المرن تحت الباب. استغرقه الأمر بضع لحظات لإزالة أقفال الأمان، والوصول إلى صمّام الأسطوانة. وحـــين فعل، فتح الصمّام بحذر شديد. رأى من خلال زجاج البليكسي كيف راح السائل يفـــور مـــن العبوة على الأرض، داخل غرفة التخزين. راقب البركة وهي تتّسع، وتسيل على الأرض وهي تغلي وتفور. فالهيدروجين يحافظ على شكله السائل حين يكون بارداً فقط، ولكن ما إن ترتفع حرارته، حتّى يبدأ بالغليان. والغاز الذي ينتج عن ذلك هو أكثر اشتعالاً من السائل.

تذكّر كارثة هايدينبيرغ.

أسرع مالأخ إلى المختبر، وأخرج منه إناء بيريكس يحتوي على وقود بنزن، وهو وقود لزج سريع الاشتعال ولكنّه غير قابل للاحتراق. حمله إلى باب البليكسي، وسُرّ حين رأى أنّ الهيدروجين السائل لا يزال يسيل ويغلي داخل غرفة تخزين البيانات مغطّياً الأرض بأكملها، ومحـيطاً بالقاعدتـين اللتين وُضعت عليهما وحدة التخزين الاحتياطي. ارتفع ضباب أبيض اللون من السائل حين بدأ يتحوّل إلى غاز... وملأ الحجرة الصغيرة.

رفع مالأخ إناء البنزن، وصبّ كمية سخية منه على عبوة الهيدروجين، والأنبوب، وفي الفتحة الصغيرة تحت الباب. بعدها، أخذ يتراجع بحذر شديد إلى خارج المختبر، مخلّفاً وراءه خطًّا متواصلاً من الوقود على الأرض.

كانـت المـوظفة المسؤولة عن تلقّي اتّصالات الطوارئ في العاصمة واشنطن مشغولة علـى نحو غير اعتيادي الليلة. *مباراة كرة قدم، شراب، وليلة مقمرة.* هذا ما فكّرت فيه وهي تتلقّـى اتّـصالاً طارئاً آخر ظهر على شاشتها، وكان صادراً عن هاتف عمومي في سوتلاند باركواي في أناكوستيا. *حادث سير على الأرجح.*

أجابت: "معكم الطوارئ، ما المشكلة؟".

أجابـت امـرأة بصوت مذعور: "تعرّضت للتوّ لهجوم في مركز الدعم التابع للمتحف السميثسوني. أرسلوا الشرطة رجاءً! 4210 طريق سيلفر هيل!".

قالت الموظفة: "حسناً، اهدأي. أريدك–".

"أريـدك أن ترسـلي رجـال شـرطة إلى منزل في كالوراما هايتس، أظنّ أنّ شقيقي مخطوف فيه!".

تنهّدت الموظّفة. *ليلة مقمرة.*

الفصل 53

كان بيلامي يقول للانغدون: "كما حاولت إخبارك، هذا الهرم أكثر تعقيداً ممّا يبدو عليه".

يبدو ذلك صحيحاً. أقرّ لانغدون أنّ الهرم الحجري الموضوع في حقيبته المفتوحة يبدو الآن أكثر غموضاً. فتفكيك الشيفرة الماسونية أتى بشبكة لا معنى لها من الأحرف.

الفوضى.

S O E U

A T U N

C S A S

V U N J

تأمّل لانغدون الشبكة طويلاً بحثاً عن أيّ معنى في الأحرف، كلمات خفية، جِناس تصحيفي(*)، معنى من أيّ نوع، ولكن عبثاً.

قال بيلامي: "يُقال إنّ الهرم الماسوني يحفظ أسراره خلف عدّة حُجُب. كلما نزعت حجاباً، ظهر آخر. فها أنت قد كشفت هذه الأحرف، ولكنّها لا تعني شيئاً ما لم تكشف طبقة جديدة. وبالطبع، طريقة فعل ذلك لا يعرفها سوى من يملك حجر القمّة. أظنّ أنّ حجر القمّة عليه نقش هو الآخر، يرشدك كيف تحلّ شيفرة الهرم".

نظر لانغدون إلى العلبة المكعّبة الموضوعة على الطاولة. استناداً إلى ما قاله بيلامي، فهم لانغدون الآن أنّ حجر القمّة والهرم هما "شيفرة مجزّأة"؛ شيفرة مقسومة إلى جزأين. فخبراء الكتابة المشفّرة المعاصرون غالباً ما يستعملون الشيفرات المجزّأة، مع أنّ هذا النظام ابتكره قدماء اليونان. فحين كان اليونان يرغبون بحفظ معلومات سرّية، كانوا ينقشونها على لوح من الطين، ثمّ يحطّمون اللوح إلى أجزاء، ويحفظون كلّ جزء منه في مكان مختلف. ولا تُقرأ الأسرار إلاّ حين تُجمع كلّ الأجزاء معاً. وهذا النوع من ألواح الطين المنقوشة، والتي كانت تُسمّى باليونانية *symbolon*، هي أساس المقابل الإنكليزي المعاصر لكلمة رمز (*symbol*).

قال بيلامي: "روبرت، لقد ظلّ الهرم وحجر القمّة منفصلَين لأجيال، حفاظاً على السرّ". ثمّ طغت الكآبة على صوته وهو يضيف: "ولكن الليلة، اقتربت القطعتان من بعضهما على

(*) تغيير يجرى في ترتيب أحرف نصّ ما لاكتشاف رسالة محجوبة.

نحـو خطيـر. أنـا واثق أنّه ليس عليّ قول ذلك... ولكنّ واجبك هو منع اجتماع جزأي هذا الهرم".

شعر لانغدون أنّ بيلامي يبالغ في تصوير المأساة. *أهو يتحدّث عن حجر قمّة وهرم... أم عـن مفجّـر وقنبلة نووية؟* لم يتمكّن من تقبّل ادّعاءات بيلامي فعلاً، ولكن لا أهمية لذلك. "حتّـى وإن كان هذا هو الهرم الماسوني، وحتّى وإن كان النقش يكشف موضع معرفة قديمة، كيف يمكن لهذه المعرفة أن تمنح تلك القوّة المزعومة؟".

"لطالمـا أخبرنـي بيتـر أنّـه من الصعب إقناعك، وأنّك أكاديمي تفضّل البرهان على الظنون".

سـأله لانغـدون بـنفاذ صـبر: "هل تعني أنّك تصدّق هذا؟ مع احترامي... أنت رجل عصري ومتعلّم. كيف تصدّق هذه الأمور؟".

ابتسم بيلامي بصبر وقال: "علّمتني حرفة الماسونية أن أحترم بشدّة كلّ ما يتجاوز الفهم البشري. تعلّمت ألاّ أغلق ذهني أبداً أمام فكرة ما لمجرّد أنّها تبدو خارقة".

الفصل 54

اندفـــع حـــارس محيط مركز الدعم مسرعاً على الممرّ المكسو بالحصى، الممتدّ خارج المبنى. كان قد تلقّى للتوّ اتّصالاً من موظف في الداخل يقول أنّ قفل الصالة 5 قد عُطّل، وأنّ ضوء الأمن يشير إلى أنّ باب العيّنات التابع للصالة 5 مفتوح الآن.

ما الذي يجري بحقّ الله؟!

حين وصل إلى باب العيّنات، وجده مفتوحاً بالفعل بضع أقدام. فكّر أنّ الأمر غريب. *لا يمكن لهذا الباب أن يُفتح سوى من الداخل.* سحب المصباح من حزامه وأنار به ظلام الحجرة الـــدامس، إلاّ أنّه لم يجد شيئاً. لم تكن لديه رغبة بالدخول إلى المجهول، فخطا فوق العتبة، ثمّ أدخل المصباح من الفتحة، والتفت إلى اليسار ثمّ إلى...

قبـــضت يدان قويتان على رسغه وقذفتاه في الظلام. شعر الحارس أنّه يدور تحت تأثير قوّة غير مرئية، وشمّ رائحة الإيثانول. طار المصباح من يده، وقبل أن يفهم ما يحدث، لكمت قبـــضة حديدية قفصه الصدري. تكوّر الحارس على الأرض الإسمنتية... وهو يئنّ ألماً، بينما سار شكل داكن بعيداً عنه.

تمـــدّد الحـــارس علـــى جنبه وهو يلهث محاولاً التقاط أنفاسه. كان مصباحه مُلقىً في الجـــوار، ونوره يضيء شيئاً بدا وكأنّه وعاء معدني. كان الوعاء يحمل ملصقاً يفيد أنّه وقودُ حارقِ بَنزِن.

ظهـــرت شرارة قدّاحة سجائر، وأضاءت الشعلة البرتقالية شكلاً بالكاد بدا بشرياً. نظر الحارس حائراً، ولكنّ المخلوق كان قد انزلق من الباب المفتوح وخرج إلى الليل.

تمكّـــن الحـــارس من الجلوس وهو يئنّ ألماً، وراحت عيناه تتبعان خطّ النار. *ما هذا؟!* بـــدت الشعلة صغيرة جداً وغير خطيرة، إلاّ أنّه رأى الآن شيئاً مخيفاً. فالشعلة لم تعد تضيء الفراغ المظلم فقط، بل امتدّت إلى الجدار الخلفي، وأضاءت بناءً ضخماً من حجر الرماد. لم يسبق أن سُمح للحارس بدخول الصالة 5، ولكنّه كان يعرف جيّداً ماهية هذا البناء.

إنّه المكعّب.

مختبر كاثرين سولومون.

اندفعت الشعلة في خطّ مستقيم نحو باب المختبر مباشرةً. وقف الحارس وهو يعلم تماماً أنّ خـــطّ الـــنفط متواصل إلى ما وراء الباب... وأنه سيُشعل قريباً حريقاً في الداخل. استدار ليهرب، ولكنّه شعر بهبّة مفاجئة من الهواء تجتاحه.

للحظة وجيزة، غمر النور الصالة 5 بأكملها.

لـــم يـــرَ الحـــارس أبداً كرة النار الهيدروجينية وهي تنفجر نحو الأعلى، وتحطِّم سقف الــصالة 5 لتـــندفع مـــئات الأقـــدام في الهواء. كما أنّه لم يرَ السماء تمطر شظايا من شبكة التيتانيوم، والمعدّات الإلكترونية، وقطرات السيليكون الذائب من وحدتي التخزين الاحتياطي.

كانـــت كاثرين تقود شمالاً حين رأت وميض الضوء في مرآة الرؤية الخلفية. ثمّ أجفلت حين سمعت دويّ انفجار عميق يخترق سكون الليل.

تساءلت، *ألعاب نارية؟ هل حان وقت الفاصل في مباراة الريدسكينز؟*

أعـــادت تركيـــزها علـــى الطريق، وكانت لا تزال تفكّر في الاتّصال الذي أجرته من الهاتف العمومي في محطّة الوقود الخالية.

نجحت كاثرين في إقناع موظّفة الطوارئ بإرسال الشرطة إلى مركز الدعم للبحث عن الدخـــيل ذي الجـــسد الموشوم، ورجتها إيجاد مساعدتها تريش. بالإضافة إلى ذلك، طلبت من الموظّفة التحقّق من عنوان د. أبادون في كالوراما هايتس، إذ تظنّ أنّ بيتر مسجون هناك.

لـــسوء الحـــظّ، لم تتمكّن كاثرين من إيجاد رقم روبرت لانغدون. ولم يعد أمامها خيار سوى التوجّه إلى مكتبة الكونغرس، وهو المكان الذي طلب منها لانغدون ملاقاته فيه.

كـــان الاكتـــشاف المـــرعب لهوية د. أبادون الحقيقية قد غيّر كلّ شيء. لم تعد كاثرين تعـــرف مـــا تصدّق. كلّ ما تعرفه هو أنّ الرجل نفسه الذي قتل أمّها وابن أخيها قبل كلّ تلك السنوات، خطف الآن شقيقها وأتى لقتلها. *من هذا المجنون؟ ماذا يريد؟* كان الجواب الوحيد لا معنـــى له. *هرم؟* لم تفهم أيضاً لِم أتى إلى مختبرها الليلة. إن أراد إيذاءها، لماذا لم يفعل ذلك في منزله؟ لماذا تكبّد عناء إرسال رسالة والمخاطرة باقتحام مختبرها؟

فوجـــئت لدى رؤية الألعاب النارية في مرآة الرؤية الخلفية تزداد قوّة، ليعقب الوميض الأولـــيّ منظـــر غير متوقّع؛ كرة نار برتقالية ملتهبة ارتفعت فوق الأشجار. *ما الذي يجري بحقّ الله؟!* ترافقت كرة النار بدخان أسود داكن... ولم يكن ذلك قريباً من ملعب فيديكس حيث تـــدور مـــباراة الريدسكينز. حاولت حائرة معرفة المصنع الموجود خلف تلك الأشجار... في الجنوب الشرقي للشارع العريض.

أخيراً، صعقها الجواب.

الفصل 55

ضغط وارن بيلامي بعصبية على أزرار هاتفه الخليوي، محاولاً الاتّصال بشخص لمساعدتهما، أيًّا يكن هو.

راقبه لانغدون ولكنّ ذهنه كان مع بيتر، يفكّر بأفضل طريقة لإيجاده. كان خاطف بيتر قد أمره قائلاً، *فكّك الشيفرة، وستكشف لك مخبأ أعظم الكنوز البشرية... نذهب إلى هناك... ونقوم بالتبادل.*

أقفل بيلامي الخطّ عابساً. لم يجبه أحد بعد.

قال لانغدون: "أنا لا أفهم، حتّى ولو تقبّلت وجود هذه الحكمة السرّية... وأنّ هذا الهرم يشير إلى موقع تحت الأرض... ما الذي أبحث عنه؟ سرداب؟ قبو؟".

جلس بيلامي هادئاً لوقت طويل، ثمّ تنهّد وقال بحذر: "روبرت، استناداً إلى ما سمعته على مرّ السنوات، يؤدّي الهرم إلى مدخل سلّم لولبي".

"*سلّم؟*".

"بالضبط. سلّم يمتدّ في الأرض... إلى مسافة مئات الأقدام".

لم يصدّق لانغدون ما يسمع. مالَ نحو بيلامي الذي تابع قائلاً: "سمعت أنّ الحكمة القديمة مدفونة في أسفله".

وقف لانغدون وبدأ يمشي. *سلّم لولبي ينزل مئات الأقدام في باطن الأرض... في العاصمة واشنطن.* "ولم يسبق لأحد أن رأى هذا السلّم".

"بحسب المزاعم، مدخله مسدود بحجر هائل".

تنهّد لانغدون. ففكرة القبر المغطّى بحجر ضخم مأخوذة من الروايات الإنجيلية لقبر يسوع. ذاك النموذج الأصلي الهجين هو أصل جميع الروايات. "وارن، هل تصدّق أنّ هذا السلّم السرّي موجود فعلاً؟".

"لم تسبق لي رؤيته، ولكنّ زمرة من الماسونيين الأكبر سنًّا يُقسِمون على وجوده. كنت أحاول الاتّصال بأحدهم الآن".

ظلّ لانغدون يذرع القاعة ذهاباً وإياباً، لا يعرف ما يقول.

"روبرت، أنت تصعّب مهمّتي بخصوص هذا الهرم". قست نظرة بيلامي في وهج المصباح الخافت. تابع قائلاً: "لا أستطيع أن *أ*جبر رجلاً على تصديق ما لا يريد. ولكنّني آمل أن تفهم واجبك تجاه بيتر سولومون".

فكّر لانغدون، *أجل، واجبي مساعدته.*

"أنــا لا أطلب منك الاعتقاد بالقوّة التي يمكن لهذا الهرم كشفها، ولا أطلب منك تصديق وجود السلّم الذي يُفترض أن يؤدّي إليها. ما أطلبه هو أن تشعر أنّك ملزم أخلاقياً بحماية هذا الــسرّ... أيًّا يكن". أشار بيلامي إلى العلبة الصغيرة المكعّبة وأضاف: "لقد ائتمنك بيتر على حجر القمّة لأنّه كان يثق أنّك سترضخ لرغباته وتحافظ عليه. وهذا ما ينبغي عليك فعله الآن، حتّى وإن كان يعني التضحية بحياة بيتر".

جمد لانغدون في مكانه واستدار مذهولاً: "ماذا؟!".

ظــلّ بيلامي جالساً. كانت تعابير وجهه تنمّ عن الألم والتصميم على السواء. قال: "هذا ما كان ليريده. عليك نسيان بيتر، لقد رحل. بيتر أدّى واجبه وبذل ما في وسعه لحماية الهرم. ومهمتك الآن هي الحرص على عدم إضاعة جهوده هباء".

هــتف لانغدون غاضباً: "لا أصدّق أنّك تقول ذلك! حتّى وإن كان هذا الهرم كما تقول، بيتر هو أخوك في الماسونية. لقد أقسمت على حمايته فوق كلّ شيء، حتّى بلدك!".

"كلاّ، يا روبرت. الماسوني يحمي أخاه الماسوني فوق كلّ شيء... باستثناء شيء واحد، ألا وهــو السرّ الأعظم الذي تحتفظ به جمعيتنا للبشرية بأسرها. وسواء أكنت أعتقد أم لا أنّ هذه الحكمة الضائعة تمتاز فعلاً بالقوّة التي ينسبها إليها التاريخ، فقد أخذت عهداً على إبعادها عن أيدي الأشخاص غير الجديرين بها. ولن أسلمها إلى أحد... حتّى مقابل حياة بيتر سولومون".

قال لانغدون غاضباً: "أعرف كثيراً من الماسونيين، ومنهم من يحتلّ مراتب عالية جداً، وأنــا أكيد أنّ هؤلاء الرجال لم يقسموا على التضحية بحياتهم من أجل هرم حجري. كما أنّني أكيد جداً أنّ أيًّا منهم لا يعتقد بوجود سلّم سرّي يؤدّي إلى كنز مدفون في أعماق الأرض".

"ثمّة دوائر *ضمن* الدوائر، يا روبرت. لا يعلم *الجميع* كلّ شيء".

تــنهّد لانغدون، محاولاً السيطرة على انفعاله. كان قد سمع كغيره بشائعات حول دوائر من النخبة بين الماسونيين. ولكنّ هذا الموضوع لا علاقة له بالوضع الراهن. قال: "وارن، إن كــان هذا الهرم وحجر القمّة يكشفان فعلاً السرّ الماسوني الأعظم، لماذا ورّطني بيتر به؟ أنا لست ماسونياً حتّى... ولا أنتمي إلى أيّ من الدوائر الداخلية".

"أعلــم، وأظنّ هذا السبب بالتحديد هو الذي دفع بيتر إلى اختيارك. فالهرم كان مستهدفاً فــي الماضي، حتّى من قبل الأشخاص الذين تسلّلوا إلى الأخوية لأهداف غير نزيهة. وقرار بيتر بحفظه *خارج* الأخوية كان قراراً حكيماً".

سأله لانغدون: "هل كنت تعلم أنّني أملك حجر القمّة؟".

"كــلاّ. وإن كــان بيتر قد أخبر أحداً، لن يخبر سوى رجل واحد". أخرج بيلامي هاتفه وأعاد طلب الرقم، ثمّ قال: "وحتّى الآن، لم أنجح في الاتّصال به". سمع رسالة صوتية ثمّ أقفل الخطّ وأضاف: "حسناً روبرت، يبدو أنّ القرار بين أيدينا حالياً، وعلينا اتّخاذه".

نظــر لانغــدون إلى ساعة ميكي ماوس التي كانت تشير إلى الساعة 9:42 مساءً. قال: "أنت تدرك أنّ خاطف بيتر ينتظر منّي تفكيك شيفرة الهرم الليلة وإخباره بمفادها".

عبس بيلامي قائلاً: "بذل العظماء عبر التاريخ تضحيات شخصية هائلة لحماية الأسرار القديمـــة، وعلينا القيام بالمثل أنا وأنت". وقف وأضاف: "يجب أن نواصل طريقنا. عاجلاً أم آجلاً، ستكتشف ساتو مكاننا".

سأله لانغدون، غير راغب في المغادرة: "وماذا عن كاثرين؟ لم أتمكّن من الاتّصال بها، ولم تتّصل هي الأخرى".

"لا بدّ من أنّ شيئاً ما حدث معها".

"ولكن لا نستطيع تركها!".

قـــال بيلامي بصوت آمر: "انسَ كاثرين! انسَ بيتر! انسَ الجميع! ألا تفهم، يا روبرت؟ لقـــد تمّ ائتمانك على مهمّة أكبر منّا جميعاً. أكبر منك، ومن بيتر، ومن كاثرين، ومنّي". نظر إلى عيني لانغدون وأضاف: "علينا إيجاد مكان آمن لإخفاء الهرم وحجر الزاوية بعيداً عن–".

سُمع دويّ تحطّم معدني آتٍ من الردهة الكبرى.

استدار بيلامي، وقد بدا الخوف في عينيه: "لقد لحقوا بنا بسرعة".

استدار لانغدون نحو الباب. يبدو أنّ الصوت أتى من الدلو المعدني الذي وضعه بيلامي على السلّم وسدّ به باب النفق. *ها قد أتوا بحثاً عنّا.*

ثمّ فوجئا بصوت تحطّم آخر، وتردّد الصوت مرتين.

فـــرك المتـــشرّد النائم على المقعد المقابل لمكتبة الكونغرس عينيه، وأخذ يراقب المشهد الغريب أمامه.

كانـــت ســـيّارة فولفـــو بيضاء قد تجاوزت الحاجز الحديدي، واندفعت في شارع المشاة الخالـــي، ثـــمّ تـــوقّفت عند المدخل الرئيس للمكتبة. نزلت منها امرأة جذّابة ذات شعر داكن، ونظرت حولها بعصبية. وحين رأت الرجل المتشرّد، هتفت قائلةً: "هل تملك هاتفاً؟".

أيّتها السيّدة، أنا لا أملك سوى فردة حذاء واحدة.

ويـــبدو أنّهـــا لاحظت ذلك، لأنّها اندفعت تصعد السلّم المؤدّي إلى باب المكتبة الرئيس. حـــين وصـــلت إلى الأعلى، أمسكت قبضة الباب، وحاولت يائسة فتح كلّ من الأبواب الثلاثة الضخمة.

المكتبة مغلقة، أيّتها السيّدة.

لـــم تأبـــه المرأة على ما يبدو، إذ أمسكت إحدى القبضات المصنوعة على شكل حلقة، ورفعتها إلى الخلف، ثمّ تركتها لترتطم بالباب بقوّة. وكرّرت ذلك ثلاث مرّات.

قال المتشرّد في نفسه، *ربّاه، تبدو بحاجة ماسّة إلى كتاب.*

الفصل 56

حــين رأت كاثرين سولومون باب المكتبة البرونزي الضخم يُفتح أخيراً أمامها، شعرت وكأنّ فيضاناً عاطفياً يجتاحها. فقد تدفّق كلّ الخوف والإرباك اللذين حبستهما الليلة.

كان الرجل الواقف عند الباب وارن بيلامي، وهو صديق لأخيها وأمين لأسراره. ولكنّ كاثرين كانت أكثر سروراً لرؤية الرجل الواقف في الظلّ خلف بيلامي. وكان شعوراً متبادلاً علــى مــا يــبدو، لأنّ الارتياح بدا في عيني روبرت لانغدون وهي تندفع من الباب... إلى ذراعيه مباشرة.

أغلــق بيلامي الباب الأمامي، بينما تركت كاثرين ذاك الصديق القديم يواسيها. سمعت صوت القفل، وشعرت أخيراً بالأمان. فاضت عيناها بالدموع فجأة، ولكنّها قاومتها.

احتضنها لانغدون، وهمس قائلاً: "لا بأس، أنتِ بخير".

أرادت كاثــرين أن تقول له، *لأنّك أنقذتني، لقد دمّر مختبري... وكلّ عملي. سنوات من البحث... ضاعت في الهواء*. أرادت إخباره بكلّ شيء، ولكنّها بالكاد كانت تتنفّس.

قال لها لانغدون بصوته العميق مواسياً: "سنعثر على بيتر، أعدك".

أرادت أن تــصرخ، *أعــرف من فعل هذا! إنّه الرجل نفسه الذي قتل أمّي وابن أخي!*

ولكن قبل أن تتمكّن من الكلام، اخترق الصمت صوت غير متوقّع.

فقــد سُمع دويّ من الأسفل، وكأنّ شيئاً معدنياً كبيراً سقط على الأرض. شعرت كاثرين أنّ عضلات لانغدون تقلّصت فوراً.

تقدّم بيلامي إلى الأمام، وبدت تعابيره كئيبة: "علينا المغادرة فوراً".

أسرع المهندس ولانغدون عبر الردهة الكبرى باتّجاه قاعة المطالعة الشهيرة، التي كانت غارقــة بالــنور، وتبعتهما كاثرين حائرة. بسرعة، أقفل بيلامي البابَين، الخارجي والداخلي، خلفهم.

سارت كاثرين من دون وعي، بينما راح بيلامي يدفعهما إلى وسط القاعة. وصل الثلاثة إلــى طاولــة مطالعة وُضعت عليها حقيبة جلدية تحت مصباح. بقرب الحقيبة، كان ثمّة علبة مكعّبة صغيرة تناولها بيلامي ووضعها في الحقيبة مع...

وقفت كاثرين جامدة. *هرم؟*

لــم يــسبق لها رؤية هذا الهرم الحجري المنقوش، إلاّ أنّها شعرت مع ذلك أنّ جسدها ينــتفض لــرؤيته. نوعاً ما، أدركت الحقيقة. ها هي وجهاً لوجه أمام الشيء الذي آذى حياتها كثيراً. *الهرم*.

أغلق بيلامي سحّاب الحقيبة، وسلّمها إلى لانغدون قائلاً: "لا تدعها تغيب عن نظرك".

دوّى صوت انفجار مفاجئ هزّ باب القاعة الخارجي، تبعه صوت زجاج يتحطّم.

استدار بيلامي قائلاً: "من هنا!" وبدا عليه الرعب وهو يدفعهما نحو المكتب المركزي، الذي كان عبارة عن ثمانية مكاتب محيطة بحجرة ضخمة مثمّنة الأضلاع. تقدّمهما من خلف المكاتب، ثمّ أشار إلى فُتحة في الحجرة: "أدخلا من هنا!".

سأله لانغدون: "هنا؟ سيجدوننا بالتأكيد!".

قال بيلامي: "ثق بي، إنّها ليست كما تظنّ".

الفصل 57

تـــوجّه مالأخ بسيارة الليموزين نحو كالوراما هايتس. كان الانفجار الذي هزّ مختبر كاثرين أكبـــر ممّـــا توقّع، وكان محظوظاً لتمكّنه من الفرار بسلام. ساعدته الفوضى التي أعقبت الحادث على الخروج من دون مقاومة، فمرّ بسيّارته من أمام حارس مشغول بالصراخ عبر الهاتف.

فكّر بصمت، *عليّ ترك الطريق.* إن لم تكن كاثرين قد اتّصلت بعد بالشرطة، لا بدّ من أن يلفت الانفجار انتباههم، *وسيعثرون بسهولة على رجل عاري الصدر يقود سيّارة ليموزين.*

بعد سنوات من الإعداد، لم يصدّق مالأخ أنّه أوشك على نيل مراده. كانت الرحلة حتّى الآن طويلة وصعبة. *ما بدأ قبل سنوات في البؤس... سينتهي الليلة بالمجد.*

في الليلة التي بدأ فيها كلّ ذلك، لم يكن اسمه مالأخ. في الواقع، لم يكن يملك تلك الليلة اسماً على الإطلاق. *السجين 37.* وشأنه شأن معظم نزلاء سجن سوغانليك المعروف بقسوته، والواقع خارج إسطنبول، كان السجين 37 هناك بتهمة تعاطي المخدرات.

كـــان مـــتمدّداً على سريره في حجرة إسمنتية مظلمة، فريسة للجوع والبرد، يتساءل كم سيطول حبـــسه. وكان زميله الجديد الذي لم يرَه سوى منذ أربع وعشرين ساعة، ينام على الـــسرير فـــوقه. كان مدير السجن رجلاً بديناً ومدمناً، يكره عمله، ويصبّ جام غضبه على السجناء. والليلة، قرّر إطفاء كلّ الأضواء.

كانت الساعة العاشرة تقريباً، حين سمع السجين 37 حديثاً تناهى إليه عبر فُتحة التهوئة. كـــان الصوت الأوّل واضحاً جداً، تشوبه النبرة الحادّة والمتمرّدة لمدير السجن، الذي لم يسرّ لإيقاظه من قبل زائر متأخّر.

سمعه يقول: "أجل، أجل، أتيتَ من مكان بعيد، ولكنّ الزيارة ممنوعة في الشهر الأوّل. هذه هي القوانين، وما من استثناءات".

كان الصوت الذي أجابه ناعماً ومهذّباً، مشوباً بالألم: "هل ابني بخير؟".

"إنّه مدمن على المخدرات".

"هل تحسنون معاملته؟".

"قدر الإمكان، هذا ليس فندقاً".

بعـــد صـــمت قـــصير، قال الرجل: "هل تدرك أنّ وزارة الخارجية الأميركية ستطلب إخراجه؟".

"أجل، أجل، هذا ما يفعلونه دوماً. وسيتمّ إطلاق سراحه، مع أنّ الإجراءات قد تستغرق أسبوعين... أو حتّى شهراً... هذا يعتمد...".

"يعتمد على ماذا؟".

قال المدير: "حسناً، نحن نعاني من نقص في الموظفين". صمت وأضاف: "وبالطبع، تقوم الأطراف المعنيّة أحياناً، كحضرتك، بتقديم هبات لموظفي السجن لمساعدتنا على تسريع الإجراءات".

لم يجب الزائر.

تابع المدير بصوت منخفض: "سيّد سولومون، بالنسبة إلى رجل مثلك، لا يشكّل له المال عائقاً، ثمّة دائماً خيارات أخرى. أنا أعرف أشخاصاً في الحكومة. وإن تعاونّا أنا وأنت، قد نتمكّن من إخراج ابنك من هنا... *غداً*، وإسقاط جميع التهم. حتّى إنّه لن تتمّ ملاحقته في بلده".

كان جواب الرجل مباشراً: "لو تغاضينا عن النتائج القانونية لاقتراحك، أنا أرفض أن أعلّم ابني أنّ المال يحلّ جميع المشاكل أو أنّه ما من محاسبة في الحياة، لا سيّما في مسألة خطيرة كهذه".

"تريد تركه هنا؟".

"أريد التحدّث إليه، على الفور".

"كما قلت، لدينا قوانين. لا يمكنك التحدّث مع ابنك... إلاّ إن كنت ترغب في التفاوض في مسألة إطلاق سراحه الفوري".

بعد صمت طويل، قال الرجل: "ستتّصل بك وزارة الخارجية. حافظ على سلامة زاكاري، وأتوقّع عودته إلى وطنه على متن طائرة في غضون أسبوع. طابت ليلتك".

أُغلق الباب.

لم يصدّق السجين 37 أذنيه. *أيّ أب هذا الذي يترك ابنه في هذا الجحيم ليلقّنه درساً؟* حتّى إنّ بيتر سولومون رفض عرضاً لتبييض سجّل ابنه.

في ساعة متأخرة من تلك الليلة، كان السجين 37 لا يزال مستيقظاً في سريره، بعد أن أدرك كيف سيتمكّن من تحرير نفسه. إن كان المال هو الشيء الوحيد الذي يفصل السجين عن الحرية، الأمر بسيط. قد لا يكون بيتر سولومون راغباً في حلّ الموضوع بالمال، ولكن كما يعرف كلّ من قرأ عناوين الصحف، كان زاكاري يملك الكثير من المال هو أيضاً. في اليوم التالي، تحدّث السجين 37 على انفراد مع مدير السجن، واقترح عليه خطّة جريئة وبارعة تعطي كلاًّ منهما مراده.

شرح السجين 37 للمدير قائلاً: "ينبغي أن يموت زاكاري سولومون لتنجح الخطّة. ولكن يمكننا الاختفاء مباشرة. تستطيع الهرب إلى الجزر اليونانية، ولن ترى هذا المكان مجدّداً".

بعد نقاش قصير، تصافح الرجلان.

قال السجين 37 في سرّه، *قريباً سيموت زاكاري سولومون*. وابتسم وهو يفكرّ كم سيكون ذلك سهلاً.

بعـد يومـين، اتّـصلت وزارة الخارجية بأسرة سولومون، وبلّغتها نبأً رهيباً. أظهرت الصور جثّة الابن، التي تعرّضت للضرب العنيف، مكوّرة على أرض السجن. كان رأسه قد سُـحق بعارضة فولاذية، وبقية أعضاء جسده ضُربت ولويت على نحو لا يمكن تخيّله. يبدو أنّه عُذّب قبل أن يُقتل أخيراً. المشتبه فيه الأوّل كان مدير السجن نفسه، الذي اختفى آخذاً معه علـى الأرجـح كلّ أموال القتيل. فقد وقّع زاكاري على أوراق يحوّل فيها ثروته الهائلة إلى حساب خاصّ، سُحبت منه الأموال على الفور بعد وفاته. ولم يُعرف أين أصبح المال الآن.

ذهـب بيتر سولومون على متن طائرة خاصّة إلى تركيا، وعاد بتابوت يحمل جثّة ابنه، التي دُفنت في مقبرة العائلة. أمّا مدير السجن، فلم يُعثر عليه أبداً. وكان السجين 37 يعرف أنّه لـن يظهـر أبداً. فجثّة ذاك التركي البدين كانت ترقد في قعر بحر مرمرة، طعاماً للسرطان الأزرق الذي يهاجر إليه من مضيق البوسفور. وحُوّلت ثروة زاكاري سولومون الضخمة إلى حساب لا يمكن تعقّبه. أصبح السجين 37 حرًّا من جديد، لا بل وفاحش الثراء.

كانت الجزر اليونانية إحدى أجمل بقاع الأرض. النور، البحر، النساء.

مـا من شيء لا يمكن للمال شراؤه؛ هويّات جديدة، جوازات سفر جديدة، وأمل جديد. اخـتار اسماً يونانياً، أندروس داريوس. أندروس تعني محارب، وداريوس تعني ثري. كانت ليالـي الـسجن المظلمـة تخـيفه، فأقسم على عدم العودة. حلق شعره الأشعث، وترك عالم المخـدرات تماماً. ثمّ بدأ حياةً جديدة، يستكشف ملذات حسّية لم يسبق أن تخيّلها. أصبح يجد النشوة في الإبحار بمفرده في مياه بحر إيجه، أو في امتصاص *الآرني سوفلاكيا*(*) من السيخ مباشرة، أو في الاندفاع في وديان ميكونوس المليئة بالزبد.

إنّني أولد من جديد.

اشترى أندروس دارة فخمة على جزر سيروس، واستقرّ بين أفراد الطبقة الأرستقراطية في بلدة بوسيدونيا. لم يكن هذا العالم الجديد غنياً بالمال فحسب، بل بالثقافة والكمال الجسدي أيضاً. فقد كـان جيـرانه يفتخرون كثيراً بأجسادهم وذكائهم، وكان ذلك معدياً. فجأة، وجد القادم الجديد نفسه يـركض علـى الـشاطئ، ويـسمّر بشرته باهتة اللون، ويطالع الكتب. فقرأ أوديسة هوميروس، وسـحرته صور الرجال البرونزيين الأقوياء الذين يخوضون المعارك على تلك الجزر. في اليوم التالـي، بـدأ برفع الأثقال، وأُذهل للسرعة التي نمت بها عضلات صدره وذراعيه. تدريجياً، بدأ يـشعر بنظـرات النـساء تلاحقه، وكان ذلك الإعجاب يجعله يرغب في المزيد. تاق إلى اكتساب مـزيد مـن القوّة، وقد فعل. فبمساعدة الستيروييد الممزوج بهرمونات النموّ التي تُباع في السوق الـسوداء، فضلاً عن الساعات الطويلة التي أمضاها في ممارسة رفع الأثقال، حوّل أندروس نفسه إلـى مخلوق لم يتخيّله؛ رجل نموذجي كامل. فقد نما طوله وبنيته العضلية على حدّ سواء، وأصبح يمتاز بصدر قويّ، وساقين رشيقتين، كما حافظ دائماً على سمرة بشرته.

(*) الآرني سوفلاكيا: هي وصفة يونانية عبارة عن لحم غنم مشويّ.

أصبح يلفت الآن انتباه *الجميع*.

كما تمّ تحذيره، لم تغيّر الستروييدات والهرمونات جسده فحسب، بل أثّرت في أوتاره الصوتية، وأعطته صوتاً هامساً وغريباً، جعله يبدو أكثر غموضاً. فاقترن صوته الناعم والغامض بجسده الجديد، وثروته، ورفضه التحدّث عن ماضيه، ليشكّل مصيدة للنساء اللواتي يقابلهنّ. فكنّ يستسلمن له بإرادتهن، ويرضيهنّ جميعاً؛ من عارضات الأزياء اللواتي يأتين لزيارة جزيرته، إلى فتيات الجامعات الأميركيات الآتيات في عطلة، وحتّى زوجات جيرانه الوحيدات. جميعهنّ تهافتن عليه.

أنا تحفة فنّية.

ولكن مع مرور السنوات، لم تعد مغامرات أندروس تثير اهتمامه، شأنها شأن كلّ شيء آخر. إذ فقدت أطباق الجزيرة الشهية طعمها، ولم تعد الكتب تأسر اهتمامه، ولا حتّى مشاهدة الغروب الرائع من دارته. *هل يمكن ذلك؟* كان في أواسط العقد الثاني من عمره، ومع ذلك، شعر أنّه عجوز. *ماذا في الحياة أيضاً؟* لقد حوّل جسده إلى تحفة فنّية، وثقّف نفسه، وغذّى عقله. حوّل منزله إلى جزيرة غنّاء في تلك المنطقة الخلاّبة، وأصبح يملك حبّ من يريد.

مع ذلك، شعر أنّ حياته لا تقلّ فراغاً عمّا كانت عليه في السجن التركي.

ثمّة أمر يفوتني.

أتاه الجواب بعد بضعة أشهر. كان يجلس وحيداً في دارته، يقلّب بشرود محطّات التلفاز في منتصف الليل، حين وقع على برنامج عن الأسرار الماسونية. لم يكن البرنامج جيّداً، إذ طرح من الأسئلة أكثر ممّا أجاب. مع ذلك، جذبته كثرة النظريات التي تحيط بالأخوية. راح الراوي يحكي أسطورة تلو الأخرى.

الماسونيون والنظام العالمي الجديد...

الختم الماسوني الأعظم للولايات المتّحدة...

المحفل الماسوني P2...

سرّ الماسونية الضائع...

الهرم الماسوني...

انتصب أندروس مجفلاً. هرم. بدأ الراوي يحكي قصّة هرم حجري غامض نُقشت عليه كتابة تؤدّي إلى حكمة ضائعة وقوّة هائلة. ومع أنّ القصّة بدت غير معقولة، إلاّ أنّها أعادت إليه ذكرى بعيدة... ترجع إلى فترة قاتمة من حياته. تذكّر أندروس ما سمعه زاكاري سولومون من أبيه حول هرم غامض.

معقول؟ حاول أندروس جاهداً تذكّر التفاصيل.

حين انتهى البرنامج، خرج إلى الشرفة وترك هواء الليل البارد يزيل الغشاوة عن ذهنه. أخذ يتذكّر أكثر، وعاد إليه كلّ شيء. فبدأ يشعر بوجود شيء من الحقيقة في تلك الأسطورة. وفي هذه الحالة، سيكون لدى زاكاري سولومون ما يقدّمه إليه، حتّى بعد موته.

ماذا لديّ لأخسره؟

بعد ثلاثة أسابيع، وبعد أن وضع خطّة محبكة، وقف أندروس في البرد القارس خارج شرفة منزل آل سولومون في بوتوماك. رأى من خلال الزجاج بيتر سولومون يتحدّث ويضحك مع أخته كاثرين. *يبدو أنّهما نسيا زاكاري بسهولة.*

قبل أن يُنزل أندروس القناع على وجهه، أخذ جرعة من المخدرات، كانت الأولى منذ زمن طويل. شعر بدفعة مألوفة من الشجاعة. سحب مسدّساً، واستعمل مفتاحاً قديماً لفتح الباب، ثمّ دخل.

"مرحباً، آل سولومون".

لسوء الحظّ، لم تجرِ الرياح كما اشتهى أندروس. وعوضاً عن حصوله على الهرم الذي أتى من أجله، أُطلق عليه الرصاص من بندقية صيد، وأخذ يهرب فوق الثلوج باتّجاه الغابات الكثيفة. فوجئ ببيتر سولومون يطارده والمسدّس يلمع في يده. اندفع أندروس نحو الغابة، وأخذ يركض على طريق يمتدّ على طرف وادٍ سحيق. تردّد من الأسفل صوت شلاّل يتدفّق في هواء الشتاء القارس. تجاوز مجموعةً من أشجار السنديان وانعطف عند زاوية إلى اليسار. بعد ثوانٍ، أخذ ينزلق على الطريق الجليدي، وبالكاد نجا من الموت المحتّم.

ربّاه!

على بعد قدم واحدة أمامه، انتهى الطريق عند جرف ينحدر مباشرة نحو النهر الجليدي في الأسفل. كانت الصخرة على جانب الطريق قد نُقشت بيد طفل كتب عليها بخطّ سيئ:

جسر زاك

وفي الجهة المقابلة من الوادي، تواصل الطريق. *إذاً، أين الجسر؟!* كان مفعول الكوكايين قد زال. *قضي عليّ!* انتابه الذعر، فاستدار ليتراجع، ولكنّه وجد نفسه أمام بيتر سولومون الذي وقف أمامه لاهثاً، والمسدّس بيده.

نظر أندروس إلى المسدّس، وتراجع خطوة إلى الخلف. كان الوادي ينحدر خلفه خمسين قدماً على الأقلّ، قبل أن ينتهي عند النهر المكسوّ بالجليد. وكان الضباب الناتج عن الشلاّل يلفّهما ويجلّد عظامهما.

قال سولومون لاهثاً: "انهار جسر زاك منذ زمن طويل. كان الوحيد الذي يأتي إلى هذا المكان". رفع سولومون المسدّس بيد ثابتة وسأله: "لماذا قتلت ابني؟".

أجاب أندروس: "لم يكن يساوي شيئاً، كان مدمناً. لقد أسديت إليه خدمة".

اقترب منه سولومون موجّهاً المسدّس إلى صدره: "ربّما يجدر بي أن أسدي *إليك* الخدمة نفسها". وبدت نبرته شرسة جداً وهو يضيف: "لقد ضربت ابني حتّى الموت. كيف يمكن لرجل فعل شيء كهذا؟".

"يقوم الناس بأمور لا تخطر على بال حين يُدفعون إلى الهاوية".

"لقد *قتلت* ابني!".

أجاب أندروس بنبرة لاذعة: "كلاّ، *أنت* قتلت ابنك. أيّ رجل هذا هو الذي يترك ابنه في السجن، إن كان يملك خيار إخراجه! *أنت* قتلت ابنك! ولست أنا".

صرخ سولومون بصوت ينمّ عن الألم العميق: "أنت لا تعرف شيئاً!".

قال أندروس في سرّه، *أنت مخطئ، أنا أعرف كلّ شيء.*

اقتـــرب بيتـــر سولومون، وأصبح الآن على بعد خمس ياردات، وصوّب المسدّس على أندروس. كان هذا الأخير يشعر بألم حارق في صدره، وأدرك أنّه ينزف بشدّة. فقد سال الدم الدافـــئ علـــى معدتـــه. نظر من خلف كتفه إلى الوادي. *مستحيل*. التفت إلى سولومون وقال هامساً: "أعرف عنك أكثر ممّا تظنّ. أعرف أنّك لست من الرجال الذين يقتلون بدم بارد".

اقترب منه سولومون أكثر، بحيث لم يعد ممكناً أن يخطئه.

قال أندروس: "أنا أحذّرك، إن ضغطتَ على الزناد، فسألاحقك إلى الأبد".

"أنت ستلاحقني أساساً". وهنا، أطلق سولومون النار.

بيـــنما كانت سيّارة الليموزين السوداء تسرع عائدة إلى كالوراما هايتس، أخذ ذاك الذي يدعو نفسه مالأخ يفكّر في الأحداث العجيبة التي أنقذته من الموت المحتّم في وادٍ جليدي. لقد تحـــوّل إلى الأبد. دوت الطلقة للحظة واحدة، ولكنّ آثارها ظلّت تتردّد على مرّ العقود. جسده الـــذي كـــان في الماضي أسمر وكاملاً، أصبح الآن مشوّهاً بندوب تلك الليلة... ندوب أخفاها تحت أوشام هويته الجديدة.

أنا مالأخ.

ذاك كان قدري.

لقـــد عبر النار، وتحوّل إلى رماد، ثمّ خرج مجدّداً... متحوّلاً مرّة أخرى. والليلة سيأخذ الخطوة الأخيرة في رحلته الطويلة والعظيمة.

الفصل 58

تـــمّ تطوير المفتاح 4 المتفجّر من قبل القوّات الخاصّة لفتح الأبواب المقفلة بأقلّ ضرر ممكـــن. كان في الأساس قطعة من C-4 ملفوفة بصفائح برقّة الورق ليتمّ إدخالها في عضادة الباب، وتتألّف أساساً من السيكلوتريميثيلينيترينيترامين مع ملدّن الديثيلهيكسيل. وفي حالة قاعة المطالعة في المكتبة، أدّت المتفجرة مهمّتها على نحو ممتاز.

خطـــا قائد العمليات، العميل تورنر سيمكينز، من فوق حطام الأبواب، وتفحّص القاعة الكبيرة بحثاً عن أيّ حركة. لا شيء.

قال سيمكينز: "أطفئوا الأنوار".

قـــام عميل آخر بإطفاء المقابس، وغرقت الغرفة بالظلام. مدّ الرجال الأربعة أيديهم معاً وأخـــرجوا أغطـــية الرأس المخصّصة للرؤية الليلية، ثمّ ثبّتوها على أعينهم. وقفوا من دون حراك، يراقبون القاعة التي تلألأت بظلال خضراء.

لم يتغيّر المشهد.

لم يتحرّك أحد في الظلام.

كـــان الهاربـــون غير مسلحين على الأرجح، ولكنّ الفريق الميداني دخل الغرفة شاهراً الأســـلحة. في الظلام، أرسلت أسلحتهم أربعة خطوط من ضوء الليزر، حرّك الرجال الأشعّة فـــي كـــلّ الاتّجاهات، فوق الأرض، على الجدران والشرفات، يبحثون في الظلام. فغالباً ما كانت أشعّة سلاح الليزر في غرفة معتمة تدفع الهارب إلى الاستسلام على الفور.

ليس الليلة على ما يبدو.

لم يسجّلوا أيّ حركة.

رفـــع العمـــيل ســـيمكينز يده، وأشار لفريقه كي يدخل القاعة. تحرّك الرجال بصمت، وســـاروا بحذر إلى الجناح المركزي. مدّ سيمكينز يده وضغط زرًّا في منظاره لتشغيل أحدث ابـــتكار في ترسانة السي آي أيه. فالتصوير الحراري موجود منذ سنوات. ولكنّ التطوّر الذي أُحـــرز مؤخراً في مجال الرسم المصغّر، والحساسية التفاضلية، والتوحيد المزدوج المصدر أدّى إلى ابتكار جيل جديد من أجهزة تحسين الرؤية، تمنح العملاء الميدانيين قدرة شبه خارقة على الإبصار.

نرى في الظلام. نرى عبر الجدران. والآن... أصبحنا نرى في الماضي.

فقـــد أصبحت معدّات التصوير الحراري حسّاسة تجاه الفوارق الحرارية إلى حدّ أنّها لا تكـــشف مكـــان الشخص فحسب... بل الأماكن *السابقة* التي كان فيها. وغالباً ما أثبتت القدرة

علـــى رؤية الماضي قيمتها، لا سيّما الليلة. إذ وجد العميل سيمكينز أثراً حراريًا على إحدى طـــاولات المطالعـــة. فقد توهّج مقعدان خشبيان في منظاره بلون أحمر، في إشارة إلى أنهما أكثـــر دفئاً من المقاعد الأخرى. كما توهّج مصباح طاولة المطالعة بلون برتقالي. من الواضح أنّ الرجلين كانا يجلسان إلى تلك الطاولة، ولكن ما يودّ معرفته الآن هو الاتّجاه الذي ذهبا فيه.

وجـــد الإجابـــة علـــى المكتب المركزي الذي يحيط بالمنضدة الخشبية الكبيرة في وسط القاعة. بصمات أصابع باهتة تلمع بلون قرمزي.

رفـــع سيمكينز سلاحه، وتوجّه إلى المنضدة مثمّنة الأضلاع، ممرّراً نظره فوق السطح. اســـتدار حولها إلى أن رأى فُتحة في جانب المنضدة. *هل حشرا نفسيهما في خزانة؟* تفحّص العمـــيل الحافّـــة المحيطة بالفُتحة، ورأى بصمة متوهّجة عليها. من الواضح أنّ أحدهم أمسك بحافة الباب وهو يدخل إلى الخزانة.

انتهى وقت الصمت.

هتف سيمكينز مشيراً إلى الفُتحة: "أثر حراري! تجمّعوا!".

اقترب الجناحان الأيمن والأيسر من جهتين متقابلتين وأحاطا بالمنضدة مثمّنة الأضلاع.

تـــوجّه سيمكينز إلى الفُتحة. وعلى بعد عشر أقدام، أمكنه رؤية ضوء في الداخل. هتف قـــائلاً: "ضـــوء داخـــل المنـــضدة!" وكان يأمل أنّ يُقنع صوته السيّد بيلامي والسيّد لانغدون بالخروج مستسلمَين.

لم يحدث شيء.

حسناً، سنلجأ إلى وسيلة أخرى.

حين اقترب سيمكينز من الفتحة، أخذ يسمع همهمة في الداخل، بدت وكأنّها صادرة عن آلـــة. توقّـــف محاولاً تخيّل مصدر ذاك الصوت في هذا المكان الضيّق. اقترب أكثر، فسمع أصواتاً طغت على صوت الآلة. وحين وصل إلى الفتحة، انطفأت الأنوار في الداخل.

قال في نفسه، *شكراً، هذا في مصلحتنا.*

وقـــف عـــند العتـــبة، وحدّق من خلال الفُتحة. ما رآه لم يكن متوقَّعاً. فالمنضدة لم تكن خزانة، بل كانت أقرب إلى سقف يعلو سلّماً يؤدّي إلى غرفة في الأسفل. وجّه العميل سلاحه إلى أسفل السلّم، وبدأ ينزل. كان صوت همهمة الآلة يرتفع مع كلّ خطوة.

أيّ مكان هذا، بحقّ الله؟

كانت الغرفة الموجودة تحت قاعة القراءة صغيرة، أشبه بمكان صناعي. والصوت الذي يـــسمعه كـــان بالفعل صادراً عن آلة، مع أنّه لم يكن واثقاً ما إذا كان بيلامي ولانغدون هما اللذان قاما بتشغيلها أم أنّها تعمل على مدار الساعة. في الحالتين، لا فرق. فقد ترك الهاربان آثـــاراً حـــرارية علـــى مخـــرج الحجرة الوحيد؛ باب فولاذي متين، كانت لوحة قفله تتوهّج ببـــصمات واضـــحة علـــى أربعة من أرقامها. حول الباب، لمعت أضواء برتقالية من تحت الحاجب، مشيرة إلى أنّ الجهة الأخرى مضاءة.

قال سيمكينز: "فجّروا الباب. من هنا هربا".

استغرق إدخال صفيحة من المفتاح 4 وتفجيرها ثماني ثوانٍ. حين زال الدخان، وجد عملاء الفريق الميداني أنفسهم أمام عالم غريب تحت الأرض يُعرف هنا بالمستودع.

إذ تضمّ مكتبة الكونغرس أميالاً وأميالاً من رفوف الكتب، معظمها تحت الأرض. بدت الرفوف اللامتناهية أشبه بخدعة بصرية ناتجة عن المرايا.

كان ثمّة لافتة كُتب عليها:

بيئة ذات حرارة ثابتة

الرجاء إبقاء هذا الباب مغلقًا على الدوام

دفع سيمكينز الباب المتضرّر وشعر بلفحة من الهواء البارد. ابتسم على الفور. *سيكون إيجادهما ولا أسهل!* فالآثار الحرارية في الأماكن ذات الحرارة الثابتة تظهر واضحة كالشمس، وقد كشف منظاره منذ الآن لطخة حمراء على عمود في الأعلى، يبدو أنّ بيلامي أو لانغدون أمسك به في أثناء هربه.

همس قائلاً: "تستطيعان الهرب، ولكن لن تختبئا".

حين تقدّم سيمكينز وفريقه في متاهة صفوف الكتب، أدرك أنّ الميدان مجهّز لصالحه إلى حدّ أنّه لن يحتاج إلى منظاره لتتبّع فريسته. ففي الظروف العادية، تشكّل متاهة كهذه مخبأً مناسباً. إلاّ أنّ مكتبة الكونغرس تستعمل مصابيح تعمل على الحركة توفيراً للطاقة. هكذا، كان الطريق الذي سلكه الهاربان مضاءً مثل مدرجٍ للطائرات. فقد امتدّ أمامه خطّ ضيّق من الأنوار، وراح يتلوّى وينعطف بين صفوف الكتب.

نزع الرجال الأربعة أقنعة الرؤية الليليّة، وراح الفريق المدرّب يتتبّع خطّ الأضواء وينعطف يميناً ويساراً بين متاهة الرفوف. وسرعان ما رأى سيمكينز مصابيح تضيء الظلام أمامه. *لقد اقتربنا.* اندفع بشكل أسرع، إلى أن سمع خطوات وصوت تنفّس سريع. أخيراً رأى هدفاً.

صرخ قائلاً: "رأيت أحدهم!".

بدت قامة وارن بيلامي النحيلة في النهاية. كان الرجل الأميركي ذو الأصول الأفريقية الأنيق يترنّح بين صفوف الكتب، مقطوع الأنفاس على ما يبدو. *لا جدوى من الهرب أيّها العجوز.*

صرخ سيمكينز: "قف مكانك، سيّد بيلامي!".

ظلّ بيلامي يركض وينعطف بين صفوف الكتب. ومع كلّ خطوة، كانت المصابيح تضيء فوق رأسه.

حين أصبح الفريق على مسافة عشرين ياردة منه، صرخوا مجدّداً كي يتوقّف، ولكنّه واصل الهرب.

أمرهم سيمكينز: "أوقفوه!".

رفــع العميل الذي يحمل بندقية غير قاتلة يده وأطلق النار. كانت المقذوفة التي انطلقت منها عبر الممرّ، والتفّت حول ساقَي بيلامي، تُلقّب سيلي سترينغ (الخيط السخيف)، ولكنّها لم تكن سخيفة على الإطلاق. كان ذاك السلاح غير القاتل عبارة عن تكنولوجيا عسكرية ابتُكرت فـي مختبرات سانديا الوطنية. وهو يتألّف من خيط من البوليوريثان اللزج الذي يصبح صلباً كالصخر عند احتكاكه بشيء ما، فيكوّن شبكة بلاستيكية صلبة على الجهتين الخلفيتين لركبتَي الــشخص الهــارب. وكان أثره في الهدف أشبه بأثر العصا في الدواليب. هكذا تصلّبت ساقا الرجل وهو يركض، فاندفع إلى الأمام وسقط على الأرض. حاول بيلامي السير لمسافة عشر أقدام في الجناح المظلم، قبل أن يتوقّف وتضاء المصابيح فوقه.

صــرخ سـيمكينز قـائلاً: "سأتولّى أمر بيلامي، تابعوا البحث عن لانغدون! لا بدّ أنّه قريب-".

ولكنّ قائد الفريق الميداني صمت فجأة حين رأى أنّ صفوف الكتب الممتدّة أمام بيلامي كانت غارقة في الظلام. من الواضح أنّ أحداً لم يكن يجري أمام بيلامي. أهو بمفرده؟!

كــان بيلامـي لا يزال ممدّداً على صدره، يتنفّس بصعوبة، وكانت ساقاه وكاحلاه مثبّتة بالبلاستيك الصلب. تقدّم العميل نحوه، واستعمل قدمه ليقلب الرجل العجوز على ظهره.

سأله: "أين هو؟!؟".

كان الدم ينزف من شفة بيلامي على أثر السقطة. أجاب: "من تقصد؟".

رفع العميل سيمكينز قدمه، ووضعها مباشرة على ربطة عنق بيلامي الأنيقة. ثمّ انحنى، وضغط قليلاً وهو يقول: "صدّقني، سيّد بيلامي، لا أنصحك باللعب معي".

الفصل 59

شعر روبرت لانغدون وكأنّه جثّة.

كان ممدّداً على ظهره، ويداه مثنيتان على صدره، في مكان ضيّق ومظلم. ومع أنّ كاثرين كانت ممدّة بالوضعية نفسها قرب رأسه، إلاّ أنّه لم يكن قادراً على رؤيتها. كان يغمض عينيه كي لا يرى لمحة واحدة من هذا المكان المخيف.

فالمكان من حوله كان صغيراً... صغيراً جداً.

قبل ستّين ثانية، وبعد أن انهار البابان المزدوجان لقاعة المطالعة، دخل هو وكاثرين خلف بيلامي في قلب المنضدة مثمّنة الأضلاع، ثمّ نزلوا سلّماً، ووصلوا إلى مكان غير متوقّع.

أدرك لانغدون على الفور أين هم. *إنّه قلب نظام التداول في المكتبة*. كانت غرفة التداول، الشبيهة بمركز صغير لتوزيع الحقائب في المطار، تحتوي على عدد كبير من الأحزمة الناقلة الممتدّة في اتّجاهات مختلفة. وبما أنّ مكتبة الكونغرس كانت تضمّ ثلاثة أبنية منفصلة، غالباً ما كان يتمّ نقل الكتب المطلوبة في قاعة القراءة لمسافات بعيدة بواسطة نظام أحزمة ناقلة، وذلك عبر شبكة من الأنفاق تحت الأرض.

توجّه بيلامي على الفور إلى باب فولاذي، أدخل فيه بطاقة، ثمّ ضغط على سلسلة من الأزرار، ودفع الباب. كان المكان خلفه مظلماً، ولكن، ما إن فُتح الباب، حتّى أضيء عدد من المصابيح الحسّاسة للحركة.

حين رأى لانغدون ما كان يخفيه الظلام، أدرك أنّه في مكان لم يره سوى قلّة من الناس. *مستودع مكتبة الكونغرس*. شجّعته خطّة بيلامي. *أيّ مكان هو أفضل للاختباء من متاهة هائلة؟*

ولكنّ بيلامي لم يقتدهما إلى صفوف الكتب. عوضاً عن ذلك، أبقى الباب مفتوحاً بواسطة كتاب، والتفت نحوهما. "كنت آمل أن أتمكّن من الشرح أكثر، ولكن لا وقت لدينا". أعطى لانغدون بطاقته ثمّ أضاف: "ستحتاج إليها".

سأله لانغدون: "ألن تأتي معنا؟".

هزّ بيلامي رأسه قائلاً: "لن تتمكّن أبداً من الهرب إن لم نفترق. أهم شيء هو وضع الهرم وحجر القمّة بين أيدٍ أمينة".

لم يجد لانغدون مخرجاً آخر باستثناء العودة عبر السلّم إلى قاعة المطالعة. "وإلى أين ستذهب؟".

"سألهيهم بين صفوف الكتب بعيداً عنكما. هذا كلّ ما أستطيع فعله لمساعدتكما على الهرب".

قبل أن يتمكّن لانغدون من سؤال بيلامي عن المكان الذي يُفترض به هو وكاثرين الذهاب إليه، راح الرجل العجوز يرفع صندوقاً كبيراً من الكتب عن أحد الأحزمة الناقلة. قال لهما: "تمدّدا على الحزام، وأبقيا أيديكما في الداخل".

حدّق إليه لانغدون مذهولاً. *لا يمكن أن تكون جادًا.* كان الحزام يمتدّ لمسافة قصيرة قبل أن يختفي في فجوة مظلمة في الجدار. بدت الفتحة كبيرة بما يكفي لمرور صندوق من الكتب، ولكن ليس أكثر. التفت لانغدون إلى صفوف الكتب.

قال بيلامي: "انسَ الأمر، فالمصابيح الحسّاسة للحركة ستجعل الاختباء مستحيلاً".

صرخ صوت في الأعلى: "أثر حراري! تجمّعوا!".

بدا أنّ كاثرين سمعت ما تحتاج إليه، إذ صعدت إلى الحزام الناقل وتمدّدت عليه، واضعة رأسها على بعد بضع أقدام فقط من فُتحة الجدار. وضعت ذراعيها فوق صدرها وكأنّها مومياء في تابوت.

وقف لانغدون جامداً في مكانه.

حثّه بيلامي قائلاً: "روبرت، إن لم تفعل هذا من أجلي، افعله من أجل بيتر".

اقتربت الأصوات الآتية من الأعلى.

توجّه لانغدون نحو الحزام وكأنّه في حلم. وضع الحقيبة عليه، ثمّ صعد ووضع رأسه عند قدمي كاثرين. شعر ببرودة الحزام الجلدي على ظهره. حدّق إلى السقف، وأحسّ وكأنّه مريض يستعدّ للتصوير المغنطيسي.

قال بيلامي: "لا تطفئ هاتفك، سيتّصل بك أحدهم قريباً... ويعرض المساعدة. ثق به".

سيتّصل أحدهم؟ كان لانغدون يعرف أنّ بيلامي حاول الاتّصال بشخص ما من دون جدوى وترك له رسالة. وقبل لحظات، وبينما كانوا يهبطون السلّم اللولبي، حاول بيلامي مرّة أخيرة، ونجح. فتحدّث بصوت منخفض وبإيجاز، ثمّ أنهى الاتّصال.

قال بيلامي: "اتبعا الحزام الناقل حتّى النهاية، واقفزا بسرعة قبل أن يستدير عائداً. استعملا بطاقتي للخروج".

سأله لانغدون: "الخروج من *أين*؟!".

ولكنّ بيلامي كان قد شدّ الرافع، فبدأت جميع الأحزمة الناقلة تهمهم. أحسّ لانغدون بارتجاج تحته، وبدأ السقف يتحرّك فوقه.

يا الله، نجّني.

حين اقترب لانغدون من الفُتحة، نظر إلى الخلف، ورأى وارن بيلامي يسرع عبر الباب نحو صفوف الكتب، ويغلق الباب خلفه. بعد لحظات، دخل في الظلام وابتلعته المكتبة... في الوقت نفسه، تراقصت نقطة ليزر حمراء على السلّم.

الفصل 60

تحقّقت موظّفة الأمن التي تتقاضى راتباً محدوداً من صحة العنوان في كالوراما هايتس. *أهـذا هو؟* كان الطريق المغلق الممتدّ أمامها ينتمي إلى إحدى أكبر وأكثر الأملاك هدوءاً في الجوار. لذا، يبدو غريباً أن يكون الاتّصال الذي تلقّاه قسم الطوارئ للتوّ متعلّقاً بهذا المنزل.

كما هي العادة مع اتّصالات الطوارئ غير المؤكّدة، قام قسم الطوارئ بالاتّصال بشركة الإنـذار المحلية قبل إزعاج الشرطة. غالباً ما كانت الحارسة تقول إنّ شعار شركة الإنذار، "خـطّ دفاعـك الأوّل"، من الممكن أن يكون أيضاً "إنذارات غير صحيحة، مزاحاً، حيوانات ضائعة، وشكاوى من جيران حمقى".

اللـيلة، كالمعتاد، وصلت من دون تفاصيل عن المشكلة. *هذا يتجاوز راتبي.* فقد كانت مهمّـتها تقتـصر ببـساطة على الوصول بسيّارتها مع تشغيل ضوء الإنذار الأصفر الدوّار، وتقيـيم المكان، والإخبار عن أيّ أمر غير اعتيادي. عادةً، يكون جهاز الإنذار في المنزل قد تعطّل لسبب غير خطير، فتعيد ضبطه. ولكنّ هذا المنزل كان هادئاً. لم تسمع أيّ إنذار. ومن الطريق، بدا أنّ الظلام والسكون يخيّمان على المكان.

ضـغطت الحارسة على زرّ الاتّصال الداخلي عند البوابة، ولكن ما من مجيب. أدخلت الرمـز المعطِّل من أجل فتح البوابة، ثمّ دخلت عبرها. تركت محرّك السيّارة شغّالاً، وكذلك ضوء الإنذار في الأعلى، ثمّ توجّهت إلى الباب الأمامي ورنّت الجرس. لم يجب أحد. ولم ترَ أضواء أو تسمع أيّ حركة.

تابعـت الإجـراءات علـى مضض، فأضاءت مصباحها، وبدأت جولتها حول المنزل للـتحقّق من عدم وجود آثار كسر أو خلع على الأبواب والنوافذ. وحين انعطفت عند الزاوية، مرّت سيّارة ليموزين طويلة من أمام المنزل، أبطأت للحظة، قبل أن تتابع طريقها. *يا لهم من جيران فضوليين.*

أتمّـت جولتها حول المكان بحرص شديد، ولكنّها لم تجد شيئاً غير معتاد. كان المنزل أكبـر ممّا تخيّلت، وحين وصلت إلى الفناء الخلفي، كانت ترتجف من البرد. من الواضح أنّ المنزل خال.

اتّـصلت بالمركـز عبر الجهاز اللاسلكي وقالت: "أنا في كالوراما هايتس. المنزل خال. لا آثار لوجود مشاكل. أنهيت جولتي حول المنزل. لا دليل على وجود دخيل. إنذار كاذبٍ".

أتاها الردّ: "جيّد جداً. طابت ليلتك".

أرجعت الحارسة الجهاز اللاسلكي إلى حزامها، وبدأت تعود أدراجها متلهفة إلى دفء السيّارة. ولكنّها في أثناء ذلك، رأت شيئاً لم تلاحظه من قبل؛ بقعة صغيرة من الضوء الأزرق في نهاية المنزل.

توجّهت نحوها مستغربة، ثمّ رأت مصدرها؛ كانت تتسلّل من نافذة منخفضة، لقبو المنزل على ما يبدو. كان زجاج النافذة قد عُتّم بواسطة طلاء أكمد من الداخل. *غرفة لتحميض الأفلام، ربّما؟* وبدا الوميض الأزرق من خلال بقعة صغيرة في الزجاج بدأ الطلاء الأسود يقشّر عنها.

انحنت وحاولت النظر عبرها، ولكنّها لم ترَ الكثير. نقرت على الزجاج، متسائلة ما إذا كان أحدهم يعمل في الأسفل.

هتفت: "مرحباً!".

لم يجب أحد. ولكن، حين نقرت على النافذة، انفصلت فجأة رقاقة من الطلاء وسقطت، متيحة لها رؤية كاملة. مالت إلى النافذة، وضغطت وجهها على الزجاج لتفقّد القبو. تمنّت على الفور لو أنّها لم تفعل.

ما هذا بحقّ الله؟!

شلّها المنظر، فظلّت في مكانها لبعض الوقت تحدّق إليه برعب. أخيراً، مدّت يدها المرتجفة إلى حزامها لسحب الجهاز اللاسلكي.

ولكنّها لم تجده.

سُمع أزيز طلقتين من سلاح تايزر، استقرّتا في عنقها، وشعرت بألم حارق في جسدها. تصلّبت عضلاتها، وسقطت إلى الأمام من دون أن تتمكّن حتّى من إغلاق عينيها قبل أن يرتطم وجهها بالأرض الباردة.

الفصل 61

لم تكن هذه هي الليلة الأولى التي تُعصب فيها عينا وارن بيلامي. فشأنه شأن جميع إخوانه الماسونيين، تمّ عصب عينيه في أثناء ارتقائه الدرجات الماسونية. ولكنّ هذا الأمر تمّ حينها بين أصدقاء موثوقين. أمّا الليلة، فكان الأمر يختلف. إذ قيّدته تلك العصبة من الرجال القساة، ووضعوا كيساً على رأسه، وراحوا يقتادونه بين صفوف الكتب.

كان العملاء قد هدّدوا بيلامي جسدياً، طالبين معرفة مكان روبرت لانغدون. وبما أنّ بيلامي يعرف أنّ جسده المتقدّم في السنّ لن يتحمل عقاباً عنيفاً، أخبرهم بسرعة بكذبته.

قال لهم لاهثاً: "لم يلحق بي لانغدون إلى هنا! قلت له أن يذهب ويختبئ على الشرفة خلف تمثال موسى، ولكنّني لا أعرف مكانه الآن!" بدا أنّ القصّة أقنعتهم، لأنّ اثنين من الرجال اندفعا يجريان إلى الأعلى. والآن، كان الرجلان الآخران يقتادانه بصمت بين صفوف الكتب.

كان عزاء بيلامي الوحيد هو معرفته أنّ لانغدون وكاثرين يأخذان الهرم إلى مكان آمن. قريباً، سيتّصل بلانغدون رجل يقدّم إليهما ملجأً. *ثق به.* كان الرجل الذي اتّصل به بيلامي يعرف الكثير عن الهرم الماسوني وسرّه، أي مكان السلّم اللولبي المخبّأ الذي يؤدّي إلى باطن الأرض، ومخبأ الحكمة القديمة المدفونة هناك منذ زمن بعيد. كان بيلامي قد نجح في الاتّصال بالرجل وهم يهربون من قاعة المطالعة، وتأكّد أنّ رسالته القصيرة ستُفهم بشكل صحيح.

راح يسير الآن في ظلام دامس، ويتخيّل الهرم الحجري وحجر القمّة الذهبي الموجودين في حقيبة لانغدون. *مرّت سنوات عديدة منذ أن تواجدت هاتان القطعتان في مكان واحد.*

لن ينسى بيلامي تلك الليلة المؤلمة. *الليلة التي جرّت خلفها لياليَ بائسة عديدة، بالنسبة إلى بيتر.* كان بيلامي قد دُعي إلى منزل آل سولومون في بوتوماك لحضور حفل ذكرى ميلاد زاكاري سولومون الثامنة عشرة. وعلى الرغم من كون زاكاري ابناً متمرّداً، إلاّ أنّه كان من عائلة سولومون، ووفقاً للتقليد العائلي، ينبغي له أن يتلقّى ميراثه في تلك الليلة. كان بيلامي أحد أعزّ أصدقاء بيتر كما أنّه أخ ماسوني موثوق، ولذلك، طلب منه الحضور كشاهد. ولكن لم يكن مطلوباً من بيلامي أن يشهد على انتقال المال وحسب. كان ثمّة أمر أهمّ بكثير من المال على المحكّ الليلة. وصل بيلامي باكراً، وانتظر كما طُلب منه في مكتب بيتر الخاصّ. كانت تفوح في الغرفة القديمة الرائعة رائحة الجلد، والحطب، والشاي. كان وارن جالساً حين دخل بيتر ومعه زاكاري إلى الغرفة. قطّب الشابّ الهزيل جبينه حين رأى بيلامي، ثمّ سأله: "ماذا تفعل هنا؟".

أجاب بيلامي: "أنا هنا بصفتي شاهداً. كلّ عام وأنت بخير، زاكاري".

تمتم الشابّ شاكراً، وأشاح بنظره.

قال بيتر: "اجلس، يا زاك".

جلس زاكاري على المقعد المواجه لمكتب أبيه الخشبي الضخم. أقفل سولومون باب المكتب، بينما جلس بيلامي جانباً.

تحدّث سولومون مع زاكاري بنبرة جادّة وقال: "هل تعرف سبب وجودك هنا؟".

أجاب زاكاري: "أظنّ ذلك".

تنهّد سولومون وقال: "أعلم أنّنا لم نرَ بعضنا أنا وأنت منذ مدّة. لقد بذلت جهدي لأكون أباً صالحاً وأُعدَّك لهذه اللحظة".

لم يقل زاكاري شيئاً.

"كما تعلم، يحصل جميع أبناء سولومون عند بلوغهم سنّ الرشد على حقّهم بالولادة؛ حصّة من ثروة آل سولومون. والهدف منها هو أن تكون *بذرة*... بذرة تنمّيها أنت وتستخدمها للمساعدة على تنمية الجنس البشري".

توجّه سولومون إلى خزنة في الجدار، فتحها، وأخرج منها ملفًّا أسود كبيراً. قال: "بني، يحتوي هذا الملفّ على كلّ ما تحتاج إليه لنقل إرثك المالي إلى اسمك". وضعه على المكتب، ثمّ أضاف: "الهدف منه هو أن تستخدم هذا المال لبناء حياة قائمة على الإنتاجية والازدهار وفعل الخير".

مدّ زاكاري يده إلى الملفّ قائلاً: "شكراً".

قال أبوه وهو يضع يده على الملفّ: "انتظر، ثمّة أمر آخر أودّ شرحه لك".

رمى زاكاري والده بنظرة مشاكسة، وأرجع يده.

"ثمّة نواحٍ في ميراث آل سولومون لا تعرفها بعد". حدّق إلى عيني ابنه، وتابع قائلاً: "أنتَ ابني البكر، يا زاكاري. وهذا يعني أنّ لديك خياراً".

جلس الشاب حائراً.

"إنّه خيار من شأنه أن يحدّد اتّجاه مستقبلك، ولذلك أريدك أن تفكّر جيّداً".

"عن أيّ خيار تتحدّث؟".

أخذ الأب نفساً عميقاً وأجاب: "إنّه الخيار... بين الثروة والحكمة".

نظر إليه زاكاري من دون أن يفهم: "الثروة والحكمة؟ لا أفهم".

وقف سولومون وتوجّه من جديد إلى الخزنة، ثمّ أخرج منها هرماً حجرياً ثقيلاً نُقشت عليه رموز ماسونية. وضع بيتر الهرم على المكتب بقرب الملفّ وقال: "لقد صُنع هذا الهرم منذ زمن طويل، وائتمنت عليه أسرتنا لأجيال".

لم تبدُ على زاكاري الحماسة الشديدة.

"يا بني، هذا الهرم هو عبارة عن خريطة، خريطة تكشف موقع أعظم الأسرار الضائعة لدى الجنس البشري. وقد وُضعت هذه الخريطة لتتمّ إعادة اكتشاف الكنز يوماً ما". وامتلأ

صوت بيتر بالفخر وهو يقول: "والليلة، وبحسب التقاليد، يمكنني أن أقدّمها إليك... تحت بعض الشروط".

رمق زاكاري الهرم بتشكّك، ثمّ سأله قائلاً: "وما هو هذا الكنز؟".

لاحظ بيلامي أنّ بيتر لم يكن يأمل سماع هذا السؤال الفظّ. مع ذلك، ظلّ مسيطراً على أعصابه.

"زاكاري، من الصعب أن أشرح لك هذا الموضوع بإيجاز. ولكنّ هذا الكنز... في جوهره... هو ما نسمّيه الأسرار القديمة".

ضحك زاكاري، وبدا أنّه ظنّ والده يمزح.

رأى بيلامي الحزن يطغى على نظرات بيتر.

"يصعب عليّ وصف ذلك، زاك. تقضي العادة، عند بلوغ شابّ من عائلة سولومون الثامنة عشرة من عمره، أن يتابع تعليمه العالي في–".

ردّ زاكاري بعنف: "قلت لك! أنا لست مهتماً بالجامعة!".

قال والده بصوت هادئ: "لم أكن أعني الجامعة. أنا أتحدّث عن الجمعية الماسونية، أتحدّث عن تعلّم الأسرار القديمة للعلم البشري. إن كنت تنوي الانضمام إليّ بين صفوفهم، فستحصل على التعليم الضروري لفهم أهمية قرارك الليلة".

نظر زاكاري إلى الأعلى بسأم وقال: "وفّر عليّ محاضرة ماسونية أخرى. أعرف أنّني أوّل شابّ من آل سولومون يرفض الانضمام إلى الأخوية. ولكن ماذا في ذلك؟ ألا تفهم؟ أنا لست مهتماً بارتداء الملابس الأنيقة ومسامرة عصبة من العجائز!".

التزم الأب الصمت لوقت طويل، ولاحظ بيلامي الخطوط الدقيقة التي بدأت تظهر حول عيني بيتر، على الرغم من شبابه.

أخيراً قال بيتر: "بلى، أنا أفهم، لقد اختلف الزمن الآن. أفهم أنّ الماسونية تبدو غريبة بالنسبة إليك على الأرجح، أو ربّما مملّة حتّى. ولكنّني أريدك أن تعرف أنّ هذا الباب سيبقى مفتوحاً لك *دائماً* إن غيّرت رأيك".

تمتم زاكاري: "لا تتوقّع الكثير".

قال بيتر بصوت لاذع وهو يقف: "كفى! أفهم أنّ الحياة بالنسبة إليك كانت صراعاً، ولكنّني لست مرشدك الوحيد. ثمّة رجال طيبون بانتظارك، رجال سيرحّبون بك داخل الأوساط الماسونية، ويظهرون لك قدراتك الحقيقية".

ضحك زاكاري، ونظر إلى بيلامي قائلاً: "ألهذا السبب أنت هنا، سيّد بيلامي؟ كي تتمكّنا أنتما الماسونيّان من التآمر عليّ؟".

لم يقل بيلامي شيئاً، بل نظر إلى بيتر سولومون باحترام، مذكّراً الشاب بمن يملك السلطة في هذه الغرفة.

التفت زاكاري إلى والده.

قــال بيتــر: "زاك، لــن نــصل إلى شيء... دعني أقول لك فقط التالي. سواء أفهمت المسؤولية التي تُعرض عليك الليلة أم لم تفهم، فإنّ تقديمها إليك هو واجب في عائلتي". أشار إلى الهرم ثمّ أضاف: "إنّ حماية هذا الهرم هي شرف عظيم، وأنا أحثّك على التفكير في هذه الفرصة لبضعة أيّام قبل أن تأخذ قرارك".

قال زاكاري: "فرصة؟ أن أحتضن صخرة؟".

قــال بيتر متنهّداً: "ثمّة أسرار عظيمة في العالم، يا زاك، أسرار تتجاوز أكثر تخيّلاتك جموحاً. وهذا الهرم يحمي تلك الأسرار. والأهمّ أنّه سيأتي وقت، خلال حياتك على الأرجح، يــتمّ فيه أخيراً تفكيك شيفرة هذا الهرم وإخراج أسراره إلى النور. وستكون تلك لحظةَ تحوّل بــشري عظيم... ولديك فرصة لتأدية دور فيها. أريدك أن تفكّر جيّداً. الثروة هي أمر عادي، ولكنّ الحكمة نادرة". أشار إلى الملفّ ومن ثمّ إلى الهرم، وأضاف: "أرجو أن تتذكّر أنّ الثروة من دون حكمة غالباً ما تنتهي بكارثة".

بــدا وكأنّ زاكاري يظنّ والده مجنوناً. قال: "قل ما تريد يا أبي، ولكنّني لن أتخلّى عن ميراثي من أجل هذا". وأشار إلى الهرم.

شبك بيتر ذراعيه قائلاً: "إن اخترت قبول المسؤولية، سأحتفظ لك بالمال والهرم إلى أن تــتمّ بــنجاح تعليمك بين صفوف الماسونيين. سيستغرق ذلك سنوات، ولكنّك ستخرج بالنضج الكافي لاستلام إرثك وهذا الهرم. الثروة والحكمة. مزيج قوي".

صــرخ زاكاري: "ربّاه، أبي! أنتَ لا تستسلم، أليس كذلك؟ ألا ترى أنّني لا آبه لا بالماســونيين، ولا بالأهرام الحجرية أو الأسرار القديمة؟" مدّ يده، وتناول الملفّ الأسود، ثــمّ لــوّح بــه فــي وجه أبيه قائلاً: "هذا هو حقّي بالولادة! الحقّ نفسه الذي ناله رجال ســولومون قبلــي! لا أصــدّق أنّــك تحــاول خداعــي بقصص سخيفة عن خرائط كنز قــديم لحرمانــي من إرثي!" وضع الملفّ تحت إبطه، ومشى أمام بيلامي إلى باب شرفة المكتب.

ركــض أبوه خلفه وهو يخرج إلى الفناء المظلم: "زاكاري، انتظر! افعل ما تشاء، ولكن لا تحدّث أحداً عن الهرم الذي رأيته!" وأضاف بنبرة حادّة: "أبداً!".

ولكنّ زاكاري تجاهله، واختفى في ظلام الليل.

كانــت عيــنا سولومون الرماديتان تفيضان ألماً وحزناً حين عاد إلى المكتب، وتهاوى متعــباً علــى مقعــده الجلدي. بعد صمت طويل، نظر إلى بيلامي ورسم على وجهه ابتسامة كئيبة. قال: "تمّ الأمر بشكل حسن".

تنهّد بيلامي، وهو يشعر بألم سولومون. قال: "بيتر، لا أريد إيذاء مشاعرك... ولكن... هل تثق به؟".

حدّق سولومون إلى الفراغ بصمت.

ألحّ بيلامي قائلاً: "أعني... عدم قول شيء عن الهرم؟".

ظلّ وجه سولومون خالياً من أي تعبير: "حقًّا، لا أعرف ما أقول، يا وارن. لم أعد واثقاً من أنني أعرفه".

وقف بيلامي، وراح يذرع المكتب ببطء ذهاباً وإياباً، ثمّ قال: "بيتر، لقد اتّبعت واجباتك العائلية، ولكن، نظراً إلى ما حدث الآن، أظنّ أنّ علينا أخذ الحيطة. سأرجع إليك حجر القمّة لتجد له مخبأً آخر. ينبغي أن يحتفظ به شخص غيري".

سأله سولومون: "لماذا؟".

"إن أخبر زاكاري أحداً عن الهرم... وذكر وجودي هنا الليلة...".

"هـو لا يعرف شيئاً عن حجر القمّة، كما أنّه يفتقد إلى النضج الكافي ليدرك أنّه ثمّة أيّ معنـى للهرم. لسنا بحاجة إلى إيجاد مخبأ جديد. سأبقي الهرم في الخزنة، وتحتفظ أنت بحجر القمّة لديك، أيًّا يكن المكان الذي تخبّئه فيه، تماماً كما فعلنا دوماً".

ولكـن بعد ستّ سنوات، في ليلة العيد، ولم تكن العائلة حينها قد تعافت تماماً من حادثة مقـتل زاكـاري، اقتحم رجل ضخم منزل آل سولومون، وادّعى أنّه هو من قتل زاكاري في السجن. أتى الدخيل من أجل الهرم، ولكنّه لم يأخذ معه سوى حياة إيزابيل سولومون.

بعـد أيام من الحادثة، استدعى بيتر صديقه بيلامي إلى مكتبه. أقفل الباب وأخرج الهرم من الخزنة، ثمّ وضعه على المكتب بينهما وقال: "كان يجدر بي أن أصغي إليك".

أدرك بيلامي أنّ بيتر يشعر بالذنب حيال الموضوع. قال له: "ما كان ذلك ليغيّر شيئاً".

تنهّد سولومون متعباً وقال: "هل أحضرت حجر القمّة؟".

أخرج بيلامي علبة مكعّبة صغيرة من جيبه. كان الورق البنّي الباهت مربوطاً بخيط من القـنّب، ومختوماً بشمع يحمل دمغة خاتم سولومون. وضع بيلامي العلبة على المكتب، وهو يـدرك أنّ جـزءَي الهـرم الماسوني هما أكثر قرباً الليلة ممّا ينبغي. قال لبيتر: "اعثر على شخص آخر يحتفظ بها، ولا تخبرني بهويّته".

هزّ سولومون رأسه موافقاً.

قـال بيلامـي: "وأعرفُ مكاناً أخبّئ فيه الهرم". كان قد تحدّث مع سولومون عن القبو السفلي في مبنى الكابيتول. "ما من مكان في واشنطن أكثر أماناً منه".

وتذكّـر بيلامـي أنّ سـولومون أُعجب بالفكرة على الفور، لأنّ المكان بدا مناسباً من الناحية الرمزية لإخفاء الهرم في قلب البلاد الرمزي. يومئذٍ فكّر بيلامي، *إنّه فرد نموذجي من آل سولومون، مثالي حتّى في الأزمات.*

والـيوم، بعد عشر سنوات، أدرك بيلامي وهو يُجَرّ عبر مكتبة الكونغرس أنّ الأزمة لم توشـك على النهاية. عرف أيضاً لدى مَن خبّأ سولومون حجر القمّة... وأخذ يدعو الله ليكون روبرت لانغدون على قدر المسؤولية التي أوكلت إليه.

الفصل 62

أنا تحت الشارع الثاني.

أبقى لانغدون عينيه مغلقتين، بينما واصل الحزام الناقل طريقه في الظلام نحو مبنى آدامز. بذل جهده كي لا يتخيّل أطنان التراب فوقه والأنبوب الضيّق الذي ينتقل عبره. كان يسمع كاثرين تتنفّس على بعد بضع ياردات أمامه، ولكنّها لم تقل شيئاً حتّى الآن.

إنّها في حالة صدمة. لم يكن لانغدون يرغب في إخبارها عن يد شقيقها المبتورة. *عليك فعل ذلك، روبرت. يجب أن تعلم.*

قال أخيراً من دون أن يفتح عينيه: "كاثرين؟ هل أنت بخير؟".

أجابته بصوت مرتجف: "روبرت، هذا الهرم الذي تحمله هو لبيتر، أليس كذلك؟".

أجاب لانغدون: "أجل".

قالت بعد صمت طويل: "أظنّ... أنّ هذا الهرم هو سبب مقتل أمّي".

كان لانغدون يعرف أنّ إيزابيل سولومون قُتلت قبل عشر سنوات، ولكنّه لا يعرف التفاصيل، ولم يذكر بيتر شيئاً أبداً عن الهرم. فسألها: "عمّ تتحدّثين؟".

روت له كاثرين بغصّة أحداث تلك الليلة المروّعة، وكيف اقتحم الرجل الموشوم منزلهم. قالت: "حدث ذلك منذ زمن بعيد، ولكنّني لن أنسى أبداً أنّه طلب هرماً. قال إنّه سمع عن الهرم في السجن من ابن أخي، زاكاري... قبل أن يقتله".

أصغى إليها لانغدون باستغراب. كانت مأساة عائلة سولومون تفوق الخيال. تابعت كاثرين سرد قصّتها، وأخبرت لانغدون أنّها ظنّت الدخيلَ قُتل تلك الليلة... إلى أن عاد للظهور اليوم، مدّعياً أنّه طبيب بيتر النفسي، واستدرج كاثرين إلى منزله. قالت بعصبية: "لقد عرف أموراً خاصّة عن شقيقي، وموت أمّي، وحتّى عن عملي، أموراً لا يمكن أن يعرفها إلاّ من أخي. لذلك وثقت به... وهكذا دخل مركز الدعم التابع للمتحف السميثسوني". أخذت كاثرين نفساً عميقاً، ثمّ قالت للانغدون أنّها واثقة تقريباً من أنّ الرجل دمّر مختبرها الليلة.

أصغى إليها لانغدون مصدوماً. غرق الاثنان في الصمت لبضع لحظات، وأدرك لانغدون أنّ من واجبه إخبار كاثرين ببقية الأنباء الفظيعة لهذه الليلة. بدأ يروي ببطء ولطف قدر الإمكان كيف ائتمنه شقيقها على العلبة الصغيرة قبل سنوات، وكيف استُدرج من أجل إحضارها إلى واشنطن الليلة، وكيف تمّ العثور على يد أخيها في الروتوندا في مبنى الكابيتول.

كان ردّ فعل كاثرين الأوّل هو الصمت التامّ.

أدرك لانغدون أنّها مضطربة جداً، وتمنّى لو يستطيع مدّ يده لمواساتها، ولكنّ وضعيّته لم تسمح له بذلك، همس قائلاً: "بيتر بخير، إنّه حي وسنستعيده". حاول منحها أملاً وقال: "كاثرين، *وعدني* الخاطف أن يعيد أخاك حيًّا... إن فككت له شيفرة الهرم".

ظلّت كاثرين صامتة.

تابع لانغدون الكلام، وأخبرها بأمر الهرم الحجري، والشيفرة الماسونية، وحجر القمّة المحفوظ في علبة مختومة، وبالطبع ادّعاءات بيلامي أنّ هذا الهرم هو في الواقع هرم الأسطورة الماسونية... خريطة تكشف مخبأ سلّم لولبي طويل يؤدّي إلى موقع في باطن الأرض... على بعد مئات الأقدام، دُفن فيه كنز سرّي قديم، في واشنطن، منذ زمن بعيد.

أخيراً، قالت كاثرين بصوت خالٍ من أيّ انفعال: "روبرت، افتح عينيك".

أفتح عينيّ؟ لم يكن لانغدون يرغب في رؤية ولو لمحة واحدة من هذا المكان الضيّق.

حثّته كاثرين قائلةً: "روبرت! افتح عينيك! لقد وصلنا!".

فتح لانغدون عينيه، وخرج جسده من فُتحة مشابهة لتلك التي دخل فيها عند الطرف الآخر. كانت كاثرين تنزل عن الحزام الناقل. تناولت حقيبته بينما أنزل هو ساقيه، وقفز على الأرض المكسوّة بالبلاط في الوقت المناسب، قبل أن يلتفّ الحزام في الاتّجاه المعاكس. كانت الحجرة التي وصلا إليها هي حجرة تداول شبيهة جداً بتلك التي أتيا منها في المبنى الآخر. وكان ثمّة لافتة صغيرة كُتب عليها *مبنى آدامز: غرفة التداول رقم 3.*

شعر لانغدون وكأنّه خرج للتوّ من قناة تحت الأرض. *وكأنّني ولدت من جديد.* التفت على الفور إلى كاثرين وسألها: "هل أنت بخير؟".

أدرك لدى رؤية عينيها الحمراوين أنّها كانت تبكي، ولكنّها هزّت رأسها بتصميم. تناولت حقيبة لانغدون، وحملتها من دون أن تجيب، ثمّ سارت بها نحو مكتب غير مرتّب. أضاءت مصباح هالوجين، ثمّ فتحت الحقيبة، وحدّقت إلى ما فيها.

بدا هرم الغرانيت داكناً تحت الضوء الساطع. مرّرت كاثرين أصابعها على الشيفرة الماسونية المنقوشة على جانبه، وشعر لانغدون بالانفعال الذي يعصف في داخلها. ببطء، مدّت يدها إلى داخل الحقيبة، وأخرجت منها العلبة المكعّبة. حملتها تحت الضوء، وتفحّصتها عن كثب.

قال لانغدون بهدوء: "كما ترين، يحمل الشمع الختم الموجود على خاتم بيتر الماسوني. قال لي إنّ هذا الخاتم استُعمل لختم العلبة قبل أكثر من قرن من الزمن".

لم تقل كاثرين شيئاً.

"حين ائتمنني شقيقك على العلبة، قال لي إنّها ستمنحني القوّة لابتكار النظام من الفوضى. لا أعرف بالضبط معنى ذلك، ولكنّني أفترض أنّ حجر القمّة يكشف أمراً هاماً، لأنّ بيتر أصرّ على عدم وضعه بين أيد غير مناسبة. وقال لي السيّد بيلامي للتوّ الشيء نفسه، وحثّني على إخفاء الهرم وعدم السماح لأحد بفتح العلبة".

التفتت إليه كاثرين وبدا عليها الغضب: "قال لك بيلامي ألاّ تفتح العلبة؟".

"أجل، أصرّ على ذلك".

لم تصدّق كاثرين: "ولكنّك تقول إنّ هذا الحجر هو الطريقة الوحيدة لتفكيك شيفرة الهرم، صحيح؟".

"نعم، على الأرجح".

عـلا صوت كاثرين وهي تضيف: "وتقول إنّ تفكيك شيفرة الهرم هو ما طُلب منك. إنّه الطريقة *الوحيدة* لاستعادة بيتر، أليس كذلك؟".

هزّ لانغدون رأسه موافقاً.

"إذاً، لماذا لا نفتح العلبة ونفكّك هذا الشيء حالاً؟!".

لم يعرف لانغدون بما يجيب. قال: "كاثرين، ذاك كان رأيي أنا أيضاً، ولكنّ بيلامي قال لـي إنّ الحفـاظ علـى سرّ هذا الهرم هو أكثر أهمية من أيّ شيء آخر... بما في ذلك حياة أخيك".

قست ملامح كاثرين الجذّابة، وأرجعت خصلة من شعرها خلف أذنها. حين تكلّمت، كان صوتها يـنمّ عن التصميم: "أيًّا يكن هذا الهرم الحجري، فقد كلّفني عائلتي بأكملها. أوّلاً ابن أخـي، زاكـاري، ومـن ثـمّ والدتـي، والآن شـقيقي. ولو لم تتّصل بي الليلة يا روبرت لتحذيري...".

وجد لانغدون نفسه ضائعاً بين منطق كاثرين وإلحاح بيلامي الشديد.

قالـت: "قد أكون عالمة، ولكنّني أتحدّر من أسرة ماسونية معروفة. صدّقني، لقد سمعت جميع القصص عن الهرم الماسوني ووعده بكنز عظيم ينير البشرية. وبصراحة، يصعب عليّ أن أصـدّق وجـود شـيء كهذا. ولكن، إن كان موجوداً بالفعل... ربّما حان الوقت لكشفه".

أدخلت كاثرين إصبعها تحت خيط القنّب القديم المعقود حول العلبة.

قفز لانغدون هاتفاً: "كاثرين، لا! انتظري!".

تـوقّفت كاثرين، ولكنّ إصبعها ظلّ تحت الخيط. قالت: "روبرت، لن أدع شقيقي يموت لأجـل هذا. أيًّا يكن ما في هذا الحجر... أيًّا تكن الكنوز الضائعة التي سيكشفها هذا النقش... فإنّ هذه الأسرار تنتهي الليلة".

هنا، دفعت كاثرين بتحدٍّ الخيط وتفتّت ختم الشمع الهشّ.

الفصل 63

في منطقة هادئة غرب إيمباسي رو في واشنطن، ثمّة حديقة مسوّرة على طراز القرون الوسطى، يُقال إنّ ورودها تتفتّح من نباتات ترجع إلى القرن الثاني عشر. وكوخ كاردروك، المعروف بمنزل الظلال، يقع وسط ممرّات متعرّجة، استُخرجت أحجارها من مقلع جورج واشنطن الخاصّ.

اخترق صمتَ الحديقة الليلة شابٌّ اندفع من البوابة الخشبية وهو يهتف.

نادى محاولاً الرؤية في ضوء القمر: "مرحباً، هل أنت هنا؟".

كان الصوت الذي أجابه ضعيفاً وبالكاد مسموعاً: "أنا على الشرفة... أتنشّق بعض الهواء".

وجد الشاب سيّده العجوز جالساً على مقعد خشبي، وقد غطّى نفسه ببطانية. كان العجوز قصيراً، ودقيق الملامح، أحنت السنين ظهره، وحرمته من بصره، ولكنّ روحه ظلّت قوية.

قال له الشاب لاهثاً: "تلقّيت للتوّ... اتّصالاً من صديقك... وارن بيلامي".

تنبّه العجوز وسأله: "آه، حقًّا؟ بخصوص ماذا؟".

"لم يقل، ولكنّه بدا على عجلة من أمره. قال لي إنّه ترك لك رسالة على المجيب الآلي، ويريدك أن تصغي إليها على الفور".

"أهذا كلّ ما قاله؟".

"ليس تماماً". صمت الشابّ ثمّ أضاف: "فقد طلب منّي أن أطرح عليك سؤالاً"، *سؤالاً غريباً جداً*، "قال إنّه يريد جواباً على الفور".

مال العجوز نحوه وسأله: "أيّ سؤال؟".

حين طرح عليه الشابّ سؤال السيّد بيلامي، تجهّم وجهه إلى حدّ بدا واضحاً حتّى في ضوء القمر. ألقى على الفور البطانية عن جسده، وبدأ يجاهد ليقف على قدميه.

"أرجوك، ساعدني على الدخول حالاً".

الفصل 64

قالت كاثرين سولومون في سرّها، *لا أسرار بعد الآن.*

كــان خــتم الشمع الذي ظلّ على حاله لأجيال، منثوراً أمامها على الطاولة. أنهت نزع الورق البنّي الباهت عن علبة أخيها الثمينة. وقف لانغدون على مقربة منها، وبدا غير مرتاح على الإطلاق.

أخــرجت كاثرين من تحت الورق صندوقاً صغيراً مصنوعاً من الحجر الرمادي. كان الصندوق يشبه مكعّباً مصقولاً من الغرانيت، ولم يكن يحتوي على مفاصل أو قفل، كما لم يبدُ أنّ ثمّة إمكانية لفتحه. فذكّر كاثرين بصناديق الألغاز الصينية.

قالت وهي تمرّر أصابعها على حوافه: "يبدو وكأنّه كتلة متماسكة. هل أنت واثق أنّه بدا مجوّفاً في صورة الأشعّة السينية؟ ويحتوي على حجر القمّة؟".

قال لانغدون وهو يقترب من كاثرين ويحدّق إلى الصندوق الغريب: "أجل". أخذ يتفحّص الصندوق هو وكاثرين من زوايا مختلفة، في محاولة لفتحه.

قالــت كاثــرين حــين عثرت بظفرها على شقّ مخبّأ على طول أحد أطراف الصندوق العلــوية: "وجدتــه". وضعت الصندوق على الطاولة، وفتحت الغطاء بحذر، فارتفع بسلاسة، وكأنّه غطاء علبة مجوهرات أنيقة.

حين انفتح الغطاء، شهق كلّ من لانغدون وكاثرين. بدا قلب الصندوق وكأنّه يتوهّج. كــان داخلــه يلمــع علــى نحو غير طبيعي. لم يسبق لكاثرين أن رأت قطعة ذهب بهذا الحجــم، واستغرقت بعض الوقت لتدرك أنّ المعدن الثمين كان يعكس بكلّ بساطة ضوء المصباح.

همــست قائلةً: "إنّه مذهل". فعلى الرغم من بقاء تلك القطعة في صندوق حجري لأكثر مــن قــرن مــن الزمن، لم يبهت لونها ولم يتغيّر على الإطلاق. *الذهب يقاوم قوانين التحلّل الحتمية؛ وهذا أحد أسباب اعتباره معدناً عجيباً لدى القدماء.* تسارع نبض كاثرين وهي تنحني إلى الأمام لتأمّل حجر القمّة الذهبي الصغير. "ثمّة نقش عليه".

اقتــرب منها لانغدون، فتلامست كتفاهما. لمعت عيناه الزرقاوان فضولاً. كان قد أخبر كاثــرين عــن العادة اليونانية القديمة لصنع الشيفرات المجزّأة، وكيف أنّ حجر الزاوية هذا، المفــصول منذ زمن بعيد عن الهرم، يحمل سرّ تفكيك شيفرة الهرم. كما أخبرها عن المزاعم التي مفادها أنّ هذا النقش يولّد النظام من الفوضى.

حملت كاثرين الصندوق الصغير نحو الضوء وحدّقت إلى الحجر.

على الرغم من صغر حجمه، كان النقش واضحاً، عبارة عن نصّ صغير منقوش بعناية على سطح إحدى جهاته. قرأت كاثرين الكلمات الأربع البسيطة.

ثمّ أعادت قراءتها.

قالت: "كلاّ! هذا غير معقول!".

في الشارع، كانت المديرة ساتو تسير بسرعة على الطريق خارج مبنى الكابيتول، متّجهة إلى المكان المتّفق عليه في الشارع الأوّل. كانت الأنباء التي وردتها من الفريق الميداني غير مقبولة. لم يتمّ إيجاد لانغدون، أو الهرم، أو حجر القمّة. كان بيلامي قيد الاعتقال، ولكنّه لا يقول الحقيقة، حتّى الآن على الأقلّ.

سأجعله يتحدّث.

نظرت خلف كتفها إلى أحدث مشاهد واشنطن؛ قبّة الكابيتول المبنية فوق مركز الزوّار الجديد. فالقبّة المضاءة شدّدت على دلالات الأشياء الموجودة على المحكّ الليلة. *إنّنا نمرّ في أوقات عصيبة.*

شعرت ساتو بالراحة حين سمعت رنين هاتفها المحمول، ورأت رقم المحلّلة على الشاشة.

أجابت: "نولا، ماذا وجدت؟".

أخبرتها نولا كاي بالأنباء السيئة. كانت صورة الأشعّة للنقش باهتة جداً بحيث تتعذّر قراءتها، ولم تساعد وسائل تحسين الصورة.

تبّاً. عضّت ساتو شفتها: "ماذا عن شبكة الأحرف الستّة عشر؟".

أجابت نولا: "لا أزال أحاول، ولكنّني لم أجد حتّى الآن مخطّط تشفير ثانوياً يمكن تطبيقه لتفكيكها. جعلتُ أحد الكمبيوترات يعيد ترتيب الأحرف بجميع الإمكانيات المحتملة بحثاً عن كلمة مفهومة، ولكن ثمّة أكثر من عشرين ترليون احتمال".

"واصلي العمل، وابقي على اتّصال". ثمّ أغلقت ساتو الخطّ متجهّمة.

كانت آمالها بتفكيك شيفرة الهرم بواسطة صورة فوتوغرافية وصورة أشعّة سينية تتبخّر بسرعة. *أريد ذلك الهرم وحجر الزاوية... الوقت يداهمني.*

وصلت ساتو إلى الشارع الأوّل في الوقت نفسه الذي هدرت فيه سيّارة إسكالاد رباعيّة الدفع سوداء، ذات نوافذ داكنة، وتوقّفت أمامها في المكان المتّفق عليه. نزل منها أحد العملاء.

سألته ساتو: "هل لديك أخبار عن لانغدون؟".

قال الرجل من دون أيّ انفعال: "آمالنا كبيرة، فقد وصل الدعم. تمّت محاصرة جميع مخارج المكتبة، حتّى إنّنا طلبنا دعماً جويًّا. سنطلق عليه قنابل مسيلة للدموع، ولن يتمكّن من الفرار".

"وماذا عن بيلامي؟".

"إنّه مقيّد في المقعد الخلفي".

جيّد. كانت لا تزال تشعر بالألم في كتفها.

أعطى العميل ساتو كيساً بلاستيكياً يحتوي على هاتف خلوي، ومفاتيح، ومحفظة. قال: "مقتنيات بيلامي".

"أهذا كلّ شيء؟".

"أجل، سيّدتي. لا بدّ من أنّ الهرم والعلبة لا يزالان مع لانغدون".

"حسناً، بيلامي يعرف الكثير ولا يتكلّم. أريد استجوابه شخصياً".

"أجل، سيّدتي. إذاً، هل نتوجّه إلى لانغلي؟".

أخذت ساتو نفساً عميقاً، وراحت تمشي بعض الوقت قرب السيّارة. كان ثمّة قوانين صارمة مفروضة على طريقة استجواب المدنيين الأميركيين. واستجواب بيلامي لم يكن أمراً مشروعاً على الإطلاق، ما لم يتمّ تسجيله في لانغلي أمام شهود، ومحامين، وغيرهم، وغيرهم... فأجابت: "ليس إلى لانغلي"، وحاولت التفكير في مكان آخر أقرب. وأكثر خصوصية.

لم يقل العميل شيئاً، بل وقف صامتاً قرب السيّارة، ينتظر الأوامر.

أشعلت ساتو سيجارة، وسحبت نفساً عميقاً، ثمّ حدّقت إلى الكيس الذي يحتوي على مقتنيات بيلامي. كانت حلقة مفاتيحه تضمّ كما لاحظت قطعة إلكترونية مزخرفة بأربعة أحرف؛ USBG. تعرف ساتو بالطبع المبنى الحكومي الذي تفتحه هذه القطعة. كان المبنى قريباً جداً، وعند هذه الساعة من المساء، شديد الخصوصية.

ابتسمت وهي تضع المفاتيح في جيبها. ممتاز.

حين أخبرت العميل عن المكان الذي تريد أخذ بيلامي إليه، توقّعت أن ترى على وجهه أمارات الاستغراب، ولكنّه هزّ رأسه ببساطة، ثمّ فتح لها باب السيّارة، ولم تُظهر نظرته الباردة شيئاً.

كم تحبّ ساتو المحترفين!

وقف لانغدون في قبو مبنى آدامز، ونظر باستغراب إلى الكلمات المنقوشة بعناية على سطح حجر القمّة الذهبي.

أهذا كلّ شيء؟

في جواره، حملت كاثرين الحجر تحت الضوء، وهزّت رأسها. أصرّت قائلةً: "لا بدّ من وجود المزيد"، وبدت وكأنّها ضحية خدعة ما. أضافت: "أهذا ما كان أخي يحتفظ به كلّ تلك السنوات؟".

أقرّ لانغدون أنّ أمله قد خاب. فاستناداً إلى بيتر وبيلامي، يُفترض بحجر القمّة هذا أن يساعد على تفكيك شيفرة الهرم. وفي ضوء ما قالاه، توقّع شيئاً أكثر تنويراً ومساعدة. *ولكنّ هذا بديهي وبلا فائدة.* قرأ من جديد الكلمات الأربع المنقوشة بدقّة على سطح حجر القمّة.

244

The

secret hides

within The Order

السرّ يكمن في التنظيم؟

للـــوهلة الأولـــى بدا معنى النقش بديهياً؛ إنّ الأحرف الموجودة على الهرم غير منظّمة والـــسرّ يكمن في إيجاد الترتيب الصحيح. ولكن، إضافة إلى كون هذه القراءة بديهية، إلاّ أنّها بدت غير منطقية لسبب آخر. قال لانغدون: "كلمة التنظيم مكتوبة بحرفين استهلاليّين كبيرين".

هزّت كاثرين رأسها قائلةً: "لاحظت ذلك".

السرّ يكمن في التنظيم. لم يستطع لانغدون أن يفكّر سوى في معنىً منطقي واحد. قال: "لا بدّ من أنّ كلمة *التنظيم* تشير إلى *التنظيم الماسوني*".

"روبـــرت، ألـــم يقل أخي أنّ حجر القمّة هذا سيعطيك القدرة على رؤية *النظام* حيث لا يرى الآخرون سوى *الفوضى*؟".

هزّ رأسه محبطاً. للمرّة الثانية الليلة، يشعر روبرت لانغدون أنّه غير جدير.

الفصل 65

ما إن تخلّــص مالأخ من الزائرة غير المتوقّعة، الحارسة التي أرسلتها شركة الأمن، حتّى قام بإصلاح طلاء النافذة التي رأت من خلالها مكان عمله.

والآن، صــعد من ضباب القبو الأزرق، وخرج عبر باب خفيّ في غرفة المعيشة. حين وقـف فـي داخلها، راح يتأمّل لوحة سيّدات الحسن الثلاث الرائعة، ويتلذّذ بروائح وأصوات منزله المألوفة.

قريباً، سأرحل إلى الأبد. كان مالأخ يعرف أنّه لن يتمكّن من العودة إلى هذا المكان بعد هذه الليلة. ابتسم وهو يفكّر، *بعد هذه الليلة، لن أعود بحاجة إلى هذا المكان.*

تـساءل ما إذا كان روبرت لانغدون قد فهم قوّة الهرم الحقيقية... أو أهمية الدور الذي اختــاره لـه القدر. تحقّق من ورود رسائل إلى هاتفه وقال في نفسه، *لم يتّصل لانغدون بعد.* كانت الساعة تشير إلى 10:02 مساءً. *أمامه أقلّ من ساعتين.*

صــعد مالأخ إلى حمّامه المكسوّ بالرخام الإيطالي، وشغّل السخّان البخاري. راح ينزع ملابسه، متلهّفاً ليباشر طقوس الاستحمام.

شــرب كأسين مــن المــاء لتهدئة معدته الخاوية، ثمّ توجّه إلى المرآة الكبيرة، وراح يـتفحّص جسده العاري. كان صيامه ليومين قد أبرز جهازه العضلي، ولم يتمكّن من تجاهل الرجل الذي أصبح عليه. *بحلول الفجر، سأصبح أكثر من هذا بكثير.*

الفصل 66

قـال لانغدون لكاثرين: "علينا الخروج من هنا. إنّها مسألة وقت قبل أن يكتشفوا أمرنا".
وتمنّى أن يكون بيلامي قد أفلح في الهرب.

كانـت كاثرين لا تـزال شاردة بحجر القمّة الذهبي، وبدت غير مصدّقة أنّ النقش لم
يـساعدهما إطلاقاً.كانت قد أخرجت الحجر من الصندوق، وتفحّصت جميع جوانبه، وبدأت
تعيده الآن بحذر إلى مكانه.

فكّر لانغدون، *السـرّ يكمن في التنظيم. يا لها من مساعدة قيّمة!*

راح يتـسـاءل ما إذا كان بيتر قد حصل على معلومات غير صحيحة بخصوص محتوى
الـصندوق. فقـد صُنع الهرم وحجر القمّة قبل زمن طويل من ولادة بيتر، وكان ببساطة ينفّذ
طلـب أجـداده حـين احتفظ بسرّ ليس أقلّ غموضاً بالنسبة إليه ممّا هو بالنسبة إلى لانغدون
وكاثرين على الأرجح.

تساءل لانغدون، *ماذا توقّعت؟* فكلّما عرف المزيد عن أسطورة الهرم الماسوني،
بـدت له أقلّ عقلانية. *أنا أبحث عن سلّم لولبي سرّي مغطّى بحجر كبير؟* شعر لانغدون
أنـّه يطـارد أشباحاً. مع ذلك، بدا أنّ تفكيك شيفرة هذا الهرم هو الفرصة الوحيدة لإنقاذ
بيتر.

"روبرت، هل يعني لك العام 1514 شيئاً؟".

ألـف وخمسمئة وأربعة عشرة؟ بدا التاريخ غير مطابق لشيء معيّن. هزّ كتفيه مجيباً:
"كلاّ. لماذا؟".

أعطـتـه كاثرين الصندوق الحجري قائلةً: "انظر. ثمّة تاريخ على الصندوق. انظر إليه
في الضوء".

جلـس لانغـدون إلى الطاولة، وراح يتفحّص الصندوق المكعّب تحت الضوء. وضعت
كاثـرين يداً ناعمة على كتفه، وانحنت لتشير إلى النصّ الصغير القصير الذي وجدته منقوشاً
على الصندوق، قرب الزاوية السفلية لأحد جوانبه.

قالت مشيرة إليه: "ألف وخمسمئة وأربعة عشرة بعد الميلاد".

كانـت على حقّ، فالنقش يحمل الرقم 1514، يتبعه الحرفان A.D.، مكتوبين بشكل غير
اعتيادي.

1514 ⟨𝔸𝔇⟩

قالـت كاثـرين بصوت بدا فيه فجأة شيء من الأمل: "قد يكون هذا التاريخ هو الحلقة المفقـودة. فالـصندوق يبدو شبيهاً جداً بحجر زاوية ماسوني، لذا ربّما يشير إلى حجر زاوية فعلي؟ ربّما إلى مبنى أنشئ عام 1514 بعد الميلاد؟".

بالكاد كان لانغدون يسمع.

1514 A.D. ليس تاريخاً.

فالرمز (◌̄Ꝺ)، كما كان سيدرك أيّ طالب يدرس فنّ القرون الوسطى، كان توقيعاً رمزياً معـروفاً جـداً، رمزاً يُستعمل مكان التوقيع. فكثير من الفلاسفة، والفنانين، والكتّاب الأوائل وقّعوا أعمالهم برمزٍ خاصّ بهم عوضاً عن اسمهم. كانت هذه الممارسة تضفي غموضاً على عملهم، وتحميهم من الملاحقة إن اعتُبرت كتاباتهم أو أعمالهم الفنية مخالفة.

وفــي حالة هذا التوقيع الرمزي، لم يكن الحرفان .A.D اختصاراً لعبارة Anno Domini (بعد الميلاد)... بل كانا حرفين ألمانيين يشيران إلى كلمتين مختلفتين تماماً.

علـى الفور، بدأت الصورة تتّضح للانغدون. وخلال ثوانٍ، أصبح واثقا أنّه عرف تماماً كيفـية تفكيك شيفرة الهرم. قال لكاثرين وهو يعيد الحجر إلى الحقيبة: "كاثرين، لقد وجدتِها. هذا كلّ ما نحتاج إليه. فلنذهب، سأشرح لك في الطريق".

بدت كاثرين مذهولة. سألته: "التاريخ يعني لك شيئاً بالفعل؟".

غمـزها لانغـدون وهــو يتوجّه إلى الباب: ".A.D ليس تاريخاً يا كاثرين، بل هو اسم شخص".

❧

الفصل 67

غــرب إيمباسي رو، عاد الهدوء ثانيةً إلى الحديقة المسوّرة، بورودها العائدة إلى القرن الثاني عشر المحيطة بمنزل الظلال. عند الطرف الآخر من أحد الطرقات المؤدية إلى البيت، كان الشابّ يساعد سيّده على عبور حديقة واسعة.

منذ متى يسمح لي أن أساعده؟

عــادة، يــرفض العجــوز الأعمى المساعدة، ويفضّل الاعتماد على ذاكرته وحدها عند الــتجوّل في أملاكه. ولكنّه الليلة كان مستعجلاً على ما يبدو للدخول وإعادة الاتّصال بوارن بيلامي.

قــال العجــوز حين دخل المبنى الذي يحتوي على مكتبه الخاصّ: "شكراً لك، أستطيع المتابعة بمفردي".

"سيّدي، يسرّني البقاء لمساعدتك-".

أجــاب وهــو يترك ذراع الشابّ ويسرع إلى داخل المنزل المظلم: "هذا كلّ شيء لهذه الليلة، لم أعد أحتاج إلى شيء، طابت ليلتك".

خــرج الــشابّ من المبنى، وعاد أدراجه عبر الحديقة إلى مسكنه المتواضع القائم على أمــلاك سيّده. حين دخل شقّته، بدأ الفضول يتآكله. بدا واضحاً أنّ العجوز انزعج من السؤال الذي طرحه عليه السيّد بيلامي... مع أنّ السؤال بدا غريباً وبلا معنى تقريباً.

أما من مساعدة لابن الأرملة؟

من المستحيل أنّ يتخيّل معنى هذا السؤال. فدفعه الفضول والحيرة إلى الكمبيوتر، وقام بطباعة بحث عن هذه الجملة تحديداً.

فوجئ كثيراً حين ظهرت صفحات وصفحات من المراجع التي تذكر جميعها هذا السؤال بالضبط. قرأ المعلومات باستغراب تامّ. يبدو أنّ وارن بيلامي ليس الشخص الأوّل في التاريخ الــذي يطرح هذا السؤال الغريب. إذ إنّ هذه الكلمات نفسها نطق بها قبل قرون من الزمن... الملك سليمان في أثناء حزنه على صديق تعرّض للقتل. ولا يزال السؤال يُطرح اليوم من قبل الماســونيين الــذين يستعملونه كنداء مشفّر للمساعدة. يبدو أنّ وارن بيلامي كان يرسل نداء استغاثة إلى صديق ماسوني.

الفصل 68

ألبرخت دورير؟

كانت كاثرين تحاول جمع أجزاء الصورة، وهي تسرع مع لانغدون عبر قبو مبنى آدامز. *أ.د. تعني ألبرخت دورير؟* كان النحّات والرسّام الألماني الشهير الذي عاش في القرن السادس عشر أحد الفنّانين المفضّلين لدى أخيها، وكانت كاثرين مطّلعة بعض الشيء على أعماله. مع ذلك، لم تفهم كيف يكن لدورير أن يساعدهما في هذه المسألة، *لا سيّما وأنّه مات منذ أكثر من أربعمئة عام.*

كان لانغدون يتحدّث وهما يتبعان إشارات الخروج المضاءة. قال لها: "أعمال دورير كاملة على الصعيد الرمزي. كان من أهم عقول عصر النهضة؛ فنّاناً، وفيلسوفاً، وخيميائيًّا، وطالباً لمدى الحياة في مجال الأسرار القديمة. وحتّى يومنا هذا، لا أحد يفهم تماماً الرسائل المخبّأة في فنّ دورير".

أجابت: "قد يكون هذا صحيحاً، ولكن كيف تفسّر لنا: *1514 ألبرخت دورير* كيفية تفكيك شيفرة الهرم؟".

وصلا إلى باب مقفل، فاستعمل لانغدون بطاقة بيلامي لفتحه.

قال وهما يصعدان السلالم بسرعة: "الرقم 1514 يشير إلى لوحة معيّنة من لوحات دورير". وصلا إلى رواق كبير. نظر لانغدون حوله ثمّ أشار إلى اليسار. "من هنا"، وأسرعا مجدّداً. "في الواقع، موّه ألبرخت دورير الرقم 1514 في أكثر أعماله الفنية غموضاً - *ميلينكوليا 1* - التي أتمّها سنة 1514. وهي تُعتبر بذرة النهضة في شمال أوروبا".

كان بيتر قد أراها مرّة لوحة *ميلينكوليا 1* في كتاب قديم عن الباطنية القديمة، ولكنّها لا تذكر أنّها رأت فيها الرقم 1514 المموّه.

قال لانغدون بصوت ينمّ عن الحماسة: "كما تعلمين، تصوّر لوحة *ميلينكوليا 1* نضال الجنس البشري لفهم الأسرار القديمة. ورمزيتها معقّدة إلى حدّ أنّ أعمال ليوناردو دافينشي تبدو أمامها جليّة".

وقفت كاثرين ونظرت إلى لانغدون قائلةً: "روبرت، *ميلينكوليا 1* هي هنا في واشنطن. إنّها معلّقة في المتحف الوطني".

قال مبتسماً: "أجل، ولديّ إحساس أنّ الأمر ليس مصادفة. الصالة مقفلة في هذه الساعة، ولكنّني أعرف القيّم و-".

"انــسَ الأمر، روبرت. أعرف ما يحدث حين تذهب إلى المتاحف". توجّهت كاثرين إلى كوّة مجاورة فيها مكتب وكمبيوتر.

تبعها لانغدون، من دون أن يبدو مسروراً بذلك.

"فلــنفعل ذلك بالطريقة الأسهل". يبدو أنّ البروفيسور لانغدون، الخبير بالفنّ، يعاني من مــشكلة أخلاقية في استعمال الإنترنت، حين تكون التحفة الأصلية في الجوار. وقفت كاثرين خلــف المكــتب وشغّلت الجهاز. حين أصبح جاهزاً أخيراً، أدركت وجود مشكلة أخرى. "لا توجد أيقونة لمتصفّح الإنترنت".

أشار لانغدون إلى أيقونة على سطح المكتب قائلاً: "إنّها شبكة داخلية في المكتبة. جرّبي هذه".

نقرت كاثرين على أيقونة كُتب تحتها *مجموعات رقمية*.

ظهــرت شاشة جديدة، فأشار لانغدون إلى أيقونة أخرى. نقرت كاثرين عليها: *مجموعة صور الفنون الجميلة*. تجدّدت الشاشة. *صور فنون جميلة: بحث*.

"اطبعي اسم *ألبرخت دورير*".

أدخلــت كاثرين الاسم، ثمّ نقرت على مفتاح البحث. خلال ثوانٍ، بدأت الشاشة تعرض سلسلة من الصور الصغيرة. بدت جميع الصور متشابهة الطراز، عبارة عن صور بالأبيض والأسود لرسم دقيق. من الواضح أنّ دورير رسم عشرات اللوحات المتشابهة.

تفحّصت كاثرين لائحة أعماله بحسب الترتيب الأبجدي.

آدم وحوّاء

خيانة المسيح

فرسان سفر الرؤيا الأربعة

الآلام العظيمة

العشاء الأخير

تذكّــرت كاثرين، وهي تقرأ العناوين الإنجيلية، أنّ دورير مارس شيئاً يدعى المسيحية الباطنية، وكانت عبارة عن مزيج من المسيحية الأولى والخيمياء وعلم الفلك والعلم.

العلم...

عادت إلى ذهنها صورة مختبرها الذي كانت النيران تلتهمه. لم تستطع التفكير في نتائج ذاك الحــادث على المدى البعيد لأنّ ذهنها تحوّل الآن إلى مساعِدتها، تريش. *أتمنّى أن تكون قد نجت.*

كــان لانغدون يقول شيئاً عن نسخة العشاء الأخير لدورير، ولكنّ كاثرين بالكاد سمعته. فقد رأت للتوّ رابط *ميلينكوليا 1*.

نقرت الفأرة، فتجدّدت الصفحة بمعلومات عامّة.

ميلينكوليا 1، 1514

ألبرخت دورير

(رسم على ورق مدموغ)

مجموعة روزنفالد

المتحف الوطني للفنون

العاصمة واشنطن

حين مرّرت الصفحة إلى الأسفل، ظهرت صورة رقمية عالية الدقّة لتحفة دورير.

حدّقت إليها كاثرين مذهولة، وقد نسيت مدى غرابتها.

ضحك لانغدون وقد فهم ما يدور في خلدها: "كما قلت، إنّها رمزية".

كانت *ميلينكوليا 1* عبارة عن صورة لشخص ذي جناحين ضخمين، يجلس مفكّراً أمام مبنى حجري، محاطاً بمجموعة غريبة وغير منسجمة من الأشياء التي لا تخطر على البال؛ ميزان، كلب هزيل، أدوات نجّار، ساعة رملية، أشكال هندسية مختلفة، جرس معلّق، نصل، سلّم.

تذكّرت كاثرين ما أخبرها به شقيقها، أنّ الشخص ذا الجناحين يمثّل "العبقرية البشرية"، ومفكّر عظيم يضع يده على ذقنه ويبدو محبطاً لعجزه عن بلوغ التنوير. العبقري محاط بجميع رموز الفكر البشري، أغراض تمثّل العلوم، والرياضيات، والفلسفة، والطبيعة، وعلم الهندسة، وحتّى النجارة. مع ذلك، لا يزال عاجزاً عن تسلّق السلّم لبلوغ الاستنارة. حتّى *العباقرة يواجهون صعوبة في فهم الأسرار القديمة.*

قال لانغدون: "رمزياً، تمثّل هذه اللوحة محاولات الجنس البشري الفاشلة لتحويل الفكر البشري إلى قوّة خارقة. وبتعبير خيميائي، فإنّها تمثّل عجزنا عن تحويل الرصاص إلى ذهب".

وافقته كاثرين قائلةً: "ليست رسالة مشجّعة في الواقع. إذاً، هل تساعدنا؟" فهي لم ترَ الرقم 1514 المموّه الذي تحدّث عنه لانغدون.

قال لانغدون وهو يبتسم: "النظام من الفوضى، تماماً كما وعد أخوك". بحث في جيبه وأخرج شبكة الأحرف التي نسخها عن الشيفرة الماسونية. فتح الورقة على المكتب قائلاً: "الآن، تبدو هذه الشبكة بلا معنى".

S	O	E	U
A	T	U	N
C	S	A	S
V	U	N	J

تأمّلت كاثرين الشبكة. *بلا معنى من دون شكّ.*

"ولكنّ دورير سيحوّلها".

"وكيف له ذلك؟".

"الخيمياء اللغوية". أشار إلى شاشة الكمبيوتر وأضاف: "انظري جيّداً. تخبّئ هذه التحفة الفنية ما سيكشف غموض الأحرف الستّة عشر". صمت قليلاً ثمّ قال: "هل ترينها؟ ابحثي عن الرقم 1514".

لـم تكن كاثرين في مزاج للعب دور الطالبة والأستاذ، فقالت: "روبرت، لا أرى شيئاً، هناك جُرم سماوي، سلّم، سكين، مجسّم متعدّد الأسطح، ميزان؟ أنا أستسلم".

"انظـري! هـناك فـي الخلفية. ثمّة نقش في المبنى خلف الرجل؟ تحت الجرس؟ رسَم دورير مربّعاً مليئاً بالأرقام".

رأت كاثرين المربّع الذي يحتوي على الأرقام، ومن بينها 1514.

"كاثرين، هذا المربّع يحمل سرّ تفكيك شيفرة الهرم!".

نظرت إليه باستغراب.

قال لانغدون مبتسماً: "هذا ليس مربّعاً عادياً. هذا، يا آنسة سولومون، مربّع عجيب".

الفصل 69

إلى أين يأخذونني؟

كان بيلامي لا يزال معصوب العينين في المقعد الخلفي للسيّارة. بعد توقّف قصير في مكان ما قريباً من مكتبة الكونغرس، تابعت السيّارة رحلتها... ولكن لدقيقة واحدة فقط. والآن، توقّفت مجدّداً، بعد أن سارت لمسافة عدّة مبانٍ.

سمع بيلامي أصواتاً منخفضة تتحدّث.

كان أحدهم يقول بصوت آمر: "آسف... غير ممكن... المكان مقفل في هذا الوقت...".

أجاب سائق السيّارة بالنبرة الآمرة نفسها: "إنّنا نجري تحقيقاً للسي آي أيه... قضية أمن وطني...". يبدو أنّ كلامه وهويّته كانا مقنعين، لأنّ نبرة الرجل تغيّرت على الفور.

"أجل، بالطبع... مدخل الخدمة...". سُمع صرير عالٍ صادر على ما يبدو عن باب موقف للسيّارات. أضاف المتحدّث في أثناء ذلك: "هل أرافقكم؟ عندً الدخول، لن تتمكّنوا من–".

"كلاّ، لدينا المفاتيح".

إن كان الحارس قد فوجئ، فقد فات الأوان، إذ إنّ السيّارة بدأت تسير مجدّداً. وبعد أن اجتازت حوالى ستّين ياردة، توقّفت. أُغلق الباب الثقيل خلفهم مجدّداً.

تبع ذلك الصمت التامّ.

أدرك بيلامي أنّه كان يرتجف.

فُتح الباب الخلفي للسيّارة محدثاً صوتاً. شعر بيلامي بألم حادّ في كتفيه حين شدّه أحدهم من ذراعيه، ثمّ رفعه ليقف على قدميه. من دون أيّ كلمة، اقتيد عنوةً على رصيف عريض. كان ثمّة رائحة تراب غريبة لم يتمكّن من تحديدها. سمع خطوات شخص يسير معهما، ولكن أيًّا يكن هو، لم يتحدّث بعد.

توقّفوا أمام باب، وسمع بيلامي رنّة إلكترونية ثمّ فُتح الباب. دُفع بيلامي عبر عدد من الأروقة، ولاحظ أنّ الهواء أصبح أكثر دفئاً ورطوبة. *حوض سباحة داخلي، ربّما؟ كلاّ.* لم تكن رائحة الهواء تحتوي على الكلورين... بل كانت ترابية وأكثر بدائية.

أين نحن بحقّ الله؟! عرف بيلامي أنّه لا يمكن أن يفصله عن مبنى الكابيتول أكثر من مبنى أو مبنيين. توقّف مجدّداً، وسمع مجدّداً رنّة إلكترونية لباب موصود. فُتح هذا الأخير مصدراً هسهسة. دُفع إلى الداخل، وداعبت أنفه رائحة لا يمكن أن يخطئها.

أدرك بيلامي الآن أين هو. *ربّاه!* غالباً ما أتى إلى هنا، ولكن ليس عبر مدخل الخدمة. لم يكن هذا المبنى الزجاجي الرائع يبعد عن مبنى الكابيتول سوى ثلاثمئة ياردة، وهو يشكّل

تقنياً جزءاً من مجمّع الكابيتول. *أنا مدير هذا المكان!* وأدرك بيلامي أنّهم استعملوا مفتاحه للدخول.

دفعته ذراعان قويتان عبر الباب ليدخل في ممرّ متعرّج مألوف. كان دفء ورطوبة هذا المكان يشعرانه عادةً بالراحة. أمّا الليلة، فكان يتصبّب عرقاً.

ما الذي نفعله هنا؟!

أُوقف بيلامي فجأة، وأُجلس على مقعد. فكّ الرجل مفتول العضلات الأصفاد من يديه، ليعيد تثبيتها بالمقعد خلف ظهره.

سأله بيلامي، وقلبه يخفق بجنون: "ماذا تريد منّي؟".

ولكنّ الردّ الوحيد الذي أتاه كان صوت خطواته وهو يخرج مغلقاً الباب الزجاجي خلفه.

بعد ذلك حلّ الصمت.

الصمت التامّ.

هل سأُترك هنا؟ راح العرق يتصبّب منه بغزارة أكبر وهو يجاهد لتحرير يديه. *حتّى إنّني عاجز عن فكّ العصابة عن عينيّ.*

صرخ قائلاً: "النجدة! هل من أحد هنا!".

عرف بيلامي، حتّى وهو يصرخ مذعوراً، أنّ أحداً لن يسمعه. فهذه الغرفة الزجاجية الكبيرة، المعروفة بالأدغال، كانت تُعزل تماماً عند إغلاق الباب.

قال في سرّه، *تُركتُ في الأدغال. لن يعثر عليّ أحد حتى الصباح.*

ثمّ بلغ الصوت مسمعه.

بالكاد كان مسموعاً، ولكنّه أرعب بيلامي أكثر من أيّ صوت سمعه في حياته. *ثمّة من يتنفّس. إنّه قريب جداً.*

لم يكن بمفرده على المقعد.

علا فجأة صوت احتكاك عود كبريت على مقربة من وجهه، إلى حدّ أنّه شعر بحرارة النار. تراجع بيلامي، وراح يصارع لفكّ قيوده.

ثمّ، ومن دون تحذير، امتدّت يد إلى وجهه، ونزعت العصابة عن عينيه.

انعكست الشعلة في عيني إينوي ساتو السوداوين وهي تشعل السيجارة المتدلية من شفتيها، على بعد إنشات فقط من وجه بيلامي.

حدّقت إليه في ضوء القمر المتسلّل من خلال زجاج السقف. بدا عليها السرور لرؤية خوفه.

قالت ساتو وهي تهزّ العود لإطفائه: "إذاً، سيّد بيلامي، من أين نبدأ؟".

الفصل 70

مــربّع عجــيب. هزّت كاثرين رأسها وهي تتأمّل المربّع المملوء بالأرقام في لوحة دورير. كان معظم الناس ليظنّوا أنّ لانغدون فقد عقله، ولكنّ كاثرين أدركت على الفور أنّه محقّ.

فعــبارة مــربّع عجيب ليست سوى تعبير رياضي يُطلق على شبكة من الأعداد المرتّبة بحــيث يكــون جمــع الصفوف والأعمدة والخطوط المنحرفة يساوي العدد نفسه. ابتُكر هذا المــربّع قبل آلاف السنين من قبل علماء الرياضيات في مصر والهند، وكان يُعتقد حينها أنّ المربّعات العجيبة تشتمل على قوىً خارقة. وقد قرأت كاثرين أنّ الهنود لا يزالون حتّى اليوم يرسمون مربّعات عجيبة ذات صفوف مؤلّفة من ثلاث خانات تدعى كوبيرا كولام على مذابح بــوجا(*). غيــر أنّ الإنسان المعاصر، أدرج المربّعات العجيبة في فئة التسلية الرياضية، ولا يزال بعض الناس يجدون متعة في سعيهم إلى اكتشاف ترتيب عجيب للأرقام. سودوكو *العباقرة*.

حلّلت كاثرين على الفور مربّع دورير، فجمعت أرقام عدد من الصفوف والأعمدة.

16	3	2	13
5	10	11	8
9	6	7	12
4	15	14	1

قالت: "أربعة وثلاثون. مجموع كلّ اتّجاه هو أربعة وثلاثون".

قــال لانغــدون: "بالضبط. ولكن هل تعلمين أنّ سبب شهرة هذا المربّع العجيب هو أنّ دوريــر حقّــق فيه المستحيل كما يبدو؟" وأظهر لكاثرين بسرعة كيف أنّه – إضافة إلى جعل مجمــوع الــصفوف والأعمدة والخطوط المنحرفة يساوي أربعة وثلاثين– وجد دورير أيضاً طــريقة لجعــل مجموع الخانات الأربع الوسطى المتقابلة في الأطراف الخارجية، والخانات الأربع الوسطى في الداخل، وحتّى زوايا المربّع الأربع تساوي ذاك العدد. "ولكنّ الأروع هو تمكّن دورير من وضع العددين 14 و15 معاً في الصفّ السفلي، إشارة إلى السنة التي أتمّ فيها تلك التحفة التي لا تصدّق!".

راقبت كاثرين الأرقام، متعجّبة.

(*) بوجا: طقوس عبادة لدى الهندوس.

ازدادت الحماسة في نبرة لانغدون: "والغريب هو أنّ *ميلينكوليا 1* تمثّل المرّة الأولى في التاريخ التي يظهر فيها مربّع عجيب في الفنّ *الأوروبي*. إذ يظنّ بعض المؤرّخين أنّ المربّع كـان وسـيلة مـشفّرة اسـتخدمها دورير للإشارة إلى أنّ الأسرار القديمة انتقلت إلى خارج المدارس السرّية المصرية، وأصبحت بين أيدي الجمعيات السرّية الأوروبية". صمت قليلاً ثمّ أضاف: "وهذا يعيدنا إلى... هذه".

وأشار إلى الورقة التي كُتبت عليها شبكة الأرقام المنسوخة عن الهرم الحجري.

S O E U

A T U N

C S A S

V U N J

سألها لانغدون: "أفترض أنّ المخطّط يبدو مألوفاً الآن؟".

"مربّع من ستّ عشرة خانة".

تناول لانغدون قلماً، وبدأ ينقل بحذر أرقام المربّع العجيب في لوحة دورير على الورقة، قـرب مربّع الأحرف مباشرة. لاحظت كاثرين كم سيكون ذلك سهلاً. توقّف، والقلم في يده، وبدا متردّداً بعد كلّ تلك الحماسة.

"روبرت؟".

الـتفت إليها، وبدت الكآبة على وجهه: "هل أنت واثقة أنّ علينا فعل ذلك؟ فقد أكّد بيتر بوضوح–".

"روبـرت، إن كـنت لا تريد تفكيك هذه الشيفرة، فأنا سأفعل". ومدّت يدها لأخذ القلم. لاحـظ لانغدون أنّ شيئاً لن يردعها، فهزّ رأسه وأعاد انتباهه إلى الهرم. طابق بحذر المربّع العجيب مع شبكة أحرف الهرم، وأعطى كلّ حرف رقماً. ثمّ وضع شبكة جديدة، وأدخل فيها الأحرف الماسونية بالنظام الجديد بحسب شبكة دورير العجيبة.

حسناً، أنهى لانغدون عمله، حدّق الاثنان إلى النتيجة.

J E O V

A S A N

C T U S

U N U S

شعرت كاثرين بالتشوّش على الفور. "لا تزال مبهمة".

لـــزم لانغدون الصمت طويلاً، ثمّ قال: "في الواقع، كاثرين، هي ليست مبهمة". ولمعت عيناه مجدداً لهول الاكتشاف. "إنّها... لاتينية".

فـــي ممـــرّ طويل مظلم، مشى الرجل العجوز الأعمى مسرعاً قدر الإمكان نحو مكتبه. حين وصل أخيراً، تهاوى على كرسي المكتب ليريح عظامه المتعبة. كان المجيب الآلي يرنّ. فــضغط علـــى الزرّ وأصغى. تناهى إلى مسمعه صوت صديقه وأخيه الماسوني هامساً: "أنا وارن بيلامي، لديّ أنباء مزعجة...".

عـــادت عيـــنا كاثرين سولومون إلى شبكة الأحرف، وتفحّصت النصّ مجدّداً. بدت لها بالفعل كلمة لاتينية. *جيوفا*.

J E O V

A S A N

C T U S

U N U S

لـــم تدرس كاثرين اللاتينية، ولكنّ هذه الكلمة كانت مألوفة بالنسبة إليها، بسبب قراءتها للنصوص العبرية القديمة. *جيوفا*. *جيهوفا*. وبينما واصلت القراءة، وكأنّها تقرأ كتاباً، فوجئت أنّها تستطيع قراءة نصّ الهرم بأكلمه.

جيوفا سانكتوس أونوس.

عـــرفت المعنى على الفور. كانت هذه الجملة شائعة في ترجمات الكتاب العبري. ففي الـــتوراة، يُعـــرَف الله لـــدى العبريين بأسماء عديدة، مثل جيوفا، جيهوفا، جيشوا، يهوا، المـــصدر، إيلوهيم. ولكنّ الترجمات الرومانية استعملت تعبيراً لاتينياً واحداً: *جيوفا سانكتوس أونوس*.

همـــست تحدّث نفسها: "ربّ حقيقي واحد؟" بالطبع، لا يبدو أنّ الجملة ستساعدهما على إيجاد أخيها. "أهذه هي رسالة الهرم السرّية؟ ظننتها خريطة".

بـــدا لانغـــدون حائـــراً هو الآخر، وتبخّرت الحماسة التي كانت تملأ عينيه. "إنّ طريقة تفكيك الشيفرة صحيحة ولكن...".

"الـــرجل الـــذي اخـــتطف أخي يريد أن يعرف موقعاً". أبعدت شعرها إلى خلف أذنها وأضافت: "ما وجدناه لن يسرّه كثيراً".

قــال لانغدون متنهّداً: "كاثرين، كنت أخشى ذلك. كنت أشعر طيلة الليل أنّنا نتعامل مع مجمــوعة من الأساطير والتعابير المجازية على أنّها حقيقة. ربّما يشير هذا النقش إلى موقع مجازي؛ يظهر لنا أنّ قدرة الإنسان الحقيقية لا يمكن بلوغها إلاّ من خلال الإيمان بربّ حقيقي واحد".

أجابــت كاثرين وفكّاها مشدودان من الغضب: "ولكن لا معنى لهذا! لقد احتفظت عائلتي بهــذا الهرم لأجيال! أهذا هو السرّ؟ والسي آي أيه تعتبره قضية أمن وطني؟ إمّا أنّهم يكذبون أو أنّه فاتنا شيء ما!".

هزّ لانغدون كتفيه بلا جواب.

في تلك اللحظة، رنّ هاتفه.

في مكتب يغصّ بالكتب القديمة، جلس الرجل الأحدب أمام مكتبه ممسكاً سمّاعة الهاتف بيد شوّهها التهاب المفاصل.

رنّ الهاتف مرّات عدّة.

أخيراً، أجاب صوت متردّد: "ألو؟" كان الصوت عميقاً ولكنّه غير واثق.

همس العجوز: "قيل لي إنّك بحاجة إلى مخبأ".

بــدا وكأنّ المتحدّث من الطرف الآخر أجفل، إذ أجاب: "من معي؟ هل اتّصل بك وارن بيل-".

قاطعــه العجــوز قــائلاً: "لا تذكر أسماء، من فضلك. أخبرني، هل تمكّنت من حماية الخريطة التي ائتُمنت عليها؟".

بعــد قلــيل مــن الصمت أجاب: "أجل... ولكن لا أظنّ أنّها ذات أهمية، فهي لا توحي بالكثير. إن كانت خريطة يبدو أنّها مجازية أكثر-".

"كــلاّ، الخــريطة حقيقية تماماً، أؤكّد لك ذلك. وهي تشير إلى موقع حقيقي جداً. عليك حمايــتها، فالأمــر في غاية الأهمية. أنت ملاحق، ولكن إن تمكّنت من المجيء إلى مكاني، سأؤمّن لك مخبأ... وأعطيك أجوبة".

بدا التردّد بوضوح على الشابّ.

قــال العجوز وهو يختار كلماته بعناية: "يا صديقي، ثمّة مخبأ في روما، جنوب التايبر، يحــتوي علــى عــشرة أحجــار من جبل سيناء، أحدها من السماء، والآخر بوجه أب لوقس الأسمر. هل عرفت مكاني؟".

بعد صمت طويل، أجاب الرجل: "أجل، عرفت".

ابتسم العجوز، *هذا ما ظننت، بروفيسور*. "تعالَ حالاً. وتأكّد أنّك غير مراقب".

الفصل 71

وقــف مــالأخ عارياً في دفء حمّامه البخاري. شعر بالنقاء من جديد بعد أن أزال عن جسده رائحة الإيثانول. مع اختراق البخار المعطّر بالأوكالبتوس بشرته، شعر أنّ مسامه تتفتّح للحرارة. بعدها بدأ طقوس الاستحمام.

أوّلاً، فــرك جسده ورأسه بمستحضر كيميائي مزيل للشعر، للتخلّص من أيّ آثار لشعر الجسد. فأسـياد جــزر إلـياديس الـسبعة كانــوا بلا شعر. بعدها دلّك جلده الطريّ بزيت الأبــراميلين. *فالأبــراميلين هــو زيت ماغي العظيم.* بعد ذلك، وجّه مبدّل حرارة الماء إلى اليسار، ووقف تحت الماء قارس البرودة لدقيقة كاملة من أجل إغلاق مسامه وحبس الحرارة والطاقة في جسده. كان الماء البارد يذكّره بالنهر الجليدي الذي بدأ تحوّله فيه. حين خرج من تحــت الماء، كان يرتجف. ولكن في غضون ثوانٍ، انبعثت الحرارة من داخل جسده ودفّأته. شــعر أنّ أحــشاءه كالفــرن. وقف عارياً أمام المرآة وتأمّل شكله... قد تكون تلك هي المرّة الأخيرة التي ينظر فيها إلى نفسه كإنسان عادي.

كانــت قــدماه وعقباه موشومة مثل صقر. ساقاه كانتا كعمودي الحكمة القديمين؛ بواز وجاشــين. أمّا وركاه وبطنه فوشم عليها قناطر القوّة الخفية. تحت القناطر، تدلّى عضوه الذي يحمل أوشام رموز قدره. في حياة أخرى، كان مصدر متعته الحسيّة. ولكنه لم يعد كذلك.

لقد طهّرت جسدي.

علــى غــرار كهنة كاثاروي المخصيّين، قام مالأخ باستئصال خصيتيه. ضحّى بقدرته الجسدية من أجل قدرة أكثر قيمة. فبعد أن تخلّص من نواقص جنسه وإغراء الجنس الماديّ، أصــبح مــثل أورانــوس، أتيس، سبوروس والمخصيّين العظماء في أسطورة أرثوريان. *كلّ تحوّل روحاني يسبقه تحوّل جسدي.* ذاك كان درس العظماء...

عليّ أن أنزع عنّي جلد الرجل الذي أرتديه.

نظــر مــالأخ إلى الأعلى، فوق طائر الفينيق ذي الرأسين الموشوم على صدره، وفوق مجمــوعة الطلاسم القديمة التي تزيّن وجهه، إلى أن وصل إلى أعلى رأسه. أحنى رأسه نحو المرآة، وبالكاد كان قادراً على رؤية الدائرة الخالية التي تنتظر وشمها. كان موقعها في الجسد مبجّلاً. تعرف هذه المنطقة باليافوخ، وهي الجزء من الجمجمة الذي يبقى مفتوحاً عند الولادة. *نافذة إلى الدماغ.* ومع أنّ هذا الباب الفيزيولوجي ينغلق خلال أشهر، إلاّ أنّه يبقى أثراً رمزياً للعلاقة المفقودة بين العالمين الداخلي والخارجي.

تأمّل مالأخ تلك البقعة الخالية، التي كانت محاطة بدائرة تشبه التاج على شكل أوروبوروس، وهي عبارة عن أفعى باطنية تلتهم ذيلها. بدا وكأنّ الجلد الخالي يحدّق إليه هو الآخر... ويلمع بالوعود.

قـريباً، سيكتـشف روبرت لانغدون الكنز العظيم الذي يريده مالأخ. وما إن يصبح بين يديه، حتّى يملأ الفراغ الباقي على أعلى رأسه، ويصبح أخيراً مستعدًّا لتحوّله النهائي.

سـار مـالأخ فـي غـرفة نومه، وتناول من الدرج السفلي شريطاً طويلاً من الحرير الأبيض. وكما فعل مرّات عديدة من قبل، لفّه حول وركيه، ثمّ نزل السلّم. كان الكمبيوتر في مكتبه قد تلقّى رسالة إلكترونية.

كانت الرسالة من معاونه:

ما تريده أصبح في متناولنا.
سأتّصل بك خلال ساعة. صبراً.

ابتسم مالأخ. حان الوقت للبدء بالاستعدادات الأخيرة.

261

الفصل 72

كان عميل السي آي أيه الميداني في مزاج سيئ حين نزل من شرفة قاعة المطالعة. *لقد كــذب بيلامــي علينا.* لم يرَ العميل آثاراً حرارية في الأعلى قرب تمثال موسى، أو في أيّ مكان آخر على الشرفة.

أين هرب لانغدون؟

عــاد العميل أدراجه إلى المكان الوحيد الذي عثر فيه على آثار حرارية؛ حجرة تداول الكــتب. نزل السلّم مجدّداً، تحت المنضدة مثمّنة الأضلاع. كان صوت الأحزمة الناقلة مثيراً للأعــصاب. وضــع مــنظاره الحراري، وراح يتفحّص الغرفة. لا شيء. نظر إلى صفوف الكتب، وكان الباب المخلوع لا يزال يبدو أحمر من أثر الانفجار. في ما عدا ذلك، لم يرَ–

تبًّا!

أُجفــل العمــيل، وقفز إلى الخلف حين ظهر وميض غير متوقَّع في حقل رؤيته. فمثل شبحين، خرجت آثار متوهّجة لجسدين بشريين من الجدار على الحزام الناقل. *آثار حرارية.*

وقــف العمــيل مذهــولاً، وراح يراقب الشبحين وهما يعبران الغرفة على الحزام، ثمّ يختفيان في فجوة ضيقة في الجدار. *خرجا على الحزام الناقل؟ هذا جنون.*

أدرك العمــيل الميداني أنّ روبرت لانغدون هرب منهم عبر فجوة في الجدار، ليس هذا فحسب، بل ثمّة مشكلة أخرى. *لانغدون ليس بمفرده؟*

كــان علــى وشك استخدام الجهاز اللاسلكي للاتّصال بقائد الفريق، إلاّ أنّ هذا الأخير تحــدّث إلــيه عبــره قائلاً: "إلى جميع العناصر، عثرنا على فولفو متروكة في الساحة أمام المكتــبة، مسجّلة باسم امرأة تدعى كاثرين سولومون. قال شاهد إنّها دخلت المكتبة منذ وقت طويل. نشتبه في أنّها مع روبرت لانغدون. أمرَت المديرة ساتو بإيجادهما على الفور".

هــتف العمــيل الميداني من غرفة التداول: "عثرت على آثار حرارية لكليهما!" وشرح الوضع.

أجاب قائد الفريق: "تبًّا! إلى أين يتّجه الحزام؟".

كــان العميل الميداني قد بدأ بمراجعة المخطّط المعلّق على لوح المنشورات في الغرفة، فأجاب: "مبنى آدامز، على بعد مبنى واحد من هنا".

"إلى جميع العناصر، توجّهوا إلى مبنى آدامز فوراً!".

الفصل 73

مخبأ. إجابات.

تـــرددت الكلمات في رأس لانغدون بينما كان هو وكاثرين يخرجان من باب جانبي من مبنـــى آدامـــز إلى هواء الليل البارد. كان المتّصل الغامض قد أعطى عنوانه بشكل رمزي، ولكـــنّ لانغـــدون فهم. أمّا ردّ فعل كاثرين إزاء ذلك فكان متفائلاً على نحو يثير الاستغراب: *وهل من مكان أفضل لإيجاد ربّ حقيقي واحد؟*

والسؤال الآن هو كيفية الوصول إلى هناك.

وقـــف لانغـــدون، ثمّ راح يدور في مكانه محاولاً استيعاب ما حوله. كان الليل حالكاً، ولكنّ الطقس صحا لحسن الحظّ. كانا يقفان في باحة صغيرة. بدت قبّة الكابيتول بعيدة عنهما إلـــى حدٍّ غريب، ولاحظ أنّها المرّة الأولى التي يخرج فيها إلى الهواء الطلق منذ وصوله إلى الكابيتول قبل بضع ساعات.

لإلقاء محاضرة.

قالت كاثرين مشيرة إلى مبنى جيفرسون: "روبرت، انظر".

فوجـــئ لانغدون حين أدرك المسافة التي عبراها تحت الأرض على متن الحزام الناقل، وسرعان ما تنبّه إلى ما يجري. كان مبنى جيفرسون يعجّ بالحركة؛ شاحنات وسيّارات تدخل، ورجال يصرخون. *أهذا ضوء كشّاف؟*

أمسك لانغدون بيد كاثرين وقال: "هيّا بنا".

راحـــا يجـــريان عبـــر الباحة باتجاه الشمال الشرقي، واختفيا بسرعة عن الأنظار خلـــف مبنـــى فخـــم علـــى شـــكل U، أدرك لانغدون أنّه مكتبة فولغر شكسبير. بدا هذا المبنـــى ملائماً لاختبائهما الليلة، إذ إنّه يحتوي على المخطوطة اللاتينية الأصلية لكتاب فرانـــسيس بايكـــون، أتلانتـــيس الجديدة، وهي رؤية خيالية يُزعم أنّ الأميركيين الأوائل اســـتخدموها لبـــناء عالم جديد، مرتكزين على المعرفة القديمة. ولكنّ لانغدون لم يتوقّف هنا.

نحن بحاجة إلى سيّارة أجرة. وصلا إلى زاوية الشارع السادس وشارع إيست كابيتول. كانـــت حـــركة الـــسير خفيفة، فشعر لانغدون أنّهما لن يجدا سيّارة أجرة بسهولة. أسرع هو وكاثـــرين شمالاً في الشارع الثالث، محاولَين الابتعاد عن مكتبة الكونغرس. وبعد أن تجاوزا مبنـــىً كـــاملاً، توقّف لانغدون أخيراً لدى رؤية سيّارة أجرة تنعطف عند الزاوية. أشار إلى السائق، فتوقّف أمامهما.

تعالى صوت موسيقى شرقية من المذياع، وابتسم لهما السائق العربي الشابّ ابتسامة ودودة. سألهما وهما يستقلاّن السيّارة: "إلى أين؟".

"نريد الذهاب إلى-".

قاطعته كاثرين: "الشمال الشرقي!" وأشارت إلى الشارع الثالث بعيداً عن مبنى جيفرسون. "خذنا باتّجاه محطّة يونيون ستايشن، ثمّ انعطف يساراً عبر جادة ماساشوستيس. سنخبرك أين تتوقّف".

هزّ السائق كتفيه، ثمّ أغلق الفاصل الزجاجي وأعاد تشغيل الموسيقى.

ألقت كاثرين نظرة لوم على لانغدون وكأنّها تقول: "لا تترك آثاراً خلفك". ثمّ أشارت من النافذة، لافتةً انتباه لانغدون إلى مروحيّة سوداء منخفضة تقترب من المنطقة. *تبًا*. من الواضح أنّ ساتو جادّة فعلاً في استعادة هرم سولومون.

راقبا مروحيّة تحطّ بين مبنيَي جيفرسون وآدامز، ثمّ التفتت إليه كاثرين، وبدا عليها قلق متزايد: "هل لي بهاتفك للحظة؟".

أعطاها إيّاه لانغدون.

قالت وهي تفتح نافذتها: "قال لي بيتر إنّك تتمتّع بذاكرة تخيّلية قويّة وتتذكّر جميع أرقام الهواتف التي طلبتها".

"هذا صحيح، ولكن-".

قذفت كاثرين الهاتف من النافذة. استدار لانغدون في مقعده وراقب هاتفه وهو يدور في الهواء ثمّ يتطاير أجزاءً على الرصيف خلفهما.

"لِمَ فعلت ذلك؟".

قالت كاثرين بجدّية: "لم نعد بحاجة إليه. هذا الهرم هو أملنا الوحيد في إيجاد شقيقي، ولا أنوي السماح للسي آي أيه بالاستيلاء عليه".

في المقعد الأمامي، كان عمر أميرانا يهزّ رأسه ويدندن مع الموسيقى. كانت الحركة بطيئة الليلة، وشعر بالسرور لأنّه عثر على راكبَين أخيراً. كان يعبر ستانتون بارك، حين علا صوت جهاز الاتّصال التابع للشركة.

"إلى جميع السيّارات في منطقة ناشونال مول. تلقينا للتوّ بلاغاً من السلطات الحكومية بخصوص هاربَين في منطقة مبنى آدامز..."، أصغى عمر باستغراب بينما راح الموظف يصف بالضبط الشخصين اللذين استقلاّ سيّارته. استرق نظرة إلى الخلف عبر المرآة. أقرّ أنّ الشاب الطويل يبدو مألوفاً بالفعل. *هل رأيته في برنامج* أكثر المطلوبين في أميركا؟ تناول عمر جهاز اللاسلكي، وتحدّث عبره بهدوء: "معك السيّارة 134. الشخصان اللذان تسأل عنهما موجودان في سيّارتي... الآن".

بدأ الموظّف يشرح على الفور لعمر ما عليه فعله. شعر عمر بيديه ترتجفان وهو يطلب الرقم الذي أعطاه إيّاه. كان الصوت الذي أجابه حازماً وعملياً، وكأنّه صوت جندي.

"معك العميل تورنر سيمكينز، من الفريق الميداني التابع للسي آي أيه، من معي؟".

أجاب عمر: "أنا... سائق الأجرة. طُلِب مني الاتّصال بخصوص-".

"هل الهاربان في سيّارتك حالياً؟ أجبِ بنعم أو لا".

"نعم".

"هل يمكنهما سماع هذا الحديث؟ نعم أم لا؟".

"لا. فالحاجز-".

"إلى أين تأخذهما؟".

"إلى الشمال الشرقي عبر جادة ماساشوستيس".

"هل من مكان محدّد؟".

"لم يقولا شيئاً".

تردّد العميل، ثمّ سأله: "هل يحمل الرجل حقيبة جلدية؟".

نظر عمر عبر المرآة، واتّسعت عيناه رعباً. أجاب: "أجل! هل تحتوي الحقيبة على متفجرات أو أيّ شيء من-".

قال العميل: "اسمع جيّداً. أنت لست في خطر ما دمت تنفّذ الأوامر. أهذا واضح؟".

"نعم، سيّدي".

"ما اسمك؟".

أجاب: "عمر". وبدأ العرق يتصبّب منه.

قال الرجل بهدوء: "اسمع يا عمر، أنت تبلي بلاءً حسناً. أريدك أن تقود السيّارة ببطء قدر الإمكان بينما أحضر فريقي لملاقاتك. مفهوم؟".

"حاضر، سيّدي".

"هل سيّارتك مجهّزة بنظام اتّصال داخلي لكي تتمكّن من التحدّث معهما؟".

"أجل، سيّدي".

"ممتاز. إليك ما يجب فعله".

الفصل 74

يُعتبر الجزء المعروف بالأدغال مركزَ الحديقة النباتية الأميركية (USBG)، التي تُعَدّ متحف أميركا الحيّ، وتقع بمحاذاة مبنى الكابيتول الأميركي. هي عملياً عبارة عن غابة استوائية، تقع في بيت زجاجي شاهق الارتفاع، وتنبت فيها أشجار الكاوتشوك الباسقة والتين، وتضمّ طريقاً ضيّقاً مظلّلاً للسيّاح الراغبين بالتجول في أرجائها.

عادةً، كان بيلامي يشعر بالراحة بين الروائح الترابية للأدغال، وضوء الشمس المتسلّل عبر الضباب المنبعث من الأنابيب البخارية في السقف الزجاجي. أمّا الليلة، فبدت الأدغال مرعبة بالنسبة إليه، في هذا الظلام الذي لا يضيئه سوى نور القمر. أخذ العرق يتصبّب منه بغزارة وهو يتلوّى، محاولاً التخلّص من القيود التي تكبّل ذراعيه وتشدّهما خلفه.

راحت المديرة ساتو تسير أمامه وهي تنفخ دخان سيجارتها بهدوء، وبدت وكأنّها تمارس إرهاباً بيئياً في هذا المكان ذي المناخ المضبوط بعناية. بدا وجهها شيطانياً تقريباً في ضوء القمر الضبابي الذي تسلّل من السقف الزجاجي.

تابعت تحقيقها قائلةً: "إذاً، حين وصلتَ إلى الكابيتول الليلة، واكتشفتَ أنّني كنت هناك... اتّخذتَ قراراً. وعوضاً عن إعلامي بوجودك، نزلت بهدوء إلى الطابق SBB، ثمّ غامرت بنفسك، وتهجّمت على الرئيس أندرسون وعليّ، كما ساعدت لانغدون على الهرب ومعه الهرم وحجر القمّة". فركت كتفها مضيفة: "يا له من خيار موفّق".

قال بيلامي في سرّه، *خيار أكرّره لو تسنّى لي ذلك*. سألها غاضباً: "أين بيتر؟".

أجابته: "ومن أين لي أن أعرف".

ردّ عليها بيلامي، من دون أن يحاول إخفاء شكوكه في أنّها خلف كلّ ما يجري: "يبدو أنّك تعرفين كلّ شيء آخر! عرفتِ كيف تذهبين إلى مبنى الكابيتول، وعرفتِ كيف تجدين روبرت لانغدون، حتّى إنّك عرفتِ كيف تطلبين صورة الأشعّة السينية لحقيبة لانغدون لإيجاد حجر القمّة. من الواضح أنّ ثمّة من يزوّدك بكثير من المعلومات من الداخل".

ضحكت ساتو ببرود، واقتربت منه قائلةً: "سيّد بيلامي، ألهذا السبب تهجّمت عليّ؟ أتظنّ أنّني *العدوّ*؟ أتظنّ أنّني أحاول سرقة هرمك الصغير؟" أخذت ساتو نفساً من سيجارتها، ونفخت الدخان من أنفها. "أصغِ إليّ. لا أحد يفهم أكثر منّي أهمية حفظ الأسرار. أنا أعتقد، مثلك تماماً، أنّ ثمّة معلومات يجب عدم نشرها لعامّة الناس. ولكن، ثمّة الليلة قوىً تتدخّل، وأخشى أنّك لم تفهم ذلك بعد. الرجل الذي اختطف بيتر سولومون يملك قوّة عظيمة... قوّة لم تدركها بعد على ما يبدو. صدّقني، إنّه أشبه بقنبلة موقوتة

متنقّلة... قادر على تفجير سلسلة من الأحداث التي ستغيّر على نحو عميق العالم الذي نعرفه".

تلوّى بيلامي على المقعد، وآلمته ذراعاه المقيّدتان. قال: "لا أفهم".

"لا داعٍ لأن تفهم، ما أريده هو أن تطيع. حالياً، فإنّ أملي الوحيد لتجنّب كارثة كبيرة هو التعامل مع هذا الرجل... وإعطاؤه ما يطلب بالضبط. وهذا يعني أن تتّصل بالسيّد لانغدون وتطلب منه العودة، ومعه الهرم وحجر القمّة. وما إن يصبح لانغدون عندي، حتّى يفكّك شيفرة الهرم، ويعطيني المعلومات التي يريدها ذلك الرجل، ليحصل على مبتغاه".

موقع السلّم اللولبي الذي يؤدّي إلى الأسرار القديمة؟ "لا أستطيع ذلك. لقد أخذت عهداً بحفظ السرّ".

انفجرت ساتو قائلةً: "لا آبه البتّة بما تعهّدت به، سأرميك في السجن-".

قال بيلامي متحدّياً إيّاها: "هدّديني قدر ما تشائين، لن أتعاون معك".

أخذت ساتو نفساً عميقاً، وتحدّثت بصوت هامس ومخيف: "سيّد بيلامي، أنت لا تملك فكرة عمّا يجري الليلة، أليس كذلك؟".

تواصل صمتهما لبضع ثوانٍ في جوّ من التوتر، خرقه أخيراً رنين هاتف ساتو. فأدخلت يدها في جيبها، وانتشلته بسرعة. أجابت: "تحدّث إليّ". أصغت إلى الردّ ثمّ قالت: "وأين هي سيّارتهما الآن؟ كم من الوقت؟ حسناً، جيّد. أحضرهما إلى الحديقة النباتية الأميركية، مدخل الخدمة. واحرص على أن تحضر لي ذاك الهرم اللعين مع حجر القمّة".

أغلقت ساتو الخطّ، واستدارت إلى بيلامي وهي تبتسم باعتداد: "حسناً... يبدو أنّني لم أعد بحاجة إليك".

الفصل 75

حدّق روبرت لانغدون إلى الفراغ، وشعر بتعب شديد ليحثّ السائق على الإسراع. كانت كاثرين الجالسة قربه صامتة هي الأخرى، وبدا عليها الإحباط لعدم اتّفاقهما على سبب أهمية الهرم. سبق وناقشا كلّ ما يعرفانه عن الهرم وحجر القمّة وأحداث هذه الأمسية الغريبة. ولم يفهما بعد كيف يمكن لهذا الهرم أن يشكّل خريطة لأيّ شيء على الإطلاق.

جيوفا سانكتوس أونوس؟ السرّ يكمن في التنظيم؟

كان المتّصل الغامض قد وعدهما بإعطائهما أجوبة إن قابلاه في مكان معيّن. *ملجأ في روما، شمال التايبر*. كان لانغدون يعرف أنّ الأميركيين الأوائل غيّروا اسم مدينتهم من *روما الجديدة* إلى واشنطن في بداية تاريخها، ولكنّ آثار حلمهم الأصلي ظلّت موجودة. فقد تدفّقت مياه التايبر في بوتوماك، واجتمع الشيوخ تحت نسخة عن قبّة سان بيتر، وراقب فولكان ومينيرفا شعلة الروتوندا التي انطفأت منذ زمن بعيد.

يبدو أنّ الأجوبة التي يبحث عنها لانغدون وكاثرين تنتظرهما على بعد بضعة أميال فقط. شمال غرب جادة *ماساشوستيس*. كان مقصدهما ملجأ بالفعل... شمال خليج التايبر في واشنطن. تمنّى لانغدون لو أنّ السائق يسرع.

استقامت كاثرين في مقعدها، وكأنّها أدركت أمراً للتوّ. استدارت نحوه بوجه شاحب وقالت: "يا الله، روبرت!" تردّدت للحظة ثمّ قالت بإصرار: "إنّنا نسلك اتّجاهاً غير صحيح".

ردّ لانغدون: "كلاّ، إنّنا على الطريق الصحيح. فهو يقع في الشمال الغربي في جادة ماساشو–".

"كلاّ! أعني أنّنا ذاهبان إلى المكان غير الصحيح!".

شعر لانغدون بالإرباك. كان قد سبق وأخبر كاثرين كيف عرف ما هو المكان الذي ذكره المتّصل الغامض. *يحتوي على عشرة أحجار من جبل سيناء، أحدها من السماء، والآخر بوجه أب لوقس الأسمر*. ثمّة بناء واحد على وجه الأرض يمكن أن يوصف هكذا. وهو المبنى المتوجّهان إليه.

"كاثرين، أنا واثق أنّ المكان صحيح".

هتفت: "كلاّ! لم يعد علينا الذهاب إلى هناك. لقد فككت شيفرة الهرم وحجر الزاوية! أعرف ما يعني كلّ ذلك!".

بدا الذهول على وجه لانغدون وسألها: "هل فهمتِها؟".

"أجل! علينا الذهاب إلى ساحة فريدوم بلازا عوضاً عن ذلك!".

شعر لانغدون الآن أنّه ضائع تماماً. صحيح أنّ فريدوم بلازا قريبة، ولكنّه لم يفهم صلتها بالموضوع.

قالت كاثرين: "*جيوفا سانكتوس أونوس!* الربّ الحقيقي الواحد لدى العبريين. والرمز المبجل لديهم هو النجمة اليهودية، خاتم سليمان، الذي يشكّل أيضاً رمزاً مهمًّا لدى الماسونيين!" أخرجت دولاراً من جيبها وقالت: "أعطني قلمك".

أخرج لانغدون قلماً من جيبه حائراً.

فتحت الورقة النقدية على فخذها، وتناولت القلم قائلة: "انظر". وأشارت إلى الختم الأعظم على الجهة الخلفية. "إن وضعنا خاتم سليمان على الختم الأعظم للولايات المتّحدة..." ورسمت رمز نجمة يهودية فوق الهرم تماماً. "انظر علامَ تحصل!".

نظر لانغدون إلى الورقة النقدية، ومن ثمّ إلى كاثرين، وكأنّها فقدت عقلها.

"روبرت، انظر جيّداً! ألا ترى ما *أشير إليه*؟".

نظر إلى الرسم مجدّداً.

إلى ماذا تريد الوصول بالضبط؟ كان لانغدون قد رأى هذه الصورة من قبل. فهي شائعة بين أصحاب نظرية المؤامرة ويعتبرونها "دليلاً" على أنّ الماسونيين كانوا يملكون نفوذاً سرّياً على الولايات المتّحدة في بداياتها. فحين تُطابَق النجمة ذات الزوايا الستّ على الختم الأعظم للولايات المتّحدة، تقع زاوية النجمة العليا فوق العين الماسونية تماماً... والغريب أنّ الزوايا الأخرى تشير بوضوح إلى الأحرف التالية: M-A-S-O-N.

"كاثرين، هذه مجرّد مصادفة، كما أنّني لم أفهم بعد ما علاقتها بساحة فريدوم بلازا".

قالت وقد بدا عليها الغضب: "انظر مجدّداً! أنت لا تنظر إلى حيث *أشير*! هنا، ألا تراها؟".

عندها فقط، رآها لانغدون.

وقف قائد العمليات الميدانية التابع للسي آي أيه، تورنر سيمكينز، خارج مبنى آدامز، وضغط هاتفه الخلوي على أذنه بشدّة، محاولاً سماع ما يجري في المقعد الخلفي للتاكسي. حدث أمر ما للتوّ. كان فريقه على وشك أن يستقلّ مروحيّة من نوع سيكورسكي UH-60 للتوجّه إلى الشمال الغربي وإقامة حاجز في الطريق، ولكن يبدو أنّ الوضع تغيّر فجأة.

قبل لحظات، بدأت كاثرين سولومون تصرّ على أنّهما يسلكان اتّجاهاً غير صحيح، وبدا شرحها حول ورقة دولار نقدية ونجوم يهودية غير مفهوم بالنسبة إلى قائد الفريق، أو إلى لانغدون، في البداية على الأقلّ. أمّا الآن، فيبدو أنّ لانغدون فهم ما تعنيه.

هتف هذا الأخير قائلاً: "ربّاه، أنت على حقّ! لم أرها من قبل!".

سمع سيمكينز فجأة طرقاً على الزجاج الفاصل بينهما وبين السائق، قبل أن يُفتح. صرخت كاثرين قائلةً للسائق: "تغيّرت الخطّة، خذنا إلى فريدوم بلازا!".

بدا التوتّر على السائق الذي أجاب: "فريدوم بلازا! ليس إلى الشمال الغربي في ماساشوستيس؟".

صرخت كاثرين: "كلاّ! فريدوم بلازا! انعطف يساراً من هنا! هنا! هنا!".

سمع العميل سيمكينز صوت الفرامل في أثناء انعطاف السيّارة. عادت كاثرين تتحدّث بحماسة إلى لانغدون، وتقول شيئاً عن القالب البرونزي الشهير للختم الأعظم المضمّن في أرض الساحة.

قاطعها السائق بصوت مشوب بالتوتّر: "سيّدتي، فقط للتأكيد. نحن نتوجّه إلى فريدوم بلازا، عند تقاطع شارعَي بنسلفانيا والشارع الثالث عشر؟".

أجابت كاثرين: "أجل! أسرع!".

"إنّها قريبة جداً. نحتاج إلى دقيقتين".

ابتسم سيمكينز. *أحسنت يا عمر*. وبينما توجّه إلى المروحيّة المنتظرة، صرخ لفريقه: "عثرنا عليهما! توجّهوا إلى فريدوم بلازا".

270

الفصل 76

فريدوم بلازا هي خريطة. تقع الساحة عند نقطة التقاء جادة بنسلفانيا والشارع الثالث عشر، وهي عبارة عن مسطّح حجري يصوّر شوارع واشنطن كما تخيّلها في الأساس بيار لانفان. وتُعتبر الساحة معلماً سياحياً شائعاً، ليس بسبب الخريطة العملاقة التي يتسلّى الناس بالسير عليها، بل لأنّ مارتن لوثر كينغ الأصغر، الذي سُمّيت فريدوم بلازا (ساحة الحرية) من أجله، كتب معظم خطابه "لديّ حلم" قرب فندق ويلارد.

كان سائق السيارة عمر أميرانا يُوصِل السيّاح إلى فريدوم بلازا دائماً، ولكنّ هذين الراكبين لم يكونا سائحَين عاديين على ما يبدو. *السي آي أيه تطاردهما؟* بالكاد توقّفت السيّارة، حتّى قفز منها الرجل والمرأة.

قال الرجل الذي يرتدي معطفاً من التويد: "انتظر هنا! سنعود حالاً!".

راقب عمر الرجل والمرأة وهما يندفعان نحو الخريطة الهائلة، ويشيران بأيديهما ويصرخان وهما يتفحّصان هندسة الشوارع المتقاطعة. تناول عمر هاتفه عن لوح القياس.

"سيّدي، أما زلت على الخطّ؟".

صرخ الرجل بصوت يكاد لا يُسمع عبر الهدير الآتي من الطرف الآخر: "أجل، عمر. أين هما الآن؟".

"في الخارج، على الخريطة. يبدو أنّهما يبحثان عن شيء ما".

صرخ العميل: "لا تدعهما يغيبان عن نظرك، أنا على وشك الوصول".

شاهد عمر الهاربَين وهما يعثران بسرعة على الختم الأعظم الشهير في الساحة؛ إحدى أكبر الميداليات البرونزية التي سُبكت حتّى الآن. وقفا فوقه للحظة ثمّ بدأا يشيران بسرعة إلى الجنوب الغربي. بعدها، أخذ الرجل يجري عائداً إلى السيّارة. فأعاد عمر الهاتف بسرعة إلى مكانه فور وصول الرجل وهو يلهث.

سأله: "في أيّ اتّجاه تقع ألكسندريا، فيرجينيا؟".

"ألكسندريا؟" أشار عمر إلى الجنوب الغربي، في الاتّجاه نفسه الذي أشار إليه الرجل والمرأة منذ قليل.

همس الرجل: "عرفت ذلك!" استدار وصرخ للمرأة: "أنتِ على حقّ! ألكسندريا!".

أشارت المرأة إلى إشارة مترو في الجوار. "الخطّ الأزرق يتوجّه مباشرة إلى هناك. علينا الذهاب إلى محطّة شارع كينغ!".

شعر عمر بالذعر. *آه، كلاّ.*

التفت الرجل إلى عمر، وأعطاه مبلغاً زائداً من المال، ثمّ قال: "شكراً، لقد وصلنا". ثمّ تناول حقيبته الجلدية وابتعد راكضاً.

"انتظرا! يمكنني أن أقلّكما! أنا أذهب إلى هناك دائماً!".

ولكن، كان الأوان قد فات. إذ ابتعد الرجل والمرأة عبر الساحة، واختفيا عبر السلّم المؤدّي إلى محطّة مترو سنتر.

تناول عمر هاتفه وقال: "سيّدي! لقد توجّها إلى المترو، ولم أستطع إيقافهما! سيستقلاّن الخطّ الأزرق إلى ألكسندريا!".

صرخ العميل: "ابقَ مكانك! سأصل خلال خمس عشرة ثانية!".

نظر عمر إلى مجموعة الأوراق النقدية التي أعطاه إيّاها الرجل. كانت الورقة الموضوعة في أعلاها هي نفسها التي كانا يكتبان عليها، إذ رأى نجمة يهودية مرسومة فوق الهرم الأعظم للولايات المتّحدة. وكانت زوايا النجمة تشير بالفعل إلى أحرف يمكن جمعها في كلمة MASON (ماسوني).

فجأة، شعر عمر بارتجاج عنيف حوله، وكأنّ جرّاراً على وشك الاصطدام بسيّارته. نظر حوله، ولكنّ الشارع كان خالياً. ازداد الضجيج، وحطّت فجأة مروحية سوداء من سماء الليل وسط خريطة الساحة.

نزلت من المروحيّة مجموعة من الرجال الذين يرتدون ملابس سوداء. راح معظمهم يجري نحو محطّة المترو، بينما توجّه أحدهم إلى سيّارة عمر. فتح الباب المقابل له وسأله قائلاً: "عمر؟ أهذا أنت؟".

هزّ عمر رأسه، غير قادر على الكلام.

سأله العميل: "هل قالا إلى أين يتوجّهان؟".

أجاب عمر: "إلى ألكسندريا! محطّة شارع كينغ. عرضت أن أقلّهما، ولكن-".

"هل قالا أيّ مكان سيقصدان بالضبط في ألكسندريا؟".

"كلاّ! نظرا إلى ميدالية الختم الأعظم في الساحة، ثمّ سألا عن ألكسندريا ودفعا لي هذا". وأعطى العميل ورقة الدولار النقدية برسمها الغريب. تفحّص العميل الورقة، وفي أثناء ذلك، جميع عمر الخيوط ببعضها. *الماسونيون! ألكسندريا!* فأحد أشهر المباني الماسونية في أميركا يقع في ألكسندريا. هكذا فضح وجهتهما مجدّداً، إذ قال: "فهمت! النُصب جورج واشنطن الماسوني! يقع مباشرةً مقابل محطّة شارع كينغ!".

قال العميل الذي بدا أنّه توصّل هو أيضاً إلى الاستنتاج نفسه: "هذا صحيح". في الوقت نفسه، هرول بقية العملاء عائدين من المحطّة.

صرخ أحدهم: "لم نجدهما! فقد انطلق المترو للتوّ! ليسا في الأسفل!".

نظر العميل سيمكينز إلى ساعته، والتفت إلى عمر قائلاً: "كم يستغرق المترو إلى ألكسندريا؟".

"عشر دقائق على الأقلّ. وربّما أكثر".

"عمر، لقد قمت بعمل ممتاز. شكراً لك".

"عفواً. ولكن، ما الذي يجري؟!".

إلاّ أنّ العميـل سـيمكينز كان قد انطلق عائداً إلى المروحية وهو يصرخ قائلاً: "محطّة شارع كينغ! سنصل إلى هناك قبلهما!".

جلس عمر حائراً وراح يراقب الطائر الأسود الضخم وهو يُقلع. استدارت المروحيّة إلى الجنوب عبر جادة بنسلفانيا، ثمّ انطلقت في سماء الليل.

تحـت قدمـي السائق، كان قطار المترو ينطلق بسرعة مبتعداً عن فريدوم بلازا. على متنه، جلس روبرت لانغدون وكاثرين سولومون وهما يلهثان، ولم يتبادلا الكلام.

273

الفصل 77

تعود إليه الذكريات دائماً بالطريقة نفسها.

كان يسقط... يهبط إلى الخلف فوق نهر مكسوّ بالجليد، في قعر واد سحيق. فوقه، كانت عينا بيتر سولومون الرماديتان القاسيتان تحدّقان إليه من فوق فوهةٍ مسدّسه. أخذ العالم يتراجع في أثناء سقوطه، وكلّ شيء يختفي، بينما تغلّفه غيمة الضباب الناتجة عن الشلاّل المتدفّق من الأعلى.

للحظة، غطّى البياض كلّ شيء، وكأنّه في الفردوس.

بعدها، ارتطم بالجليد.

برد. ظلام. ألم.

راح يتدحرج... تجرّه قوّة عنيفة، تدفعه بلا هوادة بين الصخور في فراغ قارس البرودة. كانت رئتاه تتوقان إلى الهواء، ولكنّ عضلات صدره تقلّصت بشدّة في البرد، إلى حدّ أنّه عجز حتّى عن تنشّق الهواء.

أنا تحت الجليد.

كان الجليد قرب الشلاّل رقيقاً بسبب المياه الهائجة، وقد سقط أندروس فوقه مباشرة. والآن، راح تيّار الماء يجرفه إلى الأسفل، فعلق تحت سقف شفّاف. راح يدفع الجهة الداخلية من الجليد، محاولاً كسره، ولكنّه لم يكن يملك أداة تساعده على ذلك. أخذ ألم الرصاصة التي اخترقت كتفه يزول، وكذلك ألم طلقة بندقية الصيد. فكلاهما توقّفا نتيجة الخدر الذي بدأ يغزو جسمه.

ازداد تيّار الماء سرعة، وقذفه حول منعطف في النهر. استغاث جسده طلباً للأوكسيجين، وفجأة، علق بين الأغصان، عند شجرة سقطت في النهر. *فكّر!* تشبّث بالغصن بقوّة، وحاول السباحة نحو السطح، ثمّ عثر على الفتحة التي نتجت عن سقوط الغصن فوق الجليد. وجدت أصابعه فُسحة صغيرة من المياه المفتوحة حول أحد الأغصان، فأخذ يشدّ بأطرافها محاولاً توسيعها. شدّ عدّة مرّات، إلى أن اتّسعت الفُتحة، وأصبحت بعرض بضعة إنشات.

اتّكأ على الغصن، ثمّ أرجع رأسه إلى الخلف، وضغط فمه عبر الفُتحة الصغيرة. بدا هواء الشتاء الذي تدفّق في رئتيه دافئاً. كما أنّ الدفعة المفاجئة من الأوكسيجين منحته الأمل. فثبّت قدميه على جذع الشجرة، وضغط ظهره وكتفيه بقوّة إلى الأعلى. كان الجليد المحيط بالشجرة قد أصبح هشّاً بسبب الثقوب والكسور التي أحدثتها الأغصان، فثبّت ساقيه القويتين على الجذع، واخترق الجليد برأسه وكتفيه، ليخرج إلى هواء الليل. تدفّق الهواء في رئتيه.

كـــان الجزء الأكبر من جسده لا يزال مغموراً بالمياه، فجاهد بيأس إلى الأعلى، يسبح بساقيه وذراعيه، إلى أن خرج من النهر، وتمدّد لاهثاً على الجليد.

نـــزع أنـــدروس قناع التزلّج المبلّل عن وجهه، ووضعه في جيبه، ثمّ نظر إلى الأعلى بحثاً عن بيتر سولومون. ولكنّ انعطاف النهر حجب الرؤية. أخذ صدره يؤلمه مجدّداً. بهدوء، جرّ غصناً صغيراً فوق فُتحة الجليد لإخفائها. بحلول الصباح، ستتجمّد من جديد.

أخذ أندروس يسير في الغابة، ولكنّ الثلج بدأ يتساقط. لا يدري كم ركض حين خرج من الغابة، ليجد نفسه على جسر قرب طريق عام صغير. كان يهذي، ويعاني من انخفاض شديد في الحرارة. حين اقتربت أضواء سيّارة من بعيد، كان الثلج يتساقط بشدّة أكبر. لوّح أندروس بقوّة، فتوقّفت الشاحنة على الفور. كانت تحمل لائحة تابعة لولاية فيرمونت. خرج منها رجل عجوز يرتدي قميصاً أحمر مزركشاً بالمربّعات.

ســـار أندروس نحوه مترنّحاً، وهو يضغط على صدره الدامي. "صيّاد... أصابني بطلق ناري! أنا بحاجة إلى... مستشفى!".

ســـاعد العجوز أندروس بلا تردّد على الصعود إلى الشاحنة، وشغّل جهاز التدفئة. "أين يقع أقرب مستشفى؟!".

لـــم يكـــن أندروس يعرف، ولكنّه أشار إلى الجنوب. "المخرج التالي". *نحن لسنا ذاهبَين إلى مستشفى.*

أُبلـــغ في اليوم التالي عن فقدان الرجل العجوز من فيرمونت، ولكنّ أحداً لم يعرف أين اختفى خلال رحلته في تلك العاصفة الثلجية. كما أنّ أحداً لم يربط اختفاءه بالخبر الآخر الذي تصدّر عناوين نشرات الأنباء في اليوم التالي، ألا وهو مقتل إيزابيل سولومون.

حـــين اســـتفاق أندروس، كان متمدّداً في غرفة مهجورة في أحد الفنادق الرخيصة التي تُقفل في فصل الثلوج. يذكر أنّه اقتحمها، وضمّد جراحه بخِرَقِ الملاءات الممزّقة، ثمّ لجأ إلى سرير قديم تحت كومة من البطانيات البالية. كان يتضوّر جوعاً.

سار يعرج إلى الحمّام، ورأى كومة خردق الصيد المكسوّ بالدماء في المغسلة. تذكّر أنّه أخـــرجها مـــن صدره. نظر إلى المرآة المتّسخة، وبدأ ينزع الضمادات الملوّثة بالدماء لتفقّد الضرر. عضلات صدره وبطنه القوية منعت طلقة بندقية الصيد من الدخول عميقاً في جسده. ولكـــنّ جـــسمه الذي كان كاملاً، بدا الآن مليئاً بالجروح. فالرصاصة اليتيمة التي أطلقها بيتر سولومون اخترقت كتفه، وخلّفت فجوة دامية.

ومـــا زاد الأمـــور ســـوءاً، أنّ أندروس فشل في الحصول على مبتغاه. *الهرم*. احتجّت معدته، فخرج إلى الشاحنة، آملاً في إيجاد بعض الطعام. كانت الشاحنة مكسوّة بطبقة سميكة مـــن الـــثلوج، فتـــساءل أنـــدروس كم مضى عليه نائماً في هذا الفندق القديم. *الحمد لله أنّني اســـتيقظت*. لم يجد أندروس أيّ طعام في المقعد الأمامي، ولكنّه عثر على بعض مسكّنات ألم المفاصل. فتناول حفنة منها مع بضع قبضات من الثلج.

أحتاج إلى الطعام.

بعد بضع ساعات، خرجت شاحنة من خلف الفندق القديم لا تشبه على الإطلاق الشاحنة التـي وصلت إليه قبل يومين. إذ فُقدت منها كلّ القطع التي تشير إلى مصدرها، كما استبدلت اللـوائح التـي كُتب عليها فيرمونت بلوائح أخرى من شاحنة قديمة، وجدها أندروس مركونة قـرب مكـبّ الـنفايات التابع للفندق. هناك، ألقى أندروس جميع الملاءات الدامية، وخردق الصيد، فضلاً عن الأدلّة الأخرى على دخوله الفندق.

لـم يـتخلَّ أنـدروس عن الهرم، ولكنّ الوقت لم يعد مناسباً. كان يحتاج إلى الاختباء والـشفاء وقـبل كلّ شيء، *الطعام*. وجد مطعماً في طريقه، فتوقّف عنده وسدّ رمقه بالبيض، واللحـم، فـضلاً عن ثلاث كؤوس من عصير البرتقال. حين انتهى، طلب مزيداً من الطعام لأخذه معه. على الطريق، أصغى أندروس إلى مذياع الشاحنة. لم يكن قد شاهد التلفاز أو قرأ الجرائد منذ الحادث، وحين سمع أخيراً الأخبار المحلّية فوجئ كثيراً.

قال المذيع: "يتابع محقّقو الأف بي آي بحثهم عن دخيل مسلّح قتل إيزابيل سولومون فـي منـزلها في بوتوماك قبل يومين. يُعتقد أنّ القاتل سقط في الجليد وجرفه النهر إلى البحر".

تصلّب أندروس من وقع المفاجأة، *إيزابيل سولومون ماتت؟* تابع القيادة صامتاً وأصغى إلى التقرير بأكمله.

حان الوقت للابتعاد عن هذا المكان.

تطـلّ الشقة الواقعة في أبّر ويست سايد على مناظر رائعة لسنترال بارك. وقع اختيار أندروس عليها لأنّ البحر الأخضر الممتدّ خارج النافذة يذكّره بمنظر بالأدرياتيك. كان يعرف أنّ عليه أن يكون مسروراً لأنه لا يزال على قيد الحياة، ولكنّه لم يكن كذلك. فإحساس الفراغ لم يبارحه، وظلّت ذكرى إخفاقه في سرقة هرم بيتر سولومون تلاحقه.

أمـضى أندروس ساعات طويلة يجري أبحاثاً حول أسطورة الهرم الماسوني. ومع أنّ أحـداً لا يـؤكّد أو ينفـي أنّ الهرم حقيقي، إلاّ أنّ الجميع متّفقون على وعده الشهير بالحكمة والقوّة. قال أندروس في نفسه، *الهرم الماسوني حقيقي. فمعلوماتي الداخلية لا يمكن نفيها.*

لقـد وضـع القـدر الهرم في متناول أندروس، وتجاهله هو كمن يملك ورقة يانصيب رابحـة ولا يـصرفها أبداً. *أنا الرجل الوحيد غير الماسوني على وجه الأرض الذي يعلم أنّ الهرم حقيقي... كما يعلم هوية الرجل الذي يحرسه.*

مـرّت أشهر، ومع أنّ جسد أندروس قد شفي، إلاّ أنّه لم يعد ذاك الرجل المزهوّ بنفسه الـذي كان عليه في اليونان. فقد توقّف عن ممارسة التمارين الرياضية، ولم يعد يتأمّل نفسه عاريـاً أمـام المرآة. أحسّ أنّ علامات التقدّم في السنّ بدأت تظهر على جسده. فبشرته التي كانـت كاملـة فـي ما مضى، أصبحت الآن مليئة بالندوب، وهذا ما زاد من كآبته. واصل

استعمال المسكّنات التي ساعدته خلال فترة شفائه، وشعر أنّه يغرق مجدّداً في نمط الحياة الذي قاده إلى سجن سوغانليك. لم يأبه بذلك. *الجسد يطلب ما يحتاج إليه.*

في إحدى الليالي، كان في قرية غرينويتش، يشتري المخدّرات من رجل وشم ساعده بخطٍّ طويل ناتئ على شكل برق. سأله أندروس عن ذلك، فقال له إنّ الوشم يغطّي ندبة طويلة خلّفها حادث سيّارة في ذراعه. قال التاجر: "كانت رؤية الندبة كلّ يوم تذكّرني بالحادث، فوشمتها برمز قوّة شخصي. هكذا، استعدت السيطرة".

تلك الليلة، كانت معنويات أندروس عالية إثر جرعة حديثة من المخدّرات، فدخل دار وشم محلّية وخلع قميصه، ثمّ أعلن قائلاً: "أريد إخفاء هذه الندوب". *أريد استعادة السيطرة.*

نظر فنّان الوشم إلى صدره ثمّ قال: "إخفاءها؟ بماذا؟".

"بأوشام".

"أجل... أعني أوشام *ماذا*؟".

هزّ أندروس كتفيه بلا اكتراث. فكلّ ما يريده هو إخفاء تلك العلامات القبيحة التي تذكّره بالماضي. "لا أدري، الخيار لك".

هزّ الفنّان رأسه، ثمّ أعطى أندروس كتيّباً عن عادة الوشم القديمة، وقال: "عد حين تصبح جاهزاً".

اكتشف أندروس أنّ مكتبة نيويورك العامّة تحتوي على مجموعة من ثلاثة وخمسين كتاباً عن الوشم. وفي غضون بضعة أسابيع، قرأها كلّها. وبعد أن تجدّد شغفه بالقراءة، بدأ ينقل رزماً كاملة من الكتب بين المكتبة ومنزله، ليقرأها بنهم أمام النافذة الكبيرة المطلّة على سنترال بارك.

فتحت تلك الكتب عن الوشم أمام أندروس باباً إلى عالم غريب لم يعرف بوجوده من قبل؛ عالم من الرموز، والباطنية، والأساطير، وفنون السحر. وكلّما قرأ أكثر، أدرك كم كان جاهلاً في هذا المجال. فبدأ يدوّن ملاحظات عن أفكاره، ورسوماته، وأحلامه الغريبة. وحين لم يعد يجد ما يريده في المكتبة، دفع لتجّار الكتب النادرة من أجل شراء بعضٍ من أكثر النصوص باطنيةً في العالم.

De Praestigiis Daemonuum... Lemegeton... Ars Almadel... Grimorium Verum... Ars Notoria.... قرأها كلّها، وازداد ثقة أنّ العالم لا يزال يضمّ أسراراً عديدة لم يكشفها له. *ثمّة أسرار في هذا العالم تتجاوز الفهم البشري.*

ثمّ اكتشف كتب ألايستر كرولي، وهو باطني كثير الرؤى، عاش في أوائل القرن العشرين، واعتبرته الكنيسة "أكثر الناس شرًّا على وجه الأرض". *العقول العظيمة غالباً ما تخيف العقول الضعيفة.* قرأ أندروس عن قوّة الطقوس والتعاويذ، وتعلّم أنّه إن تمّ لفظ الطلاسم كما يجب، فإنّها تفتح أبواباً إلى عوالم أخرى. *ثمّة عالم غامض خلف هذا العالم... عالم يمكنني أن أستمدّ منه القوّة.* ومع أنّ أندروس تاق إلى امتلاك تلك القوّة، إلاّ أنّه أدرك وجود قوانين ومهامّ ينبغي إتمامها أوّلاً.

كن *ممجّداً*، هذا ما يوصي به كرولي.

فمنذ فجر التاريخ، كان تقديم القرابين هو القانون السائد على وجه الأرض. من العبريين الأوائل الذين قدّموا قرابين محروقة في الهيكل، إلى أبناء حضارة المايا الذين ذبحوا قرابين بشرية فوق أهرامات تشيتشين إيتزا، وغيرها من الديانات على وجه الأرض، فهم القدماء أهمية القربان. إنّه الطقس الأساسي الذي يتقرّب البشر بواسطته من الله.

ومع أنّ الناس جميعهم تخلّوا عن هذا الطقس منذ عهود من الزمن، إلاّ أنّ قوّته لم تتغيّر. وبعض من الباطنيين المعاصرين، بمن فيهم ألايستر كرولي، مارسوا هذا الفنّ وظلّوا يحسّنونه مع الوقت، ويحوّلون أنفسهم تدريجياً إلى شيء أفضل. تاق أندروس إلى تحويل نفسه مثلهم. ولكنّه عرف أنّ عليه عبور جسر خطير في سبيل ذلك.

الدم هو كلّ ما يفصل بين النور والظلام.

في إحدى الليالي، دخل غراب عبر نافذة الحمّام إلى شقّة أندروس وعلق فيها. راقب أندروس الطائر وهو يرفرف في المكان لبعض الوقت، ثمّ يتوقّف أخيراً بعد أن أدرك عجزه عن الهرب. كان أندروس قد تعلّم الكثير ليدرك أنّها إشارة. *أنا أُدفع للتحرّك.*

التقط الطائر بإحدى يديه، ثمّ وقف أمام مذبح مؤقّت في مطبخه، ورفع سكيناً حادّة، قبل أن ينطق بصوت عالٍ بالتعويذة التي حفظها عن ظهر قلب.

"كامياش، ايومياهي، إميال، ماكبال، إيمويي، زازيان... أناشد جميع الملائكة المذكورة في كتاب Assamaian، مساعدتي في هذه العملية بقوّة الربّ الحقيقي الواحد".

خفض أندروس السكين وشقّ بحذر شرياناً كبيراً في الجناح الأيمن للطائر المذعور. بدأ الغراب ينزف. وبينما راقب أندروس الدم الأحمر وهو يسيل في كأس معدنية وضعها تحته، شعر برعشة غير متوقّعة في الهواء. مع ذلك، تابع ما يقوم به.

أدوناي، أراثرون، أشاي، إلوهيم، إلوهي، إليون، أشر إهايه، شاداي العظيم... كن مساعدي، بحيث يكون لهذا الدم القوّة والفاعلية في كلّ ما أتمنّاه، وفي كلّ ما أطلبه".

تلك الليلة، حلم بالطيور... بطائر فينيق عملاق يرتفع من النار. في اليوم التالي، استيقظ بطاقة لم يشعر بها منذ طفولته. فخرج يجري في الحديقة، أسرع وأبعد ممّا تخيّل أنّ قدرته تسمح له. وحين لم يعد قادراً على الجري، توقّف وراح يمارس التمارين الرياضية. كرّرها طويلاً، ولكنّ طاقته لم تضعف.

تلك الليلة، حلم مجدّداً بطائر الفينيق.

عاد الخريف إلى سنترال بارك، وأخذت الحيوانات البرّية تبحث عن طعامها لفصل الشتاء. كان أندروس يكره البرد، ولكنّ الفخاخ التي نصبها بحذر كانت تعجّ بالجرذان والسناجب. فوضع الحيوانات في حقيبة وأخذها إلى منزله، ليمارس طقوساً أكثر تعقيداً.

إمانوال، ماسياش، يود، هي، فود... أرجو أن تجدني جديراً.

كانت طقوس الدم تمنحه الحيوية. أخذ أندروس يشعر أنّه أكثر شباباً يوماً بعد يوم. واصل القراءة ليل نهار؛ فقرأ نصوصاً باطنية قديمة، وقصائد ملحمية من القرون الوسطى، وكتب الفلاسفة الأوائل. وكلّما تعلّم أكثر عن الطبيعة الحقيقية للأشياء، أدرك أنه لم يعد ثمّة أمل للجنس البشري. *إنّهم عميان... يسيرون على غير هدى في عالم لن يفهموه أبداً.*

كان أندروس لا يزال إنساناً، ولكنّه شعر أنّه يتحوّل إلى شيء آخر. شيء أعظم. فقد استفاق جسده الضخم من سباته، وأصبح أكثر قوّة من ذي قبل. أخيراً، فهم هدفه الحقيقي. *جسدي ليس سوى سفينة لكنز أكثر قوّة... ألا وهو عقلي.*

عرف أندروس أنّه لم يدرك بعد قدرته الحقيقية، فغاص أكثر. *ما هو قدري؟* جميع الكتب القديمة تدور حول الخير والشرّ... وحول حاجة الإنسان إلى الاختيار بينهما. *أنا قمت باختياري منذ زمن بعيد.* عرف ذلك ولم يشعر بأيّ ندم. *ليس الشرّ سوى قانون طبيعي.* الظلام يتبع النور، والشرّ يتبع النظام. الإنتروبيا أساسية. فكلّ شيء يتحلّل. قطعة الكريستال كاملة التكوين تتحوّل لاحقاً إلى جزيئات عشوائية من الغبار.

ثمّة من يبني... وثمّة من يدمّر. ولم يتجلَّ لأندروس قدره إلاّ حين قرأ كتاب جون ميلتون، وعرف عن الملاك الشجاع المدعو مولوخ.

كان مولوخ يسير على الأرض وكأنّه كائن خارق. ثمّ عرف أندروس لاحقاً أنّ اسم الملاك يُترجم إلى اللغة القديمة باسم مالأخ.

وهذا ما سأكون عليه.

وعلى غرار جميع التحوّلات العظيمة، سيبدأ هذا التحوّل بقربان... ولكن ليس قرباناً من الجرذان ولا الطيور. كلاّ، يحتاج هذا التحوّل إلى قربان حقيقي.

ثمّة قربان واحد جدير بالتقديم.

فجأة، شعر بوضوح لم يسبق أن اختبره في حياته. فقد تجلّى له قدره بأكمله. أمضى ثلاثة أيام يرسم على ورقة ضخمة. حين انتهى، أصبح لديه مخطّط لما سيصبح عليه.

علّق الرسم ذا الحجم الطبيعي على الجدار وحدّق إليه وكأنّه مرآة.

أنا تحفة فنّية.

في اليوم التالي، أخذ الرسم إلى دار الوشم.

لقد أصبح جاهزاً.

الفصل 78

يقع نُصب جورج واشنطن الماسوني على تلّة شاتير هيل في ألكسندريا، فيرجينيا. يتألّف من ثلاثة طوابق مختلفة من حيث التعقيد الهندسي المتصاعد من الأسفل إلى الأعلى؛ دُوري، أيونـــي، وكورنثـــي. فيـــشكّل البناء بذلك رمزاً ملموساً لارتقاء الإنسان الفكري. هذا البرج الشاهق المستوحى من المنارة القديمة في الإسكندرية في مصر، متوّج بهرم مصري ذي قمّة على شكل شعلة.

فـــي الردهة الرخامية الخلاّبة، ثمّة تمثال برونزي ضخم لجورج واشنطن بالزّيّ الماسوني الكامـــل، مع الرافعة الفعلية التي استعملها لوضع حجر أساس مبنى الكابيتول. وتعلو الردهة، تسعة طوابق مختلفة تحمل أسماء مثل: المغارة، حجرة القبو، وكنيسة فرسان المعرض. ومن بين الكنوز المودعة فيها، ثمّة أكثر من عشرين ألف كتاب من المخطوطات الماسونية، وتقليد مذهل لتابوت العهد، وحتّى نموذج مصغّر لغرفة العرش في هيكل الملك سليمان.

نظر عميل السي آي أيه سيمكينز إلى ساعته، بينما حلّقت المروحيّة على علوّ منخفض فـــوق نهـــر بوتوماك. *بقيت ستّ دقائق لوصول قطارهما*. تنهّد وحدّق من النافذة إلى النُصب الماسوني في الأفق. لا بدّ له من الإقرار أنّ ذاك البرجِ اللامع لم يكن أقلّ جمالاً من أيّ بناء آخـــر في ناشونال مول. لم يسبق أن دخل سيمكينز النُصب أبداً، والليلة لن تكون مختلفة. إن ســـارت الأمور بحسب الخطّة، فلن يتمكّن روبرت لانغدون وكاثرين سولومون من الخروج من محطّة المترو.

هتف سيمكينز للطيّار مشيراً إلى محطّة شارع كينغ، مقابل النُصب: "هناك!".

مالت الطائرة جانبياً، ثمّ حطّت على منطقة مكسوّة بالأعشاب أسفل شاتير هيل.

نظر المشاة إلى الأعلى مستغربين، بينما خرج سيمكينز وفريقه من المروحيّة، واندفعوا يجـــرون عبـــر الـــشارع نحـــو محطّة شارع كينغ. في أثناء نزولهم السلالم، ابتعد عدد من المـــسافرين مفـــسحين لهـــم الطريق، واستندوا إلى الجدران، بينما اندفعت أمامهم كتيبة من الرجال المسلّحين الذين يرتدون الملابس السوداء.

كانـــت محطّة شارع كينغ أكبر ممّا توقّع سيمكينز، ويبدو أنّها تعمل على عدّة خطوط؛ الأزرق، والأصـــفر، وأمتراك. أسرع إلى خريطة المترو المعلّقة على الجدار، ووجد فريدوم بلازا والخطّ المباشر إلى هذا المكان.

هـــتف ســـيمكينز: "الخـــطّ الأزرق، منصّة المسافرين جنوباً! توجّهوا إلى هناك وأخلوا المكان!" فاندفع فريقه على الفور.

ذهب سيمكينز إلى حجرة التذاكر، وأخرج بطاقته، ثمّ صرخ للمرأة الجالسة في الداخل: "القطار التالي من مترو سنتر، متى يصل؟!".

بدا الذعر على المرأة وأجابت: "لست أكيدة. يصل قطار الخطّ الأزرق كلّ إحدى عشرة دقيقة. ما من برنامج محدّد".

"كم مضى على وصول آخر قطار؟".

"خمس أو ستّ دقائق، ربّما. ليس أكثر".

حسب تورنر الوقت. *ممتاز.* لا بدّ من أن يكون لانغدون في القطار التالي.

في قطار المترو السريع، تململت كاثرين سولومون منزعجة على الكرسي البلاستيكي القاسي. كانت الأضواء الساطعة فوقها تؤلم عينيها، ولكنّها قاومت بشدّة رغبتها في إغلاقهما ولو لثانية واحدة. جلس لانغدون قربها في المقصورة الخالية، وحدّق شارداً إلى الحقيبة الجلدية عند قدميه. بدا الثقل على جفنيه هو الآخر، وكأنّ الاهتزاز المنتظم للمقصورة يفعل فيه فعل المنوّم.

تخيّلت كاثرين محتويات حقيبة لانغدون. *لماذا تريد السي آي أيه هذا الهرم؟* قال بيلامي إنّ ساتو تسعى وراء الهرم لأنّها تعرف ربّما قوّته الحقيقية. ولكن حتّى وإن كان يكشف فعلاً مخبأ الأسرار القديمة، فمن الصعب على كاثرين أن تصدّق أنّ وعده بمنح حكمة باطنية قديمة يثير اهتمام السي آي أيه.

ثمّ تذكّرت أنّه تمّ ضبط وكالة الاستخبارات عدّة مرّات وهي تستعمل برامج باراسايكولوجية أو سايكولوجية شبيهة بالسحر القديم والباطنية. وفي عام 1995، كشفت فضيحة "ستارغايت/سكانيت" تكنولوجيا سرّية لدى السي آي أيه تدعى الرؤية عن بعد، وهي نوع من الانتقال العقلي التخاطري يمكّن "الرائي" من نقل عينه العقلية إلى أيّ مكان على وجه الأرض والتجسّس عليه، من دون أن يكون حاضراً جسدياً. بالطبع، لم تكن هذه التكنولوجيا جديدة. فالباطنيون يسمّونها الإسقاط النجمي، وممارسو اليوغا يسمّونها تجربة الخروج من الجسد. لسوء الحظّ، يسمّيها دافعو الضرائب الأميركيون المذعورون *أمراً منافياً للعقل*، فتمّ إبطال البرنامج، علناً على الأقلّ.

ومن المثير للسخرية أنّ كاثرين رأت علاقات ملحوظة بين برامج السي آي أيه الفاشلة واكتشافاتها في العلوم العقلية.

كانت متلهّفة للاتّصال بالشرطة، ومعرفة ما إذا كانوا قد وجدوا شيئاً في كالوراما هايتس، ولكنّهما أصبحا بلا هاتف، والاتّصال بالسلطات قد يكون خطأً على أيّ حال. فهي لا تدري مدى امتداد نفوذ ساتو.

صبراً، كاثرين. في غضون دقائق، سيكونان في مخبأ آمن، وينزلان ضيفين عند رجل أكّد لهما أنّه سيعطيهما أجوبة. تمنّت كاثرين أن تساعدها تلك الأجوبة على العثور على شقيقها.

همست وهي تنظر إلى خريطة المترو: "روبرت؟ علينا النزول في المحطّة التالية".

استفاق لانغدون ببطء من حلم اليقظة وأجاب: "صحيح، شكراً". وبينما توجّه القطار نحو المحطّــة، تناول حقيبته وألقى على كاثرين نظرة متردّدة، ثمّ قال: "فلنأمل الوصول من دون مشاكل".

حــين نــزل تورنر سيمكينز للانضمام إلى رجاله، كانت منصّة مترو الأنفاق قد أخليت بالكامــل، وكانــت عناصر الفريق تتوزّع وتتّخذ مواقعها خلف الأعمدة الموزّعة على طول المنــصّة. تــردّدت أصــداء ضجّة بعيدة في النفق عند الطرف الآخر للمنصّة، ومع ارتفاع الصوت، شعر سيمكينز بهبّة من الهواء الدافئ حوله.

لن تهرب منّي، سيّد لانغدون.

الــتفت سيمكينز إلى العميلين اللذين طلب منهما الانضمام إليه على المنصّة. قال لهما: "أخرجا البطاقات وأشهرا السلاح. هذه القطارات آلية، ولكن في كلّ منها محصّل تذاكر يفتح الأبواب. اعثرا عليه".

ظهــر نور المصابيح الأمامية في النفق، وارتفع صوت المكابح في المكان. حين دخل القطــار المحطّــة، وبدأ يخفّف من سرعته، مال سيمكينز والعميلان نحوه، وراحوا يلوّحون ببطاقات السي آي أيه، ويحاولون لفت نظر محصّل التذاكر قبل أن يفتح الأبواب.

كــان القطار يقترب بسرعة. وفي المقصورة الثالثة، رأى سيمكينز أخيراً وجه محصّل التذاكر المفاجَأ الذي يحاول على ما يبدو فهم السبب الذي يجعل ثلاثة رجال بالملابس السوداء يلوّحون ببطاقاتهم إليه. اندفع سيمكينز نحو القطار الذي كان يوشك الآن على التوقّف.

هتف وهو يحمل بطاقته: "السي آي أيه! لا تفتح الأبواب!" حين مرّ القطار ببطء أمامه، توجّه نحو مقصورة محصّل التذاكر، وصرخ له قائلاً: "لا تفتح الأبواب! هل فهمت؟! لا تفتح الأبواب!".

توقّف القطار تماماً، وراح محصّل التذاكر يهزّ رأسه تكراراً، والاستغراب يملأ عينيه. سألهم عبر نافذته الجانبية: "ما الخطب؟".

قال سيمكينز: "لا تدع هذا القطار يتحرّك، ولا تفتح الأبواب".

"حسناً".

"هل يمكنك إدخالنا إلى المقصورة الأولى؟".

هزّ محصّل التذاكر رأسه. بدا عليه الخوف، فخرج من القطار، وأغلق الباب خلفه. اقتاد سيمكينز ورجليه إلى المقصورة الأولى، وفتح الباب بيده.

قــال ســيمكينز وهــو يسحب سلاحه من حزامه: "أغلقه خلفنا". دخل سيمكينز ورجُلاه بسرعة إلى المقصورة الأولى ساطعة الإضاءة، وأقفل محصّل التذاكر الباب خلفهم.

لــم يكــن فــي المقصورة الأولى أكثر من أربعة ركّاب؛ ثلاثة صبية مراهقين وامرأة عجــوز. بــدوا جميعاً متفاجئين لرؤية الرجال الثلاثة المسلّحين يدخلون عليهم. رفع سيمكينز بطاقته قائلاً: "كلّ شيء على ما يرام، فقط الزموا أماكنكم".

بــدأ ســيمكينز ورجلاه عملية المسح متحرّكين نحو آخر القطار مقصورة تلو الأخرى، "وكأنّهم يعصرون معجون الأسنان"، كما قيل لهم في أثناء التدريب. لم يكن القطار يضمّ سوى بــضعة ركّــاب، وحــين وصــلوا إلى منتصف الطريق، لم يكونوا قد عثروا بعد على أحد بمواصــفات روبرت لانغدون وكاثرين سولومون. مع ذلك، ظلّ سيمكينز واثقاً من نفسه. فما مــن مكان على الإطلاق ليختبئا فيه على متن مترو أنفاق. لا حمّامات، ولا مستودعات، ولا مخــارج أخرى. وحتّى لو اكتشفا أمرهم وهربا إلى الجزء الخلفي من القطار، لن يتمكّنا من الخــروج. فخلع الباب كان أمراً مستحيلاً تقريباً، ورجال سيمكينز يراقبون المنصّة من جانبي القطار على أيّ حال.

صبراً.

ولكــن حــين وصــل سيمكينز إلى المقصورة ما قبل الأخيرة، بدأ يتوتّر. لم تكن تلك المقصورة تضمّ إلاّ راكباً واحداً؛ رجلاً صينيًّا. اجتازها سيمكينز ورجلاه وهم يبحثون عن أيّ مخبأ ممكن. ولكن عبثاً.

قــال ســيمكينز وهو يرفع سلاحه: "المقصورة الأخيرة". واجتاز الثلاثة عتبة آخر جزء من القطار. حين دخلوا المقصورة الأخيرة، وقفوا على الفور مذهولين.

ما هذا؟! اندفع سيمكينز إلى آخر المقصورة الخالية، وبحث خلف جميع المقاعد. استدار نحو رجليه ودمه يغلي غضباً: "إلى أين ذهبا بحقّ الله؟!".

الفصل 79

علـــى بعـــد ثمانـــية أمـــيال شمال ألكسندريا، فيرجينيا، سار روبرت لانغدون وكاثرين سولومون فوق بساط من العشب المكسوّ بالجليد.

قـــال لانغـــدون: "يجدر بك أن تكوني ممثّلة". كان لا يزال معجباً بسرعة بديهة كاثرين ومواهبها بالارتجال.

ابتسمت له قائلةً: "لم تكن سيّئاً أنت الآخر".

في البداية، أُربك لانغدون أمام تصرّف كاثرين الغريب في سيّارة الأجرة. فمن دون أيّ إنذار، طلبت فجأة الذهاب إلى فريدوم بلازا، استناداً إلى فكرة خطرت لها عن النجمة اليهودية والخـتم الأعظم للولايات المتّحدة. ثمّ رسمت صورة معروفة جداً لدى نظرية المؤامرة على ورقة دولار نقدية، وأصرّت أن ينظر لانغدون إلى حيث *تشير*.

أخيـــراً، أدرك لانغدون أنّ كاثرين لم تكن تشير إلى الدولار، بل إلى زرّ صغير مضاء علـــى الجهة الخلفية لمقعد السائق. كان الزرّ مكسوًّا بالسخام بحيث لم يلاحظه من قبل. ولكن عـــندما انحنـــى إلى الأمام، رأى أنّه كان مضاءً ويتوهّج بنور أحمر. كما رأى أيضاً الكلمتين الباهتتين تحت الزرّ مباشرة:

الاتّصال الداخلي

نظـــر لانغدون مذهولاً إلى كاثرين، التي كانت عيناها الخائفتان تحثّانه على النظر إلى المقعد الأمامي. فعل ما تريد، واسترق نظرة من خلال الفاصل الزجاجي. كان هاتف السائق الخلـــوي موضوعاً على لوحة السيّارة، مفتوحاً ومضاءً، وموجَّهاً إلى مكبّر الصوت الداخلي. على الفور، فهم لانغدون سبب تصرّف كاثرين.

إنّهم يعلمون بوجودنا في هذه السيّارة... ويصغون إلى ما نقول.

لم يعلم لانغدون كم يملك هو وكاثرين من الوقت قبل أن يتمّ إيقاف السيّارة ومحاصرتها، ولكنّه أدرك أنّ عليهما التصرّف بسرعة. اشترك على الفور في التمثيلية، وقد عرف أنّ رغبة كاثرين بالذهاب إلى فريدوم بلازا لا علاقة لها بالهرم، بل لأنّ فيها محطّة مترو أنفاق كبيرة؛ متـــرو سنتر. ومنها يمكنهما أن يستقلاّ إمّا الخطّ الأحمر أو الأزرق أو البرتقالي، إلى أيّ من الاتّجاهات الستّة المختلفة.

تـــرجّلا مـــن التاكسي في فريدوم بلازا، وبدأ لانغدون يرتجل هو الآخر، تاركاً وراءه أثراً مـــزيّفاً حـــين ذكـــر النـــصب الماسوني في ألكسندريا، قبل أن يسرع هو وكاثرين إلى المحطّة، ويتجاوزا منصّة الخطّ الأزرق، متّجهين إلى الخطّ الأحمر، ومنه استقلاّ قطاراً بالاتّجاه المعاكس.

تجاوزا ستّ محطّات بالاتّجاه الجنوبي نحو تينليتاون، ثمّ خرجا بمفردهما إلى حيّ هادئ. كان البناء الذي يقصدانه هو الأعلى على امتداد أميال، ومرئيًّا بوضوح في الأفق، بعد جادة ماساشوستيس مباشرة، في مساحة واسعة مكسوّة بالعشب الذي تمّ جزّه بعناية.

بعد أن هربا "بعيداً عن الأعين"، على حدّ قول كاثرين، أخذا يسيران فوق العشب الرطب. إلى يمينهما، كان ثمّة حديقة من طراز القرون الوسطى، تشتهر بورودها القديمة وبكوخ يدعى منزل الظلال. عبرا الحديقة مباشرة إلى المبنى الرائع الذي دعيا إليه. *يحتوي على عشرة أحجار من جبل سيناء، أحدها من السماء، والآخر بوجه أب لوقس الأسمر.*

قالت كاثرين وهي تحدّق إلى الأبراج المضيئة: "لم يسبق لي المجيء إلى هنا ليلاً. يا له من مشهد رائع".

وافقها لانغدون، إذ إنّه نسي مدى جمال هذا المكان. تتربّع التحفة الهندسية النيو-قوطية في الطرف الشمالي لإمباسي رو. لم يأتِ إلى هنا منذ سنوات، منذ أن كتب مقالاً عنها لمجلّة أطفال، على أمل إثارة بعض الحماسة بين الشباب الأميركيين لزيارة هذا المعلم الرائع. ومقاله الذي حمل عنوان موسى، *صخور من القمر، وحرّ النجوم*، شكّل جزءاً من الأدب السياحي لسنوات.

فكّر لانغدون، *كاتدرائية واشنطن الوطنية*، وشعر بلهفة غير متوقّعة لمجيئه إليها بعد كلّ تلك الأعوام. *أيّ مكان أفضل للسؤال عن ربّ حقيقي واحد؟*

سألته كاثرين وهي تحدّق إلى برجي الجرس التوأمين: "هل تضمّ هذه الكاتدرائية *فعلاً* عشرة أحجار من جبل سيناء؟".

هزّ لانغدون رأسه مجيباً: "بقرب المذبح الرئيس. إنّها ترمز إلى الوصايا العشر التي تسلّمها موسى على جبل سيناء.

"وهل فيها صخرة من القمر؟".

صخرة من السماء. "أجل، فإحدى النوافذ الملوّنة تسمّى نافذة الفضاء، وفيها كِسرة من صخرة من القمر".

التفتت إليه كاثرين، وعيناها الجميلتان تلمعان بتشكّك، وسألته: "حسناً، ولكن لا يمكنك أن تكون جادًّا بخصوص الأمر الأخير. تمثال... لدارث فايدر؟".

ضحك لانغدون قائلاً: "الأب الأسمر للوك سكايواكر؟ بلى بالتأكيد. إذ يحتلّ فايدر إحدى أكثر اللوحات الخيالية شعبية في الكاتدرائية الوطنية". وأشار إلى نقطة عالية في الأبراج الغربية. "من الصعب رؤيته في الليل، ولكنّه هناك".

"وماذا يفعل دارث فايدر في كاتدرائية واشنطن الوطنية، بالله عليك؟".

"مسابقة للأطفال لنحت تمثال قبيح يصوّر وجه الشيطان. كان دارث هو الفائز".

وصلا إلى السلّم الكبير للمدخل الرئيس، والذي تعلوه قنطرة على ارتفاع ثمانين قدماً تحت نافذة خلاّبة محاطة بالورود. حين بدأا بصعود السلّم، تحوّل فكر لانغدون إلى الرجل

الغريب الغامض الذي اتّصل به. *لا تذكر أسماء من فضلك... أخبرني، هل تمكّنت من حماية الخـــريطة التي ائتُمنت عليها؟* شعر لانغدون بالألم في كتفه بسبب ثقل الهرم الحجري، وتاق إلى إنزاله. *مخبأ وأجوبة.*

حيــن اقتربا من أعلى السلّم، ظهر أمامهما باب خشبي كبير. سألته كاثرين: "هل نطرق على الباب؟".

كان لانغدون يفكّر في الأمر نفسه، ولكنّ الباب بدأ يُفتح مصدراً صريراً.

ســأل أحدهم بصوت ضعيف: "من عند الباب؟" وظهر رجل عجوز في المدخل، يرتدي ثوب كاهن ويحدّق إليهما بشرود. كانت عيناه المصابتان بإعتام العدسة كامدتين وبيضاوين.

أجاب: "اسمي روبرت لانغدون. أنا وكاثرين سولومون نبحث عن مخبأ".

تنهّد الرجل الأعمى مرتاحاً وقال: "الحمد لله. كنت بانتظاركما".

الفصل 80

شعر وارن بيلامي ببارقة أمل مفاجئة.

في الأدغال، كانت المديرة ساتو قد تلقّت للتوّ اتّصالاً من عميل ميداني، وراحت تصرخ على الفور: "حـسـناً، من *الأفضل* لك إيجادهما! الوقت يداهمنا!" أقفلت الخطّ وبدأت تذرع المكان ذهاباً وإياباً وكأنّها تفكّر في خطوتها التالية.

أخيراً، توقّفت أمامه مباشرة وقالت: "سيّد بيلامي، سأسألك عن ذلك مرّة واحدة وأخيرة". حـدّقت إلـى عينيه بإصرار ثمّ سألته: "هل لديك فكرة عن المكان الذي ذهب إليه روبرت لانغدون، نعم أم لا؟".

كان بيلامي يملك فكرة جيّدة، ولكنّه هزّ رأسه نافياً وأجاب: "لا".

ظلّـت نظرات ساتو الخارقة مركّزة عليه وأضافت: "لسوء الحظّ، يقوم جزء من عملي على معرفة متى يكذب الناس".

أشاح بيلامي نظره عنها وقال: "آسف، لا أستطيع مساعدتك".

قالت سـاتو: "حضرة المهندس بيلامي، هذا المساء، بعد الساعة السابعة مباشرة، كنت تتناول العشاء في مطعم خارج المدينة، حين تلقّيت اتّصالاً من رجل أخبرك أنّه قام باختطاف بيتر سولومون".

شعر بيلامي بالقشعريرة على الفور، والتفت إليها. كيف تمكّنت من معرفة *ذلك؟!*

تابعـت سـاتو: "قـال لك الرجل إنّه أرسل روبرت لانغدون إلى مبنى الكابيتول وكلّفه بمهمّـة... مهمّـة تحتاج إلى مساعدتك. وحذّرك من أنّه في حال فشل لانغدون في إتمامها، سـيكون مـصـير صـديقك بيتر سولومون الموت. رُحت تتّصل مذعوراً بأرقام بيتر، ولكنّك أخفقت في التحدّث معه. فما كان منك سوى أن ذهبت مسرعاً إلى الكابيتول".

لم يفهم بيلامي كيف عرفت ساتو باتّصاله.

واصلت ساتو قصّتها من خلف دخان سيجارتها: "وفي أثناء هروبك من الكابيتول، بعثت برسالة هاتفية إلى خاطف سولومون، تؤكّد له فيها أنّك نجحت أنت ولانغدون في الحصول على الهرم الماسوني".

تـساءل بيلامي، كيف تحصل على معلوماتها؟ حتّى لانغدون لم يعرف أنّني أرسلت تلك *الرسالة.* فبعد عبور النفق إلى مكتبة الكونغرس مباشرة، دخل بيلامي الغرفة الكهربائية لإنارة المكـان. هنـاك، قرّر إرسال رسالة سريعة إلى خاطف سولومون، لإخباره بتورّط ساتو في المسـألة، ولكنّه أكّد له أنّه تمكّن هو ولانغدون من الحصول على الهرم الماسوني، وسيتعاون

مــع مطالبه. كانت كذبة بالطبع، ولكنّ بيلامي أمل أن يساهم ذلك في كسب الوقت، من أجل إنقاذ بيتر سولومون والهرم على حدّ سواء.

سألها بيلامي: "من أخبرك بأمر الرسالة؟".

وضعت ساتو هاتف بيلامي على المقعد قربه قائلةً: "لم يكن الأمر صعباً".

تذكّر بيلامي أنّ العملاء الذين اعتقلوه أخذوا منه هاتفه ومفاتيحه.

قالت ساتو: "أمّا بالنسبة إلى بقية معلوماتي الداخلية، فإنّ القانون يعطيني الحقّ بالتنصّت علــى هاتــف كلّ من أعتبره تهديداً للأمن الوطني. وأنا أعتبر بيتر سولومون تهديداً من هذا النوع، فتصرّفت في الليلة الماضية".

بالكــاد كان بيلامي قادراً على استيعاب ما تقول. سألها: "أنت تتنصّتين على هاتف بيتر سولومون؟".

"أجــل. هكــذا عــرفت أنّ الخاطــف اتّصل بك في المطعم. وأنت اتّصلت بهاتف بيتر وتركت رسالة تنمّ عن القلق تشرح فيها ما حدث".

أدرك بيلامي أنّها على حقّ.

"والتقطــنا أيــضاً مخابرة من روبرت لانغدون الذي كان في مبنى الكابيتول، وكان في غاية التشوّش حين علم أنّه خُدع للذهاب إلى هناك. فذهبت إلى الكابيتول على الفور، ووصلت قبلك لأنّني كنت أقرب. أمّا كيف خطر لي التحقّق من صورة الأشعّة لحقيبة لانغدون... فعلى ضوء ما عرفته عن تورّط لانغدون في كلّ ذلك، طلبت من فريقي إعادة الاستماع إلى مكالمة مبكــرة بــين لانغــدون وهاتف بيتر سولومون. بدت المكالمة بريئة، مثّل فيها الخاطف دور مــساعد ســولومون، وأقنع لانغدون بالمجيء لإلقاء محاضرة، وإحضار علبة صغيرة ائتمنه علــيها بيتر. وحين لم يخبرني لانغدون بأمر العلبة التي يحملها، طلبت صورة الأشعّة السينية لحقيبته".

لــم يعــد بيلامي قادراً على التفكير. بالطبع كلّ ما تقوله ساتو ممكن، ولكنّ شيئاً ما لا يزال يفوته. فسألها: "ولكن... كيف يمكنك الاعتقاد أنّ بيتر سولومون هو تهديد للأمن الوطني؟".

أجابــت بنبــرة لاذعــة: "صدّقني، بيتر سولومون يشكّل تهديداً خطيراً للأمن الوطني. وبصراحة، أنت كذلك يا سيّد بيلامي".

أُجفل بيلامي، واستقام في جلسته، فاحتكّت القيود بشدّة بيديه. "أستميحك عذراً؟".

رســمت ابتــسامة مصطنعة على شفتيها وأجابت: "أنتم الماسونيون تلعبون لعبة خطرة. أنتم تحتفظون بسرّ خطير جداً جداً".

هل تتحدّث عن الأسرار القديمة؟

"مــن الجيّد أنّكم حرصتم دائماً على الحفاظ على أسراركم. ولكن لسوء الحظّ، تصرفتم مؤخراً بتهوّر. والليلة، فإنّ أكثر أسراركم خطورة أصبح على وشك أن يُكشف للعالم. وما لم نمنع حدوث ذلك، أؤكّد لك أنّ النتائج ستكون مأساوية".

حدّق إليها بيلامي مذهولاً.

قالت ساتو: "لو لم تهاجمني، لأدركت أنّنا في خندق واحد".

خندق واحد. خطرت على بال بيلامي فكرة بدت مستحيلة تقريباً. *هل ساتو عضو في النجمة الشرقية؟* كان تنظيم النجمة الشرقية، الذي اعتُبر غالباً منظمة شقيقة للماسونيين، يعتنق الفلسفة الباطنية نفسها القائمة على فعل الخير، والحكمة السرّية، والانفتاح الروحي. *في الخندق نفسه؟ أنا مكبّل! وهي تتنصّت على هاتف بيتر!*

قالت ساتو: "عليك مساعدتي لإيقاف هذا الرجل. فهو قادر على إحداث زلزال لن تنجوَ منه هذه البلاد". بدا وجهها صلباً كالحجر وهي تقول ذلك.

"إذاً، لماذا لا *تلاحقينه*؟".

قالت ساتو غير مصدّقة: "وهل تظنّ أنّني لا *أحاول*؟ لقد فقدنا أثر هاتف سولومون قبل أن نحدّد مكانه. ويبدو الرقم الآخر رقمَ هاتف معدًّا للاستعمال المؤقّت، أي أنّ تعقّبه مستحيل تقريباً. كما أخبرتنا شركة الطائرات الخاصّة أنّه تمّ حجز رحلة لانغدون من قبل مساعد سولومون، وبواسطة هاتف سولومون، وبطاقة ماركيس جيت التي يستخدمها سولومون. لم يترك أثراً مهمًّا على أيّ حال. وحتّى لو عثرنا على مكانه بالضبط، لا يمكنني المخاطرة بالدخول ومحاولة القبض عليه".

"لماذا؟".

قالت ساتو، وقد بدأ صبرها ينفد: "أفضّل عدم كشف السبب، لأنّها معلومات سرّية. وأطلب منك أن تثق بي في هذا الموضوع".

"في الواقع، أنا لا أثق بك".

أصبحت عينا ساتو كالجليد. التفتت فجأة، وصرخت قائلةً: "أيّها العميل هارتمان! الحقيبة، من فضلك".

سمع بيلامي هسهسة الباب الإلكتروني، ودخل عميل إلى الأدغال. كان يحمل حقيبة تيتانيوم ملساء، وضعها على الأرض قرب مديرة مكتب الأمن.

قالت ساتو: "دعنا بمفردنا".

مع خروج العميل، هسهس الباب مجدّداً، ثمّ غرق المكان بالصمت.

تناولت ساتو الحقيبة المعدنية، ووضعتها على حِجرها، ثمّ فتحت الأقفال. حوّلت نظرها ببطء إلى بيلامي قائلةً: "لم أكن أرغب في فعل ذلك، ولكنّ الوقت يداهمنا، ولم تترك لي الخيار".

رمق بيلامي الحقيبة الغريبة، واجتاحته موجة من الخوف. *هل تنوي تعذيبي؟* صارع أصفاده مجدّداً وسألها: "ماذا يوجد في الحقيبة؟!".

ابتسمت ساتو ابتسامة مثيرة للاشمئزاز وقالت: "شيء سيقنعك برؤية الأمور من وجهة نظري. أضمن لك ذلك".

الفصل 81

كان المكان الذي يُمارس فيه مالأخ *الفنّ* مخبًّا بعناية. إذ يبدو قبو منزله بالنسبة إلى من يدخله طبيعياً جداً، عبارة عن حجرة عادية تحتوي على سخّان، وعلبة صمّامات، وكومة من الحطب، ومجموعة من الأغراض المنوّعة. ولكنّ هذه الحجرة المرئية، لم تكن الجزء الوحيد من قبو مالأخ. إذ تمّ بناء جدار يفصلها عن مساحة واسعة مخصّصة لممارساته الخفية.

كان قسم العمل الخاصّ عبارة عن جناح من الحجرات الصغيرة، لكل منها هدف محدّد. وكـان مدخل هذا القسم الوحيد هو عبارة عن سلّم شديد الانحدار يتمّ الوصول إليه من خلال باب سرّي في غرفة المعيشة. وهذا ما يجعل اكتشاف المكان مستحيلاً.

الليلة، وبينما كان مالأخ ينزل السلّم، بدا وكأنّ النور اللازَوردي، الصادر عن الإضاءة الخاصّة في القبو، يبعث الحياة في الطلاسم والعلامات الموشومة على جلده. سار في الضباب الأزرق، وتجـاوز عـدداً من الأبواب المقفلة، متوجّهاً مباشرة إلى الحجرة الأكبر الواقعة في آخر الممرّ. وهي حُجرة مربّعة بطول اثنتي عشرة قدماً. *مثل الأبراج الاثني عشر، وساعات النـهار الاثنتي عشرة*. كانت تحتلّ وسط الحجرة طاولة خشبية مربّعة بطول سبع أقدام. *مثل درجـات الهيكل السبع*. عُلّقت فوق وسط الطاولة مصابيح مضبوطة بعناية، تدور عبر طيف مـن الألـوان المحدّدة مسبقاً، وتُتمّ دورتها كلّ ستّ ساعات، بحسب الجدول المبجّل للساعات الكوكبية. *ساعة يانور زرقاء، وساعة ناسنيا حمراء، وساعة سالام بيضاء.*

أمّا الآن، فكانت ساعة كايرا، أي أنّ ضوء الحجرة كان بلون مائل إلى الأرجواني. بدأ مالأخ التحضيرات، مرتدياً مجرّد إزار حريري ملفوف حول وركيه.

راح يمزج بعناية كيميائيات التبخير التي سيشعلها لاحقاً لتطهير الهواء. ثمّ طوى الرداء الحريري الجديد الذي سيرتديه بدلاً من القماشة. وأخيراً، عقّم قارورة ماء لدهن قربانه. حين انتهى، وضع جميع هذه الأغراض على طاولة جانبية.

بعـد ذلـك، تـوجّه إلى رفّ وأخرج منه صندوقاً عاجياً صغيراً، وضعه على الطاولة الجانبـية مـع بقية الأغراض. ومع أنّه ليس جاهزاً بعد لاستعماله، إلاّ أنّه لم يستطع مقاومة رغبته في فتح الغطاء وتأمّل كنزه.

الـسكين. كـان الـصندوق العاجي يحتضن في داخله المبطّن بالمخمل الأسود السكين القربانية التي احتفظ بها مالأخ لهذه الليلة. كان قد اشتراها بنحوِ 1.6 مليون دولار من السوق السوداء للأثريات الشرق أوسطية في العام الفائت.

أشهر سكين في التاريخ.

كان هذا النصل الثمين، القديم إلى حدّ يفوق الخيال، مصنوعاً من الحديد، ومثبّتاً بقبضة من العظم. امتلكه عبر العصور عدد لا حصر له من الأشخاص النافذين. ولكنّه اختفى في العقود الأخيرة ضمن مجموعة خاصّة وسرّية، وقد فعل مالأخ المستحيل للحصول عليه. على الأرجح، لم تسفك السكين الدم منذ عقود... لا بل ربّما منذ قرون من الزمن. والليلة، سيتذوّق هذا النصل من جديد طعم قوّة القربان الذي سُنّ لأجله.

رفع مالأخ السكين بلطف من الصندوق المبطّن، ولمّع النصل بوقار بواسطة قماشة حريرية مبلّلة بالمياه المطهّرة. لقد تطوّرت مهاراته كثيراً منذ تجاربه البدائية الأولى في نيويورك. فالفنّ الأسود الذي يمارسه مالأخ كان معروفاً بأسماء عديدة في كثير من اللغات، ولكنّه شكّل دائماً علماً دقيقاً. كانت هذه التكنولوجيا البدائية تحتوي في الماضي على مفتاح أبواب القوّة. ولكنّها حُظِّرت منذ زمن بعيد، على اعتبارها من قبيل السحر. والقلّة الذين لا يزالون يمارسون هذا الفنّ يُعتبرون مجانين، ولكنّ مالأخ يعرف جيّداً أنّ هذا غير صحيح. *هذا ليس من عمل أصحاب القدرات الضعيفة*. كان الفنّ الأسود القديم، شأنه شأن العلم الحديث، يشتمل على صيَغ محدّدة، ومكوّنات خاصّة، وتوقيت دقيق.

هذا الفنّ ليس من قبيل السحر الأسود العاجز الذي غالباً ما يمارَس اليوم من دون حماسة من قبل الفضوليين. هذا الفنّ هو كالفيزياء النووية، يملك القدرة على تحرير قوّة هائلة. والتحذيرات واضحة: *الممارس غير الماهر معرّض لخطر الاصطدام بتيّار مرتدّ يدمّره.*

انتهى مالأخ من تأمّل النصل، وحوّل انتباهه إلى قطعة جلدية سميكة موضوعة على الطاولة أمامه. كان قد صنع هذه القطعة بنفسه من جلد حمل صغير. وكما ينصّ البروتوكول، كان الحمل لا يزال طاهراً، ولم يبلغ بعد. على مقربة من الجلد، كان ثمّة ريشة للكتابة مأخوذة من ريش غراب، وصحن فضّي، وثلاث شموع متوّهجة، موزّعة حول وعاء نحاسي يحتوي على إنش واحد من سائل قرمزي كثيف.

كان السائل هو دم بيتر سولومون.

الدم هو صباغ الأبدية.

تناول مالأخ الريشة، ووضع يده اليسرى على قطعة الجلد، ثمّ غمس رأس الريشة بالدم، ورسم بعناية حدود كفّه المفتوحة. حين انتهى، أضاف الرموز الخمسة للأسرار القديمة على رأس كلّ من أصابع الرسم الخمسة.

التاج... رمز الملك الذي سأكون.

النجمة... رمز السماوات التي رسمت قدري.

الشمس... رمز استنارة روحي.

المصباح... رمز النور الضعيف للفهم البشري.

والمفتاح... رمز القطعة الضائعة، تلك التي سأمتلكها الليلة، أخيراً.

أتــمّ مــالأخ رسمه الدموي، وحمل قطعة الجلد، يتأمّل عمله بإعجاب في ضوء الشموع الـثلاث. انتظر إلى أن جفّ الدم، ثمّ ثنى قطعة الجلد السميكة ثلاث مرّات. وبينما راح ينشد تعــويذة قديمــة، قـرّب الجلد من الشمعة الثالثة، وأضرم فيه النار. وضع الجلد المشتعل في الـصحن الفـضّي وتركه يحترق. في أثناء ذلك، ذاب الكربون الموجود في الجلد الحيواني، وتحــوّل إلــى مسحوق من الفحم الأسود. حين انطفأت الشعلة، نفض مالأخ بحذر الرماد في وعاء الدم النحاسي، ثمّ حرّك الخليط بريشة الغراب.

أصبح السائل داكناً أكثر ممّا كان، وأقرب إلى السواد.

حمــل مــالأخ الــوعاء بكفّيه، ورفعه فوق رأسه مقدّماً شكره، ومنشداً ترنيمة الدم لدى القدماء. ثمّ صبّ المزيج القاتم في القارورة الزجاجية وأغلقها. هذا هو الحبر الذي سيزيّن به مالأخ مساحة الجلد غير الموشومة بعد في أعلى رأسه، ويتمّ تحفته.

الفصل 82

إنّ كاتدرائـيـة واشـنطن الوطنـيـة هي سادس أكبر كاتدرائية في العالم، يفوق ارتفاعها ناطحـة سـحاب مـؤلّفة من ثلاثين طابقاً. تزيّن الكاتدرائيةَ أكثرُ من مئتي نافذة من الزجاج الملـوّن، ومصلـصلَة مؤلّفة من ثلاثة وخمسين جرساً، وأورغن مؤلّف من 10.647 مزماراً، وهي تشكّل تحفة قوطية تتّسع لأكثر من ثلاثة آلاف مصلٍ.

ولكنّ الكاتدرائية الهائلة كانت خالية الليلة.

بـدا الموقّر كولين غالواي، عميد الكاتدرائية، وكأنّه يعيش منذ الأزل. كان أحدب وعجوزاً، يـرتدي ثوباً أسود بسيطاً ويجرّ قدميه في المقدّمة من دون أن يتفوّه بكلمة. تبعه لانغدون وكاثرين فـي صمت مطبق عبر ظلام الجناح المركزي لصحن الكاتدرائية الممتدّ على مسافة أربعمئة قدم، والـذي كان منحرفاً بعض الشيء إلى اليسار، مولّداً خدعة بصرية ملطّفة. حين وصلوا إلى نقطة التقاطع الكبرى، قادهما العميد عبر حجاب رمزي يفصل بين القسم العامّ وحرم الكاتدرائية.

كـان هـواء المـذبح المظلـم عابقاً برائحة البخور، لا تضيئه سوى الانعكاسات غير المباشرة للقناطر المزخرفة في الأعلى. ارتفعت أعلام الولايات الخمسين فوق الكورس، الذي كان مزيّناً بحواجز خلفية منقوشة تصوّر أحداثاً إنجيلية. تابع العميد غالواي طريقه، الذي بدا أنّـه يعـرفه عن ظهر قلب. للحظة، ظنّ لانغدون أنّهم متوجّهون مباشرةً إلى المذبح الأعلى، الـذي يـضمّ الأحجار العشرة من جبل سيناء. ولكنّ العجوز الأعمى انعطف أخيراً، وتلمّس طريقه عبر باب خفيّ يؤدّي إلى ملحق إداري. ساروا في ممرّ قصير، حتّى وصلوا إلى باب مكتب يحمل لائحة نحاسية كتب عليها:

الموقّر د. كولين غالواي

عميد الكاتدرائية

فـتح غالـواي الـباب وأضاء المصابيح، وبدا معتاداً على تذكّر هذا النوع من الآداب الاجتماعية مع ضيوفه، ثمّ اقتادهما إلى الداخل وأغلق الباب.

كـان مكـتب العميد صغيراً ولكنّه أنيق، يضمّ رفوفاً عالية من الكتب، ومكتباً، وخزانة مزخـرفة بالـنقوش، فضلاً عن حمّام خاصّ. عُلّقت على الجدران سجّادات تعود إلى القرن الـسادس عـشر ولوحات دينية عدّة. أشار العجوز إلى المقعدين الجلديين المواجهين لمكتبه، فجلس لانغدون مع كاثرين وشعر بالامتنان لتمكّنه أخيراً من وضع حمله الثقيل عن كتفه على الأرض، أمام قدميه.

جلس على المقعد المريح وهو يفكّر، *مخبأ وأجوبة*.

سـار العجوز ببطء حول مكتبه، وجلس على مقعده عالي الظهر. ثمّ تنهّد متعباً، ورفع رأسه يحدّق باتجاههما بنظرات شاردة عبر عينيه الضبابيتين. حين تحدّث، فوجئا بصوته الواضح والقويّ.

قال العجوز: "أعلم أنّنا لم نلتقِ من قبل، ولكن أشعر أنّني أعرفكما". تناول منديلاً ومسح فمه. "بروفيسور لانغدون، أنا مطّلَع على كتاباتك، بما في ذلك المقال الرائع الذي كتبته عن رمزية هذه الكاتدرائية. وآنسة سولومون، أنا وشقيقك بيتر أخوان ماسونيان منذ سنوات عديدة".

قالت كاثرين: "بيتر واقع في مشكلة خطيرة".

تنهّد العجوز قائلاً: "هذا ما قيل لي، وسأبذل قصارى جهدي لمساعدتكما".

لم يرَ لانغدون خاتماً ماسونياً في إصبع العميد، ولكنّه يعرف أنّ كثيراً من الماسونيين، لا سيّما رجال الدين، يفضّلون عدم الكشف عن انتمائهم إلى المنظّمة.

حين بدأوا يتحدّثون، بدا واضحاً أنّ العميد غالواي يعرف القليل عن أحداث الليلة من خلال رسالة وارن بيلامي الصوتية. وحين أطلعه لانغدون وكاثرين على الباقي، بدا عليه مزيد من الاضطراب.

قال العميد: "وهذا الرجل الذي اختطف حبيبنا بيتر، يصرّ على تفكيك شيفرة الهرم مقابل حياة بيتر؟".

أجاب لانغدون: "أجل. فهو يظنّ أنّ الهرم خريطة سترشده إلى مخبأ الأسرار القديمة".

حوّل العميد عينيه الكامدتين المخيفتين إلى لانغدون وقال: "أشعر من صوتك أنّك لا تعتقد بهذه الأمور".

لم يشأ لانغدون إضاعة الوقت في هذا النقاش، فقال: "ما أعتقده ليس مهماً، بل المهمّ مساعدة بيتر. ولسوء الحظّ، فإنّ شيفرة الهرم التي فككّناها لا تشير إلى أيّ مكان".

استقام العجوز في جلسته وسأل قائلاً: "هل *فككّتما* شيفرة الهرم؟".

تدخلت كاثرين الآن، وشرحت أنّها على الرغم من تحذيرات بيلامي وطلب أخيها عدم فتح العلبة، إلاّ أنّها فعلت ذلك لأنّها شعرت أنّ مساعدة أخيها تأتي في المرتبة الأولى، مهما يكن السبيل إلى ذلك. وأخبرت العميد بأمر حجر القمّة الذهبي، ومربّع البرخت دورير العجيب، وكيف أنّه ساعد على قراءة شيفرة الهرم الماسوني المؤلّفة من ستّة عشر حرفاً، وترجمتها إلى جملة *جيوفا سانكتوس أونوس*.

سأله العميد: "أهذا كلّ ما تقوله؟ ربّ حقيقيّ واحد؟".

أجاب لانغدون: "أجل، سيّدي. يبدو أنّ الهرم هو أقرب إلى خريطة *مجازية* منه إلى خريطة جغرافية".

رفع العميد يديه قائلاً: "دعني أتلمّسه".

فتح لانغدون حقيبته وأخرج الهرم، ثمّ وضعه بحذر على المكتب، أمام الموقّر مباشرة.

راح لانغدون وكاثرين يراقبان العجوز وهو يتفحّص كلّ إنش من الحجر بيديه الهرمتين؛ الجهة المنقوشة، والقاعدة الملساء، وقمّته المبتورة. حين انتهى، رفع يديه من جديد قائلاً: "وحجر القمّة؟".

أخرج لانغدون الصندوق الحجري الصغير ووضعه على المكتب، ثمّ فتح الغطاء. أخرج منه حجر القمّة، ووضعه بين يدي العجوز الممدودتين. أجرى العميد فحصاً مشابهاً، فتحسّس كلّ إنش منه، وتوقّف عند النقش. واجه على ما يبدو صعوبة في قراءة النصّ الصغير المنقوش بعناية.

ساعده لانغدون قائلاً: "*السرّ مخبّأ في التنظيم*، وكلمة التنظيم مكتوبة بحرفين استهلاليين كبيرين".

لم يظهر أيّ تعبير على وجه العجوز وهو يضع حجر الزاوية على قمّة الهرم، ويسوّيه في مكانه، مستعيناً بحاسّة اللمس. توقّف قليلاً وكأنّه يصلّي، ثمّ مرّر كفيه بوقار فوق الهرم الكامل عدّة مرّات. بعدها، مدّ يده وبحث عن الصندوق المكعّب، ثمّ تناوله، وراح يتفحّصه بعناية، ويتلمّس بأصابعه جوانبه الداخلية والخارجية.

حين انتهى، وضع الصندوق على الطاولة وأسند ظهره. سألهما، وبدا صوته صارماً فجأة: "إذاً، أخبراني لماذا أتيتما إليّ؟".

فوجئ لانغدون بالسؤال. فأجاب: "أتينا إليك، سيّدي، لأنك *طلبت* ذلك. والسيّد بيلامي قال لنا أن نثق بك".

"ولكنّكما لم تثقا *به*؟".

"عفواً؟".

حدّقت عينا العميد الضبابيتان إلى لانغدون مباشرة. قال: "كانت العلبة التي تحتوي على حجر القمّة مختومة، وقد طلب منكما السيّد بيلامي عدم فتحها، إلاّ أنّكما خالفتما أوامره. كما أنّ بيتر سولومون نفسه طلب منك عدم فتحها، ولكنّك فعلت".

تدخلت كاثرين قائلةً: "سيّدي، كنّا نحاول مساعدة أخي. لقد طلب الرجل الذي اختطفه تفكيك-".

أعلن العميد قائلاً: "أفهم ذلك، ولكن ماذا حقّقتما *بفتح* العلبة، لا شيء. فخاطف بيتر يبحث عن *مكان*، ولن يرضى بجواب مثل *جيوفا سانكتوس أونوس*".

قال لانغدون: "أنا أوافقك، ولكن لسوء الحظّ هذا كلّ ما نُقش على الهرم. كما ذكرت، تبدو الخريطة *مجازية* أكثر منها-".

قاطعه العميد قائلاً: "أنت مخطئ، بروفيسور. الهرم الماسوني هو خريطة *حقيقية*، تشير إلى مكان *حقيقيّ*. أنت لا تفهم ذلك لأنك لم تفكّك بعد شيفرة الهرم بالكامل، لا من قريب ولا من بعيد".

تبادل لانغدون وكاثرين نظرات الاستغراب.

وضـــع العميد من جديد يديه على الهرم وكأنّه يلاطفه. قال: "هذه الخريطة، كما تُظهر الأسرار القديمة نفسها، لديها معنىً متعدّد الطبقات. ولا يزال سرّها الحقيقي مخبًّا عنكما".

قـــال لانغدون: "حضرة العميد غالواي، لقد فحصنا كلّ إنش من الهرم وحجر القمّة، ولم نجد شيئاً آخر".

"ليس في وضعه الحالي، كلاّ. ولكنّ الأشياء تتغيّر".

"سيّدي؟".

"بروفيسور، كما تعلم، يَعد هذا الهرم بقوّة تحوّلية عجائبية. وكما ورد في الأسطورة، إنّ بإمكانــه أن يغيّــر شكله... يعدّل شكله الخارجي ليكشف أسراره. فمثل الحجر الشهير الذي حرّر إكسكاليبر من بين يدي الملك آرثر، يمكن للهرم الماسوني أن يغيّر شكله إن شاء ذلك... ويكشف سرّه للجدير به".

بـــدأ لانغـــدون يـــشعر أنّ سنّ العجوز المتقدّمة سلبته بعض قدراته العقلية. سأله قائلاً: "آسف، سيّدي. ولكن هل تعني أنّ هذا الهرم يمكنه الخضوع لتغيّر فيزيائي *فعلي*؟".

"بروفيـــسور، إن أمكننـــي أن أمـــدّ يدي وأغيّر هذا الهرم أمام عينيك، هل ستصدّق ما تراه؟".

لم يعرف لانغدون بما يجيب. "أفترض أنّه لن يكون لديّ خيار آخر".

"حـــسناً، ســـأفعل ذلـــك". مـــسح فمه مجدّداً ثمّ أضاف: "دعني أذكّرك أنّه في فترة من الفتـــرات، كانت ألمع العقول تعتبر الأرض مسطّحة، وتظنّ أنّها لو كانت مستديرة، لانسكبت الـــبحار مـــنها بالتأكـــيد. تخيّل كم كانوا ليسخروا منك لو أنّك أعلنت لهم أنّ الأرض ليست مستديرة فحسب، بل ثمّة قوّة خفية تثبّت كلّ شيء على سطحها!".

قال لانغدون: "ثمّة فرق بين وجود الجاذبية... والقدرة على تحويل الأشياء بلمسة من يدك".

"حقًّـــا؟ أليس من الممكن أنّنا لا نزال في عصر الظلمات، ولا نزال نسخر من الإشارة إلـــى قوىً *باطنية* لا نستطيع رؤيتها أو فهمها؟ إن كان التاريخ قد علّمنا شيئاً، فهو أنّ الأفكار الغريبة التي نرفضها اليوم ستكون يوماً ما أهمّ حقائقنا. أدّعي أنّني أستطيع تحويل هذا الهرم بلمـــسة من إصبعي، فتتساءل عن مدى سلامتي العقلية. كنت أتوقّع أكثر من ذلك من مؤرّخ. فالتاريخ حافل بالعقول العظيمة التي ادّعت الشيء نفسه... عقول عظيمة أصرّت على امتلاك الإنسان قدرات باطنية لا يدركها".

عرف لانغدون أنّ العميد على حقّ. فالأقوال الهندوسية الشهيرة هي من أعمدة الأسرار القديمـــة. *كمـــا فـــوق، كـــذلك تحت...* وهذه الرسالة المستمرّة لقدرة الإنسان المخبّأة شكّلت موضوعاً متكرّراً في النصوص القديمة للعديد من الحضارات.

قـــال العجوز: "بروفيسور، أنا أدرك أنك، كأيّ شخص مثقّف، تعيش بين عالمين؛ رِجل فـــي العالم الروحاني، وأخرى في العالم الفيزيائي. قلبك يتوق إلى التصديق... ولكنّ عقلك لا

يسمح له بذلك. وكأكاديمي، من الحكمة أن تتعلّم من العقول العظيمة في التاريخ". توقّف، وقحّ قليلاً، ثمّ أضاف: "إن كانت ذاكرتي لا تخونني، فإنّ أحد أعظم العقول أعلن قائلاً: *ما لا يمكننا اختراقه موجود فعلاً. فخلف أسرار الطبيعة، ثمّة شيء خفيّ، غير ملموس، ولا يمكن شرحه. واحترام هذه القوّة أكثر من أيّ شيء يمكننا فهمه هو ديانتي*".

قال لانغدون: "من قال ذلك؟ غاندي؟".

تدخلت كاثرين مجيبة: "كلاّ، بل ألبرت أينشتاين".

كانت كاثرين قد قرأت كلّ كلمة كتبها أينشتاين وأذهلها احترامه العميق للباطنية، فضلاً عن توقّعه أنّ موقف العامّة منها سيكون مماثلاً يوماً ما. إذ كتب قائلاً: "ديانة المستقبل ستكون ديانة كونية، ستتجاوز الديانة الشخصية وتتجنّب العقيدة واللاهوت".

بدا أنّ لانغدون يصارع الفكرة. وشعرت كاثرين أنّه يزداد غضباً أمام الكاهن الأسقفي، وتفهّمت ذلك. فقد أتيا إلى هذا المكان لإيجاد أجوبة، ولكنّهما لم يجدا سوى رجلٍ أعمى يدّعي أنّـه قـادر على تحويل الأشياء بلمسة من يديه. مع ذلك، فإنّ شغف العجوز الصريح بالقوى الباطنية ذكّر كاثرين بشقيقها.

قالـت كاثـرين: "حضرة الأب غالواي، بيتر في ورطة. السي آي أيه تلاحقنا، ووارن بيلامي أرسلنا إليك لتساعدنا. لا أعلم ما سرّ هذا الهرم أو إلى أين يشير، ولكن إن كان تفكيك الشيفرة يساعد بيتر، علينا فعل ذلك. ربّما كان السيّد بيلامي يفضّل التضحية بحياة أخي لإنقاذ هـذا الهـرم، ولكـنّ عائلتي لم تعرف سوى الألم بسببه. أيًّا يكن السرّ الذي يخفيه، يجب أن ينتهي الليلة".

أجـاب العجوز بنبرة كئيبة: "أنتِ محقّة. سينتهي كلّ شيء الليلة، فقد ضمنتِ ذلك. آنسة سولومون، حين أزلتِ الختم عن الصندوق، حرّكت سلسلة من الأحداث ولن يكون من الممكن العودة إلى الوراء. ثمّة قوىً تتحرّك الليلة لا تفهمينها بعد. ولا عودة إلى الوراء".

حـدّقت كاثـرين مصعوقة إلى الكاهن. كان في نبرته شيء رؤيوي، وكأنّه يتحدّث عن أختام سفر الرؤيا السبعة أو صندوق باندورا.

تدخل لانغدون قائلاً: "مع احترامي، سيّدي، ولكنّني لا أفهم كيف يمكن لهرم حجري أن يحرّك *أيّ شيء* على الإطلاق".

"بالطبع لا يمكنك، بروفيسور". اخترقه العجوز بعينيه المطفأتين وأضاف: "فأنت لا تملك بعد عينين كي ترى".

الفصل 83

في جوّ الأدغال الرطب، شعر مهندس الكابيتول بالعرق يتصبّب من ظهره. أحسّ بالألم في رسغيه المقيّدين، ولكنّ انتباهه كلّه كان منصبًّا على حقيبة التيتانيوم المشؤومة التي فتحتها ساتو للتوّ على المقعد بينهما.

كانت ساتو قد قالت له، *إنّ محتويات هذه الحقيبة ستقنعك برؤية الأمور من وجهة نظري. أضمن لك ذلك.*

فتحت المرأة القصيرة، آسيوية الأصل، حقيبتها المعدنية بعيداً عن مرمى نظر بيلامي، فلم يتمكّن من رؤية ما فيها، ولكنّ خياله أخذ يعمل بجنون. راحت يداها تعملان في الداخل، وبدأ بيلامي يتوقّع منها إخراج سلسلة من الأدوات الحادّة البرّاقة.

فجأة، لمع ضوء داخل الحقيبة، وازداد توهّجاً ليضيء وجه ساتو من الأسفل. ظلّت يداها تتحرّكان في الداخل، وتغيّر لون الضوء. بعد بضع لحظات، أخرجت يديها وأمسكت الحقيبة، ثمّ حوّلتها نحو بيلامي ليتمكّن من رؤية داخلها.

وجد بيلامي نفسه يحدّق إلى وميض ما بدا أنّه كمبيوتر محمول فائق التطوّر، ومزوّد بسمّاعة هاتف، ولاقطَين، ولوحة مفاتيح مزدوجة. سرعان ما تحوّلت موجة الراحة التي اجتاحته إلى إرباك.

كانت الشاشة تحمل رمز السي آي أيه والنصّ التالي:

دخول آمن
المستخدم: إينوي ساتو
درجة الأمان: المستوى 5

تحت إطار الدخول، كان ثمّة أيقونة متحرّكة:

لحظة من فضلك...
جارٍ قراءة ملف...

تحوّل نظر بيلامي إلى ساتو، التي كانت تنظر إلى عينيه. قالت: "لم أشأ أن أريك هذا، ولكنّك لم تترك لي الخيار".

لمعــت الشاشة ثانيةً، فنظر إليها بيلامي بينما كان الملفّ يُفتَح، وملأت محتوياته الشاشة بأكملها.

حــدّق بيلامــي إلــى الشاشة لبضع لحظات، محاولاً فهم ما ينظر إليه. تدريجياً، بدأت الأمــور تتّضح، وشعر بالشحوب يكتسح وجهه. حدّق مرعوباً، غير قادر على تحويل نظره. هتف قائلاً: "ولكن، هذا... *مستحيل*! كيف... يمكن حدوث ذلك؟".

كان وجه ساتو كئيباً وهي تجيب: "أنت أخبرني، سيّد بيلامي. *أنت* أخبرني".

حين بدأ مهندس الكابيتول يفهم تماماً عواقب ما يراه، أخذ يشعر أنّ العالم بأكمله يترنّح على حافة الهاوية.

ربّاه... لقد ارتكبت خطأً فظيعاً، فظيعاً جداً!

الفصل 84

شعر العميد غالواي أنّ حياة جديدة تدّب في عروقه.

كجميع بني البشر، علم أنّ الوقت الذي سينزع فيه جسده الفاني قد اقترب، ولكن ليس الليلة. فقلبه كان ينبض بقوّة وبسرعة... وبدا عقله متيقّظاً. *ثمّة عمل ينبغي إتمامه.*

مرّر يديه اللتين شوّههما التهاب المفاصل على أسطح الهرم الملساء، ولم يصدّق ما يشعر به. *لم أتخيّل يوماً أنّني سأعيش حتّى هذه اللحظة.* فجزءا الهرم ظلاّ منفصلين لأجيال، وها قد اتّحدا أخيراً. تساءل غالواي ما إذا كان هذا هو الوقت المتوقّع.

من الغريب أن يختار القدر شخصين غير ماسونيين ليجمعا قطعتي الهرم. ولكن، يبدو ذلك ملائماً. *الأسرار تنتقل من الدوائر الداخلية... إلى خارج الظلام... إلى النور.*

قال وهو يلتفت نحو صوت تنفّس لانغدون: "بروفيسور، هل أخبرك بيتر *لماذا* يريدك أن تخبّئ العلبة الصغيرة؟".

"قال إنّ أشخاصاً نافذين يريدون سلبه إيّاها".

هزّ العميد رأسه موافقاً: "أجل، قال لي بيتر الشيء نفسه".

علا صوت كاثرين فجأة إلى يساره: "حقًّا؟ هل *تحدّثتما* أنت وأخي عن هذا الهرم؟".

أجاب غالواي: "بالطبع، تحدّثنا أنا وأخوك عن أمور عديدة. فقد كنت في ما مضى المعلّم الأكبر في بيت الهيكل، وكان يزورني أحياناً طلباً للمشورة. ومنذ عام تقريباً، أتى إليّ وهو يشعر باضطراب عميق. جلس مكانك تماماً، وسألني ما إذا كنت أعتقد بوجود أحاسيس مسبقة خارقة".

شعرت كاثرين بالقلق: "خارقة؟ هل تعني مثل... الرؤى؟".

"ليس بالضبط، بل أعني شيئاً داخليًّا أكثر. إذ قال بيتر إنّه كان يشعر بوجود متعاظم لقوّة سوداء في حياته. شعر وكأنّ شيئاً ما يراقبه... وينتظر... بنيّة إيذائه".

قالت كاثرين: "كان على حقّ بالطبع، نظراً إلى كون الرجل نفسه الذي قتل أمّنا، وابن بيتر، أتى إلى واشنطن، وأصبح أحد إخوان بيتر الماسونيين".

قال لانغدون: "هذا صحيح، ولكنّه لا يفسّر تورّط السي آي أيه".

لم يبدُ أنّ غالواي يوافقه، إذ قال: "أصحاب النفوذ يهتّمون دائماً بإمكانية اكتساب نفوذ أعظم".

قال لانغدون: "ولكن... السي آي أيه؟ والأسرار الباطنية؟ ثمّة أمر غير واضح".

قالت كاثرين: "هذا غير صحيح. فالسي آي أيه تسعى دائماً إلى امتلاك التقنيات المتطوّرة، وكانت تجري دائماً تجارب تعتمد على العلوم الباطنية؛ الإدراك الخارج عن

الحــواس، والرؤية عن بعد، والتجريد الحسّي، والحالات ذات النشاط العقلي العالي المستحَثّة بالعقاقيــر. والهدف منها واحد، ألا وهو كشف قدرات غير معروفة لدى العقل البشري. وإن كـنت قـد تعلّمـت شيئاً واحداً من بيتر، فهو أنّ العلم والباطنية هما على علاقة وثيقة، ولا يميّزهما سوى مقاربتنا لهما. أهدافهما متشابهة... ولكنّ الوسائل مختلفة".

قال غالواي: "قال لي بيتر إنّ مجال دراستك هو نوع من العلوم الباطنية الحديثة".

هــزّت كاثــرين رأسها موافقة وأجابت: "العلوم العقلية. وهي تثبت أنّ للإنسان قوىً لم نتخيّلها". وأشــارت إلـــى نافذة زجاجية ملوّنة، رُسمت عليها الصورة المألوفة للمسيح الذي تخــرج من يديه ورأسه أشعّة من الضوء، وقالت: "في الواقع، استعملت جهازاً مزوّداً بشحنة فائقــة البــرودة لتــصوير يدي معالج بالإيمان وهو يعمل. وبدت الصور شبيهة جداً بصورة يسوع على نافذتك الزجاجية... تيّارات من الطاقة تخرج من أنامل المعالج".

فكّر غالواي وهو يخفي ابتسامته، *العقل المدرَّب جيّداً. كيف تظنّين أنّ يسوع كان يشفي المرضى؟*

قالــت كاثرين: "أدرك أنّ الطبّ الحديث يسخر من المعالجين والشامان(*)، ولكنّني رأيت ذلك بــأمّ عينــي. لقــد صوّرت كاميرتي بوضوح هذا الرجل وهو يرسل حقلاً هائلاً من الطاقة من أنامله... ويغيّر فعلياً التكوين الخلوي للمريض. وإن لم يكن *ذلك* قوّة خارقة، فأنا لا أدري ما هو".

ســمح العميد غالواي للابتسامة أن ترتسم على شفتيه. لدى كاثرين الشغف الناري نفسه الــذي يمــتاز به شقيقها. "قارن بيتر مرّة العلماء العقليين بالمستكشفين الأوائل الذين تعرّضوا للــسخرية لأنّهــم اعتقدوا بكروية الأرض. وبين ليلة وضحاها، تحوّل أولئك المستكشفون من حمقــى إلى أبطال، حين اكتشفوا عوالم غير معروفة ووسّعوا آفاق سكّان هذا الكوكب. يظنّ بيتر أنّك ستكونين مثلهم، لديه آمال كبيرة في عملك. ففي النهاية، كلّ تحوّل فلسفي في التاريخ بدأ بفكرة جريئة واحدة".

كان غالواي يعلم بالطبع أنّ المرء لا يحتاج إلى الذهاب إلى مختبر ليرى أدلّة على هذه الفكــرة الجــريئة التي تؤكّد امتلاك الإنسان قدرات غير معروفة. فهذه الكاتدرائية نفسها تُقام فيها حلقات صلاة لشفاء المرضى، وقد شهدت بالفعل نتائج عجائبية متكرّرة، وحقّقت تحوّلات فيزيائية موثّقة طبياً. وليس السؤال هو ما إذا كان الله قد منح الإنسان قوىً خارقة أم لا... بل هو بالأحرى كيفية *تحرير* تلك القوى.

وضــع العميد العجوز يديه باحترام حول جوانب الهرم الماسوني، وتحدّث بهدوء شديد: "يا صديقَي، أنا لا أعرف بالضبط إلى *أين* يشير هذا الهرم... ولكنّني أعرف *التالي*. ثمّة كنز روحانــي عظيم مدفون في مكان ما... كنز طال انتظاره في الظلام لأجيال. أظنّ أنّه محفّز يملك القدرة على تغيير هذا العالم".

(*) الشامان: كاهن ساحر يعمل على معالجة المرض ويحاول كشف المخبأ والسيطرة على الأحداث.

لمـــس القمّـــة الذهبية للهرم وأضاف: "والآن، بعد اجتماع جزءي هذا الهرم... اقترب الوقت. ولم لا؟ فالوعد بحدوث تنوير تحويلي عظيم متوقّع منذ الأزل".

قـــال لانغـــدون بنبرة تنمّ عن التحدّي: "حضرة الأب، كلّنا على اطّلاع على رؤيا يوحنّا والمعنى الحرفي لسفر الرؤيا، ولكنّ التوقّعات الإنجيلية بالكاد تبدو –".

قال العميد: "آه، حبًّا بالله! أنا أتحدّث هنا عن عقول صافية كتبت بلغة واضحة؛ توقّعات ســـان أوغوســـتين، الســـير فرانسيس بايكن، نيوتن، أينشتاين، وغيرهم كثير، جميعهم توقّعوا لحظـــة تحويلية من التنوير. حتّى المسيح نفسه قال: لا شيء مخبأً لن يُكشف، وما من سرّ لن يخرج إلى النور".

قـــال لانغدون: "لا بأس بذلك، فالمعرفة تتوسّع دليلياً. كلّما عرفنا أكثر، ازدادت قدرتنا على التعلّم، واتّسع أساس معرفتنا على نحو *أسرع*".

أضـــافت كاثـــرين: "أجـــل، هذا ما نراه في العلم دائماً. كلّما اخترعنا تكنولوجيا جديدة، تحـــوّلت إلى أداة لاختراع تكنولوجيات أكثر حداثة... وهكذا دواليك. لهذا السبب، تطوّر العلم في السنوات الخمس الأخيرة أكثر ممّا فعل في الألفيات الخمس الماضية. نموّ دليلي. فاستناداً إلى المبادئ الرياضية، كلما مرّ الوقت، يصبح القوس الدليلي للتطوّر عموديًّا تقريباً، ويحدث التطوّر الجديد بسرعة لا تُصدّق".

حـــلّ الـــصمت في مكتب العميد وشعر غالواي أنّ ضيفيه لم يفهما بعد كيف يمكن لهذا الهـــرم أن يـــساعدهما على كشف المزيد. قال في نفسه، *لهذا السبب أتى بكما القدر إليّ. ثمّة دور عليّ تأديته.*

ظـــلّ الموقّر كولين غالواي يؤدّي مع إخوانه الماسونيين دور الحارس. ولكنّ كلّ شيء يتغيّر الآن.

لم أعد حارساً... أصبحت مرشداً.

قال غالواي وهو يمدّ يده من فوق مكتبه: "بروفيسور لانغدون؟ خذ بيدي من فضلك".

شعر روبرت لانغدون بالتردّد وهو يحدّق إلى يد العميد غالواي الممدودة.

هل سنصلّي؟

أطاعـــه لانغدون ووضع يده اليمنى في يد العميد الهرِمة. أمسكها الرجل العجوز بحزم ولكـــنّه لـــم يـــبدأ بالـــصلاة، بل أمسك سبّابة لانغدون ووجّهها إلى الأسفل، داخل الصندوق الحجري الذي كان يحتوي على حجر القمّة.

قال العميد: "لقد أعمتك عيناك. لو رأيت بأصابعك كما أفعل، لأدركت أنّ هذا الصندوق لا يزال لديه أسرار لم يكشفها لك بعد".

مـــرّر لانغـــدون أنامله حول الصندوق من الداخل، ولكنّه لم يشعر بشيء. كان السطح الداخلي أملس تماماً.

حثّه غالواي قائلاً: "واصل البحث".

أخيراً، شعر لانغدون بشيء، دائرة صغيرة ناتئة، كانت عبارة عن نقطة صغيرة جداً في وسط قاعدة الصندوق. رفع يده وحدّق إلى الداخل، ولكنّ الدائرة الصغيرة لم تكن مرئية بالعين المجرّدة. *ما هذا؟*

سأله غالواي: "هل تعرف هذا الرمز؟".

أجاب لانغدون: "رمز؟ بالكاد أرى شيئاً".

"اضغط عليه".

فعل لانغدون ما طُلب منه، وضغط بإصبعه على النقطة. *ماذا يظنّ أنّه سيحدث؟*

قال العميد: "أبقِ إصبعك في مكانه وأنت تضغط".

نظر لانغدون إلى كاثرين، التي بدت عليها الحيرة وهي تبعد خصلة من شعرها خلف أذنيها.

بعد ثوانٍ، هزّ العجوز رأسه وقال: "حسناً، ارفع إصبعك. لقد تمّت الخيمياء".

الخيمياء؟ نزع روبرت لانغدون يده من الصندوق الحجري، وجلس حائراً. لم يتغيّر شيء على الإطلاق، بل ظلّ الصندوق على حاله على سطح المكتب.

قال لانغدون: "لم يحدث شيء".

أجاب العميل: "انظر إلى رأس إصبعك، يجب أن ترى تحوّلاً".

نظر لانغدون إلى إصبعه، ولكنّ التحوّل الوحيد الذي رآه هو وجود دمغة على جلده أحدثتها الدائرة الناتئة، دائرة صغيرة وفيها نقطة في الوسط.

سأله العميد: "والآن، هل تعرف هذا الرمز؟".

مع أنّ لانغدون عرف الرمز، إلاّ أنّ ما استغربه أكثر كان قدرة العجوز على الإحساس بهذا التفصيل الصغير. يبدو أنّ الرؤية بالأصابع هي مهارة مكتسبة.

قالت كاثرين وهي تجرّ مقعدها إلى جوار لانغدون وتتفحّص إصبعه: "هذا رمز خيميائي. إنّه الرمز القديم للذهب".

ابتسم العميد، وربّت على الصندوق قائلاً: "هذا صحيح. أهنّئك، بروفيسور. لقد حقّقت للتوّ ما سعى إليه جميع الخيميائيين في التاريخ. أنتجت الذهب من مادّة لا قيمة لها".

عبس لانغدون ولم تبدُ عليه الحماسة. فتلك الخدعة الصغيرة لم تساعد على شيء. قال: "هذا مثير للاهتمام، سيّدي، ولكنّ هذا الرمز، الدائرة مع نقطة في الوسط، له عشرات المعاني. يدعى الدائرة ذات النقطة (Circumpunct)، وهو واحد من أكثر الرموز استعمالاً في التاريخ".

سأله العميد، وبدا عليه التشكّك: "ما الذي تتحدّث عنه؟".

ذهــل لانغدون لمعرفة أنّ ماسونياً ليس على اطّلاع على الأهمية الروحانية لهذا الرمز. قــال: "سـيّدي، للدائرة ذات النقطة معانٍ لا تعدّ ولا تحصى. في مصر القديمة، كانت رمزاً لرع، سيّد الشمس، ولا يزال علم الفلك الحديث يستعملها كرمز للشمس. وفي الفلسفة الشرقية، تمثّل إشارة روحانية للعين الثالثة، والوردة الإلهية، ورمز التنوير. واستعملها القبلانيون رمزاً إلى الكيثير، وهو أعلى سيفيروث *وأكثر الأسرار سرّيةً*. سمّاها الباطنيون الأوائل *عين الإله*، وهـي أصـل العـين المطّلعــة علــى كلّ شيء الموجودة على الختم الأعظم. واستخدمها البيــتاغوريون رمــزاً إلـــى الموناد، وهي الحقيقة الإلهية، والبريسكا سابيينتيا، ووحدة العقل والروح، و–".

انفجــر العمــيد غالــواي ضـــاحكاً وقال: "كفى! شكراً لك، بروفيسور. أنت على حقّ، بالطبع".

أدرك لانغدون أنّ العميد مثّل عليه الجهل. *كان يعرف كلّ ذلك*.

قــال غالـــواي، والابتسامة لا تزال تداعب شفتيه: "الدائرة ذات النقطة هي أساساً رمز الأســرار القديمة. لهذا السبب، لا أظنّ أنّ وجودها في هذا الصندوق مجرّد مصادفة. فاستناداً إلى الأسطورة، إنّ أسرار هذه الخريطة مخبّأة في أصغر التفاصيل".

قالت كاثرين: "عظيم، ولكن حتّى وإن كان وجود هذا الرمز مقصوداً، إلاّ أنّه لا يساعدنا على تفكيك الشيفرة، أليس كذلك؟".

"ذكرت سابقاً أنّ ختم الشمع كان يحمل دمغة خاتم بيتر؟".

"هذا صحيح".

"وقلت أنّ الخاتم معك؟".

"أجل". مدّ لانغدون يده إلى جيبه وأخرج الكيس البلاستيكي، ثمّ وضعه على المكتب أمام العميد.

تــناول غالــواي الخاتم وبدأ يتحسّسه. قال: "صُنع هذا الخاتم الفريد في الوقت نفسه مع الهــرم الماسوني. واستناداً إلى التقاليد، يضعه الماسوني المكلّف بحماية الهرم. والليلة، حين تحسّست الدائرة ذات النقطة في قعر الصندوق الحجري، أدركت أنّ الخاتم هو في الواقع جزء من الرمز".

"حقّاً؟".

"أنــا واثــق من ذلك. بيتر هو صديقي الحميم، وقد وضع هذا الخاتم لسنوات عديدة. أنا أعرفه جيّداً". أعطى لانغدون الخاتم وأضاف: "انظر بنفسك".

تــناول لانغدون الخاتم وراح يتفحّصه، ممرّراً أصابعه فوق طائر الفينيق ذي الرأسين، والعــدد 33، وجملة *ORDO AB CHAO*، وكذلك جملة *كلّ شيء يُكشف عند الدرجة الثالثة والثلاثـين*. لـم يـشعر بشيء يساعد على حلّ اللغز. ولكن، حين مرّر أصابعه حول الجهة الخارجية لدائرة الخاتم، توقّف فجأة. قلَب الخاتم، وراح يتفحّص أسفله.

قال غالواي: "هل عثرت عليها؟".

أجاب لانغدون: "أظنّ ذلك، أجل".

جرّت كاثرين مقعدها إلى مسافة أقرب وسألت: "ماذا؟".

أجـــاب لانغدون وهو يريها الخاتم: "ثمّة إشارة على طوق الخاتم. إنّها صغيرة إلى حدّ تـصعب معـه ملاحظتها بالعين، ولكن يمكن اكتشافها باللمس. وهي تبدو مثلّمة في الواقع، وكأنّها شقّ دائري صغير".

كانـــت الإشـــارة موجودة في وسط أسفل الطوق... وبدت بحجم الدائرة الناتئة في قعر المكعّب.

اقتربت كاثرين، وسألت بصوت ينمّ عن الحماسة: "أهي بالحجم نفسه؟".

"ثمّـــة طريقة واحدة لمعرفة ذلك". أخذ الخاتم وأدخله في الصندوق، ثمّ طابق الدائرتين الــصغيرتين. ضغط إلى الأسفل، فانزلقت الدائرة الناتئة بفُتحة الخاتم، وسُمعت تكّة منخفضة ولكنّها واضحة.

أجفلوا جميعاً.

انتظر لانغدون، ولكن لم يحدث شيء.

سأل الكاهن: "ما كان ذلك؟".

أجابت كاثرين: "لا شيء. دخل الخاتم في مكانه... ولكن لم يحدث شيء آخر".

بدا غالواي حائراً: "ألم يحدث تحوّل عظيم؟".

لـــم ننتـه بعد. أدرك لانغدون ذلك وهو يحدّق إلى الرمز المميّز على الخاتم؛ إلى رمز طائـــر فينـــيق ذَي الرأسين والعدد 33. *كلّ شيء يُكشف عند الدرجة الثالثة والثلاثين.* عصف ذهـــنه بأفكـــار عن بيتاغور، والهندسة المبجّلة، والزوايا. وتساءل ما إذا كان *للدرجات* معنىً رياضي.

مـــدّ يـــده بـــبطء، وراح قلـــبه ينبض بسرعة. أمسك بالخاتم الذي كان مثبّتاً في قاعدة المكعّب. ثمّ بدأ يديره ببطء إلى اليمين. *كلّ شيء يُكشف عند الدرجة الثالثة والثلاثين.*

أدار الخاتم عشر درجات... عشرين درجة... ثلاثين درجة...

ما حدث بعد ذلك، لم يكن في الحسبان.

الفصل 85

التحوّل.

سمعه العميد غالواي، ولم يحتج إلى رؤيته.

غـرق لانغدون وكاثرين الجالسَين أمامه في صمت مطبق، يحدّقان بلا شكّ بذهول إلى المكعّب (الصندوق) الحجري، الذي تحوّل للتوّ أمام أعينهما.

لـم يـتمكّن غالواي من منع نفسه من الابتسام. كان قد توقّع النتيجة، ومع أنّه لا يملك فكرة كيف سيساعد هذا التطوّر على حلّ لغز الهرم، إلاّ أنّه استمتع بفرصة تلقين عالم رموز من هارفرد شيئاً في مجال اختصاصه.

قال العميد: "بروفيسور، قلّة من الناس يدركون أنّ الماسونيين يبجّلون شكل المكعّب، أو الحجر المربّع (ashlar)، كما نسمّيه، لأنّه صورة ثلاثية الأبعاد لرمز آخر... رمز ذي بعدين، أقـدم بكثير". لم يكن غالواي مضطرًّا إلى سؤال البروفيسور ما إذا كان يعرف الرمز القديم الموجود أمامهم على الطاولة. فهو أحد أشهر الرموز في العالم.

احـتدمت أفكـار روبـرت لانغدون وهو يحدّق إلى الصندوق الذي تحوّل أمامه على المكتب. *لم تكن لديّ فكرة...*

قـبل لحظـات، مدّ يده إلى داخل الصندوق الحجري، وأمسك بالخاتم الماسوني، وأداره بلطف. وحين مرّ بالدرجة ثلاث وثلاثين، تغيّر المكعّب فجأة أمام أعينهم. إذ انفصلت جوانب المكعّـب عـن بعـضها، حين انحلّت مفاصلها المخبّأة. فانهار المكعّب على الفور، وانفتحت جوانبه إلى الخارج، محدثة صوتاً قوياً على سطح المكتب.

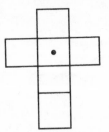

قال لانغدون في نفسه، *تحوّل المكعّب إلى صليب. خيمياء رمزية.*

نظـرت كاثـرين حائرة إلى المكعّب المفتوح. سألت قائلةً: "الهرم الماسوني مرتبط... بالمسيحية؟".

للحظـــة، تـــساءل لانغـــدون عن الأمر نفسه. ففي النهاية، كان الصليب المسيحي رمزاً محتـــرماً داخل الأوساط الماسونية، وثمّة بالتأكيد كثير من المسيحيين الماسونيين. ولكنْ، بين الماسونيين أيضاً يهود، ومسلمون، وبوذيون، وهندوس، وأشخاص لا ينتمون إلى ديانة معيّنة. لـــذا، فـــإنّ وجـــود رمز مسيحي بالتحديد بدا حصرياً. ثمّ اتّضح له فجأة المعنى *الحقيقي* لهذا الرمز.

قـــال لانغـــدون وهـــو يقف: "هذا ليس صليباً. فالصليب الذي يحتوي على الدائرة ذات النقطة في وسطه هو رمز ثنائي؛ رمزان مدموجان في رمز واحد".

راقبته كاثرين وهو يذرع أرض الغرفة وسألته: "ماذا تعني؟".

قـــال لانغـــدون: "الـــصليب لم يكن رمزاً مسيحياً قبل القرن الرابع. فقبل ذلك، استعمله المـــصريون لتمثيل التقاطع بين بعدين؛ البعد البشري والبعد السماوي. كما فوق، كذلك تحت. كان تصويراً بصرياً لنقطة التقاطع التي يكتسب عندها الإنسان قوىً خارقة".

"حسناً".

قـــال لانغدون: "الدائرة ذات النقطة لها كما نعلم معانٍ عديدة، أكثرها باطنية هو *الوردة*، رمز الكمال الخيميائي. ولكن، حين توضع الوردة في وسطِ صليب، ينتج رمز مختلف تماماً؛ صليب الوردة (the Rose Cross)".

انحنـــى غالواي في مقعده مبتسماً، وقال: "عظيم، عظيم. ها قد بدأت تسير على الطريق الصحيح".

وقفت كاثرين هي الأخرى وسألتهما: "ما الذي يفوتني هنا؟".

شرح لها لانغدون قائلاً: "صليب الوردة هو رمز شائع في الماسونية. في الواقع، تدعى إحـــدى درجـــات الطقس السكوتلندي *فرسان صليب الوردة* تكريماً للروزيكروشيين الأوائل، الـــذين ســـاهموا فـــي الفلـــسفة الباطنية الماسونية. وربّما ذكر بيتر الروزيكروشيين أمامك. فعـــشرات العلمـــاء العظمـــاء كانـــوا أعضاء في تلك المنظّمة، كجون دي، وإلياس أشمول، وروبرت فلود–".

قالت كاثرين: "بالطبع، فقد قرأت جميع البيانات الروزيكروشية في بحثي".

قال لانغدون في نفسه، *هذا واجب على كلّ عالم.* فتنظيم صليب الوردة القديم والباطني كـــان لـــه تـــاريخ مبهم ترك أثراً عظيماً في العلم، وكان يشبه إلى حدّ كبير أسطورة الألغاز القديمـــة... حكماء قدماء يملكون حكمة سرّية تناقلوها عبر العصور ولم تمتلكها سوى العقول اللامعـــة. لذا، ضمّت لائحة أشهر أعضاء الروزيكروشية منارات عصر النهضة الأوروبية: باراسيلسوس، بايكون، فلود، ديكاردت، باسكال، سبينوزا، نيوتن، لايبنيتز.

استناداً إلى العقيدة الروزيكروشية، يستند التنظيم إلى "حقائق سرّية من الماضي القديم"، حقائـــق ينبغـــي "إخفاؤها عن الإنسان العادي"، وتعد بالدخول إلى "العالم الروحاني". ومع أنّ رمز الجمعية تطوّر على مرّ السنوات وتحوّل إلى وردة متفتّحة على صليب مزخرف، إلاّ أنه

بدأ بدائرة ذات نقطة أكثر بساطة، على صليب غير مزخرف؛ أبسط أشكال الوردة على أبسط أشكال الصليب.

قال غالواي لكاثرين: "غالباً ما كنّا أنا وبيتر نناقش الفلسفة الروزيكروشية".

حين بدأ العميد يشدّد على الترابط بين الماسونية والروزيكروشية، عاد انتباه لانغدون إلى الفكرة نفسها التي كانت تشغل باله طيلة الوقت. *جيوفا سانكتوس أونوس. هذه الجملة مرتبطة بالخيمياء بشكل ما.* مع ذلك، لم يتذكّر ما قال له بيتر بالضبط عن تلك الجملة، ولكن لسبب ما، عادت إليه الفكرة عند ذكر الروزيكروشيين. *فكّر، يا روبرت!*

كان غالواي يقول: "يُزعم أنّ مؤسّس التنظيم الروزيكروشي كان باطنياً ألمانياً أطلق على نفسه اسم كريستيان روزيكرويتس، وهو اسم مستعار بالطبع، حتّى بالنسبة ربّما إلى فرانسيس بايكون، الذي يظنّ بعض المؤرّخين أنّه هو من أسّس المجموعة، مع أنّه ما من دليل على–".

أعلن لانغدون فجأة، وقد فوجئ هو نفسه: "اسم مستعار! بالضبط! *جيوفا سانكتوس أونوس*، هو اسم مستعار!".

سألته كاثرين: "ما الذي تقوله؟".

تسارع نبض لانغدون وهو يقول: "كنت أحاول طيلة الوقت تذكّر ما قاله بيتر عن *جيوفا سانكتوس أونوس* وعلاقتها بالخيمياء. وأخيراً تذكرت! هي ليست على علاقة بالخيمياء بقدر ما هي تشير إلى *خيميائي*! خيميائي مشهور جداً!".

ضحك غالواي قائلاً: "أخيراً، بروفيسور. ذكرت اسمه مرّتين وكذلك عبارة *اسم مستعار*".

حدّق لانغدون إلى العجوز، وسأله: "كنت *تعلم*؟".

"في الواقع، كانت لديّ شكوكي حين أخبرتني أنّ العبارة المنقوشة هي *جيوفا سانكتوس أونوس*، وأنّكما استعملتما في تفكيكها مربّع دورير الخيميائي العجيب. ولكن حين وجدتَ صليب الوردة، تأكّدت من ذلك. كما تعلم على الأرجح، فإنّ الأوراق الشخصية للعالِم المعني تضمّنت نسخة مع حواشٍ مفصّلة للبيانات الروزيكروشية".

سألتهما كاثرين: "منْ؟".

أجاب لانغدون: "أحد أعظم علماء العالم! كان خيميائياً، وعضواً في جمعية لندن الملكية، وروزيكروشياً، كما أنّه وقّع بعضاً من أكثر أوراقه العلمية سرّية بالاسم المستعار *جيوفا سانكتوس أونوس!*".

قالت كاثرين: "ربّ حقيقي واحد! يا لتواضعه!".

صحّح غالواي قائلاً: "بل يا لذكائه. فقد وقّع اسمه بتلك الطريقة لأنّه فهم، كما فهم القدماء، قدراته الخارقة. وكذلك لأنّ الأحرف الستّة عشر في *جيوفا سانكتوس أونوس* يمكن إعادة ترتيبها لكتابة اسمه باللاتينية، وهكذا فإنّها تشكّل اسماً مستعاراً ممتازاً".

بـــدت الحيـــرة علـــى وجه كاثرين. "*جيوفا سانكتوس أونوس* هي جناس تصحيفي لاسم خيميائي شهير باللاتينية؟".

تـــناول لانغـــدون ورقـــة وقلماً عن مكتب العميد، وراح يكتب وهو يتحدّث. "باللاتينية، يـــتحوّل الحرف J إلى I، والحرف V إلى U، وهكذا يمكن بسهولة إعادة ترتيب الجملة لكتابة اسم هذا العالِم".

كتب لانغدون الأحرف الستّة عشر: *Isaacus Neutonuus*.

أعطى كاثرين الورقة قائلاً: "أظنّ أنّك سمعت به".

سألته كاثرين وهي تنظر إلى الورقة: "إسحق نيوتن؟ أهذا ما يعنيه النقش على الهرم؟!".

للحظـــة، عاد الزمن بلانغدون إلى الوراء، حين وقف في دير ويست مينيستر أمام قبر نيوتن هرمي الشكل، وانتابه شعور مشابه. *الليلة، يفاجئنا العالم العظيم مجدّداً*. لم تكن مصادفة بالطـــبع... الأهرامات، الألغاز، العلم، المعرفة السرّية... كلّها مترابطة. كان اسم نيوتن دائماً مرشداً لمن يسعون خلف المعرفة السرّية.

قـــال غالواي: "لا بدّ من أنّ لإسحق نيوتن علاقة بكيفية تفكيك شيفرة الهرم. لا أعرف ماهيتها ولكن–".

هتفت كاثرين، وقد بدا التعجّب في عينيها: "عبقري! هكذا يمكننا تحويل الهرم!".

قال لانغدون: "هل تفهمينه؟".

قالـــت: "أجـــل! لا أصـــدّق أننا لم نرَها! كانت أمام أعيننا طيلة الوقت. عملية خيميائية بسيطة. يمكنني تحويل هذا الهرم بواسطة العلوم الأساسية! علم نيوتن!".

حاول لانغدون أن يفهم ما يجري.

قالت كاثرين: "حضرة العميد غالواي، لو قرأنا ما كُتب على الخاتم، فإنّه يعبّر عن–".

"مهلاً!" رفع العجوز إصبعه فجأة وأشار إليهما بالتزام الصمت. أمال رأسه جانباً بلطف، وكأنّه يصغي إلى شيء ما. بعد قليل، وقف فجأة وقال: "يا صديقَي، لا شكّ في أنّ هذا الهرم لا يزال يخبّئ أسراراً. لا أعرف ما اكتشفته الآنسة سولومون، ولكن، إن كانت تعرف الخطوة التالـــية، فإنّ دوري قد انتهى. اجمعا أشياءكما ولا تقولا لي المزيد. لا تخبراني بشيء أضطرّ إلى البوح به لزوّارنا إن أجبروني على ذلك".

قالت كاثرين وهي تصغي: "زوّار؟ لا أسمع أحداً".

أجاب غالواي وهو يتوجّه إلى الباب: "ستسمعين. أسرعا".

فـــي المديـــنة، كـــان أحد أبراج الاتّصالات الخلوية يحاول الاتّصال بهاتف محطّم على أرض جادة ماساشوستيس. ولمّا كان الإرسال مقطوعاً، حوّل الاتّصال إلى الرسالة الصوتية.

هـــتف وارن بيلامـــي بصوت مذعور: "روبرت! أين أنت؟! اتّصل بي! ثمّة أمر فظيع يحدث!".

الفصل 86

وقف مالأخ في الوهج اللازوردي لضوء القبو أمام الطاولة الحجرية، وواصل تحضيراته. في أثناء عمله، احتجّت معدته الفارغة. ولكنّه لم يكترث لذلك، فأيام العبودية لنزوات جسده أصبحت خلفه الآن.

التحوّل يستلزم التضحية.

فمثل كثير من الرجال المتطوّرين جداً على الصعيد الروحاني، التزم مالأخ بطريقه من خلال أنبل التضحيات الجسدية. كانت عملية الخصاء أقلّ إيلاماً ممّا تخيّل، وأكثر شيوعاً أيضاً، كما تبيّن له. فكلّ عام، يخضع آلاف الرجال لعملية استئصال جراحية للخصيتين، وتتراوح أسبابها من الرغبة في تحويل الجنس، والسيطرة على الإدمان الجنسي، إلى معتقدات روحانية راسخة. وبالنسبة إلى مالأخ، كانت الأسباب ذات طبيعة سامية جداً. فمثل الشخصية الأسطورية آتيس، أدرك مالأخ أنّ اكتساب القدرات الخارقة يحتاج إلى الانفصال التامّ عن العالم المادي للذكر والأنثى.

في أيامنا، ينبذ الناس فكرة الإخصاء، مع أنّ القدماء فهموا القوّة المتأصّلة في هذه التضحية التحويلية.

بيتر سولومون قدّم تضحية جسدية هو الآخر، مع أنّ يداً واحدة ليست إلاّ ثمناً زهيداً في هذا المشروع الكبير. ولكن، مع انتهاء الليل، سيقدّم سولومون تضحية أكبر بكثير.

كي أبني، عليّ أن أدمّر.

تلك هي طبيعة القطبية.

لا شكّ في أنّ بيتر سولومون يستحقّ القدَر الذي ينتظره الليلة. ستكون نهايةً مناسِبة. فمنذ زمن طويل، أدّى دوراً محورياً في مجرى حياة مالأخ الفانية. لهذا السبب، تمّ اختيار بيتر ليؤدّي الدور المحوري في تحوّل مالأخ العظيم. هذا الرجل يستحقّ كلّ الرعب والألم اللذين سيعانيهما. فبيتر سولومون ليس الرجل الذي يظنّه العالم.

لقد ضحّى بابنه.

في الماضي، قدّم بيتر سولومون إلى ابنه زاكاري خياراً مستحيلاً؛ الثروة أو الحكمة. *أساء زاكاري الاختيار.* فأنتج خيار الشابّ سلسلة من الأحداث التي دفعت به إلى الهاوية. *سجن سوغانليك.* مات زاكاري سولومون في ذاك السجن التركي. وعرف العالم بأسره القصّة... ولكنّه لم يعرف أنّ بيتر سولومون كان يستطيع إنقاذ ابنه.

فكّر مالأخ، *كنت هناك. سمعت كلّ شيء.*

لم ينسَ مالأخ تلك الليلة أبداً. فقرار سولومون القاسي أنهى حياة ابنه، زاك، ولكنّه كان بداية حياة مالأخ.

يموت أشخاص ليحيا آخرون.

حـين بـدأ لـون الضوء فوق رأس مالأخ يتغيّر من جديد، أدرك أنّ الساعة أصبحت متأخـرة. أنهـى تحضيراته، وعاد إلى الأعلى. حان الوقت للاهتمام ببعض الأمور في العالم الفاني.

الفصل 87

قالت كاثرين في نفسها وهي تجري، *كلّ شيء يُكشف عند الدرجة الثالثة والثلاثين. أعرف كيف أحوّل الهرم!* كان الجواب أمامهما طيلة الوقت.

كانت كاثرين بمفردها الآن مع لانغدون، يجريان عبر المبنى الملحق بالكاتدرائية، ويتبعان الإشارات المؤدّية إلى "الباحة". وتماماً كما وعدهما العميد، خرجا من الكاتدرائية إلى فناء واسع ومسوّر.

كانت باحة الكاتدرائية عبارة عن حديقة خماسية الأضلاع، تتدفّق في وسطها نافورة برونزية من الطراز الحديث. فوجئت كاثرين بالصوت العالي الصادر عن خرير مياه النافورة والذي يتردّد في الباحة. ثمّ أدركت أنّ الصوت لم يكن صوت المياه.

صرخت حين اخترق شعاع من الضوء سماء الليل فوقهما: "مروحيّة! لنختبئ في ذلك الرواق!".

غمر نور الكشّاف الباهر فناء الكاتدرائية، في الوقت نفسه الذي وصل فيه لانغدون وكاثرين إلى الطرف الآخر، ودخلا تحت قنطرة قوطية إلى نفق يؤدّي إلى حديقة خارجية. انتظرا داخل النفق، بينما مرّت المروحيّة فوقهما وراحت تدور حول الكاتدرائية.

قالت كاثرين: "أظنّ أنّ غالواي كان محقًّا حين سمع زوّاراً". *حاسّة السمع تعوّض عن حاسّة البصر المفقودة.* كانت أذناها تضجّان الآن بانتظام مع نبض قلبها.

تناول لانغدون حقيبته، وسار عبر الممرّ قائلاً: "من هنا".

كان العميد غالواي قد أعطاهما مفتاحاً واحداً وسلسلة واضحة من التعليمات. لسوء الحظّ، حين وصلا إلى نهاية النفق القصير، وجدا أنّ مساحة واسعة من المروج تفصلهما عن هدفهما، وكانت حالياً مغمورة بالضوء الصادر عن المروحيّة المحلّقة في الجوّ.

قالت كاثرين: "لا يمكننا العبور".

"مهلاً... انظري".

أشار لانغدون إلى ظلّ أسود بدأ يتكوّن على العشب إلى اليسار. بدأ الظلّ كبقعة صغيرة، ثمّ راح يكبر بسرعة. تحرّك باتّجاههما، وأصبحت معالمه محدّدة أكثر، وأخذ يندفع نحوهما بسرعة أكبر، ويتمدّد، إلى أن تحوّل أخيراً إلى مستطيل أسود هائل متوّج ببرجين طويلين جداً.

قال لانغدون: "واجهة الكاتدرائية تحجب ضوء الكشّاف".

"لقد حطّت الطائرة أمام الكاتدرائية!".

أمسك لانغدون بيد كاثرين، وقال: "اركضي! الآن!".

فـي الكاتدرائية، شعر العميد غالواي أنّ خطواته خفيفة على نحو لم يعهده منذ سنوات. عبَر نقطة التقاطع الكبرى، ثمّ تابع طريقه عبر صحن الكنيسة باتّجاه المجاز والباب الأمامي.

كـان يـسمع المروحيّة وهي تحلّق فوق الكاتدرائية الآن، ويتخيّل الأضواء التي تتخلّل النافذة الوردية أمامه، ملقية ألواناً رائعة على المكان. تذكّر الأيام التي كان يستطيع فيها رؤية الألـوان. المثير للسخرية، هو أنّ الفراغ المظلم الذي خيّم على عالمه قد أضاء له كثيراً من الأشـياء. *أنـا أرى الآن أفـضل بكثير من أيّ وقت مضى.* دخل غالواي حياة الرهبنة شاباً وأحـبّ الكنيـسة كثيـراً كغيـره. ومثل كثير من زملائه الذين وهبوا حياتهم بجدّية لله، كان غالواي متعباً. فقد أمضى حياته وهو يجاهد لرفع صوته فوق صوت الجهل.

ماذا توقّعت؟

مـنذ الحـروب الصليبية، إلى دواوين التفتيش، إلى السياسة الأميركية، تمّ استغلال اسم المـسيح فـي جميع أشكال الصراع على السلطة. ومنذ القدم، كان صوت الجهل هو الأعلى، يقود الشعوب ويجبرها على الانصياع. فدافع الجهلة عن رغباتهم الدنيوية، محتجّين بجمل لا يفهمـونها مـن الكتاب المقدّس. وتمسّكوا بتعصّبهم كدليل على قناعاتهم. والآن، بعد كلّ تلك السنوات، تمكّن البشر أخيراً من محو كلّ ما هو جميل في المسيح.

ولكـنّ رمز صليب الوردة الذي صادفه الليلة، منحه أملاً كبيراً، وذكّره بالتوقّعات التي كتبها الروزيكروشيون في بياناتهم، والتي قرأها غالواي مرّات عديدة في الماضي ولا يزال يذكرها.

الفـصل الأوّل: *سـيخلّص جيهوفا البشرية عبر كشف تلك الأسرار التي خصّ بها في السابق النخبة فقط.*

الفصل الرابع: *سيصبح العالم كلّه كتاباً واحداً وتزول كلّ التناقضات بين العلم واللاهوت.*

الفـصل السابع: *قبل نهاية العالم، سيبعث الله فيضاً عظيماً من النور الروحاني لتخفيف عذاب البشرية.*

الفصل الثامن: *قبل أن يصبح ذلك ممكناً، على العالم أن يتخلّص من آثار الكأس السامّة، التي كانت ممتلئة بالحياة المزيّفة للنبتة اللاهوتية.*

كان غالواي يعرف أنّ الكنيسة ضلّت طريقها منذ زمن بعيد، وقد كرّس حياته لتصحيح مسارها. والآن، أدرك أنّ تلك اللحظة أصبحت وشيكة.

إن أكثر الأوقات ظلمة هي تلك التي تسبق طلوع الفجر.

كـان العمـيل الميداني التابع للسي آي أيه، تورنر سيمكينز، واقفاً عند مدخل مروحيّة سيكورسـكي وهي تحطّ فوق العشب المكسو بالصقيع. ترجّل منها، يتبعه رجاله، ثمّ لوّح إلى الطيّار ليحلّق مجدّداً في الجوّ ويراقب جميع المخارج.

لا أريد أن يغادر أحد هذا المبنى.

عــادت المــروحيّة تحلّــق في سماء الليل، بينما صعد سيمكينز وفريقه درجات السلّم المؤدّي إلى المدخل الرئيس للكاتدرائية. وقبل أن يقرّر على أيّ من الأبواب الستّة يطرق، فُتح أحدها.

سأل أحدهم من خلف الظلال: "نعم؟".

بالكــاد استطاع سيمكينز أن يميّز ملامح الرجل الأحدب الذي يرتدي ثوب كاهن. سأله قائلاً: "هل أنت العميد كولين غالواي؟".

أجاب العجوز: "أجل".

"أنا أبحث عن روبرت لانغدون. هل رأيته؟".

تقــدّم العجــوز خطــوة إلى الأمام، وحدّق إلى ما وراء سيمكينز بعينيه المبيضّتين، ثمّ أجاب: "برأيك، ألن تكون *تلك* معجزة؟".

314

الفصل 88

الوقت يداهمنا.

كانـــت محلّلـــة مكتب الأمن، نولا كاي، على وشك الانهيار. والفنجان الثالث من القهوة الذي تشربه الآن بدأ يجري في جسدها كتيّار كهربائي.

لم تتحدّث ساتو بعد.

أخيراً، رنّ الهاتف. فاندفعت إليه نولا وأجابت قائلةً: "مكتب الأمن، نولا تتحدّث".

"نولا، أنا ريك باريش من قسم أمن الأنظمة".

زالت حماسة نولا. *ليست ساتو.* "أهلاً ريك، بماذا أساعدك؟".

"أردت تقديم المساعدة، فقسمنا لديه معلومات قد تكون على علاقة بما تعملين عليه الليلة".

وضـــعت نـــولا فـــنجان القهوة من يدها. *وكيف تعلم بما أعمل عليه الليلة، بالله عليك؟*

"عفواً؟".

قـــال بـــاريش: "آسف، إنّه برنامج تكامل تعاوني جديد كنّا نختبره، وهو يشير إلى رقم محطّة العمل الخاصّة بك طيلة الوقت".

فهمـــت نـــولا ما يتحدّث عنه. فالوكالة تستخدم حالياً طرازاً جديداً من برنامج *التكامل التعاونـــي* المصمّم لإعطاء إنذارات فورية لأقسام السي آي أيه البعيدة حين يصدف أن تعالج حقـــول بيانات مترابطة. ففي هذه الحقبة من التهديدات الإرهابية التي يلعب فيها الوقت دوراً حاسماً، غالباً ما يكون سرّ تجنّب الكارثة يكمن ببساطة في شارة تظهر لك أنّ الرجل الموجود فـــي الطرف الآخر من القاعة يحلّل البيانات نفسها التي تريدها. ولكن بخصوص نولا، أثبت هذا البرنامج أنّه يلهي أكثر ممّا يساعد. حتّى إنّها تسمّيه *برنامج المقاطعة المستمرّة*.

قالـــت نولا: "صحيح، لقد نسيت. وماذا لديك؟" كانت واثقة أنّ لا أحد غيرها في المبنى يعرف بأمر هذه الأزمة، أو يعمل عليها. والعمل الذي كانت تقوم به نولا الليلة على الكمبيوتر كـــان عـــبارة عـــن بحـــث تاريخي لساتو حول موضوعات ماسونية باطنية. مع ذلك، كانت مضطرّة إلى الاشتراك في اللعبة.

قـــال بـــاريش: "في الواقع، قد لا يكون بالأمر الهام، ولكنّنا أوقفنا عملية قرصنة الليلة، وبرنامج التكامل التعاوني يقترح عليّ طيلة الوقت أن أشاركك المعلومات".

قرصنة؟ ارتشفت نولا قهوتها ثمّ قالت: "أنا أسمع".

قال باريش: "منذ ساعة تقريباً، اعترضنا شاباً يدعى زوبيانيس يحاول اختراق ملفّ في إحـــدى قـــواعد البيانات الداخلية لدينا. يدّعي الشاب أنّه يقوم بعمل مأجور، وأنّ لا فكرة لديه

لماذا دُفع له المال ليخترق هذا الملفّ بالذات، حتّى إنّه لا يعرف أنّه موجود على خادم للسي آي أيه".

"حسناً".

"أنهينا استجوابه، وهو بريء. ولكنّ الغريب في الأمر هو أنّ الملف نفسه الذي كان يستهدفه أشير إليه في وقت سابق الليلة من قبل محرّك بحث داخلي. يبدو وكأنّ شخصاً استخدم نظامنا، وأجرى بحثاً بكلمات مفتاحية خاصّة، وحصل على نصّ محجوب. والكلمات المفتاحية التي استخدمها غريبة حقًّا. وثمّة كلمة معيّنة أشار إليها برنامج التكامل التعاوني على أنّها هامّة جداً؛ كلمة فريدة من نوعها لدى مجموعتَي البيانات لدينا". صمت قليلاً ثمّ سألها: "هل سمعت بكلمة... رمز مجزّأ؟".

انتفضت نولا، وانسكبت القهوة على مكتبها.

تابع باريش قائلاً: "الكلمات المفتاحية الأخرى هي غير اعتيادية أيضاً. هرم، باب –".

أمرته نولا وهي تمسح مكتبها: "انزل إلى هنا، وأحضر معك كلّ ما وجدته!".

"هذه الكلمات تعني لك شيئاً بالفعل؟".

"فوراً!".

الفصل 89

كلية الكاتدرائية هي عبارة عن بناء أنيق أشبه بقصر، يقع بمحاذاة الكاتدرائية الوطنية. أُسّست كلية المبشّرين، حسب تصوّر أوّل أساقفة واشنطن في البداية، لتأمين التعليم المتسمرّ للكهنة بعد ترسيمهم. واليوم، تضمّ الكلية مجموعة واسعة التنوّع من البرامج، حول علم اللاهوت، والعدالة العالمية، والعلاج، والروحانية.

انطلق لانغدون وكاثرين عبر الحديقة، واستعملا مفتاح غالواي للدخول، في الوقت الذي عادت فيه المروحيّة للتحليق فوق الكاتدرائية، محوّلة بأضوائها الليل إلى نهار. وقفا الآن في الردهة وهما يلهثان، وتأمّلا المكان. كانت النوافذ تؤمّن إضاءة كافية، فلم يرَ لانغدون سبباً لإضاءة الأنوار والمخاطرة بكشف مكانهما لركّاب الطائرة. سارا في الممرّ المركزي، وتجاوزا سلسلة من القاعات وغرف التدريس وغرف الجلوس. ذكّر قلب الكلية لانغدون بالأبنية النيوقوطية لجامعة يال؛ بناء خلاّب من الخارج، ولكنّه عملي جداً من الداخل. كما أنّ أناقة البناء القديمة عُدّلت لتحمّل ضغط المشاة.

قالت كاثرين: "من هنا"، وأشارت إلى الطرف الآخر للردهة.

لم تخبر كاثرين لانغدون بما اكتشفته بخصوص الهرم بعد، ولكن يبدو أنّ الإشارة إلى إيزاكوس نيوتونوس كان لها الفضل في ذلك. وكلّ ما قالته في أثناء عبورهما الحديقة هو عن إمكانية تحويل الهرم بواسطة العلم البسيط. كلّ ما تحتاج إليه يمكن إيجاده على الأرجح في هذا المبنى، على حدّ ظنّها. لم يكن لانغدون يعرف إطلاقاً ما تحتاج إليه أو كيف تنوي تحويل قطعة من الغرانيت أو الذهب، ولكن بما أنّه شهد للتوّ على تحوّل مكعّب إلى صليب روزيكروشي، كان راغباً في التصديق.

وصلا إلى آخر الردهة، وعبست كاثرين، إذ يبدو أنّها لم تجد ما تريد. "قلت إنّ هذا المبنى يضمّ تسهيلات للسكن؟".

"أجل، من أجل المؤتمرات الداخلية".

"إذاً، لا بدّ من أن يكون ثمّة مطبخ في مكان ما، أليس كذلك؟".

"هل أنت جائعة؟".

عبست في وجهه وأجابت: "كلاّ، بل أحتاج إلى مختبر".

بالطبع. وجد لانغدون سلّماً يقود إلى الأسفل يحمل الرمز المطلوب. *الرمز الأميركي المفضّل.*

كان مطبخ القبو صناعي الطراز، يحتوي على كثير من الأوعية الكبيرة المصنوعة من الفولاذ الصامد، والمخصّصة كما هو واضح للطبخ لمجموعات كبيرة. أغلقت كاثرين الباب، وأضاءت الأنوار، فدارت مراوح الشفط آلياً.

بدأت تبحث في الخزائن عمّا تحتاج إليه. قالت: "روبرت، ضع الهرم على الطاولة، لو سمحت".

شعر لانغدون وكأنّه طبّاخ مبتدئ يتلقّى الأوامر من دانيال بولو، ولكنّه نفّذ التعليمات، فأخرج الهرم من حقيبته، ووضع حجر القمّة الذهبي فوقه. حين انتهى، كانت كاثرين تملأ قِدراً كبيرة بماء الصنبور الساخن.

"هل يمكنكَ أن تضع هذه القِدر على الغاز، من فضلك؟".

رفع لانغدون القدر الثقيلة، ووضعها على الغاز، بينما أشعلته كاثرين، ورفعت الحرارة.

سألها ممازحاً: "هل تنوين إعداد سرطان البحر؟".

"كم أنت مضحك. كلاّ، بل أقوم بتجربة كيميائية. ولمجرّد التصحيح، هذه قدر للباستا وليست للسرطان". أشارت إلى المصفاة التي أخرجتها من القدر ووضعتها على الطاولة قرب الهرم.

كم *أنا سخيف*. "وهل سلق الباستا سيساعدنا على تفكيك شيفرة الهرم؟".

تجاهلت كاثرين التعليق، وأجابت بنبرة جادّة: "أنا واثقة من أنّك تعلم، فثمّة سبب تاريخي ورمزي لاختيار الماسونيين الدرجة الثالثة والثلاثين لتكون أعلى درجاتهم".

أجاب لانغدون: "بالطبع". ففي زمن بيتاغور، أي قبل ستّة قرون من ولادة المسيح، كان علم الأعداد يعتبر العدد 33 أعلى الأعداد مرتبة. كان العدد الأكثر تبجيلاً، ويرمز إلى الحقيقة الإلهية. انتقلت تلك العادة إلى الماسونيين... وغيرهم أيضاً.

قالت كاثرين: "العدد ثلاثة وثلاثون هو عدد مبجّل في كثير من التقاليد الباطنية".

"صحيح". ولكنّ لانغدون لم يفهم بعد علاقة ذلك بقدر الباستا.

"إذاً، لا عجب أن يكون العدد ثلاثة وثلاثون مميّزاً بالنسبة إلى خيميائي، وروزيكروشي، وباطني مثل إسحق نيوتن".

أجاب لانغدون: "بالطبع. فقد كان نيوتن ضليعاً في علم الأعداد، والتوقّع، وعلم الفلك، ولكن ما علاقة–".

"كلّ شيء يُكشف عند الدرجة الثالثة والثلاثين".

أخرج لانغدون خاتم بيتر من جيبه وقرأ النقش. نظر إلى قدر الماء، ثمّ قال: "آسف، لم أفهم بعد".

"روبرت،كلّنا افترضنا الليلة أنّ *الدرجة الثالثة والثلاثين* تشير إلى الدرجة الماسونية، ولكن حين أدرت الخاتم ثلاثاً وثلاثين درجة، تحوّل المكعّب إلى صليب. في تلك اللحظة، أدركنا أنّ كلمة درجة مستعملة بمعنىً مختلف تماماً".

"أجل، درجات القوس".

"بالضبط. ولكنّ لكلمة *درجة* معنىً *ثالثاً* أيضاً".

رمق لانغدون قدر الماء على الغاز وقال: "الحرارة".

أجابت: "بالضبط! كانت أمامنا طيلة الوقت. *كلّ شيء يُكشف عند الدرجة الثالثة والثلاثين*. إن وضعنا هذا الهرم في حرارة تبلغ ثلاثاً وثلاثين درجة... قد يكشف لنا شيئاً".

كان لانغدون يعرف أنّ كاثرين سولومون لامعة الذكاء، ولكن يبدو أنّ أمراً بسيطاً قد فاتها. "إن لم أكن مخطئاً، فدرجة ثلاث وثلاثين (فهرنهايت) هي درجة التجمّد تقريباً. ألا يجدر بنا وضع الهرم في الثلاجة؟".

ابتسمت كاثرين قائلةً: "ليس إن أردنا اتّباع الوصفة التي كتبها الخيميائي العظيم والباطني الروزيكروشي الذي وقّع أوراقه بالاسم المستعار *جيوفا سانكتوس أونوس*".

وهل كتب إيزاكوس نيوتونوس وصفات؟

"روبرت، الحرارة هي حافز كيميائي أساسي، ولم تكن تقاس دوماً على مقياس فهرنهايت وسيلسيوس. فثمّة مقاييس حرارة أقدم بكثير، أحدها اخترعه إسحق-".

هتف لانغدون بعد أن أدرك أنّها محقّة: "مقياس نيوتن!".

"أجل! فقد ابتكر إسحق نيوتن نظاماً كاملاً لتحديد درجة الحرارة استناداً إلى ظواهر طبيعية بالكامل. كانت حرارة ذوبان الجليد هي نقطة نيوتن الأساسية، وسمّاها *الدرجة زيروث*". صمتت ثمّ قالت: "وأعتقد أنّك تعرف ما هي الدرجة التي أعطاها لغليان الماء، ملك جميع العمليات الخيميائية؟".

"ثلاث وثلاثين".

"أجل، ثلاث وثلاثين! الدرجة ثلاث وثلاثين. فعلى مقياس نيوتن، تبلغ حرارة غليان الماء ثلاثاً وثلاثين درجة. أذكر أنّني سألت شقيقي مرّة لِمَ اختار نيوتن ذلك العدد. أعني أنّه يبدو عشوائياً. فغليان الماء هو العملية الكيميائية الأساسية، كيف يختار هذا العدد. لماذا لم يختر العدد مئة؟ أو عدداً أكثر أناقة؟ فشرح لي بيتر أنّه بالنسبة إلى باطني مثل إسحق نيوتن، ما من عدد أكثر كمالاً من العدد ثلاثة وثلاثين".

كل شيء يكشف عند الدرجة الثالثة والثلاثين. نظر لانغدون إلى قدر الماء ومن ثمّ إلى الهرم، وقال: "كاثرين، الهرم مصنوع من الغرانيت والذهب. هل تظنّين حقّاً أنّ الماء المغلي ساخن بما يكفي لتحويله؟".

كانت الابتسامة التي ارتسمت على وجه كاثرين تشير إلى أنّها تعرف شيئاً لا يعرفه. توجّهت بثقة إلى الطاولة، وحملت الهرم الحجري المتوّج بالذهب، ثمّ وضعته في المصفاة. بعد ذلك، أنزلته بحذر في الماء المغلي. قالت: "فلنكتشف ذلك، ما رأيك؟".

في سماء الكاتدرائية الوطنية، ثبّت طيّار السي آي أيه المروحيّة لتحلّق آلياً، وراح يراقب محيط المبنى وأرضه. *لا حركة على الإطلاق*. لم يكن التصوير الحراري قادراً على

اختــراق حجــر الكاتدرائية، لذلك لم يعرف ما يفعله الفريق في الداخل. ولكن إن حاول أحد الخروج، فسيلتقطه هذا الجهاز.

بعــد ســتّين ثانــية، رنّ اللاقط الحراري. يعمل هذا الكاشف على غرار أجهزة الأمن المنزلية، وقد كشف فارقاً قوياً في الحرارة. يعني ذلك عادةً أنّ جسماً بشرياً يتحرّك في مكان بــارد، ولكنّ ما ظهر على الشاشة كان أقرب إلى غيمة حرارية، كان بقعاً من الهواء الساخن التــي تطــوف فوق الحديقة. وجد الطيّار المصدر، الذي كان مروحة مثبّتة على أحد جدران كلية الكاتدرائية.

فكّر في أنّها ليست بالأمر الهامّ على الأرجح، فقد سبق أن رأى مراراً شيئاً كهذا. *لا بدّ مــن أنّ أحــدهم يعدّ الطعام أو يغسل الملابس.* ولكن حين أوشك على الالتفاف، لاحظ أمراً غريباً. لم يكن ثمّة سيّارات في الموقف، ولا أضواء في مكان آخر في المبنى.

تأمّل جهاز التصوير الحراري طويلاً، ثمّ أجرى اتّصالاً لاسلكياً بقائد الفريق: "سيمكينز، الأمر ليس هاماً على الأرجح ولكن...".

"مؤشّر الحرارة المتوهّج!" أقرّ لانغدون أنّ الفكرة كانت ذكية.

قالــت كاثــرين: "إنّه علم بسيط. فالمواد المختلفة تتوهّج تحت درجات حرارة مختلفة. نسمّيها العلامات الحرارية، والعلم يستخدمها كثيراً".

حــدّق لانغدون إلى الهرم المغمور مع قمّته بالماء. كان البخار قد بدأ يتكوّن فوق الماء المغلــي، ولكنّه لم يشعر بأمل كبير. نظر إلى ساعته، فتسارع نبضه. كانت تشير إلى الساعة 11:45 ليلاً. "هل تظنّين أنّ شيئاً ما سيضيء هنا حين ترتفع حرارته؟".

"لــن يــضيء، روبــرت، بــل *يتوهّج*. ثمّة فرق كبير. ذلك أنّ التوهّج يصدر عن *الحرارة*، ويطرأ عند حرارة معيّنة. مثلاً، يقوم مصنّعو الفولاذ برشّ المعدن بطبقة شفّافة تتوهّج عند حرارة معيّنة، فيعرفون أنّ الفولاذ بلغ درجة الصلابة التي يريدونها. خذ مثالاً علــى ذلــك الخــواتم التي يتغيّر لونها. فحين تضع الخاتم في إصبعك، يتبدّل لونه بفعل حرارة الجسد".

"كاثــرين لقد بني هذا الهرم في القرن التاسع عشر! أفهم أن يقوم حرفي بصنع مفاصل خفية في صندوق حجري، ولكن أن يضع طبقة حرارية شفّافة؟".

قالــت وهــي تنظر إلى الهرم المغمور بالماء: "هذا سهل جداً. فقد استعمل الخيميائيون الأوائل الفوسفور العضوي كثيراً كعلامة حرارية. وصنع الصينيون ألعاباً نارية ملوّنة، وحتّى المصريون–"، صمتت كاثرين فجأة، وحدّقت إلى قدر الماء.

"ماذا؟" نظر لانغدون بنفس الاتّجاه، ولكنّه لم يرَ شيئاً على الإطلاق".

انحنت كاثرين وأطالت التحديق إلى الهرم. فجأة، التفتت وركضت نحو باب المطبخ.

هتف لانغدون: "إلى أين تذهبين؟".

توقّفت عند زرّ النور، وأطفأته. فانطفأت المصابيح والمروحة، وغرقت الغرفة بالظلام الــدامس والصمت التامّ. التفت لانغدون إلى الهرم ونظر عبر البخار إلى حجر القمّة المغمور بالماء. حين عادت كاثرين إلى جانبه، كان يقف فاغر الفاه من شدّة الذهول.

تمامــاً كما توقّعت كاثرين، بدأ جزء صغير من حجر القمّة المعدني يتوهّج تحت الماء. بدأت أحرف بالظهور، وراحت تزداد وضوحاً مع ارتفاع حرارة المياه.

همست كاثرين: "ثمّة نصّ يظهر!".

هــزّ لانغدون رأسه متعجّباً. كانت الكلمات المتوهّجة تتكوّن تحت النقش الموجود على حجر القمّة. بدت وكأنّها ثلاث كلمات وحسب، ومع أنّ لانغدون لم يتمكّن بعد من قراءتها، إلاّ أنّــه تــساءل ما إذا كانت ستكشف كلّ ما يبحثون عنه الليلة. لقد قال لهما غالواي، *الهرم هو خريطة حقيقية، تشير إلى مكان حقيقي.*

ســطعت الأحرف أكثر، فأطفأت كاثرين الغاز وتوقّف الماء ببطء عن الغليان. بدا حجر القمّة بوضوح الآن تحت سطح الماء الهادئ.

وظهرت عليه ثلاث كلمات مقروءة تماماً.

الفصل 90

في ضوء مطبخ كلية الكاتدرائية الخافت، وقف لانغدون وكاثرين أمام قدر الماء يحدّقان إلى حجر القمّة الذي تحوّل تحت السطح. كانت تتوهّج على جانب حجر القمّة الذهبي رسالة قصيرة.

قرأ لانغدون النصّ اللامع، ولم يصدّق عينيه. كان يعرف أنّ الهرم يكشف بحسب الأسطورة *مكاناً* محدّداً... ولكنّه لم يتخيّل أبداً أن يكون المكان محدّداً بهذا الشكل.

Eight Franklin Square

ثمانية ساحة فرانكلين، همس مذهولاً: "عنوان شارع".

بدت كاثرين متفاجئة هي الأخرى. قالت: "لا أعرف ما الذي يوجد هناك، ماذا عنك؟".

هزّ لانغدون رأسه نافياً. يعرف أنّ ساحة فرانكلين هي من أقدم أحياء واشنطن، ولكنّ العنوان لم يكن مألوفاً بالنسبة إليه. نظر إلى قمّة الهرم وقرأ النصّ بأكمله.

The
secret hides
within The Order
Eight Franklin Square

هل ثمّة تنظيم ما في ساحة فرانكلين؟

هل ثمّة مبنى يخبّئ فتحة تؤدّي إلى سلّم لولبي عميق؟

لم يكن لانغدون يعرف إطلاقاً ما إذا كان ثمّة شيء *مدفون* بالفعل في ذاك العنوان. المهمّ هنا أنّه قام هو وكاثرين بتفكيك شيفرة الهرم، وأصبحا يملكان المعلومات المطلوبة للتفاوض في موضوع تحرير بيتر.

وفي آخر لحظة.

كانت عقارب ساعة ميكي ماوس المتوهّجة حول معصم لانغدون تشير إلى أنّ أمامهما أقلّ من عشر دقائق.

قالت كاثرين مشيرة إلى هاتف مثبّت على جدار المطبخ: "قم بالاتّصال فوراً!".

أجفل لانغدون لحلول هذه اللحظة فجأة، وشعر بالتردّد.

"هل أنت واثقة من ذلك؟".

"تماماً".

"لن أخبره بشيء إلى أن أعرف أنّ بيتر بأمان".

"بالطبع. أنت تذكر الرقم، أليس كذلك؟".

هزّ لانغدون رأسه وتوجّه إلى الهاتف. رفع السمّاعة وطلب رقم هاتف الرجل الخلوي. اقتــربت كاثــرين ووضعت رأسها بجوار رأسه للتمكّن من سماع المكالمة. حين بدأ الهاتف يرنّ، استعدّ لانغدون لسماع الهمس المخيف للرجل الذي خدعه في وقت سابق الليلة.

أخيراً توقّف الرنين.

لم يسمع تحية، ولا صوتاً، بل مجرّد صوت تنفّس آتٍ من الطرف الآخر.

انتظــر لانغدون ثمّ قال أخيراً: "لديّ المعلومات التي تريدها، ولكن إن أردت الحصول عليها، عليك تسليمنا بيتر".

أجاب صوت امرأة: "من معي؟".

أجفل لانغدون، ثمّ أجاب من دون تفكير: "روبرت لانغدون، من أنتِ؟" وظنّ للحظة أنّه طلب رقماً غير صحيح.

"اسمك لانغدون؟" بدت المرأة متفاجئة. "ثمّة من يسأل عنك هنا".

ماذا؟ "عفواً، من معي؟".

بــدا الــصوت الــذي أجابه مهزوزاً: "معك حارسة الأمن بايج مونتغومري من شركة بريفيــرد ســيكيوريتي. ربّمــا تــستطيع مساعدتنا. فمنذ ساعة، أجابت شريكتي على اتّصال طــوارئ في كالوراما هايتس... حالة خطف ممكنة. فقدت الاتّصال بها، فطلبت دعماً وأتيت لــتفقّد المنــزل. وجدت شريكتي ميتة في الفناء الخلفي. وبما أنّ مالك المنزل قد خرج، قمنا باقتحامه. رنّ هاتف خلوي على طاولة في الردهة، و–".

سألها لانغدون: "هل أنت في الداخل؟".

تمــتمت المرأة متلعثمة: "أجل، واتّصال الطوارئ كان... آسفة إن بدوت منهارة ولكنّ شــريكتي ميــتة. كمــا أنّنا وجدنا رجلاً محتجزاً عنوةً. إنّه في حالة سيئة ونحن نعمل على مساعدته. إنّه يسأل عن شخصين: لانغدون وكاثرين".

هــتفت كاثرين عبر السمّاعة، وهي تقرّب أذنها أكثر: "هذا شقيقي! أنا من قام بالاتّصال برقم الطوارئ! أهو بخير؟!".

"فــي الواقــع، سيّدتي، إنّه..." انقطع صوت المرأة ثمّ أضافت: "إنّه في حالة سيئة. لقد بُترت يده اليمنى...".

قالت كاثرين: "أرجوك، أودّ التحدّث معه!".

"نحــن نعمل على مساعدته. فهو يستفيق ثمّ يفقد الوعي. إن كنت قريبة، عليك الحضور إلى هنا. من الواضح أنّه يريد رؤيتك".

قالت كاثرين: "نحن على بعد ستّين دقيقة تقريباً!".

"إذاً، أقتــرح علــيك الإسراع". سُمع صوت مكتوم، ثمّ عادت المرأة لتقول: "آسفة، إنّه بحاجة إليّ. سأتحدّث معك حين تصلين".

ثمّ قطع الخطّ.

الفصل 91

فـــي كلية الكاتدرائية، انطلق لانغدون وكاثرين يصعدان سلّم القبو، وأسرعا عبر الرواق المظلم يبحثان عن مخرج أمامي. كان هدير المروحية قد توقّف، فأمل لانغدون أن يتمكّنا من الفرار والذهاب إلى كالوراما هايتس لرؤية بيتر.

لقد عثروا عليه. إنّه حيّ.

قبل ثلاثين ثانية، حين أنهيا الاتّصال مع الشرطية، أخرجت كاثرين بسرعة الهرم وقمّته مـــن المـــاء الساخن. كانت المياه لا تزال تقطر منه حين وضعته في حقيبة لانغدون الجلدية. وكان يشعر الآن بالحرارة تنبعث عبر الجلد.

كانـــت فـــرحة العـــثور على بيتر قد طغت مؤقّتاً على تفكيرهما في رسالة حجر القمّة المتوهّجة؛ ثمانية ساحة فرانكلين. ولكن، سيعودان إليها لاحقاً بعد الاطمئنان على بيتر.

حـــين انعطفا عند الزاوية في أعلى السلّم، توقّفت كاثرين وأشارت إلى غرفة جلوس في الردهة. رأى لانغدون من خلال النافذة الكبيرة مروحيّة سوداء على أرض الحديقة. كان ثمّة طيّار يقف بمفرده قربها، مديراً ظهره إليهما، يتحدّث عبر اللاسلكي. كما رأى سيّارة إسكالاد سوداء ذات نوافذ داكنة مركونة في الجوار.

ســـار لانغـــدون وكاثرين في الظلّ، ودخلا غرفة الجلوس، ثمّ نظرا عبر النافذة ليريا ما إذا كان باقي الفريق موجوداً. لحسن الحظّ، كانت الحديقة الكبيرة خارج الكاتدرائية الوطنية خالية.

قال لانغدون: "لا بدّ من أنّهم في الكاتدرائية".

سمعا صوتاً عميقاً خلفهما: "كلاّ، ليسوا هناك".

الـــتفت لانغـــدون وكاثرين نحو مصدر الصوت، ففوجئا برجلين يرتديان الأسود، يقفان عـــند مـــدخل غـــرفة الجلوس، ويوجّهان أسلحة الليزر نحوهما. رأى لانغدون نقطة حمراء مضيئة تتراقص على صدره.

قـــال صـــوت مـــزعج مألوف: "تسرّني رؤيتك مجدّداً، بروفيسور". ابتعد العميلان عن بعضهما، فمرّت المديرة ساتو بجسدها الصغير بينهما بسهولة. عبرت غرفة الجلوس، ووقفت أمام لانغدون مباشرة. قالت له مؤنّبة: "قمتَ بخيارات سيئة جداً الليلة".

قـــال لانغدون بحدّة: "لقد عثرت الشرطة على بيتر سولومون. إنّه في حالة سيئة، ولكنه سيعيش. انتهى كلّ شيء".

إن كانـــت ساتو قد فوجئت بخبر العثور على بيتر، فلم تُظهر ذلك. سارت نحو لانغدون من دون أن يرفّ لها جفن، وتوقّفت على بعد مسافة قصيرة منه. قالت له: "بروفيسور، أؤكّد

لــك أنّ هــذه القــضية لم تنته بعد. وإن كانت الشرطة قد تورّطت فيها، فهذا سيجعلها أكثر خطــورة. ســبق وأخبرتك هذا المساء أنّ الوضع دقيق جداً. لم يكن يجدر بك إطلاقاً الهرب بذلك الهرم".

قالــت كاثرين: "سيّدتي، أحتاج إلى رؤية أخي. يمكنك الحصول على الهرم، ولكن يجب عليك أن تتركينا–".

سألتها ساتو وهي تستدير نحوها: "يجب عليّ؟ أنت الآنسة سولومون، على ما أفترض؟" حــدّقت إلــى كاثرين بعينين يملأهما الغضب، ثمّ التفتت من جديد إلى لانغدون وقالت: "ضع الحقيبة على الطاولة".

نظــر لانغــدون إلــى ضوءَي الليزر المتراقصين على صدره. وضع الحقيبة على الطاولة المنخفــضة. تقــدّم أحــد العميلين بحذر وفتح السحّاب، مبعداً شقّيها ليُظهر ما فيها. تصاعدت من الحقيبة موجة بخار. وجّه العميل ضوءه إلى الداخل، وحدّق طويلاً بحيرة، ثمّ هزّ رأسه لساتو.

تقدّمت ساتو ونظرت إلى محتويات الحقيبة. كان الهرم وحجر القمّة المبلّلان يلمعان في ضوء الكاشف. انحنت ساتو، ونظرت إلى حجر القمّة الذهبية عن كثب، فأدرك لانغدون أنّها لم تره من قبل إلاّ في صورة الأشعّة.

سألته ساتو: "هل يعني لكما النقش شيئاً؟ *السرّ مخبّأ في التنظيم؟*".

"لسنا واثقين، سيّدتي".

"لِمَ الهرم ساخن؟".

قالــت كاثــرين بــلا تردّد: "لقد غمرناه بالماء المغلي، كان هذا جزءاً من عملية تفكيك الشيفرة. سنخبرك كلّ شيء، ولكن أرجوك، اسمحي لنا برؤية أخي. لقد مرّ–".

سألتهما ساتو: "*غليتما* الهرم؟".

قالت كاثرين: "أطفئي المصباح، وانظري إلى حجر القمّة. لا يزال بإمكانك رؤيتها على الأرجح".

أطفأ العميل المصباح، وركعت ساتو أمام حجر القمّة. كان النصّ لا يزال يتوهّج قليلاً، ويمكن رؤيته حتّى من المكان الذي يقف فيه لانغدون.

قالت ساتو مذهولة: "ثمانية ساحة فرانكلين؟".

"أجل، سيّدتي. هذا النصّ مكتوب بورنيش متوهّج أو شيء من هذا القبيل. الدرجة الثالثة والثلاثون كانت في الواقع–".

قاطعتها ساتو تسأل: "والعنوان؟ أهذا ما يريده ذاك الرجل؟".

قــال لانغــدون: "أجــل. يظنّ أنّ الهرم خريطة تقود إلى موقع كنز عظيم؛ مفتاح لباب الأسرار القديمة".

نظــرت ســاتو مجدّداً إلى حجر القمّة، وطغى عدم التصديق على ملامحها. بدا أنّ الخوف يزحف إلى صوتها وهي تقول: "أخبراني، هل اتّصلتما بذاك الرجل؟ هل أعطيتماه هذا العنوان؟".

"لقد حاولنا". وشرح لها لانغدون ما حدث حين اتّصلا بهاتف الرجل الخلوي.

أصـغت إليه ساتو وهي تمرّر لسانها فوق أسنانها المصفرّة. على الرغم من أنّها بدت علـى وشـك الانفجـار غضباً، إلاّ أنّها استدارت نحو أحد عميليها وقالت له هامسة: "أرسل لإحضاره. إنّه في السيّارة رباعيّة الدفع".

هزّ العميل رأسه وتحدّث عبر جهازه.

قال لانغدون: "إحضار مَن؟".

"الشخص الوحيد الذي قد يتمكّن من إصلاح الفوضى التي تسبّبتما بها!".

ردّ عليها لانغدون: "أيّ فوضى؟ بما أنّ بيتر أصبح بأمان، كلّ شيء-".

انفجـرت ساتو قائلةً: "حبًّا بالله! الموضوع لا علاقة له ببيتر! حاولت إخبارك بذلك في مبنـى الكابيتول، بروفيسور، ولكنّك قررت العمل *ضدّي* وليس معي! وها قد تسبّبت بفوضى رهيـبة! حين حطّمت هاتفك الخلوي، الذي *كنّا* نتعقّبه للمناسبة، قطعت كلّ اتّصال بينك وبين ذاك الـرجل. وهذا العنوان الذي اكتشفته، أيًّا يكن هو، هو فرصتنا الوحيدة للقبض على هذا المجـنون. كـنت أريـدك أن تشترك في اللعبة، وأن *تعطيه* هذا العنوان، لنتمكّن من القبض عليه!".

قبل أن يجيب لانغدون، صبّت ساتو بقية غضبها على كاثرين.

"*وأنت*، آنسة سولومون! كنت *تعرفين* أين يعيش هذا المختلّ؟ لماذا لم تخبريني؟ أرسلتِ شـرطية مأجورة إلى منزل هذا الرجل؟ ألا ترين أنك أضعت كلّ فرصة للقبض عليه هناك؟ أنا مسرورة لأنّ أخاك بخير، ولكن عليك أن تفهمي أنّنا نواجه أزمة الليلة، وتشعّباتها تتجاوز عائلـتك. فمخاطـر ما يجري ستطال العالم بأكمله، ذلك أنّ الرجل الذي اختطف أخاك يتمتّع بقوّة هائلة، وعلينا القبض عليه فوراً". حين أنهت هجومها، أطلّ وارن بيلامي بقامته الطويلة والأنيقة من الظلال ودخل غرفة الجلوس. بدا مشعّث الشعر، مجهداً، ومصدوماً...

نهض لانغدون قائلاً: "وارن! هل أنت بخير؟".

أجاب: "كلاّ، ليس فعلاً".

"هل سمعت؟ بيتر أصبح بأمان!".

هـزّ بيلامـي رأسـه، وبـدا ضائعاً، وكأنّ شيئاً لم يعد يهمّ. "أجل، سمعت حديثكم، أنا مسرور بذلك".

"وارن، ما الذي يجري بالله عليك؟".

تدخلت ساتو قائلةً: "هل يمكن تأجيل هذا الحديث إلى وقت لاحق، يا شباب. الآن، سيقوم السيّد بيلامي بالاتّصال بهذا المجنون، كما كان يفعل طيلة الليل".

شـعر لانغدون بالضياع. قال: "لم يكن بيلامي *يتّصل* بهذا الرجل الليلة! حتّى إنّ الرجل لا يعرف بتورّط بيلامي!".

التفتت ساتو إلى بيلامي وقوّست حاجبيها.

تنهّد بيلامي قائلاً: "روبرت، أخشى أنّني لم أكن صريحاً معك تماماً هذا المساء".

حدّق إليه لانغدون بذهول.

"ظننت أنّني أفعل الصواب..."، بدا بيلامي خائفاً.

قالت ساتو: "حسناً، *الآن* ستفعل الصواب... وسندعو الله أن تنجح في ذلك". في تلك اللحظة، تعالت دقّات الساعة، وكأنّها تضفي مزيداً من الخطورة على كلام ساتو. تناولت مديرة الأمن كيساً من الأغراض، وسلّمته إلى بيلامي قائلةً: "إليك أغراضك. هل هاتفك مزوّد بكاميرة؟".

"أجل، سيّدتي".

"جيّد. أمسك حجر القمّة".

كانت الرسالة التي تلقّاها مالأخ للتوّ مرسلة من معاونه، وارن بيلامي، الماسوني الذي أرسله إلى الكابيتول في وقت سابق من هذا المساء لمساعدة روبرت لانغدون. كان بيلامي يريد، شأنه شأن لانغدون، استعادة سولومون حيًّا. وقد أكّد لمالأخ أنّه سيساعد لانغدون على إيجاد الهرم وتفكيك شيفرته. كان مالأخ يتلقّى منه رسائل إلكترونية طيلة الليل، تصل آلياً إلى هاتفه الخلوي.

فكّر مالأخ وهو يفتح الرسالة، *يجب أن تكون مثيرة للاهتمام.*

من: وارن بيلامي

انفصلت عن لانغدون ولكنّني
أملك أخيراً المعلومات التي
تريدها. الدليل ملحق بالرسالة.
اتّصل للحصول على الجزء الناقص.

- ملف ملحق - Jpey

تساءل مالأخ وهو يفتح الملحق، *اتّصلِ للحصول على الجزء الناقص؟*

كان الملحق عبارة عن صورة.

حين فتحها مالأخ، شهق بصوت عالٍ، وشعر بقلبه ينبض فرحاً. كان ينظر إلى صورة مقرّبة لهرم ذهبي صغير. حجر *القمّة الأسطوري!* كان النقش المزخرف على سطح الهرم عبارة عن: *السرّ مخبّأ في التنظيم.*

تحت النقش، رأى مالأخ شيئاً أذهله. فقد بدا حجر القمّة وكأنّه يتوهّج. حدّق غير مصدّق إلى النصّ المتوهّج، وأدرك أنّ الأسطورة كانت صحيحة: *الهرم الماسوني يحوّل نفسه ليكشف سرّه للجدير به.*

لم يعرف مالأخ كيف حدث هذا التحوّل العجيب، كما أنّه لم يأبه بذلك. فالنصّ المتوهّج كـــان يشير بوضوح إلى موقع معيّن في واشنطن العاصمة، تماماً كما تشير التوقّعات. *ساحة فـــرانكلين*. لسوء الحظّ، كانت صورة حجر القمّة تشتمل أيضاً على سبّابة وارن بيلامي، التي وُضعت في موقع استراتيجي على القمّة الذهبية لحجب جزء أساسي من المعلومات.

The

secret hides

within The Order

███ Franklin Square

اتصل للحصول على الجزء الناقص. فهم مالأخ الآن ما عناه بيلامي.

كان مهندس الكابيتول متعاوناً طيلة الليل، ولكنّه قرّر الآن أن يلعب لعبة خطرة.

الفصل 92

تحت أنظار عدد من عملاء السي آي أيه المسلّحين، جلس لانغدون وكاثرين وبيلامي، ينتظرون مع ساتو في غرفة الجلوس في كلية الكاتدرائية. كانت حقيبة لانغدون الجلدية لا تزال مفتوحة على الطاولة المنخفضة، تبرز منها قمّة الهرم الذهبية. كانت عبارة *ثمانية ساحة فرانكلين* قد اختفت تماماً، من دون أيّ أثر.

حاولت كاثرين أن تقنع ساتو بالسماح لها برؤية أخيها، ولكنّ مديرة الأمن هزّت رأسها ببساطة، مركّزة نظرها على هاتف بيلامي. كان موضوعاً على الطاولة، ولم يرنّ بعد.

تساءل لانغدون، *لماذا لم يخبرني بيلامي الحقيقة بكلّ بساطة؟* يبدو أنّ المهندس كان على اتّصال بخاطف بيتر طيلة الليل، يؤكّد له أنّ لانغدون يتقدّم في حلّ الشيفرة. كان يخدعه في محاولة لكسب الوقت لأجل بيتر. ولكن في الواقع، كان بيلامي يفعل ما في وسعه للوقوف في وجه كلّ من يهدّد بكشف سرّ الهرم. أمّا الآن، فيبدو أنّ بيلامي غيّر موقفه. أصبح هو وساتو مستعدّين للمخاطرة بسرّ الهرم على أمل القبض على هذا الرجل.

صرخ صوت عجوز في الردهة: "ارفع يديك عنّي! أنا *أعمى*! لست عاجزاً! أعرف طريقي في الكلية!" كان العميد غالواي لا يزال يحتجّ بصوت عالٍ، بينما يشدّه عميل للسي آي أيه إلى غرفة الجلوس، ويجبره على أخذ مكان على أحد المقاعد.

سأل غالواي وهو يحدّق أمامه بعينيه المطفأتين: "مَن هنا؟ يبدو أنّكم كثر. إلى كم رجل تحتاجون إلى اعتقال عجوز؟ هيّا!".

أجابت ساتو: "نحن سبعة، بمن في ذلك روبرت لانغدون، كاثرين سولومون، وأخوك الماسوني وارن بيلامي".

تهاوى غالواي في مقعده، وزالت عنه موجة الغضب.

قال لانغدون: "نحن بخير، وقد عرفنا للتوّ أنّ بيتر أصبح بأمان. إنّه في وضع سيئ، ولكنّ الشرطة معه".

قال غالواي: "الحمد لله. وماذا عن-".

سُمع ضجيج عالٍ أجفل جميع من في الغرفة. كان هاتف بيلامي يرجّ على الطاولة. صمت الجميع.

قالت ساتو: "حسناً، سيّد بيلامي، لا تُضِع علينا الفرصة. أنت تعرف خطورة الأمور الموجودة على المحكّ".

أخذ بيلامي نفساً عميقاً، ثمّ زفره. تناول الهاتف، وضغط على مكبّر الصوت لتلقّي الاتّصال.

قال بصوت عالٍ، موجّهاً صوته إلى الهاتف الموضوع على الطاولة: "بيلامي يتحدّث".

كان الصوت المبحوح الذي ردّ عليه مألوفاً، عبارة عن همس منخفض. بدا وكأنّه يتحدّث عبر مكبّر صوت من داخل سيّارة. "لقد تجاوز الوقت منتصف الليل، سيّد بيلامي. كنت على وشك وضع حدّ لبؤس بيتر".

ساد صمت مضطرب في الغرفة. قال بيلامي: "دعني أتحدّث إليه".

أجاب الرجل: "مستحيل. نحن في السيّارة، وهو مقيّد في الصندوق".

تبادل لانغدون وكاثرين النظرات، وبدأا يهزّان رأسيهما للجميع. *إنّه يكذب! بيتر لم يعد معه!*

أشارت ساتو إلى بيلامي ليواصل الضغط عليه.

قال بيلامي: "أريد *دليلاً* على أنّ بيتر حيٌّ. لن أعطيك بقية-".

"معلّمك المبجّل يحتاج إلى طبيب. لا تضعِ الوقت بالمفاوضات. أخبرني برقم الشارع في ساحة فرانكلين، وسأحضر بيتر إلى هناك".

"قلت لك أريد-".

انفجر الرجل قائلاً: "الآن! وإلاّ سأتوقّف ويموت بيتر سولومون حالاً!".

قال بيلامي بحدّة: "أصغِ إليّ، إن كنت تريد بقية العنوان، عليك أن تلعب بحسب قواعدي. قابلني في ساحة فرانكلين. وحين تُسلّم بيتر حيًّا، سأخبرك برقم المبنى".

"وكيف أعرف أنّك لن تحضر السلطات معك؟".

"لأنّني لن أخاطر بخيانتك. فحياة بيتر سولومون *ليست* الورقة الوحيدة التي بيدك. أعرف مدى خطورة الوضع الليلة".

قال المتحدّث عبر الهاتف: "هل تدرك أنّني إن شعرت، ولو من بعيد، بوجود شخص غيرك في ساحة فرانكلين، سأتابع القيادة، ولن تجد أيّ أثر لبيتر سولومون؟ وبالطبع... سيكون ذلك آخر همّك".

أجاب بيلامي متجهّماً: "سآتي بمفردي. حين تسلّمني بيتر، أعطيك كلّ ما تحتاج إليه".

قال الرجل: "تلتقي وسط الساحة. أحتاج إلى عشرين دقيقة على الأقلّ للوصول إلى هناك. أقترح عليك أن تنتظرني مهما تأخرت".

وقُطع الاتّصال.

على الفور، عادت الحياة إلى الغرفة. بدأت ساتو تصدر الأوامر. تناول عدّة عملاء ميدانيين الأجهزة اللاسلكية وتوجّهوا إلى الباب. "تحرّكوا! تحرّكوا!".

في غمرة تلك الفوضى، نظر لانغدون إلى بيلامي، على أمل الحصول على تفسير لِما يجري الليلة، ولكنّ الرجل الكهل كان يُقتاد نحو الباب.

صرخت كاثرين: "أحتاج إلى رؤية أخي! يجب أن تسمحي لنا بالذهاب!".

اقتربت ساتو من كاثرين قائلةً: "لا يجب عليّ شيء، آنسة سولومون. أهذا واضح؟".

ظلّت كاثرين في مكانها، ونظرت بيأس إلى عيني ساتو الصغيرتين.

"آنسة سولومون، الأهم بالنسبة إليّ الآن هو اعتقال الرجل في ساحة فرانكلين، وستبقَين هنا مع رجالي إلى أن أنتهي من هذه المهمة. عندها فقط، سنهتمّ بموضوع شقيقك".

قالت كاثرين: "ثمّة نقطة لا تفهمينها. أنا أعرف *بالضبط* أين يعيش هذا الرجل! إنّه على مسافة خمس دقائق من بداية طريق كالوراما هايتس، وسنجد هناك أدلّة تساعدك! بالإضافة إلى ذلك، أنت قلت إنّك لا تريدين أن يعرف أحد. من يعلم ما سيبدأ بيتر بقوله للسلطات حين يستفيق من غيبوبته".

زمّت ساتو شفتيها، وبدت أنّها تقتنع بوجهة نظر كاثرين. في الخارج، بدأت مروحة الطائرة بالدوران. عبست ساتو ثمّ التفتت إلى أحد رجالها قائلةً: "هارتمان، خذ سيّارة الإسكالاد، وأوصل الآنسة سولومون والسيّد لانغدون إلى كالوراما هايتس. لا أريد أن يتحدّث بيتر سولومون إلى *أيّ كان*. أهذا مفهوم؟".

قال العميل: "حاضر، سيّدتي".

"اتّصل بي حين تصلون، وأخبرني بما تجد. ولا تدع هذين الاثنين يغيبان عن نظرك".

أجابها العميل هارتمان بهزّة سريعة من رأسه، ثمّ أخرج مفاتيح الإسكالاد وتوجّه إلى الباب. لحقت به كاثرين على الفور.

التفتت ساتو إلى لانغدون، وقالت: "أراك قريباً، بروفيسور. أعلم أنّك تظنّني العدوّ، ولكن، أؤكّد لك العكس. اذهب إلى بيتر حالاً، ولكنّ هذا الموضوع لم ينتهِ بعد".

كان العميد غالواي جالساً إلى جانب لانغدون بهدوء أمام الطاولة. كانت يداه قد عثرتا على الهرم الحجري، الذي لا يزال في حقيبة لانغدون المفتوحة على الطاولة. راح العجوز يمرّر يديه فوق السطح الحجري الدافئ.

قال لانغدون: "حضرة العميد، هل ستأتي لرؤية بيتر؟".

"مجيئي سيؤخركم". رفع غالواي يديه عن الحقيبة، وأغلق السحّاب قائلاً: "سأبقى هنا وأصلي لشفاء بيتر. يمكننا جميعاً التحدّث لاحقاً. ولكن هلاّ أخبرت بيتر بشيء عن لساني حين تُريه الهرم؟".

حمل لانغدون الحقيبة على كتفه قائلاً: "بالطبع".

"قل له-"، قحّ غالواي ثمّ تابع قائلاً: "إنّ الهرم الماسوني حافظ دائماً على سرّه... *بصدق*".

"لا أفهم".

غمزه العجوز قائلاً: "أخبر بيتر بذلك وحسب، سيفهم".

على ذلك، خفض العميد غالواي رأسه، وبدأ يصلّي.

تركه لانغدون، وأسرع إلى الخارج حائراً. كانت كاثرين جالسة في المقعد الأمامي للسيّارة، تعطي العميل التوجيهات. استقلّ لانغدون إلى المقعد الخلفي، وبالكاد أغلق الباب قبل أن تنطلق السيّارة الضخمة فوق العشب، متّجهة شمالاً، إلى كالوراما هايتس.

الفصل 93

تقع ساحة فرانكلين في الجزء الشمالي الغربي من وسط مدينة واشنطن، يحدّها شارع كاي والشارع الثالث عشر. تضمّ الساحة العديد من الأبنية التاريخية، أبرزها مدرسة فرانكلين، التي أرسل منها ألكسندر غراهام بيل أوّل برقية في العالم عام 1880.

بدت في سماء الساحة مروحيّة UH-60 تقترب من جهة الغرب، بعد أن أتمّت رحلتها من الكاتدرائية الوطنية خلال دقائق. فكّرت ساتو وهي تحدّق إلى الساحة من نافذة الطائرة، *لدينا متّسع من الوقت*. كانت تعلم أنّه من الحيوي أن يتّخذ رجالها مواقعهم قبل وصول الهدف. *قال إنّه لن يصل قبل عشرين دقيقة على الأقلّ.*

قام الطيّار، بأمر من ساتو، بملامسة سطح أعلى مبنىً في الجوار، واحد ساحة فرانكلين الشهير، الذي كان عبارة عن مبنى مكاتب شاهق وفخم يعلوه برجان ذهبيان. لم يكن ذلك عملاً مشروعاً بالطبع، ولكنّ الطائرة لم تبقَ لأكثر من بضع ثوان، وبالكاد لامست السطح. وما إن ترجّل منها الجميع، حتّى ارتفع الطيّار على الفور، وعاد باتّجاه الشرق، ثمّ حلّق على "ارتفاع صامت" ليؤمّن دعماً غير مرئي من الأعلى.

انتظرت ساتو إلى أن جمع الفريق أشياءه ثمّ حضّرت بيلامي لمهمته. كان المهندس لا يزال يبدو مصدوماً بعدما رأى الملف على كمبيوتر ساتو المحمول. *كما قلت... قضية أمن وطني*. فهم بيلامي على الفور معنى كلام ساتو وأصبح مستعدًّا تماماً للتعاون.

قال العميل سيمكينز: "كلّ شيء جاهز، سيّدتي".

قاد العملاء بيلامي، بأمرٍ من ساتو، عبر السطح، ثمّ نزلوا سلّماً متوجّهاً إلى الطابق الأرضي لاتّخاذ مواقعهم.

مشت ساتو إلى حافة السطح، ونظرت إلى الأسفل. كانت الحديقة المستطيلة تملأ المكان بأشجارها. *لدينا تغطية جيّدة*. كان فريق ساتو قد فهم تماماً أهمية عدم كشف وجوده. فلو شعر هدفهم بوجودهم وقرّر الهرب... لا تريد التفكير في ما سيحدث.

كان الهواء في الأعلى عاصفاً وبارداً. أحاطت ساتو نفسها بذراعيها، وثبّتت قدميها على الأرض كي لا يقذفها الهواء عن الحافّة. من ذلك المكان، بدت ساحة فرانكلين أصغر ممّا تذكر، كما بدت أبنيتها أقلّ عدداً. تساءلت أيّ منها كان المبنى ثمانية. كانت قد طلبت تلك المعلومات من محلّلتها نولا، وتتوقّع ردًّا منها بين لحظة وأخرى.

ظهر بيلامي والعملاء، وبدوا وكأنّهم مجموعة من النمل تتوزّع في ظلام الحديقة. أوقف سيمكينز بيلامي في مساحة خالية من الأشجار، قريباً من وسط الحديقة الخالية. بعد ذلك،

اختفى وفريقه، مستفيدين من التغطية الطبيعية، وغابوا تماماً عن الأنظار. في غضون ثوانٍ، أصبح بيلامي بمفرده، يسير وهو يرتجف في ضوء مصباح الشارع قرب وسط الحديقة.

لم تشعر ساتو بأيّ شفقة عليه.

أشعلت سيجارة وأخذت نفساً طويلاً، تستمتع بالدفء الذي يتخلّل رئتيها. اطمأنّت إلى أنّ كـــلّ شـــيء يسير على ما يرام، ثمّ ابتعدت عن الحافة بانتظار اتّصالين، أحدهما من المحلّلة نولا، والآخر من العميل هارتمان، الذي أرسلته إلى كالوراما هايتس.

333

الفصل 94

خفّف من سرعتك! تمسّك لانغدون بالمقعد الخلفي لسيّارة الإسكالاد وهي تنطلق بأقصى سـرعتها عند أحد المنعطفات، على وشك أن تميل وتسير على عجلتين. كان العميل هارتمان إمّـا يتباهى بمواهبه في القيادة أمام كاثرين، أو أنّه تلقّى أوامر بالوصول إلى بيتر سولومون قبل أن يستعيد هذا الأخير قدرته على قول أيّ شيء لا ينبغي كشفه للسلطات المحلّية.

كان اختراق الشارة الحمراء في إيمباسي رو مثيراً للأعصاب بما يكفي، ولكنّهم يعبرون الآن بسرعة كبيرة الحيّ السكني المليء بالمنعطفات في كالوراما هايتس. راحت كاثرين تملي عليه وجهة السير، نظراً إلى مجيئها سابقاً إلى منزل هذا الرجل عصر اليوم.

مع كلّ منعطف، كانت الحقيبة الجلدية الموضوعة عند أقدام لانغدون تتأرجح إلى الأمام والخلف، فتُسمع قعقعة حجر القمّة، الذي سقط من دون شكّ عن الهرم، وراح يتمايل في قعر الحقيبة. خاف لانغدون أن يتضرّر الحجر، فمدّ يده وأخرجه. كان لا يزال دافئاً، ولكنّ النصّ المتوهّج اختفى تماماً، ولم يتبقَّ سوى النقش الأصلي:

السرّ مخبّأ في التنظيم.

كـان لانغـدون على وشك وضع الهرم في جيب جانبي، حين لاحظ أنّ سطحه الأملس كـان مكـسوًّا بكـتل بيضاء صغيرة. حاول مسحها محتاراً، ولكنّها كانت ملتصقة وصلبة... كالبلاسـتيك. *مـا هذا؟* لاحظ أنّ سطح الهرم الحجري كان مكسوًّا هو الآخر بالكتل البيضاء الصغيرة. استعمل ظفره ونزع إحداها، ثمّ دحرجها بين أصابعه.

قال: "شمع؟".

التفتت كاثرين نحوه وسألته: "ماذا؟".

"ثمّة أجزاء صغيرة من الشمع على الهرم والقمّة. لا أفهم من أين أتت؟".

"ربّما من شيء ما في حقيبتك؟".

"لا أظنّ ذلك".

حـين دخلـوا أحد المنعطفات، أشارت كاثرين عبر زجاج السيّارة، والتفتت إلى العميل هارتمان قائلةً: "ها هو! لقد وصلنا!".

الـتفت لانغدون، ورأى ضوء إنذار سيّارة الأمن المركونة في الطريق الخاصّ المؤدّي إلى المنزل. كانت البوّابة مفتوحة، فأدخل العميل السيّارة عبرها.

كـان المنـزل عـبارة عن قصر خلاّب. كلّ مصابيحه كانت مضاءة، كما كان الباب الأمامي مفتوحاً على مصراعيه. رأوا أمامهم ستّ سيّارات مركونة بشكل عشوائي في الباحة

العشبية، ويبدو أنّها وصلت بسرعة. كانت محرّكات بعضها لا تزال تهدر، ومصابيحها مضاءة. معظمها موجّهة نحو المنزل، ولكنّ ضوء إحدى السيّارات المركونة بشكل منحرف بهر أعينهم وهم يدخلون.

أوقف العميل هارتمان السيّارة على العشب، قرب سيّارة بيضاء تحمل لائحة ملوّنة كُتب عليها PREFERRED SECURITY. ولكنّ ضوء الإنذار، والأضواء الأمامية العالية جعلت رؤيتها صعبة.

ترجلت كاثرين على الفور، وراحت تجري نحو المنزل. حمل لانغدون حقيبته على كتفه، من دون أن يتكبّد عناء إغلاقها. راح يهرول في أعقاب كاثرين فوق العشب باتّجاه باب المدخل المفتوح. تردّدت من الداخل أصوات أشخاص. أصدرت سيّارة العميل صوتاً وهو يقفلها قبل أن يسرع خلفهما.

صعدت كاثرين درجات الشرفة، ثمّ عبرت الباب الرئيس، واختفت في المدخل. عبر لانغدون العتبة خلفها ورآها تتوجّه عبر الردهة وتسير في الرواق نحو مصدر الأصوات. رأى أمامها، في آخر الردهة، طاولة طعام جلست إليها امرأة بلباس الشرطة، وأدارت ظهرها لهما.

صرخت كاثرين وهي تركض: "حضرة الشرطية، أين هو بيتر سولومون؟".

اندفع لانغدون خلفها، ولكن في أثناء ذلك، لفتت نظره حركة غير متوقّعة. رأى إلى يساره، من خلال نافذة غرفة الجلوس، بوّابة المنزل تُغلق. *غريب*. أمر آخر لفت نظره... أمر حجبته أضواء السيّارات وهم يدخلون. لم تكن السيّارات الستّ المتوقّفة عشوائياً في الباحة تشبه سيّارات الشرطة أو الطوارئ التي تخيّلها لانغدون.

مرسيدس؟... هامر؟... تيسلا رودستر؟

في تلك اللحظة، أدرك لانغدون أيضاً أنّ الأصوات التي سمعها في المنزل كانت صادرة عن تلفاز يرسل وهجه باتّجاه غرفة الطعام.

التفت ببطء وصرخ عبر الممرّ: "كاثرين، انتظري!".

ولكن حين استدار، رأى أنّ كاثرين لم تعد تجري.

كانت تطير.

الفصل 95

عرفت كاثرين سولومون أنّها تسقط... ولكنّها لم تفهم السبب.

كانت تجري في الردهة نحو حارسة الأمن الجالسة في غرفة الطعام، حين تعثرت بعائق غير مرئي، وقُذف جسدها إلى الأمام، وطار في الهواء.

بدأت تعود إلى الأرض... التي كانت أرضاً خشبية صلبة.

سقطت كاثرين على بطنها، وشعرت أنّ الهواء سُحب بعنف من رئتيها. فوقها، تأرجح جذع شجرة ثقيل، ثمّ سقط على مقربة منها على الأرض. رفعت رأسها وهي تشهق، واستغربت لأنّ حارسة الأمن الجالسة على المقعد لم تحرّك ساكناً. والأغرب أنّ جذع الشجرة الذي سقط، بدا أنّه كان مربوطاً بسلك رفيع من أسفله ممدود عبر الممرّ.

لماذا قام أحدهم...؟

"كاثرين!" كان لانغدون يناديها، وحين استدارت إلى جانبها ونظرت إليه، شعرت بدمها يتجمّد. *روبرت! انتبه خلفك!* حاولت أن تصرخ، ولكنّها لا تزال تجاهد للتنفّس. فما كان منها إلاّ أن راقبت المشهد المرعب الذي حدث أمامها بحركة بطيئة؛ اندفع لانغدون عبر الممرّ لمساعدتها، وهو غافل تماماً عمّا يدور خلفه، إذ راح العميل هارتمان يترنّح عند المدخل وهو يمسك بعنقه. تدفّق الدم من بين يديه وهو يبحث عن قبضة مفكّ البراغي الطويل الذي اخترق عنقه.

حين وقع العميل إلى الأمام، ظهر مهاجمه من خلفه.

ربّاه... كلاّ!

كان الرجل الضخم مختبئاً على ما يبدو في الردهة، وكان عارياً باستثناء قطعة ملابس غريبة بدت وكأنّها إزار. بدا مفتول العضلات، مكسوًّا من الرأس حتّى القدمين بأوشام غريبة. انغلق الباب الأمامي، بينما كان يندفع عبر الردهة خلف لانغدون.

سقط العميل هارتمان على الأرض في الوقت نفسه الذي أُغلق فيه الباب. أجفل لانغدون واستدار، ولكنّ الرجل الموشوم كان قد وصل إليه، وهاجمه بجهاز من نوع ما في ظهره. صدر وميض من الضوء وأزيز كهربائي حادّ، ثمّ تصلّب لانغدون أمام عيني كاثرين. قُذف إلى الأمام، وسقط على الأرض بجسده المشلول، وعينيه المتّسعتين ذهولاً. سقط بقوّة فوق حقيبته الجلدية، وتدحرج الهرم على الأرض. من دون إلقاء نظرة على الضحية، خطا الرجل الموشوم من خلف لانغدون، وتوجّه مباشرة إلى كاثرين. كانت تزحف إلى الخلف في قاعة الطعام، قبل أن ترتطم بأحد المقاعد. تمايلت حارسة الأمن، التي كانت جالسة على ذاك

المقعـد، وسقطت على الأرض قربها. بدا وجه المرأة الجامد مرعباً. كان فمها محشوًّا بخرقة قماش.

وصـل الـرجل الـضخم قبل أن تتمكّن كاثرين من التصرّف، وقبض على كتفيها بقوّة رهيـبة. بـدا وجهه مرعِباً بعد أن زالت عنه مساحيق التجميل. تراقصت عضلاته، وشعرت أنّهـا تُرمـى علـى بطنها وكأنّها لعبة من قماش. ضغطت ركبة ثقيلة على ظهرها، وكادت تقصمه. أمسك بذراعيها، وشدّهما إلى الخلف. كان خدّها مضغوطاً على الأرض، فتمكّنت من رؤيـة لانغـدون الذي كان جسده لا يزال ينتفض، وظهره إليها. أمامه، كان العميل هارتمان ممدّداً بلا حراك في الردهة.

شعرت كاثرين بمعدن بارد يقرص رسغيها، فأدركت أنّها تُقيَّد بالأسلاك. انتابها الرعب، وحاولت الإفلات، ولكنّ حركتها سبّبت لها ألماً حادًّا في يديها.

قـال الـرجل: "هـذا السلك سيجرحك إن تحرّكت". وحين انتهى من يديها، انتقل إلى كاحليها، وقيّدهما بمهارة مخيفة.

ركلـته كاثـرين، فلكمهـا بقبضته القوية على فخذها اليمنى، وأشلّ ساقها. في غضون ثوانٍ، قيّد كاحليها.

تمكّنت أخيراً من الصراخ: "روبرت!".

كـان روبـرت، المكوّم فوق حقيبته الجلدية، يئنّ على أرض المدخل، والهرم الحجري ملقىً قرب رأسه. أدركت كاثرين أنّ الهرم هو أملها الأخير.

قالت لمهاجمها: "لقد فكّكنا شيفرة الهرم! سأخبرك بكلّ شيء!".

"أجل، ستفعلين". ثمّ أخرج القماشة من فم المرأة الميتة، وأقحمها في فم كاثرين.

كانت بطعم الموت.

شـعر روبـرت وكـأنّ جسده ليس له. كان يتمدّد مخدّراً وساكناً، خدّه مضغوط على الأرض الخـشبية. سـبق أن سـمع عن الأسلحة الصاعقة، ويعرف أنّها تشلّ ضحاياها عبر إعطـاء شحنة مفرطة مؤقّتة للجهاز العصبي. مفعولها، المسمّى التمزيق العضلي الكهربائي، هـو أشـبه بالبـرق. شعر بألم بالغ يخترق كلّ ذرّة من جسده. وعلى الرغم من إرادة عقله، رفضت عضلاته إطاعة الأمر الذي يرسله إليها.

انهض!

هكـذا اسـتلقى روبرت لانغدون على وجهه مشلولاً، وراح يشهق لأخذ أنفاسٍ سطحية بصعوبة. لم يكن قد رأى بعد الرجل الذي هاجمه، ولكنّه رأى العميل هارتمان ممدّداً في بركة من الدماء. سمع كاثرين تصارع وتجادل، ولكنّ صوتها كُتم منذ قليل، وكأنّ الرجل أقحم شيئاً ما في فمها.

انهض يا روبرت! عليك مساعدتها!

بدأ لانغدون يشعر بوخز في ساقيه، ويستعيد إحساسه بهما على نحو مؤلم، ولكنّهما ظلّتا غير متعاونتين. *تحرّك!* انتفضت ذراعاه مع عودة الإحساس إليهما، وكذلك الإحساس بوجهه وعنقه. تمكّن بجهد كبير من إدارة رأسه، فجرّ خدّه بقوّة على الأرض، والتفت للنظر إلى غرفة الطعام.

كانت رؤية لانغدون محجوبة بالهرم الحجري، الذي سقط من حقيبته، ووقع إلى جانبه على الأرض، فكانت قاعدته على بعد إنشات من وجهه.

للحظة، لم يفهم لانغدون إلام ينظر. فمربّع الحجر كان بالطبع قاعدة الهرم، ولكنّه بدا مختلفاً نوعاً ما، مختلفاً جداً. لا يزال مربّعاً، ولا يزال حجرياً... ولكنّه لم يعد مسطّحاً وأملس. كانت قاعدة الهرم مكسوّة بالنقوش. *كيف أمكن ذلك؟* حدّق بضع ثوان، وتساءل ما إذا كان يهلوس. *نظرتُ إلى قاعدة هذا الهرم مرّات ومرّات... ولم تكن تحمل نقوشاً!*

الآن أدرك لانغدون السبب.

بدأ يستعيد قدرته على التنفّس، فأخذ نفساً مفاجئاً، وهو يدرك أنّ الهرم الماسوني لا يزال يخبّئ أسراراً. *لقد كنت شاهداً على تحوّل آخر.*

فهم لانغدون على الفور معنى الطلب الأخير لغالواي. *قل لبيتر إنّ الهرم الماسوني حافظ دوماً على أسراره... بإخلاص.* بدت كلماته غريبة حينها، ولكنّ لانغدون فهم أنّ العميد غالواي كان يرسل إلى بيتر رسالة مشفّرة. والمثير للسخرية أنّ هذه الشيفرة كانت محور رواية قرأها لانغدون قبل سنوات.

بصدق (Sincerely).

Sin-cere

منذ أيام مايكل أنجلو، دأب النحّاتون على إخفاء عيوب أعمالهم عبر وضع الشمع الساخن في الشقوق ومن ثمّ تغطيته بالتراب. كانت هذه التقنية تُعتبر غشّاً، ولذلك، كلّ عمل فنّي *من دون شمع*، وهذا يعني حرفياً sine cera، كان يُعتبر *صادقاً* (Sincere). وهكذا ظلّت العبارة مستعملة حتّى يومنا هذا في الرسائل، كوعد أنّ ما كتبناه صادق وحقيقي.

وقد أخفي النقش في قاعدة الهرم بالطريقة نفسها. وحين قامت كاثرين باتّباع التعليمات الموجودة على القمّة الذهبية و*غلت* الهرم، ذاب الشمع، وكشف ما كُتب تحته. مرّر غالواي يديه على الهرم في غرفة الجلوس، وشعر على الأرجح بالكتابات التي ظهرت في الأسفل.

للحظة، نسي لانغدون المخاطر التي واجهها هو وكاثرين، وراح يحدّق إلى الرموز الجديدة. لم تكن لديه فكرة عن معناها أو عمّا ستكشفه لاحقاً، ولكنّ أمراً واحداً كان مؤكّداً. *الهرم الماسوني لا يزال يحتفظ بأسراره. ثمانية ساحة فرانكلين لم يكن الجواب الأخير.*

لم يعرف لانغدون ما إذا كان هذا الاكتشاف قد أعطاه دفعة من الأدرينالين، أو أنّ الثواني الإضافية التي أمضاها ممدّداً هي التي أعادت إليه فجأة السيطرة على جسده.

شعر بالألم وهو يمدّ إحدى ذراعيه، ويدفع الحقيبة الجلدية التي تمنعه من رؤية ما يحدث في غرفة الطعام.

ذُعـر لانغـدون لرؤية كاثرين مقيّدة، وفي فمها خرقة كبيرة. حرّك لانغدون عضلاته، محاولاً الركوع على ركبتيه ولكنّه تجمّد في مكانه، غير مصدّق لما يراه. فقد ظهر في مدخل غرفة الطعام شكل بشري مخيف لم يسبق أن رآه لانغدون.

ما هذا بحقّ الله...؟!

تدحـرج لانغـدون وهـو يركل بقدميه محاولاً التراجع، ولكنّ الرجل الضخم الموشوم أمـسكه، ثمّ قلبه على ظهره، وجلس فوقه بحيث أصبح ممدّداً بين ساقيه. ثبّت بركبتيه ذراعَي لانغـدون على الأرض. كان صدر الرجل مكسوًّا بوشم لطائر فينيق ذي رأسين. وكان عنقه، ووجهـه، ورأسه الأصلع عبارة عن لوحة مخيفة من الرموز المعقّدة على نحو غريب؛ أدرك لانغدون أنّها طلاسم تُستعمل في طقوس السحر الأسود.

قـبل أن يتمكّن لانغدون من استيعاب المزيد، أمسك الرجل الضخم أذنيه بكفّيه، ثمّ رفع رأسه عن الأرض ليرطمه عليها بقوّة ساحقة.

عمّ الظلام كلّ شيء.

الفصل 96

وقف مالأخ في الردهة، وراح يتفحّص المذبحة التي تسبّب بها. بدا منزله أشبه بساحة حرب.

كان روبرت لانغدون ممدّداً عند قدميه.

وكانت كاثرين سولومون مقيّدة ومكمّمة على أرض غرفة الطعام.

بجوارها، تكوّمت جثّة حارسة الأمن، بعدما سقطت عن الكرسي الذي أجلسها عليه. كانت حارسة الأمـن قد فعلت ما طلبه منها مالأخ تماماً، على أمل البقاء على قيد الحياة. فأجابـت، والـسكين أمـام عنقها، على الاتّصال الذي تلقّاه مالأخ، وقالت الكذبة التي دفعت لانغدون وكاثرين إلـى المجيء إلى هنا. *ليس لديها شريكة، وبيتر سولومون لم يكن بخير بالتأكيد.* وحالما انتهت التمثيلية، خنقها مالأخ بهدوء.

وكي تكتمل الخدعة، ويبدو مالأخ خارج المنزل فعلاً، اتّصل ببيلامي مستخدماً مكبّر الـصوت في إحدى سيّاراته. قال لبيلامي، ولكلّ من يسمع غيره، *أنا في الطريق، بيتر معي في الصندوق.* في الواقع، كان مالأخ يقود السيّارة بين الموقف والفناء الأمامي الذي ركن فيه عدداً من سيّاراته الكثيرة بشكل عشوائي وترك أنوارها مضاءة ومحرّكاتها شغّالة.

وقد نجحت الخدعة بامتياز.

تقريباً.

كانت الـشائبة الوحيدة هـي ذاك الجسم الأسود الدامي المكوّم في الردهة، مع مفكّ البراغي الذي يخترق عنقه. فتّش مالأخ الجثّة، وضحك حين وجد فيها جهاز اتّصال متطوّر، وهاتفـاً خلـوياً يحملان رمز السي آي أيه. *يبدو أنّهم يدركون قوّتي.* نزع البطاريات، وحطّم الجهازين بدعامة باب برونزية.

أدرك مالأخ أنّ عليه التحرّك بسرعة الآن، لا سيّما إن كانت السي آي أيه متورّطة في القـضية. عاد إلى لانغدون. كان البروفيسور فاقد الوعي، وسيظلّ هكذا لبعض الوقت. تحوّل نظر مالأخ إلى الهرم الحجري الملقى على الأرض قرب حقيبة البروفيسور المفتوحة، وشعر برعشة من الحماسة. حبس أنفاسه، وراح قلبه ينبض.

لقد انتظرت لسنوات...

ارتجفت يـداه قلـيلاً وهو يمدّهما ويتناول الهرم الماسوني. مرّر أصابعه ببطء على النـقوش، وشعر بالرهبة وهو يفكّر في وعودها. قبل أن تأخذه النشوة، أعاد الهرم إلى حقيبة لانغدون مع حجر القمّة، وأغلقها.

سأجمع الهرم قريباً... في مكان آمن.

340

حمـــل حقيبة لانغدون على كتفه، ثمّ حاول أن يرفعه، ولكنّ جسم البروفيسور الرياضي كـــان أكثـــر وزناً ممّا توقّع. فقرّر أن يجرّه على الأرض ممسكاً إيّاه من تحت إبطيه. *سيحبّ المكان الذي سيذهب إليه.*

حـــين بـــدأ يجرّ لانغدون، علا صوت التلفاز في المطبخ. كانت الأصوات الصادرة منه جزءاً من الخدعة، ولم يطفئه مالأخ بعد. كانت المحطّة تعرض الآن برنامجاً لمبشّر تلفزيوني يعلّم رعيّته الصلاة.

وكان يجرّ لانغدون عبر غرفة المعيشة، حين هتف المصلّون: "آمين!".

صحّح لهم مالأخ، *آمون. مصر هي مهد ديانتكم.* فآمون هو النموذج الأصلي لزيوس... جوبيتر... وغيرهما. وحتّى يومنا هذا، لا يزال الناس يهتفون بأحد أشكال اسمه.

كان مالأخ قد علم منذ زمن طويل أنّ التطبيق الصحيح للفنّ يتيح للممارس فتح باب إلى العالم الروحاني. يضمّ ذلك العالم، كالإنسان نفسه، قوىً ذات أشكال عديدة، منها الخيِّر ومنها الـــشرير. قوى النور، تشفي، وتحمي، وتسعى إلى جلب النظام إلى الكون. أمّا قوى الظلام، فتعمل باتّجاه معاكس... فتجلب الدمار والفوضى.

ولـــو استُحضرت القوى غير المرئية بشكل صحيح، يمكن إقناعها بتنفيذ إرادة الممارس علـــى الأرض... فتمـــنحه قوىً تبدو خارقة. ومقابل مساعدة المستحضِر، تطلب هذه القوى قرابين؛ صلوات وثناء لقوى النور... وسفك الدماء لقوى الظلام.

كلّمـــا كان القربان أكبر، كانت القوّة المعطاة أعظم. بدأ مالأخ ممارسته بدماء حيوانات غير هامّة. ولكن مع الوقت، أصبحت خياراته أكثر جرأة. *والليلة، سأقوم بالخطوة الأخيرة.*

هتف المبشّر يحذّر من نهاية العالم التي أصبحت وشيكة.

قال مالأخ في نفسه، *فعلاً، وسأكون أعظم محاربيها.*

بالطـــبع، بدأت تلك المعركة منذ زمن طويل جداً. ففي مصر القديمة، أصبح الأشخاص الـــذين بـــرعوا في هذا الفنّ الخبراء العظماء في التاريخ، وارتفعوا فوق العامّة ليتحوّلوا إلى مزاولـــي الـــنور. مشوا مبجّلين على الأرض. بنوا معابد عظيمة للتلقين سافر إليها الناس من مخـــتلف أنحاء العالم لاكتساب الحكمة. فولد هناك عِرق من الرجال الذهبيين. ولفترة وجيزة من الزمن، بدا أنّ الجنس البشري مستعدّ ليرتقي بنفسه ويتحرّر من روابطه الدنيوية.

العصر الذهبي للأسرار القديمة.

ولكـــن، نظراً إلى كون الإنسان من لحم ودم، فإنّه معرّض لخطايا الحقد، وقلّة الصبر، والطمـــع. ومـــع الوقت، أتى أشخاص أفسدوا الفنّ، وأساؤوا استخدام قوّته لمكاسب شخصية. بـــدأوا استخدامه بهذا الشكل المنحرف لاستحضار قوى ظلامية. فنشأ فنّ مختلف... ذو تأثير أكثر قوّة، وفورية.

ذاك هو فنّي.

ذاك هو عملي العظيم.

شاهد الخبراء المستنيرون وأفراد أخوياتهم الباطنية ظهور الشرّ ورأوا أنّ الإنسان لا يستعمل معرفته الجديدة لصالح أبناء جلده. فخبّأوا حكمتهم لإبعادها عن أيدي غير الجديرين بها. وهكذا ضاعت عبر التاريخ.

وهكذا أتى السقوط الأعظم للإنسان.

وحلّ ظلام دائم.

فحتّى يومنا هذا، لا تزال السلالة النبيلة لأولئك الخبراء تبحث عن النور، محاولة استعادة قوّة ماضيها الضائعة، وإبعاد الظلام. إنّهم رهبان وراهبات الكنائس، والمعابد، والمزارات، في مختلف ديانات الأرض. لقد محا الزمن الذكريات... وأبعدهم عن ماضيهم. ما عادوا يعرفون المصدر الذي نبعت منه حكمتهم القوية. وحين سُئلوا عن أسرار أجدادهم، تبرّأوا منها بشدّة، واعتبروها هرطقة.

تساءل مالأخ، *هل نسوا فعلاً؟*

لا تزال أصداء الفنّ القديم تتردّد في جميع أرجاء الكرة الأرضية، وظلّت آثارها موجودة في الطقوس الغامضة للديانة المسيحية؛ العشاء الربّاني، تراتبية القدّيسين، والملائكة، والشياطين، التراتيل والتعاويذ، الأُسس التنجيمية لروزنامتها المبجّلة، الأثواب المكرّسة، وفي وعدها بالحياة الأبدية. ولا يزال كهنتها يبعدون الأرواح الشريرة بحرق البخور، وقرع الأجراس، ورشّ المياه التي قُرأت عليها صلوات معيّنة. لا يزال المسيحيون يمارسون مهنة السحر الخارقة؛ وهي ممارسة قديمة لا تحتاج فقط إلى القدرة على إبعاد الشياطين، بل استحضارها أيضاً.

ومع ذلك، لا يذكرون ماضيهم؟

ما من مكان يبدو فيه الماضي الباطني للكنيسة بوضوح أكثر من مركزها. ففي مدينة الفاتيكان، وفي قلب ساحة سان بيتر، ترتفع المسلّة المصرية العظيمة. نُحتت تلك المسلّة المنليثية الهائلة قبل ألف وثلاثمئة عام من ولادة المسيح، ولا صلة لها بالتالي بالمسيحية المعاصرة. مع ذلك، ها هي تنتصب هناك، في قلب كنيسة المسيح. منارة حجرية، تناضل ليُسمع صوتها. تذكّر بتلك المجموعة من الحكماء الذين عرفوا من أين بدأ كلّ شيء. تلك الكنيسة، التي وُلدت من رحم الأسرار القديمة، لا تزال تملك طقوسها ورموزها.

وأبرزها رمز واحد. كانت الصورة الفريدة للمسيحية تزيّن المذابح، وأثواب الكهنة، والأبراج، والكتاب المقدّس، إنّها الصورة الثمينة للإنسان المصلوب. لقد فهمَت المسيحية، أكثر من غيرها، القوّة التحريرية للقربان. وحتّى اليوم، لا يزال أتباع يسوع يبجّلون التضحية التي قدّمها من خلال قرابين شخصية بسيطة... كالصوم ودفع العُشر.

كلّ هذه القرابين ضعيفة بالطبع. فمن دون دم... ما من قربان حقيقي.

تبنّت قوى الظلام القربان الدموي منذ زمن طويل، وبذلك اكتسبت قوّة كبيرة، وصارت قوى الخير تجاهد لكبحها. قريباً، سينطفئ النور تماماً، ويتنقّل مزاولو الظلام بحرّية عبر عقول البشر.

الفصل 97

ألحّت ساتو قائلةً: "لا بدّ من أن يكون العنوان ثمانية ساحة فرانكلين موجوداً، ابحثي عنه مجدّداً!".

جلست نولا كاي إلى مكتبها، وعدّلت وضعية السمّاعات. قالت: "سيّدتي... لقد بحثت في كلّ مكان... هذا العنوان ليس موجوداً في العاصمة".

قالت ساتو: "ولكنّني أقف على سطح المبنى *واحد* ساحة فرانكلين، لا بدّ من وجود المبنى *ثمانية!*".

المديرة ساتو على سطح مبنى؟ "مهلاً". أطلقت نولا بحثاً جديداً، كانت تفكّر في إخبار مديرة مكتب الأمن عن عملية القرصنة، ولكنّ ساتو بدت مشغولة بموضوع ذلك المبنى في تلك اللحظة. أضف إلى أنّ نولا لا تملك بعد كلّ المعلومات.

قالت وهي ترمق الشاشة: "حسناً، وجدت المشكلة. واحد ساحة فرانكلين هو *اسم* المبنى... ليس العنوان. العنوان هو 1301 شارع كاي".

يبدو أنّ النبأ أربك المديرة التي قالت: "نولا، ليس لديّ وقت للشرح. الهرم يشير بوضوح إلى العنوان ثمانية ساحة فرانكلين".

انتفضت نولا. *الهرم يشير إلى موقع معيّن؟*

تابعت ساتو: "النقش هو: *السرّ مخبّأ في التنظيم؛ ثمانية ساحة فرانكلين*".

لم تصدّق نولا. *"تنظيم* مثل... تنظيم ماسوني أو أخوي؟".

أجابت ساتو: "أفترض ذلك".

فكّرت نولا قليلاً، ثمّ بدأت تطبع مجدّداً. قالت: "سيّدتي، ربّما تغيّرت أرقام شوارع الساحة على مرّ السنوات؟ أعني، إن كان هذا الهرم قديماً على حدّ زعم الأسطورة، ربّما كانت أرقام ساحة فرانكلين مختلفة حين صُنع الهرم. لقد أطلقت الآن بحثاً من دون الرقم ثمانية... يحتوي على... *تنظيم... ساحة فرانكلين... والعاصمة واشنطن...* وبهذه الطريقة قد نعرف ما إذا كان-"، سكتت نولا قبل أن تتمّ جملتها حين ظهرت نتائج البحث.

سألتها ساتو: "ماذا وجدت؟".

حدّقت نولا إلى النتيجة الأولى التي ظهرت في اللائحة، ألا وهي صورة رائعة لهرم مصر الأكبر، استُعملت كخلفية للصفحة الرئيسة المخصّصة لمبنىً في ساحة فرانكلين. لم يكن المبنى يشبه أيّ مبنى آخر في الساحة.

أو في المدينة بأكملها.

ولكنّ ما صدم نولا لم تكن الهندسة الغريبة للمبنى، بل الوصف الذي كُتب عن *الغرض منه*. فاستناداً إلى موقع الشبكة، شُيِّد هذا البناء غير الاعتيادي كمزار باطني مبجّل، مخصّص من قبل... *ولأجل*... تنظيم سرّي قديم.

الفصل 98

استعاد روبرت لانغدون وعيه مع ألم حادّ في رأسه.

أين أنا؟

كان في مكان مظلم. ظلام دامس، وصمت تامّ.

كـان ممدّداً على ظهره وذراعاه إلى جانبيه. حاول أن يحرّك أصابع يديه وقدميه، وسُرّ لأنّهـا تحرّكت بحرية من دون ألم. *ماذا حدث؟* باستثناء ألم رأسه والظلام الدامس الذي يلفّه، بدا كلّ شيء طبيعياً.

كلّ شيء تقريباً.

أدرك لانغـدون أنّه كان ممدّداً على الأرض التي بدت ملساء على نحو غريب، وكأنّها مـن زجـاج. والأغرب أنّ السطح الأملس بدا على احتكاك مباشر ببشرته... كتفيه، ظهره، وركيه، فخذيه، ساقيه. *هل أنا عارٍ؟* مرّر يديه فوق جسده حائراً.

ربّاه! أين ملابسي؟

فـي الظـلام، بدأت الغمامة تزول عن فكره، والذكريات تعود إليه... صور مخيفة... عمـيل سـي آي أيـه ميت... وجه وحش موشوم... رأسه يرتطم بالأرض. عادت الصور أسرع... وتذكّر الآن صورة كاثرين سولومون المقيّدة والمكمّمة على أرض غرفة الطعام.

يا الله!

اندفع لانغدون جالساً، فارتطم جبينه بشيء معلّق على بعد إنشات من رأسه. شعر بالألم فاستلقى من جديد، وكان على وشك فقدان وعيه ثانيةً. مدّ يديه إلى الأعلى، وراح يتحسّس ما فـوقه في الظلام. لم يفهم ما وجده. أحسّ وكأنّ سقف الغرفة منخفض جداً. *ما هذا بحقّ الله؟* مدّ يديه حوله محاولاً الاستدارة، فارتطمتا بجدارين جانبيين.

فجأة اتّضحت له الحقيقة. لم يكن روبرت لانغدون في غرفة إطلاقاً.

أنا في صندوق!

راح لانغدون يضرب بقبضته بعنف في ظلام ذاك المستوعب الصغير الأشبه بالتابوت. صرخ مراراً طالباً المساعدة. وراح الرعب يتملّكه مع كلّ لحظة، إلى أن فاقت قدرته على الاحتمال.

لقد دُفنت حيًّا.

لـم يتمكّن من فتح غطاء التابوت الغريب، حتّى عندما ضغط بكلّ قوّته بذراعيه وساقيه مذعـوراً. بـدا أنّ الـصندوق مـصنوع من الألياف الزجاجية المتينة. وهو عازل للهواء، والصوت، والضوء... وللهرب أيضاً.

سأختنق وحيداً في هذا الصندوق.

تذكّـــر البئر العميقة التي سقط فيها حين كان صبياً، والليلة المخيفة التي أمضاها بمفرده في ظلام ورطوبة قعر البئر. تلك الصدمة أثّرت في نفس لانغدون وخلّفت لديه رُهاب الأماكن المغلقة.

الليلة، كان روبرت لانغدون، المدفون حياً، يعيش أسوأ كابوس بالنسبة إليه.

راحـــت كاثـــرين سولومون ترتجف بصمت على أرض غرفة الطعام في منزل مالأخ. كان السلك الحادّ قد جرح رسغيها وكاحليها، وأقلّ حركة تزيد قيودها شدّة.

بعـــدما رطم الرجل الموشوم رأس لانغدون بالأرض، وأفقده وعيه، جرّ جسده المشلول علـــى الأرض آخـــذاً معه الحقيبة الجلدية والهرم الحجري. لم تعرف كاثرين إلى أين ذهبا. العميل الذي رافقهما كان ميتاً. لم تسمع أيّ صوت لدقائق عديدة، وتساءلت ما إذا كان الرجل الموشـــوم ولانغدون لا يزالان داخل المنزل. حاولت الصراخ لطلب المساعدة، ولكن مع كلّ محاولة، كانت الخرقة تتقدّم أكثر نحو قصبتها الهوائية.

ســـمعت خطىً تقترب على الأرض، فالتفتت آملة مجيء أحد لمساعدتها، وإن كان هذا الأمل ضعيفاً. ظهر جسد خاطفها الضخم في الرواق. تراجعت كاثرين وهي تتذكّره في منزل عائلتها قبل عشر سنوات.

لقد قتل اثنين من أفراد عائلتي.

راح يسير نحوها، ولم ترَ أثراً للانغدون. انحنى الرجل، وأمسكها من وسطها، ثمّ رفعها بخشونة على كتفه. شدّ السلك على رسغها، ولكنّ الخرقة كتمت صرخات الألم. حملها وسار في الرواق نحو غرفة المعيشة التي احتسيا فيها الشاي معاً بهدوء بعد ظهيرة هذا اليوم.

إلى أين يأخذني؟!

حمـــل كاثـــرين عبر غرفة الجلوس وتوقّف مباشرة أمام اللوحة الزيتية الكبيرة لسيّدات الحسن الثلاث التي أعجبت بها سابقاً.

لامست شفتا الرجل أذنها وهو يهمس قائلاً: "ذكرتِ أنّك أحببت هذه اللوحة. أنا مسرور لأنّها ستكون آخر شيء جميل تقع عليه عيناك".

ثـــمّ مـــدّ يـــده، وضغط راحته على الجهة اليمنى للإطار الضخم. صُدمت كاثرين حين استدارت اللوحة في الجدار، محرّكة محوراً مركزياً أشبه بباب دوّار. *باب سرّي.*

حاولـــت كاثـــرين الإفلات من قبضته، ولكنّه أمسكها بإحكام، وحملها عبر الفُتحة خلف اللـــوحة. حين أُغلقت اللوحة خلفهما، رأت عازلاً ثقيلاً خلفها. أيًّا تكن الأصوات التي تصدر من هذا المكان، يبدو أنّها يجب ألاّ تُسمع في العالم الخارجي.

كانـــت الغرفة الممتدّة خلف اللوحة مزدحمة بالأغراض، أشبه بردهة منها بغرفة. سار بهـــا الـــرجل إلـــى الطرف الآخر، وفتح باباً ثقيلاً، مرّ بها عبره إلى منبسط صغير. نظرت

كاثرين لترى سلّماً ضيقاً ممتدًّا إلى قبو عميق. أخذت نفساً عميقاً لتصرخ، ولكنّ الخرقة كانت تخنقها.

كان السلّم شديد الانحدار وضيقاً، والجداران المحيطان به كانا مصنوعين من الإسمنت، يغمرهما نور أزرق بدا منبعثاً من الأسفل. الهواء الخارج منه كان دافئاً وحادّ الرائحة، محمّلاً بمــزيج من الروائح الغريبة... رائحة الكيميائيات الحادّة، ورائحة بخور خفيفة، ورائحة عرق بشري، تطغى عليها كلّها، رائحة خوف بدائي رهيب.

همــس الــرجل حــين بلغــا أسفل السلّم: "علِمك أثار إعجابي، وأتمنّى أن ينال *علمي* إعجابك".

الفصل 99

جلس العميل الميداني التابع للسي آي أيه، تورنر سيمكينز، القرفصاء في ظلام حديقة فرانكلين، وأبقى نظره مثبّتاً على وارن بيلامي. لم يلتقط أحد الطعم بعد، ولكنّ الوقت لا يزال مبكراً.

رنّ جهازه اللاسلكي، فشغله آملاً أن يكون أحد رجاله قد رأى شيئاً. ولكنّها كانت ساتو، ولديها معلومات جديدة.

أصغى إليها سيمكينز ووافقها قلقاً، ثمّ أجاب: "مهلاً، سأرى إن كنت أستطيع رؤية شيء". زحف عبر الأعشاب التي يختبئ خلفها، وحدّق بالاتّجاه الذي دخل منه الساحة. وبعد قليل من المناورة، تمكّن أخيراً من الرؤية.

تبّاً!

كان يحدّق إلى مبنى بدا قديماً. كانت الواجهة البربرية للمبنى، المحاطة بأبنية أكبر حجماً، مصنوعة من البلاط الخزفي اللمّاع، المثبّت بتصاميم معقّدة متعدّدة الألوان. وبدت نوافذ الطابقين العلويين فوق ثلاثة أبواب ضخمة.

قال سيمكينز: "رأيته".

"هل ثمّة حركة؟".

"لا شيء".

"جيّد. أريدك أن تقف في موقع آخر وتراقبه جيّداً. يسمّى هذا المبنى هيكل مزار آلماس، وهو المركز الرئيس لتنظيم باطني".

عمل سيمكينز في العاصمة لوقت طويل، ولكنّ هذا الهيكل ليس مألوفاً لديه ولم يسبق له أن سمع بوجود مركز رئيس لتنظيم باطني قديم في ساحة فرانكلين.

قالت ساتو: "يعود هذا البناء إلى مجموعة تسمّى التنظيم العربي القديم لنبلاء المزار الباطني".

"لم يسبق لي أن سمعت به".

قالت ساتو: "بل أظنّك فعلت. إنّهم هيئة ملحقة بالماسونيين، معروفون باسم أصحاب المزار".

ألقى سيمكينز نظرة متشكّكة إلى المبنى المزخرف. *أصحاب المزار؟ أولئك الذين يبنون مستشفيات للأطفال؟* لم يتخيّل "تنظيماً" أكثر طيبة من أخوية من المحسنين الذين يعتمرون الطرابيش الحمراء الصغيرة ويسيرون في مواكب.

مع ذلك، كان قلق ساتو في محلّه. "سيدّتي، إن أدرك هدفنا أنّ هذا المبنى هو في الواقع *التنظيم* المقصود في ساحة فرانكلين، فلن يحتاج إلى العنوان. لن يأتي إلى الموعد بكل بساطة، بل سيذهب مباشرة إلى المكان الصحيح".

"هذا ما فكّرت فيه".

"أجل، سيّدتي".

"هل لديك أخبار عن العميل هارتمان في كالوراما هايتس".

"كلاّ، سيّدتي. طلبتِ منه الاتّصال بك مباشرةً".

"في الواقع، لم يفعل".

فكّر سيمكينز، *غريب*. تحقّق من ساعته، *لقد مضى وقت طويل*.

الفصل 100

كـــان روبـــرت لانغدون مستلقياً وهو يرتجف، عارياً ووحيداً في ظلام دامس. لقد شلّه الخوف ولم يعد يطرق أو يصرخ. عوضاً عن ذلك، أغمض عينيه وبذل جهده للسيطرة على نبضه المتسارع ونفَسه المذعور.

حاول إقناع نفسه، *أنتَ مستلقٍ تحت سماء الليل الواسعة. لا شيء فوقك سوى أميال من الفضاء المفتوح.*

كـــان لهـــذا التخـــيّل مفعـــول مهـــدّئ مكّنه من الصمود حين خضع للتصوير بالرنين المغناطيـــسي مؤخـــراً... هذا بالإضافة إلى ثلاث جرعات من الفاليوم. ولكنّ التخيّل لم ينجح كثيراً الليلة.

كانت الخرقة موضوعة في فم كاثرين سولومون قد تحرّكت إلى الخلف، على وشك أن تخنقها. فقد نقلها خاطفها عبر سلّم ضيّق إلى ممرّ مظلم في قبو منزله. رأت في آخر الردهة غـــرفة مضاءة بنور أرجواني مائل إلى الاحمرار، ولكنّهما لم يدخلاها، بل توقّف الرجل عند غـــرفة جانبـــية صغيرة، حملها إلى الداخل، ووضعها على مقعد خشبي. أجلسها عليه، وأبقى يديها المقيّدتين خلف ظهرها كي لا تتمكّن من الحراك.

شعرت كاثرين أنّ الأسلاك تشقّ رسغيها أكثر، ولكنّ شعور الذعر من عدم قدرتها على التـــنفّس طغـــى علـــى ألمها. كانت الخرقة تنزلق أعمق في حلقها، وشعرت أنّها تدفعها إلى الداخل لا إرادياً. بدأ نظرها يزوغ.

خلفهـــا، أغلـــق الـــرجل الموشوم باب الغرفة الوحيد وأضاء المصباح. راحت عينا كاثرين تدمعان بشدّة، ولم تعد قادرة على تمييز الأشياء في محيطها المباشر. أصبح كلّ ما حولها ضبابياً.

ظهـــرت أمامهـــا رؤيـــة ممزّقة لوميض ملوّن، وشعرت أنّ عينيها بدأتا ترفرفان وهي تترنّح على شفير الغيبوبة. امتدّت يد مكسوّة بالحراشف ونزعت الخرقة من فمها.

راحـــت كاثـــرين تـــشهق وتتنفّس الهواء بعمق، وهي تقحّ وتختنق مع تدفّق الهواء في رئتـــيها. بـــدأ نظـــرها ينجلي ببطء، وأحسّت أنّها تحدّق إلى وجه شيطان. بالكاد كان الوجه بشرياً. فقد كانت تغطّي عنقه، ووجهه، ورأسه الحليق زركشة غريبة من الرموز الموشومة. وباســـتثناء دائرة صغيرة في أعلى رأسه، كان جسده موشوماً بأكمله. رأت على صدره طائر فينـــيق ضخماً ذا رأسين يحدّق إليها عبر الحلمتين اللتين تكوّنان عينيه، وبدا أشبه بنَسر ضارٍ ينتظر موتها بفارغ الصبر.

همس الرجل: "افتحي فمك".

حدّقت كاثرين إلى الوحش البشري باشمئزاز. *ماذا؟*

كرّر الرجل: "افتحي فمك، أو أعيد الخرقة إلى مكانها".

فتحت كاثرين فمها وهي ترتعش. مدّ الرجل سبّابته الضخمة الموشومة وأدخلها بين شفتيها. حين لمس لسانها، شعرت أنّها على وشك التقيؤ. أخرج إصبعه الرطب ورفعه إلى رأسه الحليق. أغمض عينيه، ودلّك الدائرة الصغيرة غير الموشومة بلعابها.

أشاحت كاثرين نظرها باشمئزاز.

بدت الغرفة التي تجلس فيها أشبه بغرفة سخّان، بسبب الأنابيب الممدّدة على الجدران، وأصوات القرقرة، والأضواء اللاصفة(*). ولكن قبل أن تستوعب ما يحيط بها، توقّف نظرها عند شيء قربها على الأرض. كومة من الملابس؛ كنزة، ومعطف من التويد، وحذاء، وساعة ميكي ماوس.

التفتت إلى الحيوان الموشوم وصرخت: "ربّاه! ماذا فعلت بروبرت؟!".

همس الرجل: "هس، وإلاّ سمعك". ابتعد جانباً وأومأ خلفه.

لم يكن لانغدون هناك. كلّ ما رأته كاثرين كان صندوقاً أسود ضخماً مصنوعاً من الألياف الزجاجية. كان شكله يشبه الصناديق الثقيلة التي تُنقل فيها الجثث العائدة من الحروب. وكان الصندوق موصوداً بقفلين كبيرين.

قالت كاثرين: "أهو في *الداخل*؟! ولكنّه... سيختنق!".

قال الرجل مشيراً إلى عدد من الأنابيب الشفّافة الممدّدة على طول الجدار وصولاً إلى أسفل الصندوق: "كلاّ، لن يختنق. ولكنّه *سيتمنّى* ذلك".

في الظلام الدامس، أصغى لانغدون إلى الذبذبات المكتومة التي تبلغ مسمعه من العالم الخارجي. *أصوات؟* بدأ يطرق على الصندوق ويصرخ بأعلى صوته: "النجدة! هل يسمعني أحد؟!".

نادى صوت مكتوم في الخارج: "روبرت! ربّاه! كلاّ! كلاّ!".

عرف الصوت. كانت كاثرين تصرخ مذعورة. مع ذلك، سُرّ لسماع صوتها. أخذ لانغدون نفساً ليناديها، ولكنّه توقّف حين شعر بشيء غير متوقّع في عنقه. أحسّ ببرودة خفيفة في قعر الصندوق. *ما هذا؟* تمدّد بسكون محاولاً فهم ما يحدث. *أجل، بالتأكيد.* أحسّ أنّ الهواء يحرّك شعيرات عنقه.

أخذ لانغدون يتحسّس أرض الصندوق لا إرادياً، بحثاً عن مصدر الهواء. وسرعان ما وجده. *ثمّة ثقب صغير!* بدت الفُتحة الصغيرة المثقّبة شبيهة بتلك الموجودة في حوض للجلي، باستثناء أنّ نسيماً ناعماً يخرج منها الآن.

(*) اللاصفة: من فعل لصف: لَصْفاً ولصيفاً ولُصُوفاً لونه: برق وتلألأ.

إنّه يضخ لي الهواء. لا يريدني أن أختنق.

ولكــنّ راحة لانغدون لم تدم طويلاً. فقد بدأ يصل إليه عبر ثقوب الفُتحة صوت مخيف. كان صوت قرقرة سائل متدفّق... نحوه.

حدّقت كاثرين مذهولة إلى السائل الذي يتقدّم عبر أحد الأنابيب نحو صندوق لانغدون.

هل يضخّ الماء في الصندوق؟!

راحــت كاثــرين تشدّ على قيودها، غير عابئة بالألم الذي تسبّبه الأسلاك الحادّة حول رســغيها. كانــت تشاهد ما يجري مذعورة، وتسمع لانغدون يطرق يائساً. ولكن حين وصل المــاء إلى أسفل الصندوق، توقّفت الطرَقات. حلّت لحظة من الصمت المخيف، ثمّ بدأ الطرق مجدّداً، بإلحاح أكبر.

توسّلت إليه كاثرين: "دعه يخرج! أرجوك! لا يمكنك فعل ذلك!".

قــال الــرجل وهــو يتحدّث بهدوء ويدور حولها: "الغرق مخيف، كما تعلمين. ويمكن لمساعِدَتِك تريش أن تؤكّد لك ذلك".

سمعت كاثرين كلماته، ولكنّها بالكاد فهمتها.

همــس الرجل: "ربّما تذكرين أنّني كدت أغرق في إحدى المرّات، كان ذلك في أرض عائلــتك في بوتوماك. يومها، أطلق عليّ أخوك الرصاص، وسقطت على الجليد، عند جسر زاك".

حدّقت إليه كاثرين بكره شديد. *الليلة التي قتلت فيها أمّي.*

قال: "لقد نجوتُ تلك الليلة، كما اكتشفتُ كيف أصبح... خارقاً".

بدا الماء الذي يقرقر في الصندوق تحت رأس لانغدون دافئاً... بحرارة الجسد. كان قد أصبح بعمق بضعة إنشات، وغمر تماماً الجزء الخلفي من جسده العاري. وحين بدأ يرتفع إلى قفصه الصدري، شعر لانغدون بحقيقة مؤكّدة تقترب بسرعة.

سأموت.

رفع ذراعيه بذعر كبير، وراح يطرق بعنف من جديد.

الفصل 101

توسّلت كاثرين وهي تبكي: "عليك أن تدعه يخرج! سنفعل كلّ ما تريد!" كانت تسمع لانغدون وهو يدقّ بجنون مع تدفّق المياه في المستوعب.

اكتفى الرجل الموشوم بالابتسام قائلاً: "أنت أسهل من أخيك. فالأشياء التي اضطررت إلى فعلها لبيتر كي يخبرني بأسراره...".

سألته: "أين هو؟! أين بيتر؟! أخبرني! لقد فعلنا ما أردته بالضبط! فككنا شيفرة الهرم و-".

"كلاّ، لم تفكّكا شيفرة الهرم. كنتما تخدعانني. أخفيتما معلومات عنّي وأحضرتما عميلاً حكومياً إلى منزلي. هذا تصرّف لا يروق لي إطلاقاً".

أجابت وهي تقاوم دموعها: "لم يكن لدينا خيار. السي آي أيه تبحث عنك، وقد أجبرونا على المجيء مع العميل. سأخبرك بكلّ شيء، ولكن أخرج روبرت من الصندوق!" كانت كاثرين تسمع لانغدون وهو يصرخ ويدقّ على الصندوق، كما رأت الماء يتدفّق عبر الأنبوب، فأدركت أنّ الوقت قصير.

أمامها، كان الرجل يتحدّث بهدوء، وهو يحكّ ذقنه: "أفترض أنّه ثمّة عملاء ينتظرونني في ساحة فرانكلين؟".

لم تقل كاثرين شيئاً، فوضع الرجل كفّيه الكبيرتين على كتفيها، وشدّها ببطء إلى الأمام. كانت ذراعاها لا تزالان مقيّدتين خلف ظهر الكرسي، فتملّصت كتفاها بألم، وشعرت أنّهما على وشك أن تُخلعا.

قالت: "أجل! ثمّة عملاء في ساحة فرانكلين!".

شدّ أكثر وسألها: "ما هو العنوان المكتوب على حجر القمّة؟".

أصبح ألم كتفيها ورسغيها لا يُحتمل، ولكنّها لم تقل شيئاً.

"يمكنكِ إخباري الآن، أو أكسر ذراعيك وأسألك مجدّداً".

شهقت بألم: "ثمانية! الرقم المحجوب هو ثمانية! نُقش على حجر القمّة: *السرّ مخبّأ في التنظيم؛ ثمانية ساحة فرانكلين*! أقسم على ذلك. لا أعرف شيئاً آخر! إنّه *ثمانية* ساحة فرانكلين!".

ولكنّ الرجل لم يحرّر كتفيها.

قالت كاثرين: "هذا كلّ ما أعرفه! هذا هو العنوان! اتركني! أخرج روبرت من ذاك الصندوق!".

قال الرجل: "*سأفعل*... ولكن ثمّة مشكلة واحدة. لا يمكنني الذهاب إلى العنوان من دون أن يُقبض عليّ. أخبريني ماذا يوجد هناك؟".

"لا أعرف!".

"وماذا عن الرموز الموجودة على قاعدة الهرم؟ في أسفله؟ هل تعرفين معناها؟".

لـم تفهـم كاثرين ما يتحدّث عنه. "أيّ رموز على القاعدة؟ ما من رموز هناك. القاعدة ملساء وخالية!".

من دون أيّ اكتراث بالأصوات المكتومة الصادرة من داخل الصندوق الأشبه بالتابوت، توجّه الرجل الموشوم ببطء إلى حقيبة لانغدون، وأخرج منها الصندوق الحجري. ثمّ عاد إلى كاثرين، وحمله أمام عينيها لتتمكّن من رؤية القاعدة.

حين رأت كاثرين الرموز المنقوشة، شهقت بحيرة.

ولكن... هذا مستحيل!

كان أسفل الهرم مسكوًّا تماماً بنقوش معقّدة. *لم يكن ثمّة شيء هنا من قبل! أنا واثقة من ذلـك!* لـم تعرف ما يمكن أن تعنيه تلك الرموز. بدت أنّها تنتمي إلى جميع التقاليد الباطنية، فضلاً عن تقاليد أخرى لا تعرفها.

فوضى تامّة.

أجابت: "أنا... لا أعرف معناها".

قال خاطفها: "ولا أنا. لحسن الحظّ، لدينا متخصّص في هذا المجال". نظر إلى الصندوق وقال: "فلنسأله، ما رأيك؟".

وحمل الهرم إلى الصندوق.

أملـت كاثرين للحظة وجيزة أن يفتح الصندوق. عوضاً عن ذلك، جلس بهدوء عليه، ثمّ انحنى، وأزاح غطاءً صغيراً في سطحه، كاشفاً عن نافذة من زجاج البليكسي.

نور!

غطّى لانغدون عينيه، إذ بهره شعاع الضوء الذي انبعث من الأعلى. حين اعتادت عيناه علــى الــضوء، تحوّل أمله إلى إرباك. كان ينظر إلى ما بدا وكأنّه نافذة في سطح صندوقه. رأى من خلالها سقفاً أبيض وضوءاً لاصفاً.

من دون سابق إنذار، ظهر وجه موشوم فوقه يحدّق إليه.

صرخ لانغدون: "أين كاثرين؟! دعني أخرج!".

ابتــسم الــرجل: "صديقتك كاثرين هنا معي. أستطيع أن أبقي على حياتها، وحياتك أنت أيضاً. ولكنّ الوقت قصير، لذا أقترح عليك أن تصغي جيّداً".

بالكاد كان لانغدون يسمعه من خلال الزجاج، كما أنّ المياه ارتفعت وبدأت تزحف على صدره.

سأله الرجل: "هل تعرف أنّ ثمّة رموزاً على *قاعدة* الهرم؟".

صرخ لانغدون، وقد رأى الرموز العديدة حين كان الهرم مقلوباً أمامه على الأرض في الأعلــى: "أجل! ولكنّني لا أعرف معناها! عليك الذهاب إلى ثمانية ساحة فرانكلين! الجواب هناك! هذا ما كُتب على حجر-".

"بروفيــسور، كلانا نعرف أنّ السي آي أيه تنتظرني هناك. لا أنوي الوقوع في كمين. أضــف إلــى أنّنــي لا أحتاج إلى رقم الشارع. ثمّة مبنىً واحد هناك يمكن أن يكون ذا صلة بالموضوع، ألا وهو هيكل مزار آلماس". صمت، وأخذ يحدّق إلى لانغدون، ثمّ قال: "التنظيم العربي القديم لنبلاء المزار الباطني".

شــعر لانغــدون بالحيرة. كان يعرف معبد آلماس، ولكنّه نسي أنّه في ساحة فرانكلين. *أصحاب المزار هم... "التنظيم"؟ معبدهم مبني فوق سلّم سرّي؟* لم يكن لذلك أيّ معنى تاريخي على الإطلاق، ولكنّ لانغدون لم يكن في وضع يتيح له أيّ جدل تاريخي. صرخ قائلاً: "نعم! لا بدّ من أنّه هو! السرّ مخبّأ في التنظيم!".

"هل تعرف المبنى؟".

"بالطــبع!" رفع رأسه ليبعد أذنيه عن مستوى السائل الذي راح يرتفع بسرعة، وأضاف: "أستطيع مساعدتك! أخرجني من هنا!".

"إذاً، أنت تظنّ أنّك تستطيع أن تخبرني بعلاقة هذا الهيكل بالرموز الموجودة على قاعدة الهرم؟".

"أجل! دعني ألقي نظرة عليها وحسب!".

"حسناً، إذاً، فلنرَ ما يمكنك فعله".

بــسرعة! مــع الماء الدافئ الذي راح يغمره، أخذ لانغدون يدفع الغطاء، على أمل أن يفــتحه الرجل. *أرجوك! أسرع!* ولكنّ الغطاء لم يُفتح. عوضاً عن ذلك، ظهرت قاعدة الهرم فجأة من خلف النافذة الزجاجية.

حدّق إليها لانغدون مذعوراً.

حمــل الــرجل الهرم بيديه الموشومتين قائلاً: "أظنّ أنّها قريبة بما يكفي؟ فكّر بسرعة، بروفيسور. أعتقد أن أمامك أقلّ من ستّين ثانية".

الفصل 102

غالباً ما سمع لانغدون أنّ الحيوان المحبوس يستخدم قوّته بطرائق عجيبة لإخراج نفسه. ولكـن، حـين اسـتعمل لانغـدون كامل قوّته لفتح الغطاء، لم يتحرّك شيء. استمرّ السائل بالارتفـاع مـن حوله. لم يتبقَّ له سوى ستّة إنشات يتنفّس فيها، فرفع رأسه إلى ذاك المجال الخالـي. أصبح الآن وجهـاً لوجه مع نافذة البليكسي، وكانت عيناه لا تبعدان سوى بضعة إنشات عن قاعدة الهرم الحجري التي تحوم فوقه برموزها المحيّرة.

لا فكرة لديّ عن معناها.

فآخـر نقـوش الهرم الماسوني، التي أُخفيت لأكثر من مئة عام تحت مزيج صلب من الـشمع والتـراب، خـرجت أخيراً إلى النور. كان النقش عبارة عن شبكة مربّعة تماماً من الـرموز المأخوذة من جميع التقاليد المعروفة؛ الخيمياء، علم الفلك، شعارات النبالة، الرموز الملائكـية، الـسحرية، العدديـة، الطلسمية، اليونانية، اللاتينية. كان هذا عبارة عن فوضى رمـزية، وكأنّه طبق حساء من أبجدية أخذت حروفها من عشرات اللغات والثقافات والأزمان المختلفة.

فوضى تامّة.

لـم يتخـيّل عالم الرموز روبرت لانغدون، في أغرب تفسيراته الأكاديمية، كيف يمكن تفكـيك هذه الشبكة من الرموز للتوصّل إلى أيّ معنى على الإطلاق. *نظام من هذه الفوضى؟ مستحيل.*

كان السائل يغمر الآن حنجرته، وشعر أنّ رعبه يرتفع معه. واصل الطرق على الصندوق، ولكنّ الهرم ظلّ ثابتاً فوقه.

بيأس شديد، ركّز لانغدون كلّ طاقاته العقلية على شبكة الرموز. *ماذا يمكن أن تعني؟* لسوء الحظّ، كانت مجموعة على نحو فوضوي إلى حدّ أنّه لم يعرف حتّى من أين يبدأ. *حتّى إنّها لا تنتمي إلى الحقبات التاريخية نفسها!*

كان صوت كاثرين المكتوم يصله من الخارج وهي تتوسّل الرجل باكية ليطلق سراح لانغدون. على الرغم من إخفاقه في إيجاد حلّ، دفع الخوف من الموت كلّ خلية في جسده إلى التفكير. شعر بوضوح ذهني غريب لم يسبق أن عرفه. *فكّر!* نظر جيّداً إلى الشبكة، وراح يبحث عن مفتاح؛ رسم، أو كلمة خفية، أو أيقونة خاصّة، أيّ شيء كان. ولكنّه لم يرَ سوى مجموعة من الرموز غير المترابطة. *الفوضى.*

مع انقضاء كلّ ثانية، كان لانغدون يشعر بخدر غريب يسيطر على جسده. وكأنّ جسده يستعدّ لحجب عقله عن ألم الموت. كان الماء يهدّد الآن بغمر أذنيه، فرفع رأسه قدر الإمكان، وضغطه على أعلى الصندوق. بدأت صور مخيفة تظهر أمام عينيه. صبي في نيو إنغلاند يقف في الماء في ظلام قعر بئر. رجل في روما عالق تحت جثّة في تابوت مقلوب.

أصبح صراخ كاثرين أكثر اهتياجاً. أحسّ لانغدون أنّها كانت تحاول استخدام *المنطق* مع ذاك المجنون، مصرّة على أنّ لانغدون لا يستطيع تفكيك شفيرة الهرم من دون الذهاب إلى معبد آلماس. "لا شكّ في أنّ ذاك المبنى يحتوي على القطعة المفقودة من هذه الأحجية! كيف يمكن لروبرت تفكيك الشيفرة من دون امتلاك كلّ المعلومات؟!".

قدّر لانغدون جهودها، ولكنّه كان أكيداً من أنّ *ثمانية ساحة فرانكلين* لا تشير إلى معبد آلماس. *الخطّ الزمني غير صحيح!* فاستناداً إلى الأسطورة، صُنع الهرم الماسوني في أواسط القرن التاسع عشر، أي قبل عقود من ولادة تنظيم أصحاب المزار. في الواقع، كان ذلك على الأرجح قبل أن يُطلق اسم ساحة فرانكلين على المكان، كما أدرك لانغدون. ولا يمكن أنّ يشير حجر القمّة إلى منزل غير مبنيّ، في عنوان لا وجود له. أيًّا يكن *ثمانية ساحة فرانكلين...* ينبغي أن يكون موجوداً عام 1850.

لسوء الحظّ، لم يتمكّن لانغدون من حلّ هذا اللغز.

راجع معلوماته بحثاً عن أيّ شيء يمكن أن يتّفق مع الخطّ الزمني. *ثمانية ساحة فرانكلين؟ شيء كان موجوداً منذ عام 1850؟* لم يتوصّل لانغدون إلى شيء. كان السائل يتسرّب إلى أذنيه الآن. قاوم رعبه، وحدّق إلى شبكة الرموز خلف الزجاج. *لا أفهم العلاقة!* في نوبة من الذعر، بدأ ذهنه يُخرج كلّ ما يعرفه عن هذا الموضوع.

ثمانية ساحة فرانكلين... كلمة square تعني أيضاً مربّعاً... هذه الشبكة من الرموز هي عبارة عن مربّع... كما تعني قائم زاوية... قائم الزاوية والفرجار هما رمزان ماسونيان... المذبح الماسوني مربّع... للمربّعات زوايا من تسعين درجة. واصل الماء ارتفاعه، ولكنّ

لانغـدون صبّ تركيزه على ما يفكّر فيه. ثمانية فرانكلين... ثمانية... هذه الشبكة مؤلّفة مـن صـفـوف ذات ثماني خانات... كلمة فرانكلين مؤلّفة من ثمانية أحرف... كلمة التنظيم (The Order) مؤلّفة من ثمانية أحرف... 8 هو رمز اللانهاية ∞... ثمانية هو عدد التدمير في علم الأعداد.

لم يعرف لانغدون شيئاً.

خارج الصندوق، كانت كاثرين لا تزال تتوسّل، ولكنّ سمع لانغدون أصبح متقطّعاً لأنّ مستوى الماء أخذ يرتفع حول رأسه.

"... مستحيل من دون معرفة... رسالة حجر القمّة بوضوح... السرّ مخبّأ في –".

ثمّ اختفى صوتها.

غمر الماء أذني لانغدون، وكتم آخر كلمات كاثرين. أحاطه صمت مفاجئ أشبه بصمت القبر، وأدرك لانغدون أنّه على وشك الموت.

السرّ مخبّأ في –

تردّدت آخر كلمات كاثرين في صمت قبره.

السرّ مخبّأ في –

أدرك لانغدون بغرابة أنّه سمع هذه الكلمات كثيراً في ما مضى.

السرّ مخبّأ... فيك.

حتّى هذه اللحظة، بدا أنّ الأسرار القديمة تسخر منه. فمقولة *السرّ مخبّأ فيك* كانت تشكّل لـبّ مـعـتـقد الأسرار، وتحثّ الإنسان على إيجاد الله، *ليس في الأعلى*... بل في داخله. *السرّ مخبّأ فيكم.* كانت تلك رسالة جميع المعلمين الباطنيين العظماء.

مملكة الله في داخلكم، هكذا قال يسوع المسيح.

كما قال بيتاغور، *اعرف نفسك.*

وتتواصل اللائحة بلا نهاية...

فقـد حاول جميع المعلمين الباطنيين عبر العصور نقل هذه الفكرة. *السرّ مخبّأ فيك.* مع ذلك، واصل الإنسان النظر إلى السماء بحثاً عن الله.

أصـبـح هـذا الإدراك بالنسبة إلى لانغدون قمّة السخرية. ففي هذه اللحظة، وعيناه موجّهتان إلى السماء مثل جميع عميان البصيرة الذين سبقوه، رأى روبرت لانغدون النور فجأة.

ضربه من الأعلى كالصاعقة.

The

secret hides

within The Order

Eight Franklin Square

359

فهم بلمح البصر.

أصبحت الرسالة المنقوشة على حجر القمّة واضحة وضوح الشمس. كان معناها واضحاً طيلة الوقت. كان النصّ المكتوب على حجر القمّة رمزاً مجزًّا، مثل الهرم الماسوني نفسه. ولكنّ معناه كان مموّهاً على نحو بسيط، ولم يصدّق أنّه لم يكتشفه هو وكاثرين.

والأغرب من ذلك، هو أنّ الرسالة المنقوشة على حجر القمّة تكشف بالفعل كيفية تفكيك شيفرة الرموز الموجودة على قاعدة الهرم. وكانت شديدة البساطة. تماماً كما وعد بيتر سولومون، كان حجر القمّة الذهبي عبارة عن تعويذة قوية، قادرة على توليد النظام من الفوضى.

راح لانغدون يدقّ على الغطاء ويصرخ: "عرفت! عرفت!".

من فوقه، ابتعد الهرم الحجري وطار بعيداً، ثمّ ظهر في مكانه وجه موشوم ومخيف، وراح ينظر إلى لانغدون من خلف النافذة الصغيرة.

صرخ لانغدون: "لقد حللتها! دعني أخرج!".

حين تحدّث الرجل الموشوم، لم يتمكّن لانغدون من سماع شيء بأذنيه المغمورتين بالماء. ولكنّه رأى بعينيه شفتي الرجل تقولان *"قل لي".*

صرخ لانغدون، وقد بلغ الماء عينيه تقريباً: "سأفعل! دعني أخرج! سأشرح لك كلّ شيء!" *إنّها في غاية البساطة.*

تحرّكت شفتا الرجل ثانيةً. *"إمّا أن تقول لي الآن... أو تموت".*

كان الماء يرتفع عبر آخر إنش من الهواء، فأرجع لانغدون رأسه إلى الخلف لإبعاد فمه عن المياه.

في أثناء ذلك، غمر الماء الدافئ عينيه، ولم يعد يرَ بوضوح. قوّس ظهره، وضغط فمه على النافذة الزجاجية. أخيراً، حين أصبحت أنفاسه مقصورة على بضع ثوانٍ، باح روبرت لانغدون بسرّ تفكيك شيفرة الهرم الماسوني.

حين انتهى من الكلام، أحاط السائلُ بشفتيه. لا إرادياً، أخذ لانغدون آخر نفس ثمّ أقفل فمه. وبعد لحظة، غمره السائل تماماً، وبلغ أعلى الصندوق مالئاً إيّاه.

أدرك مالأخ أنّ لانغدون فعلها. *لقد عرف كيفية حلّ لغز الهرم.*

كان الجواب بسيطاً جداً، بديهياً جداً.

تحت النافذة، حدّق إليه وجه لانغدون من تحت الماء بعينين يائستين متوسّلتين.

هزّ مالأخ رأسه وتفوّه ببطء بالكلمات التالية: "شكراً لك، بروفيسور...".

الفصل 103

كان لانغدون سبّاحاً ماهراً، ولطالما تساءل عن شعور المرء وهو يغرق. أدرك الآن أنه سيعرف الجواب بنفسه. ومع أنّه يستطيع حبس أنفاسه أكثر من معظم الناس، إلاّ أنّ جسده بدأ يحتجّ على غياب الهواء. كان ثاني أوكسيد الكربون يتراكم في دمه، ويحثّه على التنشّق. *لا تتنفّس!* كانت رغبته اللاإرادية في التنشّق تزداد قوّة مع كلّ لحظة. عرف لانغدون أنّه سرعان ما سيبلغ اللحظة الحاسمة التي يعجز معها عن حبس أنفاسه إرادياً لوقت أطول.

افتح الغطاء! كان الخوف يحثّ لانغدون على الطَّرق والنضال، ولكنّه عرف أنّه من الأفضل له عدم إضاعة ما بقي له من الأوكسيجين. فاكتفى بالتحديق إلى الأعلى من تحت الماء، وتمنّى النجاة. تقلّص العالم من حوله إلى مجرّد بقعة ضبابية من الضوء من خلف نافذة البليكسي. شعر أنّ عضلاته تُحرقه، وعرف أنّ عملية الاختناق بدأت.

فجأة، ظهر وجه جميل وشاحب وأخذ يحدّق إليه. كانت كاثرين، التي بدت ملامحها الرقيقة أثيرية تقريباً من فوق الماء. التقت أعينهما عبر النافذة، وللحظة، ظنّ لانغدون أنّه نجا. *كاثرين!* ثمّ سمع صراخها المكتوم وأدرك أنّ خاطفها هو الذي أمسكها هناك. كان الوحش الموشوم يجبرها على رؤية ما سيحدث.

كاثرين، أنا آسف...

جاهد لانغدون في مكانه المظلم تحت الماء كي يفهم أنّ تلك هي لحظات حياته الأخيرة. قريباً، سيكفّ عن الوجود... كلّ ما هو... وكلّ ما كان... وكلّ ما سيكون... كان على وشك الانتهاء. حين يموت دماغه، ستتبخّر جميع الذكريات المحفوظة في المادّة السنجابية، ومعها كلّ المعرفة التي اكتسبها، وذلك في فيض من التفاعلات الكيميائية.

في تلك اللحظة، أدرك لانغدون مدى تفاهته في هذا الكون. كان شعوراً من الوحدة والتواضع لم يسبق له أن عرفه أبداً. وبسرور تقريباً، شعر أنّ اللحظة الحاسمة أصبحت وشيكة.

أصبحت اللحظة فوقه.

أخرجت رئتا لانغدون محتوياتها، وانهارتا استعداداً للتنشّق. مع ذلك، أمسك أنفاسه قليلاً بعد. حلّت الثانية الأخيرة. أخيراً، ومثل شخص لم يعد قادراً على وضع يده فوق النار، استسلم لقدره.

غلب ردّ الفعل اللاإرادي على العقل.

انفتحت شفتاه.

تمدّدت رئتاه.

وتدفّق الماء فيهما.

لــم يــسبق أن تخيّل لانغدون ألماً أعظم من ذاك الذي اجتاح صدره. أحرقه الماء وهو يجتاح رئتيه. وعلى الفور، ارتفع الألم إلى جمجمته، وشعر وكأنّ رأسه يُسحق. أحسّ بهدير عظيم في أذنيه، وفي أثناء كلّ ذلك، كانت كاثرين سولومون تصرخ.

رأى وميضاً ساطعاً من الضوء.

تبعه الظلام.

رحل روبرت لانغدون.

الفصل 104

انتهى كلّ شيء.

تــوقّفت كاثــرين سولومون عن الصراخ. فمنظر الغرق الذي كانت شاهدة عليه جعلها تتخشّب، وشلّتها الصدمة واليأس.

مــن خلف نافذة البليكسي، رأت عيني لانغدون الميتتين تحدّقان إلى الفراغ. طغى الألم والندم على تعابيره الجامدة. خرجت آخر فُقاعات الهواء من فمه، ثمّ بدأ البروفيسور هارفرد يغرق ببطء في قعر الصندوق، وكأنّه يستسلم لمصيره... إلى أن اختفى في الظلام.

لقد رحل. شعرت كاثرين أنها كالمخدَّرة.

مدّ الرجل الموشوم يده، وأغلق النافذة الصغيرة بقسوة، حاجباً جثّة لانغدون في الداخل.

ابتسم إليها قائلاً: "تفضلي".

قبل أن تقول كاثرين شيئاً، رفع جسدها المصدوم على كتفه، ثمّ أطفأ النور، وحملها إلى خــارج الغرفة. نقلها ببضع خطوات قوية إلى آخر الردهة، ودخل غرفة كبيرة بدت مغمورة بنور أرجواني مائل إلى الاحمرار. كانت الغرفة عابقة برائحة تشبه رائحة البخور. حملها إلى طاولــة مــربّعة في الوسط وأفلتها بقسوة فوقها، فسقطت على ظهرها بألم شديد. كان السطح خشناً وبارداً. *أهذا صخر؟*

بالكاد كانت كاثرين تفهم ما يحدث حين نزع الرجل الأسلاك عن يديها وقدميها. حاولت المقاومة لاإرادياً، ولكنّ ذراعيها وساقيها المتشنّجة لم تسعفها. بدأ يقيّدها إلى الطاولة بأشرطة جلديــة ثقــيلة. فأحاطت إحداها بركبتيها، والأخرى بوركيها، مثبّتة ذراعيها إلى الجانبين. ثمّ وضع شريطة أخيرة حول صدرها، فوق ثدييها تماماً.

لــم يستغرق ذلك سوى بضع لحظات، فوجدت كاثرين نفسها مقيّدة مجدّداً. كانت تشعر بالألم في رسغيها وكاحليها مع عودة الدم إلى الجريان في أطرافها.

همس الرجل وهو يلعق شفتيه الموشومتين: "افتحي فمك".

شدّت كاثرين على أسنانها متقزّزة.

مدّ الرجل سبّابته من جديد ومرّرها ببطء فوق شفتيها، فاقشعرّ بدنها. شدّت على أسنانها أكثــر، فضحك الرجل واستعمل يده الأخرى للعثور على نقطة في عنقها، وضغط عليها. فُتح فم كاثرين على الفور. شعرت بإصبعه يدخل في فمها ويمرّ فوق لسانها. ابتلعت وحاولت أن تعـضّه، ولكنّ الإصبع كان قد خرج. واصل الضحك، وهو يرفع طرف إصبعه الرطب أمام عينيها. ثمّ أغلق عينيه، ودلّك من جديد الدائرة الخالية في أعلى رأسه بلعابها.

تنهّد الرجل وفتح عينيه ببطء. بعد ذلك، استدار وغادر الغرفة بهدوء مخيف.

في ذلك الصمت المفاجئ، أصبحت كاثرين تسمع نبضات قلبها. فوقها مباشرة، كان ثمّة سلسلة غير اعتيادية من المصابيح التي بدت وكأنّها تتحوّل من الأحمر الأرجواني إلى القرمزي الداكن، مضيئة سقف الغرفة المنخفض. حين رأت السقف، ذُهلت تماماً. فقد كان مكسوًّا بالرسومات بأكمله. كانت الرسومات تصوّر السماء؛ بما فيها من نجوم، وكواكب، وأبراج ممزوجة برموز، وخرائط، وصيغ فلكية. كما رأت أسهماً تشير إلى المدارات الإهليجية، ورموزاً هندسية تشير إلى زوايا الصعود، فضلاً عن مخلوقات بروجية تحدّق إليها. بدا وكأنّ عالِماً مجنوناً أفلت من عقاله في الكنيسة السيستينية.

التفتت كاثرين مشيحة بنظرها، ولكنّ الجدار إلى جانبها لم يكن أفضل حالاً.

كان ثمّة عدد من الشموع الموضوعة على مناضد من طراز القرون الوسطى تلقي ضوءها المتمايل على جدار يختفي تماماً خلف صفحات من النصوص، والصور، والرسومات. بدت بعض الصفحات أشبه بورق البردى أو الرقّ الممزّق من الكتب القديمة، بينما كانت بعض الصفحات الأخرى مأخوذة من كتب أحدث، وامتزجت فيها الصور، والرسومات، والخرائط. بدت جميعها أنّها أُلصقت على الجدار بعناية بالغة. وثُبّتت بينها بالمسامير شبكةٌ من الخيوط، التي ربطت بينها بعشوائية بالغة.

أشاحت كاثرين بنظرها مجدّداً، والتفتت إلى الاتّجاه الآخر. لسوء الحظّ، رأت هناك أفظع مشهد على الإطلاق.

قرب الطاولة الحجرية التي كانت مقيّدة عليها، رأت طاولة جانبية صغيرة ذكّرتها على الفور بالطاولة التي توضع عليها الأدوات في غرف الجراحة في المستشفيات. رُتّبت على الطاولة مجموعة من الأغراض، من بينها حقنة، وقارورة تحتوي على سائل داكن... وسكين كبيرة ذات قبضة من العظم ونصل حديدي صُقل ليلمع على نحو غير معتاد.

ربّاه... ماذا ينوي أن يفعل بي؟

الفصل 105

حين دخل الموظف المختصّ بأمن الأنظمة في السي آي أيه، ريك باريش، إلى مكتب نولا كاي أخيراً وهو يتبختر، كان يحمل صفحة ورق واحدة.

سألته نولا: "لماذا تأخرت؟!" *طلبت منك النزول على الفور!*

قال وهو يدفع نظارته فوق أنفه الطويل: "آسف، كنت أحاول أن أجمع لك مزيداً من المعلومات، ولكن–".

"أرني ما وجدته وحسب".

أعطاها باريش الصفحة المطبوعة، وقال: "هذا نصّ محجوب، ولكن يمكنك أخذ فكرة عن المضمون".

تأملت نولا الصفحة باستغراب.

قال باريش: "لم أفهم بعد كيف تمكّن قرصان من الدخول إليه، ولكن يبدو أنّ عنكبوت بحث منتدبٍ سطا على بحثنا–".

قالتَ نولا وهي تُشيح بنظرها عن الصفحة: "انسَ ذلك! ما الذي تفعله السي آي أيه بملف سرّي يتمحور حول الأهرامات، والأبواب القديمة، والرموز المجزّأة المنقوشة؟".

"لهذا السبب تأخّرت. كنت أحاول أن أعرف أيّ الوثائق هي المستهدفة، فتتبعت طريق الملف". صمت باريش، ثمّ قحّ قبل أن يتابع: "تبيّن أنّ هذه الوثيقة موجودة في قسم مخصّص... لمدير السي آي أيه شخصياً".

استدارت نولا، وحدّقت إليه غير مصدّقة. *مدير ساتو يملك ملفاً عن الهرم الماسوني؟* كانت تعرف أنّ المدير الحالي، فضلاً عن عدد كبير من أصحاب المراكز العالية في السي آي أيه، كانوا ماسونيين بدرجة عالية، ولكنّ نولا لم تتخيّل أن يحتفظ أيّ منهم بأسرار ماسونية على كمبيوتر للسي آي أيه.

ولكن، نظراً إلى ما شهدَته خلال الساعات الأربع والعشرين الماضية، فكلّ شيء أصبح ممكناً.

كان العميل سيمكينز ممدّداً على بطنه، بعيداً عن الأنظار بين شجيرات ساحة فرانكلين. كان نظره مثبّتاً على مدخل هيكل الماس، بأعمدته الطويلة. *لا شيء*. لم تُضأ أيّ أنوار في الداخل، ولم يقترب أحد من الباب. التفت ليتفقّد بيلامي. كان الرجل يسير بمفرده في وسط الحديقة، ويبدو عليه البرد، البرد *الشديد*. فقد رآه سيمكينز وهو يرتجف ويرتعش.

ارتجّ هاتفه الخلوي. كان الاتّصال من ساتو.

سألته: "كم تأخّر هدفنا؟".

نظـــر سيمكينز إلى الكرونوغراف، ثمّ قال: "قال الهدف إنّ وصوله سيستغرق عشرين دقيقة. مرّت الآن أربعون دقيقة تقريباً. ثمّة خطب ما".

قالت ساتو: "لن يأتيَ، لقد انتهى الأمر".

علم سيمكينز أنّها على حقّ. سألها: "هل اتّصل هارتمان؟".

"كلاّ، لم يتّصل أبداً من كالوراما هايتس. كما أنّني لم أفلح في الاتّصال به".

تصلّب سيمكينز. في هذه الحالة، لا بدّ من وجود خطب ما.

قالت ساتو: "اتّصلت للتوّ بالدعم الميداني، ولم يتمكّنوا من إيجاده أيضاً".

تبًّا. "هل يملكون نظام إرشاد في سيّارة الإسكالاد؟".

أجابـت ساتو: "أجـــل. إنّهــم عند عنوان سكني في كالوراما هايتس. اجمع رجالك، سننطلق".

أنهـت ساتو الاتصال، وحدّقت إلى خطّ الأفق المهيب لعاصمة بلادها. هبّت رياح باردة واختـــرقت سترتها الخفيفة، فلفّت ذراعيها حول نفسها اتّقاءً للبرد. لم تكن المديرة إينوي ساتو مــن النساء اللواتي يشعرن غالباً بالبرد... أو بالخوف. بيد أنّها في تلك اللحظة، كانت فريسة الاثنين.

الفصل 106

لــم يكن مــالأخ يرتدي سوى إزاره الحريري حين صعد السلّم بسرعة، وعَبَر الباب الفــولاذي، ثمّ خرج من خلف اللوحة المعلّقة في غرفة الجلوس. *عليّ الاستعداد بسرعة.* ألقى نظرة على عميل السي آي أيه الميت في الردهة. *لم يعد هذا المنزل آمناً.*

حمــل الهرم الحجري بيده وصعد مباشرة إلى مكتبه في الطابق الأوّل، ثمّ جلس أمام الكمبيوتــر المحمول. حين شغّله، راح يتخيّل لانغدون في الأسفل، وتساءل كم من الأيام أو حتّــى الأسابيع ستمرّ قبل أن يتمّ اكتشاف الجثّة الغارقة في قبوه السرّي. حينها، سيكون قد رحل، ولن يعود لذلك أيّ أهمية.

لقد أدّى لانغدون دوره... ببراعة.

فلانغـدون لم يجمع قطعتي الهرم الماسوني فحسب، بل اكتشف كيفية حلّ شبكة الرموز الموجــودة على قاعدته. للوهلة الأولى، استعصى عليه حلّها... إلاّ أنّ الجواب كان بسيطاً... واضحاً وضوح الشمس.

أضيئت شاشــة كمبيوتــر مالأخ، وعرضت الرسالة الإلكترونية نفسها التي تلقّاها مــنذ بعــض الــوقت. كانــت صورة لحجر قمّة لامع، يخفي إصبع وارن بيلامي جزءاً منه.

The

secret hides

within The Order

▮ Franklin Square

قالــت كاثــرين لمــالأخ، *ثمانية... ساحة فرانكلين.* كما أقرّت أنّ عملاء السي آي أيه متمركــزون في ساحة فرانكلين، على أمل القبض على مالأخ ومعرفة *التنظيم* الذي تشير إليه قمّة الهرم. هل هم الماسونيون؟ أصحاب المزار؟ الروزيكروشيون؟

أصبح مالأخ يعرف الآن أنّها لا تشير إلى أيّ منهم. لقد رأى *لانغدون الحقيقة.*

فمنذ عشر دقائق، اكتشف بروفيسور هارفرد مفتاح اللغز، بينما كان السائل يرتفع حول وجهــه. إذ صرخ، والرعب في عينيه: "الطراز ثمانية مربّع فرانكلين! السرّ مخبّأ في الطراز ثمانية مربّع فرانكلين!".

في البداية، لم يفهم مالأخ معنى ذلك.

صرخ لانغدون، وهو يضغط فمه على نافذة البليكسي: "هذا ليس عنواناً! الطراز ثمانية مربّع فرانكلين! إنّه مربّع عجيب!" ثمّ قال شيئاً عن ألبرخت دورير... وكيف أنّ شيفرة الهرم الأولى هي مفتاح حلّ هذه الشيفرة الأخيرة.

كان مالأخ مطّلعاً على المربّعات العجيبة؛ كامياس، كما يسمّيها الباطنيون الأوائل. فالنصّ القديم الذي يحمل عنوان De Occulta Philosophia وصف بالتفصيل القوّة الباطنية للمربّعات العجيبة، وطرائق تصميم طلاسم قوية استناداً إلى أرقام الشبكات العجيبة. والآن أخبره لانغدون أنّ ثمّة مربّعاً عجيباً يحمل سرّ تفكيك الشيفرة المنقوشة على قاعدة الهرم.

راح البروفيسور يصرخ، وكانت شفتاه هما الجزء الوحيد المتبقي من جسده فوق الماء: "أنت بحاجة إلى مربّع عجيب مؤلّف من صفوف ذات ثماني خانات! فالمربّعات العجيبة تُصنّف بحسب طرازها (order)! المربّع المؤلّف من صفوف ذات ثلاث خانات ينتمي إلى الطراز ثلاثة! والمربّع المؤلّف من صفوف ذات أربع خانات ينتمي إلى الطراز أربعة! أنت بحاجة إلى مربّع من الطراز ثمانية (order eight)!" كان السائل على وشك أن يغمر لانغدون تماماً، فأخذ البروفيسور نفساً يائساً أخيراً وصرخ شيئاً عن ماسوني شهير... أحد الأميركيين الأوائل... عالم، وباطني، وعالم رياضيات، ومخترع... فضلاً عن كونه مبتكر *كاميا* باطنية تحمل اسمه حتّى اليوم.

فرانكلين.

فجأة، أدرك مالأخ أنّ لانغدون كان على حقّ.

الآن، جلس مالأخ في الأعلى أمام شاشة الكمبيوتر وهو يلهث من شدّة الحماسة. قام ببحث سريع، وحصل على عشرات النتائج. اختار إحداها، وبدأ يقرأ.

الطراز ثمانية مربّع فرانكلين

المربّع المنتمي إلى الطراز ثمانية هو واحد من أشهر المربّعات العجيبة في التاريخ، نشره عام 1769 العالم الأميركي بينجامين فرانكلين. واشتُهر المربّع لاحتوائه على "الجمع المنحرف المائل" الجديد من نوعه. يرجع هوس فرانكلين بهذا الفنّ الباطني على الأرجح إلى صداقاته الشخصية مع الخيميائيين والباطنيين البارزين في عصره، فضلاً عن اعتقاده بعلم الفلك، وهذا ما شكّل أساس التوقّعات التي أطلقها في كتابه *روزنامة ريتشارد المسكين*.

52	61	4	13	20	29	36	45
14	3	62	51	46	35	30	19
53	60	5	12	21	28	37	44
11	6	59	54	43	38	27	22
55	58	7	10	23	26	39	42
9	8	57	56	41	40	25	24
50	63	2	15	18	31	34	47
16	1	64	49	48	33	32	17

تأمّل مالأخ مربّع فرانكلين الشهير، الذي تتوزّع فيه الأعداد على نحو فريد من 1 إلى 64، والـذي يساوي حاصل أعداد كلّ صفّ أفقي وعمودي ومنحرف العدد نفسه. *السرّ مخبّأ في الطراز ثمانية مربّع فرانكلين.*

ابتسم مالأخ. راح يرتعش حماسةً، وهو يتناول الهرم الحجري ويقلبه ليتفحّص القاعدة.

علـيه إعـادة ترتيب هذه الرموز الأربعة والستّين، بحسب أرقام خانات مربّع فرانكلين العجيب. ومع أنّ مالأخ لم يفهم كيف يمكن لهذه الشبكة الفوضوية من الرموز أن تصبح فجأة ذات مغزى إن رُتّبت بشكل آخر، إلاّ أنّه كان يثق بالوعد القديم.

Ordo ab chao.

تــسارع نبضه وهو يتناول قصاصة ورق ويرسم عليها بسرعة شبكة من صفوف ذات ثمانـي خانات. ثمّ بدأ يُدخل فيها الرموز، واحداً تلو الآخر، بالترتيب الجديد. على الفور، بدأ معنى الشبكة يظهر على نحو عجيب.

النظام من الفوضى!

أتــمّ تفكيك الشيفرة بأكملها، وحدّق غير مصدّق إلى الحلّ الذي تمثّل أمام عينيه. تكوّنت أمامه صورة واضحة. فالشبكة العشوائية تحوّلت... وأُعيد تنظيمها... ومع أنّ مالأخ لم يفهم بعد معنى الرسالة بكاملها، إلاّ أنّه فهم بما يكفي... ما يكفي ليعرف تماماً إلى أين يتوجّه الآن.

الهرم يشير إلى الطريق.

كانــت الشبكة تشير إلى أحد أعظم الأماكن الباطنية في العالم. والغريب أنّه كان المكان نفسه الذي تخيّل مالأخ دائماً أن تنتهي رحلته عنده.

يا للقدر!

الفصل 107

شعرت كاثرين سولومون ببرودة الطاولة الحجرية تحت ظهرها. كانت صور موت روبرت الفظيع لا تزال تعصف في ذهنها، فضلاً عن أفكار مخيفة حول أخيها. *هل مات بيتر هو الآخر؟* كانت السكين الغريبة الموضوعة على الطاولة المجاورة توحي لها أيضاً بصور خاطفة لما ينتظرها.

أهذه هي النهاية حقًّا؟

الغريب أنّ أفكارها تحوّلت فجأة إلى بحثها... إلى العلوم العقلية... واكتشافاتها الأخيرة. *ضاعت كلّها... تحوّلت إلى رماد.* لن تتمكّن أبداً من نشر اكتشافاتها للعالم. كان أغربها قد تمّ قبل بضعة أشهر، وكان من شأن نتائجه أن تغيّر فكرة الناس عن الموت. والغريب أنّ تفكيرها في تلك التجربة جلب إلى نفسها شيئاً من المواساة.

لطالما تساءلت كاثرين سولومون في صغرها عمّا إذا كان ثمّة حياة بعد الموت. *هل الجنّة موجودة فعلاً؟ ماذا يحدث حين نموت؟* لاحظت كاثرين، بشيء من الإحباط، أنه من غير الممكن إطلاقاً على الأرجح إثبات وجود الروح البشرية على أساس علمي. فتأكيد وجود وعي خارج الجسد البشري بعد الموت، كان أشبه بنفخ الدخان وتأمّل إيجاده بعد سنوات.

بعد تلك المناقشة، تولّد لدى كاثرين مفهوم غريب. كان شقيقها قد ذكر أنّ الكتاب المقدّس يصف الروح على أنها *Neshemah*، أي "ذكاء روحي" منفصل عن الجسد. فخطر لكاثرين أنّ كلمة *ذكاء* توحي بوجود *فكرة*. وبما أنّ العلم العقلي يشير بوضوح إلى أنّ *للأفكار* كتلة، إذاً، من المنطقي أن يكون للروح البشرية كتلة أيضاً.

هل يمكن وزن روح الإنسان؟

كانت الفكرة مستحيلة، بالطبع... لا بل جنونية.

بعد ثلاث سنوات من ذلك، استيقظت كاثرين فجأة من نومها وجلست فوراً على سريرها. نهضت، ثمّ قادت سيّارتها إلى مختبرها، وبدأت على الفور بالعمل على تجربة شديدة البساطة... ولكنّها بالغة الجرأة.

لم تكن تعرف ما إذا كان الأمر سينجح، فقرّرت عدم إخبار بيتر عنها حتّى ينتهي عملها. استغرقها الأمر أربعة أشهر، ولكنّ كاثرين استدعت أخاها أخيراً إلى المختبر. جرّت من المخزن الخلفي عربة كبيرة كانت تخبّئها فيه.

قالت لبيتر وهي تريه اختراعها: "صمّمتها وبنيتها بنفسي. هل تعرف ما هذا؟".

حدّق شقيقها إلى الآلة الغريبة، ثمّ سألها: "أهي حاضنة؟".

ضـحكت كاثـرين وهـزّت رأسها، مع أنّ ظنّه كان منطقياً. إذ بدت الآلة فعلاً شبيهة بالحاضـنات الـشفّافة التي يوضع فيها الأطفال المولودون قبل الأوان في المستشفيات. ولكنّ هذه الآلة كانت بحجم إنسان راشد، عبارة عن صندوق بلاستيكي شفّاف وطويل، يمنع دخول الهواء، أشبه بحجرة مستقبلية للنوم. وكان موضوعاً فوق جهاز إلكتروني كبير.

قالـت كاثـرين: "فلنـرَ إن كان هذا سيساعدك على التخمين"، ووصلت الآلة بالمقبس. أضيئت شاشة رقمية على الآلة، وتبدّلت أرقامها وهي تقوم بتسوية بعض الأمور.

حين انتهت، أظهرت الشاشة ما يلي:

0.0000000000 كلغ

سألها بيتر حائراً: "ميزان؟".

"وليس أيّ ميزان". تناولت كاثرين قصاصة ورق صغيرة عن طاولة مجاورة ووضعتها بلطف على سطح الصندوق. فتبدّلت أرقام الشاشة من جديد واستقرّت عند وزن جديد.

0.0008194325 كلغ

قالت: "ميزان صغري فائق الدقّة".

كانـت الحيـرة لا تزال تعلو ملامح بيتر، سألها قائلاً: "صنعتِ ميزاناً دقيقاً من أجل... إنسان؟".

"بالـضبط". رفعـت غطـاء الآلـة الشفّاف، وأضافت: "لو وضعنا شخصاً داخل هذا الـصندوق وأقفلنا الغطاء، يكون هذا الشخص داخل نظام محكم تماماً. ما من شيء يدخل إليه أو يخـرج مـنه. لا غـازات، ولا سوائل، ولا جزيئات غبار. لا شيء يخرج منه، لا أنفاس الشخص الموجود في الداخل، ولا عرقه المتبخّر، ولا إفرازاته الجسدية، لا شيء".

مـرّر بيتر يده في شعره الفضّي الكثيف، وهي عادة عصبية ورثتها كاثرين أيضاً. قال لها: "حسناً... من الواضح أنّ الإنسان يموت فيه بسرعة".

هزّت رأسها مجيبة: "خلال ستّ دقائق تقريباً، اعتماداً على سرعة تنفّسه".

التفت إليها وقال: "لا أفهم".

ابتسمت وأجابت: "ستفعل".

تـركت كاثرين الآلة خلفها، واصطحبت بيتر إلى غرفة التحكّم في المكعّب، ثمّ أجلسته أمام جدار البلازما. بدأت تطبع، ثمّ دخلت سلسلةً من ملفات الأفلام المخزّنة على وحدتي نسخ المعلومات. حين أضيئت الشاشة، ظهر أمامهما ما يشبه الأفلام المنزلية.

كانت الكاميرة تصوّر غرفة نوم متواضعة تحتوي على سرير غير مرتّب، وزجاجات أدوية، وجهاز تنفّس، وجهاز لمراقبة النبض. بدا بيتر مذهولاً، بينما تابعت الكاميرة جولتها لتكشف أخيراً، في وسط الغرفة تقريباً، ميزان كاثرين الغريب.

اتّسعت عينا بيتر ذهولاً وسألها: "ماذا...؟" كان غطاء الصندوق الشفّاف مفتوحاً، يتمدّد في داخله رجل عجوز جداً، وُضع على وجهه قناع الأوكسيجين. وقفت زوجته المتقدّمة في السنّ مع ممرّض بقرب الصندوق. كان الرجل يتنفّس بصعوبة، وكانت عيناه مغلقتين.

قالت كاثرين: "الرجل الممدّد في الصندوق هو أستاذ علوم درّسني في جامعة يال، وبقينا أنا وهو على اتّصال على مرّ السنوات. كان مريضاً جداً، ولطالما قال إنّه يرغب في وهب جسده للعلم. لذا، حين شرحت له فكرة هذه التجربة، أراد المشاركة فيها على الفور". ظلّ بيتر مصعوقاً وهو يحدّق إلى المشهد الذي يجري أمامه.

التفت الممرّض إلى زوجة الرجل قائلاً: "حان الوقت. إنّه جاهز".

مسحت المرأة العجوز عينيها الدامعتين وهزّت رأسها بهدوء قائلةً: "حسناً".

بلطف شديد، مدّ الممرّض يده إلى الصندوق، ونزع قناع الأوكسيجين عن وجه الرجل. اهتاج الرجل قليلاً، لكنّ عينيه ظلّتا مغلقتين. جرّ الممرّض جهاز التنفّس والمعدّات الأخرى جانباً، وترك الرجل العجوز في الصندوق، معزولاً تماماً في وسط الغرفة.

اقتربت زوجة الرجل المحتضِر من الصندوق، ثمّ انحنت، وقبّلت بلطف جبين زوجها. لم يفتح العجوز عينيه، ولكنّ ابتسامة حنونة ارتسمت على نحو طفيف جداً على شفتيه.

من دون قناع الأوكسيجين، ازداد تنفّس الرجل صعوبة بسرعة. من الواضح أنّ نهايته أصبحت قريبة. بهدوء وتصميم غريبين، أغلقت الزوجة الغطاء الشفّاف ببطء وأقفلته، تماماً كما علّمتها كاثرين.

تراجع بيتر مذهولاً، ثمّ سألها: "كاثرين، ما الذي يحدث بحقّ الله؟!".

همست كاثرين: "لا بأس. ثمّة ما يكفي من الهواء داخل الصندوق". كانت قد شاهدت هذا الفيلم عشرات المرّات، ولكنّه لا يزال يجعل نبضها يتسارع. أشارت إلى الميزان الواقع تحت صندوق الرجل المحتضِر. كانت الشاشة تعرض الأرقام التالية:

51.4534644 كلغ

هذا هو وزن جسده.

أصبح تنفّس العجوز سطحياً أكثر، فتقدّم بيتر خطوة إلى الأمام، في ذهول تامّ.

همست كاثرين: "هذا ما أراده، شاهد ما يحدث".

كانت زوجة الرجل قد تراجعت وجلست على السرير، تشاهد بصمت مع الممرّض.

خــلال الثوانـــي الستّين التالية، تسارع تنفّس الرجل السطحي، إلى أن أخذ نفسه الأخير دفعة واحدة، وكأنّه اختار تلك اللحظة بنفسه. توقّف كلّ شيء.

انتهى الأمر.

راحت الزوجة والممرّض يواسيان بعضهما.

لم يحدث شيء آخر.

بعد بضع ثوانٍ، التفت بيتر إلى كاثرين بإرباك واضح.

فكّرت وهي تعيد انتباه بيتر إلى الشاشة الرقمية للصندوق، *انتظر*. كانت الشاشة لا تزال تتوهّج بوزن جسد الرجل الميت.

ثمّ حدث الأمر.

حــين رآه بيتــر، انتفض إلى الخلف، على وشك أن يسقط عن كرسيّه. غطّى فمه بيده مصدوماً وقال: "ولكن... هذا... لا يمكنني...".

كـــان من النادر أن يعجز بيتر سولومون عن الكلام. ولكنّ ردّ فعل كاثرين كان مشابهاً في المرّات الأولى التي شاهدت فيها ما حدث.

فبعد لحظات من موت العجوز، انخفضت الأرقام المعروضة على شاشة الميزان فجأة. أصـــبح الرجل أخف وزناً على الفور بعد موته. كان التغيّر طفيفاً ولكن يمكن قياسه... وكان معنى هذا الاكتشاف مذهلاً.

تذكــر كاثــرين أنّها كتبت في ملاحظاتها المخبرية بيد مرتعشة: "يبدو أنّ ثمّة مادّة غير مـــرئية موجـــودة في الجسد البشري عند الموت. تلك المادّة لها كتلة يمكن قياسها ولا تعيقها الحواجز الفيزيائية. أفترض أنّها تتنقّل في بُعدٍ لا يمكنني إدراكه بعد".

نظـــراً إلى تعبير الصدمة الذي علا وجه بيتر، أدركت كاثرين أنّه فهم تلك المضامين. قال وهو يرف بجفنيه وكأنّه يحاول التأكّد من أنّه ليس في حلم: "كاثرين... هل قستها؟".

حينها، حلّ بينهما صمت طويل.

شعرت كاثرين أنّ أخاها كان يحاول فهم جميع الانعكاسات الواضحة العجيبة. *سيستغرق ذلـك وقتاً*. إن كان ما شاهداه للتوّ هو بالفعل ما بدا لهما، فسيتمّ إلقاء ضوء جديد على عدد لا حــصر لـــه من الأسئلة الباطنية: التقمّص، الوعي الكوني، تجارب الموت الوشيك، الإسقاط النجمي، الرؤية عن بعد، الحلم الواضح، إلى آخره.

كان بيتر صامتاً، ورأت كاثرين الدموع في عينيه. فهمت ما يدور في خلده، وبكت هي الأخـــرى. لقـــد خسر كلّ منهما أشخاصاً أعزّاء عليهما، وفي هذه الحالة، فإنّ أقلّ إشارة إلى استمرار الروح البشرية بعد الموت تجلب العزاء والأمل.

قالت كاثرين في نفسها، *إنّه يفكّر في زاكاري*، إذ عرفت الحزن العميق في عيني أخيها. لسنوات طويلة، ظلّ بيتر يحمل على كاهله ذنب موت ابنه. وقد أخبر كاثرين مرّات عديدة أنّ ترك زاكاري في السجن كان أكبر خطأ ارتكبه في حياته، ولن يسامح نفسه عليه أبداً.

أُغلــق باب بعنف، فعادت كاثرين فجأة إلى واقعها، في القبو، ممدّدة على طاولة حجرية بــاردة. كــان الباب المعدني في أعلى السلّم قد صُفق، وكان الرجل الموشوم ينزل عائداً إلى الأســفل. ســمعته يــدخل إلى إحدى الغرف في الردهة، يفعل شيئاً في الداخل، ثمّ يعود عبر الــردهة إلـــى الغــرفة الموجودة فيها. حين دخل، رأته يدفع شيئاً أمامه، شيئاً ثقيلاً... على عجــلات. حين وصل إلى الضوء، حدّقت إليه غير مصدّقة. كان الرجل الموشوم يدفع أمامه شخصاً جالساً على كرسي متحرّك.

فكرياً، تعرّف عقل كاثرين إلى الرجل الجالس على الكرسي. ولكن عاطفياً، بالكاد تقبّل ذهنها ما رأته.

بيتر؟

لــم تعــرف ما إذا كان ينبغي لها الشعور بالفرح لرؤية أخيها حيًّا... أم بالرعب. كان جسد بيتــر حلــيقاً تمامـــاً. لقد اختفى شعره الفضّي، وكذلك حاجباه، وكانت بشرته الملساء تلمع وكأنّها مدهــونة بالــزيت. كــان يرتدي مئزراً حريرياً أسود. وفي مكان يده اليمنى، رأت جدَعَة ملفوفة بضمادة نظيفة وجديدة. وقعت عينا أخيها المتألمتان عليها، وكانتا مليئتين بالحزن والندم.

قالت بصوت مخنوق: "بيتر!".

حاول أخوها التحدّث، ولكن لم تصدر عنه سوى أصوات مكتومة من حنجرته. فأدركت كاثرين أنّه مقيّد على الكرسي المتحرّك ومكمّم.

مدّ الرجل الموشوم يده، ومرّرها بلطف على رأس بيتر الحليق. قال: "لقد أعددت لأخيك شرفاً عظيماً. لديه دور سيؤدّيه الليلة".

تصلّب جسد كاثرين بأكمله. *لا...*

"سأغادر أنا وبيتر على الفور، ولكن أظنّ أنّكما ترغبان بتوديع بعضكما".

سألته بضعف: "إلى أين تأخذه؟".

ابتــسم مجيباً: "علينا الذهاب أنا وبيتر إلى الجبل المبجّل. هناك يختبئ الكنز. لقد كشف الهرم الماسوني مكانه. كان صديقك روبرت لانغدون مفيداً جداً".

نظرت كاثرين إلى عيني شقيقها وقالت: "لقد قتل... روبرت".

تقلّصت تعابير أخيها بألم، وهزّ رأسه بعنف وكأنّه عاجز عن احتمال مزيدٍ من الألم.

قال الرجل وهو يمرّر يده مجدّداً على رأس بيتر: "كفى، كفى، بيتر. لا تجعل ذلك يفسد علينا هذه اللحظة. ودّع أختك الصغيرة. فهذا اجتماعكما العائلي الأخير".

شعرت كاثرين أنّها تغرق في اليأس. راحت تصرخ: "لماذا تفعل ذلك؟! ماذا فعلنا لك؟! لماذا تكره عائلتي إلى هذا الحدّ؟!".

تقدّم الرجل الموشوم، ووضع فمه بقرب أذنها تماماً، ثمّ قال: "لديّ أسبابي، كاثرين". ثمّ مــشى نحو الطاولة الجانبية، وتناول السكين الغريبة. أحضرها إليها، ومرّر النصل المسنون على خدّها. "هذه من دون شكّ أشهر سكين في التاريخ".

لم تكن كاثرين تعلم بوجود أيّ سكاكين مشهورة، ولكنّ هذه السكين بدت مخيفة وقديمة. شعرت أنّ نصلها حادّ كالشفرة.

قـال: "لا تخافـي، لا أنوي إضاعة قوّتها عليك. أنا أحتفظ بها لقربان أهم بكثير... في مكـان أكثـر تبجـيلاً". الـتفت إلى أخيها وسأله قائلاً: "بيتر، أنت تعرف هذه السكين، أليس كذلك؟".

اتّسعت عينا شقيقها بمزيج من الخوف والذهول.

"أجـل، بيتـر، هذه التحفة القديمة لا تزال موجودة. حصلت عليها مقابل ثمن باهظ... واحتفظت بها من أجلك. أخيراً، سننهي معاً رحلتنا الطويلة المؤلمة".

عـند هذا، لفّ السكين بحذر بقطعة من القماش مع جميع الأغراض الأخرى؛ البخور، والقواريـر المحتوية على السائل، وأقمشة الساتان البيضاء، وغيرها من الأغراض الطقسية. ثـمّ وضـع تلـك الأشياء داخل حقيبة روبرت لانغدون الجلدية، مع الهرم الماسوني والقمّة الذهبية. نظرت كاثرين بعجز إلى الرجل وهو يغلق حقيبة لانغدون ويلتفت إلى أخيها.

"هلاّ حملت هذه، يا بيتر؟" ووضع الحقيبة الصغيرة في حضنه.

بعـد ذلـك، توجّه الرجل إلى أحد الأدراج وبدأ يأخذ منه بعض الأشياء. سمعت قعقعة أغراض معدنية صغيرة. حين عاد، أمسك بيدها اليمنى وثبّتها. لم تستطع كاثرين أن ترى ما يفعله، لكنّ بيتر كان يرى على ما يبدو لأنّه عاد يتلوّى بعنف.

شـعرت كاثرين بشكّة حادّة في تجويف مرفقها الأيمن، تبع ذلك إحساس غريب بالدفء حـوله. كان بيتر يصدر أصواتاً مذعورة، مخنوقة، ويحاول عبثاً النهوض عن كرسيّه الثقيل. شعرت كاثرين بالخدر ينتشر في ساعدها وأطراف أصابعها، تحت المرفق.

حـين ابتعد الرجل. عرفت كاثرين سبب ذعر أخيها. كان الرجل الموشوم قد أدخل إبرة طبـية فـي وريدها، وكأنّها تتبرّع بالدم. ولكنّ الإبرة لم تكن موصولة بأنبوب، بل كان دمها يتدفّق بحرية من خلالها، يسيل على مرفقها وساعدها، وفوق الطاولة الحجرية.

قـال الـرجل وهو يلتفت إلى بيتر: "ساعة بشرية. حين أطلب منك بعد قليل أن تؤدّي دورك، أريدك أن تتخيّل كاثرين... تموت وحدها هنا في الظلام".

كان العذاب التامّ طاغياً على ملامح بيتر.

قال الرجل: "ستبقى على قيد الحياة لساعة تقريباً. إن تعاونت معي بسرعة، سيكون لديّ الوقت لإنقاذها. بالطبع، إن قاومتني... فستموت أختك هنا وحدها في الظلام".

راح بيتر يجأر بأصوات غير مفهومة من خلال الخرقة التي تسدّ فمه.

قال الرجل الموشوم وهو يضع يده على كتف بيتر: "أعرف، أعرف، هذا صعب عليك. ولكـن لا ينبغي ذلك. ففي النهاية، هذه ليست المرّة الأولى التي تترك فيها فرداً من عائلتك". صمت ثمّ انحنى وهمس في أذن بيتر: "أنا أعني، بالطبع، ابنك زاكاري، في سجن سوغانليك".

راح بيتر يصارع قيوده، مطلقاً صرخة كتمتها الخرقة المقحمة في فمه.

صرخت كاثرين: "توقّف!".

قال الرجل ساخراً وهو يوضّب أشياءه: "أذكر تلك الليلة جيّداً، سمعت كلّ شيء. عرض عليك آمر السجن إطلاق سراح ابنك، ولكنّك قررت تلقين زاكاري درساً... بتركه هناك. وقد تعلّم ابنك درسه جيّداً، أليس كذلك؟" ابتسم الرجل مضيفاً: "كانت خسارته... كسباً لي".

أخرج الرجل خرقة من الكتّان، وأقحمها عميقاً في فم كاثرين. همس قائلاً: "ينبغي للموت أن يتمّ بهدوء".

تلوّى بيتر بعنف. ولكن، ومن دون قول المزيد، أرجع الرجل الموشوم كرسيّ بيتر ببطء إلى خارج الغرفة، وتركه يلقي نظرة طويلة وأخيرة على أخته.

نظر كلّ من كاثرين وبيتر إلى عيني بعضهما مرّة أخيرة.

ثمّ رحل.

سمعتهما كاثرين يصعدان السلّم، ويعبران الباب المعدني. حين خرجا، سمعت الرجل الموشوم يقفل الباب المعدني خلفه ويتابع طريقه عبر لوحة سيّدات الجمال الثلاث. وبعد دقائق، سمعت هدير محرّك سيّارة.

ثمّ غرق المنزل بالصمت.

بقيت كاثرين ممدّدة وحدها في الظلام، تنزف.

الفصل 108

كان عقل روبرت لانغدون يطوف في هاوية لا قرار لها.

لا نور، ولا أصوات، ولا إحساس.

مجرّد فراغ صامت لا نهاية له.

سلاسة.

خفّة.

لقد حرّره جسده. لم يعد مقيّداً.

لم يعد للعالم الفيزيائي وجود. لم يعد الزمن موجوداً.

أصبح الآن وعياً خالصاً... وعياً أولياً بلا جسد، معلّقاً في فراغ كون شاسع.

الفصل 109

حلّقت المروحيّة UH-60 على علوّ منخفض فوق الأسطح الواسعة لمنازل كالوراما هايتس، متوجّهة نحو العنوان الذي أعطاهم إيّاه فريق الدعم. كان العميل سيمكينز أوّل من رأى سيّارة الإسكالاد السوداء المركونة كيفما اتّفق في الحديقة الأمامية لأحد المنازل. كانت البوابة الأمامية مغلقة، والمنزل غارقاً في الظلام والهدوء.

أعطت ساتو الأمر بالهبوط.

حطّت المروحيّة بقوة في الحديقة الأمامية، بين عدد من السيّارات... كان ضوء إنذار إحدى سيّارات الأمن لا يزال شغّالاً.

قفز سيمكينز وفريقه من المروحية، وشهروا أسلحتهم، ثمّ اندفعوا إلى الشرفة. وجدوا الباب الأمامي مقفلاً، فكوّر سيمكينز يديه، وحدّق عبر إحدى النوافذ. كان المدخل مظلماً، ولكنّه رأى ظلّ جثّة على الأرض.

همس قائلاً: "تبًّا، إنّه هارتمان".

تناول أحد العملاء كرسياً عن الشرفة، ورفعه، ثمّ كسر به النافذة الكبيرة. بالكاد سُمع صوت تحطّم الزجاج مع هدير المروحية خلفهم. بعد ثوانٍ، أصبح الجميع في الداخل. اندفع سيمكينز إلى الردهة وركع قرب هارتمان للتحقّق من نبضه. لا شيء. كان الدم يملأ المكان. ثمّ رأى مفكّ البراغي في عنق هارتمان.

ربّاه. وقف وأومأ إلى رجاله ليبدأوا التفتيش الكامل.

توزّع الرجال في الطابق الأوّل، واستعملوا أجهزة الليزر للبحث في ظلام المنزل الفخم. لم يجدوا شيئاً في غرفة الجلوس ولا في المكتب، ولكنّهم فوجئوا في غرفة الطعام بوجود شرطية مخنوقة. كانت آمال العميل سيمكينز بإيجاد روبرت لانغدون وكاثرين سولومون على قيد الحياة تتبخّر بسرعة. فمن الواضح أنّ هذا القاتل العنيف نصب لهما فخّاً، وإن نجح في قتل عميل سي آي أيه وحارسة أمن مسلّحة، لا يبدو أنّ البروفيسور والعالمة سيكونان أوفر حظّاً.

حين تبيّن أنّ الطابق الأوّل لا يوجد فيه أحد، أرسل سيمكينز عميلين لتفتيش الطابق العلوي.

في تلك الأثناء، وجد سلّماً في المطبخ يؤدّي إلى القبو، فنزله. عند أسفل السلّم، أضاء النور. كان القبو فسيحاً ونظيفاً، وكأنّه لم يُستعمل يوماً. كان يحتوي على سخّانات، وجدران إسمنتية خالية، وبضعة صناديق. *لا شيء هنا على الإطلاق.* عاد سيمكينز إلى المطبخ في الوقت نفسه الذي نزل فيه الرجلان من الطابق العلوي. هزّ الجميع رؤوسهم.

كان المنزل خالياً.

لا أحد فيه، ولا مزيد من الجثث.

أخبر سيمكينز ساتو عبر اللاسلكي بآخر المعلومات المحزنة.

حين عاد إلى الردهة، كانت ساتو تصعد السلّم المؤدّي إلى الشرفة. بدا وارن بيلامي خلفها، يجلس شارداً بمفرده في الطائرة، مع حقيبة ساتو المصنوعة من التيتانيوم عند قدميه. كان كمبيوتر مديرة مكتب الأمن المحمول يمنحها القدرة على دخول أنظمة كمبيوتر السي آي أيه من أيّ مكان في العالم، بواسطة روابط مشفّرة بالأقمار الصناعية. وقد استعملت هذا الكمبيوتر الليلة لإطلاع بيلامي على بعض المعلومات التي أذهلت الرجل ودفعته للتعاون الكامل. لم يكن سيمكينز يعرف ما رآه بيلامي، ولكن، أيًّا يكن ذلك، فقد سبّب للمهندس صدمة لم يستفق منها حتّى الآن.

دخلت ساتو الردهة، ثمّ توقّفت للحظة، وخفضت رأسها نحو جثّة هارتمان. بعد قليل، نظرت إلى سيمكينز وسألته: "لا أثر للانغدون أو كاثرين؟ ولا لبيتر سولومون؟".

هزّ سيمكينز رأسه نافياً: "إن كانوا لا يزالون أحياء، فقد أخذهم معه".

"هل رأيت أيّ كمبيوتر في المنزل؟".

"أجل، سيّدتي. في المكتب".

"دلّني عليه".

اقتاد سيمكينز ساتو إلى خارج الردهة ودخلا غرفة الجلوس. كانت السجّادة السميكة مكسوّة بحطام الزجاج الذي تناثر من النافذة. سارا أمام موقد، ولوحة كبيرة، ومكتبة، إلى أن وصلا إلى باب مكتب. كانت جدران المكتب مكسوّة بالخشب، وكان يضمّ مكتباً قديم الطراز وشاشة كمبيوتر كبيرة. توجّهت ساتو إلى خلف المكتب ورمقت الشاشة، ثمّ عبست على الفور.

همست قائلةً: "تبًّا".

اقترب سيمكينز ونظر إلى الشاشة. كانت مطفأة. سألها: "ما الخطب؟".

أشارت ساتو إلى مكان خالٍ على المكتب وقالت: "إنّه يستعمل كمبيوتراً محمولاً، وقد أخذه معه".

لم يفهم سيمكينز، فسألها: "هل لديه معلومات تريدين رؤيتها؟".

أجابت ساتو بصوت جاد: "كلاّ، بل لديه معلومات لا أريد لأحد رؤيتها".

في الأسفل، في القبو السرّي، سمعت كاثرين سولومون هدير المروحية، تبعه تحطّم زجاج وخطوات ثقيلة على الأرض فوقها. حاولت الصراخ طلباً للمساعدة، ولكنّ الخرقة المقحمة في فمها منعتها من ذلك. بالكاد صدر عنها أيّ صوت. وكلّما حاولت، راح الدم يتدفّق من مرفقها بسرعة أكبر.

كانت تشعر بضيق في النفس وبشيء من الدوار.

عرفت أنّ عليها أن تهدأ. *استعملي عقلك، يا كاثرين.* فجنّدت كلّ عزيمتها، ووضعت نفسها في حالة تأمّل.

كان عقل روبرت لانغدون يطوف في الفراغ. حدّق إلى الفراغ اللامتناهي بحثاً عن شيء يتعرّف إليه، ولكنّه لم يجد شيئاً.

هناك ظلام تامّ، وصمت تامّ، وسلام تامّ.

حتّى إنّه لم يشعر بجاذبية ليعرف أيّ اتّجاه يقوده إلى الأعلى.

كان جسده قد اختفى.

لا بدّ من أن يكون هذا هو الموت.

شعر أنّ الزمن يتمدّد ويتقلّص، وكأنّه لم يعد له معنى في هذا المكان. لم يعد يعرف كم مرّ من الوقت. *عشر ثوانٍ؟ عشر دقائق؟ عشرة أيام؟*

ولكن فجأة، ومثل انفجارات نارية في مجرّات بعيدة، بدأت الذكريات تتمثّل أمامه، وتهبّ نحوه مثل أمواج في بحر من الفراغ.

بدأ روبرت لانغدون يتذكّر دفعة واحدة. راحت الصور تخترقه... وكانت حيّة ومثيرة للاضطراب. كان يحدّق إلى وجه مغطّى بالأوشام. ظهرت يدان قويتان رفعتا رأسه وسحقتاه على الأرض.

اكتسحه الألم... وحلّ من بعده الظلام.

نور رمادي.

ألم.

ذكريات خاطفة. لانغدون يُجرّ، شبه واعٍ، إلى تحت، تحت، تحت. كان خاطفه ينشد شيئاً.

Verbum significatium... Verbum omnificum... Verbum perdo...

الفصل 110

وقفت المديرة ساتو بمفردها في المكتب، تنتظر ردًّا على طلبها من قسم التصوير بالأقمار الصناعية التابع للسي آي أيه. فمن حسنات العمل في العاصمة، هي القدرة على استعمال التغطية بالأقمار الصناعية. إن حالفهم الحظّ، فسيكون أحد تلك الأقمار موجّهاً بحيث التقط صوراً لهذا المنزل الليلة، وسجّل سيّارة تغادر المكان في نصف الساعة الأخيرة.

قال تقني الأقمار الصناعية: "آسف سيّدتي، ما من تغطية لذاك العنوان الليلة. هل تريدين أن تطلبي إعادة توجيه للأقمار؟".

"كلاّ شكراً، فات الأوان". وأنهت الاتّصال.

تنهّدت ساتو، فهي لم تعد تملك أدنى فكرة عن كيفية اكتشاف مكان هدفها. خرجت إلى الردهة. رأت أنّ رجالها غلّفوا جثّة العميل هارتمان وكانوا يحملونها نحو المروحية. كانت ساتو قد أمرت العميل سيمكينز بجمع رجاله استعداداً للعودة إلى لانغلي، ولكنّ سيمكينز كان راكعاً على ركبتيه ويديه في غرفة الجلوس. بدا وكأنّه مريض.

"هل أنت بخير؟" رفع رأسه نحوها وبدت نظراته غريبة. سألها: "هل رأيت هذا؟" وأشار إلى أرض غرفة الجلوس.

تقدّمت ساتو، ونظرت إلى السجّادة السميكة. هزّت رأسها لأنّها لم ترَ شيئاً.

قال سيمكينز: "انحني وانظري إلى وبر السجّادة".

فعلت كما قال، وبعد لحظات رأت ما يشير إليه. بدا وبر السجّادة وكأنّه مسحوق... وذلك على طول خطّين مستقيمين، وكأنّ عجلتي شيء ثقيل مرّت في الغرفة.

قال سيمكينز: "الغريب هو المكان الذي تنتهي الآثار عنده". وأشار إليه.

تبعت ساتو بنظرها الخطّين المتوازيين الممتدّين فوق سجّادة غرفة الجلوس. بدا أنّ الآثار تختفي تحت لوحة كبيرة ممتدّة من الأرض إلى السقف، معلّقة على مقربة من الموقد. *ما هذا؟*

مشى سيمكينز نحو اللوحة وحاول نزعها عن الجدار، غير أنّها لم تتحرّك. قال: "إنّها مثبّتة". وراح يمرّر أصابعه حول أطرافها. "مهلاً، ثمّة شيء تحتها..."، ارتطم إصبعه برافعة صغيرة تحت الطرف السفلي، وسُمعت طقطقة.

تقدّمت ساتو إلى الأمام، بينما دفع سيمكينز الإطار، واستدارت اللوحة بأكملها ببطء عند الوسط، وكأنّها باب دوّار.

رفع الضوء الكاشف، ووجّهه إلى الظلام خلفها.

ضاقت عينا ساتو. جيّد جداً.

ففي آخر ممرّ قصير، رأت باباً معدنياً ثقيلاً.

كانـــت الذكريات التي هبّت على عقل لانغدون الخالي تروح وتجيء. من بعدها، راحت تدور فيه شرارات حمراء حامية، يرافقها الهمس البعيد الغريب نفسه.

Verbum significatium... Verbum omnificum... Verbum perdo...

استمرّ الغناء وكأنّه أصوات تنشد في القرون الوسطى.

Verbum significatium... Verbum omnificum.

تبعثرت الكلمات الآن في الفراغ، وتردّدت أصوات جديدة حوله.

Apocalypsis... Franklin... Apocalypsis... Verbum... Apocalypsis...

ومن دون سابق إنذار، بدأ جرس حزين يدقّ في مكان ما في البعيد. دقّ الجرس مراراً وتكـــراراً، وارتفـــع صـــوته أكثر. أصبح يدقّ الآن بمزيد من الإلحاح، وكأنّه يأمل أن يفهم لانغدون، وكأنّه يحثّ عقله على اتّباعه.

الفصل 111

رنّ الجرس في برج الساعة لثلاث دقائق كاملة، ارتجّ في أثنائها شمعدان الكريستال المعلّق فوق رأس لانغدون. فقبل عقود من الزمن، كان يحضر المحاضرات في هذه القاعة المحبوبة في أكاديمية فيليبس إيكزيتير. ولكنّه أتى اليوم للاستماع إلى صديق عزيز يلقي محاضرة على مجموعة من الطلاب. حين أُطفئت الأضواء، جلس لانغدون بمحاذاة الجدار الخلفي، تحت مجموعة من اللوحات التي تصوّر المدير.

عمّ الصمت أرجاء القاعة.

في الظلام التامّ، مشى رجل طويل على المسرح ووقف أمام المنبر. همس صوته في الميكروفون، "صباح الخير".

استقام الجميع في جلستهم، محاولين رؤية وجه المتحدّث.

أُضيء مسلاط، وكشف صورة بنّية باهتة لقصر مهيب، واجهته من الحجر الرملي الأحمر، مع أبراج مربّعة عالية، وزخرفات قوطية.

قال المتحدّث: "من يعرف أين يقع هذا المبنى؟".

أعلنت فتاة في الظلام: "إنكلترا! هذه الواجهة هي مزيج من الهندسة القوطية المبكرة والهندسة الرومانسية المتأخرة، ما يجعل من هذا المبنى قصراً نورماندياً مثالياً، وقد بُنيَ في إنكلترا في القرن الثاني عشر تقريباً".

أجابها الظلّ: "هائل، أنت خبيرة في الهندسة".

سُمعت همهمة منخفضة في القاعة.

أضاف المتحدّث: "لسوء الحظّ، أخطأت بثلاثة آلاف ميل ونصف ألفية".

ارتفعت رؤوس الموجودين.

عرض المسلاط الآن صورة حديثة بالألوان للقصر نفسه من زاوية مختلفة. كانت الأبراج الرملية اليونانية بادية في مقدّمة الصورة، ولكن في الخلفية، بدت القبّة البيضاء المهيبة لمبنى الكابيتول الأميركي.

هتفت الفتاة: "مهلاً! هل ثمّة قصر نورماندي في العاصمة؟!".

أجاب الصوت: "منذ عام 1855، أي حين أُخذت هذه الصورة التالية".

ظهرت صورة أخرى؛ صورة داخلية بالأبيض والأسود تظهر فيها قاعة كبيرة ذات قناطر، تحتوي على هياكل عظمية حيوانية، وواجهات عرض علمية، وأوعية زجاجية تحتوي على عيّنات بيولوجية، وتحف أثرية، وقوالب من الجصّ لزواحف ترجع إلى ما قبل التاريخ.

قال الرجل: "هذا القصر الهائل كان أوّل متحف علمي حقيقي في أميركا. كان هدية من عالم بريطاني ثري اعتقد مثل أسلافنا أنّ بلادنا الوليدة ستصبح أرض التنوير. فأوصى لأسلافنا بثروة هائلة وطلب منهم أن يبنوا في قلب البلاد مؤسّسة لزيادة ونشر المعرفة". صمت قليلاً ثمّ سأل: "من يعرف اسم هذا العالم الكريم؟".

قال صوت خجول في المقدّمة: "جايمس *سميثسون*؟".

سرى همس بين الطلاب.

قال الرجل: "إنّه سميثسون بالفعل". ثمّ خطا بيتر سولومون إلى بقعة مضيئة، ولمعت عيناه الرماديتان بمرح وهو يحيّي الطلاب قائلاً: "صباح الخير. اسمي بيتر سولومون، وأنا أمين سرّ المؤسّسة *السميثسونية*".

راح الطلاب يصفقون بحرارة.

في الظلّ، راقب لانغدون بإعجاب كيف أسر بيتر عقول الشباب بجولة فوتوغرافية لبدايات المؤسّسة السميثسونية. بدأ العرض بالقصر السميثسوني، والمختبرات العلمية الموجودة في قبوه، والممرّات التي اصطفّت فيها المعروضات، فضلاً عن صالة مليئة بالرخويات، وعلماء يسمّون أنفسهم *القيّمين على القشريات*، وحتّى صورة قديمة لأكثر طائرَي القصر شعبية، ألا وهما بومَتان محنّطتان تدعيان Diffusion (نشر) وIncrease (زيادة). انتهى العرض الذي امتدّ على نصف ساعة بصورة مهيبة التقطها الأقمار الصناعية لناشونال مول، الذي أصبح مليئاً بالمتاحف السميثسونية.

ختم سولومون قائلاً: "كما أشرت في البداية، تصوّر جايمس سميثسون وأسلافنا أنّ بلادنا العظيمة ستكون أرض التنوير. وأظنّ أنّهم لو كانوا لا يزالون على قيد الحياة لشعروا بالفخر. فمؤسّستهم السميثسونية العظيمة تشكلّ رمزاً للعلم والمعرفة في قلب أميركا. إنّها تجسيد حيّ وفاعل لحلم أسلافنا بهذه البلاد؛ بلاد مؤسّسة على مبادئ المعرفة، والحكمة، والعلم".

أطفأ سولومون المسلاط بينما علا التصفيق الحادّ. أُضيئت القاعة، وارتفعت عشرات الأيدي لطرح الأسئلة.

أشار سولومون إلى صبي صغير أحمر الشعر جالس في الوسط.

قال الصبي، وقد بدا عليه الإرباك: "سيّد سولومون؟ قلت إنّ أسلافنا هربوا من القمع الديني في أوروبا لتأسيس بلاد على مبادئ التقدّم العلمي".

"هذا صحيح".

"ولكن... كنت أظنّ أنّ آباءنا رجال متدينون أسّسوا أميركا كأمّة *مسيحية*".

ابتسم سولومون وأجاب: "يا أصدقائي، لا تخطئوا فهمي. كان أسلافنا رجالاً متدينين جداً، ولكنّهم كانوا ربوبيين، أي أنّهم يؤمنون بالله، ولكن على نحو كوني ومنفتح. والمثال *الديني* الوحيد الذي وضعوه نصب أعينهم كان *الحرية* الدينية". نزع الميكروفون عن المنبر

ومشى به إلى طرف المسرح. "كان لدى أسلاف أميركا رؤية عن مدينة فاضلة مستنيرة روحياً، تحلّ فيها حرية التفكير، وتعليم العامّة، والتقدّم العلمي محلّ ظلام المعتقدات الدينية القديمة غير الصحيحة".

رفعت فتاة شقراء جالسة في الخلف يدها.

"نعم؟".

قالت الفتاة وهي ترفع هاتفها الخلوي: "سيّدي، كنت أجري بحثاً عنك على شبكة الإنترنت، ووجدت في موسوعة ويكيبيديا أنّك ماسوني بارز".

رفع سولومون خاتمه الماسوني قائلاً: "لكنت وفرت عليك عناء البحث".

ضحك الطلاب.

تابعت الفتاة متردّدة: "أجل، في الواقع، ذكرت للتوّ المعتقدات الدينية القديمة، ويبدو لي أنّه إن كان ثمّة أشخاص مسؤولون عن نشر المعتقدات القديمة... فهم الماسونيون".

لم يبدُ أيّ تأثّر على سولومون الذي سألها: "حقًّا؟ وكيف ذلك؟".

"في الواقع، قرأت الكثير عن الماسونية، وأعلم أنّ لديكم كثيراً من الطقوس والمعتقدات القديمة والغريبة. حتّى إنّ هذا المقال المنشور على شبكة الإنترنت يُظهر أن الماسونيين يعتقدون بوجود حكمة عجيبة قديمة... من شأنها منح الإنسان قدرات خارقة؟".

التفت الجميع وحدّقوا إلى الفتاة وكأنّها مجنونة.

أجاب سولومون: "في الواقع، هي محقّة".

استدار جميع الطلاب وحدّقوا إليه باستغراب.

كبت سولومون ابتسامة وسأل الفتاة: "وهل يحتوي المقال على معلومات *ويكيبيدية* أخرى حول هذه المعرفة العجيبة؟".

بدا الانزعاج الآن على الفتاة، ولكنّها عادت تقرأ المقال على الشبكة. "لضمان عدم وقوع هذه الحكمة القوية بين أيدي أشخاص غير جديرين بها، كتب المستخدمون الأوائل معرفتهم بطريقة مشفّرة... وموّهوا حقيقتها بلغة مجازية قائمة على الرموز، والأساطير، والاستعارات. وحتّى يومنا هذا، لا تزال تلك الحكمة المشفّرة حولنا... مخبّأة في أساطيرنا، وفنوننا، والنصوص الخفية التي تناقلناها عبر العصور. لسوء الحظّ، فقد الإنسان المعاصر القدرة على تفكيك هذه الشبكة المعقّدة من الرموز... وضاعت الحقيقة العظيمة".

انتظر سولومون ثمّ سألها: "أهذا كلّ شيء؟".

تململت الفتاة في مقعدها ثمّ أجابت: "في الواقع، ثمّة القليل بعد".

"كنت أرجو ذلك. أخبرينا... رجاءً".

بدا التردّد على الفتاة، ولكنّها قحّت قليلاً وتابعت: "استناداً إلى الأسطورة، فإنّ الحكماء الذين شفّروا الأسرار القديمة قبل زمن طويل تركوا وراءهم *مفتاحاً* ربّما...كلمة سرّ، يمكن استعمالها لتفكيك الأسرار المشفّرة. ويُقال إنّ تلك الكلمة العجيبة، المعروفة باسم

verbum significatium، لديها القدرة على إنارة الظلام وكشف الأسرار القديمة، وجعلها مفهومة لدى جميع البشر".

ابتسم سولومون بحزن وقال: "آه، نعم... *verbum significatium*". شرد نظره للحظة، ثمّ حوّله مجدّداً إلى الفتاة الشقراء وقال: "وأين هي تلك *الكلمة* الرائعة الآن؟".

بدا شيء من الخوف على الفتاة، وكان واضحاً أنّها تمنّت لو لم تتحدَّ ضيفهم. أنهت القراءة قائلةً: "ورد في الأسطورة أنّ *verbum significatium* مدفونة في أعماق الأرض، تنتظر اللحظة المحورية في التاريخ... لحظة لا يعود فيها الجنس البشري قادراً على العيش من دون حقيقة ومعرفة وحكمة العصور. عند ذلك المفترق المظلم، سيكتشف بنو البشر الكلمة ويستقبلون عصراً جديداً ورائعاً من التنوير".

أطفأت الفتاة هاتفها وانكمشت في مقعدها.

بعد صمت طويل، رفع أحد الطلاب يده وسأل: "سيّد سولومون، أنت لا *تصدّق* ذلك حقًّا، أليس كذلك؟".

ابتسم سولومون مجيباً: "ولِمَ لا؟ أساطيرنا تشتمل على عادة قديمة من الكلمات العجيبة تمنح قوىً خارقة. حتّى يومنا هذا، لا يزال الأطفال يهتفون *أبراكادابرا* أملاً بصنع شيء من لا شيء. بالطبع، نسينا كلّنا أنّ هذه الكلمة ليست لعبة، بل لديها جذور في الباطنية الآرامية القديمة، *أبراكادابرا*، وتعني *أُوجِد وأنا أتكلّم*".

عمّ الصمت أرجاء القاعة.

ألحّ أحد الطلاب قائلاً: "ولكن، سيّدي، بالتأكيد أنت لا تصدّق أنّ كلمة واحدة... *verbum significatium* تلك... لديها القوّة لكشف حكمة قديمة... ونشر التنوير في العالم؟".

لم يكشف وجه بيتر سولومون شيئاً، قال: "لا ينبغي لكم أن تهتموا بما أصدّق. ما يجب أن يعنيكم هو أنّ هذا التوقّع بمجيء التنوير يتكرّر في كلّ التقاليد الدينية والفلسفية على وجه الأرض. يسمّيه الهندوس عصر كريتا، وعلماءُ الفلك عصرَ برج الدلو، بينما يصفه اليهود على أنّه مجيء المسيح، ويسمّيه الثيوصوفيون العهد الجديد، كما يدعوه علماء الكونيات التقارب المتناسق ويتوقّعون تاريخه".

قال أحدهم: "21 كانون الأوّل 2012!".

"أجل، قريباً جداً... إن كنت تعتقد بالرياضيات المايانية".

ضحك لانغدون وهو يتذكر كيف توقّع سولومون قبل عشر سنوات أن يكثر عرض البرامج التلفزيونية الخاصّة التي تتوقّع انتهاء العالم عام 2012. قال سولومون: "لو وضعنا التوقيت جانباً، أجد أنّه من المثير للعجب أن تتّفق جميع الفلسفات البشرية المتباعدة على أمر واحد، ألا وهو حلول عصر عظيم من التنوير. ففي كلّ ثقافة، وكلّ منطقة، وكلّ بقعة من العالم، تركّز الحلم البشري على الفكرة نفسها؛ تحوّل الإنسان إلى كائن مبجّل... التحوّل الوشيك لعقولنا البشرية إلى قدراتها الحقيقية". ابتسم ثمّ سألهم: "ما الذي يمكن أن يفسّر هذا التوارد في المعتقدات؟".

سُمِعَ صوت هادئ بين الحضور: "*الحقيقة*".

التفت سولومون وسألهم: "من قال ذلك؟".

اليد التي ارتفعت كانت يد شاب قصير آسيوي الملامحٍ، بدا أنّه نيبالي أو تيبتي. أضاف الشابّ: "قد تكون ثمّة حقيقة كونية موجودة في روح كلٍ منّا. ربّما كنّا نملك *جميعنا* القصّة نفسها، مخبّأة بداخلنا، وكأنّها أحد مركّبات حمضنا النووي. ربّما كانت هذه *الحقيقة* الجماعية هي المسؤولة عن تشابه رواياتنا".

كان سولومون يبتسم فرحاً حين ضغط يديه على بعضهما، وانحنى في تحية للشاب قائلاً: "شكراً لك".

صمت الجميع.

قال سولومون متوجّهاً إلى الجميع: "الحقيقة قوية. وإن كنّا ننجذب كلّنا نحو أفكار متشابهة، قد يرجع ذلك إلى كون تلك الأفكار *صحيحة*... مكتوبة في أعماقنا. وحين نسمع الحقيقة، وإن لم نفهمها، نشعر أنّها تتردّد في داخلنا... تتذبذب مع حكمتنا اللاواعية. ربّما كنّا لا نتعلّم الحقيقة، بل نستعيدها... نتذكّرها... ندركها من جديد... لأنّها موجودة أساساً فينا".
كان الصمت الذي عمّ القاعة تاماً.

تركهم سولومون يستوعبون ما قاله لبضع لحظات، ثمّ أضاف بهدوء: "في الختام، عليّ تحذيركم من أنّ كشف الحقيقة ليس سهلاً أبداً. فعبر التاريخ، كان كلّ عصر من التنوير مصحوباً بالظلام الذي يشدّ البشر نحوه. تلك هي قوانين الطبيعة والتوازن. ولو نظرنا إلى الظلام المتعاظم في عالمنا اليوم، علينا أن ندرك أنّه يعني وجود نور متعاظم مقابله. إنّنا على شفير عصر عظيم من التنوير، وكلّنا، كلّكم، محظوظون للعيش في هذه الفترة المحورية من التاريخ. بعد كلّ من عاش قبلنا، وكلّ حقبات التاريخ التي مضت... *نحن* نقف الآن أمام تلك النافذة الضيّقة من الزمن لنشهد على نهضتنا الكبرى. فبعد عصور من الظلام، سنرى علومنا، وعقولنا، وحتّى أدياننا تكشف الحقيقة".

كان سولومون على وشك أن يحصل على جولة تصفيق حادّ حين رفع يده طلباً للصمت. قال: "آنسة؟" وأشار مباشرة إلى الفتاة الشقراء المشاكسة الجالسة في الخلف مع هاتفها. "أعرف أنّك لا توافقينني كثيراً، ولكن أودّ أن أشكرك. فشغفك هو محفّز هام في التغييرات القادمة. الظلام يعيش على البلادة... والقناعة هي ترياقنا الأقوى. تابعي دراسة إيمانك. ادرسي كتابك". وابتسم ثمّ قال: "لا سيّما الصفحات الأخيرة منه".

"حقّا؟".

"أجل. فهو مثال حيّ عن هذه *الحقيقة* المشتركة. إذ يروي لنا الجزء الأخير القصّة نفسها، شأنه شأن العديد من التقاليد الأخرى التي لا تُحصى. جميعها تتوقّع كشف حكمة عظيمة".

قال شخص آخر: "ولكن، ألا يُذكَر في هذا الجزء موضوع نهاية العالم؟ أنت تعلم، المعركة الأخيرة بين الخير والشرّ؟".

ضحك سولومون قائلاً: "من يدرس هنا الحضارة اليونانية؟".

ارتفع عدد من الأيدي.

"ماذا تعني كلمة *apocalypse* حرفياً؟".

أجـاب أحد الطلاب: "تعني"، ثمّ توقّف وكأنّه فوجئ وتابع قائلاً: "تعني كشَف النقاب...

أو أظهَر".

هـزّ سـولومون رأسه للشاب موافقاً وقال: "بالضبط. *apocalypse* تعني حرفياً كشَف.
ويتوقّع سفر الرؤيا في الكتاب المقدّس كشف حقيقة عظيمة وحكمة تفوق الخيال. بالتالي، فإنّ
كلمــة *apocalypse* لا تعنــي نهاية العالم، بل نهاية العالم كما نعرفه. وتوقّع هذه النهاية ليس
سوى إحدى الرسائل الجميلة في الكتاب المقدّس التي تمّ تشويهها". تقدّم سولومون إلى الجزء
الأمامي من المسرح وأضاف: "صدّقوني، نهاية العالم آتية... ولن تشبه أبداً ما علّمونا إيّاه".

بدأ الجرس يدقّ فوق رأسه.

علا التصفيق الحادّ بين الطلاب.

الفصل 112

كانت كاثرين سولومون تترنّح على شفير الغيبوبة، حين أجفلها دويّ انفجار عنيف.

بعد لحظات، اشتمّت رائحة الدخان.

كانت أذناها تهدران.

سمعت أصواتاً مكتومة، وبعيدة، ثم صراخاً، وخطوات. فجأة بدأت تتنفّس بشكل أفضل. كانت الخرقة قد نُزعت من فمها.

همس صوت رجل: "أنت بأمان، اصمدي".

تــوقّعت أن يسحب الرجل الحقنة من ذراعها، ولكنّه راح يصدر الأوامر بصوت عال. "أحــضر العــدّة الطبــية... علّق كيس مصل بالإبرة... أضف محلول رينغر المحتوي على اللاكتات... أعطني جهاز قياس ضغط الدم". بدأ الرجل يتحقّق من إشاراتها الحيوية، ثمّ قال: "آنسة سولومون، الرجل الذي فعل بك هذا... إلى أين ذهب؟" حاولت كاثرين التكلّم ولكنّها لم تستطع.

كرّر الصوت: "آنسة سولومون؟ إلى أين ذهب؟".

حاولت كاثرين فتح عينيها، ولكنّها شعرت أنّها تغيب عن الوعي.

ألحّ الرجل قائلاً: "نحتاج إلى معرفة المكان الذي ذهب إليه".

همست كاثرين بكلمتين، مع أنّها أدركت أنّهما بلا معنى: "الجبل... المبجّل".

مرّت المديرة ساتو من فوق الباب الفولاذي المحطّم، ونزلت السلّم الخشبي المؤدّي إلى القبو السرّي. لاقاها أحد العملاء في الأسفل.

"حضرة المديرة، أظنّ أنّك تودّين إلقاء نظرة".

تبعت ساتو العميل إلى حجرة صغيرة في الممرّ الضيّق. كانت الحجرة ساطعة الإضاءة وخالــية، إلاّ من كومة ملابس على الأرض. عرفت معطف التويد والحذاء اللذين يعودان إلى روبرت لانغدون.

أشار العميل باتّجاه الجدار المقابل، إلى حوض كبير يشبه التابوت.

مــا هذا بحقّ الله! توجّهت ساتو نحو المستوعب، ورأت أنّه موصول بأنبوب بلاستيكي واضح يمتدّ عبر الجدار. اقتربت من الحوض بحذر. لاحظت أنّ لسطحه غطاءً صغيراً. مدّت يدها، وأزاحت الغطاء جانباً، لتظهر تحته نافذة صغيرة.

تراجعت ساتو على الفور.

تحت زجاج البليكسي... كان يطوف وجه البروفيسور روبرت لانغدون المغمور بالماء، وقد اختفى منه كلّ تعبير.

ضوء!

امتلأ الفراغ اللانهائي الذي يطوف فيه لانغدون فجأة بنور شمس ساطع. تسلّلت أشعّة دافئة من الضوء الأبيض عبر الظلام، وأحرقت عقله.

كان الضوء في كلّ مكان.

فجأة، ظهر وجه جميل في الغيمة المشعّة أمامه. كان وجهاً... ضبابياً وغير واضح... عينان تحدّقان إليه عبر الفراغ. كان الوجه محاطاً بأشعّة من الضوء، وتساءل لانغدون ما إذا كان ينظر إلى وجه ملائكي.

حدّقت ساتو إلى الحوض، وتساءلت ما إذا كانت لدى البروفيسور لانغدون فكرة عمّا حدث. شكّت في ذلك. ففي النهاية، كان الإرباك هو هدف تلك التقنية.

وُجدت أحواض التجريد الحسّي منذ الخمسينيات، ولا تزال وسيلة شعبية لتجارب العصر الجديد. كانت تسمّى *الطواف*، وهي تمنح صاحبها تجربة تجاوزية أشبه بالعودة إلى رحم الأمّ... وهي أقرب إلى مساعد على التأمّل، يهدّئ نشاط الدماغ عبر إبعاد جميع المعلومات الحسيّة؛ النور، والصوت، واللمس، وحتّى قوّة الجاذبية. في الأحواض التقليدية، يطوف الإنسان على ظهره في محلول مالح فائق القدرة على التعويم، يبقي وجهه فوق الماء ليتمكّن من التنفّس.

ولكن في السنوات الأخيرة، عرفت هذه الأحواض قفزة نوعية.

البيرفليوروكربون المحتوي على الأوكسيجين.

كانت هذه التقنية الجديدة المعروفة باسم تهوئة السائل التامّة، غريبة جداً إلى حدّ أنّ قلّة يصدّقون وجودها.

سائل يمكن التنفّس فيه.

في الواقع، التنفّس في السائل هو حقيقة منذ عام 1966، حين نجح لو لاند سي. كلارك بإبقاء فأرة على قيد الحياة لعدّة ساعات بعد أن غُمرت بالبيرفليوروكربون المحتوي على الأوكسيجين. وفي عام 1989، ظهرت هذه التقنية في فيلم *الهاوية* (The Abyss)، مع أنّ قلّة من المشاهدين أدركوا أنّهم يشاهدون علماً حقيقياً.

نشأت تقنية تهوئة السائل التامّة من محاولات الطبّ الحديث مساعدة الأطفال المولودين قبل الأوان على التنفّس عبر إعادتهم إلى حالة الرحم المليء بالسائل. فالرئتان البشريتان، اللتان أمضتا تسعة أشهر في الرحم، ليستا غريبتين عن تلك البيئة المغمورة بالسائل. ومع أنّ البيرفليوروكربون كان شديد اللزوجة في الماضي بحيث يصعب التنفّس فيه تماماً، إلاّ أنّ الاكتشافات الحديثة جعلت تلك السوائل الآن بكثافة الماء.

كانت مديرية العلم والتكنولوجيا التابعة للسي آي أيه، سحرة *لانغلي* كما يسمّيهم أعضاء الوكالة، قد عملوا كثيراً على البيرفليوروكربون المحتوي على الأوكسيجين، لتطوير تقنيات للعسكرية الأميركية. فقد وجدت نخبة فِرَق الغطس في الأعماق، التابعة للبحرية، أنّ تنفّس السائل المحتوي على الأوكسيجين، عوضاً عن الهليوكس أو التريميكس المعتادَين، يمنحهم القدرة على الغطس إلى أعماق أكبر من دون معاناة مشاكل الضغط. كذلك، اكتشفت الناسا والقوات الجوية أنّ الطيّارين المزوّدين بجهاز تنفّس سائل عوضاً عن حوض الأوكسيجين التقليدي يحتملون قوّة طرد مركزية أعلى بكثير من المعتاد لأنّ السائل ينشر قوّة الطرد على نحو متساوٍ أكثر في الأعضاء الداخلية، أكثر ممّا يفعل الغاز.

سمعت ساتو أنّ ثمّة اليوم مختبرات تجارب متطرّفة يستطيع فيها المرء تجربة أحواض السائل المهوّأ، أو *آلات التأمّل*، كما تُسمّى. وقد استُعمل هذا الحوض على الأرجح في اختبارات مالكه الخاصّة، مع أنّ إضافة أقفال ثقيلة لم تترك شكًّا لدى ساتو في أنّه استُعمل لأهداف أكثر غموضاً... تقنية استجواب لم تكن السي آي أيه غريبة عنها.

كانت تقنية الاستجواب الشائنة، القائمة على غمر المستجوَب بالماء، شديدة الفاعلية، لأنّ الضحية تظنّ فعلاً أنّها تغرق. كانت ساتو تعرف بأمر عدد من العمليات المصنّفة كعمليات سرّية، تمّ فيها استعمال أحواض تجريد حسّي كتلك لمضاعفة هذا الوهم إلى مستويات مخيفة. فالضحية المغمورة بالسائل المهوّأ "تغرق" عملياً. والذعر المقترن بتجربة الغرق يجعل الضحية غير مدركة أنّ السائل الذي تتنفّسه هو أكثر لزوجة بقليل من الماء. وحين يتدفّق السائل في رئتيها، غالباً ما تغيب عن الوعي بسبب الصدمة، ثمّ تستفيق في سجنها الانفرادي.

وقد تمّ مزج عوامل مخدّرة، وعقاقير مسبّبة للشلل، وأخرى مسبّبة للهلوسة مع السائل المهوّأ الدافئ لإعطاء السجين إحساساً أنّه منفصل تماماً عن جسده. هكذا، حين يُرسل عقله الأوامر لتحريك الأطراف، لا يحدث شيء. ومع أنّ حالة *الموت* مخيفة في حدّ ذاتها، إلاّ أنّ الإرباك الحقيقي يأتي من عملية *الولادة من جديد*، التي تقترن بالأضواء الساطعة، والهواء البارد، والأصوات المدوّية، مسبّبةً صدمة وألماً بالغين. وبعد عدد من عمليات الولادة والغرق، يُصاب السجين بالإرباك إلى حدّ لا يميّز معه إن كان حيًّا أم ميتاً... فيخبر المستجوِب بكلّ شيء تماماً.

تساءلت ساتو ما إذا كان يجدر بها انتظار فريق طبي لاستخراج لانغدون، ولكنّها علمت أنّها لا تملك الوقت. *أحتاج إلى معرفة ما يعرفه.*

قالت: "أطفئوا الأنوار، وأحضروا لي بعض البطانيات".

اختفت الشمس الساطعة.

كما اختفى الوجه أيضاً.

عـــاد الظلام، ولكنّ لانغدون يسمع الآن همسات بعيدة تتردّد عبر السنوات الضوئية من الفــراغ، سمع أصواتاً مكتومة... كلمات غير مفهومة. شعر الآن بارتجاجات... وكأنّ العالم على وشك الانهيار.

ثمّ حدث الأمر.

من دون سابق إنذار، انشقّ الكون إلى نصفين. صدِع هائل شقّ الفراغ... وكأنّ الفضاء نفــسه يتمزّق. تدفّق من الفُتحة ضباب رمادي، ورأى لانغدون مشهداً مخيفاً. فقد امتدّت نحوه فجأة يدان بلا جسد، وأمسكتا بجسمه، في محاولة لإخراجه من عالمه.

لا! حــاول مقاومـــتهما، ولكنّه لم يكن يملك ذراعين... ولا يدين. *أم أنّه مخطئ؟* فجأة أحـسّ بجسده يتمثّل حول عقله. عاد جسمه، وكانت أيدٍ قوية تمسك به وتشدّه إلى الأعلى. *لا! رجاءً!*

ولكن فات الأوان.

اجــتاح الألم صدره حين رفعته اليدان عبر الفُتحة. شعر وكأنّ رئتيه مملوءتان بالرمل. *لا أســتطيع التــنفّس!* شـــعر فجأة أنّه ممدّد على ظهره على أكثر سطح قساوة وبرودةً يمكن تخيّله. كان ثمّة ما يضغط على صدره، مراراً وتكراراً، بقوّة مؤلمة. وكان يتقيّأ الدفء.

أريد العودة.

شعر وكأنه يولد من رحم.

كان يهتزّ بعنف، ويبصق سائلاً وهو يقحّ. شعر بألم في صدره وعنقه، ألم فظيع، وكأنّ ناراً تـــشتعل فـــي حلقه. سمع أناساً يتكلمون، يحاولون أن يهمسوا، ولكنّ أصواتهم كانت مدوّية. كانت رؤيته ضبابية، ولم يميّز إلاّ أشكالاً غير واضحة. شعر أنّ بشرته مخدّرة، كالجلد الميت.

أصبح صدره أثقل الآن... ضغط. *لا أستطيع التنفّس!*

راح يقحّ مخرجاً مزيداً من السائل. ثمّ تملّكه ردّ فعل عارم للابتلاع، وراح يشهق. تدفّق الهــواء الــبارد في رئتيه، وأحسّ كأنّه مولود جديد يأخذ أوّل أنفاسه على الأرض. كان هذا العالم مؤلماً. كلّ ما أراده لانغدون هو العودة إلى الرحم.

لم يعرف لانغدون كم مرّ من الوقت. كان يشعر الآن أنّه ممدّد على جنبه على الأرض، وملفــوف بالمناشف والبطانيات. كان ثمّة وجه مألوف يحدّق إليه... ولكنّ أشعّة النور المتألّقة اختفت. كان عقله لا يزال يردّد نشيداً بعيداً.

Verbum significatium... Verbum omnificum...

همس أحدهم: "بروفيسور لانغدون، هل تعرف أين أنت؟".

هزّ لانغدون رأسه بضعف، وهو لا يزال يقحّ.

الأهم أنّه بدأ يدرك ما يجري الليلة.

الفصل 113

وقف لانغدون على ساقيه الضعيفتين وهو ملفوف بالبطانيات الصوفية، وراح يحدّق إلى حوض السائل المفتوح. كان جسده قد عاد إليه، مع أنّه تمنّى العكس. كان حلقه ورئتاه تُحرقه. شعر أنّ هذا العالم قاسٍ ومؤلم.

شـــرحت لــه ساتو للتوّ فكرة حوض التجريد الحسّي... مضيفة أنّها لو لم تخرجه منه، لمات جوعاً، وربّما أسوأ من ذلك. لم يشكّ لانغدون في أنّ بيتر عانى من تجربة مماثلة. *بيتر هو ما بين بين*، هذا ما قاله الرجل الموشوم. إن كان بيتر قد خضع لأكثر من عملية ولادة من هذا النوع، لا يستغرب لانغدون أن يكون قد باح لخاطفه بكلّ ما أراد معرفته.

أومـــأت ساتو إلى لانغدون ليتبعها، فمشى وراءها ببطء عبر ممرّ ضيّق، في هذا المخبأ الغريب الذي يراه للمرّة الأولى. دخلا غرفة مربّعة فيها طاولة حجرية وإضاءة ملوّنة غريبة. كانت كاثرين هناك، فتنهّد لانغدون بارتياح. مع ذلك، كان منظرها مثيراً للقلق.

كانـــت كاثرين ممدّدة على ظهرها فوق الطاولة الحجرية، فيما ألقيت على الأرض فوط ملـــوّثة بالـــدم. رأى عمـــيل السي آي أيه يحمل كيس مصل فوقها، وكان الأنبوب ممتدًّا إلى ذراعها.

كانت تبكي بصمت.

قال لانغدون بصوت ضعيف، وكان شبه عاجز عن الكلام: "كاثرين؟".

التفـــتت، وبـــدا علـــيها الإربـــاك والحيرة. "روبرت؟!" اتّسعت عيناها بفعل الاستغراب والفرح، وقالت: "ولكن... ظننت أنّك غرقت!" اقترب من الطاولة.

نهـــضت كاثرين للجلوس، متجاهلة أنبوب المصل واعتراضات العميل. وصل لانغدون إلـــى الطاولة، فمدّت كاثرين ذراعيها وأحاطت جسده الملفوف بالبطانيات. همست قائلةً وهي تطـــبع قبلة على خدّه: "الحمد لله". ثمّ قبّلته مجدّداً وشدّت ذراعيها حوله، وكأنّها لا تصدّق أنّها تراه بالفعل. "لا أفهم... كيف...".

بـــدأت ساتو تشرح شيئاً عن أحواض التجريد الحسّي والبيرفليوروكربون المحتوي على الأوكسيجين، ولكنّ كاثرين لم تكن تصغي.

قالـــت: "روبرت، بيتر على قيد الحياة". وارتجف صوتها وهي تروي له اجتماعها المخيف بأخـــيها. وصفت حالته الجسدية؛ الكرسي المتحرّك، والسكين الغريبة، وإشارات الرجل إلى *قربان* من نوعٍ ما، وكيف أنّها تُركت تنزف كساعة بشرية لإقناع بيتر بالتعاون بسرعة.

بالكاد كان لانغدون قادراً على الكلام. سألها: "هل لديك... فكرة إلى أين... ذهبا؟!".

"قال إنّه يأخذ بيتر إلى الجبل المبجّل".

ابتعد عنها لانغدون، وحدّق إليها باستغراب.

كانت عينا كاثرين دامعتين وهي تتابع قائلةً: "قال إنّه فكّك شيفرة الشبكة الموجودة في أسفل الهرم، وإنّ الهرم يوصي بالذهاب إلى الجبل المبجّل".

ألحّت ساتو قائلةً: "بروفيسور، هل يعني لك هذا شيئاً؟".

هزّ لانغدون رأسه مجيباً: "لا، إطلاقاً". مع ذلك، شعر ببارقة أمل، فقال: "ولكن إن كان قد حصل على المعلومات من أسفل الهرم، يمكننا معرفتها نحن أيضاً". *أنا أخبرته بكيفية حلّ اللغز.*

هزّت ساتو رأسها وقالت: "الهرم اختفى. بحثنا عنه، ولكنّه أخذه معه".

ظلّ لانغدون صامتاً لبعض الوقت، ثمّ أغمض عينيه محاولاً تذكّر ما رآه على قاعدة الهرم. كانت شبكة الرموز هي آخر الصور التي رآها قبل أن يغرق، وللصدمة طريقتها في دفن الذكريات في أعماق العقل. تمكّن من تذكّر بعض محتويات الشبكة، وليس كلّها بالتأكيد. مع ذلك، قد يكون هذا كافياً.

التفت إلى ساتو وقال بسرعة: "ربّما أستطيع تذكّر ما يكفي منها، ولكنّني أحتاج إلى البحث عن شيء على الإنترنت".

أخرجت ساتو هاتف البلاكبيري.

"أطلقي بحثاً عن الطراز ثمانية مربّع فرانكلين".

ألقت عليه ساتو نظرة استغراب، ولكنّها بدأت تطبع من دون أسئلة.

كانت رؤية لانغدون لا تزال غير واضحة، وقد بدأ للتوّ باستيعاب محيطه الغريب. أدرك أنّ الطاولة الحجرية التي كانا يتّكئان عليها مكسوّة ببقع الدم القديمة، والجدار إلى يمينه مغطّىً بصفحات من النصوص، والصور، والرسومات، والخرائط، فضلاً عن شبكة هائلة من الخيوط التي تربط بينها.

ربّاه!

توجّه لانغدون إلى الجدار الغريب، وكان لا يزال يشدّ البطانيات حول جسده. رأى على الجدار مجموعة بالغة الغرابة من المعلومات، صفحات من نصوص قديمة تتراوح من السحر الأسود إلى الكتاب المقدّس، ورسومات من الرموز والطلاسم، وصفحات من مواقع الإنترنت التي تدور حول نظرية المؤامرة، وصور بالأقمار الصناعية للعاصمة واشنطن، أُضيفت إليها ملاحظات وعلامات استفهام. إحدى تلك الصفحات كانت عبارة عن لائحة طويلة من الكلمات بلغات متعدّدة. أدرك أنّ بعضها هو كلمات ماسونية مبجّلة، بينما كان بعضها الآخر عبارة عن تعاويذ.

أهذا ما يبحث عنه؟

كلمة؟

هل الأمر بهذه البساطة؟

كـــان تشكّك لانغدون القديم في صحّة وجود الهرم الماسوني يرتكز على المزاعم التي مفادهـــا أنّه يكشف موقع الأسرار القديمة. فهذا الاكتشاف يعني وجود قبو هائل مليء بآلاف وآلاف المجلّدات التي كانت موجودة في المكتبات القديمة الضائعة. وقد بدا له ذلك مستحيلاً. *قـــبو بهذا الحجم؟ تحت مدينة واشنطن؟* ولكن بعد أن تذكّر محاضرة بيتر في أكاديمية فيليبس أكزيتير، ورأى هذه اللوائح من الطلاسم، انفتحت أمامه إمكانية جديدة.

مـــن المـــؤكّد أنّ لانغدون لا يعتقد بقوّة الطلاسم... على عكس الرجل الموشوم كما هو واضح. تسارع نبضه وهو يراجع الملاحظات المكتوبة، والخرائط، والنصوص، والصفحات المطبوعة، وجميع الخيوط المترابطة والملاحظات المعلّقة على الجدار.

من المؤكّد وجود موضوع متكرّر واحد.

ربّـــاه، إنّـــه يبحث عن Verbum significatium... الكلمة الضائعة. ترك لانغدون الفكرة تتـــبلور، وراح يتذكّر أجزاءً من محاضرة بيتر. *الكلمة الضائعة هي التي يبحث عنها! هذا ما يظنّه مدفوناً هنا في واشنطن.*

اقتربت منه ساتو وقالت وهي تناوله الهاتف: "أهذا ما طلبت؟".

نظر لانغدون إلى شبكة الأرقام المؤلّفة من صفوف ذات ثماني خانات، وقال: "بالضبط". تناول ورقة وقال: "أحتاج إلى قلم".

ناولته ساتو قلماً من جيبها قائلةً: "بسرعة من فضلك".

فـــي المكتب السفلي لمديرية العلم والتكنولوجيا، كانت نولا كاي تتفحّص مجدّداً المستند المحجوب الذي أحضره إليها مسؤول أمن الأنظمة ريك باريش. *ماذا يفعل مدير السي آي أيه بملف عن الأهرامات والمواقع السرّية تحت الأرض بحقّ الله؟*

تناولت الهاتف وطلبت رقماً.

أجابت ساتو على الفور، وبدت متوترة: "نولا، كنت على وشك الاتّصال بك".

قالـــت نـــولا: "لديّ معلومات جديدة. لا أدري كيف ستساعدنا، ولكنّني اكتشفت مستنداً محجوباً–".

قاطعـــتها ســـاتو قائلـــةً: "انسي أمره، لقد داهمنا الوقت. فشلنا في القبض على الهدف، وجميع الأسباب تدفعني للاعتقاد أنّه على وشك تنفيذ تهديده".

شعرت نولا برعشة خوف.

"الأنباء الجيّدة هي أنّنا نعرف تماماً إلى أين يذهب". أخذت ساتو نفساً عميقاً ثمّ أضافت: "والأنباء السيئة هي أنّه يصطحب معه حاسوباً محمولاً".

الفصل 114

علـــى بعد أقلّ من عشرة أميال، رتّب مالأخ البطانية حول بيتر سولومون، وراح يجرّه أمامه في موقف مغمور بنور القمر نحو ظلال مبنىً ضخم. كان للمبنى ثلاثة وثلاثون عموداً خارجـيـاً... يـبلغ طول كلّ منها ثلاثاً وثلاثين قدماً. كان المبنى الجبلي خالياً في تلك الساعة ولـــن يـــراهما أحـــد هناك. مع أنّ ذلك ليس مهماً. فمن البعيد، لن يشكّ أحد في رجل طيّب المظهـــر وطويل القامة، يرتدي معطفاً أسود طويلاً، ويصطحب مُقعداً أصلع الرأس في نزهة مسائية.

حين وصلا إلى المدخل الخلفي، دفع مالأخ بيتر أمامه وصولاً إلى قفل إلكتروني. حدّق إليه بيتر بتحدٍّ، وبدا عليه بوضوح أنّه لا ينوي إدخال الرمز.

ضحك مالأخ قائلاً: "تظنّ أنّك هنا لتفتح لي الباب؟ هل نسيت أنّني أحد إخوانك؟" مدّ يده وطبع رمز الدخول الذي حصل عليه بعد ارتقائه إلى الدرجة الثالثة والثلاثين.

فُتح الباب الضخم.

أخذ بيتر يئنّ ويقاوم في كرسيه.

لاطفــه مـــالأخ قـــائلاً: "بيتر، بيتر، تخيّل كاثرين. كن متعاوناً، وستعيش أختك. يمكنك إنقاذها، أنا أعدك".

جرّ مالأخ أسيره إلى الداخل، وأغلق الباب خلفهما، فراح قلبه ينبض حماسةً. سار يدفع بيتـــر عبـــر عدد من الأروقة، حتّى وصلا إلى مصعد، فضغط على الزرّ. فُتح الباب، ودخل مالأخ وهو يجرّ الكرسي المتحرّك معه. تأكّد أنّ بيتر يشاهد ما يفعل، ثمّ مدّ يده وضغط على أعلى الأزرار.

طغى خوف شديد على وجه بيتر المعذَّب.

همـــس مـــالأخ وهو يمرّر يده بلطف على رأس بيتر الحليق، بينما أُغلق باب المصعد: "هس... كما تعرف جيّداً... السرّ يكمن في كيفية الموت".

لا أستطيع تذكّر جميع الرموز!

أغلـــق لانغـــدون عينـــيه، وبذل جهده لتذكّر مواقع الرموز المنقوشة على أسفل الهرم الحجـــري، ولكنّ ذاكرته القوية لا تسعفه إلى هذا الحدّ. دوّن بعضاً من الرموز التي تذكّرها، ووضع كلاًّ منها في الخانة التي يشير إليها مربّع فرانكلين العجيب.

لم يحصل حتّى الآن على شيء ذي معنى.

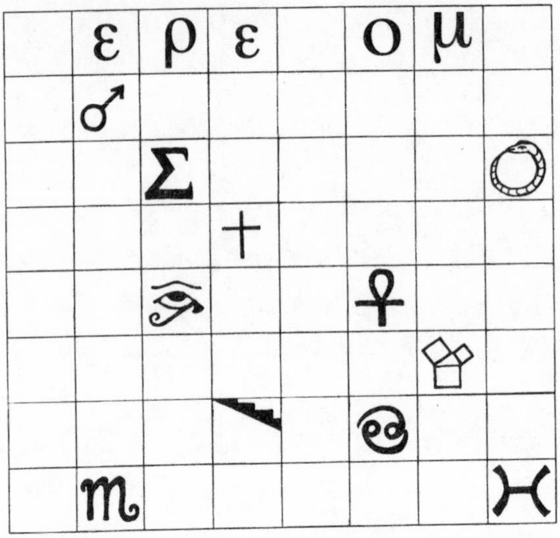

قالـــت كاثرين: "انظر! لا بدّ من أنك على الطريق الصحيح. فالصفّ الأول مؤلّف من أحرف يونانية وحسب؛ الرموز تترتّب مع بعضها بحسب نوعها".

كـــان لانغـــدون قد لاحظ ذلك هو الآخر، ولكنّه لا يعرف أيّ كلمة يونانية تناسب هذه الأحـــرف، بهذا الترتيب. *أحتاج إلى الحرف الأول*. نظر مجدّداً إلى المربّع العجيب، محاولاً تذكّر الحرف الذي كان موجوداً في الخانة رقم واحد، قرب الزاوية السفلية إلى اليسار. *فكّر!* أغمـــض عينـــيه، محاولاً تخيّل قاعدة الهرم. *الصفّ السفلي... قرب الزاوية اليسرى... أيّ حرف كان هناك؟*

للحظـــة، شعر لانغدون أنه عاد إلى الحوض، يحدّق مذعوراً من خلال زجاج البليكسي إلى أسفل الهرم.

فجأة، رآه. فتح عينيه وهو يتنفّس بصعوبة وقال: "الحرف الأول هو *H*!" التفت لانغدون إلى الشبكة وكتب الحرف الأول. كانت الكلمة لا تزال ناقصة ولكنّ ما فيها كافٍ. فجأة، أدرك ماهية الكلمة.

Ηερεδομ!

تـــسارع نـــبض لانغـــدون وهو يطبع كلمة جديدة لإجراء بحث على البلاكبيري. أدخل المقابـــل الإنكليزي لتلك الكلمة اليونانية المعروفة. وأول النتائج كانت من صفحات موسوعة. قرأها وأدرك أنّها صحيحة.

> **HEREDOM: هي كلمة مهمّة في الدرجة الماسونية العليا، مأخوذة من طقـــوس روزيكروشـــية فرنسية، وتشير إلى جبل أسطوري في اسكتلندا، الموقـــع الأســـطوري لـــذلك الفـــرع الأول. مـــشتقّة من الكلمة اليونانية Ηερεδομ، وتعني البيت المجيد.**

هتف لانغدون غير مصدّق: "وجدتها! عرفت إلى أين ذهبا!".

كانـت ساتو تقـرأ من خلف كتفه، وبدا عليها الضياع. قالت: "إلى جبل أسطوري في اسكتلندا؟".

هـزّ لانغـدون رأسـه قائلاً: "كلاّ، بل إلى مبنىً في واشنطن، اسمه الرمزي هو البيت المجيد".

399

الفصل 115

لطالما شكّل بيت الهيكل، المعروف بين الماسونيين بالبيت المجيد، جوهرة التاج بالنسبة إلى الطقس الاسكتلندي الماسوني في أميركا. فقد أُطلق هذا الاسم على المبنى ذي السقف الهرمي شديد الانحدار تيّمناً بجبل استكتلندي خيالي. ولكنّ مالأخ كان يعرف أنّ الكنز المخبّأ هناك ليس خيالياً على الإطلاق.

لقد عرف، *هذا هو المكان. الهرم الماسوني أرشد إلى الطريق.*

بينما تابع المصعد طريقه ببطء عبر الطابق الثالث، تناول مالأخ قصاصة الورق التي رتّب عليها الرموز بحسب مربّع فرانكلين. انطلقت جميع الأحرف اليونانية إلى السقف الأوّل... مع رمز بسيط آخر.

H	ε	ρ	ε	δ	ο	μ	↓

لا يمكن للرسالة أن تكون أكثر وضوحاً.

تحت بيت الهيكل.

البيت المجيد↓

الكلمة الضائعة موجودة هنا... في مكان ما.

مع أنّ مالأخ لم يعرف تماماً مكانها، إلاّ أنّه كان واثقاً من أنّ الجواب يكمن في بقية رموز الشبكة. وبالطبع، حين يتعلّق الأمر بكشف أسرار الهرم الماسوني وهذا المبنى، ما من أحد مؤهّل للمساعدة أكثر من بيتر سولومون.

المعلّم المبجّل نفسه.

واصل بيتر المقاومة في كرسيّه، مصدراً أصواتاً مكتومة عبر الخرقة التي تسدّ فمه.

قال مالأخ: "أعرف أنّك قلق على كاثرين، ولكن، أوشكنا على الانتهاء".

أحسّ مالأخ أنّ النهاية أتت فجأة. فبعد كلّ سنوات العذاب والتخطيط، والانتظار والبحث... حانت اللحظة الآن.

بدأ المصعد يبطئ من سرعته، فشعر بموجة من الحماسة.

توقّف المصعد.

فُتح الباب البرونزي، ونظر مالأخ إلى القاعة المهيبة الممتدّة أمامهما. كانت القاعة المربّعة الهائلة مزيّنة بالرموز ومغمورة بنور القمر، الذي تسلّل من الكوّة في أعلى القبّة.

فكّر مالأخ، *لقد قمت بدورة كاملة.*

كانت قاعة الهيكل هي المكان نفسه الذي قام فيه بيتر سولومون وإخوانه بإدخال مالأخ بينهم، في خطوة بالغة الغباء. والآن، أصبح أسمى أسرار الماسونيين، السرّ الذي لا يعتقد معظم الإخوان بوجوده حتّى، على وشك أن يُكشف.

قال لانغدون: "لن يجد شيئاً". كان لا يزال يشعر بالضعف والإرباك وهو يتبع ساتو والآخرين عبر السلّم الخشبي إلى خارج القبو. "ما من *كلمة* فعلية. كلّ هذا مجاز؛ رمز للأسرار القديمة".

تبعتهم كاثرين، يساعدها عميلان على صعود السلّم بجسدها الواهن. بينما تجاوزت المجموعة حطام الباب الفولاذي بحذر، ثمّ مرّت عبر اللوحة الدوّارة، ودخلت غرفة الجلوس، شرح لانغدون لساتو أنّ الكلمة الضائعة هي من أقدم رموز الماسونيين؛ كلمة واحدة، مكتوبة بلغة سرّية لم يعد بإمكان البشر تفكيكها. وتَعِد الكلمة، شأنها شأن الألغاز نفسها، بكشف قوّتها المخبّأة للأشخاص المستنيرين بما يكفي لفهمها. وختم قائلاً: "يُقال، إن كنت قادرة على امتلاك *وفهم* الكلمة الضائعة... تصبح الأسرار القديمة واضحة بالنسبة إليك".

التفتت إليه ساتو وسألته: "إذاً، أنت تظن أنّ هذا الرجل يبحث عن *كلمة*؟"

أقرّ لانغدون أنّ الأمر يبدو عبثياً، ولكنّ ذلك يجيب عن كثير من الأسئلة. قال: "اسمعي، أنا لست متخصّصاً في السحر، ولكن، استناداً إلى الوثائق المعلّقة على جدران قبو الرجل... واستناداً إلى وصف كاثرين للجلد غير الموشوم على رأسه...أظنّ أنّه يسعى إلى إيجاد الكلمة الضائعة، ووشمها على جسده".

قادت ساتو المجموعة إلى غرفة الطعام. في الخارج، كانت المروحية قد بدأت تهدر بقوّة متعاظمة.

واصل لانغدون الكلام، وكأنّه يفكّر بصوت عال: "إن كان هذا الرجل يظنّ فعلاً أنّه على وشك أن يكشف قوّة الأسرار القديمة، ما من رمز أكثر قوّة في ذهنه من الكلمة الضائعة. إن تمكّن من إيجادها ووشمها على أعلى رأسه، وهو موقع مبجّل بحدّ ذاته، سيعتبر أنّه بلغ من دون شكّ قمّة التزيّن والاستعداد الطقسي من أجل..."، صمت حين رأى شحوب كاثرين وهي تفكّر في المصير الذي ينتظر بيتر.

قالت بصوت خفيف بالكاد كان مسموعاً مع هدير المروحية: "ولكن، روبرت، هذه أنباء جيّدة، أليس كذلك؟ إن كان يريد وشم الكلمة الضائعة على رأسه قبل التضحية ببيتر، فإنّنا نملك الوقت. لن يقتل بيتر قبل إيجاد الكلمة. وإن لم يكن ثمّة كلمة موجودة...".

حاول لانغدون إبداء شيء من الأمل بينما كان العميلان يساعدان كاثرين على الجلوس على كرسيّ، وقال: "لسوء الحظّ، بيتر يظنّ أنّك تنزفين حتّى الموت. ويظنّ أنّ الطريقة الوحيدة لإنقاذك هي في التعاون مع هذا المجنون... ومساعدته على الأرجح على إيجاد الكلمة الضائعة".

ألحّت عليه قائلةً: "فإذاً، إن كانت الكلمة غير موجودة-".

قال لانغدون وهو يحدّق إلى عينيها: "كاثرين، إن كنت أظنّ أنك تُحتضرين، وإن وعدني شخص ما أنّني أستطيع إنقاذك بإيجاد الكلمة الضائعة، سأعثر لهذا الرجل على كلمة، *أيّ* كلمة، ثمّ أتضرّع إلى الله كي يفي بوعده".

هتف عميل من الغرفة المجاورة: "حضرة المديرة ساتو! يجدر بك رؤية هذا!".

أسرعت ساتو إلى خارج غرفة الطعام، ورأت أحد عملائها ينزل السلّم آتياً من غرفة النوم. كان يحمل شعراً مستعاراً أشقر اللون. *ما هذا؟*

قال الرجل وهو يناولها إيّاه: "شعر مستعار لرجل. وجدته في غرفة النوم. انظري إليه جيّداً".

كان الشعر المستعار الأشقر أثقل ممّا توقّعت ساتو. بدا داخله وكأنّه مصنوع من الهلام السميك. والغريب أنّ أسلاكاً برزت من داخله.

قال العميل: "بطانية مملوءة بالهلام تأخذ شكل الرأس. وهي تشغّل كاميرة دقيقة من الألياف البصرية مخبّأة في الشعر".

"ماذا؟" تحسّست ساتو الشعر المستعار بأصابعها إلى أن وجدت عدسات كاميرة صغيرة جداً مخبّأة بين الخصل الأمامية الشقراء. "هذا الشيء هو عبارة عن كاميرة خفية؟".

قال العميل: "كاميرة فيديو. تسجّل اللقطات على هذه البطاقة الصغيرة". وأشار إلى مربّع من السيليكون بحجم طابع موجود في غطاء الرأس. "على الأرجح، هي تعمل بالحركة".

فكّرت ساتو، *ربّاه! إذاً، هكذا فعلها.*

فهذه الكاميرة السرّية، الشبيهة بكاميرة *وردة الياقة*، أدّت دوراً أساسياً في الأزمة التي تواجهها مديرة مكتب الأمن الليلة. حدّقت إليها أكثر ثمّ أعادتها إلى العميل.

قالت: "واصلوا تفتيش المنزل، أريد جميع المعلومات التي يمكن إيجادها عن هذا الرجل. نعلم أنّ كمبيوتره المحمول ليس موجوداً، وأريد أن أعرف كيف يخطّط بالضبط لربطه بالعالم الخارجي وهو يتحرّك. فتّشوا مكتبه بحثاً عن كتيّبات، أسلاك، أيّ شيء على الإطلاق يكشف لنا معلومات عن كمبيوتره".

"حاضر، سيّدتي"، وانطلق العميل مسرعاً.

حان الوقت للخروج. كانت ساتو تسمع هدير شفرات المروحية التي تدور بأقصى سرعتها. أسرعت عائدة إلى غرفة الطعام. كان سيمكينز قد أتى بوارن بيلامي من المروحية، وكان يجمع منه بعض المعلومات عن المبنى الذي يظنّون أنّ الهدف ذهب إليه.

بيت الهيكل.

كان بيلامي يقول: "الأبواب الأمامية مقفلة من الداخل". كان لا يزال يلفّ جسده بالبطانية وهو يرتجف، بسبب الوقت الذي أمضاه في الخارج في ساحة فرانكلين. "الباب

الخلفـي هو سبيلكم الوحيد، فهو مزوّد بقفل إلكتروني وكلمة السرّ معروفة بين الأعضاء فقط".

سأله سيمكينز وهو يدوّن الملاحظات: "وما هو رقم التعريف؟".

جلس بيلامي، وقد بدا عليه الضعف الشديد. كانت أسنانه تصطكّ وهو يملي عليه الرقم، قـبل أن يـضيف: "العنوان هو 1733 الشارع السادس عشر، ولكنّكم ستحتاجون إلى استعمال طريق الدخول والموقف الواقع خلف المبنى. يصعب إيجاده، ولكن–".

قال لانغدون: "أعرف تماماً أين هو، سأدلّكم حين نصل".

هزّ سيمكينز رأسه قائلاً: "أنت لن ترافقنا، بروفيسور. هذه عملية عسكرية–".

ردّ عليه لانغدون بعـنف: "ولكن ماذا تقول! بيتر هناك! وهذا المبنى هو عبارة عن مـتاهة! مـن دون شخص يدلّكم على الطريق، فستستغرقون عشر دقائق للوصول إلى قاعة الهيكل!".

قـال بيلامـي: "إنّـه علـى حقّ. المكان هو عبارة عن متاهة. ثمّة مصعد، ولكنّه قديم ويصدر ضجيجاً عالياً، كما أنّه يُفتح في نقطة مكشوفة جداً من قاعة الهيكل. إن كنتم ترغبون في الدخول بهدوء، عليكم الصعود على الأقدام".

حذّره لانغدون قائلاً: "لن تجدوا طريقكم أبداً. فمن المدخل الخلفي، ستمرّون عبر القاعة الملكية، قاعة الشرف، السلّم الأوسط، الردهة المركزية، السلّم الكبير–".

قالت ساتو: "كفى، لانغدون آتٍ معنا".

الفصل 116

كانت الطاقة تتعاظم.

شعر مالأخ أنّها تنبض في داخله، تعلو وتنخفض في جسده وهو يدفع بيتر سولومون نحو المذبح. *سأخرج من هذا المبنى أقوى بكثير ممّا دخلت.* لم يتبقّ الآن سوى تحديد مكان العنصر الأخير.

همس بينه وبين نفسه: "*Verbum significatium, Verbum omnificum*".

أوقف مالأخ كرسي بيتر المتحرّك قرب المذبح، ثمّ التفّ وفتح الحقيبة الثقيلة الموضوعة على حضنه. مدّ يده إلى الداخل، وأخرج الهرم الحجري ثمّ حمله في ضوء القمر، أمام عيني بيتر مباشرة، مظهراً له شبكة الرموز المنقوشة في الأسفل. قال موبّخاً: "مرّت كلّ تلك السنوات، ولم تعرف أبداً كيف حفظ الهرم أسراره". وضع مالأخ الهرم بحذر على زاوية المذبح وعاد إلى الحقيبة. تابع قائلاً وهو يخرج القمّة الذهبية: "وهذه التعويذة ولّدت بالفعل النظام من الفوضى، بحسب الوعد تماماً". وضع القمّة المعدنية بعناية على سطح الهرم الحجري، ثمّ تراجع ليتيح لبيتر الرؤية بوضوح. قال: "انظر، الرمز المجزّأ اكتمل".

تقلّص وجه بيتر، وحاول التكلّم، ولكن عبثاً.

"جيّد. أرى أنّ لديك ما تقوله لي". ونزع مالأخ الخرقة بخشونة.

أخذ بيتر سولومون يقحّ ويشهق لبضع ثوانٍ، قبل أن يتمكّن أخيراً من الكلام: "كاثرين...".

"وقت كاثرين قصير. إن كنت تريد إنقاذها، أقترح عليك أن تنفّذ ما أطلبه". شكّ مالأخ في أنّها قد ماتت على الأرجح، أو على الأقلّ أوشكت على الموت. لا فرق، فقد كانت محظوظة لأنّها عاشت مدّة كافية لتوديع أخيها.

توسّل إليه بيتر بصوت ضعيف: "أرجوك، أرسل إليها سيّارة إسعاف...".

"سأفعل ذلك. ولكن عليك أن تخبرني أوّلاً بكيفية الوصول إلى السلّم السرّي". بدت تعابير عدم تصديق على وجه بيتر. "ماذا؟".

"السلّم. فالأسطورة الماسونية تُبيّن وجود سلّم ممتدّ على عمق مئات الأقدام، وصولاً إلى موقع سرّي دُفنت فيه الكلمة الضائعة".

بدا الذعر الآن على وجه بيتر.

واصل مالأخ إلحاحه قائلاً: "أنت تعرف الأسطورة. سلّم سرّي مخبّأ تحت حجر". أشار إلى المذبح المركزي، كان عبارة عن كتلة ضخمة من الغرانيت نُقشت عليها جملة عبرية: *قال الله، فليكن النور، وكان النور.* "من الواضح أنّ هذا هو المكان الصحيح. لا بدّ من أن يكون مدخل السلّم مخبًّا في أحد الطوابق تحتنا".

صرخ بيتر: "ما من سلّم سرّي في هذا المبنى!".

ابتـــسم مـــالأخ بصبر، وأشار إلى الأعلى قائلاً: "هذا المبنى هرميّ الشكل". وأشار إلى السقف بسفوحه الأربعة التي تجتمع عند الفتحة المربّعة في الوسط.

"أجل، بيت الهيكل هرم، ولكن ما–".

قاطعه مالأخ وهو يملّس مئزره الحريري الأبيض فوق جسده الكامل: "بيتر، لديّ الليل بطوله، ولكن، هذا لا ينطبق على كاثرين. إن كنت تريدها أن تعيش، عليك إخباري كيف أجد السلّم".

قال: "قلت لك، ما من سلّم سرّي في هذا المبنى!".

"حقًّا؟" أخرج مالأخ بهدوء الورقة التي رتّب عليها شبكة رموز قاعدة الهرم، وقال: "هذه هي رسالة الهرم الماسوني الأخيرة. صديقك روبرت لانغدون ساعدني على تفكيكها".

رفع مالأخ الورقة وحملها أمام عيني بيتر مباشرة. شهق المعلّم المبجّل بحدّة حين رآها. فالـــرموز الستّة وأربعون لم تكن مرتّبة في مجموعات واضحة المعنى وحسب... بل تولّدت من الفوضى *صورة* فعلية.

صورة سلّم... تحت هرم.

حـــدّق بيتـــر سولومون غير مصدّق إلى شبكة الرموز. لقد حفظ الهرم الماسوني سرّه لأجيال. والآن، فجأة، كُشف السرّ، فشعر بتقلّص في معدته.

آخر شيفرات الهرم.

حين نظر بيتر إلى الشبكة، ظلّ المعنى الحقيقي للرموز غامضاً بالنسبة إليه، ولكنّه فهم على الفور سبب ظنون الرجل الموشوم.

يظنّ أنّه ثمّة سلّم سرّي تحت هرم يُدعى البيت المجيد.

لقد أساء فهم هذه الرموز.

سأله الرجل: "أين هو؟ أخبرني كيف أجد السلّم، وسأنقذ كاثرين".

فكّر بيتر، *أتمنى لو أستطيع، ولكنّ السلّم ليس حقيقياً.* فأسطورة السلّم رمزية تماماً... إنّها جزء من التعابير المجازية الماسونية العظيمة. فالسلّم اللولبي، كما هو معروف، يظهر على ألواح رسومات الدرجة الثانية. وهو يمثّل الصعود الفكري للإنسان نحو الحقيقة السامية. فمثل سلّم يعقوب، يشكّل السلّم اللولبي رمز الطريق إلى السماء... رحلة الإنسان نحو التمجيد... صلة الوصل بين العالمين الدنيوي والروحي. وتمثّل درجاته فضائل العقل العديدة.

فكّر بيتر، *ينبغي له أن يفهم ذلك، لقد مرّ بجميع الدرجات.*

فكلّ عضو ماسوني جديد يتعلّم عن السلّم الرمزي الذي يستطيع صعوده، بحيث يمكّنه من "المشاركة في أسرار العلم البشري". فالماسونية، شأنها شأن العلوم العقلية والأسرار القديمة، توقّر القدرات المجهولة للعقل البشري، وكثير من الرموز الماسونية يرتبط بالفيزيولوجيا البشرية.

العقل يقع مثل القمّة الذهبية فوق الجسد الفيزيائي. حجر الفيلسوف. وعلى سلّم العمود الفقري، تصعد الطاقة وتنزل، وتدور، بحيث تربط العقل السامي بالجسد الفيزيائي.

يعرف بيتر أنّ تكوُّن العمود الفقري من ثلاث وثلاثين فقرة بالضبط، ليس مجرّد مصادفة. فدرجات الماسونية هي ثلاث وثلاثون. وقاعدة العمود الفقري، أو العجُز، تعني باللاتينية sacrum، أي "العظمة المبجّلة". *الجسد هو بالفعل هيكل.* والعلم البشري الذي يوقّره الماسونيون هو الفهم القديم لكيفية استعمال ذاك الهيكل من أجل هدفه الأقوى والأسمى.

لسوء الحظّ، فإنّ شرح الحقيقة لهذا الرجل لن يساعد كاثرين إطلاقاً. نظر بيتر إلى شبكة الرموز وتنهّد مستسلماً. كذّب قائلاً: "أنت محقّ. ثمّة بالفعل سلّم سرّي تحت هذا المبنى. وحالما ترسل المساعدة إلى كاثرين، سأصطحبك إليه".

حدّق إليه الرجل الموشوم بصمت.

تحدّاه سولومون بنظره وقال: "إمّا أن تنقذ شقيقتي وتعلم الحقيقة... أو نُقتل هنا معاً وتبقى الحقيقة مدفونة إلى الأبد!" خفض الرجل الورقة بهدوء وهزّ رأسه قائلاً: "أنا لست مسروراً منك، يا بيتر. لقد فشلت في الاختبار. لا تزال تظنّني غبياً. هل تظنّ فعلاً أنّني لا أفهم ما أبحث عنه؟ هل تظنّ أنّني لم أفهم قوتي الحقيقية؟".

هنا، استدار الرجل وخلع مئزره. حين سقط الحرير الأبيض على الأرض، رأى بيتر للمرّة الأولى الوشم الطويل الممتدّ على العمود الفقري للرجل.

ربّاه...

رأى سلّماً لولبياً أنيقاً يرتفع وسط ظهره العضلي، من فوق الإزار الأبيض الملفوف حول وركيه. كانت كلّ درجة موشومة فوق فقرة مختلفة. راح بيتر يمرّر نظره فوق درجات السلّم، وقد أخرسته المفاجأة، إلى أن وصل إلى قاعدة جمجمة الرجل.

راح يحدّق إليه بذهول.

أرجع الرجل رأسه الأصلع إلى الخلف، ليكشف الدائرة الخالية في أعلى جمجمته. كان الجلد الخالي محاطاً بثعبان واحد، ملتفّ حول نفسه في دائرة، يلتهم نفسه.

ببطء، خفض الرجل رأسه من جديد واستدار في مواجهة بيتر. فرأى طائر الفينيق ذا الرأسين الموشوم على صدره يحدّق إليه بعينين مطفأتين.

قال الرجل: "أنا أبحث عن الكلمة الضائعة. هل ستساعدني... أم تموت أنت وأختك؟".

قال مالأخ في نفسه، *أنت تعرف كيف تجدها. أنت تعرف شيئاً تخفيه عنّي.*

كان بيتر سولومون قد باح له خلال الاستجواب بأشياء لم يعد يذكرها الآن على الأرجح. فالجلسات المتكرّرة داخل حوض التجريد الحسّي وخارجه جعلته يهذي وينفّذ الأوامر. وما لا يصدّق أنّ كلّ ما قاله لمالأخ حين باح أسراره كان منسجماً مع أسطورة الكلمة الضائعة.

الكلمة الضائعة ليست مجازاً... إنّها حقيقة. الكلمة مكتوبة بلغة قديمة... وقد خُبّئت لأجيال. للكلمة قدرة على منح قوّة عظيمة لكلّ من يفهم معناها الحقيقي. لا تزال الكلمة مخبّأة حتّى اليوم... وللهرم الماسوني القدرة على كشفها.

قال مالأخ وهو يحدّق إلى عيني أسيره: "بيتر، حين نظرت إلى هذه الشبكة من الرموز... رأيتَ شيئاً. اكتشفت أمراً ما. هذه الشبكة *تعني* لك شيئاً. أخبرني به".

"لن أخبرك بشيء ما لم ترسل المساعدة إلى كاثرين!".

ابتسم مالأخ قائلاً: "صدّقني، إنّ إمكانية فقدان شقيقتك هي آخر همومك الآن". ومن دون أن يضيف كلمة أخرى، استدار إلى حقيبة لانغدون، وبدأ يخرج منها الأغراض التي أحضرها من قبو منزله. بعد ذلك، راح يرتّبها بعناية على المذبح.

قماشة حريرية مطوية، ناصعة البياض.

مبخرة فضّية. مُرّ(*) مصري.

قارورة من دم بيتر، ممزوجة بالرماد.

ريشة غراب سوداء، هي قلمه المبجّل.

سكين القربان، المصنوعة من حديد حجر نيزكي وُجد في صحراء كنعان.

راح بيتر يصرخ بصوت هزّه الألم: "تظنّ أنّني أخشى الموت؟ إن ماتت كاثرين، لا يتبقَّ لديّ شيء! لقد قتلت عائلتي بأكملها! أخذت منّي كلّ شيء!".

أجابه مالأخ: "ليس *كلّ شيء*. ليس بعد". ثمّ مدّ يده إلى الحقيبة وأخرج منها الكمبيوتر المحمول الذي أحضره من مكتبه. شغّله ونظر إلى أسيره قائلاً: "أخشى أنّك لم تفهم بعد الطبيعة الحقيقية للمأزق الذي وقعت فيه".

(*) المُرّ: صمغ راتنجيّ مرّ المذاق، عطر الرائحة، ذو لون أصفر محمرّ يخرج من ساق شجرة صغيرة مزهرة شائكة من أشجار الهند وبلاد العرب وشرق أفريقيا.

الفصل 117

شـــعر لانغدون بمعدته تهبط مع إقلاع مروحية السي آي أيه من الحديقة، قبل أن تميل بقوّة، وتطيـــر أسرع ممّا تخيّل أنّ ذلك ممكن بالنسبة إلى مروحية من هذا النوع. كانت كاثرين قد بقيت في المنزل مع بيلامي في أثناء قيام عملاء السي آي أيه بتفتيشه، بانتظار وصول فريق دعم.

قبل أن يغادر لانغدون، قبّلته كاثرين على خدّه وهمست قائلةً: "كن حذراً، روبرت".

كـــان لانغدون الآن متمسّكاً بالحياة مع ارتفاع المروحية العسكرية أخيراً واتّجاهها نحو بيت الهيكل.

راحت ساتو، الجالسة قربه، تصرخ للطيّار: "توجّه إلى دائرة دوبونت! سنهبط هناك!".

التفت لانغدون إليها مستغرباً: "دوبونت؟! إنّها على بعد عدّة أبنية من بيت الهيكل! يمكننا الهبوط في موقف الهيكل!".

هـــزّت ســـاتو رأسها غير موافقة وقالت: "نريد دخول المبنى *بهدوء*. إن عرف الهدف بوصولنا–".

جادلها لانغدون قائلاً: "لا وقت لدينا! هذا المجنون على وشك قتل بيتر! قد يخيفه صوت المروحية ويوقفه!".

حـــدّقت إليه ساتو بعينين باردتين وقالت: "سبق وأخبرتك، سلامة بيتر سولومون ليست هدفي الأوّل. أعتقد أنّني أوضحت ذلك".

لـــم يكـــن لانغـــدون في مزاج للاستماع إلى محاضرة أخرى عن الأمن الوطني. قال: "اسمعي، أنا الوحيد على متن هذه المروحية الذي يعرف الطريق في ذلك المبنى–".

قاطعـــته ســـاتو محذّرةً: "انتبه، بروفيسور. أنت هنا كعضو في فريقي، وسأحصل على تعاونـــك الـــتامّ". صمتت قليلاً ثمّ أضافت: "في الواقع، قد يكون من الحكمة أن أخبرك بمدى خطورة أزمتنا الليلة".

مدّت ساتو يدها تحت مقعدها، وأخرجت حقيبة التيتانيوم الملساء، ثمّ فتحتها لتكشف عن كمبيوتـــر بدا معقّداً على نحو غريب. حين شغّلته، ظهر رمز السي آي أيه مع أمر بالدخول. ضـــغطت علـــيه ساتو وسألت لانغدون: "بروفيسور، هل تذكر الشعر المستعار الأشقر الذي وجدناه في منزل الرجل؟".

"أجل".

"فـــي الواقع، يحتوي ذاك الشعر المستعار على كاميرة صغيرة من الألياف البصرية... مخبّأة بين خصل الشعر الأمامية".

"كاميرة خفية، لا أفهم".

بدت الكآبة على وجه ساتو وهي تقول: "ستفعل". ثمّ فتحت ملفاً في الكمبيوتر.

لحظة من فضلك...

جارٍ فتح ملف...

فُتح إطار فيلم، وملأ الشاشة بأكملها. رفعت ساتو الحقيبة، ووضعتها على ساقي لانغدون، كي يتمكّن من الرؤية بوضوح.

ظهرت على الشاشة صورة غير اعتيادية.

تراجع لانغدون متفاجئاً. *ما هذا بحقّ الله؟!*

كان الفيلم المظلم يصوّر رجلاً معصوب العينين، يرتدي زيّ مهرطق من القرون الوسطى يُقتاد إلى المشنقة. كان ثمّة حبل يتدلّى من حول عنقه، ساق بنطاله اليسرى ملفوفة حتّى الركبة، وكمّ قميصه الأيمن ملفوف حتّى المرفق، وقميصه المفتوح يكشف صدره العاري.

حدّق لانغدون غير مصدّق لِما يراه. كان قد قرأ الكثير عن الطقوس الماسونية وعرف ما يشاهده بالضبط.

عضو ماسوني جديد... يستعدّ لدخول الدرجة الأولى.

كان الرجل مفتولَ العضلات وطويل القامة، ذا شعر أشقر مألوف، وبشرة سمراء داكنة. عرف لانغدون ملامحه على الفور. من الواضح أنّ أوشامه مخفية تحت مستحضر السُمرة. كان يقف أمام مرآة كبيرة، ويسجّل انعكاس صورته بواسطة الكاميرة المخفية في شعره.

ولكن... لماذا؟

اسودّت الشاشة فجأة.

ظهرت مساحة جديدة. غرفة مستطيلة صغيرة، خفيفة الإضاءة، أرضها مكسوّة بالبلاط الأبيض والأسود. مذبح خشبي منخفض، تحيط به أعمدة من ثلاثة جوانب، اشتعلت عليها الشموع.

شعر لانغدون بخوف مفاجئ.

ربّاه.

كان التصوير يتمّ على طريقة هاوي تصوير منزلي. توجّهت الكاميرة الآن نحو طرف الغرفة، لتكشف مجموعة صغيرة من الرجال الذين يراقبون المبتدئ. كانوا يرتدون الزيّ الماسوني التقليدي. في الظلام، لم يتمكّن لانغدون من تمييز وجوههم، ولكنّه كان يعرف تماماً *أين* تجري هذه الطقوس.

كان من الممكن، نظراً إلى الشكل التقليدي لقاعة المحفل هذه، أن تكون في أيّ مكان في العالم، ولكنّ القوصرة المثلّثة زرقاء اللون الموجودة فوق مقعد المعلّم، كشفت أنّه أقدم محفل ماسوني في العاصمة، محفل بوتوماك رقم 5، محفل جورج واشنطن والماسونيين الأوائل الذين وضعوا حجر الأساس للبيت الأبيض ومبنى الكابيتول.

ولا يزال هذا المحفل ناشطاً حتّى اليوم.

فبالإضافة إلى الإشراف على بيت الهيكل، كان بيتر سولومون مُعلّم هذا المحفل المحلّي أيضاً. وفي محافل كهذه، تبدأ رحلة العضو الماسوني الجديد دوماً... وفيه ينال الدرجات الماسونية الثلاث الأولى.

أعلن صوت بيتر المألوف: "حضرات الأخوة، باسم مهندس الكون الأعظم، أفتتح هذا المحفل لممارسة الطقوس الماسونية للدرجة الأولى!".

تردّد صوت مطرقة عالٍ.

أخذ لانغدون يشاهد غير مصدّق، بينما تعاقبت سلسلة سريعة من المشاهد المبهّتة(*) التي تصوّر بيتر سولومون يؤدّي بعضاً من الطقوس الأكثر غموضاً.

يضغط خنجراً لامعاً على الصدر العاري للمبتدئ... يهدّده بالموت على الخازوق إن هو "كشف أسرار الماسونية"... يصف بلاط الأرض الأسود والأبيض أنّه يمثّل "الأحياء والأموات"... يصف عقوبات تشتمل على "الذبح، واقتلاع اللسان من جذوره، ودفن الجسد في رمل البحر الخشن...".

حدّق لانغدون بذهول إلى الشاشة. *هل أرى ذلك حقًّا؟* فطقوس الانضمام إلى الماسونية ظلّت طيّ الكتمان لقرون من الزمن. والأوصاف الوحيدة التي تسرّبت إلى العلن كتبها عدد من الإخوان المبعَدين. كان لانغدون قد قرأ تلك الروايات، بالطبع، ولكنّ رؤيتها بأمّ العين أمر مختلف.

لا سيّما إن عُرضت بتلك الطريقة. فقد عرف لانغدون على الفور أنّ هذا الفيلم هو عبارة عن دعاية غير عادلة، حذفت جميع النواحي النبيلة في عملية التلقين، ولم تشدّد إلاّ على أكثرها إحباطاً. وعرف أنّه لو نُشر هذا الفيلم، سيتصدّر أنباء الإنترنت بين ليلة وضحاها. *سيتهافت عليه أصحاب نظرية المؤامرة المضادّة للماسونية كأسماك القرش.* سيجد التنظيم الماسوني، ولا سيّما بيتر سولومون، أنّه تورّط في عاصفة من الجدل... مع أنّ الطقوس ليس فيها أيّ أذىً، بل هي رمزية خالصة.

الغريب أنّ الفيلم اشتمل على إشارة من الكتاب المقدّس إلى القربان البشري... *"استسلام إبراهيم للكائن الأعلى بتقديم ابنه البكر"*. فكّر لانغدون في بيتر وتمنّى لو تطير المروحية بسرعة أكبر.

تغيّر مشهد الفيلم الآن.

القاعة نفسها، ولكن في ليلة مختلفة. كان ثمّة عدد أكبر من الماسونيين يشاهدون الطقوس. رأى بيتر سولومون جالساً في مقعد المعلّم المبجّل يراقب ما يجري. كانت تلك الدرجة الثانية، وفيها تصبح الطقوس أكثر حدّة. العضو راكع أمام المذبح... يتعهّد "بحفظ

(*) التبهيت: هو إحلال مشهد على شاشة السينما أو التلفزيون محلّ آخر بطريقة تدريجية.

الأسرار الماسونية إلى الأبد"... يوافق على عقوبة "شقّ تجويف الصدر ورمي القلب النابض على سطح الأرض لتلتهمه الوحوش الضارية"...

راح قلب لانغدون ينبض بعنف أكبر مع تغيّر المشهد مجدّداً. ليلة أخرى، وحشد أكبر بكثير. *لوح رسم*(*) على شكل تابوت موضوع على الأرض.

الدرجة الثالثة.

كان يُحتفل هنا بطقس الموت، وهو أقسى الطقوس في جميع الدرجات، اللحظة التي يُجبَر فيها العضو الجديد على "مواجهة آخر تحديات الإبادة الشخصية". ومع أنّ لانغدون كان مطّلعاً على الروايات الأكاديمية له، إلاّ أنّه لم يكن مستعدًّا على الإطلاق لما رآه.

القتل.

ففي مشاهد سريعة وعنيفة، راح الفيلم يعرض رواية مرعبة من وجهة نظر الضحية لعملية مقتل العضو العنيفة. فتمّ تمثيل ضربات موجّهة إلى رأسه، بما في ذلك واحدة بمطرقة ماسونية حجرية. في تلك الأثناء، قام شمّاس برواية قصّة *ابن الأرملة*، حيرام أبيف، كبير مهندسي هيكل الملك سليمان، الذي اختار الموت عوضاً عن كشف سرّ الحكمة التي يملكها.

كان الهجوم مجرّد تمثيل بالطبع، ولكنّ أثره عبر الكاميرة كان مروّعاً. وبعد ضربة الموت، تمّ إنزال العضو المبتدئ، الذي أصبح "ميتاً بالنسبة إلى ذاته السابقة"، في تابوت رمزي، ثمّ أُغلقت عيناه ووُضعت يداه على صدره وكأنّه جثّة. وقف الأخوة الماسونيون وأحاطوا بالجثّة بحزن، فيما راح الأورغن يعزف لحن الموت.

كان مشهد الموت مرعباً.

وكان ثمّة ما هو أسوأ.

فمع تجمّع الرجال حول أخيهم المذبوح، عرضت الكاميرة المخبّأة وجوههم بوضوح. فأدرك لانغدون أنّ سولومون لم يكن الرجل المعروف الوحيد في القاعة. كان أحد الرجال الذين يحدّقون إلى المبتدئ الممدّد في تابوته يظهر على التلفاز كلّ يوم تقريباً.

كان عضواً بارزاً في مجلس الشيوخ الأميركي.

يا الله...

تغيّر المشهد من جديد. *في الخارج الآن... ليلاً... التصوير المتقطّع نفسه... كان الرجل يسير في الشارع في إحدى المدن... خصل من الشعر الأشقر تظهر أمام الكاميرة... ينعطف عند زاوية... تنخفض الكاميرة إلى شيء في يد الرجل... دولار... تقترب الصورة لتركّز على الختم الأعظم... العين المطّلعة على كلّ شيء... الهرم غير المكتمل... ثمّ تبتعد الكاميرة فجأة لتكشف شكلاً مشابهاً في البعيد... مبنًى هرميًّا كبيراً... سفوحه المنحدرة تلتقي عند قمّة مسطحة.*

بيت الهيكل.

(*) لوح الرسم: هو لوح يخطّ عليه المعلّم الرسومات لتوجيه أهل الحرفة في عملهم.

تملّكه خوف كبير.

تواصل الفيلم... *الرجل يسرع نحو المبنى الآن... يصعد السلّم... نحو الباب البرونزي الضخم... بين تمثالي أبو الهول الذي يزن كلّ منهما سبعة عشر طنًا.*

عضو جديد يدخل هرم التلقين.

ساد الظلام الشاشة الآن.

تناهى صوت عالٍ لأورغن يعزف بعيداً... وظهرت صورة جديدة.

قاعة الهيكل.

ابتلع لانغدون ريقه بصعوبة.

علـــى الشاشة، كانت القاعة المجوّفة مضاءة بالمصابيح الكهربائية. تحت فُتحة السقف، لمـــع المـــذبح الرخامـــي الأسود في ضوء القمر. كان المجلس المحيط به مؤلّفاً من أعضاء ماسونيين بارزين من الدرجة الثالثة والثلاثين، جلسوا ينتظرون على مقاعدهم المصنوعة من جلد الخنزير، وقد حضروا كشهود. مرّت الكاميرا الآن على وجوههم ببطء وتعمّد.

حدّق إليهم لانغدون مرعوباً.

فمـــع أنّ مـــا رآه فاجـــأه، إلاّ أنّه لم يكن مستغرَباً. فتجمّع من أعلى الماسونيين درجة وأكثـــرهم شـــهرة فـــي أكثـــر المدن نفوذاً على وجه الأرض، يشتمل منطقياً على عديد من الشخـــصيات الـــنافذة والمعـــروفة. ولم يكن مستغرباً رؤية بعض من أكثر الرجال نفوذاً في الـــبلاد، جالـــسين حـــول المـــذبح، يرتدون قفّازاتهم الحريرية الطويلة، والمآزر الماسونية، ويضعون الجواهر البرّاقة.

قاضيان من قضاة المحكمة العليا...

وزير الدفاع...

المتحدّث باسم البرلمان...

شعر لانغدون بالاضطراب، بينما تابعت الكاميرا تدقيقها في وجوه الحضور.

ثلاثة أعضاء بارزين في مجلس الشيوخ... بمن فيهم زعيم الأكثرية...

وزير الأمن الوطني...

و...

مدير السي آي أيه...

أراد لانغـــدون أن يشيح بنظره، ولكنّه لم يقدر. كان المشهد مربكاً ومخيفاً، حتّى بالنسبة إليه. وفي لحظة واحدة، فهم سبب خوف ساتو وقلقها.

بهت المشهد الآن، لتحلّ مكانه صورة واحدة مرعبة.

جمجمة بشرية... مملوءة بسائل قرمزي داكن. كان *caput mortuum* الشهير يُقدّم إلى العـــضو المبـــتدئ بـــيدي بيتر سولومون النحيلتين، ولمع خاتمه الماسوني الذهبي في ضوء الشموع. لم يكن السائل الأحمر سوى شراب... ولكنّه بدا كالدم. وكان تأثيره البصري مخيفاً.

الإراقة الخامسة. أدرك لانغدون ذلك بعد أن قرأ بنفسه روايات عن هذا السرّ المبجّل في كتاب جون كوينسي آدامز، *رسائل عن المؤسّسة الماسونية*. مع ذلك، فإنّ رؤيته يحدث... أمام أعين أكثر رجال أميركا نفوذاً... كان من أكثر المشاهد التي رآها غرابة.

تناول العضو المبتدئ الجمجمة بين يديه... وانعكس وجهه على سطحِ الشراب الساكن. أعلن قائلاً: *فليصبح هذا الشراب الذي أتناوله الآن سمًّا قاتلاً لي... إن خنتُ قسمي يوماً عن عمد أو عن معرفة*".

بالطبع، كان هذا العضو ينوي خيانة قسمه إلى حدّ يفوق الخيال.

كان لانغدون عاجزاً عن التفكير في ما سيحدث لو نُشر هذا الفيلم. *لن يفهم أحد*. ستتمّ الإطاحة بالحكومة، وسيمتلئ الشارع بأصوات المناهضين للماسونية، والأصوليين، وأصحاب نظرية المؤامرة الذين سيبثّون الخوف والحقد، سعياً لإطلاق حملة تطهيرية كاملة.

أدرك لانغدون، *سيتمّ تشويه الحقيقة، كما يحصل دوماً مع الماسونيين*.

للحظة وجيزة، شعر لانغدون ببارقة أمل. حاول إقناع نفسه أنّه في حال تسرّب هذا الفيلم إلى العلن، سيصبح الناس منفتحين ومتسامحين، ويدركون أنّ جميع الطقوس الروحانية تشتمل على نواحٍ قد تبدو مخيفة إن عُزلت عن سياقها؛ إعادة تمثيل الصلب، طقوس الختان اليهودية، تعميد الأموات لدى المورمون، التعاويذ الكاثوليكية، المعالجة الشامانية، احتفال الكاباروت اليهودي، وحتّى تناول جسد ودم المسيح المجازي في الديانة المسيحية.

أدرك لانغدون أنّه يحلم. *هذا الفيلم لن يولّد سوى الفوضى*. إذ راح يتخيّل ما سيحدث لو رأى العالم قادة بارزين في فيلم، يضغطون سكاكين على صدورهم العارية، ويتلفّظون بأقسام عنيفة، ويؤدّون مشاهد قتل مزيّفة، ويتمدّدون في توابيت رمزية، ويتناولون الشراب من جمجمة بشرية. ستكون الصرخة فورية ومدوّية.

فليكن الله بعوننا.

كانت الشاشة تعرض الآن العضو الجديد وهو يرفع الجمجمة إلى شفتيه. أمالها إلى الخلف... ثمّ تجرّع الشراب الأحمر كالدم... وختم قسَمَه. بعد ذلك، خفض الجمجمة، وحدّق إلى الجمع المحيط به، ليظهر أكثر رجال أميركا نفوذاً وهم يهزّون رؤوسهم برضى.

قال بيتر سولومون، *"أهلاً بك، أيّها الأخ"*.

حين بهتت الصورة وحلّ مكانها السواد، أدرك لانغدون أنّه كان حابساً أنفاسه.

مدّت ساتو يدها بصمت، وأغلقت الحقيبة، ثمّ رفعتها عن ساقيه. التفت إليها لانغدون وحاول الكلام، ولكنّه لم يجد ما يقول. لم يعد ذلك مهمًّا. فقد بدا على وجهه أنّه فهم تماماً حجم الخطر. كانت ساتو على حقّ، فالأزمة التي يواجهونها الليلة كانت تهدّد الأمن الوطني... إلى حدّ يفوق الخيال.

الفصل 118

كان مالأخ يذرع المكان ذهاباً وإياباً أمام كرسي بيتر سولومون المتحرّك، مرتدياً إزاره حول وركيه. همس قائلاً وهو يستمتع بكلّ لحظة من رعب أسيره: "بيتر، نسيتَ أنّ لديك عائلة أخرى... إخوانك الماسونيين، وسأدمّرهم هم أيضاً... ما لم تساعدني".

بدا بيتر سولومون متخشّباً من هول الصدمة، وهو ينظر إلى شاشة الكمبيوتر الموضوع في حجره. قال أخيراً وهو ينظر إليه: "رجاءً، إن خرج هذا الفيلم...".

ضحك مالأخ قائلاً: "إن؟ إن خرج؟" وأشار إلى مودم الهاتف الخلوي الموصول بالكمبيوتر، مضيفاً: "أنا موصول بالعالم".

"لن تفعل...".

فكّر مالأخ، *بل سأفعل*، وهو يستمتع برعب سولومون. قال له: "لديك القدرة على إيقافي، وإنقاذ أختك. ولكن عليك إخباري بما تعرف. الكلمة الضائعة مخبّأة في مكان ما، يا بيتر. وأنا أعرف أنّ هذه الشبكة تكشف مكانها بالضبط".

نظر بيتر إلى شبكة الرموز مجدّداً، ولكنّ عينيه لم تبوحا بشيء.

"قد يساعد هذا على إلهامك". مدّ مالأخ يده من فوق كتف بيتر وضغط على عدد من أزرار الكمبيوتر. انطلق برنامج بريد إلكتروني على الشاشة، فتصلّب بيتر بوضوح. عرضت الشاشة الآن بريداً إلكترونياً كان مالأخ قد أعدّه في وقت سابق الليلة؛ وهو ملف فيلم موجّه إلى لائحة طويلة من وسائل الإعلام الكبرى.

ابتسم قائلاً: "أعتقد أنّ الوقت قد حان للنشر، أليس كذلك؟".

"لا!".

مدّ مالأخ يده وضغط على زر الإرسال في البرنامج. راح بيتر ينتفض محاولاً إيقاع الكمبيوتر على الأرض، ولكن عبثاً.

همس مالأخ: "استرخِ، بيتر. إنّه ملفّ كبير، وسيستغرق إرساله بضع دقائق". ثمّ أشار إلى شريط الإرسال:

جارٍ إرسال رسالة: تمّ 2 %

"إن أخبرتني بما تعرف، سأوقف الرسالة، ولن يرى أحد هذا".

شحب وجه بيتر بينما راح الشريط يتقدّم.

جارٍ إرسال رسالة: تمّ 4 %

رفــع مالأخ الكمبيوتر عن حجر بيتر، ووضعه على أحد المقاعد المجاورة المصنوعة مــن جلد الخنزير، ثمّ وجّه الشاشة بحيث يتمكّن الرجل من مشاهدة عملية الإرسال. عاد إلى جانب بيتر، ووضع صفحة الرموز على حجره. قال: "استناداً إلى الأسطورة، سيكشف الهرم الماسوني الكلمة الضائعة. وهذه شيفرة الهرم الأخيرة. أظنّ أنّك تعلم كيف تقرأها".

ألقى مالأخ نظرة على الشاشة.

جارٍ إرسال رسالة: تمّ 8 %

حــوّل نظــره من جديد إلى بيتر. كان سولومون يحدّق إليه، وعيناه الرماديتان تلتهبان غضباً.

قال مالأخ في نفسه، *اكرهني. كلّما كان الانفعال أقوى، كانت الطاقة التي ستتحرّر عند انتهاء الطقس أعظم.*

في لانغلي، ضغطت نولا كاي الهاتف على أذنها، وهي بالكاد قادرة على سماع صوت ساتو بسبب هدير المروحية.

صــرخت قائلــةً: "قالــوا إنّــه من المستحيل إيقاف إرسال الملف. فإطفاء مزوّد خدمة الإنتــرنت ISP محلّي يستغرق ساعة على الأقلّ، وإن كان يستخدم مزوّداً لاسلكيًّا، فإنّ إيقاف الإنترنت الأرضي لن يعيق عملية الإرسال على أيّ حال".

فــي أيامنا، أصبح إيقاف تدفّق المعلومات الرقمية أمراً شبه مستحيل. فوسائل الوصول إلــى الإنتــرنت لا تُحــصى. فبين الأسلاك، ومواقع الواي - في المزدحمة، وأجهزة المودم الخلوية، وهواتف الأقمار الصناعية، والهواتف الخارقة، والحواسيب الهاتفيّة المجهّزة بالبريد الإلكترونــي، كانــت الطــريقة الوحيدة لعزل تسرّب محتمل للمعلومات تتمثّل في تدمير آلة المصدر.

قالت نولا: "أخرجت صفحة مواصفات المروحية UH-60 الموجودين على متنها، ويبدو أنّكم مجهّزون بمسدّس يعمل على الذبذبة الكهرومغناطيسية".

أصــبحت هــذه المــسدّسات شائعة لدى وكالات تنفيذ القانون، وتُستخدم أساساً لإيقاف عملــيات المطاردة بالسيّارات من مسافة آمنة. فعند إطلاق ذبذبات شديدة التركّز من الأشعّة الكهرومغناطيــسية، يتمّ عملياً حرق إلكترونيات أيّ جهاز مستهدف؛ سيارات، هواتف خلوية، حواسيب. واستناداً إلى المواصفات الموجودة مع نولا، فإنّ مروحية UH-60 مزوّدة بمغنترون بقــوّة ســتّة جيغاهيرتــز، مثــبّت في هيكل المروحية ويسدّد بواسطة الليزر، مع بوق بقوّة

خمسين – د ب – غين يطلق ذبذبة بقوّة عشرة جيغاواط. ولو أُطلقت هذه الذبذبة مباشرة على كمبيوتر محمول، فإنّها ستحرق اللوحة وتمحو على الفور القرص الصلب.

ردّت علـيها سـاتو وهـي تصرخ بصوت عال: "لن يكون لهذه الأسلحة أيّ فائدة. فالهدف موجود داخل مبنى حجري، ولا نستطيع رؤيته. هل لديكِ أيّ إشارة ما إذا كان الفيلم قد أُرسل؟".

نظـرت نـولا إلـى شاشـة أخـرى، تجري بحثاً متواصلاً عن الأنباء الجديدة حول الماسونيين. أجابت: "ليس بعد، سيّدتي. ولكن إن نُشر، سنعلم في غضون ثوانٍ".

"ابقَي على اتّصال". تنهّدت ساتو وأغلقت الخطّ.

حـبس لانغـدون أنفاسه بينما هبطت المروحية من السماء باتّجاه دائرة دوبونت. تفرّق عـدد مـن المشاة في كلّ اتّجاه، بينما هبطت المروحية عبر فُتحة بين الأشجار وحطّت بقوّة علـى العـشب، جنوب النافورة الشهيرة المؤلّفة من طابقين، والتي صمّمها الرجلان نفسهما اللذان صمّما نُصب لينكولن.

بعـد ثلاثين ثانية، كان لانغدون جالساً في سيّارة ليكسوس رباعية الدفع، تسير بأقصى سرعتها في جادة نيو هامشاير، باتّجاه بيت الهيكل.

كان بيتر سولومون يحاول يائساً التفكير في ما ينبغي له فعله. كلّ ما كان يخطر في باله هـو صور لكاثرين التي تنزف في القبو... وللفيلم الذي شاهده للتوّ. التفت ببطء نحو الشاشة الموضـوعة على المقعد المصنوع من جلد الخنزير، على بعد ياردات عدة منه. كان شريط الإرسال قد بلغ الثلث تقريباً.

جارٍ إرسال رسالة: تمّ 29 %

كان الرجل الموشوم يدور ببطء حول المذبح المربّع، يؤرجح مبخرة مشتعلة وينشد بينه وبين نفسه. تصاعد الدخان الأبيض الكثيف نحو الكوّة في السقف. كانت عينا الرجل متّسعتين الآن، وكأنّـه فـي حالة نشوة. حوّل بيتر نظره إلى السكين القديمة الموضوعة على القماش الحريري الأبيض الذي فُرش على المذبح. لم يكن لدى بيتر سولومون أيّ شكّ في أنّه سيموت الليـلة فـي هـذا الهـيكل. والـسؤال يكمن في كيفية الموت. هل سيجد طريقة لإنقاذ أخته وأخويته... أم أنّ موته سيضيع هباءً؟

ألقى نظرة على شبكة الرموز. حين وقعت عيناه عليها للمرّة الأولى، أعمته الصدمة... مـنعت بـصره من اختراق غشاء الفوضى... والنظر إلى الحقيقة المخيفة. ولكن الآن، أصـبح المعنـى الحقيقي لهذه الرموز واضحاً بالنسبة إليه وضوح الشمس. لقد رأى الشبكة تحت ضوء جديد.

عرف بيتر سولومون ما عليه فعله بالضبط.
أخذ نفساً عميقاً، وحدّق إلى القمر من خلال الكوّة في الأعلى. ثمّ بدأ يتكلّم.

جميع الحقائق العظيمة بسيطة.

أدرك مالأخ هذا منذ زمن طويل.

كان الحلّ الذي يشرحه بيتر سولومون الآن جميلاً ونقياً، إلى حدّ أنّ مالأخ كان واثقاً أنّه لا يمكن إلاّ أن يكون حقيقياً. لم يصدّق أنّ حلّ اللغز الأخير للهرم كان أبسط بكثير ممّا تخيّل يوماً.

كانت الكلمة الضائعة أمام عينَيّ.

في لحظة واحدة، اخترق شعاع من النور الساطع غموض التاريخ والأسطورة الذي كان يلـفّ الكلمة الضائعة. كان الوعد صحيحاً، ذلك أنّ الكلمة الضائعة كانت مكتوبة بالفعل بلغة قديمة وتشتمل على قوّة باطنية في كلّ فلسفة، ودين، وعلم عرفه الإنسان يوماً. *الخيمياء، علم التنجـيم، القبلانية، المسيحية، البوذية، الروزيكروشية، الماسونية، علم الفلك، الفيزياء، العلوم العقلية...*

كان مالأخ يقف الآن في القاعة التي تمّ تلقينه فيها، في أعلى الهرم العظيم للبيت المجيد، يحـدّق إلى الكنز الذي سعى وراءه كلّ تلك السنوات. أدرك أنّه ما كان ليعدّ نفسه أفضل ممّا فعل.

قريباً أصبح كاملاً.

لقد تمّ العثور على الكلمة الضائعة.

في كالوراما هايتس، وقف عميل السي آي أيه بمفرده بين بحر من النفايات التي أُفرغت من الصناديق الموجودة في المرآب.

قـال لمحلّلـة ساتو عبر الهاتف: "آنسة كاي؟ كانت فكرة تفتيش نفاياته جيّدة. أظنّ أنّني وجدت شيئاً".

داخـل المنـزل، كانت كاثرين سولومون تشعر أنّها تزداد قوّة مع كلّ لحظة. فالمحلول الذي أعطي لها عبر المصل رفع ضغط دمها وأزال عنها الصداع. كانت ترتاح الآن، جالسة فـي غرفة الطعام، مع تعليمات واضحة بالبقاء ساكنة. ولكنّها شعرت بالتوتر، وازدادت قلقاً ولهفة على أخبار عن أخيها.

أين الجميع؟ لم يكن فريق الطبّ الشرعي التابع للسي آي أيه قد وصل بعد، والعميل الـذي بقي هـنا لا يزال يفتّش المكان. كان بيلامي جالساً معها في غرفة الطعام، يلفّ البطانية حول جسده، ولكنّه نهض هو الآخر للبحث عن معلومات قد تساعد السي آي أيه على إنقاذ بيتر.

لــم تعد كاثرين قادرة على الجلوس، فنهضت على قدميها مترنّحة، ثمّ مشت ببطء نحو غرفة الجلوس. وجدت بيلامي في المكتب. كان المهندس واقفاً أمام درج مفتوح، ظهره موجّه إليها، ومشغولاً على ما يبدو بمحتويات الدرج إلى حدّ أنّه لم يشعر بدخولها.

مشت نحوه قائلةً: "وارن؟".

انتفض الرجل، واستدار وهو يقفل الدرج بسرعة بورِكه. بدت على وجهه آثار الصدمة والحزن، وسالت الدموع على خدّيه.

"ما الخطب؟!" ألقت نظرة على الدرج ثمّ سألته: "ما هذا؟".

بـــدا بيلامـــي عاجزاً عن الكلام. كان مظهره يوحي أنّه رأى للتوّ شيئاً تمنّى لو لم يره إطلاقاً.

سألته: "ماذا يوجد في الدرج؟".

نظر إليها بيلامي بعينيه الدامعتين للحظات طويلة وكئيبة. أخيراً، تكلّم: "تساءلنا أنا وأنت لماذا... لماذا بدا أنّ هذا الرجل يكره عائلتك".

قطّبت كاثرين جبينها. "نعم؟".

"في الواقع..." قطعت الغصّة صوت بيلامي قبل أن يتابع: "وجدت الجواب للتوّ".

الفصل 119

في القاعة الواقعة في أعلى بيت الهيكل، وقف الرجل الذي يسمّي نفسه مالأخ أمام المذبح العظيم، وراح يدلّك بلطف دائرة الجلد الخالية في أعلى رأسه. راح يستعدّ منشداً: *Verbum significatium Verbum omnificum*. أصبح المركّب الأخير موجوداً أخيراً.

أثمن الكنوز هي غالباً أبسطها.

فوق المذبح، انبعث الدخان المعطّر من المبخرة. تصاعد الدخان عبر شعاع القمر، مضيئاً قناة متّجهة إلى الأعلى، يمكن لروح محرّرة أن تسافر عبرها بسهولة.

حان الوقت.

أخرج مالأخ القارورة المحتوية على دم بيتر الداكن وفتحها. غمس طرف ريشة الغراب في السائل القرمزي على مرأى من أسيره، ورفعها إلى الدائرة المبجّلة فوق رأسه. توقّف للحظة... وراح يفكّر كم طال انتظاره لهذه الليلة. أصبح تحوّله العظيم ممكناً أخيراً. *حين تُكتب الكلمة الضائعة على عقل رجل، يصبح جاهزاً لتلقّي قوّة خارقة.* ذاك هو الوعد القديم بالتحوّل إلى كائن ممجّد. حتّى اليوم، كان الجنس البشري عاجزاً عن إدراك هذا الوعد، وقد بذل مالأخ ما في وسعه لتبقى الأمور على حالها.

بيد ثابتة، وضع مالأخ طرف الريشة على جلده. لم يكن بحاجة إلى مرآة، ولا إلى مساعدة، بل إلى حاسة اللمس وعين عقله وحسب. ببطء ودقّة، بدأ يكتب الكلمة الضائعة في المساحة الدائرية (*ouroboros*) على رأسه.

نظر إليه بيتر سولومون برعب.

حين انتهى مالأخ أغمض عينيه، ووضع الريشة من يده، ثمّ أخرج الهواء من رئتيه تماماً. للمرّة الأولى في حياته، أحسّ بشعور لم يعرفه من قبل.

كاملاً.

أصبحت متّحداً.

لقد عمل مالأخ لسنوات على جسده، والآن حين اقتربت لحظة تحوّله الأخير، كان يشعر بكلّ خطّ كُتب على جلده. *أنا تحفة حقيقية، كاملة وتامّة.*

قاطع صوت بيتر أفكاره: "أعطيتك ما طلبت، أرسل المساعدة إلى كاثرين وأوقف هذا الملف".

فتح مالأخ عينيه وابتسم: "أنا وأنت لم ننتهِ بعد". التفت إلى المذبح وتناول سكين القربان، ممرّراً إصبعه على النصل الحديدي الأملس. "هذه السكين القديمة تحمل تفويضاً لتُستعمل في تضحية بشرية. لقد عرفتَها، أليس كذلك؟".

كانت عينا بيتر سولومون رماديتين كالحجر. قال: "إنّها فريدة، وقد سمعتُ بالأسطورة".
"الأسطورة؟ الرواية مذكورة في الكتاب المقدّس. ألا تعتقد بصحتها؟".
اكتفى بيتر بالتحديق إليه.

كان مالأخ قد أنفق ثروة لإيجاد هذه التحفة والحصول عليها. تُعرف هذه السكين باسم سكين الذبح، وقد صُنعت منذ ثلاثة آلاف عام، من حجر نيزكي حديدي سقط على الأرض. حديد من السماء، *كما يسمّيه الباطنيون الأوائل*. وقد تمّ امتلاك هذه السكين في تاريخها المذهل من قبل باباوات، وباطنيين نازيين، وخيميائيين أوروبيين، وجامعي تحف.

فكّر مالأخ، *لقد حموها وأعجبوا بها، ولكنّ أحداً لم يجرؤ على إطلاق قوّتها الحقيقية باستعمالها لهدفها الحقيقي*. الليلة، ستنفذ السكين المهمة التي قُدّرت لها.

لطالما كانت سكين الذبح مبجّلة في الطقس الماسوني.

كان وزن النصل بين يدي مالأخ منعشاً، وهو يركع ويستعمل السكين المسنونة حديثاً لقطع الحبال التي تقيّد بيتر بكرسيه المتحرّك. سقطت القيود على الأرض.

تألّم بيتر سولومون وهو يحاول تحريك أطرافه المتشنّجة. قال: "لماذا تفعل هذا بي؟ ماذا تظنّ أنك ستحقّق؟".

أجاب مالأخ: "*أنت*، من بين كلّ الناس، يجب أن تفهم. فقد درست الطرائق القديمة. أنت تعرف أنّ قوّة الأسرار تكمن في *التضحية*... في تحرير روح بشرية من جسدها. هكذا كانت الأمور منذ البداية".

قال بيتر بصوت هزّه الألم والاشمئزاز: "أنت لا تعرف شيئاً عن التضحية".

قال مالأخ في نفسه، *ممتاز. ضاعف حقدك، هذا سيجعل الأمور أسهل وحسب.*

احتجّت معدة مالأخ الفارغة وهو يسير أمام أسيره. "ثمّة قوّة هائلة في إراقة الدم البشري. الجميع فهموا ذلك، من المصريين القدماء، إلى الدَرويد السلتيين، والصينيين، والأزتيك. ثمّة ناحية عجيبة في التضحية البشرية، ولكنّ الإنسان المعاصر أصبح ضعيفاً، أصبح جباناً جداً ليقدّم قرابين حقيقية ويعطي الحياة المطلوبة للتحوّل الروحاني. مع ذلك، فإنّ النصوص القديمة واضحة. فبتقديم الشيء الأكثر تبجيلاً، يمكن للمرء أن ينال القوّة القصوى".

"وهل تعتبرني قرباناً مبجّلاً؟".

انفجر مالأخ ضاحكاً بصوت عالٍ: "أنت لم تفهم بعد، أليس كذلك؟".

ألقى عليه بيتر نظرة استغراب.

"هل تعلم لماذا أملك حوض تجريد حسّي في منزلي؟" وضع مالأخ يديه على وركيه وشدّ جسده المزخرف بدقّة، والذي لا يغطّيه سوى إزار عند الوركين. تابع قائلاً: "كنت أتمرّن... أستعدّ... أتحضّر للحظة التي أصبح فيها مجرّد عقل... اللحظة التي أتحرّر فيها من هذه القشرة الفانية... وأقدّم هذا الجسد الجميل كتضحية. *أنا* هو الثمين! *أنا* هو الحمل الأبيض الطاهر!".

فغر بيتر فاه، عاجزاً عن الكلام.

"أجـل، بيتــر. على المرء أن يقدّم أغلى ما لديه، أنقى حماماته البيضاء... أثمن وأغلى قـربان لديـه. *أنـت* لـست ثميناً بالنسبة إليّ. *أنت* لست جديراً بالتضحية". حدّق إليه مالأخ وأضـاف: "ألا تـرى؟ لـست *أنت* القربان، يا بيتر... بل *أنا* هو. جسدي *أنا* هو القربان. *أنا* الهدية. انظر إليّ. لقد أعددت نفسي لأكون جديراً برحلتي الأخيرة. *أنا الهدية!*".

ظلّ بيتر عاجزاً عن الكلام.

قـال مالأخ: "يكمن السرّ في كيفية الموت. لقد فهم الماسونيون ذلك". أشار إلى المذبح، ثمّ تابع قائلاً: "أنتم توقّرون الحقائق القديمة، ولكنّكم جبناء. تفهمون قوّة التضحية ولكنّكم تبقون علـى مـسافة آمنة من الموت، تؤدّون مسرحيات قتل مزيّفة وطقوس موت بلا دماء. الليلة، سيعرف مذبحكم الرمزي قوّته الحقيقية... وهدفه الحقيقي".

مـدّ مالأخ يده وأمسك بيد بيتر سولومون اليسرى، ثمّ وضع قبضة سكين الذبح في كفّه. *الـيد اليسرى تخدم الظلام.* هذا أيضاً خطّط له. لن يكون لدى بيتر الخيار في هذه المسألة. ما كـان لمالأخ أن يتخيّل تضحية أكثر قوّة ورمزية من تضحية تؤدّى على هذا المذبح، من قبل هـذا الـرجل، بهـذه السكين التي ستُغرز في قلب قربان لُفّ جسده الفاني كالهدية، بكفن من الرموز الباطنية.

بهـذه التـضحية *بالذات*، سيحصل مالأخ على رتبته في هرمية الأرواح الشريرة. ففي الظلام والدم تكمن القوّة الحقيقية. لقد عرف القدماء ذلك، واختار الخبراء الجوانب التي تنسجم مع طبيعتهم الفردية. أمّا مالأخ، فقد اختار جانبه بحكمة. فالفوضى هي القانون الطبيعي الذي يحكـم العالم. اللامبالاة هي محرّك الإنتروبيا. فتور الإنسان كان الأرض الخصبة التي تضع فيها أرواح الظلام بذورها.

لقد خدمتهم، وسيستقبلونني كممجَّد.

لم يتحرّك بيتر، بل حدّق إلى السكين القديمة التي يمسكها بيده.

قـال مـالأخ: "أنا أفوّضك، أنا أضحّي بنفسي بملء إرادتي. دورك الأخير كان مكتوباً. ستحوّلني. ستحرّرني من جسدي. إمّا أن تفعل ذلك، أو تخسر شقيقتك وأخويّتك. ستكون فعلاً بمفردك". صمت ثمّ ابتسم لأسيره قائلاً: "اعتبر هذا عقابك الأخير".

رفـع بيتـر نظـره بـبطء وحدّق إلى عيني مالأخ قائلاً: "قتلك؟ عقاب؟ هل تظنّ أنّني سأتردّد؟ لقد قتلت ابني، وأمّي، وعائلتي بأكملها".

انفجـر مـالأخ قائلاً بقوّة أفزعته هو نفسه: "كلاّ! أنت مخطئ! أنا لم أقتل عائلتك! *أنت* فعلـت! *أنـت* مـن اختار ترك زاكاري في السجن! ومن هناك، تحرّكت العجلة! *أنت* قتلت عائلتك، يا بيتر، ولست أنا!".

ابيـضّت عقـد بيتـر، واشتدّت أصابعه حول السكّين بغضب. "أنت لا تعرف شيئاً عن الأسباب التي دفعتني إلى ترك زاكاري في السجن".

ردّ مالأخ: "بل أعرف كلّ شيء! كنت هناك. ادّعيت أنّك تحاول *مساعدته*. أكنت تحاول *مساعدته* حين عرضت عليه الخيار بين الثروة والحكمة؟ هل كنت تحاول *مساعدته* حين أعطيته إنذاراً للانضمام إلى الماسونيين؟ أيّ أب يخيّر ابنه بين الثروة والحكمة ويتوقّع منه أن يعرف كيف يتصرّف! أيّ أب يترك ابنه في سجن عوضاً عن إعادته إلى بيته الآمن!" سار مالأخ، ووقف أمام بيتر، ثمّ ركع ليصبح وجهه الموشوم على بعد إنشات من وجه بيتر، وأضاف: "ولكن، الأهمّ من كلّ ذلك... أيّ أب ينظر إلى عينيّ ابنه... حتّى بعد كلّ تلك السنوات... ولا *يتعرّف* إليه!".

تردّدت كلمات مالأخ لبضع ثوانٍ في القاعة الحجرية.

ثمّ عمّ الصمت.

في السكون المفاجئ، بدا وكأنّ بيتر سولومون خرج من الغشية التي انتابته. كان وجهه ينمّ عن ذهول تامّ.

أجل، أبي. هذا أنا. انتظر مالأخ هذه اللحظة سنوات طويلة... لينتقم من الرجل الذي تركه... ليحدّق إلى تلك العينين الرماديتين، ويقول الحقيقة التي ظلّت مدفونة كلّ تلك السنوات. الآن حانت اللحظة، وتكلّم ببطء، وتاق ليرى وزن كلماته يسحق تدريجياً روح بيتر سولومون. "يجب أن تكون مسروراً، أبي. فقد عاد ابنك الضالّ".

كان بيتر سولومون شاحباً كالأموات.

استمتع مالأخ بكلّ لحظة. "لقد اتّخذ والدي القرار بتركي في السجن... وفي تلك اللحظة، تعهّدت ألاّ أسمح له بنبذي مرّة أخرى. لم أعد ابنه. زاكاري سولومون لم يعد موجوداً". فاضت عينا الأب فجأة بدمعتين لامعتين، وشعر مالأخ أنّ هذا أجمل مشهد يراه.

حبس بيتر دموعه، وهو يحدّق إلى وجه مالأخ، وكأنّه يراه للمرّة الأولى.

قال مالأخ: "كلّ ما أراده آمر السجن كان المال، ولكنّك رفضت. ولم يخطر في بالك أنّ مالي لا يختلف شيئاً عن مالك. فآمر السجن لم يأبه بمن يدفع له، بل كان كلّ همّه هو قبض الثمن. وحين عرضتُ عليه مبلغاً محترماً، اختار سجيناً مريضاً بحجمي تقريباً، ثمّ ألبسه ثيابي، وضربه إلى أن أصبح التعرّف عليه مستحيلاً. الصورة التي رأيتَها... والتابوت المختوم الذي دفنتَه... لم يكونا لي، بل كانا لشخص غريب".

تقلّص وجه بيتر الدامع رعباً وذهولاً: "ربّاه... زاكاري".

"ليس بعد الآن. حين خرج زاكاري من السجن، كان قد تحوّل".

فجسده المراهق ووجهه الصبياني تغيّرا جذرياً حين أغرق جسده الشاب بهرمونات النمو والستروييد. حتّى أوتاره الصوتية تبدّلت، محوّلة صوته إلى همس دائم.

زاكاري أصبح أندروس.

أندروس أصبح مالأخ.

والليلة... مالأخ سيصبح أعظم تجسيد على الإطلاق.

في تلك اللحظة في كالوراما هايتس، كانت كاثرين سولومون واقفة أمام درج المكتب المفتوح تنظر إلى مجموعة من مقالات الجرائد القديمة والصور التي لا يمكن وصف صاحبها سوى أنّه مهووس.

قالت وهي تلتفت إلى بيلامي: "لا أفهم. لا شكّ في أنّ هذا المجنون كان مهووساً بعائلتي، ولكن-".

حثّها بيلامي قائلاً: "استمرّي..."، ثمّ جلس وآثار الصدمة لا تزال بادية على وجهه.

بحثت كاثرين أكثر بين مقالات الجرائد. كان كلّ منها يتعلّق بعائلة سولومون؛ إنجازات بيتر العديدة، وبحث كاثرين، ومقتل أمّهما إيزابيل الرهيب، وتعاطي زاكاري للمخدّرات، وسجنه، ومقتله العنيف في سجن تركي. كان تركيز هذا الرجل على عائلة سولومون يفوق الخيال، ولكنّ كاثرين لم تدرك بعد السبب.

حينها رأت الصور. كانت الصورة الأولى تُظهر زاكاري واقفاً في مياه فيروزية على شاطئ توزّعت عليه بيوت بيضاء. *اليونان؟* افترضت أنّ الصورة التُقطت في الفترة التي كان زاك يتعاطى فيها المخدّرات ويطوف في أوروبا بحرّيّة. ولكنّ الغريب هو أنّ زاك بدا أفضل صحّة من ذاك الصبيّ المتحرّر الذي ظهر في صفحات الجرائد بين متعاطي المخدّرات. بدا في هذه الصورة أكثر لياقة وقوّة، وأكثر نضجاً. لا تذكر كاثرين أنّها رأته يوماً بهذه الصحة.

دفعتها حيرتها إلى التحقّق من تاريخ الطابع على الصورة.

ولكن هذا... مستحيل.

كان التاريخ يرجع إلى عام كامل *بعد* مقتل زاكاري في السجن.

فجأة، راحت كاثرين تتصفّح مجموعة الصور بيأس. كانت كلّها صور لزاكاري سولومون... يكبر تدريجياً. بدت المجموعة وكأنّها قصّة ذاتية مصوّرة، تسجّل تحوّلاً بطيئاً. ومع تقدّم الصور، رأت كاثرين تغيّراً مفاجئاً وجذرياً. راحت تنظر برعب كيف بدأ جسد زاكاري يتحوّل، وعضلاته تكبر، وملامح وجهه تتغيّر بسبب الاستعمال المكثّف للستيرويد، كما هو واضح. بدا وكأنّ كتلة جسده تضاعفت، وزحفت إلى عينيه نظرة ضارية.

لا أعرف هذا الرجل!

لم يكن يشبه على الإطلاق ذكريات كاثرين عن ابن أخيها الشاب.

حين وصلت إلى صورة له يظهر فيها حليق الرأس، شعرت بضعف في ساقيها. ثمّ رأت صورة جسده العاري... مزخرفاً بأوّل الأوشام.

كان قلبها على وشك التوقّف عن الخفقان: "ربّاه...".

الفصل 120

هتف لانغدون: "انعطف إلى اليمين!" كان جالساً في المقعد الخلفي لسيّارة ليكسوس رباعية الدفع، يملي الاتّجاهات على عميل السي آي أيه.

انعطف سيمكينز في شارع أس، وقاد السيّارة عبر حيّ سكني بين صفّين من الأشجار. حين اقتربوا من زاوية الشارع السادس عشر، ظهر بيت الهيكل مثل جبل إلى يمينهم.

حدّق سيمكينز إلى المبنى الهائل. بدا وكأنّ شخصاً ما بنى هرماً على قمّة بانثيون روما. استعدّ للانعطاف يميناً في الشارع السادس عشر نحو واجهة المبنى.

أمره لانغدون قائلاً: "لا تنعطف! توجّه إلى الأمام! ابقَ في شارع أس!".

أطاعه سيمكينز، وواصل القيادة على طول الجانب الشرقي للمبنى.

قال لانغدون: "عند الشارع الخامس عشر، انعطف يميناً!".

تبع سيمكينز تعليماته، وبعد لحظات، أشار لانغدون إلى طريق غير معبّد وغير مرئي تقريباً يمرّ عبر الحدائق خلف بيت الهيكل. انعطف سيمكينز وقاد عبر تلك الطريق متّجهاً إلى الجهة الخلفية من المبنى.

قال لانغدون، مشيراً إلى السيّارة الوحيدة المركونة بقرب المدخل الخلفي: "انظر! إنّهما هنا!".

ركن سيمكينز السيّارة وأوقف عمل المحرّك. خرج الاثنان بهدوء، واستعدّا للدخول. نظر سيمكينز إلى البناء المنليثي(*) وقال: "قلت إنّ قاعة الهيكل تقع في *الأعلى*؟".

هزّ لانغدون رأسه، وأشار إلى قمّة المبنى قائلاً: "تلك البقعة المسطّحة في أعلى الهرم هي في الواقع كوّة".

التفت سيمكينز إلى لانغدون وسأله: "لقاعة الهيكل *كوّة*؟".

نظر إليه لانغدون مستغرباً وأجاب: "بالطبع. فُتحة إلى السماء... فوق المذبح مباشرة".

كانت المروحية التي حطّت عند دائرة دوبونت لا تزال في مكانها تنتظر.

جلست ساتو في مقعدها تقضم أظافرها من شدّة التوتر، بانتظار أخبار من فريقها.

أخيراً، سُمع صوت سيمكينز عبر الجهاز اللاسلكي: "حضرة المديرة؟".

أجابت بصوت خشن: "معك ساتو".

(*) المنليثي: له علاقة بالمنليث وهو حجر ضخم مفرد يكون عادة على شكل عمود أو مسلّة.

"نحن ندخل المبنى، ولكن لديّ بعض المعلومات الجديدة من أجلك".

"تفضّل".

"أخبرني السيّد لانغدون للتوّ أنّ سقف القاعة التي أوى إليها الهدف على الأرجح فيه كوّة كبيرة جداً".

فكّرت ساتو في المعلومات لبضع ثوانٍ ثمّ قالت: "فهمت. شكراً لك".

أقفل سيمكينز الجهاز.

بصقت ساتو جزءَ ظفرٍ من فمها والتفتت إلى الطيّار قائلةً: "أقلع".

الفصل 121

مثل أيّ أب فقد ابنه، غالباً ما تخيّل بيتر سولومون لو أنّ ابنه ظلّ حيًّا كم سيكون عمره الآن... وكيف سيكون شكله... وما كان ليصبح عليه.

الآن حصل على الأجوبة.

فهـذا المخلـوق الهائل الموشوم الموجود أمامه بدأ حياته مولوداً صغيراً غالياً... طفلاً جميـلاً فـي مهد صغير... مشى خطواته الأولى المتعثّرة في مكتب بيتر... وتعلّم قول أولى كلماتـه. وفكـرة أن ينـبع الـشرّ من طفل بريء يعيش في أحضان عائلة محبّة تبقى إحدى مفارقات الروح البشرية. لقد أُجبر بيتر باكراً على تقبّل فكرة معذّبة. فعلى الرغم من أنّ دمه هـو الذي يجري في عروق ابنه، إلاّ أنّ القلب الذي يضخّ ذاك الدم كان قلب ابنه وحده. إنه قلب فريد... وكأنّه اختير بعشوائية من الكون.

ابني... قتل أمّي، وصديقي روبرت لانغدون، وربّما أختي.

شـعر بيتر بقلبه يتجلّد وهو يبحث في عيني ابنه عن علاقة ما بالصبي الذي تربّى في كنفه... أيّ شيء مألوف. ولكنّ عيني الرجل، ومع أنّهما رماديتان كعيني بيتر، إلاّ أنّهما كانتا عيني غريب، يملأهما الحقد والرغبة بالانتقام، وكأنّهما من عالم آخر.

قال له ابنه: "هل أنت قوي بما يكفي؟" وألقى نظرة على السكين التي يمسكها بيتر بيده. "هل يمكنك إنهاء ما بدأته قبل سنوات؟".

"بني..."، بالكاد تعرّف سولومون على صوته. "أنا... أنا أحببتك".

"حاولـت قتلـي مرّتين. تركتني في السجن، وأطلقت عليّ الرصاص على جسر زاك. الآن، أنهِ عملك!".

للحظـة، شـعر سـولومون وكأنّه يطوف خارج جسده. لم يعد يعرف نفسه. كانت يده مبـتورة، ورأسه أصلع تماماً، يرتدي مئزراً أسود اللون، ويجلس في كرسي متحرّك، ممسكاً سكيناً قديمة.

صـرخ الرجل مجدّداً: "أنهِ عملك!"، وتموّجت الأوشام التي تكسو صدره العاري. "قتلي هو الطريقة الوحيدة لإنقاذ كاثرين... الطريقة الوحيدة لإنقاذ أخويتك!".

تحوّل نظر سولومون إلى الشاشة والمودم الخلوي الموضوعَين على الكرسي.

جارٍ إرسال رسالة: تمّ 92 %

لـم يعـد قادراً على أن يبعد عن ذهنه صور كاثرين النازفة حتّى الموت... أو إخوانه الماسونيين.

همـس الرجل: "لا يزال أمامك وقت. أنت تعرف أنّه الحلّ الوحيد. خلّصني من قشرتي الفانية".

قال سولومون: "أرجوك، لا تفعل هذا...".

همـس الرجل قائلاً: "*أنت* فعلت هذا! أنت أجبرت ابنك على القيام بخيار مستحيل! هل تذكـر تلـك اللـيلة؟ الثروة أم الحكمة؟ تلك الليلة أبعدتني إلى الأبد. ولكنّني عدت، يا أبي... واللـيلة حان دورك للاختيار. زاكاري أم كاثرين؟ أيّهما تختار؟ هل تقتل ابنك لإنقاذ شقيقتك؟ هـل تقـتل ابنك لإنقاذ أخويتك؟ بلادك؟ أم تنتظر حتّى يفوت الأوان؟ حتّى تموت كاثرين... ويُنـشر الفـيلم... حتّى تُضطر إلى عيش بقية حياتك وأنت تعلم أنّه كان بإمكانك إيقاف تلك المآسي. الوقت يداهمك. أنت تعرف ما ينبغي لك فعله".

انفطـر قلب بيتر. قال في نفسه، *أنت لست زاكاري، زاكاري مات منذ زمن طويل. أيًّا تكن... ومن حيثما أتيت... أنت لست منّي.* ومع أنّ بيتر سولومون لم يصدّق هذا الكلام، إلاّ أنّه أدرك أنّ عليه القيام بخيار.

كان الوقت يداهمه.

اعثر على السلّم الكبير!

اندفـع روبـرت لانغدون عبر الأروقة المظلمة، يشقّ طريقه نحو وسط المبنى. مشى تورنر سيمكينز في أعقابه، كما توقّع لانغدون، وجد نفسه في قاعة المبنى المركزية.

بـدت القاعـة المركـزية التي ارتفعت فيها ثمانية أعمدة دورية من الغرانيت الأخضر وكأنّهـا ضـريح هجين، يوناني-روماني-مصري، بتماثيلها الرخامية السوداء، وشمعداناتها، وصـلبانها التيتونـية، والميداليات التي تصوّر طائر الفينيق ذا الرأسين، وحاملات المصابيح التي تصوّر رأس هرمس.

اسـتدار لانغدون، وراح يجري نحو السلّم الرخامي الشاهق عند الطرف المقابل للقاعة. همـس وهمـا يـصعدان بـسرعة وهدوء قدر الإمكان: "هذا الدرج يؤدّي مباشرة إلى قاعة الهيكل".

عـند أوّل منبـسط للـسلّم، وجـد لانغدون نفسه وجهاً لوجه مع تمثال نصفي برونزي للماسوني البارز ألبرت بايك، مع نقش لجملته الشهيرة: ما فعلناه لأنفسنا وحسب يموت معنا؛ وما فعلناه للآخرين وللعالم لا يفنى.

شـعر مالأخ بتغيّر محسوس في جوّ قاعة الهيكل، وكأنّ كلّ الإحباط والألم اللذين أحسّ بهما بيتر سولومون يغليان الآن على السطح... ويتركّزان على مالأخ مثل شعاع من الليزر.

أجل... حان الوقت.

كان بيتر سولومون قد نهض من كرسيه المتحرّك ليقف أمام المذبح، حاملاً السكين.

حثّه مالأخ قائلاً: "أنقذ كاثرين"، وجذبه نحو المذبح، ثمّ تراجع وتمدّد على الكفن الأبيض الذي أعدّه. "افعل ما ينبغي لك فعله".

تقدّم بيتر إلى الأمام وكأنّه يسير في كابوس.

تمدّد مالأخ تماماً على ظهره، وحدّق من خلال الكوّة إلى القمر الشتائي. *يكمن السرّ في كيفية الموت.* لا يمكن لهذه اللحظة أن تكون أكثر كمالاً. *بعد أن تزيّنت بالكلمة الضائعة عبر العصور، أهب نفسي بيد أبي اليسرى.*

أخذ مالأخ نفَساً عميقاً.

استقبليني، أيّتها الأرواح الشريرة، لأنّ هذا الجسد الذي أقدّمه إليك هو جسدي.

كان بيتر سولومون يقف فوق مالأخ وهو يرتجف. لمعت عيناه بدموع اليأس، والتردّد، والألم. نظر مرّة أخيرة إلى المودم والكمبيوتر.

همس مالأخ: "قم بالخيار. حرّرني من جسدي. هذه مشيئة الله. هذه مشيئتك". مدّ ذراعيه إلى جانبيه، وقوّس صدره إلى الأمام، عارضاً طائر الفينيق الرائع ذا الرأسين. *ساعدني على خلع الجسد الذي يغلّف روحي.*

بدا وكأنّ عيني بيتر المغرورقتين بالدموع تحدّقان عبر مالأخ، من دون أن ترياه.

همس مالأخ: "لقد قتلت أمّك! قتلت روبرت لانغدون! وأنا أقتل أختك! وأدمّر أخويّتك! افعل ما ينبغي لك فعله!".

تقلّص وجه بيتر سولومون، وتحوّل إلى قناع من الحزن والندم. أرجع رأسه إلى الخلف، وأطلق صرخة ألم مدوّية وهو يرفع السكين.

وصل روبرت لانغدون والعميل سيمكينز وهما يلهثان إلى باب قاعة الهيكل مع انطلاق صرخة مدوّية من الداخل. كان ذاك صوت بيتر سولومون. لانغدون واثق من ذلك.

كانت الصرخة التي أطلقها بيتر صرخة رجل يُحتضر.

لقد تأخّرت!

تجاهل لانغدون وجود سيمكينز، وأمسك بقبضتي الباب وفتحه. المشهد الفظيع الذي ظهر أمامه أكّد أسوأ مخاوفه. هناك، في وسط القاعة خفيفة الإضاءة، رأى رجلاً حليق الرأس واقفاً أمام المذبح الأعظم. كان يرتدي مئزراً أسود، ويمسك بيده نصلاً كبيراً.

قبل أن يأتي لانغدون بأيّ حركة، كان الرجل يخفض السكين نحو الجسد الممدّد على المذبح.

كان مالأخ قد أغمض عينيه.

جميل جداً، كامل جداً.

كان نصل سكين الذبح القديم قد لمع في ضوء القمر وهو يرتفع فوقه، كما تصاعد دخان البخور فوقه، يعدّ الطريق لروحه التي ستتحرّر قريباً. ظلّت صرخة الألم واليأس الوحيدة التي أطلقها قاتله تتردّد في المكان المبجّل مع انخفاض السكين.

أنا ملطّخ بدم القربان البشري ودموع الأب.

استعدّ مالأخ للتأثير العظيم. لقد حانت لحظة تحوّله.

الغريب أنّه لم يشعر بأيّ ألم.

شعر بارتجاج هائل وعميق يهزّ جسده ويصمّ أذنيه. بدأت القاعة تهتزّ، وتوهّج ضوء أبيض ساطع من فوقه. أخذت السماء تهدر.

فأدرك مالأخ أنّ الأمر حدث.

تماماً كما خطّط له.

لا يذكر لانغدون كيف هُرع إلى المذبح حين ظهرت المروحية في الأعلى. ولا يذكر كيف اندفع بيديه الممدودتين... نحو الرجل المتّشح بالسواد... في محاولة يائسة لإبعاده قبل أن يغمد سكينه للمرّة الثانية.

اصطدم جسداهما، ورأى لانغدون ضوءاً ساطعاً يتسلّل من الكوّة وينير المذبح. توقّع رؤية جسد بيتر سولومون الدامي على المذبح، ولكنّ الصدر العاري الذي أناره الضوء لم يكن دامياً على الإطلاق... بل مكسوًّا بالأوشام. كانت السكين المكسورة ملقاةً بقربه، بعد أن ارتطمت على ما يبدو بحجر المذبح عوضاً عن جسده.

حين وقع هو وصاحب المئزر الأسود على الأرض، رأى لانغدون الضمادة التي تلفّ طرف ذراع الرجل اليمنى، وأدرك أنّه اصطدم للتوّ ببيتر سولومون.

مع سقوط الرجلين على الأرض، سطعت أضواء المروحية الكاشفة من الأعلى. حلّقت المروحية على علوّ منخفض، وكادت أجزاؤها السفلية تلامس السطح الزجاجي.

استدار في مقدّمة المروحية مدفعٌ غريب الشكل، وصوّب فوّهته إلى الأسفل عبر الزجاج. تسلّل شعاع الليزر الأحمر من خلال الكوّة وتراقص على الأرض، باتّجاه لانغدون وسولومون مباشرة.

كلاّ!

ولكن لم يتم إطلاق النار من الأعلى... بل طغى على المكان صوت هدير المروحية وحسب.

لم يشعر لانغدون سوى بموجة غريبة من الطاقة اخترقت خلاياه. سمع خلف رأسه، على الكرسي المصنوع من جلد الخنزير، هسهسة غريبة صادرة عن الكمبيوتر المحمول.

استدار في الوقت المناسب ليرى الشاشة تنطفئ فجأة. لسوء الحظّ، كانت الرسالة الأخيرة التي رآها واضحة.

جارٍ إرسال رسالة: تمّ 100 %

ارتفع! اللعنة! ارتفع!

ضاعف الطيّار سرعة دوّارات المروحية، محاولاً منع أجزائها السفلية من ملامسة الكوّة الزجاجية الكبيرة. كان يعلم أنّ قوّة الرفع المنطلقة من الدوّارات نحو الأسفل والبالغة ستّة آلاف باوند كانت أساساً تمارس على الزجاج ضغطاً هائلاً. لسوء الحظّ، راح انحدار الهرم تحت المروحية يطرح الضغط بفاعلية إلى الجوانب، مانعاً إيّاه من الارتفاع كما ينبغي.

ارتفع! الآن!

رفع مقدّمة المروحية، محاولاً التحليق بعيداً، ولكنّ القائم الأيسر ارتطم بوسط الزجاج. لم يستغرق الأمر سوى لحظة واحدة، ولكنّها كانت كافية.

تحطّمت الكوّة الهائلة التي تعلو قاعة الهيكل، وتساقطت في دوّامة من الزجاج والرياح... مرسلة تيّاراً من الشظايا المسنّنة التي راحت تنهمر على أرض القاعة.

النجوم تتساقط من السماء.

حدّق مالأخ إلى النور الأبيض الجميل، ورأى وشاحاً من الجواهر البرّاقة يرفرف نحوه... مسرعاً... وكأنّه يجري لتكفينه بروعته.

فجأة، شعر بالألم.

ألم في كلّ مكان.

ألم كاوٍ، حارق، ممزّق. سكاكين حادّة كالشفر تخترق جلده الأملس، صدره، وعنقه، وساقيه، ووجهه. تصلّب جسده دفعة واحدة وانكمش. صرخ فمه الذي فاض بالدماء ألماً أخرجه من نشوته. تحوّل النور الأبيض الذي شعّ فوقه، ليرى مكانه فجأة مروحية داكنة. وراحت شفراتها الهادرة ترسل رياحاً باردة إلى قاعة الهيكل، اخترقت عظام مالأخ، وبعثرت دخان البخور في أرجاء القاعة.

التفت مالأخ، ورأى سكين الذبح مكسورة وملقاة على مقربة منه، على مذبح الغرانيت الذي كان مكسوًّا بطبقة من حطام الزجاج. *حتّى بعد كلّ ما فعلته به... تفادى بيتر سولومون السكين. رفض إراقة دمي.*

رفع مالأخ رأسه وحدّق إلى جسده برعب. كان ينبغي لتلك التحفة الحية أن تكون قربانه العظيم. ولكنّها الآن أشبه بالأسمال البالية. كان جسده مضرّجاً بالدماء... فيما برزت منه شظايا كبيرة من الزجاج في جميع الاتّجاهات.

أعــاد مــالأخ رأسه ببطء، واستلقى مجدّداً على سطح المذبح، ثمّ حدّق إلى الأعلى عبر فُتحة السقف. كانت المروحية قد اختفت الآن، وحلّ مكانها قمر شتائي صامت. تمدّد مالأخ وهو يلهث مذهولاً... وحده تماماً على المذبح الأعظم.

الفصل 122

يكمن السرّ في كيفية الموت.

أدرك مالأخ أنّ الأمور لم تحدث كما ينبغي. ما من ضوء ساطع، ما من استقبال رائع، بل مجرّد ظلام وألم مبرح، حتّى في عينيه. لم يكن قادراً على رؤية شيء، ولكنّه شعر بحركة من حوله. سمع أصواتاً... أصواتاً بشرية... واستغرب حين أدرك أنّ أحدها هو صوت روبرت لانغدون. *كيف ذلك؟*

كان لانغدون يكرّر قائلاً: "إنّها بخير. كاثرين بخير، يا بيتر. أختك على ما يرام".

فكّر مالأخ، *كلّا، كاثرين ماتت. لا بدّ من أنّها ماتت.*

لم يعد مالأخ قادراً على الرؤية، ولم يعرف ما إذا كانت عيناه مفتوحتين أم مغمضتين، ولكنّه سمع المروحية تحلّق بعيداً. حلّ هدوء مفاجئ في قاعة الهيكل. شعر مالأخ أنّ إيقاعات الأرض الهادئة تضطرب... وكأنّ أمواج المحيط الطبيعية تهتاج بفعل عاصفة قادمة.

الفوضى من النظام.

سمع أصواتاً غير مألوفة تصرخ الآن، تتحدّث بإلحاح مع لانغدون عن الكمبيوتر وملف الفيديو. عرف مالأخ، *لقد فات الأوان. وقع الضرر.* في هذه اللحظة، ينتشر الفيلم كالنار في الهشيم في كلّ بقعة من العالم المصدوم، ليدمّر مستقبل الأخوية. *أولئك الأشخاص الأكثر قدرة على نشر الحكمة ينبغي أن يُدمّروا.* فجهل الجنس البشري هو الذي ساعد الفوضى على النمو. وغياب النور على الأرض هو ما غذّى الظلام الذي ينتظر مالأخ.

لقد قمتُ بإنجازات عظيمة، وقريباً سيتمّ استقبالي كملك.

شعر مالأخ أنّ شخصاً واحداً اقترب منه بهدوء. عرف من يكون. اشتمّ رائحة الزيوت الطقسية التي فرك بها جسد أبيه الحليق.

همس بيتر سولومون في أذنه: "لا أدري ما إذا كنت تسمعني، ولكنّني أريدك أن تعرف شيئاً". وضع إصبعاً على البقعة المبجّلة على رأس مالأخ وقال: "ما كتبته هنا..."، صمت ثمّ تابع: "هذه *ليست* الكلمة الضائعة".

قال مالأخ في نفسه، *بل على العكس. لقد أقنعتني بذلك من دون أدنى شكّ.*

استناداً إلى الأسطورة، كانت الكلمة الضائعة مكتوبة بلغة قديمة وسرّية إلى حدّ أنّ الإنسان نسي كيف يقرأها. تلك اللغة الغامضة كانت، كما كشف بيتر، أقدم لغة على وجه الأرض.

لغة الرموز.

فـي لغة الرموز، ثمّة رمز واحد يسود عليها جميعاً. فهذا الرمز الأقدم والأكثر عالمية يـدمج جميع التقاليد القديمة في صورة واحدة تمثّل تنوير سيّد الشمس المصري، انتصار سيّد الخيمـياء، حكمة حجر الفيلسوف، نقاء الوردة الروزيكروشية، الكلّ، هيمنة الشمس التنجيمية، وحتّى العين المطّلعة على كلّ شيء التي تعلو الهرم غير المكتمل.

الدائرة ذات النقطة. رمز المصدر. مصدر جميع الأشياء.

هـذا مـا قالــه بيتر قبل لحظات. شكّ مالأخ في البداية، ولكنّه نظر ثانيةً إلى الشبكة، وأدرك أنّ الهـرم يـشير مباشـرةً إلـى رمز الدائرة ذات النقطة. قال في نفسه وهو يتذكّر الأسـطورة، *الهـرم الماسوني هو خريطة، تشير إلى الكلمة الضائعة*. يبدو أنّ أباه كان يقول الحقيقة في النهاية.

جميع الحقائق العظيمة بسيطة.

الكلمة الضائعة لم تكن كلمة... بل كانت رمزاً.

هكــذا أسرع مالأخ ورسم الرمز العظيم للدائرة ذات النقطة على رأسه. شعر في أثناء ذلـك بمـوجة من القوّة والرضى. *تحفتي وقرباني أصبحا تامّين.* كانت قوى الظلام بانتظاره الآن. سيُكافأ على عمله. كانت تلك لحظة مجده...

مع ذلك، وفي اللحظة الأخيرة، مُني بفشل ذريع.

كان بيتر لا يزال واقفاً خلفه الآن، يقول كلاماً لم يتخيّله مالأخ: "لقد كذبت عليك، فأنت لم تترك لي الخيار. لو كشفت لك الكلمة الضائعة الحقيقية، لما صدّقتني، ولما فهمت".

الكلمة الضائعة ليست... الدائرة ذات النقطة؟

قــال بيتـر: "فـي الحقـيقة، الكلمــة الضائعة معروفة لدى *الجميع*... ولكنّ قلّة منهم يدركونها".

تردّدت الكلمات في ذهن مالأخ.

قــال بيتر: "ستبقى غير مكتمل". ووضع راحته بلطف على رأس مالأخ. ثمّ تابع قائلاً: "عملك لم يكتمل بعد. ولكن أينما ذهبت، اعرف أمراً واحداً... لقد كنت محبوباً".

لسبب ما، شعر مالأخ أنّ لمسة أبيه اللطيفة أحرقته مثل محفّز قويّ سبّب تفاعلاً كيميائياً داخــل جسده. ومن دون سابق إنذار، أحسّ بموجة من الطاقة الدافئة تجتاح قشرته الجسدية، وكأنّ كلّ خلية في جسده تذوب.

في لحظة واحدة، تبخّر كلّ ألمه الدنيوي.

التحوّل. إنّه يحدث.

أنــا أنظر إلى نفسي من الأعلى، جسد دامٍ وممزّق على مذبح مبجّل من الغرانيت. أبي يركع خلفي، ممسكاً رأسي الميت بيده المتبقية.

أشعر بموجة من الغضب... والحيرة.

هـذه ليست لحظة تعاطف... بل لحظة انتقام، وتحوّل... مع ذلك، لا يزال أبي يرفض الخضوع، يرفض تأدية دوره، يرفض تنفيس ألمه وغضبه بغرز نصل السكين في قلبي.

أنا عالق هنا، أطوف... مقيّداً بقشرتي الدنيوية.

يمـرّر أبـي بلطف كفّه الناعمة على وجهي لإغماض عيني المطفأتين. أشعر أنّ القيد يتحرّر. يظهر حولي وشاح خافق، يزداد كثافة ويطغى على النور، يحجب العالم عن نظري. فجـأة يتـسارع الزمن، وأقع في هاوية أكثر ظلاماً ممّا تخيّلت يوماً. هنا، في الفراغ، أسمع همـساً... أشـعر بقوّة تتجمّع. تزداد قوّة، تتصاعد بوتيرة مخيفة، وتحيط بي. مخيفة وقوية. مظلمة ومتسلّطة.

لست وحدي هنا.

هـذا انتـصاري، اسـتقبالي العظيم. مع ذلك، ولسبب ما، لا يملأني الفرح، بل خوف لامتناه.

لا يشبه ما توقّعته إطلاقاً.

القـوّة تهتـزّ الآن، تدور حولي بقوّة آمرة، تهدّد بتمزيقي. فجأة، ومن دون سابق إنذار، يتجمّع الظلام مثل وحش أسطوري عظيم، ويجأر أمامي.

أنا أواجه جميع الأرواح المظلمة التي سبقتني.

أنا أصرخ مذعوراً... فيما يبتلعني الظلام.

الفصل 123

في الكاتدرائية الوطنية، أحسّ العميد غالواي بتغيّر غريب في الهواء. لم يكن واثقاً من السبب، ولكنّه شعر وكأنّه ظل ثقيل تبخّر... وكأنّ وزناً ارتفع... بعيداً وقريباً في آن.

كان يجلس وحده أمام مكتبه، غارقاً في أفكاره. لم يكن واثقاً كم مرّ من الوقت قبل أن يرنّ هاتفه. كان المتّصل وارن بيلامي.

قال أخوه الماسوني: "بيتر حيّ، وصلتني الأخبار للتوّ. أعرف أنّك ترغب بالاطمئنان فوراً. سيكون بخير".

تنهّد غالواي قائلاً: "الحمد لله، أين هو؟".

أصغى غالواي إلى بيلامي وهو يروي له الأحداث الغريبة التي وقعت بعد مغادرتهم كلية الكاتدرائية.

"ولكن هل الجميع بخير؟".

أجاب بيلامي: "أجل، يستردّون عافيتهم. مع ذلك، ثمّة أمر واحد". وصمت.

"نعم؟".

"الهرم الماسوني... أظنّ أنّ لانغدون فكّك الشيفرة".

ابتسم غالواي. نوعاً ما، لم يفاجأ. سأله: "أخبرني، هل عرف لانغدون ما إذا كان الهرم قد حافظ على وعده؟ وهل كشف السرّ الذي ذُكِر في الأسطورة؟".

"لا أعرف بعد".

فكّر غالواي، *سيفعل*. "أنت تحتاج إلى الراحة".

"وكذلك أنت".

كلاّ، أنا أحتاج إلى الصلاة.

الفصل 124

حين فُتح باب المصعد، كانت كلّ أنوار قاعة الهيكل ساطعة.

كانت كاثرين سولومون لا تزال تشعر بالضعف في ساقيها وهي تسرع إلى الداخل لرؤية أخيها. كان هواء القاعة الضخمة بارداً وعابقاً برائحة البخور. والمشهد الذي رأته جعلها تقف في مكانها مصدومة.

وسط تلك القاعة الرائعة، وعلى مذبح حجري منخفض، استلقت جثّة موشومة دامية، مزّقتها شظايا الزجاج المحطّم. في الأعلى، رأت ثقباً كبيراً في السقف مفتوحاً نحو السماء.

ربّاه. أشاحت كاثرين بنظرها على الفور، وراحت عيناها تبحثان عن بيتر. وجدت شقيقها جالساً في الجهة الأخرى من القاعة، يهتمّ به عنصر طبّي وهو يتحدّث مع لانغدون والمديرة ساتو. نادته كاثرين وهي تجري نحوه: "بيتر! بيتر!".

نظر إليها شقيقها، وبدت الراحة على وجهه. وقف على الفور، ومشى نحوها. كان يرتدي قميصاً أبيض بسيطاً وسروالاً داكناً، وهي ملابس أحضرها له شخص ما على الأرجح من مكتبه في الأسفل. كانت ذراعه اليمنى ملفوفة برباط، فبدا عناقهما غريباً، ولكنّ كاثرين بالكاد لاحظت ذلك. فقد غلّفتها راحة مألوفة، كالعادة، منذ طفولتها، حين يعانقها أخوها الأكبر بحنان.

ضمّا بعضهما بصمت.

أخيراً، همست كاثرين: "هل أنت بخير؟ أعني... حقًّا؟" أفلتته، ونظرت إلى الرباط الذي حلّ محل يده اليمنى. فاضت مقلتاها بالدموع مجدّداً وقالت: "أنا... آسفة جداً".

هزّ بيتر كتفيه وكأنّ الأمر ليس بذي أهمية. "جسد فانٍ. الأجساد لا تدوم إلى الأبد. المهمّ أنّك بخير".

مزّقها صبر بيتر على مُصابه، وذكّرها بكلّ الأسباب التي تدفعها لحبّه. مرّرت يدها على رأسه، وشعرت برباطهما العائلي الذي لا ينفصم... الدم الواحد الذي يجري في عروقهما.

أدركت بحزن أنّ ثمّة فرداً ثالثاً من عائلة سولومون في القاعة الليلة. جذبت نظرها الجثّة الممدّدة على المذبح، فارتعدت بكلّ كيانها، محاولة طرد الصور التي رأتها من ذهنها.

أشاحت بنظرها، وراحت عيناها تبحثان عن روبرت لانغدون. وجدت في عينيه تعاطفاً عميقاً وملحوظاً، وكأنّه عرف بالضبط ما تفكّر فيه. *بيتر يعلم.* تملّكها شعور بدائي من الراحة والتعاطف واليأس. أحسّت أنّ جسد أخيها بدأ يرتجف مثل طفل صغير. لم يسبق لها أن رأته هكذا في حياتها.

همست له: "أخرجه من داخلك، لا بأس. أخرجه وحسب".

تضاعف ارتجاف بيتر.

احتــضنته مجدّداً، وراحت تربّت على رأسه قائلةً: "بيتر، لطالما كنت الأقوى... لطالما كــنت موجــوداً إلى جانبي. ولكنّني الآن موجودة إلى جانبك. لا بأس، أنا هنا". شدّت كاثرين رأسه بلطف إلى كتفها... وانهار بيتر سولومون العظيم باكياً بين ذراعيها.

ابتعدت المديرة ساتو لتلقّي مكالمة هاتفية.

كانت المكالمة من نولا كاي، وكانت أخبارها جيّدة، على عكس أحداث الليلة.

قالت لها، وقد بدا في صوتها الأمل: "ما من إشارات على انتشار الفيلم سيّدتي. أنا واثقة أنّنا كنّا لنرى شيئاً الآن. يبدو أنّك نجحت في احتوائه".

فكّــرت ساتو، *شكراً لك، نولا*. ألقت نظرة على الكمبيوتر المحمول الذي رآه لانغدون يُتمّ إرسال الملف. *اتّصلت في الوقت المناسب*.

بــناءً علــى اقتــراح نولا، قام العميل الذي يفتّش المنزل بالبحث في صناديق القمامة، واكتــشف علبة مودم خلوي تمّ شراؤها حديثاً. بالحصول على رقمه بالضبط، تمكّنت نولا من تحــويل الــناقلات الملائمة، وعرض النطاق الترددي، وشبكات الخدمة، لعزل عقدة الدخول المحتملة للحاسوب؛ محوّل صغير عند تقاطع الشارع السادس عشر وشارع كوركوران، على بعد ثلاثة مبانٍ من الهيكل.

نقلــت نولا المعلومات بسرعة إلى ساتو في المروحية. عند الاقتراب من بيت الهيكل، حلّق الطيّار على علوّ منخفض وأطلق على العقدة تيّاراً من الأشعّة الكهرومغناطيسية، فعطّله قبل ثوانٍ من إتمام إرسال الملف.

قالت ساتو: "أحسنتِ عملاً الليلة. اخلدي الآن إلى النوم، أنت تستحقين ذلك".

"شكراً، سيّدتي". تردّدت نولا.

"هل من شيء آخر؟".

طــال صمت نولا لحظة أخرى، وبدا أنّها تفكّر في ما إذا كان يجدر بها التحدّث أم لا. أخيراً، قالت: "لا شيء لا يمكنه الانتظار حتّى الصباح، سيّدتي. طابت ليلتك".

الفصل 125

في صمت حمّام أنيق يقع في الطابق الأرضي من بيت الهيكل، فتح روبرت لانغدون الماء الساخن في المغسلة ورمق نفسه في المرآة. حتّى في الضوء الخافت، بدا كما يشعر... منهكاً للغاية.

عادت حقيبته إلى كتفه، ولكنّها أصبحت أقلّ وزناً... خالية إلاّ من أغراضه الشخصية وملاحظات المحاضرة المغضّنة. فما كان منه إلاّ أن ضحك. فزيارته للعاصمة من أجل إلقاء محاضرة كانت متعبة أكثر ممّا توقّع.

مع ذلك، كان لانغدون ممتنًّا لكثير من الأشياء.

بيتر لا يزال على قيد الحياة.

وقد تمّ احتواء الفيلم.

راح يغسل وجهه بالماء الدافئ، ويشعر تدريجيًّا أنّه يعود إلى الحياة. لا يزال كلّ شيء ضبابياً، ولكنّ الأدرينالين أخذ يزول أخيراً من جسده... وشعر أنّه يعود إلى طبيعته. بعد تجفيف يديه، نظر إلى ساعة ميكي ماوس.

يا الله، الوقت متأخّر.

خرج لانغدون من الحمّام وشقّ طريقه بمحاذاة جدار قاعة الشرف المقوّس؛ وهو عبارة عن رواق جميل، صُفّت فيه صور ماسونيين بارزين... بمن فيهم رؤساء جمهورية للولايات المتّحدة، ومحسنون، ورجال بارزون، وغيرهم من أصحاب النفوذ في أميركا. وقف أمام لوحة زيتية لهاري ترومان وحاول أن يتخيّل الرجل وهو يمرّ بالطقوس والدراسات المطلوبة ليصبح ماسونياً.

ثمّة عالم خفيّ خلف العالم الذي نراه كلّنا. بالنسبة إلينا جميعاً.

تناهى إليه صوت آتٍ من القاعة: "أين اختفيت؟".

التفت لانغدون.

كانت كاثرين. لقد مرّت بأحداث رهيبة الليلة، ومع ذلك بدت فجأة متألّقة... وأكثر شباباً نوعاً ما.

رسم لانغدون ابتسامة متعبة على شفتيه وسألها: "كيف حاله؟".

اقتربت منه كاثرين وقبّلته بدفء قائلةً: "كيف أعبّر لك عن شكري على ما فعلت؟".

ضحك قائلاً: "تعرفين أنّني لم *أفعل* شيئاً، أليس كذلك؟".

ضمّته طـويلاً ثمّ قالت: "بيتر سيكون بخير..."، ثمّ أفلتته ونظرت إلى عينيه، قبل أن تـتابع: "كما أنّه أخبرني للتوّ أمراً لا يُصدّق... أمراً *رائعاً*". ارتجف صوتها من شدّة الحماسة وهي تقول: "أودّ الذهاب لرؤيته بنفسي. سأعود قريباً".

"ماذا؟ إلى أين تذهبين؟".

"لن أتأخّر. الآن، يريد بيتر التحدّث إليك... على انفراد. ينتظرك في المكتبة".

"هل قال لماذا؟".

ضحكت كاثرين وهزّت رأسها مجيبة: "أنت تعرف بيتر وأسراره".

"ولكن–".

"أراك عمّا قريب".

ثمّ ذهبت.

تـنهّد لانغدون متعباً. شعر أنّه أخذ كفايته من الأسرار الليلة. بالطبع، بقيت أسئلة من دون أجوبة، كالهـرم الماسـوني والكلمة الضائعة، ولكنّه أحسّ أنّ هذه الأجوبة، إن كانت موجودة، فهي ليست له. *هو ليس ماسونياً*.

حـشد ما بقي له من طاقة، وتوجّه إلى المكتبة الماسونية. حين وصل، كان بيتر جالساً بمفرده أمام طاولة وضع عليها الهرم الحجري.

"روبرت؟" ابتسم بيتر ولوّح إليه قائلاً: "هل لي بكلمة من فضلك؟".

ابتسم لانغدون مجيباً: "أجل، أسمعك أيّها *الضائع*".

الفصل 126

كانت مكتبة بيت الهيكل هي أكبر مكتبة عامّة في العاصمة. تزخر رفوفها بعدد من الكتب يفوق مليون مجلّد، بما في ذلك نسخة نادرة من Ahiman Rezon، The Secrets of a Prepared Brother. بالإضافة إلى ذلك، تُعرَضُ في المكتبة مجوهرات ماسونية ثمينة، تحف طقسية، وحتّى مجلّد نادر طبعه بينجامين فرانكلين يدوياً.

ولكنّ الكنز المفضّل لدى روبرت لا يلاحظه سوى قلّة من الأشخاص.

الخداع البصري.

فقد أراه سولومون منذ زمن طويل أنّه من نقطة معيّنة، تشكّل طاولة المطالعة والمصباح الذهبي خدعةً بصريةً لا يمكن إخطاؤها... هرماً ذا قمّة ذهبية. قال سولومون إنّه اعتبر تلك الخدعة دائماً وسيلة صامتة للتذكير أنّ أسرار الماسونية واضحة للعيان ويمكن لأيّ كان رؤيتها من المنظور الصحيح.

ولكنّ الأسرار الماسونية تمثّلت الليلة بكلّ وضوح. جلس لانغدون أمام المعلّم المبجّل بيتر سولومون والهرم الماسوني.

ابتسم بيتر قائلاً: "*الكلمة* التي أشرت إليها يا روبرت ليست أسطورة، بل هي *حقيقة*".

نظر لانغدون عبر الطاولة، ثمّ تكلّم أخيراً: "ولكن... لا أفهم. كيف يمكن ذلك؟".

"ما الذي يصعب تقبّله في ذلك؟".

الفكرة برمّتها! هذا ما أراد لانغدون قوله وهو يبحث في عيني صديقه القديم عن شيء من المنطق. "هل تعني أنك تعتقد أنّ الكلمة الضائعة *حقيقية*... وأنّ لها *قوّة* فعلية؟".

قال بيتر: "قوّة هائلة. لديها القوّة على تحويل الجنس البشري من خلال كشف الأسرار القديمة".

تحدّاه لانغدون قائلاً: "*كلمة*؟ بيتر، لا يمكنني التصديق أنّ كلمة–".

قال بيتر بهدوء: "ستصدّق".

حدّق إليه لانغدون بصمت.

وقف سولومون وراح يسير حول الطاولة وهو يتابع قائلاً: "كما تعلم، تمّ التوقّع منذ زمن بعيد أن يأتي يوم تكتشف فيه الكلمة الضائعة من جديد... ويستعيد فيه البشر قوّتها المنسية".

تذكّر لانغدون محاضرة بيتر عن انتهاء العالم. فمع أنّ كثيراً من الناس يفسرون كلمة apocalypse على أنّها النهاية المدمّرة للعالم، إلاّ أنّ الكلمة تعني حرفياً *الكشف*، الذي توقّع

القـــدماء أن يكون كشفاً لحكمة عظيمة. عصر *التنوير الآتي*. مع ذلك، لم يستطع لانغدون أن يتخيّل حدوث تغيير بهذا الحجم بفعل... *كلمة*.

أشـــار بيتـــر إلـــى الهرم الحجري الذي كان موضوعاً على الطاولة قرب حجر القمّة الذهبـــي. قـــال: "الهرم الماسوني، الرمز الأسطوري المجزّأ، ينتصب الليلة موحّداً... وتامًّا". رفـــع القمّـــة الذهبـــية بوقار ووضعها على سطح الهرم. سُمعت طقطقة خفيفة حين استقرّت القطعة الذهبية الثقيلة في مكانها.

"اللـــيلة، يـــا صديقي، فعلت ما لم يفعله أحد قبلك. لقد جمعت جزءي الهرم الماسوني، وفككت جميع رموزه، وفي النهاية، كشفت... *هذا*".

أخـــرج ســـولومون قصاصة الورق ووضعها على الطاولة. تعرّف لانغدون على شبكة الـــرموز التـــي أُعيد ترتيبها بواسطة الطراز ثمانية مربّع فرانكلين. كان قد تفحّصها قليلاً في قاعة الهيكل.

قال بيتر: "أودّ أن أعرف ما إذا كنت تستطيع *قراءة* هذه الرموز. ففي النهاية، أنت الخبير".

رمق لانغدون الشبكة.

البيت المجيد، الدائرة ذات النقطة، هرم، سلّم...

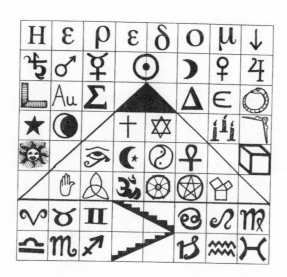

تـــنهّد لانغـــدون قائلاً: "في الواقع، بيتر، كما ترى على الأرجح، هذا مخطّط تصويري مجازي. من الواضح أنّ لغته رمزية ومجازية، وليست حرفية".

ضحك سولومون قائلاً: "اسأل عالم رموز سؤالاً بسيطاً... حسناً، أخبرني بما تراه".

هـــل يـــرغب بيتر حقًّا في سماع ذلك؟ سحب لانغدون قصاصة الورق نحوه وقال: "في الواقع، نظرت إليها من قبل، وببساطة، أرى أنّ هذه الشبكة هي *صورة*... للسماء والأرض".

رفع بيتر حاجبيه، وبدا أنّه متفاجئ: "حقًّا؟".

"بالتأكيد. في أعلى الصورة، لدينا كلمة *Heredom*، أي البيت المجيد، والتي أفسّرها على أنّها... *السماء*".

"حسناً".

"والسهم الموجّه إلى الأسفل بعد كلمة Heredom يشير إلى أنّ بقية المخطّط تكمن في العالم الواقع *تحت* السماء... ألا وهو... *الأرض*". نظر لانغدون إلى أسفل الشبكة، ثمّ تابع قائلاً: "يمثّل الصفّان السفليان، الواقعان *تحت* الهرم، الأرض نفسها، العالم الأكثر انخفاضاً. وتحتوي هذه العوالم السفلية على الرموز التنجيمية القديمة الاثني عشر، التي تمثّل معتقد أولى الأرواح البشرية التي نظرت إلى السماء ورأت الدليل في حركة النجوم والكواكب".

جرّ سولومون كرسيه إلى مسافة أقرب وتفحّص الشبكة قائلاً: "حسناً، وماذا بعد؟".

تابع لانغدون قائلاً: "على أساس من علم التنجيم، يرتفع الهرم العظيم من الأرض... ويشمخ في السماء... الرمز القديم للحكمة الضائعة. ويمتلئ بالفلسفات والديانات العظيمة في التاريخ... مصرية، فيثاغورية، بوذية، هندوسية، إسلامية، يهودية مسيحية، إلى آخره... تتّجه جميعها إلى الأعلى، وتمتزج معاً، متّجهة عبر البوابة التحويلية للهرم... بحيث تندمج أخيراً في فلسفة بشرية واحدة وموحدّة". صمت قليلاً ثمّ تابع: "وعي كوني واحد... رؤية عالمية مشتركة لله... ممثّلة بالرمز القديم الذي يطوف فوق القمّة".

قال بيتر: "الدائرة ذات النقطة. رمز كوني للإله".

"صحيح. فعبر التاريخ، شكّلت النقطة ذات الدائرة *كلّ* شيء بالنسبة إلى *كلّ* الشعوب، فهي سيّد الشمس رَع، والذهب الخيميائي، والعين المطّلعة على كلّ شيء، نقطة التفرّد قبل الانفجار الكبير، ال–".

"المهندس الأعظم للكون".

هزّ لانغدون رأسه موافقاً، وشعر أنّ تلك هي الحجّة نفسها التي استخدمها بيتر في قاعة الهيكل للترويج لفكرة كون الدائرة ذات النقطة هي الكلمة الضائعة.

سأله بيتر: "وأخيراً؟ ماذا عن السلّم؟".

نظر لانغدون إلى صورة السلّم تحت الهرم. "بيتر، أنا واثق أنّك تعرف مثل أيّ كان، أنّ هذا السلّم يرمز إلى السلّم اللولبي الماسوني... الذي يقود إلى الأعلى، من ظلام الأرض إلى النور... مثل العمود الفقري البشري الذي يربط جسد الإنسان الفاني بعقله الباقي". صمت ثمّ أضاف: "أمّا بالنسبة إلى *بقية* الرموز، فيبدو أنّها مزيج من السماوي، والماسوني، والعلمي، التي تدعم جميعها الأسرار القديمة".

حكّ سولومون ذقنه وقال: "تفسير جميل، بروفيسور. أنا أوافق بالطبع على أنّ هذه الشبكة يمكن قراءتها بشكل مجازي، ولكن..."، ولمعت عيناه بغموض وهو يتابع قائلاً: "هذه المجموعة من الرموز تحكي قصّة أخرى أيضاً، قصّة تكشف أكثر من ذلك بكثير".

"حقًّا؟".

بدأ سولومون يسير مجدّداً حول الطاولة: "قبل قليل، حين كنت في قاعة الهيكل، وظننت أنّني على وشك الموت، نظرت إلى هذه الشبكة، ونظرت إلى ما وراء الصورة المجازية، إلى قلـب ما توحيه تلك الرموز". صمت، ثمّ استدار فجأة إلى لانغدون وقال: "هذه الشبكة تكشف *بالضبط* الموقع الذي دُفنت فيه الكلمة الضائعة".

"عفـواً؟" تململ لانغدون في مقعده، وخاف فجأة أن تكون الصدمة التي تلقّاها بيتر هذه الليلة قد سبّبت له إرباكاً ذهنياً.

"روبـرت، لقـد وُصفَ في الأسطورة الهرم الماسوني على أنّه خريطة، خريطة *دقيقة* جداً، تُرشـد الـشخص الجدير إلى الموقع السرّي للكلمة الضائعة". ربّت سولومون على شبكة الرموز الموضـوعة أمـام لانغـدون وقـال: "أنا أوكّد لك أنّ هذه الرموز هي، كما ورد في الأسطورة بالضبط... *خريطة*. إنّها مخطّط دقيق يكشف بالضبط مكان السلّم الذي يؤدّي إلى الكلمة الضائعة".

ضـحك لانغـدون بانزعاج، وقال بحذر: "حتّى لو صدّقت أسطورة الهرم الماسوني، لا يمكن لهذه الرموز أن تكون خريطة. انظر إليها، لا تشبه الخريطة *بشيء*".

ابتـسم سـولومون قائلاً: "في بعض الأحيان، لا يحتاج الأمر سوى إلى تغيير بسيط في المنظور لرؤية شيء مألوف في ضوء جديد تماماً".

نظر لانغدون مجدّداً، ولكنّه لم يرَ شيئاً.

قـال بيتـر: "سأسـألك سؤالاً. حين يضع الماسونيون حجر الأساس، هل تعرف لماذا يضعونه في الزاوية الشمالية الشرقية للمبنى؟".

"بالتأكـيد، لأنّ الـزاوية الشمالية الشرقية تتلقّى أولى أشعات الشمس في الصباح. وهذا يرمز إلى قوّة الهندسة المعمارية في الخروج من الأرض إلى النور".

قـال بيتـر: "صحيح. إذاً، يجدر بك ربّما النظر إلى هناك لرؤية أشعّة النور الأولى". وأشار إلى الشبكة متابعاً: "إلى الزاوية الشمالية الشرقية".

نظـر لانغـدون مـن جديد إلى الشبكة، مركّزاً على الزاوية اليمنى العلوية أو الشمالية الشرقية. كان الرمز الظاهر في تلك الخانة هو ↓.

قـال لانغـدون محاولاً أن يفهم وجهة نظر بيتر: "سهم يشير إلى الأسفل، أي... *تحت* البيت المجيد".

"كلاّ، روبرت. ليس *تحت*. فكّر قليلاً. هذه الشبكة ليست متاهة مجازية، بل هي *خريطة*. وعلى الخريطة، فإنّ السهم الذي يشير إلى *الأسفل* يعني–".

هتف لانغدون مذهولاً: "الجنوب".

أجاب بيتر، وهو يبتسم بحماسة: "بالضبط! إلى الجنوب مباشرةً! على الخريطة، *الأسفل* هو الجنوب. كما أنّ كلمة البيت المجيد على الخريطة ليست تعبيراً مجازياً يرمز إلى السماء، بل هو اسم موقع جغرافي".

"بيت الهيكل؟ هل تعني أنّ هذه الخريطة تشير إلى... جنوب هذا المبنى مباشرةً؟".

قال سولومون وهو يضحك: "سبحان الله! اتّضحت الصورة أخيراً".

تأمّـل لانغدون الشبكة وقال: "ولكن، بيتر... حتّى إن كنت على حقّ، جنوب هذا المبنى قد يكون أيّ مكان على خطّ يفوق طوله أربعة وعشرين ألف ميل".

"كـلاّ، روبـرت. أنت تتجاهل الأسطورة التي ذُكِر فيها أنّ الكلمة الضائعة مدفونة في واشنطن. وهذا يجعل الخطّ أقصر بكثير. أضف إلى أنّ الأسطورة تُبيّن أيضاً أنّ حجراً كبيراً وُضـع على مدخل السلّم... وأنّ هذا الحجر نُقشت عليه رسالة بلغة قديمة... *كعلامة* ليجدها الشخص الجدير".

كـان لانغدون يواجه صعوبة في أخذ هذا الموضوع على محمل الجدّ، ومع أنّه لم يكن يعـرف العاصمة جيّداً ليتصوّر ما يمكن أن يوجد جنوب موقعه مباشرة، إلاّ أنّه كان واثقاً من عدم وجود حجر ضخم منقوش فوق سلّم مدفون في أعماق الأرض.

قال بيتر: "الرسالة المنقوشة على الحجر موجودة أمام أعيننا". وأشار إلى الصفّ الثالث من الشبكة. "هذا هو النقش، يا روبرت! لقد حللتَ الأحجية!".

تفحّص لانغدون الرموز السبعة من دون أن يفهم.

حللـتها؟ لم يكن لدى لانغدون أيّ فكرة عن معنى هذه الرموز السبعة، وكان واثقاً أنّهـا ليـست منقوشـة في أيّ مكان من عاصمة بلاده... لا سيّما على حجر ضخم فوق سلّم.

قال: "بيتر، لا أفهم كيف يكشف ذلك أيّ شيء. أنا لا أعرف بوجود حجر في العاصمة نُقشت عليه هذه... الرسالة".

ربّـت سـولومون على كتفه قائلاً: "لقد مررت بقربه ولم ترَه. جميعنا فعلنا. إنّه واضح للعـيان، شأنه شأن الأسرار نفسها. وحين رأيت هذه الرموز السبعة الليلة، أدركت على الفور أنّ الأسـطورة حقيقية. الكلمة الضائعة مدفونة في العاصمة... وهي موجودة فعلاً أسفل سلّم طويل مخبّأ تحت حجر ضخم منقوش".

عقدت المفاجأة لسان لانغدون.

"روبرت، أظنّ أنّك اكتسبت الليلة حقّ معرفة الحقيقة".

حـدّق لانغدون إلى بيتر، محاولاً فهم ما سمعه للتوّ. "هل ستخبرني بالمكان الذي دُفنت فيه الكلمة الضائعة؟".

قال سولومون مبتسماً: "كلاّ، بل *سأريك* إيّاه".

بعد خمس دقائق، كان لانغدون يثبّت حزام الأمان حوله في المقعد الخلفي لسيّارة الإسكالاد، قرب بيتر سولومون. جلس سيمكينز أمام المقوَد، بينما اقتربت ساتو منهم عبر المرآب.

قالت المديرة وهي تشعل سيجارتها: "سيّد سولومون؟ قمت للتوّ بالاتّصال الذي طلبته".

سألها بيتر عبر النافذة المفتوحة: "وماذا حدث؟".

"أمرتهم بالسماح لك بالدخول، لوقت قصير".

"شكراً لك".

تفحّصته ساتو، وبدا عليها الفضول. قالت: "أرى طلبك غريباً جداً".

هزّ سولومون كتفيه بغموض.

تركته ساتو، والتفّت حول السيّارة نحو نافذة لانغدون، ثمّ طرقت عليها بعقد أصابعها.

فتح لانغدون النافذة.

قالت من دون أيّ دفء في صوتها: "بروفيسور، مساعدتك الليلة، وإن تمّت على مضض، ساهمت في نجاحنا... ولهذا، أنا أشكرك". أخذت نفساً طويلاً من سيجارتها ونفثت الدخان جانباً، ثمّ أضافت: "*ولكن*، أودّ إعطاءك نصيحة صغيرة. في المرّة التالية التي تخبرك فيها مديرة ذات مركز رفيع في السي آي أيه أنّها تواجه أزمة أمن وطني..."، لمعت عيناها وهي تتابع: "اترك الهراء في كامبريدج".

فتح لانغدون فمه ليتكلّم، ولكنّ المديرة إينوي ساتو كانت قد استدارت متوجّهة نحو المروحية التي تنتظرها.

نظر سيمكينز إلى الخلف بوجه خالٍ من التعبير وقال: "هل أنتما جاهزان أيّها السيّدان؟".

قال سولومون: "لحظة واحدة". وأخرج قطعة قماش داكنة مطوية أعطاها إلى لانغدون قائلاً: "روبرت، أريدك أن تضع هذه قبل أن نذهب إلى أيّ مكان".

نظر لانغدون إلى القماشة في حيرة من أمره. كانت من المخمل الأسود. فردها، وأدرك أنّها عصابة ماسونية للعينين تُستعمل تقليدياً في مراسم دخول الدرجة الأولى. *ما الذي يجري بحقّ الله؟*

قال بيتر: "أفضّل ألاّ ترى إلى أين نذهب".

التفت لانغدون إلى بيتر وقال: "تريد أن تأخذني *معصوب العينين*؟".

ابتسم بيتر قائلاً: "بما أنّ السرّ يخصّني، عليك أن تطبّق قواعدي".

الفصل 127

كـــان النسيم بارداً خارج مركز السي آي أيه في لانغلي. راحت نولا كاي ترتجف وهي تتبع مسؤول أمان الأنظمة، ريك باريش، عبر الباحة المركزية للوكالة في ضوء القمر.

إلى أين يأخذني ريك؟

كـــان قـــد تـــمّ احـــتواء أزمة الفيلم الماسوني، بفضل الله، ولكنّ نولا ظلّت تشعر بعدم الارتـــياح. فالملف المحجوب الموجود في القسم الخاصّ لمدير السي آي أيه ظلّ لغزاً، وكان هـــذا الأمـــر يـــزعجها. هـــي وســـاتو ستتحدّثان في الأمر صباحاً، وكانت تحتاج إلى جميع المعلومات. أخيراً، اتّصلت بريك باريش وطلبت مساعدته.

والآن، فـــيما هـــي تتبع ريك إلى مكان مجهول في الخارج، لم تتمكّن من إبعاد الجمل الغريبة عن ذاكرتها.

مكـــان ســـرّي تحت الأرض حيث... مكان ما في العاصمة واشنطن، كان العنوان... واكتـــشف بابـــاً قديماً يؤدّي إلى... يحذّر أنّ محتوى الهرم يشتمل على مخاطر... تفكيك هذا الرمز المجزّأ المنقوش لكشف...

قال باريش وهما يمشيان: "أنا وأنت متّفقان على أنّ القرصان الذي وضع عنكبوت هذه الكلمات المفتاحية كان يبحث بالتأكيد عن معلومات حول الهرم الماسوني".

قالت نولا في نفسها، *هذا واضح.*

"ولكن يبدو أنّ القرصان واجه عقبة في اللغز الماسوني لم يتوقّعها".

"ماذا تعني؟".

"نـــولا، أنـــت تعرفين كيف أنّ مدير السي آي أيه يرعى منتدى مناقشة داخلي لموظفي الوكالة ليتشاركوا أفكارهم حول موضوعات شتّى؟".

"بالطـــبع". فالمنتديات توفّر لموظفي الوكالة مكاناً آمناً للتحدّث عبر الشبكة عن مختلف الموضوعات ومنح المدير نافذة يطلّ منها على موظفيه.

"منـــتديات المدير محفوظة في قسمه الخاصّ، ولكن، كي يتمكّن الموظفون من دخولها، وُضعت خارج جدار النار السرّي الخاصّ بالمدير".

سألته وهما ينعطفان عند زاوية كافيتيريا الوكالة: "ما الذي تعنيه؟".

"باختصار..." أشار عبر الظلام قائلاً: "*هذا*".

نظرت نولا إلى الأعلى. فقد ارتفعت أمامهما في الساحة منحوتة معدنية ضخمة راحت تلمع في ضوء القمر.

في وكالة تضمّ أكثر من خمسمئة تحفة فنّية أصلية، تُعتبر هذه المنحوتة، التي تحمل اسم *كريبتوس*، أكثرها شهرة. *كريبتوس*، التي تعني باليونانية "مخبّأ" كانت من صنع فنّان أميركي يدعى جايمس سانبورن، وقد تحوّلت إلى أسطورة هنا في السي آي أيه.

تتألّف المنحوتة من لوح نحاسي هائل على شكل S، وُضعت على طرفها وكأنّها حائط معدني مقوّس. نُقش على سطحها الواسع ألفا حرف تقريباً... مرتّبة في شيفرة محيّرة. وكأنّ هذا الأمر لم يكن غامضاً بما يكفي، فقد تمّت إحاطة المنحوتة بمنحوتات أخرى عديدة؛ ألواح من الغرانيت موضوعة بزوايا غريبة، وردة فرجار، حجر مغنطيسي، وحتّى رسالة مكتوبة بشيفرة مورس تشير إلى "ذاكرة نيّرة" و"قوى الظلام". ويعتقد معظم الهواة أنّ هذه القطع هي مفاتيح تكشف كيفية تفكيك شيفرة المنحوتة.

كريبتوس هي فنّ... ولكنّها أيضاً لغز.

هكذا أصبحت محاولة تفكيك السرّ المشفّر مصدر هوس لعلماء الرموز داخل وخارج السي آي أيه. أخيراً، ومنذ بضع سنوات، تمّ كشف جزء من الشيفرة، وتحوّلت إلى أنباء وطنية. ومع أنّ معظم شيفرة *كريبتوس* ظلّت غير محلولة حتّى اليوم، إلاّ أنّ الأجزاء التي فُكّكت كانت غريبة إلى حدّ أنّها جعلت المنحوتة تبدو أكثر غموضاً. فقد أشارت إلى مواقع سرّية تحت الأرض، وأبواب تؤدّي إلى قبور قديمة، وخطوط طول وعرض...

كانت نولا لا تزال تذكر أجزاءً من الشيفرة المفكّكة: *جُمعت المعلومات ونُقلت إلى مكان مجهول تحت الأرض... كانت غير مرئية إطلاقاً... كيف يمكن ذلك... استعملوا حقل الأرض المغنطيسي...*

لم تكترث نولا أبداً بالمحنوتة أو بما إذا فُكّكت شيفرتها تماماً. ولكن في هذه اللحظة، أرادت أجوبة. "لماذا تريني *كريبتوس*؟".

ابتسم لها باريش بنظرة ذات معنى وأخرج الورقة المثنية من جيبه. "انظري، هذا هو النصّ المحجوب الغامض الذي كنتِ مشغولة به. عثرت على النصّ الكامل".

أُجفلت نولا من شدّة المفاجأة وقالت: "هل اخترقت القسم السرّي الخاصّ بالمدير؟".

أعطاها الصفحة قائلاً: "كلاّ، هذا ما كنت أعنيه. ألقي عليها نظرة".

تناولت نولا الصفحة وفتحتها. حين رأت المعلومات الرأسية المعتادة الخاصّة بالوكالة في أعلى الصفحة، أمالت رأسها متفاجئة.

لم تكن هذه الوثيقة سرّية على الإطلاق.

مجلس المناقشة الخاصّ بالموظفين: *كريبتوس*

تخزين مضغوط: الخيط # 2456282.5

لاحظــت نــولا أنّها تنظر إلى سلسلة من الأحاديث التي ضُغطت في صفحة واحدة من أجل تخزينها على نحو أكثر فاعلية.

قال ريك: "وثيقتك ليست سوى ثرثرة مليئة بالهُراء حول *كريبتوس*".

تفحّـصت نــولا الوثـيقة إلى أن رأت جملة تحتوي على مجموعة مألوفة من الكلمات المفتاحية.

جيم، تفيد المنحوتة أنّه نُقل إلى <u>مكان سرّي</u>
<u>تحت الأرض حيث</u> خُبِّئت المعلومات.

شرح لها ريك قائلاً: "هذا النصّ مأخوذ من منتدى *كريبتوس* على الشبكة التابع للمدير. المنتدى موجود منذ سنوات، وهو يحتوي على آلاف الجمل".

تابعــت نــولا جولتها على الصفحة نحو الأسفل إلى أن رأت جملة أخرى تحتوي على كلمات مفتاحية.

مع أنّ مارك يقول إنّ عناوين الشيفرة
تشير إلى <u>مكان ما في العاصمة واشنطن،</u>
<u>كان العنوان</u> الذي استعمله مخطئاً بدرجة واحدة؛
***كريبتوس* يشير أساساً إلى نفسه.**

اقتــرب بــاريش مــن التمثال ومرّر كفّه فوق بحر الأحرف المنقوشة. "لا تزال معظم أجــزاء هذه الشيفرة غامضة، ولا يزال كثير من الناس يعتقدون أنّ الرسالة مرتبطة بأسرار ماسونية قديمة".

تذكّرت نولا الآن إشاعات عن علاقة بين *كريبتوس* والماسونية، غير أنّها فضّلت تجاهل تلــك الفــورة الجنونية. ولكن، حين نظرت إلى مختلف أجزاء المنحوتة المرتّبة في الساحة، أدركت أنّها شيفرة مجزّأة، رمز مجزّأ، تماماً كالهرم الماسوني.

غريب.

للحظــة، رأت نــولا أنّ كــريبتوس يشبه هرماً ماسونياً حديثاً، شيفرة من عدّة أجزاء، مــصنوعة مــن مــواد متعدّدة، لكلّ منها دوره. سألته قائلة: "هل تظنّ أنّ *كريبتوس* والهرم الماسوني يخفيان السرّ نفسه؟".

ألقــى بــاريش علــى كــريبتوس نظرة محبطة وأجاب: "من يدري؟ أشكّ في أنّنا ســنعرف يوماً الرسالة كاملة. هذا ما لم يقنع أحدهم المدير بفتح خزنته ليلقي نظرة على الحلّ".

هزّت نولا رأسها موافقة. بدأت تتذكّر كلّ شيء الآن. فحين وُضعت منحوتة *كريبتوس*، وصلت مع ظرف مختوم يحتوي على تفكيك كامل لشيفرات المنحوتة. وتمّ ائتمان مدير السي آي أيـــه، ويلـــيام ويبستر، على الحلّ المختوم، فوضعه في خزنة مكتبه. ويُزعم أنّ الوثيقة لا تزال هناك، بعد أن انتقلت من مدير إلى آخر على مرّ السنوات.

والغريب أنّ تفكير نولا في ويليام ويبستر حفّز ذاكرتها، معيداً إليها جزءاً آخر من نصّ *كريبتوس* المفكّك:

إنّه مدفون هناك في مكان ما.
من يعرف مكانه بالضبط؟ فقط WW.

مع أنّ أحداً لا يعرف ماذا دُفن هناك بالضبط، إلاّ أنّ معظم الأشخاص ظنّوا أنّ الحرفين WW يـــشيران إلى ويليام ويبستر. كانت نولا قد سمعت مرّة إشاعة تفيد أنّ الحرفين يشيران في الواقع إلى شخص يُدعى ويليام ويستون، وهو عالم لاهوت ينتمي إلى الجمعية الملكية، مع أنّها لم تتكبّد يوماً عناء التفكير في الموضوع.

راح ريك يتكلّم مجدّداً. قال: "عليّ الإقرار أنّني لست خبيراً بالفنّ، ولكنّني أظنّ أنّ هذا الـــرجل المدعو سانبورن هو عبقري حقيقي. فقد كنت ألقي نظرة للتوّ على *مشروع المسلاط الـــسيريلي* الذي قام به. وهو يضيء أحرفاً روسية ضخمة من وثيقة للكي جي بي عن التحكّم بالعقل. مخيف".

لم تكن نولا تصغي إليه، بل كانت تتفحّص الصفحة التي وجدت فيها جملة مفتاحية ثالثة في فقرة أخرى.

صحيح، ذاك القسم بأكمله مأخوذ حرفياً من يوميات عالم آثار شهير،
يروي اللحظة التي نقّب فيها واكتشف باباً قديماً
يؤدّي إلى قبر توت عنخ آمون.

كانـــت نولا تعرف أنّ عالم الآثار المذكور هو في الواقع عالم الآثار المصري الشهير هاورد كارتر. والفقرة التالية ذكرته بالاسم.

راجعت للتوّ بقية ملاحظات كارتر الميدانية على الشبكة،
ويبدو أنّه عثر على لوح طيني يحذّر أنّ الهرم يشتمل
على مخاطر لكلّ من يقلق سلام الفرعون.
لعنة! هل ينبغي لنا القلق؟ ☺

عبست نولا قائلةً: "ريك، بالله عليك، هذه الإشارة الغبية إلى الهرم ليست صحيحة حتّى. فتوت عنخ آمون لم يكن مدفوناً في هرم، بل في وادي الملوك. ألا يشاهد علماء الكتابات المشفّرة قناة ديسكوفيري؟".

هزّ باريش كتفيه.

في تلك اللحظة، رأت نولا الجملة المفتاحية الأخيرة.

يا شباب، أنتم تعرفون أنّني لست من أصحاب نظرية المؤامرة.
ولكن يجدر بجيم ودايف تفكيك هذا الرمز المجزّأ المنقوش
لكشف سرّه الأخير قبل أن ينتهي العالم عام 2012...
إلى اللقاء.

قال باريش: "على أيّ حال، خطر لي أنّك قد تودّين الاطّلاع على منتدى *كريبتوس* قبل اتّهام مدير السي آي أيه أنّه يخبّئ وثائق سرّية عن أسطورة ماسونية قديمة. ففي الواقع، أشكّ في أن يكون لدى رجل واسع النفوذ كمدير السي آي أيه الوقت لهذا النوع من الأمور".

تخيّلت نولا الفيلم الماسوني والصور التي يعرضها لجميع الرجال النافذين المشاركين في طقوس قديمة. *لو أنّ ريك يعرف...*

أدركت في النهاية أنّه مهما تكن الرسالة التي قد تكشفها التحفة *كريبتوس* في النهاية، لا بدّ من أن تكون ذات معانٍ باطنية. حدّقت إلى التحفة الفنّية اللامعة، تلك الشيفرة ثلاثية الأبعاد التي تقف بصمت في قلب أهم وكالات المخابرات في البلاد، وتساءلت ما إذا كانت ستكشف يوماً سرّها الأخير.

في طريق العودة مع ريك إلى الداخل، ابتسمت نولا.

إنّه مدفون هناك في مكان ما.

الفصل 128

هذا جنون.

لم يستطع روبرت لانغدون رؤية شيء بعينيه المعصوبتين في أثناء رحلة الإسكالاد جنوباً في الشوارع الخالية. جلس بيتر سولومون صامتاً على المقعد المجاور.

إلى أين يأخذني؟ كان فضول لانغدون مزيجاً من التساؤل والخوف، وراح خياله يعمل بسرعة وهو يحاول بيأس جمع أجزاء الأحجية. لم يتخلَّ بيتر عن زعمه. *الكلمة الضائعة؟ مدفونة عند أسفل سلّم مخبّأ بحجر كبير منقوش؟* بدا كلّ ذلك مستحيلاً.

كان النقش المزعوم لا يزال عالقاً في ذاكرة لانغدون... ولكنّ الأحرف السبعة ظلّت بلا معنى بالنسبة إليه.

زاوية النجّار: رمز الصدق والحقيقة.

الحرفان Au: الاختصار العلمي لعنصر الذهب.

سيغما: وهو حرف S اليوناني، الرمز الرياضي لمجموع كلّ الأجزاء.

الهرم: الرمز المصري للإنسان الذي يصعد إلى السماء.

دلتا: الحرف اليوناني D، وهو الرمز الرياضي للتغيير.

الزئبق: كما صوّره أقدم الرموز الخيميائية.

الأوروبورس: رمز الكليّة والوحدانية.

ظلّ سولومون مصرًّا على أنّ هذه الرموز السبعة كانت *رسالة*. ولكن، لو كان هذا صحيحاً، فإنّ لانغدون لا يعرف إطلاقاً كيفية قراءة هذه الرسالة.

أبطأت سيّارة الإسكالاد من سرعتها فجأة وانعطفت بحدّة إلى اليمين، وكأنّها تسير في طريق خاصّ. انتصب لانغدون محاولاً أن يصغي إلى أيّ إشارة تدل على مكانه. كانوا يسيرون منذ أقلّ من عشر دقائق، ومع أنّ لانغدون حاول أن يتبع الاتّجاهات بذهنه، إلاّ أنه ضاع بسرعة. وكلّ ما يعرفه، هو أنّهم يعودون الآن إلى بيت الهيكل.

توقّفت سيّارة الإسكالاد، وسمع لانغدون النافذة تفتح.

أعلن السائق قائلاً: "العميل سيمكينز من السي آي أيه. أظنّ أنك تنتظرنا".

ردّ صـوت عسكري حادّ: "أجل، سيّدي. لقد اتّصلت المديرة ساتو مسبقاً. انتظر لحظة بينما أفتح حاجز الأمان".

أصغى لانغدون بارتباك متعاظم، وقد شعر أنّه يدخل قاعدة عسكرية. حين بدأت السيّارة تسير مجدّداً، على طريق معبّد وأملس على نحو غير اعتيادي، التفت نحو سولومون من دون أن يراه وسأله: "أين نحن، بيتر؟".

قال بيتر بجدّية: "لا ترفع العصابة عن عينيك".

واصـلت الـسيّارة طـريقها لمسافة قصيرة، ثمّ توقّفت من جديد. أوقف سيمكينز عمل المحـرك. سمع مزيداً من الأصوات العسكرية. كان أحدهم يطلب من سيمكينز بطاقة الهوية. ترجّل العميل وتحدّث مع الرجال بصوت منخفض.

فُتح باب لانغدون فجأة، وساعدته يدان قويتان على الترجّل من السيّارة. كان الجوّ بارداً وعاصفاً.

وقف سولومون قربه وقال: "روبرت، دع العميل سيمكينز يصطحبك إلى الداخل".

سـمع لانغـدون صوت مفاتيح تحتكّ بقفل... ثمّ تناهى إلى مسامعه صرير باب معدني ثقـيل يُفـتح. بدا وكأنّه حاجز قديم. *إلى أين يأخذونني بحقّ الله؟!* اقتاد سيمكينز لانغدون نحو الباب المعدني. توقّفا عند المدخل. "إلى الأمام مباشرةً، بروفيسور".

عـمّ الـصمت فجـأة. مكان خالٍ تماماً. بدا من رائحة الهواء في الداخل أنه كان نظيفاً ومعقّماً.

أحـاط سـيمكينز وسولومون بلانغدون الآن، وقاداه عبر رواق تردّد فيه وقع أقدامهم. شعر أنّ الأرض التي يسير عليها حجرية.

أُغلق الباب المعدني خلفهم محدثاً صوتاً قوياً، فأُجفل لانغدون. أُقفل الباب. كان لانغدون يتعرّق تحت عصابة عينيه. كلّ ما أراده هو نزعها.

توقّفوا عن السير.

أفلت سيمكينز ذراع لانغدون، وسُمعت سلسلة من الرنّات الإلكترونية، تبعتها جلبة غير متوقّعة أمامهم، تخيّل لانغدون أنّها تصدر من باب يُفتح آلياً.

قـال سـيمكينز: "سيّد سولومون، تابع الطريق مع السيّد لانغدون بمفردكما. سأنتظركما هنا. خذ مصباحي".

قال سولومون: "شكراً لك. لن نتأخّر".

مصباح؟! راح قلب لانغدون ينبض بعنف.

أمسك بيتر بذراع لانغدون واقتاده إلى الأمام قائلاً: "تعالَ معي، روبرت".

عبرا معاً ببطء عتبة أخرى وأُغلق الباب خلفهما.

توقّف بيتر وسأله: "هل من خطب ما؟".

شـعر لانغـدون فجـأة بالغثيـان وانعدام التوازن: "أعتقد أنّني أريد نزع هذه العصابة وحسب".

"ليس بعد، نحن على وشك الوصول".

"الوصول إلى *أين*؟" شعر لانغدون بثقل متعاظم في معدته.

"كما قلت لك، سآخذك لرؤية السلّم المؤدّي إلى الكلمة الضائعة".

"بيتر هذا ليس مضحكاً!".

"ليس من المقصود أن يكون كذلك. المقصود منه هو فتح عقلك، روبرت. المقصود منه هو تذكيرك أنّ هذا العالم يحتوي على أسرار لم يقع نظرك، حتّى أنت، عليها. وقبل أن نسير خطـوة أخرى، أريد منك شيئاً. أريدك أن تصدّق... ولو للحظة واحدة... أن تصدّق ما ورد في الأسطورة. أريدك أن تصدّق أنّك على وشك النظر إلى سلّم لولبي يهبط مئات الأقدام نحو أعظم كنوز البشر الضائعة".

شـعر لانغدون بالدوار. أراد حقًّا تصديق صديقه العزيز، ولكنّه لم يستطع. "ألا يزال بعيداً؟" كانت العصابة المخملية مبلّلة بالعرق.

"كلاّ. بضع خطوات وحسب، في الواقع. سنعبر باباً أخيراً. سأفتحه الآن".

أفلتـه سولومون للحظة، وفي أثناء ذلك، ترنّح لانغدون وشعر بالدوار. مدّ يده للتمسّك بـشيء، ولكـنّ بيتـر عاد إليه بسرعة. سمع صوت باب آلي ثقيل يُفتح أمامهما. أمسك بيتر بذراع لانغدون، ودخلا مجدّداً.

"من هنا".

عبرا عتبة أخرى، وأُغلق الباب خلفهما.

صمت. برد.

أحسّ لانغـدون على الفور أنّ هذا المكان، أيًّا يكن، لا علاقة له على الإطلاق بالعالم الواقـع خـارج الأبواب الموصدة. كان الهواء بارداً وشديد الرطوبة، وكأنّهما في قبر. كان الصمت ثقيلاً، وأحسّ بنوبة وشيكة من رُهاب الأماكن المغلقة.

"بـضع خطوات بعد". انعطف به سولومون عند زاوية ثمّ أوقفه في اتّجاه محدّد. أخيراً، قال: "انزع العصابة".

أمسك لانغدون العصابة، ونزعها عن وجهه. نظر حوله، ولكنّه لم يرَ شيئاً. فرك عينيه قائلاً: "بيتر، المكان دامس الظلام!".

"أجل، أعرف. تلمّس طريقك. ثمّة درابزين، أمسك به".

تحسّس لانغدون في الظلام، ووجد درابزيناً حديديًّا.

"والآن انظـر". سمع بيتر يتحسّس شيئاً، وفجأة، اخترق نور مصباح ساطع الظلام. كان مسلّطاً على الأرض، وقبل أن يتمكّن لانغدون من رؤية ما يحيط به، وجّه سولومون المصباح من فوق الدرابزين، وسلّطه مباشرة إلى الأسفل.

453

رأى لانغدون أمامه فجأة هوّة لا قعر لها... وسلّماً لولبيًّا طويلاً يهبط إلى أعماق الأرض. *يا الله!* شعر بضعف في ركبتيه، فتمسّك بالدرابزين. كان السلّم عبارة عن لولب مربّع تقليدي، ورأى على الأقلّ ثلاثين منبسطاً في الأسفل، قبل أن يحجب الظلام ما بقي من السلّم. *حتّى إنّني لا أستطيع رؤية آخره!*

قال: "بيتر... أين نحن!".

"سأصطحبك إلى أسفل السلّم حالاً، ولكن أوّلاً، أريد أن أريك شيئاً آخر".

لم يكن لانغدون قادراً على الاعتراض، فترك بيتر يقتاده بعيداً عن السلّم، عبر حجرة صغيرة غريبة. سلّط بيتر ضوء المصباح على الأرض الحجرية تحت أقدامهما، فلم يستطع لانغدون أخذ فكرة عن المكان الذي يحيط بهما... باستثناء أنّه كان صغيراً.

غرفة حجرية صغيرة.

وصلا سريعاً إلى الجدار المقابل الذي كان يحتوي على مستطيل من الزجاج. اعتقد لانغدون أنّها نافذة تطلّ على غرفة أخرى، ولكنّه لم يرَ سوى الظلام من خلفها.

قال بيتر: "هيّا، ألقِ نظرة".

"ماذا يوجد هناك؟" تذكّر لانغدون في تلك اللحظة غرفة التفكّر الواقعة في أعماق مبنى الكابيتول، وكيف ظنّ للحظة أنّها قد تحتوي على باب يؤدّي إلى كهف كبير تحت الأرض.

دفعه سولومون قليلاً إلى الأمام قائلاً: "انظر وحسب، روبرت. واستعدّ، لأنّ المشهد سيصدمك".

لم يعرف لانغدون ماذا يتوقّع، فتقدّم من الزجاج. حين اقترب من الباب، أطفأ بيتر المصباح وغرقت الحجرة في الظلام الدامس.

بدأت عينا لانغدون تعتادان على الظلام، فتلمّس طريقه إلى أن وجد الجدار، والزجاج، واقترب بوجهه من الباب الشفّاف.

لم يرَ سوى الظلام من خلفه.

اقترب أكثر... وضغط وجهه على الزجاج.

أخيراً، رآه. موجة الصدمة والإرباك التي اجتاحت لانغدون اخترقت أعماقه وأربكت حواسه. أوشك على السقوط إلى الخلف بينما جاهد عقله لقبول مشهد غير متوقّع على الإطلاق. ما كان لروبرت لانغدون أن يتخيّل يوماً ما يقع خلف هذا الزجاج.

كان المشهد رائعاً.

هناك في الظلام، رأى ضوءاً ساطعاً يتألّق وكأنّه جوهرة لامعة.

الآن، فهم لانغدون كلّ شيء؛ الحاجز الذي عبروه... الحرّاس عند المدخل الرئيس... الباب المعدني الخارجي الثقيل... الأبواب الآلية التي كانت تُفتح وتُغلق... الثقل في معدته... الدوار... والآن هذه الغرفة الحجرية الصغيرة.

همــس بيتر من خلفه: "روبرت، أحياناً لا تحتاج رؤية النور سوى إلى تغيير بسيط في المنظور".

حـدّق لانغدون عبر النافذة، عاجزاً عن الكلام. سافر نظره في ظلام الليل، وعبر أكثر مــن مــيل من الفراغ، ثمّ انخفض أكثر... وأكثر... عبر الظلام... إلى أن استقرّ على سطح القبّة البيضاء المنيرة لمبنى الكابيتول الأميركي.

لم يسبق للانغدون أن رأى الكابيتول من هذا المنظور؛ على ارتفاع 555 قدماً في الجوّ، من فوق مسلّة أميركا المصرية العظيمة. الليلة، وللمرّة الأولى في حياته، استقلّ المصعد إلى حجرة المراقبة الصغيرة... في قمّة نصب واشنطن.

الفصل 129

وقـف روبرت لانغدون جامداً عند الباب الزجاجي، محاولاً استيعاب قوّة المشهد الممتدّ أمامه. فبعد أن صعد مئات الأقدام في الهواء، على غير علم منه، راح يتأمّل واحداً من أجمل المشاهد التي وقعت عليها عيناه.

كانـت قبّة مبنى الكابيتول اللامعة ترتفع مثل جبل في الطرف الشرقي لناشونال مول. ومـن طرفـي المبنـى، امتدّ شعاعان متوازيان من النور باتّجاهه... من واجهتي المتحفين السميثسونيين المضاءتين... منارتي الفنّ، والتاريخ، والعلم، والثقافة.

أدرك لانغدون الآن بذهـول أنّ معظـم ما قاله بيتر... كان صحيحاً. ثمّة بالفعل سلّم لولبـي... يهبط مئات الأقدام تحت حجر ضخم. كانت القمّة الضخمة لهذه المسلّة فوق رأسه تمامـاً، وتذكّـر لانغدون الآن تفصيلاً صغيراً منسياً بدا الآن ذا صلة بالموضوع: حجر قمّة نصب واشنطن يزن ثلاثة آلاف وثلاثمئة باوند.

من جديد، العدد 33.

ولكنّ الأغـرب هو معرفته أنّ قمّة هذا الحجر متوّجة برأس مصقول من الألومنيوم، الـذي لـم يكن يقلّ قيمة عن الذهب في أيامه. كان طول قمّة نصب واشنطن اللامعة لا يزيد عـن قـدم واحدة، أي بحجم الهرم الماسوني تماماً. وما لا يُصدّق، أنّ هذا الهرم المعدني الـصغير كـان يحمل النقش التالي، *Laus Deo*، كما أدرك لانغدون فجأة. *هذه هي الرسالة الحقيقية الموجودة على قاعدة الهرم الحجري.*

الرموز السبعة هي حروف!
أبسط الشيفرات.

زاوية البنّاء – L
عنصر الذهب – Au
الحرف اليوناني سيغما – S
الحرف اليوناني دلتا – D
الزئبق الخيميائي – E
الأوروبوروس – O

همس لانغدون: "لاوس ديو". الجملة اللاتينية المعروفة والتي تعني "سبحان الله"، كانت منقوشة على قمّة نصب واشنطن بحروف لا يتجاوز طولها إنشاً واحداً. *واضحة تماماً للعيان... ومع ذلك لا يراها أحد.*

Laus Deo.

قال بيتر من خلفه، وهو يضيء المصباح داخل الحجرة: "سبحان الله، تلك كانت شيفرة الهرم الماسوني الأخيرة".

التفت إليه لانغدون، فرأى ابتسامة عريضة مرتسمة على شفتيه، وتذكّر أنّ بيتر قد لفظ هاتين الكلمتين، "سبحان الله"، في المكتبة الماسونية. *ولم أنتبه.*

اقشعرّ جسم لانغدون وهو يدرك كيف أنّ الهرم الماسوني الأسطوري قاده إلى هنا... إلى مسلّة أميركا العظيمة، رمز الحكمة الباطنية القديمة، التي ترتفع نحو السماء في قلب هذه الأمّة.

راح لانغدون يسير في حالة ذهول، بعكس عقارب الساعة، حول محيط الحجرة المربّعة الصغيرة، إلى أن وصل إلى نافذة أخرى.

شمالاً.

من خلال النافذة الشمالية، حدّق لانغدون إلى مبنى البيت الأبيض الواقع أمامه مباشرة. ثم نظر إلى الأفق، هناك امتدّ الشارع السادس عشر في خطّ مستقيم باتّجاه الشمال مباشرة نحو بيت الهيكل.

أنا أقف جنوب البيت المجيد مباشرة.

تابع سيره إلى النافذة التالية. سجّلت عينا لانغدون غرباً الحوض الطويل مستطيل الشكل الواقع أمام نُصب لينكولن، الذي استُلهمت هندسته اليونانية الكلاسيكية من مبنى البانثيون في أثينا، وهو معبد لأثينا، سيّدة الإنجازات البطولية.

فكّر لانغدون، *Annuit coeptis*. *فليرعَ الله إنجازنا.*

تابع إلى النافذة الأخيرة، وحدّق جنوباً عبر مياه حوض تايدل بايسن، الذي ارتفع أمامه نُصب جيفرسون، يسطع في الليل. كان لانغدون يعلم أنّ القبّة المنحدرة بلطف استُلهمت من البانثيون، وهو البيت الأصلي للأسياد المبجّلين في الأساطير الرومانية.

بعد أن نظر لانغدون في جميع الاتّجاهات الأربعة، فكّر في الصور الجوية التي رآها لناشونال مول، الذي يمدّ أذرعه الأربع من نصب واشنطن باتّجاه النقاط الرئيسة للبوصلة. *أنا أقف عند مفترق طرقات أميركا.*

عاد لانغدون إلى حيث يقف بيتر. كان وجه هذا الأخير يشعّ سعادة. "حسناً، روبرت. هذه هي الكلمة الضائعة. *هذا* هو المكان الذي دُفنت فيه. لقد قادنا الهرم الماسوني إلى *هنا*".

أُجفل لانغدون. كان قد نسي كلّ شيء عن الكلمة الضائعة.

"روبــرت، أنا لا أعرف شخصاً جديراً بالثقة أكثر منك. وبعد ما مررت به الليلة، أظنّ أنّك تستحقّ أن تعرف. فكما تعد الأسطورة، الكلمة الضائعة مدفونة بالفعل أسفل سلّم لولبي". وأشار إلى مدخل سلّم النصب الطويل.

كانت القوّة قد بدأت تعود أخيراً إلى ساقي لانغدون، ولكنّه بدا محتاراً.

مدّ بيتر يده بسرعة إلى جيبه وأخرج شيئاً صغيراً. سأله: "هل تذكر هذه؟".

تناول لانغدون العلبة المكعّبة التي ائتمنه عليها بيتر في الماضي، وأجاب: "أجل... ولكن أخشى أنّني لم أفِ بوعدي في حمايتها".

ضحك سولومون قائلاً: "ربّما حان الوقت كي ترى النور".

رمق لانغدون المكعّب الحجري، وتساءل لماذا يعطيه إيّاه بيتر.

سأله بيتر: "ماذا تشبه هذه العلبة بالنسبة إليك؟".

نظــر لانغــدون إلــى (AD 1514) وتذكّر انطباعه الأوّل حين فتح العلبة هو وكاثرين، فأجاب: "حجر زاوية".

أجاب بيتر: "بالضبط. ولكن ثمّة بعض الأشياء التي لا تعرفها ربّما عن أحجار الزاوية. أوّلاً، يرجع مفهوم وضع أحجار الزاوية إلى العهد القديم".

هزّ لانغدون رأسه قائلاً: "كتاب المزامير".

"صحيح. وحجر الزاوية يُدفن دائماً تحت الأرض، ويرمز إلى خطوة المبنى الأولى إلى الأعلى، خارج الأرض ونحو النور السماوي".

نظــر لانغــدون إلــى الكابيتول، وأخذ يتذكّر أنّ حجر زاوية المبنى مدفون عميقاً في الأساس إلى حدّ أنّ أعمال التنقيب لم تتمكّن من إيجاده حتّى اليوم.

قــال ســولومون: "أخيراً، وعلى غرار الصندوق الحجري الموجود بين يديه، فإنّ كثيراً من أحجار الزاوية مجوّفة... تحتوي على كنوز مدفونة... تعاويذ، إن أردت، رموز أمل للمبنى".

كان لانغدون يعرف هذا التقليد أيضاً. فحتّى اليوم، لا يزال الماسونيون يضعون أحجار أساس تحتوي على أشياء ذات معنى؛ كبسولات زمنية، وصور، وإعلانات، وحتّى رماد جثث أشخاص مهمّين.

قال سولومون وهو ينظر إلى السلّم: "ينبغي أن يكون هدفي من قول ذلك واضحاً".

"تظنّ أنّ الكلمة الضائعة مدفونة في حجر *أساس* نصب واشنطن؟".

"لا *أظــن*، روبرت، بل *أعلم*. لقد دفنت الكلمة الضائعة في حجر أساس ذلك المبنى في الرابع من تموز عام 1848، في طقوس ماسونية كاملة".

حدّق إليه روبرت قائلاً: "أسلافنا الماسونيون دفنوا *كلمة*؟!".

هزّ بيتر رأسه قائلاً: "أجل، في الواقع. فقد فهموا القوّة الحقيقية لما كانوا يدفنونه".

حــاول لانغــدون طــيلة هذه الليلة الإحاطة بمفاهيم غير ملموسة وواسعة... الأسرار القديمة، الكلمة الضائعة، أسرار العصور. أراد شيئاً ملموساً، وعلى الرغم من مزاعم بيتر أنّ

السرّ مدفون في حجر زاوية على انخفاض 555 قدماً تحته، وجد صعوبة في تقبّل ذلك. *الناس يدرسون الأسرار طيلة حياتهم من دون أن يتوصّلوا إلى القوّة التي يُزعم أنّها مخبّأة فيها.* تذكّر لانغدون لوحة دورير، ميلينكوليا 1، وصورة العالِم الكئيب المحاط بالأدوات التي استخدمها في أثناء محاولاته الفاشلة لكشف أسرار الخيمياء الباطنية. *إن كان ممكناً كشف الأسرار بالفعل، لن تكون في مكان واحد!*

لطالما ظنّ لانغدون أنّ أيّ جواب عن ذلك سيكون منشوراً في العالم في آلاف المجلّدات... المشفّرة في كتابات لفيثاغورس، وهيرمس، وهيراكليتوس، وباراسيلسوس، ومئات غيرهم. الجواب وُجد في المجلّدات المغبرّة المنسية حول الخيمياء، والباطنية، والسحر، والفلسفة. الجواب كان مخبًّا في مكتبة الإسكندرية القديمة، على ألواح سومر الطينية والألواح الهيروغليفية المصرية.

قال لانغدون بهدوء وهو يهزّ رأسه: "بيتر، أنا آسف. إنّ فهم الأسرار القديمة هو عملية تتمّ على مرّ الحياة. ولا أتخيّل كيف يمكن أن يكمن سرّها في كلمة واحدة".

وضع بيتر يده على كتف لانغدون قائلاً: "روبرت، الكلمة الضائعة ليست *كلمة*". ابتسم وأضاف: "نحن نسمّيها *كلمة* لأنّ القدماء سمّوها كذلك... في البدء".

الفصل 130

في البدء كانت الكلمة.

ركــع العميد غالواي أمام نقطة التقاطع الكبرى للكاتدرائية الوطنية، وراح يصلّي لأجل أميـركا. صـلّى كـي يبدأ بلده الحبيب بفهم القوّة الحقيقية للكلمة؛ المجموعة المدوّنة للحكمة المكتوبة لجميع المعلمين القدماء، الحقائق الروحانية التي علّمها الحكماء العظماء.

لقـد أنعـم الـتاريخ على الجنس البشري بأكثر المعلّمين حكمة، بأشخاص ذوي أرواح شديدة الاستنارة، يتجاوز فهمهم للأسرار الروحانية والعقلية فهم جميع البشر. والكلمات الثمينة لأولئك الحكماء، نُقلت عبر التاريخ في أقدم وأثمن القنوات.

الكتب.

لكلّ ثقافة على الأرض كتابها المقدّس، كلمتها الخاصّة بها، كلّ منها يختلف عن الآخر، ومـع ذلك، جميعها متشابهة. بالنسبة إلى المسيحيين، الكلمة هي الكتاب المقدّس، وبالنسبة إلى المسلمين، هي القرآن، وبالنسبة إلى اليهود، هي التوراة، وبالنسبة إلى الهندوس، هي فيداس، إلى آخره.

الكلمة تنير الطريق.

بالنـسبة إلـى أسـلاف أميركا الماسونيين، كانت الكلمة هي الكتاب المقدّس. مع ذلك، قليلون هم الذين فهموا رسالتها الحقيقية.

اللـيلة، ركـع غالواي بمفرده داخل الكاتدرائية العظيمة، ووضع يديه على الكلمة، التي كانت عن نسخة ماسونية قديمة جداً من الكتاب المقدّس. كان هذا الكتاب الثمين، كجميع الكتب المقدّسـة الماسونية، يضمّ العهد القديم، والعهد الجديد، فضلاً عن مجموعة نفيسة من الكتابات الفلسفية الماسونية.

ومـع أنّ عينـي غالواي لم تعودا قادرتين على قراءة النصّ، إلاّ أنّه حفظ المقدّمة عن ظهر قلب. فرسالتها الرائعة قرأها ملايين من إخوانه بلغات عديدة حول العالم.

كان النصّ عبارة عن:

الـزمن نهر... والكتب زوارق. كثير من المجلّدات بدأت رحلتها في ذلك الجدول، لتـتحطّم وتضيع بين رماله. قلّة فقط تجاوزت اختبارات الزمن وعاشت لإسعاد الأجيال التالية.

ثمّة سبب لبقاء *تلك المجلّدات، وزوال غيرها*. وكعالم في الدين، لطالما استغرب العميد غالـــواي كون النصوص الروحانية القديمة، أكثر الكتب التي تُدرس على وجه الأرض، هي في الواقع أقلّ الكتب التي فهمها الناس.

بين تلك السطور، يختبئ سرّ رائع.

قـــريباً، سينكـــشف الـــسرّ، ويبدأ الجنس البشري أخيراً بفهم الحقيقة التحويلية البسيطة للتعاليم القديمة... ليقوم بقفزة هائلة إلى الأمام في فهم طبيعته الرائعة.

الفصل 131

كــان السلّم اللولبي الذي يهبط على طول العمود الفقري لنُصب واشنطن يتألّف من 896 درجة حجرية تدور حول مصعد مفتوح. كان لانغدون وسولومون يهبطان إلى الأسفل، وكان لانغــدون لا يــزال يفكّر في الأمر الذي باح له بيتر به منذ قليل: *روبرت، في حجر الزاوية المجوّف لهذا النصب، دفن أجدادنا نسخة واحدة من الكلمة، الكتاب المقدّس، تنتظر في الظلام عند أسفل هذا السلّم.*

فــي أثــناء نزولهما، توقّف بيتر فجأة عند أحد المنبسطات، وسلّط ضوء المصباح على ميدالية حجرية كبيرة مضمّنة في الجدار. أُجفل لانغدون حين رأى النقش. *ما هذا بحقّ الله؟!*

كانــت الميدالــية تصوّر وجهاً مقنّعاً ومخيفاً، يحمل منجلاً، ويركع قرب ساعة رملية. كانــت ذراعــه مرفوعة، وسبّابته ممدودة، تشير مباشرة إلى كتاب مقدّس كبير مفتوح، وكأنّه يقول: "الجواب هناك!".

حدّق لانغدون إلى النقش، ثمّ التفت إلى بيتر.

كانت عينا هذا الأخير تلمعان بشكل غامض. تردّد صوته عبر السلّم الخالي وهو يقول: "أريدك أن تفكّر في أمر، يا روبرت. لماذا برأيك ظلّ الكتاب المقدّس موجوداً آلاف السنوات واجــتاز جمــيع الاضطرابات التي عرفها التاريخ؟ لماذا لا يزال موجوداً؟ هل لأنّ قصصه جمــيلة؟ بالطــبع لا... ولكــنّ ثمّة سبباً. ثمّة سبب يدفع الرهبان المسيحيين لتمضية حياتهم محاولــين فهــم الكتاب المقدّس. ثمّة سبب يدفع الباطنيين والقبلانيين اليهود للتفكير في العهد القــديم. وذاك الــسبب، يــا روبرت، هو وجود أسرار قوية مخبّأة بين صفحات هذا الكتاب القديم... مقدار هائل من الحكمة التي تنتظر من يكشفها".

لم يكن لانغدون غريباً عن نظرية اشتمال الكتاب المقدّس على معنىً خفي، رسالة مخبّأة في التعابير المجازية، والرمزية، والحكم.

تابــع بيتــر: "لقــد نبّهنا الأنبياء إلى أنّ اللغة التي قيلت فيها أسرارهم هي لغة رمزية. وسفر الأمثال يشير إلى أنّ أقوال الحكماء هي عبارة عن ألغاز، بينما يتحدّث سفر الكورنثيين عــن حكمــة خفــية. هذا بالإضافة إلى ما ورد في الكتاب المقدّس عن الحكم والأقوال الغامضة".

الأقــوال الغامــضة. فكّر لانغدون في ذلك مدركاً أنّ هذه الجملة ظهرت كثيراً في سفر الأمــثال وفي المزمور 78. وكان يعرف أنّ مفهوم القول الغامض لا يعني الشرّ بل أنّ معناه الحقيقي محجوب عن النور.

أضـــاف بيتر: "وإن كانت لديك أيّ شكوك، ذُكِر في سفر الكورنثيين بوضوح أنّ للحكم معنيــين: حليب للأطفال ولحم للرجال؛ *الحليب* هو القراءة السطحية للعقول الساذجة، *واللحم* هو الرسالة الحقيقية التي لا تفهمها سوى العقول الناضجة".

رفــع بيتــر المــصباح وأنار مجدّداً نقش الوجه المقنّع الذي يشير إلى الكتاب المقدّس. "أعــرف أنّــك متشكّك، روبرت، ولكن فكّر في هذا. إن كان الكتاب المقدّس لا يحتوي على معنـــى خفي، إذاً، لماذا كان عدد كبير من أهمّ العقول في التاريخ مهووساً بدراسته، بمن في ذلــك علمــاء لامعــون في الجمعية الملكية؟ لقد كتب إسحق نيوتن أكثر من *مليون* كلمة في محاولـــة لكـشف المعنى الحقيقي للكتاب المقدّس، بما في ذلك مخطوطة كُتبت عام 1704 تمّ الادّعاء فيها أنّه استخرج معلومات علمية خفية من الكتاب المقدّس!".

أدرك لانغدون أنّ ما يقوله صحيح.

تابــع بيتــر: "والسير فرانسيس بايكون، العالم البارز الذي وظّفه الملك جايمس لوضع نــسخة الملك جايمس المُجازة من الكتاب المقدّس، أصبح على قناعة كبيرة أنّ الكتاب المقدّس يحــتوي علـــى معنى سرّي كتبه برموزه الخاصّة، ولا يزال يُدرس حتّى اليوم! بالطبع، وكما تعلــم، كـــان بايكــون روزيكروشياً وكتب حكمة *القدماء*". ابتسم مضيفاً: "حتّى الشاعر ويليام بلايك، المعادي للمعتقدات والمؤسسات التقليدية، أشار إلى أنّه ينبغي لنا القراءة بين السطور".

كان لانغدون على اطّلاع على الجملة التالية:

اقرأ الكتاب المقدّس ليل نهار.
ولكن اقرأ أسود حيث أقرأ أبيض.

تابــع بيتــر وهو ينزل بسرعة أكبر الآن: "ولم تكن العقول الأوروبية وحدها هي التي قالت ذلك، بل هنا، روبرت، في قلب هذه الأمّة الأميركية الشابّة، لقد حذّر أجدادنا اللامعون، كجــون آدامــز، وبين فرانكلين، وتوماس باين، من مخاطر تفسير الكتاب المقدّس حرفياً. في الواقع، كان توماس أندرسون على قناعة أنّ الرسالة الحقيقية للكتاب المقدّس مخبّأة إلى حدّ أنّه مزّق الصفحات وأعاد كتابته، محاولاً، بكلماته، إزالة التكلّف وإعادة المبادئ الحقيقية".

كـــان لانغدون يعرف أيضاً هذا الأمر الغريب. فإنجيل جيفرسون لا يزال متواجداً حتّى اليوم ويتضمّن كثيراً من هذه المراجعات التي تشكّل موضع جدل، والتي حُذف منها موضوع الولادة من أمّ عذراء والبعث. والغريب أنّ إنجيل جيفرسون كان يُقدّم إلى كلّ عضو جديد في مجلس الشيوخ خلال النصف الأول من القرن التاسع عشر.

"بيتــر، أعلم أنّ هذا الموضوع مثير للاهتمام، وأفهم أنّ العقول اللامعة تميل إلى تخيّل احــتواء الكــتاب المقــدّس على معنى خفي، ولكنّ هذا الأمر ليس منطقياً بالنسبة إليّ. وأيّ بروفيسور كفوء يخبرك أنّ التعليم لا يتمّ بالرموز".

"عفواً؟".

"المعلمون *يعلّمون*، بيتر. نحن نتحدّث *بوضوح*. فلماذا يعمد الأنبياء، وهم أعظم المعلّمين في التاريخ، إلى التحدّث بلغة *غامضة*؟ إن كانوا يأملون في تغيير العالم، فلِمَ يتحدّثون بالرموز؟ لماذا لا يتحدّثون بوضوح ليفهمهم العالم؟".

نظر بيتر إليه من خلف كتفه وهو ينزل، وبدا أنّه استغرب السؤال. قال: "روبرت، الكتاب المقدّس لا يعلّم بوضوح للسبب نفسه الذي أبقى مدارس الأسرار القديمة سرّية... للسبب نفسه الذي يفرض تلقين الأعضاء الجدد قبل تعليمهم التعاليم السرّية التي تمّ تناقلها عبر العصور... للسبب نفسه الذي جعل علماء الكلية الخفية يرفضون مشاركة الآخرين معرفتهم. هذه المعلومات *قوية*، يا روبرت، لا يمكن نشر الأسرار القديمة كالأنباء في الصحف. فالأسرار هي عبارة عن مِشعل مضاء، إن وُضع بين يدي معلّم، فإنّه ينير الطريق، ولكن إن وُضع بين يدي مجنون، فمن شأنه أن يحرق الأرض بمن فيها".

صمت لانغدون. *ماذا يقول؟* "بيتر، أنا أتحدّث عن *الكتاب المقدّس*. لماذا تذكر *الأسرار القديمة*؟".

التفت إليه بيتر قائلاً: "روبرت، ألا ترى؟ الأسرار القديمة والكتاب المقدّس هما واحد".

حدّق إليه لانغدون بذهول.

ظلّ بيتر صامتاً لعدّة ثوانٍ، ليسمح له باستيعاب الفكرة. "الكتاب المقدّس هو واحد من الكتب التي انتقلت بواسطته الأسرار عبر التاريخ. تحاول صفحاته بيأس أن توضح لنا السرّ، ألا تفهم؟ الأقوال الغامضة في الكتاب ليست سوى همسات القدماء الذين يبوحون لنا بحكمتهم القديمة".

لم يقل لانغدون شيئاً. كان يفهم الأسرار القديمة على أنّها كتيّب يشرح كيفية استخدام قوّة كامنة في العقل البشري... وصفة لتحوّل الإنسان إلى كائن ممجّد. لم يتمكّن أبداً من تقبّل قوّة الأسرار، وبالتأكيد فإنّ الإشارة إلى أنّ الكتاب المقدّس يخفي مفتاح تلك الأسرار كان أمراً يستحيل عليه قبوله. "بيتر، الكتاب المقدّس والأسرار القديمة هما شيئان متناقضان تماماً. الأسرار تبيّن وجود كائن ممجّد *بداخلك*... الإنسان هو كائن ممجّد. ولكنّ الكتاب المقدّس يظهر لنا أنّ الله موجود *فوقنا*... وأنّ الإنسان ليس سوى خاطئ عديم القوّة".

"أجل! صحيح! لقد وضعت إصبعك على الجرح! فمنذ اللحظة التي *انفصل* فيها الإنسان عن الله، ضاع المعنى الحقيقي للكلمة. لقد ضاعت أصوات المعلمين القدماء، ضاعت في فوضى ادّعاءات من يزعمون أنّهم وحدهم يفهمون الكلمة... وأنّ الكلمة مكتوبة بلغتهم وحسب".

تابع بيتر النزول.

"روبرت، أنت وأنا نعلم أنّ القدماء كانوا سيشعرون بالذعر لو رأوا كيف ضاعت تعاليمهم... كيف يسير المحرّرون إلى المعركة معتقدين أنّ الله يساند قضيتهم. لقد أضعنا الكلمة،

ولكــنّ معناها الحقيقي لا يزال في متناولنا، أمام أعيننا تماماً. إنّه موجود في جميع النصوص التي بقــيت حتّــى الــيوم، من الكتاب المقدّس إلى الباغافاد غيتا، إلى القرآن الكريم، وغيرها. كلّ تلك النصوص يوقّرها الماسونيون لأنّهم يفهمون ما نسيه العالم... ولأنّ كلاً من تلك الكتب يهمس على طريقته بالرسالة *نفسها*". وغصّ صوت بيتر وهو يقول: "ألا تعرفون أنّكم ممجّدون؟".

اســتغرب لانغــدون الطريقة التي تظهر فيها هذه الجملة الشهيرة القديمة الليلة. كان قد فكّر فيها وهو يتحدّث مع غالواي، وفي مبنى الكابيتول وهو يحاول شرح *تمجيد واشنطن*.

تحوّل صوت بيتر إلى همس وهو يقول: "لقد قال بوذا، أنت نفسك ممجّد. وعلّمنا المسيح أنّ مملكــة الله موجودة في داخلنا... وحتّى البابا الزائف الأوّل - هيبوليتوس روما - اقتبس الرســالة نفــسها التــي قيلت للمرّة الأولى على لسان المعلّم الروحي مونويموس: توقّف عن البحث عن الله... عوضاً عن ذلك، عد إلى مكان البداية".

تذكّــر لانغدون بيت الهيكل، الذي يحتوي على كرسي تايلر الماسوني الذي نُقشت على ظهره كلمتان: اعرف نفسك.

قال بيتر بصوت أصبح شبه مسموع: "قال لي حكيم مرّة إنّ البشر ممجّدون".

"بيتر، أنا أسمعك، حقًّا. وأحبّ أن أصدّق أنّنا ممجّدون، ولكنّني لا أرى ممجّدين يمشون على الأرض. لا أرى أُناساً خارقين".

قال بيتر: "ربّما، وربّما نحتاج إلى التقريب بين العلم وحكمة القدماء". صمت ثمّ أضاف: "والغريب... هو أنّني أظنّ أنّ بحث كاثرين قد يكون قادراً على ذلك".

فجأة تذكّر لانغدون أنّ كاثرين خرجت مسرعة من بيت الهيكل قبل قليل. "وأين ذهبت، للمناسبة؟".

قال بيتر مبتسماً: "ستكون هنا قريباً. ذهبت للتأكّد من أمر صغير".

فــي الخارج، عند أسفل النصب، شعر بيتر سولومون بالانتعاش وهو يتنشّق هواء الليل البارد. راقب لانغدون مستمتعاً وهو يحدّق إلى الأرض، ويحكّ رأسه ثمّ ينظر حوله عند أسفل المسلّة.

مازحــه بيتر قائلاً: "بروفيسور، حجر الأساس الذي يحتوي على الكتاب المقدّس مدفون تحت الأرض. لا يمكنك الوصول إليه، ولكن أؤكّد لك أنّه هناك".

قال لانغدون، وقد بدا عليه الشرود: "أنا أصدّقك. ولكن... لاحظت شيئاً".

تــراجع لانغــدون وتفحّــص الساحة الكبيرة التي انتصب عليها نصب واشنطن. كانت الــباحة الدائرية مصنوعة من الحجر الأبيض بالكامل... باستثناء طريقين تزيينيين من الحجر الأسود، يشكّلان دائرتين أحاديتي المركز حول النصب.

قــال لانغدون: "دائرة ضمن دائرة. لم يسبق لي أن لاحظت أنّ نصب واشنطن موجود وسط دائرة ضمن دائرة".

ضحك بيتر. *لا يفوّت شيئاً.* "أجل، الدائرة ذات النقطة... عند مفترق طرقات أميركا". هزّ كتفيه متابعاً: "أنا واثق من أنّها مجرّد مصادفة".

بدا لانغدون شارداً، وراح يحدّق إلى الأعلى، بحيث ارتفع نظره إلى القمّة المنيرة، التي لمعت في سماء الليل المظلمة.

شعر بيتر أنّ لانغدون بدأ يرى هذه التحفة كما هي بالفعل... تذكيراً صامتاً بالحكمة القديمة... أيقونة إنسان مستنير في قلب بلاد عظيمة. ومع أنّ بيتر لم يكن قادراً على رؤية القمّة المصنوعة من الألومنيوم، إلاّ أنّه أدرك أنّها موجودة، عقل الإنسان المستنير الصاعد نحو السماء.

.Laus Deo

اقترب منه لانغدون، وبدا وكأنّه مرّ بتلقين باطني. قال: "بيتر؟ كدت أنسى". مدّ يده إلى جيبه وأخرج خاتم بيتر الماسوني الذهبي. "كنت أنتظر أن أعيد إليك هذا الخاتم طيلة الليل".

"شكراً لك، روبرت". مدّ بيتر يده، وتناول الخاتم، وراح يتأمّله. "أتعلم، كلّ الأسرار والغموض المحيطة بهذا الخاتم وبالهرم الماسوني... كان لها أثر كبير في حياتي. حين كنت شابًّا، تسلّمت هذا الخاتم مع وعد أنّه يخبّئ أسراراً باطنية. مجرّد وجوده جعلني أصدّق وجود أسرار عظيمة في العالم. أثار فضولي وضاعف شعوري بالاستغراب، وألهمني أن أفتح عقلي للأسرار القديمة". ابتسم بهدوء ووضع الخاتم في جيبه. "أدرك الآن أنّ الهدف الحقيقي للهرم الماسوني لم يكن كشف الأسرار بل جعلنا نُفتتن بها".

وقف الرجلان بصمت لوقت طويل عند أسفل المسلّة.

حين تكلّم لانغدون أخيراً، بدت نبرته جادّة: "أودّ أن أطلب منك خدمة، يا بيتر... كصديق".

"بالطبع. اطلب ما تشاء".

عبّر لانغدون عن طلبه... بحزم. هزّ سولومون رأسه موافقاً، وعرف أنّه على حقّ. "سأفعل".

أضاف لانغدون وهو يشير إلى سيّارة الإسكالاد المنتظرة: "حالاً".

"حسناً... ولكنّ ثمّة أمراً واحداً".

نظر لانغدون إلى الأعلى بسأم وهو يضحك، وقال: "أنت تقول دائماً الكلمة الأخيرة".

"أجل، وثمّة أمر واحد بعد أريد أن تراه أنت وكاثرين".

نظر لانغدون إلى ساعته ثمّ سأل: "في هذه الساعة؟".

ابتسم سولومون لصديقه القديم بدفء وقال: "إنّه أجمل كنوز واشنطن... وشيء لم يرَه سوى عدد قليل جداً من الناس".

الفصل 132

شعرت كاثرين سولومون أنّها مغمورة بالسعادة وهي تسرع عبر التلّة نحو قاعدة نُصب واشـنطن. لقد عرفت الليلة صدمة ومأساة كبيرتين، ولكنّ أثرهما بدأ يزول قليلاً، وإن مؤقّتاً، بفضل الأنباء الرائعة التي أخبرها بها بيتر منذ قليل... أنباء تأكّدت منها للتوّ بأمّ عينها.

بحثي في أمان. بأكمله.

كانـت وحـدتا تخزين المعلومات الاحتياطية الموجودتان في مختبرها قد دُمّرتا الليلة، ولكنّ بيتر أخبرها منذ قليل في بيت الهيكل أنّه كان يحتفظ سرًّا بنسخ عن كلّ بحثها في مجال العلــوم العقلـية، في المكتب التنفيذي لمركز الدعم التابع للمتحف السميثسوني. *تعلمين أنّني مأخوذ جداً بعملك، وأريد أن أتتبّع تقدّمك من دون إزعاج، هذا ما شرحه لها.*

ناداها صوت عميق: "كاثرين؟".

نظرت إلى الأعلى.

رأت شخصاً يقف بمفرده عند أسفل النصب المنير.

أسرعت إليه واحتضنته قائلةً: "روبرت!".

همس قائلاً: "سمعت الأنباء السعيدة، لا بدّ من أنّك فرحت".

طغى الانفعال على صوتها وهي تجيب: "أكثر ممّا تتخيّل". فالبحث الذي أنقذه بيتر يـشكّل قفزة علمية، لأنّه يشتمل على مجموعة هائلة من التجارب التي أثبتت أنّ الفكر البشـري هـو قـوّة حقيقية ويمكن قياسها في العالم. أثبتت تجارب كاثرين *تأثير الفكر البشـري فـي كلّ شيء*، من بلورات الثلج، إلى مولدات الأحداث العشوائية، إلى حركة الجزيئات مـا دون الذرية. كانـت النـتائج حاسمة ولا يمكن نقلها، وبإمكانها تحويل المتشكّكين إلى مؤمنين والتأثير في الوعي العالمي على نحو جماعي. "كلّ شيء سيتغيّر، يا روبرت. كلّ شيء".

"هذا ما يظنّه بيتر بالتأكيد".

بحثت كاثرين حولها عن أخيها.

قال لانغدون: "في المستشفى. أصررت عليه للذهاب، كخدمة لي".

تنهّدت كاثرين مرتاحة: "شكراً لك".

"طلب منّي انتظارك هنا".

هـزّت كاثرين رأسها، وراح نظرها يتسلّق المسلّة البيضاء المتوهّجة. قالت: "قال إنّه سيحضرك إلى هنا. وذكر شيئاً عن Laus Deo؟ ولكنّه لم يعطِ تفاصيل".

467

صدرت عن لانغدون ضحكة متعبة. "لست واثقاً من أنّني فهمته أنا نفسي". نظر إلى قمّة المسلّة ثمّ تابع قائلاً: "لقد قال أخوك الليلة بعض الأشياء التي لم أتمكّن من فهمها".

قالت كاثرين: "دعني أحزر. عن أسرار قديمة، وعلم، وكتاب مقدّس".

"تماماً".

غمـــزته قائلةً: "أهلاً بك في عالمي. لقّنني بيتر هذه الأشياء منذ زمن طويل. وقد كانت أساسية في بحثي".

"علـــى مستوى الحدس، بدت بعض الأشياء التي قالها معقولة". هزّ رأسه وتابع: "ولكن على مستوى العقل...".

ابتسمت كاثرين وأحاطته بذراعها قائلةً: "أتعرف، روبرت، ربّما أستطيع مساعدتك على ذلك".

في أعماق مبنى الكابيتول، كان المهندس وارن بيلامي يسير في رواق خالٍ.

فكّر، *بقي أمر واحد الليلة.*

حـــين وصل إلى مكتبه، أخرج مفتاحاً قديماً جداً من درج المكتب. كان المفتاح حديدياً، أسود اللون، طويلاً ورفيعاً، يحمل علامات باهتة. وضعه في جيبه ثمّ استعدّ لاستقبال زائريه.

كـــان روبرت لانغدون وكاثرين سولومون في طريقهما إلى الكابيتول. وبناءً على طلب بيتـــر، كان على بيلامي أن يتيح لهما فرصة نادرة جداً، فرصة رؤية أكثر أسرار هذا المبنى روعة... شيء لا يمكن لأحد أن يكشفه سوى المهندس.

الفصل 133

فوق أرض روتوندا الكابيتول، كان روبرت لانغدون يسير بعصبية حول الممرّ الدائري الضيّق الممتدّ تحت سقف القبّة تماماً. حاول النظر من فوق الدرابزين، فشعر بالدوار من شدّة الارتفاع، وكان لا يزال غير مصدّق أنّه قبل أقلّ من عشر ساعات فقط، ظهرت يد بيتر وسط أرض القاعة الممتدّة في الأسفل.

هـناك، بدا مهندس الكابيتول نقطة صغيرة على بعد مئة وثمانين قدماً في الأسفل، وهو يعبر الروتوندا بثبات ثمّ يختفي. قاد بيلامي لانغدون وكاثرين إلى هذه الشرفة، وتركهما هناك مع تعليمات محدّدة.

تعليمات بيتر.

رمـق لانغدون المفتاح الحديدي القديم الذي أعطاه إيّاه بيلامي، ثمّ نظر إلى سلّم ضيّق يصعد من هذا المكان... إلى ارتفاع أكبر. *فليكن الله بعوني.* استناداً إلى المهندس، يؤدّي هذا السلّم الضيّق إلى باب معدني صغير يمكن فتحه بالمفتاح الحديدي الموجود في يد لانغدون.

خلف ذاك الباب، ثمّة شيء أصرّ بيتر على أن يراه كلّ من لانغدون وكاثرين. لم يشرح بيتـر الكثير، ولكنّه ترك معلومات حازمة تتعلّق *بالساعة* المحدّدة التي ينبغي فيها فتح الباب. *علينا الانتظار لفتح الباب؟ لماذا؟*

تحقّق لانغدون من ساعته مجدّداً وصدرت عنه أنّة تنمّ عن التعب.

وضع المفتاح في جيبه، وحدّق عبر الفراغ الممتدّ أمامه إلى الطرف الآخر من الشرفة. كانـت كاثرين قد مشت أمامه من دون خوف، ويبدو أنّ الارتفاع لا يسبّب لها التوتر. كانت الآن قد وصلـت إلـى منتصف الدائرة، تتأمّل بإعجاب كلّ إنش من لوحة بروميدي، تمجيد *واشـنطن*، التي تعلو رأسيهما مباشرة. من هذه النقطة النادرة، كانت الشخصيات الممتدّة على خمس عـشرة قـدماً، والتي تزيّن خمسة آلاف قدم مربّعة تقريباً من قبّة الكابيتول، واضحة بتفاصيلها الدقيقة.

أدار لانغدون ظهره لكاثرين، مواجهاً الجدار الخارجي، وهمس قائلاً: "كاثرين، ضميرك هو الذي يتحدّث. لماذا تركت روبرت؟".

يـبـدو أنّ كاثرين كانت على علم بالخصائص السمعية المذهلة للقبّة. لأنّ الجدار همس له مجيباً: "لأنّ روبرت جبان. عليه أن يرافقني إلى هنا. لدينا كثير من الوقت قبل فتح الباب".

عرف لانغدون أنّها محقّة، فواصل طريقه على مضض حول الشرفة، لامساً الجدار مع كلّ خطوة.

قالـــت كاثرين مذهولة، وهي تتأمّل روعة اللوحة الممتدّة فوق رأسها: "هذا السقف رائع الجمـــال. أسياد أسطوريون في لوحة واحدة مع علماء مخترعين واختراعاتهم! وهذه اللوحة موجودة وسط الكابيتول!".

نظـــر لانغدون إلى الأعلى، وراح يتأمّل صور فرانكلين، وفولتون، ومورس مع اختراعاتهم التكنولوجـــية. امـــتدّ قوس قزح من هذه الشخصيات وقاد نظر لانغدون إلى جورج واشنطن الذي يصعد إلى السماء على متن غيمة. *الوعد العظيم بتحوّل الإنسان إلى كائن ممجّد.*

قالت كاثرين: "وكأنّ جوهر الأسرار القديمة بأكمله يحوم فوق الروتوندا".

أقـــرّ لانغدون أنّ العالم لا يعرف كثيراً من اللوحات الجصيّة التي تجمع الاختراعات العلمية بالأســياد المبجّلـــين الأسطوريين والتمجيد البشري. هذه المجموعة الرائعة من الصور هي *بالفعل* رســالة مـــن الأســـرار القديمة، وهي موجودة هنا لسبب معيّن. فالأجداد المؤسّسون رأوا أميركا كصفحة بيضاء، حقل خصب يمكن فيه وضع بذور الأسرار. واليوم، فإنّ هذه الأيقونة، أيقونة أب أميـــركا الصاعد إلى السماء، تمتدّ بصمت فوق مشرّعينا، وزعمائنا، ورؤسائنا... كتذكير جريء، كخريطة للمستقبل، كوعد بزمن يبلغ فيه الإنسان النضج الروحاني التام.

همست كاثرين، وكان نظرها لا يزال مثبّتاً على المخترعين العظماء في أميركا ترافقهم مينيرفا: "روبرت، هذه اللوحة تُعلن عن توقّعات حقًّا. اليوم، تُستخدم أكثر اختراعات الإنسان تطوّراً لدراسة أقدم أفكاره. فالعلوم العقلية قد تكون جديدة، ولكنّها في الواقع أقدم العلوم على وجه الأرض؛ دراسة الفكر البشري". التفتت إليه وامتلأت عيناها عجباً. "ونكتشف أنّ القدماء قد فهموا الفكر على نحو أعمق بكثير ممّا فعلنا اليوم".

أجـــاب لانغدون: "هذا منطقي. فالعقل البشري هو أقدم أشكال التكنولوجيا التي كانت في متناول القدماء. لقد درسه الفلاسفة الأوائل بعمق".

"أجل! فالنصوص القديمة مهووسة بقوّة العقل البشري. ألفيداس يصف تدفّق طاقة العقل، والبيـــستيس صـــوفيا يـــصف الوعـــي الكونـــي، والزوهار يستكشف طبيعة روح العقل، أمّا النصوص الشامانية فتتوقّع التأثير البعيد الذي تحدّث عنه أينشتاين في مجال العلاج عن بعد. كلّ هذا موجود! ولا تجعلني أبدأ بالحديث عن الكتاب المقدّس".

قـــال لانغدون وهو يضحك: "أنتِ أيضاً؟ حاول أخوك إقناعي أنّ الكتاب المقدّس مشفّر بمعلومات علمية".

قالـــت: "بالتأكـــيد. وإن كنت لا تصدّق بيتر، اقرأ بعض النصوص الباطنية التي كتبها نيوتن عن الكتاب المقدّس. حين تبدأ بفهم الحكم السرّية في الكتاب، تدرك أنّه دراسة للعقل البشري".

هزّ لانغدون كتفيه قائلاً: "أظنّ أنّه يجدر بي العودة لقراءته مجدّداً".

بـــدت أنّها لم تستحسن تشكّكه، فقالت: "دعني أطرح عليك سؤالاً. حين يُطلَبُ منّا في الكـــتاب المقـــدّس أن نـــذهب لبناء هيكلنا... هيكل ينبغي لنا بناؤه من دون أدوات ومن دون إحداث ضجّة، عن أيّ *هيكل* تظنّ أنّه يتحدّث؟".

"في الواقع، يُفيد الكتاب أنّ جسدك هيكل".

"أجـل، الكورنثيون 3:16. *أنت* هيكل الله". ابتسمت متابعة: "وإنجيل يوحنا يُظهر الشيء نفسه. روبرت، الكتاب المقدّس يدرك جيّداً القوّة الكامنة في داخلنا، وهو يحثّنا على استخدام تلك القوّة... وعلى بناء هياكل *عقولنا*".

"لسوء الحظّ، أظنّ أنّ معظم العالم الديني ينتظر إعادة بناء هيكل *حقيقي*. هذا جزء من التوقّعات المسيحية".

"أجـل، ولكنّ هذه الفكرة تتجاهل نقطة هامّة. فقدوم الثاني هو قدوم *رجل*؛ اللحظة التي يبني فيها الجنس البشري أخيراً هيكل عقله".

قال لانغدون وهو يحكّ ذقنه: "لا أعلم، أنا لست عالماً في الكتاب المقدّس، ولكنّني واثق أنّـه يصف بالتفصيل هيكلاً *فيزيائياً* ينبغي بناؤه. تُوصَفُ البنية على أنّها تتألّف من جزءين؛ جـزء خارجـي يدعى المكان المقدّس، وملتجأ داخلي يدعى قدس الأقداس. والجزءان يفصل بينهما حجاب رقيق".

ابتسمت كاثرين قائلةً: "أنت تذكر جيّداً بالنسبة إلى متشكّك. للمناسبة، هل رأيت يوماً دماغاً بشرياً فعلياً؟ إنّه مكوّن من جزءين؛ جزء خارجي يدعى الأمّ الجافية، وجزء داخلي يدعى الأمّ الحنون، والجزءان يفصل بينهما الغشاء العنكبوتي؛ وهو حجاب مؤلّف من نسيج عنكبوتي الشكل".

نظر إليها لانغدون مذهولاً.

حاول لانغدون استيعاب ما قالته كاثرين، وتذكّر فجأة جملة من إنجيل مريم الغنوسطي: *حيث يوجد العقل، هناك يكمن الكنز*.

قالت كاثرين بلطف: "ربّما سبق أن سمعت عن صور السكانر التي تؤخذ لدماغ ممارسي اليوغا في أثناء التأمّل؟ فالدماغ البشري، في حالات التركيز المتقدّمة، يفرز مادّة *فيزيائية* شبيهة بالشمع من الغدّة الصنوبرية. هذا الإفراز الدماغي لا يشبه أيّ شيء آخر في الجسد. إذ إنّه يمتاز بمفعول شافٍ على نحو لا يُصدّق، من شأنه أن يجدّد الخلايا، وقد يكون أحدَ الأسباب التي تجعل ممارسي اليوغا يعيشون طويلاً. هذا *علم* حقيقي، روبرت. هذه المادّة تمتاز بخصائص لا يمكن تصوّرها ولا يمكن أن تنتج إلاّ عن عقل مدرّب جيّداً للوصول إلى حالة تركيز عميق".

"أذكر أنّني قرأت عن ذلك قبل بضع سنوات".

"أجل، وللمناسبة، هل تعرف قصّة المنّ الذي نزل من السماء؟".

لم يرَ لانغدون علاقة بين هذه القصّة والموضوع الذي يتحدّثان عنه: "هل تعنين المادّة العجيبة التي تساقطت من السماء لإطعام الجياع؟".

"بالضبط. فقد قيل إنّ هذه المادّة تشفي المرضى، وتطيل العمر، ولا تنتج غائطاً لدى من يتناولها". صمتت كاثرين وكأنّها تنتظر كي يفهم. ثمّ تابعت: "روبرت؟ غذاء يتساقط من

السماء؟" ربّتت على صدرها وهي تقول: "يشفي الجسد على نحو عجيب؟ لا ينتج غائطاً؟ ألا ترى؟ هذه *كلمات رمزية*، روبرت! *الهيكل* هو رمز الجسد، والسماء هي رمز العقل. *سلّم يعقوب* هو العمود الفقري. *والمنّ* هو ذاك الإفراز النادر للدماغ. حين ترى هذه الكلمات في الكتاب المقدّس انتبه. فهي غالباً ما تشكّل *إشارات* إلى معنى أعمق مخبّأ تحت السطح".

راحت كاثرين تمطره الآن بشرح متواصل عن كيفية ظهور تلك المادّة العجيبة نفسها في الأسرار القديمة: إكسير الحياة، ينبوع الشباب، حجر الفيلسوف، الندى، *أوجاس*، *سوما*... ثمّ انطلقت تشرح عن الغدّة الصنوبرية في الدماغ التي تمثّل العين المطّلعة على كلّ شيء. راحت تقتبس بحماسة من الكتاب المقدّس: "حين تكون عينك واحدة، يمتلئ جسدك بالنور. هذا المفهوم يتمثّل أيضاً في الأجنا شاكرا وفي النقطة التي تُرسم على جبين الهندوسي والتي-".

صمتت كاثرين وبدا عليها الارتباك. "آسفة... أعرف أنّني أكثرت من الثرثرة، ولكنّني أجد هذا الموضوع مثيراً للبهجة. فقد درست لسنوات مزاعم القدماء عن القدرة الذهنية الهائلة للإنسان، واليوم، يُظهر *العلم* أنّ *الوصول* إلى تلك القوّة هو عملية جسدية فعلية. فمن شأن أدمغتنا، إن هي استُعملت بشكل صحيح، أن تستحضر قوىً خارقة بالفعل. والكتاب المقدّس، كغيره من كثير من النصوص القديمة، هو عرض مفصّل للآلة الأكثر تعقيداً التي ابتكرها الإنسان... ألا وهي *العقل البشري*". تنهّدت مضيفة: "والغريب أنّ العلم لم يخترق بعد سطح ذاك العقل الواعد".

"يبدو أنّ عملك في العلوم العقلية سيشكّل قفزة هائلة إلى الأمام".

قالت: "بل إلى *الخلف*. فالقدماء عرفوا كثيراً من الحقائق العلمية التي نعيد اليوم اكتشافها. وفي غضون سنوات، سيُجبَر الإنسان المعاصر على قبول ما لا يمكنه حتّى تخيّله الآن: بإمكان عقولنا أن تولّد طاقة قادرة على *تحويل* المادّة الفيزيائية". صمتت ثمّ أضافت: "فالجزئيات *تتفاعل* مع أفكارنا... ما يعني أنّ *لأفكارنا* القدرة على تغيير العالم".

ابتسم لانغدون بلطف.

قالت كاثرين: "لقد جعلني بحثي أعتقد بالتالي: الله حقيقي جداً".

صمت لانغدون، واستغرق تماماً في أفكاره.

"تلك هي الهبة العظيمة، يا روبرت، والله بانتظارنا كي نفهمها. في جميع أنحاء العالم، ننظر إلى السماء، بحثاً عن *الله*... من دون أن ندرك أبداً أنّ الله ينتظرنا في داخلنا". صمتت كاثرين قليلاً، ثمّ تابعت قائلة: "حين نفهم هذا الأمر، ستُفتح الأبواب على مصراعيها أمام القدرة البشرية".

تذكّر لانغدون مقطعاً لطالما سبّب له الاستغراب، من كتاب للفيلسوف مانلي بي. هول: *لو أنّ المطلق لم يشأ للإنسان أن يكون حكيماً، لما منحه ملكة المعرفة*. نظر لانغدون مجدّداً إلى لوحة *تمجيد واشنطن*؛ الارتقاء الرمزي للإنسان إلى كائن ممجّد.

قالـت كاثرين: "والجزء الأغرب هو أنّنا ما إن نبدأ كبشر باستخدام قوّتنا الحقيقية، حتّى نملـك سـيطرة كبيـرة على عالمنا. سنصبح قادرين على *تصميم* الواقع عوضاً عن مجرّد التفاعل معه".

نظر لانغدون إلى الأسفل قائلاً: "يبدو ذلك... خطيراً".

بـدت علـى كاثرين المفاجأة... والإعجاب. "أجل، بالضبط! إن كانت *الأفكار* تؤثّر في العالم، إذاً، ينبغي لنا أن نكون حذرين حيال *كيفية* التفكير. فالأفكار التدميرية لها تأثير أيضاً، وجميعنا نعلم أنّ التدمير أسهل من البناء".

فكّر لانغدون بكلّ ما قيل حول الحاجة إلى حماية الحكمة القديمة من غير الجديرين بها وعـدم إطلاع غير المستنيرين عليها. فكّر في الكلية الخفية، وطلب العالم الكبير إسحق نيوتن مـن روبـرت بـويل التزام *الصمت التامّ* حيال بحثهما السرّي. إذ كتب نيوتن في عام 1676 قائلاً، *لا يمكن نشره من دون تسبيب ضرر هائل للعالم.*

قالـت كاثـرين: "ثمّة تطوّر مثير للاهتمام هنا. فممّا يثير السخرية، هو أنّ كلّ الديانات في العـالم ظلّت لقرون تحثّ أتباعها على اعتناق مفهوم *الإيمان*. والعلم الذي ظلّ لقرون يعتبر الدين خرافة، يقرّ اليوم أنّ الحاجز التالي الذي يقف أمامه هو علم *الإيمان*... قوّة القناعة المركّزة والنية. العلم نفسه الذي رفض إيماننا بالمعجزات يقوم الآن ببناء جسر فوق تلك الهوّة التي أحدثها".

فكّـر لانغدون في كلامها طويلاً. نظر إلى لوحة *التمجيد*، ثمّ التفت مجدّداً إلى كاثرين، وقـال: "لديّ سؤال. حتّى لو أمكنني أن أقبل، ولو لمجرّد لحظة، أنّني أملك القدرة على تغيير المـادّة الفيـزيائية بعقلي، وإظهار كلّ ما أريد... أخشى أنّني لا أرى شيئاً في الحياة يجعلني أعتقد بامتلاك قوّة كهذه".

هزّت كتفيها قائلةً: "إذاً، أنت لم تبحث بما فيه الكفاية".

"هيّا، أريد جواباً فعلياً. هذا جواب *كاهن*. أريد جواب *عالم*".

"تريد جواباً حقيقياً؟ إذاً، سأعطيك. إن أعطيتك كمنجة وقلت لك إنّك قادر على استعمالها لعزف موسيقى رائعة، أنا لا أكذب. أنت تملك بالفعل هذه القدرة، ولكنّك بحاجة إلى قدر هائل مـن الممارسـة لإظهارها. هذا لا يختلف شيئاً عن تعلّم استعمال عقلك، يا روبرت. فالتفكير الموجّه هو مهارة مكتسبة بالتعليم. وإظهار نيةٍ ما يحتاج إلى تركيز الفكر مثل الليزر، تصوّر حسّي كامـل، وإيمـان عميق. لقد أثبتنا ذلك في أحد المختبرات. وتماماً مثل العزف على الكمنجة، أظهر بعض الأشخاص قدرة طبيعية أقوى من غيرهم. انظر عبر التاريخ. انظر إلى قصص تلك العقول المستنيرة التي قامت بإنجازات خارقة".

"كاثرين، أرجوك لا تقولي لي إنّك *تعتقدين* فعلاً بالمعجزات. أعني، حقّاً... تحويل الماء إلى شراب، شفاء المرضى بلمسة يد؟".

أخـذت كاثـرين نفساً طويلاً وأخرجته ببطء. "رأيت أناساً يحوّلون خلايا سرطانية إلى خلايـا سـليمة بمجرّد *التفكير* فيها. رأيت عقولاً بشرية تؤثّر في العالم الفيزيائي بطرائق لا

حــصر لهــا. وحــين ترى ذلك يحدث، روبرت، حين يصبح ذلك جزءاً من واقعك، تصبح المعجزات التي تقرأ عنها مسألة درجة".

بــدا لانغدون شارداً. "إنّها طريقة مُلهِمة لرؤية العالم، كاثرين. ولكن بالنسبة إليّ، يبدو ذلك أشبه بقفزة إيمان مستحيلة. وكما تعلمين، أنا لا أؤمن بسهولة".

"إذاً لا تفكّــر في الموضوع *كإيمان*. فكّر فيه على أنّه مجرّد تغيير في منظورك، وقبول أنّ العــالم ليس كما تتخيّل بالضبط. فعبر التاريخ، بدأت كلّ الاختراقات العلمية الكبرى بفكرة بسيطة هدّدت بنسف كلّ معتقداتنا. فمجرّد قول إنّ الأرض مستديرة اعتُبر مستحيلاً لأنّ معظم الناس اعتقدوا أنّ المحيطات ستنسكب عن كوكبنا. ونظرية كون الشمس مركز الكون اعتُبرت هــرطقة. لطالمــا ثارت العقول الصغيرة على ما لا تفهمه. فثمّة من يبني... وثمّة من يدمّر. لطالما كانت هذه الديناميكا موجودة عبر الزمن. ولكن مع الوقت، يجد المبدعون من يصدّقهم، ويتعاظم عددهم، وفجأة يصبح العالم مستديراً، وتصبح الشمس مركز النظام الشمسي. الإدراك تحوّل، ووُلدت حقيقة جديدة".

هزّ لانغدون رأسه، وبدأت أفكاره تأخذ مجرىً آخر.

قالت كاثرين: "أرى على وجهك نظرة غريبة".

"آه، لا أدري. لسبب ما، تذكرت للتوّ كيف اعتدت على ركوب الزورق في البحيرة ليلاً، والتمدّد تحت النجوم، والتفكير في هذه الأمور".

هزّت كاثرين رأسها. "أظنّ أنّنا مررنا جميعاً بشيء مشابه. التمدّد على ظهرنا والتحديق إلى السماء... فهذا يفتح العقل". نظرت إلى السقف ثمّ قالت: "أعطني سترتك".

"ماذا؟" خلع سترته وأعطاها إيّاها.

طوتها ووضعتها على أرض الشرفة وكأنّها وسادة طويلة، ثمّ قالت: "تمدّد".

تمــدّد لانغدون على ظهره، وثبّتت كاثرين رأسه في منتصف السترة المثنية. بعد ذلك، تمــدّدت بقربه، وكأنّهما ولدان ممدّدان بقرب بعضهما على الشرفة الضيّقة، يحدّقان إلى لوحة بروميدي الجصيّة الهائلة.

همــست قائلــةً: "حسناً، ضع نفسك في الحالة الذهنية نفسها... ولد ممدّد في زورق... ينظر إلى النجوم... عقله مفتوح مليء بالاستغراب".

حــاول لانغــدون أن يطيعها، مع أنّه في البداية، وفي تلك الوضعية المريحة، اجتاحته مــوجة مفاجــئة مــن الإرهاق. مرّت غشاوة أمام عينيه، فلاحظ شكلاً باهتاً فوقه أيقظه على الفور. *أهذا ممكن؟* لم يصدّق أنّه لم يلحظ ذلك من قبل، ولكنّ شخصيات لوحة *تمجيد واشنطن* كانــت مرتّبة بوضوح في حلقتين أحاديّتي المركز. *لوحة التمجيد هي أيضاً دائرة ذات نقطة؟* تساءل لانغدون ماذا فاته الليلة أيضاً.

"ثمّة أمر هام أودّ إخبارك به، روبرت. قطعة أخرى في كلّ هذه الأحجية... قطعة أظنّ أنّها الأكثر غرابة في بحثي".

ثمّة المزيد؟

رفعت كاثرين نفسها على مرفقها وقالت: "وأعدك... إن أمكننا كبشر أن نفهم بحقّ هذه الحقيقة البسيطة *الواحدة*... سيتغيّر العالم بين ليلة وضحاها".

استحوذت الآن على كلّ انتباهه.

قالت: "ولكن ينبغي لي أن أذكّرك أوّلاً بالمانترا الماسونية: جمع ما هو مبعثر... توليد النظام من الفوضى... الاتّحاد".

شعر لانغدون بالفضول: "تابعي".

ابتسمت له قائلةً: "لقد أثبتنا علمياً أنّ قوّة الفكر البشري تنمو *دليلياً* مع عدد العقول التي تتشارك تلك الفكرة".

ظلّ لانغدون صامتاً، يتساءل إلى أين ستصل بتلك الفكرة.

"ما أعنيه هو التالي... رأسان هما أفضل من رأس واحد... والرأسان ليسا أفضل *بمرّتين*، بل بمرّات *عديدة* جداً. حين تعمل عقول متعدّدة معاً، فإنّها تقوّي أثر الفكرة... *دليلياً*. وهذه هي القوّة المتأصّلة في مجموعات الدعاء، ودوائر الشفاء، والغناء الجماعي، والعبادة الجماعية. فكرة الوعي الكوني ليست مفهوماً أثيرياً من مفاهيم العهد الجديد. إنّها حقيقة علمية صلبة... واستخدامها قادر على تغيير عالمنا. هذا هو الاكتشاف الأساسي للعلوم العقلية، والأهمّ، أنّه يحدث الآن. يمكنك الشعور به من حولك. فالتكنولوجيا تربطنا بعضنا ببعض بطرائق لم يسبق لنا تخيّلها: تويتر، غوغل، ويكيبيديا، وغيرها، جميعها تتضافر لبناء شبكة من العقول المترابطة". ضحكت مضيفة: "وأضمن لك، أنّني ما إن أنشر عملي، حتّى تبدأ تلك المواقع بإرسال رسائل مفادها، *الاطّلاع على العلوم العقلية*، وسيتفجّر الاهتمام بهذا العلم على نحو دليلي".

شعر لانغدون بثقل رهيب في عينيه.

"أغمض عينيك، سأوقظك عندما يحين الوقت".

أدرك لانغدون أنّه نسي كلّ شيء عن المفتاح القديم الذي أعطاهما إيّاه المهندس... وسبب مجيئهما إلى هنا. ومع شعوره بموجة أخرى من الإرهاق، أغمض عينيه. في الظلام الذي غلّف عقله، وجد نفسه يفكّر في الوعي الكوني... في كتابات أفلاطون عن *عقل العالم*... واللاوعي الجماعي ليونغ. كانت الفكرة بسيطة ومخيفة في آن.

الله موجود في مجموع كثير... وليس في الواحد.

قال لانغدون فجأة: "إلوهيم"، وفتح عينيه مجدّداً وهو يقيم رابطاً غير متوقّع.

"عفواً؟" كانت كاثرين لا تزال تحدّق إليه.

كرّر قائلاً: "إلوهيم، الكلمة العبرية التي تعني الله في العهد القديم! لطالما تساءلت عنها".

ابتسمت كاثرين قائلةً: "أجل. الكلمة هي جمع".

بالــضبط! لــم يفهم لانغدون أبداً لماذا تشير المقاطع الأولى من الكتاب المقدّس إلى الله على أنّه جمع. *إلوهيم*. فالله القدير في سفر التكوين لا يوصف كواحد... بل كعدّة.

همست كاثرين: "الله جمع، لأنّ عقول الناس جمع".

راحت أفكار لانغدون تدور... أحلام، ذكريات، آمال، مخاوف، اكتشافات... كلّها تدور فــوقه فــي قبّة الروتوندا. وحين بدأ يغمض عينيه مجدّداً، وجد نفسه يحدّق إلى ثلاث كلمات باللاتينية، مرسومة داخل *لوحة التمجيد*.

E PLURIBUS UNUM.

فكّر وهو يغرق في النوم، *واحد من كثير*.

خاتمة

استيقظ روبرت لانغدون ببطء.

كانت الوجوه تحدّق إليه. *أين أنا؟*

بعد قليل، تذكّر مكانه. جلس ببطء تحت لوحة *التمجيد*. كان ظهره متصلّباً بسبب النوم على أرض الشرفة.

أين كاثرين؟

تحقّق لانغدون من ساعة ميكي ماوس. *حان الوقت تقريباً*. نهض ونظر من فوق الدرابزين إلى الفراغ في الأسفل.

نادى قائلاً: "كاثرين؟" تردّدت الكلمة في صمت الروتوندا الخالية.

تناول السترة عن الأرض، ثمّ نفضها وارتداها مجدّداً. بحث في جيوبه، ولكنّه لم يجد المفتاح الحديدي الذي أعطاه إيّاه المهندس.

عاد أدراجه حول الشرفة، نحو الفتحة التي أشار إليها المهندس... درجات معدنية شديدة الانحدار تصعد في الظلام. بدأ يصعد. تدريجياً، أصبح السلّم أكثر ضيقاً وانحداراً. مع ذلك، تابع لانغدون تقدّمه.

قليلاً بعد.

أصبح انحدار الدرج أقرب إلى سلّم من حبال. أخيراً، انتهى السلّم، ووقف لانغدون على منبسط صغير. رأى أمامه باباً معدنياً ثقيلاً. كان المفتاح الحديدي في القفل، والباب كان مفتوحاً قليلاً. دفعه، فأصدر صريراً. هبّ من خلفه هواء بارد. عبر لانغدون العتبة إلى الظلام، وأدرك أنّه أصبح في الخارج.

ابتسمت له كاثرين وقالت: "كنت آتية لإيقاظك. حان الوقت تقريباً".

شهق لانغدون حين أدرك أين هو. كان يقف على شرفة صغيرة تحيط بقبّة الكابيتول. فوقه مباشرة، كان تمثال الحرية البرونزي يطلّ على العاصمة النائمة. كان موجّهاً نحو الشرق. هناك، بدأت أولى أشعّة الفجر تلوّن الأفق.

قادت كاثرين لانغدون حول الشرفة، إلى أن أصبحا مواجهَين للغرب، على خطّ متراصف تماماً مع ناشونال مول. في البعيد، بدا نصب واشنطن منتصباً في نور الصباح الباكر. ومن هذا المكان، كانت المسلّة الشاهقة أكثر جمالاً من ذي قبل.

همست كاثرين: "حين تمّ بناؤها، كان أطول بناء على وجه هذا الكوكب".

تخـيّل لانغدون صور الحبر القديمة لبنّائي الحجر الواقفين على السقّالات، على ارتفاع يفوق خمسمئة قدم في الهواء، يضعون أحجارها بأيديهم، واحداً تلو الآخر.

فكّر، *نحن بناة، نحن مبدعون.*

مــنذ فجر التاريخ، شعر الإنسان أنّ لديه شيئاً مميّزاً... شيئاً أكثر. تاق إلى امتلاك قــوىً لا يملكهــا. حلـم بالطيــران، بالشفاء، بتحويل عالمه بجميع الطرائق التي يمكن تخيّلها.

وقد فعل ذلك.

اليوم، تزيّن إنجازات الإنسان ناشونال مول. فالمتاحف السميثسونية تزخر باختراعاتنا، وفنّــنا، وعلمنا، وأفكار مفكّرينا العظماء، تقصّ تاريخ الإنسان كمبدع، من الأدوات الحجرية في متحف تاريخ سكان أميركا الأصليين، إلى الطائرات والصواريخ في المتحف الوطني للجوّ والفضاء.

لو رآنا أجدادنا اليوم، لظنّوا بالتأكيد أنّنا خارقون.

حــدّق لانغــدون عبــر ضباب الفجر إلى هندسة المتاحف والنصب التذكارية الموزّعة أمامه، وعاد نظره ليستقرّ على نصب واشنطن. تخيّل الكتاب المقدّس المدفون وحده في حجر الزاوية وفكّر.

فكّــر فــي الدائــرة الكبيرة ذات النقطة، وكيف أنّها ضُمّنت في الساحة الدائرية تحت النــصب عند مفترق طرقات أميركا. فكّر لانغدون فجأة في الصندوق الحجري الصغير الذي ائتمــنه عليه بيتر. وأدرك الآن أنّ المكعّب فُتح ليتحوّل إلى الشكل الهندسي نفسه؛ صليب مع نقطــة ذات دائــرة في وسطه. ضحك لانغدون. *حتّى ذاك الصندوق الصغير كان يشير إلى تقاطع الطرقات هذا.*

قالت كاثرين مشيرة إلى قمّة النصب: "روبرت، انظر!".

نظر لانغدون إلى الأعلى، ولكنّه لم يرَ شيئاً.

حدّق أكثر ثمّ رآه.

عبــر ناشــونال مــول، رأى بقعة صغيرة من نور الشمس الذهبي تلمع من قمّة المسلّة الشاهقة. راحت النقطة اللامعة تسطع أكثر بسرعة، وتتوهّج، فوق قمّة المسلّة المصنوعة من الألومنيوم. راقب لانغدون متعجباً تحوّل النور إلى منارة توهّجت فوق المدينة المظلمة. تخيّل النقش الصغير على الجهة الشرقية لقمّة الألومنيوم وأدرك أنّ أشعّة الشمس الأولى التي تصل إلى عاصمة أميركا كلّ يوم، تنير كلمتين:

Laus Deo

همست كاثرين: "روبرت، لا أحد يقف هنا لمشاهدة شروق الشمس. هذا ما أراد بيتر منّا رؤيته".

شعر لانغدون بنبضه يتسارع مع ازدياد وهج القمّة حدّة.

"يقول إنّه يظنّ أنّ هذا هو السبب الذي دفع الأجداد إلى بناء نصب بهذا الارتفاع. لا أدري ما إذا كان هذا صحيحاً، ولكنّني أعرف أنّ ثمّة قانوناً قديماً ينصّ على عدم السماح ببناء شيء أطول من المسلّة في العاصمة. *أبداً*".

راح النور يغمر جزءاً أكبر من حجر القمّة مع صعود الشمس في الأفق خلفهما. بينما كان لانغدون يشاهد هذا المنظر، شعر تقريباً أنّ نجوم السماء ترسم من حوله مداراتها الدائمة في الفضاء. فكّر في المهندس الأعظم للكون وكيف قال بيتر إنّ الكنز الذي يريد أن يراه لانغدون لا يمكن كشفه سوى من قبل المهندس. افترض لانغدون حينها أنّه يعني وارن بيلامي. لم يقصد *ذاك* المهندس.

مع ازدياد أشعّة الشمس حدّة، غمر الوهج الذهبي حجر القمّة الذي يزن ثلاثة آلاف وثلاثمئة باوند بأكمله. *عقل الإنسان... يتلقّى التنوير*. بعد ذلك، بدأ النور يهبط على طول النصب، كما يفعل كلّ صباح. *السماء تنزل إلى الأرض...* أدرك لانغدون أنّ هذه العملية تنعكس مع حلول المساء. تغرق الشمس غرباً، ويصعد النور مجدّداً من الأرض إلى السماء... استعداداً لبداية نهار جديد.

بقربه، ارتعشت كاثرين واقتربت منه. أحاطها لانغدون بذراعه. وقف الاثنان جنباً إلى جنب صامتين، وفكّر لانغدون في كلّ ما اكتشفه الليلة. فكّر في اعتقاد كاثرين أنّ كلّ شيء على وشك أن يتغيّر. فكّر في اعتقاد بيتر أنّ عصراً من التنوير أصبح وشيكاً. وفكّر أيضاً في كلام نبيّ عظيم قال بجرأة: ما من شيء خفي لن يُكشف، ما من سرّ لن يخرج إلى النور.

مع شروق الشمس على واشنطن، نظر لانغدون إلى السماء، ورأى آخر نجوم الليل تختفي. فكّر في العلم، في الإيمان، وفي الإنسان. فكّر كيف أنّ كلّ ثقافة، في كلّ مكان وفي كلّ زمان، كان لديها دوماً قاسم مشترك. لدينا جميعاً خالق. استخدمنا أسماء مختلفة، وصلوات مختلفة، ولكنّ الله هو الثابت الكوني بالنسبة إلى الإنسان. الله هو الرمز الذي تشاركناه كلّنا... رمز جميع أسرار الحياة التي لم نفهمها. لقد مجّد القدماء الله كرمز للقدرة اللامحدودة، ولكنّ البشر أضاعوا ذلك الرمز مع الزمن. حتّى اليوم.

في تلك اللحظة، وقف روبرت لانغدون على قمّة الكابيتول، وبدأت أشعّة الشمس تغمره بدفئها، فشعر بشيء قويّ يتفجّر في أعماقه. كان انفعالاً لم يسبق أن أحسّ به على هذا النحو في حياته.

الأمل.